Klaus Mann

MEPHISTO

Roman einer Karriere

Klaus Mann

MEPHISTO

Roman einer Karriere

Mit einer Einleitung von
Berthold Spangenberg

1982
Büchergilde Gutenberg

Inhaltsverzeichnis

Der Schauspielerin
Therese Giehse gewidmet

›Alle Fehler des Menschen verzeih' ich dem Schauspieler,
keine Fehler des Schauspielers verzeih' ich
dem Menschen.‹
Goethe,
›Wilhelm Meister‹

Berthold Spangenberg
Zur Veröffentlichung dieser Ausgabe

Am Ende des Jahres 1974 – der Roman *›Mephisto‹* von Klaus Mann war schon im fünften Jahr verboten – arbeiteten wir an der Sammlung der von Martin Gregor-Dellin herausgegebenen Korrespondenz von Klaus Mann.[1] Zu unserer großen Überraschung fand sich ein fast vierzig Jahre alter Brief von Hermann Kesten[2], datiert Amsterdam, 15. November 1935, an den in derselben Stadt lebenden Klaus Mann. Darin heißt es:

›Nun zum unbescheidenen Teil meines Briefes, für den ich mich gleich im voraus entschuldigen will. Da mir aber Landshoff[3] sagte, Sie suchten nach einem neuen Stoff für Ihren Roman, und da ich selbst für mich, für meinen neuen Roman, hin und her überlege, so überlegte ich mir – für mich – dieses und jenes und kam an eine Sache, von der ich glaube, daß ich sie sehr schlecht und Sie sie sehr gut machen könnten. Um es kurz zu machen, meine ich, Sie sollten den Roman eines homosexuellen Karrieristen im dritten Reich schreiben, und zwar schwebte mir die Figur des von Ihnen künstlerisch (wie man mir sagt) schon bedachten[4] Herrn Staatstheaterintendanten Gründgens vor. (Titel: ‚Der Intendant') Dabei denke ich nicht daran, daß Sie eine hochpolitische Satire schrieben, sondern – fast – einen unpolitischen Roman, Vorbild der ewige ‚Bel-Ami' von Maupassant, der schon Ihrem Onkel das köstliche ‚Schlaraffenland' entdecken half. Also keine Hitler und Göring und Goebbels als Romanfiguren, kein Agitprop, keine kommunistischen ‚Wühlmäuse', keine Münzenbergiaden[5], aber doch – etwa – auch die Ermordung dieses Berliner Schauspielers, dessen Namen mir jetzt gerade nicht einfällt.[6] Das Ganze im ironischen

Spiegel einer großen versteckten, freilich spürbaren Leidenschaft. Keine politischen Darstellungen. Gesellschaftssatire. Satire auf gewisse homosexuelle Figuren. Satire auf den Streber, auf – vielleicht – viele Arten Streber. Im Ganzen: der Hauptstadt erzählt, wie man Intendant wird.
Ich glaube, solch ein Stoff könnte Ihnen sehr gelingen und könnte durch die Dritte-Reich-Sphäre auch größere Chancen bieten. Ich sprach mit Landshoff darüber, und er ist gleichfalls meiner Meinung – wird es Ihnen auch wohl schreiben.
Es würde mich sehr freuen, wenn ich Ihnen eine vage Anregung zu einem ‚Theater'-roman damit gegeben hätte.‹

Über unseren Fund schrieb ich am 3. Dezember 1974 an Hermann Kesten:
›Übrigens: Ihr Brief vom 15. 11. 1935 enthält ja die ‚Anstiftung' zum ‚Mephisto'-Roman. Schade, daß wir den nicht schon zum Prozeß hatten! Zu tief saß bei einigen Richtern, die mit diesem Prozeß befaßt waren . . . das Vorurteil, hier sei nur eine Verunglimpfung und Herabwürdigung von Gründgens gemeint gewesen. Wenn nun so klar geworden wäre, wie aus Ihrem Brief, daß der Anstoß ganz von außen kam und von einem Schriftsteller, der das künstlerische Problem in den Vordergrund stellte, vielleicht wäre der Prozeß doch anders verlaufen. Sie wissen, daß das Bundesverfassungsgericht im Februar 1971 mit einer 3:3-Entscheidung unsere Beschwerde abgelehnt hat und das Werk weiterhin in der BRD verboten ist? In der DDR und in der Schweiz erscheint es mühelos. Merkwürdig ist übrigens, daß Sie sich zu dieser Anregung zu ‚Mephisto' nicht oder nur sehr spät bekannt haben. Noch im Gedächtnis-Buch[7], das Ihre besonders schöne Charakterisierung von Klaus Mann enthält, schreiben Sie wörtlich ‚angeregt wohl von der komödiantischen Natur der nationalsozialistischen Regierung'. Der Anreger aber waren Sie, das zeigt eben jener Brief.‹
Hermann Kesten antwortete, er hätte in der Tat das alles vergessen gehabt.

Damit sind wir bereits mitten in der Auseinandersetzung um *›Mephisto – Roman einer Karriere‹*, bei dem Fall, der fast acht Jahre lang – zwischen 1964 und 1971 – die Gerichte und die Öffentlichkeit beschäftigt hat.

Der Ablauf, kurz erzählt: Der Roman, 1936 geschrieben, erschien erstmals im selben Jahr im Querido Verlag, Amsterdam, und zwar in deutscher Sprache. Später folgten Übersetzungen in mehrere Sprachen, bis heute liegen elf Übersetzungen vor. In Deutschland erschien der Roman erstmals 1956 im Aufbau-Verlag, Ost-Berlin.
Im Spätsommer 1963 kündigte die Nymphenburger Verlagshandlung das Erscheinen einer Werkausgabe von Klaus Mann an. Innerhalb der Ausgabe war auch der Roman *›Mephisto‹* vorgesehen.
Am 31. März 1964 erhob Peter Gorski als Adoptivsohn und Erbe des ein halbes Jahr zuvor verstorbenen Schauspielers Gustaf Gründgens vor dem Landgericht Hamburg Klage gegen den Verlag, um das Erscheinen des ›Mephisto‹-Romans in der Bundesrepublik zu verhindern.
Durch Urteil vom 25. August 1965 wurde die Klage abgewiesen. Daraufhin brachte der Verlag eine Auflage in Höhe von 10000 Exemplaren heraus. Peter Gorski legte Berufung ein und versuchte, durch eine Einstweilige Verfügung die Verbreitung zu unterbinden. Das Oberlandesgericht Hamburg beschied diesen Verfügungsantrag dahin, daß der Roman bis zur Entscheidung des anhängigen Hauptprozesses weiterhin mit folgendem Vorwort erscheinen könne:

›An den Leser
Der Verfasser Klaus Mann ist 1933 freiwillig aus Gesinnung emigriert und hat 1936 diesen Roman in Amsterdam geschrieben. Aus seiner damaligen Sicht und seinem Haß gegen die Hitlerdiktatur hat er ein zeitkritisches Bild der Theatergeschichte in Romanform geschaffen. Wenn auch Anleh-

nungen an Personen der damaligen Zeit nicht zu verkennen sind, so hat er den Romanfiguren doch erst durch seine dichterische Phantasie Gestalt gegeben. Dies gilt insbesondere für die Hauptfigur. Handlungen und Gesinnungen, die dieser Person im Roman zugeschrieben werden, entsprechen jedenfalls weitgehend der Phantasie des Verfassers. Er hat daher seinem Werk die Erklärung beigefügt: ‚Alle Personen dieses Buches stellen Typen dar, nicht Porträts'. *Der Verleger‹*

Als Verleger empfand ich die von einem Richter weitgehend formulierte Erklärung als Eingriff in das Persönlichkeitsrecht von Klaus Mann, ließ aber in die noch vorhandenen Exemplare das Vorwort einfügen. Gleichwohl untersagte dann das gleiche Oberlandesgericht durch Urteil im Hauptprozeß am 9. Juni 1966 die Verbreitung des Romans insgesamt, also auch mit dem Vorwort des Verlags. In der Revision bestätigte der Bundesgerichtshof durch Urteil vom 20. März 1968 das Verbot. Er nahm ein nach dem Tod weiterwirkendes Schutzrecht der (verstorbenen) Persönlichkeit an und erklärte es in diesem Fall als vorrangig vor dem Grundrecht der Freiheit der Kunst, auf das sich der Verlag für Klaus Mann und für mich als Verleger berief.
Mitte 1968 legte im Auftrag des Verlags Rechtsanwalt Gerth Arras Verfassungsbeschwerde beim Bundesverfassungsgericht ein. Der Schriftsatz behandelte nicht nur die juristischen, insbesondere die verfassungsrechtlichen Aspekte, sondern befaßte sich an Hand vieler Beispiele auch mit dem Entstehungsprozeß von Kunst, besonders von Literatur (mit dem Spezialfall des Schlüsselromans), letztlich mit dem Realismus-Problem, also dem Verhältnis von Wirklichkeit und deren künstlerischem Abbild. Die Entscheidung erging am 24. Februar 1971.
Von den sechs Verfassungsrichtern hielten drei die Verfassungsbeschwerde für begründet und drei für unbegründet. Bei Stimmengleichheit gilt die Verfassungsbeschwerde als

zurückgewiesen. Aber von den drei Richtern, die in unserem Sinne die Grundrechte durch die vorangegangenen Urteile für verletzt ansahen, machten zwei, nämlich Professor Dr. Erwin Stein und Wiltraut Rupp-von Brünneck, von der ihnen gesetzlich eingeräumten Möglichkeit Gebrauch, ihre abweichende Meinung schriftlich zu begründen. Sie wurden der Entscheidung des Gerichts beigefügt und beides erst am 13. Juli 1971 zugestellt. Damals schrieb eine Zeitung[8]:
›Der Verleger hat, wie er gestern uns gegenüber äußerte, diesen ganzen Prozeß von vornherein politisch betrachtet. Die Entscheidung des Verfassungsgerichts ist ihm symptomatisch für die Lage der Bundesrepublik auf dem schmalen Grat zwischen Reaktion und Fortschritt. Insofern stellt die Entscheidung tatsächlich einen negativen Text dar.‹
Der mich befragende Journalist, Erhard Becker[9], sah selbst *›den betrüblichen Zustand im Zeichen des Grundgesetzes, der besten und freiesten Verfassung, die Deutschland je besaß – wegen seiner verzweifelten Ähnlichkeit mit dem Jahr 1936, als der ‚Mephisto' zu den in Deutschland verbotenen Büchern gehörte und sein Verfasser Klaus Mann ausgebürgert und geächtet war. Heute ist er wieder anerkannt. Sein Buch bleibt aus anderen als politischen Gründen verboten – weil der postmortale Ehrenschutz für den Schauspieler und Intendanten Gustaf Gründgens schwerer wiegt als die Freiheit der Kunst.‹*
Jetzt, nach weiteren zehn Jahren, und nachdem eine große Persönlichkeit des gegenwärtigen Theaters, die Regisseurin Ariane Mnouchkine, nach Lektüre der französischen Ausgabe von ›*Mephisto*‹ den Stoff in Form einer Bühnenfassung nochmals aufgegriffen hat, sehe ich die Ansichten von 1971 nur bestätigt.
Man hat die Auseinandersetzung zwischen den früheren Freunden Klaus Mann und Gustaf Gründgens ein ›Duell der Toten‹ genannt. Tatsächlich hat Gründgens zu seinen Lebzeiten nicht geklagt – und alles spricht dafür, daß er selbst nie geklagt hätte –; aber er hatte seit der Aufbau-Aus-

gabe 1956 in Westdeutschland einiges unternommen, um drei oder vier Verlage an der Herausgabe des Romans zu hindern. Bei Klageerhebung waren dann beide ›Duellanten‹ tatsächlich tot. Klaus Mann beging 1949 Selbstmord in Cannes, Gustaf Gründgens verstarb 1963 an einer Überdosis Schlafmittel auf einer Weltreise in Manila.
Postmortales Aufsehen erregte der Streit seiner politischen Bedeutung wegen – ein Emigrant gegen einen hohen Würdenträger des Dritten Reichs, der politisch Verfolgten geholfen und durch seine Kollaboration in den Augen vieler Generationsgefährten die Tradition des deutschen Theaters über dieses Dritte Reich hinweg gerettet hatte. Aber es gibt noch den familiären Aspekt. Gustaf Gründgens war in erster Ehe mehrere Jahre mit Erika Mann, der Schwester von Klaus Mann, verheiratet. Die Ehe wurde 1929 geschieden. Und nicht ohne tragische Fügung ist es, daß wohl einer der Gründe zu Klaus Manns Freitod die Ablehnung der schon zugesagten Veröffentlichung des ›Mephisto‹-Romans durch einen Verleger in West-Berlin gewesen ist. Dieser hatte das Werk herausbringen wollen, war jedoch inzwischen wegen der politischen Verhältnisse nach Bayern übersiedelt.
Am 5. Mai 1949 schrieb er an Klaus Mann:
›Von hier aus aber kann man schlecht den ‚Mephisto' starten, denn Herr Gründgens spielt hier eine bereits sehr bedeutende Rolle . . . Von Berlin aus hätte man so etwas leichter starten können: im Westen ist diese Aktion aber keinesfalls einfach.‹
Klaus Mann antwortete ihm am 12. Mai 1949, neun Tage vor seinem Tod:

Sehr geehrter Herr Jacobi,
Ihr Brief vom 5. Mai ist unbezahlbar! Einen Roman drucken – das heißt bei euch jetzt also ›eine Aktion starten‹. Diese Aktion, so meinen Sie – dürfte im Fall des ›Mephisto‹ ‚keinesfalls einfach sein' und muß ergo zunächst unterbleiben. Warum? Weil Herr Gründgens . . . ‚hier eine bereits bedeutende Rolle spielt'.

Das heiße ich mir Logik! Und Zivilcourage! Und Vertragstreue! – Ich weiß nicht, was mich mehr frappiert: die Niedrigkeit Ihrer Gesinnung oder die Naivität, mit der Sie diese zugeben. Gründgens hat Erfolg: warum sollten Sie da ein Buch herausbringen, das gegen ihn gerichtet scheinen könnte? Nur nichts riskieren! Immer mit der Macht! Mit dem Strom schwimmen! Man weiß ja, wohin es führt: zu eben jenen Konzentrationslagern, von denen man nachher nichts gewußt haben will ...
Ich darf Sie um die Gefälligkeit bitten, mir das Ihnen anvertraute Exemplar des ›Mephisto‹ (eine Seltenheit) umgehend an obige Adresse schicken zu wollen.
Bitte schreiben Sie mir nicht mehr.
Hochachtungsvoll *Klaus Mann*

Diesen Brief nimmt übrigens Ariane Mnouchkine zum Ausgangspunkt ihrer dramatischen Bearbeitung des Klaus Mannschen ›Mephisto‹-Stoffes (1979), die im Théâtre du Soleil in Vincennes bei Paris weit über 200000 Zuschauer anzog und 1980 durch Gastspiele in Berlin und München und durch Fernsehübertragungen einem großen Publikum in der Bundesrepublik bekannt wurde. (Eine Textausgabe liegt in der edition spangenberg vor.)
Der ›Mephisto‹-Prozeß gilt als der bekannteste Literatur-Prozeß der deutschen Nachkriegszeit. Überlegungen, welcher Natur der künstlerische Schöpfungsakt sei, spielen eine entscheidende Rolle.
Seltsamerweise haben Oberlandesgericht und Bundesgerichtshof gemeint, es wäre dem inzwischen verstorbenen Klaus Mann, hätte er gelebt, zuzumuten gewesen, das Werk nach 1945 so umzugestalten, daß der Leser Gründgens in der Hauptfigur des Romans, Hendrik Höfgen, nicht wiedererkenne. Denn durch die Neuherausgabe in unveränderter Fassung zum damaligen Zeitpunkt (1965) würde die Ehrverletzung und Verunglimpfung von Gründgens fortgesetzt

werden, die durch frühere Ausgaben bereits eingetreten seien.

Der Bundesgerichtshof sagte allerdings auch, daß mit der Zeit die Erinnerung an den Schauspieler verblasse und damit sein persönlichkeitsrechtlicher Anspruch erlöschen könnte. Zumindest sei die Befugnis des Klägers Gorski, den gesellschaftlichen Achtungsanspruch des Verstorbenen nach dessen Tod wahrzunehmen, zeitlich begrenzt. Aber auch der Bundesgerichtshof hielt daran fest, daß der Roman zum Zeitpunkt des Urteils für einen nicht unbedeutenden Leserkreis ein negativ verzerrtes Charakter- und Lebensbild von Gründgens vermittle.

Diese Formulierungen, die hier in der Sprache der Gerichte wiedergegeben werden, führen uns zu der Kernfrage des Prozesses: Handelt es sich um einen Schlüsselroman der Karriere von Gustaf Gründgens? Und wenn ja, wieweit liegt eine Lebensbeschreibung von Gründgens vor, eine Dokumentation, die (mit den Worten des Klägers) ›verfälscht‹ ist? Oder ist das Werk doch (wiederum eine Formulierung des Klägers, der sich die Gerichte bedienten) ›eine Schmähschrift in Romanform‹? Das Schwanken zwischen diesen beiden Möglichkeiten, der Kunstform des Romans und der einfachen Dokumentation, die dann in jedem Punkt stimmen muß, führte, wie die Verfassungsrichterin Rupp-von Brünneck gezeigt hat, zu logischen Widersprüchen in den Urteilen der beiden höheren Instanzen. Klaus Mann hat sich in seiner Autobiographie *›Der Wendepunkt‹* geäußert, wieweit sein ehemaliger Schwager als Vorbild diente. Leider erst nach dem Urteil des Bundesgerichtshofs fand sich eine weit frühere Äußerung des Verfassers dazu, nämlich ein Telegramm, das er im Juni 1936 an die Redaktion des *Pariser Tageblatts* gesandt hatte:

Kein Schlüsselroman.
Eine notwendige Erklärung von Klaus Mann.

Sehr geehrte Redaktion –
es bedeutet eine große Freude für mich, daß der erste Roman, welcher im Feuilleton der mit so viel Tapferkeit, Elan und Energie gegründeten neuen Pariser Tageszeitung *läuft, mein* ›Mephisto‹ *ist.*
Ich muß aber Ihnen – und ich muß es vor allem unseren Lesern – gestehen, daß mein Vergnügen eine gewisse Einbuße erlitten hat durch die überraschende und keineswegs sehr glückliche Form, auf die Sie meinen Roman in Ihren Spalten ankündigen. Nicht ohne Schrecken bemerke ich als Überschrift Ihrer Voranzeige die Worte: ›Ein Schlüsselroman.‹ – ›Ein Schlüsselroman‹? Wann hätte ein Schriftsteller, der solchen Namen irgend verdient, etwas hervorgebracht, was er mit dieser nicht gerade ehrenvollen Bezeichnung belegt sehen möchte? Ich muß protestieren – um der Würde Ihres Blattes willen, um unserer Leser willen, die zu anspruchsvoll sind, als daß sie mit ›Schlüsselromanen‹ amüsiert sein möchten; schließlich auch um meiner eigenen Würde willen.
Ich bin genötigt, feierlich zu erklären: Mir lag nicht *daran, die Geschichte eines bestimmten Menschen zu erzählen, als ich* ›Mephisto, Roman einer Karriere‹ *schrieb. Mir lag daran, einen* Typus *darzustellen, und mit ihm die verschiedenen Milieus (mein Roman spielt keineswegs nur im ›braunen‹), die soziologischen und geistigen Voraussetzungen, die solchen Aufstieg erst möglich machten.*
In Ihrer Voranzeige steht bedauerlicher Weise, mein Mephisto trage ›die Züge‹ eines bestimmten, heute in Deutschland erfolgreichen Schauspielers; ich will seinen Namen hier nicht wiederholen. Ja, diesen Schauspieler habe ich in der Tat gekannt. Aber was kann er heute für mich bedeuten? Vielleicht eine persönliche Enttäuschung; vielleicht nicht einmal das . . . Bin ich so tief gesunken, Romane um Privatpersonen zu schreiben?

Meine Enttäuschung, mein Zorn, mein Schmerz – sind sie so ziellos, so ›privat‹, daß sie sich mit Individuen beschäftigen, denen ich dieses oder jenes übel nehme und an denen ich mich in Form eines Schlüsselromans räche?
Mein Schmerz, mein Zorn, meine Entrüstung haben größere Gegenstände, als ein bestimmter Schauspieler es sein könnte, und sei er selbst zum Intendanten aufgestiegen. Wenn ich die Erkenntnisse und Gefühle, die drei bittere Jahre für uns mit sich brachten, in einer – übrigens, wie ich hoffe, nicht nur polemisch koncipierten, sondern auch episch geformten – Figur zusammenfasse, sie in einer Figur verdichte – so kann dies nur in einer dichterischen, repräsentativen –: nur in einer erfundenen *Figur geschehen.*
Nein, mein Mephisto ist nicht dieser oder jener. In ihm fließen vielerlei ›Züge‹ zusammen. Hier handelt es sich um kein ›Porträt‹, sondern um einen symbolischen Typus – der Leser wird beurteilen, ob auch um einen lebensvollen, dichterisch geschauten und gestalteten Menschen.
Der Leser, an den ich diese Zeilen vertrauensvoll richte, würde – so möchte ich annehmen – auch ohne diese meine ›Erklärung‹ festgestellt haben, daß meine erzählerische Arbeit mit der Bezeichnung ›Ein Schlüsselroman‹ unzutreffend charakterisiert ist. Trotzdem mußte ich diese Erklärung machen. Denn wichtiger als alle taktischen Erwägungen, wesentlicher als alle Rücksichten scheint es mir – heute mehr denn je – daß wir – gerade wir in der Emigration – über unserer schriftstellerischen und intellektuellen Ehre wachen und sie vor jeder Ungeschicklichkeit – wie sie ›im Eifer des Gefechtes‹ unter Kameraden wohl passieren kann – leidenschaftlich verteidigen, da wir sie doch vor der Böswilligkeit und Infamie zu Hause schon nicht verteidigen können.
Mit den besten Grüßen und Wünschen für Ihre Arbeit

Ihr ergebener
K. M.

Offenbar mit Erfolg vor Gericht hatte der Kläger auf die Besprechung des Romans durch den Journalisten Paul Hühnerfeld[10] anläßlich der Aufbau-Ausgabe (1956) hingewiesen. Danach sei der Roman ›ein Dokument der Privatrache eines von Ressentiments geschüttelten blindwütigen Bruders, der die Ehre der Schwester verletzt sieht‹. Dagegen spricht zum jetzigen Zeitpunkt nicht nur die durch den verloren gewesenen Kesten-Brief geklärte Entstehungsgeschichte des Romans, sondern auch eine eidesstattliche Erklärung von Erika Mann, wonach sie und ihr Bruder bis unmittelbar vor ihrer Auswanderung weiter freundschaftlichen Kontakt mit Gustaf Gründgens hatten.
Diese Umdeutung des Haß-Motivs vom Politischen ins Private kann man mit den Urteilen als ›Resultat eines sublimen Verdrängungsprozesses‹ in Zusammenhang bringen, wie W. F. Schoeller[11] das bezeichnete. Einer der bekanntesten Justizkritiker, der Stuttgarter Oberlandesgerichtspräsident i. R. Richard Schmid[12]; hat das so ausgedrückt:
›Die Entscheidung scheint mir ein Musterfall dessen, was Pascal meint, wenn er sagt Tout notre raisonnement se réduit à céder au sentiment. *(Unsere ganzen Überlegungen laufen darauf hinaus, dem Gefühl nachzugeben.) Das Gefühl sprach offenbar für Gründgens und gegen Klaus Mann.‹*

Und ein nicht minder namhafter kritischer Jurist, der hessische Generalstaatsanwalt Fritz Bauer[13], äußerte sich schon 1966 (zu dem Oberlandesgerichtsurteil):
›Daß Klaus Mann seinen Schwager subjektiv gesehen hat, liegt nahe, das ist Sache des Künstlers, das ist Sache des Historikers, das ist im Grunde genommen unumgänglich. Die Selbstgewißheit des Historikers habe ich nie begriffen; jede Deutung, ob es nun Wallenstein ist oder Johann Wolfgang von Goethe, ist immer subjektiv, die reine Wahrheit wird sich nicht feststellen lassen, die Wahrheit ergibt sich nur aus der Diskussion. Und das Urteil von Hamburg verletzt nun eigentlich das

Recht auf Diskussion, auf das Recht der Meinungsbildung über einen Mann wie Gründgens. Ich habe es besonders tief bedauert, und in einem Teil der Presse ist es auch besonders unterstrichen worden, daß hier auch noch politische Akzente hineingetragen worden sind, nämlich Klaus Mann vorgeworfen worden ist, daß er Gründgens aus der Welt des Emigranten sieht, was im Grunde genommen ein irrationales Element darstellt – aber eigentlich schon von vornherein die ganze Fragwürdigkeit dieser Rechtssprechung darstellt. Daß die Emigration die Verhältnisse in Deutschland anders gesehen hat, als derjenige, der nicht emigriert ist, ist ganz selbstverständlich. Das ist historisch, es ist literarisch wichtig: wie sah die Emigration ihr früheres Heimatland? Das ist an sich schon ein Beitrag zur Geschichte und zur Sozialpsychologie unserer Zeit . . .
Die Antwort kann überhaupt nur lauten, daß die Pressefreiheit nicht ihre Grenze finden kann im Persönlichkeitsrecht an dem Anspruch eines Mannes, ein ganz bestimmtes Bild festgelegt zu sehen. Jeder von uns schwankt also in der Geschichte, oder sein Bild schwankt in der Geschichte, und Verleger, Autoren müssen sich mit Händen und Füßen dagegen wehren, daß ihnen von vornherein Grenzen gesetzt sind, daß ihnen von vornherein ein bestimmtes Bild von Menschen gegeben wird, und ich brauche Ihnen nicht zu sagen, wie ist das Bild Friedrichs des Großen umstritten, wie sieht Friedrich der Große in einer deutsch-nationalen Literatur aus, wie sieht Bismarck aus, oder wie sieht etwa Golo Mann Bismarck? Sollen nun etwa die Erben von Bismarck kommen und sagen, das Bild von Bismarck, wie es Golo Mann gezeichnet habe, sei vollkommen verzeichnet, es sei negativ? Also auch hier gilt grundsätzlich für mich das Recht der freien Meinungsäußerung. Wir haben das Recht auf eigenes Bild dann nicht, wenn es sich um eine Person der Zeitgeschichte handelt; jedermann der Zeitgeschichte, ob heute oder in der vergangenen Zeit, muß es sich gefallen lassen, mit subjektiven Augen gesehen und bewertet zu werden. Ich wollte das eigentlich nur sagen, um das Problem zu umreißen.‹

Im Gegensatz zu Bauer meine ich allerdings, daß das Politische nicht in den Prozeß hineingetragen wurde, sondern von Anfang an darin war. Es handelte sich um einen politischen Prozeß – weil eben der Roman selber politisch durch und durch ist. Im Vorwort zur dramatischen Bearbeitung des Stoffes durch Ariane Mnouchkine wies ich auf die Bewußtmachung des Politischen mit den Mitteln des Theaters hin, auf die ›Trauerarbeit‹ einer nichtdeutschen Regisseurin, bei der ein Lehrstück für uns und für die Richter zustande kam. Nur die Richter der 1. Instanz (am Landgericht Hamburg) hatten die Chance, jung genug zu sein, um nicht im Schatten der Vergangenheit zu stehen. In den weiteren Gerichtsinstanzen mußte die Freiheit der Kunst hinter dem Schutz einer (verstorbenen) Persönlichkeit und der Menschenwürde zurücktreten. Schließlich scheiterte unsere Verfassungsbeschwerde an einem im wahren Wortsinn ›phantasie-losen‹ Kunstverständnis, das zuließ, daß ein Kunstwerk wie *›Mephisto‹* von Richtern mit der Elle der Realität gemessen wird. Damit wird der Kunst die Freiheit genommen, die ihr als ›höherer‹ Wirklichkeit zusteht. Dadurch klammerten sich die Richter, die das so sahen, am *Besonderen,* dem persönlichen Hintergrund, fest, um das *Allgemeine* und damit das Politische des Stoffes um so leichter zu verdrängen. Ging es im Roman selber um den Pakt der Kunst mit der Macht, war es in der Auseinandersetzung *um* den Roman die Macht (der Gerichte), die der Kunst ihren Freiraum als Gegenwirklichkeit versagte.
Wie gezeigt, hatten sowohl der Bundesgerichtshof wie das Bundesverfassungsgericht von sich aus schon die Frage der zeitlichen Begrenzung des Verbots erwogen und befunden, ›daß das Rechtsschutzbedürfnis des verstorbenen Gründgens in dem Maß schwindet, in dem die Erinnerung an den Verstorbenen verblaßt‹.
Ist sie verblaßt? Vor über vier Jahren, im November 1976, veranstaltete der Sender Freies Berlin auf dem Hermann-

Platz in Berlin-Neukölln eine Umfrage unter Passanten mit der Frage ›Wissen Sie, wer Gustaf Gründgens war?‹. Das Ergebnis zeigt, daß damals bereits die Erinnerung an den einst so berühmten Schauspieler tatsächlich geschwunden war. (Umfrage von Peter Sandmeyer[14]):

Sandmeyer: Wissen Sie, wer Gustaf Gründgens war?
Passant 1: Nä! Keine Ahnung.
Sandmeyer: Wissen Sie, wer Gustaf Gründgens war?
Passant 2: Na, 'n Theaterregisseur, warum?
Sandmeyer: Können Sie sich noch an den erinnern?
Passant 2: Na ja, na der is ja nu schon – wie lange is det her? – jute zehn Jahre tot, wa?
Sandmeyer: Wissen Sie, wer Gustaf Gründgens war?
Passant 3: Nee.
Sandmeyer: Noch nie gehört den Namen?
Passant 3: Nee.
Sandmeyer: Sie sind Schüler, beide, darf ich Sie mal fragen, wissen Sie, wer Gustaf Gründgens war?
Passant 4: Ein Schauspieler war das ja.
Passant 5: Ich wüßte't nich.
Sandmeyer: Sie wissen's nicht. Schauspieler stimmt. Können Sie sich an den erinnern, haben Sie ihn mal gesehen?
Passant 4: Nein, das seh ich nur vom Namen her.
Passant 6: Gründgens? Ja, ist mir bekannt vom Namen her, aber, was er besonderes getan hat, weiß ich leider nicht.
Sandmeyer: Wissen Sie denn noch was über Gründgens' Verhalten im Dritten Reich?
Passant 7: Also er war so 'n bißchen Linkshänder, nich wahr? Verstehste – anders veranlagt. Im Dritten Reich, ja was hat er da gemacht? Ick gloobe, det war 'n bißchen Nazi. Gott, wer war das nich, ich war's nich.
Passant 8: Gustaf, wie heißt der?
Sandmeyer: Gründgens.
Passant 8: Nä, kenn ick nich.

Sandmeyer: Wissen Sie, wer Gustaf Gründgens war?
Passant 9: Ja, Schauspieler.
Sandmeyer: Wissen Sie zufälligerweise was über sein Verhalten im Dritten Reich?
Passant 10: Also Nationalsozialist war er nich, also war er gegen die Nationalsozialisten.

Demnach besteht wohl kein Zweifel, daß ein ›nicht unbedeutender Leserkreis‹, der 1963 ›nicht unschwer den Schauspieler Gustaf Gründgens in Höfgen wiedererkannt hatte‹, heute stark abgenommen hat. (Die Zitate hier wie in dem folgenden Absatz sind dem Wortlaut der Urteile entnommen.)
Entsprechend dürfte auch das ›allgemeine Interesse‹ an dem vor siebzehn Jahren verstorbenen Gustaf Gründgens ›geschwunden‹ sein. Außerdem können die an Gründgens noch heute besonders Interessierten durch Publikationen, die seit seinem Tod erschienen sind, sich ›ein genaues Bild über die Persönlichkeit‹ des ehemaligen Schauspielers und Generalintendanten der Preußischen Staatstheater machen. Es sei auch auf die seit Anfang des Jahres 1980 in Düsseldorf gezeigte Gründgens-Ausstellung verwiesen, die noch durch einige andere Städte der Bundesrepublik gehen wird. Sie erhebt den Anspruch, eine historisch getreue Dokumentation zu vermitteln, besonders in bezug auf Gründgens' politisches Verhalten und sein Eintreten für politisch Verfolgte im Dritten Reich. Gerd Vielhaber verweist in einer Besprechung[15] in der *Frankfurter Allgemeinen Zeitung* besonders auf eines der Stichworte der Ausstellung, nämlich ›Mephisto und die Nazi-Zeit‹. Dort sei mit Hilfe der Dokumente die Fehleinschätzung des angeblichen politischen Opportunisten und Karrieristen Gründgens in seiner prekären Position als Görings Staatstheater-Intendant korrigiert:
›Die Fakten sprechen für sich. Bewußt zeigt die Ausstellung auch das mit dem Hakenkreuz versehene Plakat von Ariane

*Mnouchkines Pariser,*Mephisto'*-Inszenierung nach dem (hierzulande immer noch nicht freigegebenen) Roman von Klaus Mann. Ihre dramaturgischen Sendboten, beauftragt, ,Negativmaterial' im Düsseldorfer Archiv auszuhandeln, waren vergeblich gekommen. Nicht etwa, weil man es ihnen vorenthielt, sondern weil es nichts gab, was für eine Identifikation von Klaus Manns Romanfigur Hendrik Höfgen mit Gustaf Gründgens brauchbar gewesen wäre.‹*

Der Initiator der Ausstellung, der Direktor des Theaterarchivs der Stadt Düsseldorf, Heinrich Riemenschneider, äußerte mir gegenüber, daß er das Wiedererscheinen von Klaus Manns Roman *›Mephisto‹* in der Bundesrepublik Deutschland nicht nur begrüßen, sondern auch unterstützen würde[16]:

›Vor allem deshalb, weil ich das Verbot grundsätzlich verneine und weil ich darin eine Behinderung der wirklich vorurteilsfreien Bewertung der Haltung Gustaf Gründgens' in der Nazi-Zeit sehe.‹

Wilfried F. Schoeller hat in seinem Plädoyer für die Freigabe des Romans in der *Süddeutschen Zeitung*[17] erklärt, daß die Öffentlichkeit an dem Roman heute als ›unmittelbare historische Quelle‹ und als ›aufregendes Zeit-Bild‹ verstärkt interessiert sei.

Freilich hatte schon vor mehr als zehn Jahren das Bundesjustizministerium in seiner Stellungnahme für das Bundesverfassungsgericht den Roman als ›Anschauungsmaterial über die damaligen innerdeutschen Verhältnisse‹ bezeichnet, in wahrscheinlich bewußt-deutlicher Ablehnung des charakteristischen Satzes im Urteil des Oberlandesgerichts Hamburg: ›Die deutsche Öffentlichkeit hat kein Interesse, ein falsches Bild über die Theaterverhältnisse nach 1933 aus der Sicht eines Emigranten zu erhalten.‹

Einen neuen juristischen Akzent erhält der ›Fall Mephisto‹ dadurch, daß seit dem Frühjahr 1980 in der Bundesrepublik ein angeblich in Frankreich hergestellter Raubdruck des

›Mephisto‹-Romans auch über den Ladentisch von Buchhändlern geht. Die Staatsanwaltschaft sah sich bisher nicht in der Lage, auf Grund unseres Strafantrags gegen die unbekannten Drucker und Verbreiter einzuschreiten. Sie hat das Verfahren eingestellt, obwohl sie eigentlich mit doppelter Kraft hätte tätig werden müssen, einmal wegen des Verbots, zum anderen wegen des Nachdrucks. So bleibt der Raubdruck eines gerichtlich verbotenen Buchs ein weiteres Kuriosum in dem an Seltsamkeiten nicht armen Fall.
So darf man wohl sagen, daß 44 Jahre nach der Niederschrift des Romans und 35 Jahre nach dem Ende der Nazi-Diktatur, die Klaus Mann mit allen Kräften und besonders mit seinem ›Mephisto‹-Roman bekämpft hat, eine andere rechtliche Situation gegeben ist, als im Zeitpunkt des Bundesgerichtshof-Urteils. Der Roman erscheint wieder und kann so noch einmal – und hoffentlich auf Dauer – in die Freiheit seiner Wirkung entlassen werden.

München, im Herbst 1980

Anmerkungen zur Einleitung

1 *Klaus Mann:* Briefe und Antworten I: 1922–1937; Briefe und Antworten II: 1937–1949. München: Ellermann, 1975 [Band II enthält Golo Mann: ›Erinnerungen an meinen Bruder Klaus‹]

2 *Hermann Kesten:* geb. 1900, Romancier, Essayist, Biograph, Lyriker und Herausgeber, Leiter des Kiepenheuer Verlags bis 1933, wurde literarischer Lektor des Exil-Verlags Allert de Lange in Amsterdam.

3 *Landshoff:* Fritz H. Landshoff, geboren 1901, 1933 Leiter der deutschen Abteilung im Exil-Verlag Querido in Amsterdam, 1940 USA. Er war mit Klaus Mann befreundet und betreute die erste Ausgabe des *›Mephisto‹* verlegerisch.

4 *schon bedachten Herrn Staatstheaterintendanten Gründgens:* K. bezieht sich auf die Hauptfigur des 1932 bei S. Fischer, Berlin, erschienenen Zeitromans von Klaus Mann *›Treffpunkt im Unendlichen‹*, in dem die zentrale Figur des ›Mephisto‹, Hendrik Höfgen, einen Vorläufer hat, den Schauspieler und Tänzer Gregor Gregori. Auch er trägt erkennbar Züge von Gustaf Gründgens, und gleichfalls geht es in diesem Roman mehr um den ›Typ‹ als um die Person. Gregori und Höfgen, die Gestalten aus den Romanen von 1932 und 1936, sind sogar weitgehend identisch, ›beide die stilisierte Figur des einen Typs, der in seinem Drang zum Erfolg und mit seinem Karrierestreben zum ‚Affen der Macht' und zum ‚Clown zur Zerstreuung der Mörder' im Dritten Reich wurde‹. (Die Zitate sind entnommen: Werner Rieck, *›Gregor Gregori und Hendrik Höfgen. Ein Beitrag zur Werkgeschichte von Klaus Manns ‚Mephisto'‹*. Pädagogische Hochschule Potsdam: *Wissenschaftliche Zeitschrift*, Jg. 12/1968 H. 4)

5 *Münzenbergiaden:* Bezieht sich auf die politisch-publizistische Tätigkeit von Willi Münzenberg (1889–1940, bei Grenoble tot aufgefunden). Zeitungsverleger, Publizist und Politiker, 1933 ausgebürgert, kommunistischer Organisator der Volksfront, 1937 aus der KPD ausgestoßen.

6 *Berliner Schauspieler:* Hans Otto, Schauspieler, Kommunist, wurde 1934 in der Haft von den Nazis grausam umgebracht.

7 *Gedächtnis-Buch:* Erika Mann: ›*Klaus Mann zum Gedächtnis*‹. Amsterdam: Querido, 1950, S. 85

8 *Zeitung:* Erhard Becker in *Rhein-Neckar Zeitung* vom 14. Juli 1971

9 *Erhard Becker:* ›Aus der Residenz des Rechts‹, zweiter Teil der Sendung im Süddeutschen Rundfunk vom 15. Juli 1971

10 *Paul Hühnerfeld:* ›*Das Phänomen der Familie Mann. Gedanken anläßlich zweier neuer Bücher von Klaus und Monika Mann*‹ in: *Die Zeit,* 1956 [genaues Datum nicht ermittelt]

11 *W. F. Schoeller:* ›*Der Fall Mephisto. Rückblick auf einen Literaturskandal der sechziger Jahre*‹ in: *Süddeutsche Zeitung* vom 8./9. Dezember 1979

12 *Richard Schmid:* ›*Am meisten Schweiß und Tinte habe ich für die Meinungsfreiheit vergossen*‹ in: *Stuttgarter Zeitung* vom 31. März 1979

13 *Fritz Bauer:* Diskussionsbeitrag zu dem Konstanzer Gespräch 1966 (aus dem Protokoll des Börsenvereins des Deutschen Buchhandels e.V.)

14 *Umfrage:* Sender Freies Berlin, Redaktion Rolf Haufs, Autor Peter Sandmeyer, Sendung vom 4. Dezember 1976 (Wir danken Autor und Redaktion für die Abdrucksgenehmigung.)

15 *Ausstellung:* Besprechung in der *Frankfurter Allgemeinen Zeitung* vom 15. Februar 1980

16 *unterstützen würde:* Heinrich Riemenschneider im Brief vom 27. Mai 1980 an Berthold Spangenberg

17 *Süddeutsche Zeitung:* siehe Anmerkung 11

VORSPIEL
1936

»In einem der westdeutschen Industriezentren sollen neulich über achthundert Arbeiter verurteilt worden sein, alle zu hohen Zuchthausstrafen, und das im Laufe eines einzigen Prozesses.«
»Nach meinen Informationen sind es nur fünfhundert gewesen; über hundert andere hat man erst gar nicht abgeurteilt, sondern heimlich umbringen lassen, ihrer Gesinnung wegen.«
»Sind die Löhne wirklich so entsetzlich schlecht?«
»Miserabel. Dabei fallen sie noch – und die Preise steigen.«
»Die Dekorierung des Opernhauses für heute abend soll 60 000 Mark gekostet haben. Dazu kommen mindestens noch 40 000 Mark anderer Spesen – nicht mitgerechnet die Unkosten, die es der öffentlichen Kasse gemacht hat, das Opernhaus, wegen der Vorbereitungen für den Ball, fünf Tage lang geschlossen zu halten.«
»Eine nette kleine Geburtstagsfeier.«
»Ekelhaft, daß man den Rummel mitmachen muß.«
Die beiden ausländischen jungen Diplomaten verneigten sich, auf den Gesichtern das liebenswürdigste Lächeln, vor einem Offizier in großer Uniform, der hinter seinem Monokel einen mißtrauischen Blick auf sie geworfen hatte.
»Die ganze hohe Generalität ist da.« Sie sprachen erst wieder, als sie die große Uniform außer Hörweite wußten.
»Aber sie sind alle für den Frieden begeistert«, fügte der andere boshaft hinzu.
»Wie lange noch?« fragte fröhlich lächelnd der erste, wobei er eine kleine Dame von der japanischen Botschaft be-

grüßte, die am Arm eines hünenhaften Marineoffiziers klein und zierlich einherschritt.
»Wir müssen auf alles gefaßt sein.«
Ein Herr vom Auswärtigen Amt gesellte sich zu den beiden jungen Botschaftsattachés, die sofort dazu übergingen, Pracht und Schönheit der Saaldekoration zu preisen. »Ja, der Herr Ministerpräsident hat Freude an diesen Dingen«, sagte, etwas verlegen, der Herr vom Auswärtigen Amt.
»Aber es ist alles geschmackvoll«, versicherten die beiden jungen Diplomaten, beinah im gleichen Atem.
»Gewiß«, sprach gequält der Herr aus der Wilhelmstraße.
»Eine so prachtvolle Veranstaltung kann man heute nirgends als in Berlin finden«, sagte einer der beiden Ausländer noch. Der Herr vom Außenministerium zögerte eine Sekunde lang, ehe er sich zu einem höflichen Lächeln entschloß.
Es entstand eine Gesprächspause. Die drei Herren blickten um sich und lauschten dem festlichen Lärm. »Kolossal«, sagte schließlich einer von den beiden jungen Leuten leise – diesmal ohne jeden Sarkasmus, sondern wirklich beeindruckt, beinah verängstigt von dem riesenhaften Aufwand, der ihn umgab. Das Flimmern der von Lichtern und Wohlgerüchen gesättigten Luft war so stark, daß es ihm die Augen blendete. Ehrfurchtsvoll, aber mißtrauisch blinzelte er in den bewegten Glanz. Wo bin ich nur? dachte der junge Herr – er kam aus einem der skandinavischen Länder –. Der Ort, an dem ich mich befinde, ist ohne Frage sehr lieblich und verschwenderisch ausgestattet; dabei aber auch etwas grauenhaft. Diese schön geputzten Menschen sind von einer Munterkeit, die nicht gerade vertrauenerweckend wirkt. Sie bewegen sich wie die Marionetten – sonderbar zuckend und eckig. In ihren Augen lauert etwas, ihre Augen haben keinen guten Blick, es gibt in ihnen so viel Angst und so viel Grausamkeit. Bei mir zu Hause schauen die Leute auf eine andere Art – sie schauen freundlicher und freier, bei mir zu Hause. Man lacht auch anders, bei uns droben im Norden. Hier ha-

ben die Gelächter etwas Höhnisches und etwas Verzweifeltes; etwas Freches, Provokantes, und dabei etwas Hoffnungsloses, schauerlich Trauriges. So lacht doch niemand, der sich wohl fühlt in seiner Haut. So lachen doch Männer und Frauen nicht, die ein anständiges, vernünftiges Leben führen . . .

Der große Ball zum 43. Geburtstag des Ministerpräsidenten fand in allen Räumen des Opernhauses statt. In den ausgedehnten Foyers, in den Couloirs und Vestibülen bewegte sich die geputzte Menge. Sie ließ Sektpfropfen knallen in den Logen, deren Brüstungen mit kostbaren Draperien behängt waren; sie tanzte im Parkett, aus dem man die Stuhlreihen entfernt hatte. Das Orchester, das auf der leergeräumten Bühne seinen Platz hatte, war umfangreich, als sollte es eine Symphonie aufführen, mindestens von Richard Strauss. Es spielte aber nur, in keckem Durcheinander, Militärmärsche und jene Jazz-Musik, die zwar wegen niggerhafter Unsittlichkeit verpönt war im Reiche, die aber der hohe Würdenträger auf seinem Jubelfeste nicht entbehren wollte.

Hier hatte alles sich eingefunden, was in diesem Lande etwas gelten wollte, niemand fehlte – außer dem Diktator selbst, der sich wegen Halsschmerzen und angegriffener Nerven hatte entschuldigen lassen, und außer einigen etwas plebejischen Parteiprominenten, die nicht eingeladen worden waren. Hingegen bemerkte man mehrere kaiserliche und königliche Prinzen, viele Fürstlichkeiten und fast den ganzen Hochadel; die gesamte Generalität der Wehrmacht, sehr viel einflußreiche Financiers und Schwerindustrielle; verschiedene Mitglieder des Diplomatischen Korps – meistens von den Vertretungen kleinerer oder weit entfernter Länder –; einige Minister, einige berühmte Schauspieler – die huldvolle Schwäche des Jubilars für das Theater war bekannt – und sogar einen Dichter, der sehr dekorativ aussah und übrigens die persönliche Freundschaft des Diktators genoß. – Über 2000 Einladungen waren verschickt worden; von diesen wa-

ren etwa tausend Ehrenkarten, die zum unentgeltlichen Genuß des Festes berechtigten; von den Empfängern der übrigen tausend hatte jeder fünfzig Mark Eintritt zahlen müssen: so kam ein Teil der ungeheuren Spesen wieder herein – der Rest blieb zu Lasten jener Steuerzahler, die nicht zum näheren Umgang des Ministerpräsidenten und also keineswegs zur Elite der neuen deutschen Gesellschaft gehörten.
»Ist es nicht ein wunderschönes Fest!« rief die umfangreiche Gattin eines rheinischen Waffenfabrikanten der Frau eines südamerikanischen Diplomaten zu. »Ach, ich amüsiere mich gar zu gut! Ich bin so glänzender Laune, und ich wünschte mir, daß alle Menschen in Deutschland, und überall, glänzender Laune würden!« Die südamerikanische Diplomatenfrau, die nicht gut Deutsch verstand und sich langweilte, lächelte säuerlich.
Die muntere Gattin des Fabrikanten war von solchem Mangel an Enthusiasmus enttäuscht und entschloß sich dazu, weiter zu promenieren. »Entschuldigen Sie mich, meine Liebe!« sagte sie fein und raffte die glitzernde Schleppe. »Ich muß eben mal eine alte Freundin aus Köln begrüßen – die Mutter unseres Staatstheaterintendanten, Sie wissen doch, des großen Hendrik Höfgen.«
Hier tat die Südamerikanerin zum ersten Mal den Mund auf, um zu fragen: »Who is Henrik Hopfgen?« – was die Fabrikantengattin veranlaßte, leise aufzuschreien: »Wie? Sie kennen unseren Höfgen nicht? – Höfgen, meine Beste –, nicht Hopfgen! Und Hendrik, nicht Henrik – er legt größten Wert auf das kleine ›d‹!«
Dabei war sie schon auf die distinguierte Matrone zugeeilt, die am Arme des Dichters und Führerfreundes würdevoll durch die Säle schritt. »Liebste Frau Bella! Es ist eine Ewigkeit her, daß man sich nicht gesehen hat! Wie geht es Ihnen denn, Liebste? Haben Sie manchmal Heimweh nach unserem Köln? Aber Sie befinden sich hier ja in einer so glänzenden Position! Und wie geht es Fräulein Josy, dem lieben

Kind? Vor allem: Was macht Hendrik – Ihr großer Sohn! Himmel, was ist aus ihm alles geworden! Er ist ja fast so bedeutend wie ein Minister! Jaja, liebste Frau Bella, wir in Köln haben alle Sehnsucht nach Ihnen und Ihren herrlichen Kindern!«

In Wahrheit hatte sich die Millionärin niemals um Frau Bella Höfgen gekümmert, als diese noch in Köln gelebt und ihr Sohn die große Karriere noch nicht gemacht hatte. Die Bekanntschaft zwischen den beiden Damen war nur eine flüchtige gewesen; niemals war Frau Bella eingeladen worden in die Villa des Fabrikanten. Nun aber wollte die lustige und gemütvolle Reiche die Hand der Frau, deren Sohn man zu den nahen Freunden des Ministerpräsidenten zählte, gar nicht mehr loslassen.

Frau Bella lächelte huldvoll. Sie war sehr einfach, aber nicht ohne eine gewisse ehrbare Koketterie gekleidet; auf ihrer schwarzen, glatt fließenden Seidenrobe leuchtete eine weiße Orchidee. Das graue, schlicht frisierte Haar bildete einen pikanten Kontrast zu ihrem ziemlich junggebliebenen, mit dezenter Sorgfalt hergerichteten Gesicht. Aus weiten, grünblauen Augen schaute sie mit einer reservierten, nachdenklichen Freundlichkeit auf die geschwätzige Dame, die den lebhaften deutschen Kriegsvorbereitungen ihr wundervolles Collier, ihre langen Ohrgehänge, die Pariser Toilette und all ihren Glanz verdankte.

»Ich kann nicht klagen, es geht uns allen recht gut«, sprach mit stolzer Bescheidenheit Frau Höfgen. »Josy hat sich mit dem jungen Grafen Donnersberg verlobt. Hendrik ist ein wenig überanstrengt, er hat rasend zu tun.«

»Das kann ich mir denken.« Die Industrielle schaute respektvoll.

»Darf ich Ihnen unseren Freund Cäsar von Muck vorstellen«, sagte Frau Bella.

Der Dichter neigte sich über die geschmückte Hand der reichen Dame, die sofort wieder zu schwätzen begann. »Unge-

heuer interessant, ich freue mich wirklich, habe Sie sofort nach den Photographien erkannt. Ihr Tannenberg-Drama habe ich in Köln bewundert, eine recht gute Aufführung, natürlich fehlen die überragenden Leistungen, wie man sie in Berlin jetzt gewöhnt ist, aber wirklich recht anständig, ohne Frage sehr achtbar. Und Sie, Herr Staatsrat – Sie haben doch inzwischen eine so großartige Reise gemacht, alle Welt spricht von Ihrem Reisebuch, ich will es mir dieser Tage besorgen.«
»Ich habe viel Schönes und viel Häßliches gesehen in der Fremde«, sagte der Dichter schlicht. »Jedoch reiste ich durch die Lande nicht nur als Schauender, nicht nur als Genießender, sondern mehr noch als Wirkender, Lehrender. Mich deucht, es ist mir gelungen, dort draußen neue Freunde für unser neues Deutschland zu werben.« Mit seinen stahlblauen Augen, deren durchdringende und feurige Reinheit in vielen Feuilletons gepriesen wurde, taxierte er den kolossalen Schmuck der Rheinländerin. Ich könnte in ihrer Villa wohnen, wenn ich das nächste Mal in Köln einen Vortrag oder eine Premiere habe, dachte er, während er weitersprach: »Es ist für unseren geraden Sinn unfaßbar, wie viel Lüge, wie viel boshaftes Mißverständnis über unser Reich im Umlauf sind – draußen in der Welt.«
Sein Gesicht war so beschaffen, daß jeder Reporter es ›holzgeschnitten‹ nennen mußte: zerfurchte Stirn, Stahlauge unter blonder Braue und ein verkniffener Mund, der leicht sächsischen Dialekt sprach. Die Waffenfabrikantin war sehr beeindruckt, von seinem Aussehen wie von seiner edlen Rede. »Ach«, schaute sie ihn schwärmerisch an. »Wenn Sie einmal nach Köln kommen, müssen Sie uns unbedingt besuchen!«
Staatsrat Cäsar von Muck, Präsident der Dichterakademie und Verfasser des überall gespielten Tannenberg-Dramas, verneigte sich mit ritterlichem Anstand: »Es wird mir eine echte Freude sein, gnädige Frau.«

Dabei legte er sogar die Hand aufs Herz.
Die Industrielle fand ihn wundervoll.
»Wie köstlich es sein wird, Ihnen einen ganzen Abend zuzuhören, Exzellenz!« rief sie aus. »Was Sie alles erlebt haben müssen! Sind Sie nicht auch schon Staatstheaterintendant gewesen?«
Diese Frage wurde als taktlos empfunden, und zwar sowohl von der distinguierten Frau Bella, als auch vom Autor der Tannenberg-Tragödie. Dieser sagte denn auch nur, mit einer gewissen Schärfe: »Gewiß.«
Die reiche Kölnerin merkte nichts. Vielmehr sprach sie noch, mit durchaus deplacierter Schelmerei: »Sind Sie denn da nicht ein klein bißchen eifersüchtig, Herr Staatsrat, auf unseren Hendrik, Ihren Nachfolger?« Nun drohte sie auch noch mit dem Finger. Frau Bella wußte nicht, wohin sie blikken sollte.
Cäsar von Muck aber bewies, daß er weltmännisch und überlegen war, und zwar in einem Grade, der an Edelmut grenzt. Über sein Holzschnittgesicht ging ein Lächeln, das nur in seinen ersten Anfängen etwas bitter schien, dann aber milde, gut und sogar weise wurde. »Ich habe diese schwere Last gerne – ja, von Herzen gerne an meinen Freund Höfgen abgegeben, der wie kein anderer berufen ist, sie zu tragen.« Seine Stimme bebte; er war stark ergriffen von der eigenen Großmut und von der Schönheit seiner Gesinnung.
Frau Bella, die Mutter des Intendanten, zeigte eine beeindruckte Miene; die Lebensgefährtin des Kanonenkönigs aber war derartig gerührt von der edlen und majestätischen Haltung des berühmten Dramatikers, daß sie beinahe weinen mußte. Mit tapferer Selbstüberwindung schluckte sie die Tränen hinunter; tupfte sich die Augen flüchtig mit dem Seidentüchlein und schüttelte die weihevolle Stimmung mit einem sichtbaren Ruck von sich ab. In ihr siegte die typisch rheinische Munterkeit; sie schaute wieder strahlend und jubilierte: »Ist es nicht ein ganz herrliches Fest?«

Es war ein ganz herrliches Fest, darüber konnte gar kein Zweifel bestehen. Wie das glitzerte, duftete, rauschte! Gar nicht festzustellen, was mehr Glanz verbreitete: die Juwelen oder die Ordenssterne. Das verschwenderische Licht der Kronleuchter spielte und tanzte auf den entblößten, weißen Rücken und den schön bemalten Mienen der Damen; auf den Specknacken, gestärkten Hemdbrüsten oder betreßten Uniformen feister Herren; auf den schwitzenden Gesichtern der Lakaien, die mit den Erfrischungen umherliefen. Es dufteten die Blumen, die in schönem Arrangement verteilt waren durch das ganze Lusthaus; es dufteten die Pariser Parfüms all der deutschen Frauen; es dufteten die Zigarren der Industriellen und die Pomaden der schlanken Jünglinge in ihren kleidsam knappen SS-Uniformen; es dufteten die Prinzen und die Prinzessinnen, die Chefs der Geheimen Staatspolizei, die Feuilletonchefs, die Filmdivas, die Universitätsprofessoren, die einen Lehrstuhl für Rassen- oder Wehrwissenschaft innehatten, und die wenigen jüdischen Bankiers, deren Reichtum und internationale Beziehungen so gewaltig waren, daß man sie sogar an dieser exklusiven Veranstaltung teilhaben ließ. Man verbreitete Wolken künstlichen Wohlgeruchs, als gälte es, ein anderes Aroma nicht aufkommen zu lassen – den faden, süßlichen Gestank des Blutes, den man zwar liebte und von dem das ganze Land erfüllt war, dessen man sich aber bei so feinem Anlaß und in Gegenwart der fremden Diplomaten ein wenig schämte.
»Tolle Sache«, sagte ein hoher Herr von der Reichswehr zum anderen. »Was der Dicke sich alles leistet!«
»Solange wir es uns gefallen lassen«, sagte der zweite. Sie machten gutgelaunte Gesichter; denn sie wurden photographiert.
»Lotte soll ein Kleid anhaben, das dreitausend Mark kostet«, erzählte eine Filmschauspielerin dem Hohenzollernprinzen, mit dem sie tanzte. Lotte war das Eheweib des Gewaltigen mit den vielen Titeln, der sich zu seinem 43. Ge-

burtstag feiern ließ wie ein Märchenprinz. Lotte war eine Provinzschauspielerin gewesen und galt als herzensgute, schlichte, urdeutsche Frau. An ihrem Hochzeitstage hatte der Märchenprinz zwei Proleten hinrichten lassen.
Der Hohenzollernprinz sagte: »Einen solchen Aufwand hat meine Familie niemals getrieben. – Wann wird das hohe Paar denn übrigens Einzug halten? Unsere Erwartung soll wohl auf das äußerste gesteigert werden!«
»Lottchen versteht's«, meinte sachlich die ehemalige Kollegin der Landesmutter. –
Ein ausgesprochen herrliches Fest: Alle Anwesenden schienen es aufs intensivste zu genießen, sowohl die mit den Ehrenkarten, als auch die anderen, die fünfzig Mark hatten zahlen müssen, um dabei sein zu dürfen. Man tanzte, schwatzte, flirtete; man bewunderte sich selber, die anderen und am meisten die Macht, die sich so üppige Veranstaltungen wie diese gönnen durfte. In den Logen und Wandelgängen, an den verführerischen Bufetts waren die Konversationen sehr lebhaft. Man diskutierte über die Toiletten der Damen, über das Vermögen der Herren und über die Preise, welche die Wohltätigkeits-Tombola bringen würde: als das wertvollste Stück wurde ein Hakenkreuz aus Brillanten genannt, etwas sehr Niedliches und Teures, als Brosche oder als Anhänger an einem Collier zu tragen. Eingeweihte wollten wissen, daß es auch höchst amüsante Trostpreise geben würde, zum Beispiel naturgetreu nachgebildete Tanks und Maschinengewehre aus Lübecker Marzipan. Einige Damen behaupteten launig, daß sie noch lieber ein Mordinstrument aus so süßem Stoff haben wollten, als das kostbare Hakenkreuz. Es wurde viel und herzlich gelacht. Mit gedämpfteren Stimmen besprach man sich über die politischen Hintergründe der Veranstaltung. Es fiel auf, daß der Diktator abgesagt hatte und mehrere Parteiprominente nicht eingeladen worden waren; daß man aber Mitglieder der fürstlichen Familien in so großer Anzahl anwesend sah. An diesen Umstand knüpften sich

mancherlei dunkle und bedeutungsvolle Gerüchte, die man sich im Flüstertone weitergab. Auch über den Gesundheitszustand des Diktators wollte der oder jener finstere Neuigkeiten wissen; man besprach sich leise und leidenschaftlich, sowohl im Kreise der auswärtigen Pressevertreter und Diplomaten, als auch bei den Herren von der Reichswehr und der Schwerindustrie.

»Es scheint also doch Krebs zu sein«, berichtete hinter vorgehaltenem Taschentuch ein Herr von der englischen Presse dem Pariser Kollegen. Bei diesem aber war er an den Falschen geraten. Pierre Larue hatte das Aussehen eines höchst gebrechlichen, dabei recht tückischen Zwerges, schwärmte aber für den Heroismus und für die schönen uniformierten Burschen des neuen Deutschland. Übrigens war er kein Journalist, sondern ein reicher Mann, der verklatschte Bücher über das gesellschaftliche, literarische und politische Leben der europäischen Hauptstädte schrieb und dessen Lebensinhalt es bedeutete, berühmte Bekanntschaften zu sammeln. Dieser ebenso groteske wie anrüchige kleine Kobold, mit dem spitzen Gesichtchen und der lamentierenden Fistelstimme einer kränklichen alten Dame, verachtete die Demokratie seines eigenen Landes und erklärte jedem, der es hören wollte, daß er Clemenceau für einen Schurken und Briand für einen Idioten halte, jeden höheren Gestapo-Beamten jedoch für einen Halbgott und die Spitzen des neudeutschen Regimes für eine Garnitur von tadellosen Göttern.

»Was verbreiten Sie für infamen Unsinn, mein Herr!« Das Männchen schaute erschreckend boshaft; seine Stimme raschelte dürr wie gefallenes Laub. »Der Gesundheitszustand des Führers läßt nichts zu wünschen übrig. Er ist nur ein bißchen erkältet.«

Diesem kleinen Scheusal war es zuzutrauen, daß es hinging und denunzierte. Der englische Korrespondent wurde nervös; er versuchte, sich zu rechtfertigen: »Ein italienischer

Kollege hat mir im Vertrauen so etwas angedeutet . . .« Aber der schmächtige Liebhaber prall gefüllter Uniformen schnitt ihm mit Strenge das Wort ab: »Genug, mein Herr! Ich will nichts mehr hören! Das ist alles unverantwortliches Geschwätz! – Entschuldigen Sie«, fügte er sanfter hinzu. »Ich muß den Exkönig von Bulgarien begrüßen. Die Prinzessin von Hessen ist bei ihm, ich habe die Bekanntschaft Ihrer Hoheit am Hofe ihres Vaters in Rom gemacht.« Er rauschte davon, die bleichen und spitzen Händchen auf der Brust gefaltet, in der Haltung und mit dem Gesichtsausdruck eines intriganten Abbés. Der Engländer murmelte hinter ihm her: »Damned snob.«

Eine Bewegung ging durch den Saal, es gab ein hörbares Rauschen: der Propagandaminister war eingetreten. Man hatte ihn heute abend nicht hier erwartet, alle wußten um seine gespannte Beziehung zu dem fetten Geburtstagskind – das sich übrigens seinerseits noch immer verborgen hielt, um aus seinem Entrée dann den ganz großen Clou zu machen.

Der Propagandaminister – Herr über das geistige Leben eines Millionenvolkes – humpelte behende durch die glänzende Menge, die sich vor ihm verneigte. Eine eisige Luft schien zu wehen, wo er vorbeiging. Es war, als sei eine böse, gefährliche, einsame und grausame Gottheit herniedergestiegen in den ordinären Trubel genußsüchtiger, feiger und erbärmlicher Sterblicher. Einige Sekunden lang war die ganze Gesellschaft wie gelähmt vor Entsetzen. Die Tanzenden erstarrten mitten in ihrer anmutigen Pose, und ihr scheuer Blick hing, zugleich demütig und haßvoll, an dem gefürchteten Zwerg. Der versuchte durch ein charmantes Lächeln, welches seinen mageren, scharfen Mund bis zu den Ohren hinaufzerrte, die schauerliche Wirkung, die von ihm ausging, ein wenig zu mildern; er gab sich Mühe, zu bezaubern, zu versöhnen und seine tiefliegenden, schlauen Augen freundlich blicken zu lassen. Seinen Klumpfuß graziös hinter sich her ziehend, eilte er gewandt durch den Festsaal und zeigte dieser Gesellschaft von zweitausend Sklaven, Mitläufern, Betrügern, Betrogenen und Narren sein falsches, bedeutendes Raubvogelprofil. An den Gruppen von Millionären, Botschaftern, Regimentskommandanten und Filmstars huschte er, tückisch lächelnd, vorüber. Es war der Intendant Hendrik Höfgen, Staatsrat und Senator, bei welchem er stehenblieb.

Noch eine Sensation! Intendant Höfgen gehörte zu den deklarierten Favoriten des Ministerpräsidenten und Fliegergenerals, der seine Berufung an die Spitze der Staatstheater durchgesetzt hatte gegen den Willen des Propagandaministers. Dieser war, nach einem langen und heftigen Kampf, dazu gezwungen worden, seinen eigenen Protégé, den Dichter Cäsar von Muck, zu opfern und auf Reisen zu schicken. Nun aber ehrte er demonstrativ das Geschöpf seines Feindes durch seine Begrüßung und durch sein Gespräch. Wollte der schlaue Meister der Propaganda auf solche Weise vor der internationalen Elitegesellschaft bekunden, daß es Unstimmigkeiten und Ränke zwischen den Spitzen des deutschen Regimes gar nicht gebe und daß die Eifersucht zwischen ihm, dem Reklamechef, und dem Fliegergeneral ins häßliche Gebiet der Greuelmärchen gehöre? Oder war Hendrik Höfgen – eine der meistbesprochenen Figuren der Hauptstadt – seinerseits so unermeßlich schlau, daß er es fertigbrachte, zum Propagandaminister ebenso intime Beziehungen zu unterhalten wie zum Fliegergeneral-Ministerpräsidenten? Spielte er den einen Machthaber gegen den anderen aus, ließ sich von den beiden großen Konkurrenten protegieren? Seiner legendären Geschicklichkeit wäre es zuzutrauen . . .

Das war ja alles ungeheuer interessant! Pierre Larue ließ den Exkönig von Bulgarien einfach stehen und trippelte durch den Saal – von seiner Neugierde dahingeweht, wie eine Feder vom Winde –, um dieses sensationelle Rencontre aus der nächsten Nähe mit anzuschauen. Cäsar von Mucks stählerne Augen kniffen sich mißtrauisch zusammen, die Millionärin aus Köln stöhnte wollüstig vor lauter Aufgeregtheit und Freude an der erhabenen Situation; während Frau Bella Höfgen, die Mutter des großen Mannes, allen, die in ihrer Nähe standen, gnädig und gleichsam ermunternd zulächelte, als wollte sie ihnen bedeuten: Mein Hendrik ist groß, und ich bin seine distinguierte Mutter. Trotzdem braucht ihr nun nicht gleich in die Knie zu sinken. Er und ich, wir sind auch nur von Fleisch und Blut, wenngleich sonst ausgezeichnet vor den übrigen Menschen.

»Wie geht es Ihnen, mein lieber Höfgen?« fragte der Propagandaminister anmutig lächelnd den Intendanten.

Auch der Intendant lächelte, aber nicht gleich bis zu den Ohren hinauf, sondern mit einer Vornehmheit, die fast schmerzlich wirkte. »Ich danke Ihnen, Herr Minister!« Er sprach leise, etwas singenden Tones, dabei äußerst akzentuiert. Der Minister hatte seine Hand noch immer nicht losgelassen. »Darf ich mich nach dem Befinden Ihrer Frau Gemahlin erkundigen«, sagte der Intendant, und nun mußte sein hoher Gesprächspartner endlich ein ernstes Gesicht machen. »Sie ist heute abend ein wenig unpäßlich.« Dabei ließ er die Hand des Senators und Staatsrats los. Dieser sagte wehmütig: »Wie leid mir das tut.«

Natürlich wußte er – was allen hier im Saal bekannt war –, daß die Frau des Propagandaministers völlig verzehrt und innerlich verwüstet war, von Eifersucht auf die Gattin des Ministerpräsidenten. Da der Diktator selber unverehelicht blieb, war das angetraute Weib des Reklamechefs die Erste Dame im Reiche gewesen, und sie hatte diese ihre gottgewollte Funktion mit Anstand und Würde erfüllt, ihr Todfeind konnte es nicht bestreiten. Dann aber kam diese Lotte Lindenthal daher, eine mittlere Schauspielerin – jung war sie auch nicht mehr –, und ließ sich heiraten von dem prachtliebenden Dicken. Die Frau des Propagandaministers litt unbeschreiblich. Man machte ihr den Rang der ersten Dame streitig! Eine andere drängte sich vor! Mit einer Komödiantin ward ein Kult getrieben, als ob die Königin Luise auferstanden wäre! Immer wenn es eine Veranstaltung zu Lottes Ehren gab, ärgerte sich Frau Reklamechef so ungeheuer, daß sie Migräne bekam. Auch heute abend war sie im Bett geblieben.

»Gewiß hätte sich Ihre Frau Gemahlin hier sehr gut unterhalten.« Höfgen machte immer noch die feierliche Miene. In seinen Worten war von Ironie keine Spur zu finden. »Zu schade, daß der Führer absagen mußte. Auch der englische und der französische Botschafter sind verhindert.«

Mit diesen Feststellungen, die er in sanftestem Tone vorbrachte, verriet Höfgen seinen eigentlichen Freund und Gönner – den Ministerpräsidenten, dem er all seinen Glanz zu danken hatte – an den eifersüchtigen Propagandaminister: diesen aber hielt er sich für alle Fälle in der Reserve.

Der gewandte Klumpfuß fragte vertraulich, nicht ohne Hohn: »Und wie ist hier die Stimmung?«

Der Intendant der Staatstheater sagte zurückhaltend: »Man scheint sich zu amüsieren.«

Die beiden Würdenträger führten ihre Unterhaltung leise; denn um sie drängten sich Neugierige, auch mehrere Photographen waren herbeigekommen. Die Kanonenfabrikantin flüsterte eben Pierre Larue zu, der in Verzückung die bleichen Knochenhändchen über der Brust gegeneinander rieb: »Unser Intendant und der Minister – sind sie nicht ein herrliches Paar? Beide so bedeutend! Beide so schön!« Sie drängte ihren üppigen, geschmückten Leib nahe an das gebrechliche Körperchen des Kleinen. Der zarte gallische Liebhaber des germanischen Heroismus, der strammen Jünglinge, des Führergedankens und der hohen Adelsnamen fürchtete sich vor der atmenden Nähe so viel weiblichen Fleisches. Er versuchte, sich ein wenig zurückzuziehen, während er zirpte: »Exquisit! Ganz charmant! Unvergleichlich!« Die Rheinländerin beteuerte: »Unser Höfgen – das ist ein ganzer Mann, sagte ich Ihnen! Ein Genie, so etwas gibt es

weder in Paris noch in Hollywood! Und so urdeutsch, so gerade, einfach und ehrlich! Ich habe ihn ja schon gekannt, als er noch so klein gewesen ist.«
Mit der vorgestreckten Hand deutete sie an, wie klein Hendrik gewesen war, als sie, die Millionärin, seine Mutter auf den Kölner Wohltätigkeitsveranstaltungen konsequent geschnitten hatte.
»Ein herrlicher Junge!« sagte sie noch, und bekam so sinnliche Augen, daß Larue panisch die Flucht ergriff.
Man hätte Hendrik Höfgen für einen Mann von etwa fünfzig Jahren gehalten; er war aber erst neununddreißig – ungeheuer jung für seinen hohen Posten. Seine fahle Miene mit der Hornbrille zeigte jene steinerne Ruhe, zu der sich sehr nervöse und sehr eitle Menschen zwingen können, wenn sie sich von vielen Leuten beobachtet wissen. Sein kahler Schädel hatte edle Form. Im aufgeschwemmten, grau-weißen Gesicht fiel der überanstrengte, empfindliche und leidende Zug auf, der von den hochgezogenen blonden Brauen zu den vertieften Schläfen lief; außerdem die markante Bildung des starken Kinns, das er auf stolze Art hochgereckt trug, so daß die vornehm schöne Linie zwischen Ohr und Kinn kühn und herrisch betont ward. Auf seinen breiten und blassen Lippen lag ein erfrorenes, vieldeutiges, zugleich höhnisches und um Mitleid werbendes Lächeln. Hinter den großen, spiegelnden Brillengläsern wurden seine Augen nur zuweilen sichtbar und wirksam: dann erkannte man, nicht ohne Schrecken, daß sie, bei aller Weichheit, eiskalt, bei aller Melancholie sehr grausam waren. Diese grün-grau schillernden Augen ließen an Edelsteine denken, die kostbar sind, aber Unglück bringen; gleichzeitig an die gierigen Augen eines bösen und gefährlichen Fisches. – Alle Damen und die meisten Herren fanden, daß Hendrik Höfgen nicht nur ein bedeutender und höchst geschickter, sondern auch ein bemerkenswert schöner Mann sei. Seine zusammengenommene, vor lauter bewußter und berechneter Anmut fast steife Haltung und sein

kostbarer Frack ließen es übersehen, daß er entschieden zu fett war, vor allem in der Hüftengegend und am Hinterteil.
»Ich muß Ihnen übrigens zu Ihrem Hamlet gratulieren, mein Lieber«, sprach der Propagandaminister. »Eine famose Leistung. Die deutsche Bühne kann stolz auf sie sein.«
Höfgen neigte ein wenig das Haupt, indem er das schöne Kinn etwas nach unten drückte: oberhalb des hohen, blendenden Kragens entstanden zahlreiche Falten am Hals. »Wer vor dem Hamlet versagt, verdient den Namen eines Schauspielers nicht.« Seine Stimme klagte vor Bescheidenheit. Der Minister konnte eben noch konstatieren: »Sie haben die Tragödie ganz gefühlt« – da ging ein ungeheurer Aufruhr durch den Saal.
Der Fliegergeneral und seine Gattin, die gewesene Aktrice Lotte Lindenthal, waren durch die große Mitteltüre eingetreten: brausendes Beifallsklatschen und dröhnender Zuruf begrüßten sie. Durch ein Spalier von Menschen, aus dem Jubel stieg, schritt das erlauchte Paar. Kein Kaiser hatte jemals schöneren Einzug gehalten. Der Enthusiasmus schien ungeheuer: Jeder von den zweitausend auserlesen feinen Menschen wollte sich, den anderen und dem Ministerpräsidenten durch möglichst lautes Geschrei und Händeklatschen beweisen, einen wie glühenden Anteil er am 43. Geburtstag des hohen Herrn im besonderen und am Nationalen Staate im allgemeinen nahm. Man brüllte: »Hoch!«, »Heil!« und: »Wir gratulieren!« Man warf Blumen, die von Frau Lotte mit würdevoller Grazie empfangen wurden. Die Kapelle spielte großen Tusch. Der Propagandaminister bekam ein haßverzerrtes Gesicht; aber darauf achtete niemand, außer vielleicht Hendrik Höfgen. Dieser stand unbeweglich: er erwartete seinen Gönner in zusammengenommener, anmutig steifer Haltung.
Man hatte Wetten darüber abgeschlossen, in welcher Phantasieuniform der Dicke heute abend erscheinen würde. Es war eine asketische Koketterie von ihm, nun die Gesellschaft

durch den allerschlichtesten Aufzug zu verblüffen. Die flaschengrüne Litewka, die er trug, wirkte fast wie eine streng geschnittene Hausjacke. Auf seiner Brust blitzte nur ein ganz kleiner silberner Ordensstern. In den grauen Hosen wirkten seine Beine – die er sonst gerne unter langen Mänteln verbarg – besonders umfangreich: es waren Säulen, auf denen er sich langsam dahinbewegte. Die kolossalische Größe und Breite seiner monströsen Figur waren geeignet, Schrecken und Ehrfurcht um sich zu verbreiten – zumal kein Anlaß bestand, irgend etwas an ihm komisch zu finden: dem Kühnsten verging das Lachen, wenn er erwog, wie viel Blut schon auf den Wink des Speck- und Fleisch-Riesen geflossen war und wie unermeßlich viel Blut vielleicht noch strömen würde zu seinen Ehren. Auf dem kurzen, wulstigen Hals erschien sein massives Haupt wie übergossen von dem roten Safte: das Haupt eines Cäsars, von dem man die Haut abgezogen hat. An diesem Gesicht war nichts Menschliches mehr: es war aus rohem, ungeformtem Fleische, ein Klotz.
Der Ministerpräsident schob seinen Bauch, dessen enorme Wölbung in die der Brust überging, majestätisch durch die strahlende Versammlung. Der Ministerpräsident grinste.
Sein Weib Lotte grinste nicht, sondern verschenkte Lächeln, eine Königin Luise in jedem Zoll. Auch ihre Robe, deren Kostbarkeit den Gesprächsstoff der Damen gebildet hatte, war einfach bei allem Pomp: glatt fließend, aus einem schimmernden Silbergewebe, endend in einer königlich langen Schleppe. Das Brillantendiadem aber in der ährenblonden Frisur, die Perlen und Smaragde auf dem Busen übertrafen an Gewicht und Strahlenglanz alles, was es sonst noch zu bewundern gab in dieser üppigen Runde. Das riesenhafte Geschmeide der Provinzschauspielerin repräsentierte Millionenwerte: sie verdankte es der Galanterie eines Gatten, der gerne die Prunksucht und Korrumpiertheit republikanischer Minister und Bürgermeister in öffentlicher Rede geißelte, und der Treue einiger wohlsituierter und bevorzugter

Untertanen. Frau Lotte verstand es, Aufmerksamkeiten von solchem Gewicht mit jener anspruchslosen Heiterkeit hinzunehmen, die ihr den Ruf der naiven und mütterlichen, verehrungswürdigen Frau einbrachte. Sie galt als uneigennützig, unantastbar rein. Sie war zur Idealgestalt geworden unter den deutschen Frauen. Sie hatte große, runde, etwas hervortretende Kuhaugen von einem feuchtstrahlenden Blau; schönes blondes Haar und einen schneeweißen Busen. Übrigens war auch sie schon ein wenig zu dick – man speiste gut und reichlich im Präsidentenpalais. Man erzählte sich bewundernd von ihr, daß sie sich gelegentlich bei ihrem Gatten für Juden aus der guten Gesellschaft einsetze – die Juden kamen trotzdem ins Konzentrationslager. Man nannte sie den guten Engel des Ministerpräsidenten; indessen war der Fürchterliche nicht milder geworden, seitdem sie ihn beriet. Eine ihrer berühmtesten Rollen war die Lady Milford in Schillers ›Kabale und Liebe‹ gewesen: jene Mätresse eines Gewaltigen, die den Glanz ihres Geschmeides und die Nähe ihres Fürsten nicht mehr erträgt, da sie erfahren hat, womit man Edelsteine bezahlt. Als sie zum letzten Mal im Staatstheater auftrat, spielte sie die Minna von Barnhelm: so deklamierte sie, ehe sie in den Palast des Fliegergenerals übersiedelte, noch einmal die Sätze eines Dichters, den ihr Gemahl und seine Spießgesellen hetzen und verfolgen lassen würden, lebte er heute und hier. In ihrer Gegenwart wurden die schauerlichen Geheimnisse des totalen Staates besprochen: sie lächelte mütterlich. Morgens, wenn sie ihrem Gatten neckisch über die Schulter lugte, sah sie Todesurteile vor ihm auf dem Renaissanceschreibtisch – und er unterzeichnete sie; abends zeigte sie den weißen Busen und die ährenblonde Kunstfrisur in Opernpremieren oder an den geschmückten Tafeln der Bevorzugten, die ihres Umgangs gewürdigt wurden. Sie war unberührbar, unangreifbar; denn sie war ahnungslos und sentimental. Sie glaubte sich umgeben von der ›Liebe ihres Volkes‹, weil zweitausend Ehrgei-

zige, Käufliche und Snobs Lärm machten zu ihren Ehren. Sie schritt durch den Glanz und verschenkte Lächeln – mehr verschenkte sie nie. Sie glaubte allen Ernstes, daß Gott ihr wohlwollte, weil er ihr so viel Geschmeide hatte zukommen lassen. Mangel an Phantasie und an Intelligenz bewahrte sie davor, an eine Zukunft zu denken, die mit dieser schönen Gegenwart vielleicht wenig Ähnlichkeit haben würde. Wie sie dahinschritt, erhobenen Hauptes, übergossen vom Licht und von der allgemeinen Bewunderung, gab es keinen Zweifel in ihrem Herzen an der Haltbarkeit solchen Zaubers. Niemals – so meinte sie zuversichtlich – niemals würde abfallen von ihr dieser Glanz; niemals würden die Gemarterten sich rächen, niemals würde die Finsternis nach ihr greifen.
Immer noch wurde Tusch gespielt, ebenso laut wie ausführlich; immer noch dauerte das huldigende Geschrei. Inzwischen waren Lotte und ihr Dicker beim Propagandaminister und bei Höfgen angekommen. Die drei Herren hoben flüchtig die Arme, die Grußzeremonie lässig andeutend. Dann neigte Hendrik sich mit einem ernsten und innigen Lächeln über die Hand der großen Dame, die er so oft auf der Bühne hatte umarmen dürfen. – Hier standen sie, dargeboten der brennenden Neugier einer gewählten Öffentlichkeit: vier Mächtige in diesem Lande, vier Gewalthaber, vier Komödianten – der Reklamechef, der Spezialist für Todesurteile und Bombenflugzeuge, die geheiratete Sentimentale und der fahle Intrigant. Die gewählte Öffentlichkeit beobachtete, wie der Dicke dem Herrn Intendanten auf die Schulter schlug, daß es krachte, und sich mit einem grunzenden Lachen erkundigte: »Na, wie geht's, Mephisto?«
Vom ästhetischen Gesichtspunkt aus war die Situation für Höfgen vorteilhaft: neben dem gar zu ausladenden Ehepaar wirkte er schlank, und neben dem agilen, aber krüppelhaften Reklamezwerg hochgewachsen und stattlich. Übrigens bildete auch sein Gesicht, so fahl und fatal es sein mochte, einen immerhin erfreulichen Gegensatz zu den drei Gesich-

tern, die es umgaben: mit den empfindlichen Schläfen und dem kräftig geprägten Kinn erschien es doch als das Antlitz eines Menschen, der gelebt und gelitten hat; das Gesicht seines fleischigen Protektors aber war eine verquollene Maske; das der Sentimentalen eine törichte Larve und das des Propagandisten eine verzerrte Fratze.

Die Sentimentale sagte mit seelenvollem Blick zum Intendanten, für den sie eine geheime – jedoch nicht gar zu geheime – Zuneigung im Busen trug: »Ich habe Ihnen noch gar nicht gesagt, Hendrik, wie wunderschön ich Ihren Hamlet finde.« Er drückte ihr schweigend die Hand, wobei er einen Schritt näher an sie herantrat und ebenso innig zu blicken versuchte, wie es ihr von der Natur gegeben war. Der Versuch mußte mißglücken: seine fischigen Juwelenaugen gaben so viel sanfte Wärme nicht her. Deshalb machte er ein ernstes, beinah etwas ärgerliches, offizielles Gesicht und murmelte: »Ich muß ein paar Worte sprechen.« Dann erhob er die Stimme.

Sie hatte einen leuchtenden, raffiniert geschulten Metallton und war bis in die entferntesten Winkel des großen Saales hörbar und wirksam, als sie ausrief: »Herr Ministerpräsident! Hoheiten, Exzellenzen, meine Damen und Herren! Wir sind stolz – ja, wir sind stolz und froh, daß wir dieses Fest heute in diesem Hause mit Ihnen, Herr Ministerpräsident, und mit Ihrer wundervollen Gattin begehen dürfen . . .«

Mit dem ersten seiner Worte war das bewegte Gespräch der Zweitausend-Personen-Gesellschaft verstummt. In vollkommener Stille, in devoter Regungslosigkeit lauschte man der langen, pathetischen und platten Glückwunschrede, die der Intendant, Senator und Staatsrat für seinen Ministerpräsidenten hielt. Alle Augen waren auf Hendrik Höfgen gerichtet. Alle bewunderten ihn. Er gehörte zur Macht. Er war ihres Schimmers teilhaftig – solange der Schimmer hielt. Von ihren Repräsentanten war er einer der Feinsten und Gewandtesten. Seine Stimme brachte, anläßlich des 43. Geburtstages seines Herrn, die überraschendsten Jubeltöne hervor. Er hielt das Kinn hochgereckt, die Augen schimmerten, seine sparsamen und kühnen Gesten hatten den schönsten Schwung. Er vermied es aufs sorgsamste, ein wahres Wort zu sagen. Der skalpierte Cäsar, der Reklamechef und die Kuhäugige schienen darüber zu wachen, daß nur Lügen, nichts als Lügen von seinen Lippen kämen: eine geheime Verabredung verlangte es so, in diesem Saale wie im ganzen Land.

Während er sich dem Ende seiner Ansprache mit bravourös gesteigertem Tempo näherte, flüsterte eine hübsche, kindlich aussehende kleine Dame – die Gattin eines bekannten Filmregisseurs –, die im Hintergrund des Raumes ein bescheidenes Plätzchen hatte, tonlos ihrer Nachbarin zu: »Wenn er fertig ist, muß ich hingehen und ihm die Hand schütteln. Ist es nicht phantastisch? Ich kenne ihn doch noch von früher – ja, wir sind in Hamburg zusammen engagiert gewesen. Das waren ulkige Zeiten! Und was hat der Mensch seitdem für eine Karriere gemacht!«

I
H. K.

In den letzten Jahren des Weltkrieges und in den ersten Jahren nach der Novemberrevolution hatte das literarische Theater in Deutschland eine große Konjunktur. Um diese Zeit erging es auch dem Direktor Oskar H. Kroge glänzend, den schwierigen Wirtschaftsverhältnissen zum Trotz. Er leitete eine Kammerspielbühne in Frankfurt a.M.: in dem engen, stimmungsvoll intimen Kellerraum traf sich die intellektuelle Gesellschaft der Stadt und vor allem eine angeregte, von den Ereignissen aufgewühlte, diskussions- und beifallsfreudige Jugend, wenn es die Neuinszenierung eines Stückes von Wedekind oder Strindberg gab oder eine Uraufführung von Georg Kaiser, Sternheim, Fritz von Unruh, Hasenclever oder Toller. Oskar H. Kroge, der selbst Essays und hymnische Gedichte schrieb, empfand das Theater als die moralische Anstalt: von der Schaubühne sollte eine neue Generation erzogen werden zu den Idealen, von denen man damals glaubte, daß die Stunde ihrer Erfüllung gekommen sei – zu den Idealen der Freiheit, der Gerechtigkeit, des Friedens. Oskar H. Kroge war pathetisch, zuversichtlich und naiv. Am Sonntagvormittag, vor der Aufführung eines Stückes von Tolstoi oder von Rabindranath Tagore, hielt er eine Ansprache an seine Gemeinde. Das Wort ›Menschheit‹ kam häufig vor; den jungen Leuten, die sich im Stehparkett drängten, rief er mit bewegter Stimme zu: ›Habet den Mut zu euch selbst, meine Brüder!‹ – und er erntete Beifallsstürme, da er mit den Schillerworten schloß: ›Seid umschlungen, Millionen!‹

Oskar H. Kroge war sehr beliebt und angesehen in Frankfurt

a. M. und überall dort im Lande, wo man an den kühnen Experimenten eines geistigen Theaters Anteil nahm. Sein ausdrucksvolles Gesicht mit der hohen, zerfurchten Stirn, der schütteren grauen Haarmähne und den gutmütigen, gescheiten Augen hinter der Brille mit schmalem Goldrand war häufig zu sehen in den kleinen Revuen der Avantgarde; zuweilen sogar in den großen Illustrierten. Oskar H. Kroge gehörte zu den aktivsten und erfolgreichsten Vorkämpfern des dramatischen Expressionismus.

Es war ohne Frage ein Fehler von ihm gewesen – nur zu bald sollte es ihm klar werden –, sein stimmungsvolles kleines Haus in Frankfurt aufzugeben. Das Hamburger Künstlertheater, dessen Direktion man ihm im Jahre 1923 anbot, war freilich größer. Deshalb akzeptierte er. Das Hamburger Publikum aber erwies sich als längst nicht so zugänglich dem leidenschaftlichen und anspruchsvollen Experiment, wie jener zugleich routinierte und enthusiastische Kreis, der den Frankfurter Kammerspielen treu gewesen war. Im Hamburger Künstlertheater mußte Kroge, außer den Dingen, die ihm am Herzen lagen, immer noch den ›Raub der Sabinerinnen‹ und ›Pension Schöller‹ zeigen. Darunter litt er. Jeden Freitag, wenn der Spielplan für die kommende Woche festgesetzt wurde, gab es einen kleinen Kampf mit Herrn Schmitz, dem geschäftlichen Leiter des Hauses. Schmitz wollte die Possen und Reißer angesetzt haben, weil sie Zugstücke waren; Kroge aber bestand auf dem literarischen Repertoire. Meistens mußte Schmitz, der übrigens eine herzliche Freundschaft und Bewunderung für Kroge hatte, nachgeben. Das Künstlertheater blieb literarisch – was seinen Einnahmen schädlich war.

Kroge klagte über die Indifferenz der Hamburger Jugend im besonderen und über die Ungeistigkeit einer Öffentlichkeit im allgemeinen, die sich allem Höheren entfremdet habe. »Wie schnell es gegangen ist!« stellte er mit Bitterkeit fest. »Im Jahre 1919 lief man noch zu Strindberg und Wedekind;

1926 will man nurmehr Operetten.« Oskar H. Kroge war anspruchsvoll und übrigens ohne prophetischen Geist. Hätte er sich beschwert über das Jahr 1926, wenn er sich hätte vorstellen können, wie das Jahr 1936 aussehen würde? – »Nichts Besseres zieht mehr«, grollte er noch. »Sogar bei den ›Webern‹ gestern ist das Haus halb leer gewesen.«

»Immerhin kommen wir doch zur Not noch auf unsere Rechnung.« Direktor Schmitz bemühte sich, den Freund zu trösten: Die Kummerfalten in Kroges gutmütigem und kindlichem altem Katergesicht taten ihm weh, wenngleich er doch selber allen Grund zur Sorge und auch schon mehrere Falten hatte in seiner feisten, rosigen Miene.

»Aber wie!« Kroge wollte sich durchaus nicht trösten lassen. »Aber wie kommen wir denn auf unsere Rechnung! Berühmte Gäste aus Berlin müssen wir uns einladen – so wie heute abend –, damit die Hamburger ins Theater gehen.«

Hedda von Herzfeld – Kroges alte Mitarbeiterin und Freundin, die schon in Frankfurt Dramaturgin und Schauspielerin bei ihm gewesen war – bemerkte: »Du siehst wieder mal alles schwarz in schwarz, Oskar H.! Es ist ja schließlich keine Schande, Dora Martin gastieren zu lassen – sie ist wundervoll –, und übrigens kommen unsere Hamburger auch, wenn Höfgen spielt.« Während sie Höfgens Namen aussprach, lächelte Frau von Herzfeld klug und zärtlich. Über ihr großes, matt gepudertes Gesicht mit der fleischigen Nase, den großen, goldbraunen, wehmütig intelligenten Augen ging ein bescheidenes Aufleuchten.

Kroge sagte brummig: »Höfgen wird überzahlt.«

»Die Martin übrigens auch«, fügte Schmitz hinzu. »Ihren ganzen Zauber in Ehren und zugegeben, daß sie ungeheuer zieht: aber tausend Mark Abendgage, das ist doch wohl ein bißchen toll.«

»Berliner Staransprüche«, machte Hedda spöttisch. Sie hatte in Berlin nie zu tun gehabt und behauptete, den Betrieb der Hauptstadt zu verachten.

»Tausend Mark im Monat für Höfgen ist auch übertrieben«, behauptete Kroge, plötzlich gereizt. »Seit wann hat er denn eigentlich tausend?« fragte er herausfordernd Schmitz. »Es sind doch immer nur achthundert gewesen, und das war reichlich genug.«
»Was soll ich machen?« Schmitz entschuldigte sich. »Er ist zu mir ins Büro gesprungen, und er hat sich mir auf den Schoß gesetzt.« Frau von Herzfeld konnte mit Belustigung feststellen, daß Schmitz etwas rot wurde, während er dies erzählte. »Er hat mich am Kinn gekitzelt und hat immer wieder gesagt: ›Tausend Mark müssen es sein! Tausend, Direktorchen! Es ist eine so schöne runde Summe!‹ Was sollte ich da machen, Kroge? Sagen Sie selbst!«
Es war Höfgens schlaue Gewohnheit, wie ein nervöser kleiner Sturmwind in Schmitzens Büro zu fahren, wenn er Vorschuß oder Gagenerhöhung wollte. Zu solchen Anlässen spielte er den übermütig Launischen und Kapriziösen, und er wußte, daß der ungeschickte dicke Schmitz verloren war, wenn er ihm die Haare zauste und den Zeigefinger munter in den Bauch stieß. Da es sich um die Tausend-Mark-Gage handelte, hatte er sich ihm sogar auf den Schoß gesetzt: Schmitz gestand es unter Erröten.
»Das sind Albernheiten!« Kroge schüttelte ärgerlich das sorgenvolle Haupt. »Überhaupt ist Höfgen ein grundalberner Mensch. Alles an ihm ist falsch, von seinem literarischen Geschmack bis zu seinem sogenannten Kommunismus. Er ist kein Künstler, sondern ein Komödiant.«
»Was hast du gegen unseren Hendrik?« Frau von Herzfeld zwang sich zu einem ironischen Ton; in Wahrheit war ihr keineswegs nach Ironie zumute, wenn sie von Höfgen sprach, für dessen geübte Reize sie nur zu empfänglich war. »Er ist unser bestes Stück. Wir können froh sein, wenn wir ihn nicht an Berlin verlieren.«
»Ich bin gar nicht so besonders stolz auf ihn«, sagte Kroge. »Er ist doch nicht mehr als ein routinierter Provinzschau-

spieler, und das weiß er übrigens im Grunde selbst ganz genau.«
Schmitz fragte: »Wo steckt er denn heute abend?« – worauf Frau von Herzfeld leise durch die Nase lachte: »Er hat sich in seiner Garderobe hinter einem Paravent versteckt – der kleine Böck hat es mir erzählt. Er ist immer furchtbar aufgeregt und eifersüchtig, wenn Berliner Gäste da sind. So weit wie die werde er es niemals bringen, sagt er dann – und versteckt sich hinter einem Paravent, vor lauter Hysterie. Die Martin bringt ihn wohl besonders aus der Fassung, das ist so eine Art von Haßliebe bei ihm. Heute abend soll er schon einen Weinkrampf gehabt haben.«
»Da seht ihr seinen Minderwertigkeitskomplex!« rief Kroge und schaute triumphierend um sich. »Oder vielmehr: daß er im Grunde irgendwo die richtige Einschätzung hat für sich selber.« –
Die drei saßen in der Theaterkantine, die nach den Initialen des Hamburger Künstlertheaters kurz ›H.K.‹ genannt wurde. Über den Tischen mit den fleckigen Tüchern gab es eine verstaubte Bildergalerie: die Photographien all jener, die sich im Lauf der Jahrzehnte hier produziert hatten. Frau von Herzfeld lächelte während des Gespräches manchmal hinauf zu den Naiven und Sentimentalen, den komischen Alten, Heldenvätern, jugendlichen Liebhabern, Intriganten und Salondamen, die von Schmitz und Kroge übersehen wurden.
Drunten, im Theater, spielte Dora Martin, die mit ihrer heiseren Stimme, der verführerischen Magerkeit des ephebischen Körpers und den tragisch weiten, kindlichen und unergründlichen Augen das Publikum der großen deutschen Städte verhexte, einen Reißer zu Ende. Die beiden Direktoren und Frau von Herzfeld hatten nach dem zweiten Akt ihre Loge verlassen. Die übrigen Mitglieder des Künstlertheaters waren im Saal geblieben, um der Berliner Kollegin, die sie halb bewunderten und halb haßten, bis zum Schluß zuzusehen.

»Das Ensemble, das sie sich mitgebracht hat, ist ja wirklich unter jeder Kritik«, stellte Kroge verächtlich fest.
»Was wollen Sie?« meinte Schmitz. »Wie soll sie jeden Abend ihre tausend Mark verdienen, wenn sie sich auch noch teure Leute mit auf die Reise nimmt?«
»Aber sie selber wird immer besser«, sagte die kluge Herzfeld. »Sie kann sich jede Manieriertheit leisten. Sie kann wie ein geisteskrankes Baby sprechen: sie bezwingt.«
»Geisteskrankes Baby ist nicht schlecht«, lachte Kroge. »Man scheint unten fertig zu sein«, fügte er hinzu, mit einem Blick durchs Fenster. Die Leute kamen den gepflasterten Weg herauf, der vom Theater, an der Kantine vorbei, zu dem Tor führte, durch das man auf die Straße trat.
Nach und nach füllte sich die Kantine. Die Schauspieler grüßten mit einer respektvoll betonten Herzlichkeit den Direktorentisch und riefen dem Wirt, einem gedrungenen, kräftigen Greise mit weißem Knebelbart und blauroter Nase, kleine Scherze zu. Väterchen Hansemann, der Kantinenbesitzer, war für das Ensemble eine beinah ebenso bedeutungsvolle Persönlichkeit wie Schmitz, der geschäftliche Direktor. Von Schmitz konnte man Vorschuß bekommen, wenn er sich gerade in gnädiger Laune befand; bei Hansemann aber mußte man anschreiben lassen, wenn in der zweiten Monatshälfte die Gage aufgebraucht und ein Vorschuß nicht genehmigt worden war. Alle standen bei ihm in der Kreide; man behauptete, daß Höfgen ihm mehr als hundert Mark schuldig war. Hansemann hatte es also keineswegs nötig, auf die Witze seiner unsoliden Gäste einzugehen; unbewegten Gesichtes, drohenden Ernst auf der Stirne, servierte er Cognac, Bier und kalten Aufschnitt, den niemand bezahlte.
Alle sprachen über Dora Martin, jeder hatte seine eigene Ansicht über den Rang ihrer Leistung; nur darüber, daß sie entschieden zuviel Geld verdiente, waren sich alle einig.
Die Motz erklärte: »An dieser Starwirtschaft geht das deut-

sche Theater zugrunde« – wozu ihr Freund Petersen grimmig nickte. Petersen war Väterspieler mit dem Ehrgeiz zum Heroischen; er bevorzugte Könige oder adlige alte Haudegen in historischen Stücken. Leider war er etwas zu klein und dick für diese Partien – was er auszugleichen suchte durch eine stramme und kampfeslustige Haltung. Zu seinem Gesicht, das den Ausdruck falscher Biederkeit zeigte, hätte ein grauer Schifferbart gepaßt; da er fehlte, wirkte seine Miene ein wenig kahl, mit der langen, rasierten Oberlippe und den sehr blauen, ausdrucksvoll blitzenden, zu kleinen Augen. Die Motz liebte ihn mehr, als er sie: das wußten alle. Da er genickt hatte, wandte sie sich nun direkt an ihn, um in einem intimen und bedeutungsvollen Ton zu sagen: »Nicht wahr, Petersen: über diese Mißwirtschaft haben wir schon häufig miteinander gesprochen?« Er bestätigte treuherzig: »Gewiß doch, Frau!« und blinzelte Rahel Mohrenwitz zu, die aufgemacht war als das perverse und dämonische junge Mädchen: mit schwarzen Ponys bis zu den rasierten Augenbrauen und einem großen, schwarzgerandeten Monokel im Gesicht, das übrigens kindlich, pausbäckig und völlig ungeformt war.
»In Berlin wirken die Martinschen Mätzchen vielleicht«, sprach die Motz resolut. »Aber unsereinem kann sie nichts vormachen, wir sind schließlich lauter alte Theaterhasen.« Sie blickte beifallheischend um sich. Ihr Fach war die komische Alte; zuweilen durfte sie auch reife Salondamen spielen. Sie lachte gern, viel und laut, wobei sie scharfe Falten um den Mund bekam, in dessen Innern Gold funkelte. Im Augenblick freilich zeigte sie eine würdevoll ernste, beinah zornige Miene.
Rahel Mohrenwitz sagte, wobei sie hochmütig mit ihrer langen Zigarettenspitze spielte: »Niemand kann schließlich leugnen, daß die Martin irgendwo eine enorm starke Persönlichkeit ist. Was sie auf der Bühne auch macht: immer ist sie unerhört intensiv *da* – ihr versteht, was ich meine . . .« Alle verstanden es; die Motz aber schüttelte mißbilligend den

Kopf, während die kleine Angelika Siebert mit ihrem hohen, schüchternen Stimmchen erklärte: »Ich bewundere die Martin. Es geht eine zauberhafte Kraft von ihr aus, finde ich . . .« Sie wurde sehr rot, weil sie einen so langen und gewagten Satz vorgebracht hatte. Alle sahen mit einer gewissen Rührung zu ihr hin. Die kleine Siebert war reizend. Ihr Köpfchen mit dem kurzgeschnittenen, links gescheitelten blonden Haar glich dem eines dreizehnjährigen Buben. Ihre hellen und unschuldigen Augen wurden dadurch nicht weniger anziehend, daß sie kurzsichtig waren: manche fanden, daß gerade die Art, auf die Angelika beim Schauen die Augen zusammenkniff, ihren besonderen Charme ausmache.
»Unsere Kleine schwärmt wieder einmal«, sagte der schöne Rolf Bonetti und lachte etwas zu laut. Er war jenes Mitglied des Ensembles, das die meisten Liebesbriefe aus dem Publikum erhielt: daher sein stolzer, müder, vor lauter Blasiertheit beinah angewiderter Gesichtsausdruck. Der kleinen Angelika gegenüber jedoch war er der Werbende: schon seit längerem bemühte er sich um sie. Auf der Bühne durfte er sie oft in den Armen halten, das brachte sein Rollenfach mit sich. Im übrigen aber blieb sie spröde. Mit einer wunderlichen Hartnäckigkeit verschenkte sie ihre Zärtlichkeit nur dorthin, wo nicht die mindeste Aussicht bestand, daß man sie erwiderte oder auch nur wünschte. Rührend und begehrenswert, wie sie war, schien sie ganz dafür gemacht, viel geliebt und sehr verwöhnt zu werden. Der sonderbare Eigensinn ihres Herzens aber ließ sie kühl und spöttisch bleiben vor Rolf Bonettis stürmischen Beteuerungen, und ließ sie bitterlich weinen über die eisige Geringschätzung, die Hendrik Höfgen ihr gegenüber an den Tag legte.
Rolf Bonetti sagte kennerhaft: »Als Frau kommt diese Martin jedenfalls gar nicht in Frage: ein unheimlicher Zwitter – sicher hat sie so etwas wie Fischblut in den Adern.«
»Ich finde sie schön«, sagte Angelika, leise aber entschlossen. »Sie ist die schönste Frau, finde ich.« Schon standen ihr

die Augen voll Tränen: Angelika weinte häufig, auch ohne besonderen Anlaß. Träumerisch sagte sie noch: »Es ist merkwürdig – ich spüre irgendeine geheimnisvolle Ähnlichkeit zwischen Dora Martin und Hendrik ...« Dies erregte allgemeine Verwunderung.

»Die Martin ist eine Jüdin.« Es war der junge Hans Miklas, der sich unvermittelt so vernehmen ließ. Alle schauten betroffen und etwas angewidert zu ihm hin. – »Der Miklas ist köstlich«, sprach die Motz in ein betretenes Schweigen hinein und versuchte zu lachen. Kroge runzelte die Stirne, verwundert und degoutiert, während Frau von Herzfeld nur den Kopf schütteln konnte; übrigens war sie blaß geworden. Da die Pause lang und peinlich wurde – der junge Miklas stand, bleich und trotzig an die Theke gelehnt –, sagte Direktor Kroge schließlich ziemlich scharf: »Was soll denn das?« und machte ein Gesicht, so böse, wie es ihm eben möglich war. Ein anderer junger Schauspieler, der sich bis dahin leise mit Vater Hansemann unterhalten hatte, sagte forsch und versöhnlich: »Hoppla, das ist daneben gegangen! Laß nur, Miklas, so was kann vorkommen, du bis sonst ein ganz braves Kind!« Dabei klopfte er dem Übeltäter auf die Schulter und lachte so herzlich, daß alle einstimmen konnten; sogar Kroge entschloß sich zu einer Heiterkeit, die freilich krampfhaften Charakter hatte: er schlug sich mit der flachen Hand auf den Schenkel und warf den Oberkörper nach vorne, so heftig schien er sich plötzlich zu amüsieren. Miklas aber blieb ernst; er drehte das verstockte, bleiche Gesicht zur Seite, die Lippen böse aufeinander gepreßt. »Sie ist *doch* eine Jüdin.« Er sprach so leise, daß fast niemand es hören konnte; nur Otto Ulrichs, der gerade erst durch seine Unbefangenheit die Situation gerettet hatte, hörte es, und nun strafte er ihn mit einem ernsten Blick.

Nachdem Direktor Kroge durch sein Gelächter ausführlich bekundet hatte, daß er die Entgleisung des jungen Miklas durchaus von der komischen Seite nahm, winkte er Ulrichs.

»Ach Ulrichs, kommen Sie doch bitte mal einen Augenblick!« Ulrichs setzte sich an den Tisch zu den Direktoren und Frau von Herzfeld.
»Ich will mich nicht in Ihre Angelegenheiten mischen, wirklich nicht.« Kroge ließ es sich anmerken, daß die Sache ihm äußerst peinlich war. »Aber es kommt jetzt immer häufiger vor, daß Sie in kommunistischen Versammlungen auftreten. Gestern haben Sie schon wieder irgendwo mitgemacht. Das schadet Ihnen doch, Ulrichs, und uns schadet es auch.« Kroge sprach leise. »Sie wissen doch, wie die bürgerlichen Zeitungen sind, Ulrichs«, sagte er eindringlich. »Suspekt sind wir den Leuten ohnedies. Wenn eines unserer Mitglieder sich nun politisch exponiert – es kann verhängnisvoll für uns sein, Ulrichs.« Kroge trank sehr hastig seinen Cognac aus, er war sogar etwas rot geworden.
Ulrichs antwortete ruhig. »Es ist mir sehr erwünscht, Herr Direktor, daß Sie von diesen Dingen zu mir sprechen. Natürlich habe ich auch schon über sie nachgedacht. Vielleicht ist es besser, wir trennen uns, Herr Direktor – glauben Sie mir, daß es mir nicht leicht fällt, diesen Vorschlag zu machen. Aber auf meine politische Betätigung kann ich nicht verzichten. Ihr müßte ich sogar mein Engagement opfern, und das *wäre* ein Opfer; denn ich bin gerne hier.« Er sprach mit einer angenehmen, dunklen und warmen Stimme. Während er redete, schaute Kroge mit einer väterlichen Sympathie auf sein intelligentes, kraftvolles Gesicht. Otto Ulrichs war ein gutaussehender Mann. Seine hohe, freundliche Stirn, von der das schwarze Haar weit zurückwich, und die engen, dunkelbraunen, gescheiten und lustigen Augen flößten Vertrauen ein. Kroge mochte ihn sehr. Deshalb wurde er jetzt beinah zornig.
»Aber Ulrichs!« rief er aus. »Davon kann doch gar keine Rede sein. Sie wissen ganz genau, daß ich Sie niemals fortlassen würde!« – »Wir können Sie gar nicht entbehren!« fügte Schmitz hinzu – der dicke Mensch überraschte zuweilen

durch eine merkwürdig vibrierende, helle und hübsche Stimme –, wozu die Herzfeld ernst bestätigend nickte. »Es ist doch nur ein klein bißchen Zurückhaltung, worum ich Sie bitte«, versicherte Kroge.
Ulrichs sagte mit Herzlichkeit: »Ihr seid alle sehr nett zu mir – wirklich sehr nett –, und ich werde mir Mühe geben, daß ich euch nicht gar zu sehr kompromittiere.« Die Herzfeld lächelte ihm vertraulich zu. »Es ist Ihnen ja wohl nicht ganz unbekannt«, sagte sie leise, »daß wir politisch weitgehend mit Ihnen sympathisieren.« – Der Mann, mit dem sie in Frankfurt verheiratet gewesen war und dessen Namen sie führte, war Kommunist. Er war viel jünger als sie und hatte sie verlassen. Zurzeit arbeitete er in Moskau als Filmregisseur.
»Weitgehend!« betonte Kroge mit lehrhaft erhobenem Zeigefinger. »Wenngleich nicht ganz, nicht in allen Stücken. Nicht alle unsere Träume haben sich in Moskau erfüllt. Können die Träume, die Forderungen, die Hoffnungen der Geistigen sich erfüllen unter der Diktatur?«
Ulrichs antwortete ernst, wobei seine engen Augen noch schmaler wurden und einen beinah drohenden Blick bekamen: »Nicht nur die Geistigen – oder die, welche sich so nennen – haben ihre Hoffnungen und Forderungen. Noch dringlicher sind die Forderungen des Proletariats. Diese waren, so wie die Welt heute ist, nur zu erfüllen mittels der Diktatur.« Hier zeigte Direktor Schmitz ein bestürztes Gesicht. Ulrichs, um dem Gespräch eine leichtere Wendung zu geben, sagte lächelnd: »Übrigens wäre auf der Versammlung gestern das Künstlertheater beinah durch sein prominentestes Mitglied repräsentiert worden. Hendrik wollte eigentlich auftreten – im letzten Augenblick ist er dann leider verhindert gewesen.«
»Höfgen wird immer im letzten Augenblick verhindert sein, wenn es sich um Angelegenheiten handelt, die bedenklich für seine Karriere werden könnten.« Kroge hatte verächtlich

den Mund verzogen, während er dies sagte. Hedda von Herzfeld sah ihn flehend und kummervoll an. Als aber Otto Ulrichs mit Überzeugung äußerte: »Hendrik gehört zu uns«, lächelte sie erlöst. »Hendrik gehört zu uns«, wiederholte Ulrichs. »Und er wird das durch die Tat beweisen. Seine Tat wird das Revolutionäre Theater sein. In diesem Monat soll es eröffnet werden.«

»Noch ist es nicht eröffnet.« Kroge lächelte boshaft. »Zunächst ist nur das Briefpapier da, mit der schönen Überschrift ›Revolutionäres Theater‹. Nehmen wir aber sogar einmal an, es kommt zur Eröffnung: glauben Sie, Höfgen wird sich heraustrauen mit einem wirklich revolutionären Stück?«

Ziemlich heftig erwiderte Ulrichs: »In der Tat glaube ich das! Übrigens ist das Stück ja schon ausgesucht – man kann wohl sagen, daß es ein revolutionäres ist.«

Kroge machte, mit der Miene und Gebärde eines müden und verächtlichen Zweifels: »Wir werden ja sehen.« Hedda von Herzfeld, die bemerkte, daß Ulrichs rot wurde vor Ärger, fand es geraten, nunmehr das Thema zu wechseln.

»Was war das eigentlich vorhin für eine phantastische kleine Äußerung von diesem Miklas? Stimmt es also doch, daß der Bursche Antisemit ist und mit den Nationalsozialisten zu tun hat?« Bei dem Wort ›Nationalsozialisten‹ verzerrte sich ihr Gesicht vor Ekel, als hätte sie eine tote Ratte berührt. Schmitz lachte verächtlich, während Kroge sagte: »So einen können wir gerade gebrauchen!« Ulrichs versicherte sich durch einen Seitenblick, daß Miklas ihnen nicht zuhörte, ehe er mit gedämpfter Stimme erklärte:

»Hans ist im Grunde ein guter Kerl – ich weiß das, denn ich habe mich oft mit ihm unterhalten. Mit so einem Jungen muß man sich viel und nachsichtig beschäftigen – dann gewinnt man ihn vielleicht noch für die gute Sache. Ich glaube nicht, daß er für uns schon ganz verloren ist. Seine Aufsässigkeit, seine allgemeine Unzufriedenheit sind falsch gelandet – ver-

stehen Sie, was ich meine?« Frau Hedda nickte; Ulrichs flüsterte eifrig: »In so einem jungen Kopf ist alles wirr, alles ungeklärt – es laufen ja heute Millionen herum wie dieser Miklas. Bei denen gibt es vor allem einen Haß, und der ist gut, denn er gilt dem Bestehenden. Aber dann hat so ein Bursche Pech und fällt den Verführern in die Hände, und die verderben seinen guten Haß. Sie erzählen ihm, an allem Übel seien die Juden schuld und der Vertrag von Versailles, und er glaubt den Dreck und vergißt, wer eigentlich die Schuldigen sind, hier und überall. Das ist das berühmte Ablenkungsmanöver, und bei all diesen jungen Wirrköpfen, die nichts wissen und nicht richtig nachdenken können, hat es Erfolg. Da sitzt dann so ein Häufchen Unglück und läßt sich Nationalsozialist schimpfen!«
Sie schauten alle vier zu Hans Miklas hin, der an einem kleinen Tisch in der entferntesten Ecke des Raumes, bei der dikken alten Souffleuse, Frau Efeu, bei Willi Böck, dem kleinen Garderobier, und bei dem Bühnenportier, Herrn Knurr, Platz genommen hatte. Von Herrn Knurr wurde behauptet, daß er ein Hakenkreuz unter dem Rockaufschlag versteckt trage und daß seine Privatwohnung voll sei von den Bildern des nationalsozialistischen ›Führers‹, die er in der Portiersloge denn doch nicht aufzuhängen wagte. Herr Knurr hatte heftige Diskussionen und Streitigkeiten mit den kommunistischen Bühnenarbeitern, die ihrerseits nicht im ›H. K.‹ verkehrten, sondern ihren eigenen Stammtisch in einer Kneipe gegenüber hatten – wo sie zuweilen von Ulrichs besucht wurden. Höfgen wagte sich beinah nie an den Stammtisch der Arbeiter; er fürchtete, die Männer würden über sein Monokel lachen. Anderseits pflegte er zu klagen, das ›H. K.‹ sei ihm durch die Anwesenheit des nationalistischen Herrn Knurr ganz verleidet. »Dieser verfluchte Kleinbürger«, sagte Höfgen von ihm, »der auf seinen Führer und Erlöser wartet, wie die Jungfer auf den Kerl, der sie schwängern soll! Mir wird immer heiß und kalt, wenn ich an der Portiersloge

vorbeigehen muß und an das Hakenkreuz unter seinem Rockaufschlag denke ...«

»Natürlich hat er eine ekelhafte Kindheit gehabt«, sagte Otto Ulrichs, der noch bei Hans Miklas war. »Er hat mir einmal davon erzählt. Aufgewachsen ist er in irgend so einem finsteren niederbayrischen Nest. Der Vater ist im Weltkrieg gefallen, die Mutter scheint eine aufgeregte, unvernünftige Person zu sein; machte den verrücktesten Krach, als der Junge zum Theater gehen wollte – man kann sich das ja alles vorstellen. Er ist ehrgeizig, fleißig, auch begabt; er hat enorm viel gelernt, mehr als die meisten von uns. Ursprünglich wollte er Musiker werden, er hat den Kontrapunkt gelernt und er kann Klavier spielen, und er kann Akrobatik und Steptanzen und Ziehharmonika und überhaupt alles. Er arbeitet den ganzen Tag, dabei ist er wahrscheinlich krank, sein Husten klingt scheußlich. Natürlich findet er, daß er zurückgesetzt wird und nicht genügend Erfolg hat, und schlechte Rollen. Er glaubt, wir sind verschworen gegen ihn, von wegen seiner sogenannten politischen Gesinnung.«

Ulrichs schaute noch immer, aufmerksam und ernst, zum jungen Miklas hinüber.

»95 Mark Monatsgehalt«, sagte er plötzlich und blickte drohend auf Direktor Schmitz, der sofort unruhig auf seinem Stuhl zu rücken begann – »es ist schwer, dabei ein anständiger Mensch zu bleiben.« Nun schaute auch die Herzfeld aufmerksam zu Miklas hinüber.

Zum Garderobier Böck, zur Souffleuse Efeu und Herrn Knurr pflegte Hans Miklas sich stets dann zu setzen, wenn er sich recht niederträchtig benachteiligt fand von der Direktion des Künstlertheaters, die er vor seinen politischen Freunden als ›verjudet‹ und ›marxistisch‹ bezeichnete. Vor allem haßte er Höfgen, diesen ›ekelhaften Salonkommunisten‹. Höfgen war, wenn man Miklas glauben durfte, eifersüchtig und eitel; Höfgen war größenwahnsinnig und wollte alles spielen, besonders aber spielte er ihm, Miklas, die Rol-

len weg. »Es ist eine Gemeinheit, daß er mir den Moritz Stiefel nicht gelassen hat«, äußerte der Verbitterte. »Wenn er ›Frühlings-Erwachen‹ schon selber inszeniert, warum muß er auch noch die beste Rolle haben? Und für unsereinen bleibt gar nichts. Eine Gemeinheit ist das! Überhaupt ist er viel zu dick und alt für den Moritz. Lächerlich wird er aussehen in den kurzen Hosen.« Miklas schaute zornig auf seine eigenen Beine, die mager und sehnig waren.
Garderobier Böck, ein dummer Bursche mit wäßrigen Augen und sehr blonden, sehr harten Haaren, die er kurz geschoren wie eine Bürste trug, kicherte über seinem Bierglas: niemand wußte, ob über Hendrik Höfgen, der als Gymnasiast komisch aussehen würde, oder über den machtlosen Zorn des jungen Hans Miklas. Die Souffleuse Efeu hingegen zeigte Entrüstung; sie bestätigte Miklas, daß es eine Gemeinheit sei. Das mütterliche Interesse, das die dicke alte Person an dem jungen Menschen nahm, brachte für diesen praktische Vorteile mit sich. Übrigens sympathisierte sie auch politisch mit ihm. Sie stopfte ihm seine Socken, lud ihn zum Abendessen ein; schenkte ihm Wurst, Schinken und Eingemachtes. »Damit du dicker wirst, Junge«, sagte sie und schaute ihn zärtlich an. Dabei gefiel ihr gerade die Magerkeit seines trainierten, nicht sehr großen, elastischen, schmalen Körpers. Wenn sein dichtes, dunkelblondes Haar am Hinterkopf gar zu widerspenstig in die Höhe stand, sagte die Efeu: »Du siehst aus wie ein Gassenjunge!« und holte einen Kamm aus dem Beutel.
Wie ein Gassenjunge sah Hans Miklas wirklich aus, freilich wie einer, dem es nicht besonders gut geht und der seine Angegriffenheit trotzig bezwingt. Sein Leben war anstrengend; er trainierte den ganzen Tag, mutete seinem schmalen Körper vieles zu, wahrscheinlich kamen daher seine Reizbarkeit und der finster abweisende Ausdruck seines jungen Gesichtes. Dieses Gesicht hatte üble Farben; unter den starken Backenknochen gab es schwarze Löcher, so eingefallen waren

die Wangen. Um die hellen Augen waren die Ränder auch beinah schwarz. Hingegen war die reine, kindliche Stirne wie beschienen von einer bleichen und empfindlichen Helligkeit; auch der Mund leuchtete, aber auf ungesunde Art, viel zu rot: in den abweisend vorgeschobenen Lippen schien sich alles Blut zu sammeln, von dem das Gesicht sonst leer war. Unter den starken und verführerischen Lippen, von denen die Souffleuse Efeu oft den Blick nicht lassen konnte, enttäuschte das zu kurze, schwächlich abfallende Kinn.
»Heute früh, auf der Probe, hast du wieder ganz zum Fürchten ausgesehen«, sprach die Efeu besorgt. »So tiefe, schwarze Löcher in den Backen! Und das Husten! Dumpf hat es geklungen – zum Erbarmen!«
Miklas konnte es nicht ausstehen, wenn man ihn bemitleidete; nur die Gaben, in die solches Mitleid sich umsetzte, nahm er gerne, wenngleich wortkarg entgegen. Das klagende Gerede der Efeu überhörte er einfach. Hingegen wollte er von Böck wissen: »Stimmt es, daß der Höfgen sich heute den ganzen Abend in seiner Garderobe hinter dem Paravent versteckt hat?«
Böck konnte es nicht in Abrede stellen. Miklas fand Höfgens Betragen derartig albern, daß es ihn geradezu in Heiterkeit versetzte. »Ich sage doch, ein kompletter Narr!« Dabei lachte er triumphierend. »Und das alles wegen einer Jüdin, der der Kopf bis dahin zwischen den Schultern steckt!« Er machte sich bucklig, um anzudeuten, wie die Martin aussehe; die Efeu amüsierte sich herzlich. »Und so etwas will ein Star sein!« Mit seinem höhnischen Ausruf konnte er ebenso wohl die Martin meinen wie Höfgen. Beide gehörten, nach seinem Urteil, in dieselbe bevorzugte, undeutsche, tief verwerfliche Clique. »Die Martin!« redete er weiter, das böse, leidende, reizvolle junge Gesicht in die mageren, nicht ganz sauberen Hände gestützt. »Sie soll ja auch immer diese salonkommunistischen Phrasen dreschen, mit ihren tausend Mark jeden Abend. Eine Bande ist das! Aber es wird aufge-

räumt werden mit denen – der Höfgen wird auch noch dran glauben müssen!«
So gefährliche Dinge pflegte er sonst in der Kantine nicht auszusprechen, besonders nicht, wenn Kroge in der Nähe war. Heute aber ließ er sich gehen – freilich nicht bis zu dem Grade, daß er gar zu laut gesprochen hätte. Es blieb bei einem heftigen Flüstern. Die Efeu und Herr Knurr nickten ihm anerkennend zu, während Böck wäßrig schaute. »Der Tag wird kommen«, sagte Miklas noch, leise, aber sehr leidenschaftlich, und seine hellen Augen hatten einen fiebrigen Glanz zwischen ihren schwärzlichen Rändern. Dann mußte er furchtbar husten; Frau Efeu klopfte ihm Rücken und Schultern. »Es klingt wieder scheußlich dumpf«, sagte sie angstvoll. »Als ob es von ganz tief aus der Brust käme.«
Das enge Lokal war voll Rauch. »Die Luft ist ja dick zum Schneiden«, klagte die Motz. »Das hält doch der stärkste Mann nicht aus. Und meine Stimme! Kinder, morgen könnt ihr mich wieder beim Halsarzt sitzen sehen.« Niemand hatte Lust, sie sitzen zu sehen. Rahel Mohrenwitz machte sogar ironisch: »Huch, unsere Koloratursängerin!« – wofür sie einen fürchterlichen Blick von der Motz bekam, die sowieso etwas gegen Rahel hatte: Petersen wußte warum. Erst gestern wieder hatte man ihn in der Garderobe des dämonischen Mädchens gefunden, und die Motz hatte weinen müssen. Heute aber schien sie entschlossen, sich keinesfalls die Stimmung verderben zu lassen von einer dummen Gans, die sich vielleicht auf ihr Monokel und ihre lächerliche Frisur noch was einbildete. Vielmehr faltete sie die Hände vor dem Bauch und markierte gemütliche Stimmung. »Aber nett ist es hier«, sagte sie herzlich. »Was, Vater Hansemann?« Sie blinzelte dem Wirt zu, dem sie noch 27 Mark schuldete und der deshalb nicht zurückblinzelte. Gleich danach entsetzte sie sich, weil Petersen sich ein Beefsteak servieren ließ, noch dazu mit Spiegelei. »Als ob ein Paar Würstchen nicht genügt hätten!« Ihr standen Tränen des Zorns in den Augen. Zwi-

schen Motz und Petersen gab es viel Streit und Hader, weil der Väterspieler, nach dem Dafürhalten seiner Freundin, zur Verschwendungssucht neigte. Immer bestellte er sich teure Sachen, und die Trinkgelder, die er spendierte, waren auch zu hoch. »Natürlich: Braten mit Ei muß es sein!« jammerte die Motz. Petersen murmelte, daß ein Mann sich doch anständig ernähren müsse. Die Motz aber, ganz außer Fassung, fragte plötzlich mit zornigem Sarkasmus die Mohrenwitz, ob Petersen ihr vielleicht eine Flasche Sekt angeboten habe. »Veuve Cliquot, extrafein!« schrie die Motz und sprach, bei aller Gehässigkeit, den Namen der Sektmarke mit jener Feinheit aus, welche sie als Salondame legitimierte. Hierüber war die Mohrenwitz nun ernsthaft beleidigt. »Ich muß doch sehr bitten!« rief sie schrill. »Soll das ein Witz sein?« Das Monokel fiel ihr aus dem Auge, ihr pausbäckiges, vor Ärger rot gewordenes Gesicht sah plötzlich gar nicht mehr dämonisch aus. Kroge blickte schon verwundert auf; Frau von Herzfeld lächelte ironisch. Der schöne Bonetti aber klopfte der Motz auf die Schulter; gleichzeitig auch der Mohrenwitz, die kampfeslustig näher getreten war. »Zankt euch nicht, Kinder!« riet er ihnen, um den Mund besonders müde und angewiderte Falten. »Dabei kommt doch nichts 'raus. Spielen wir lieber Karten.«
In diesem Augenblick wurden gedämpfte Rufe laut, und alles drehte sich der Türe zu, die sich geöffnet hatte. Dora Martin stand auf der Schwelle. Hinter ihr drängte sich, wie auf der Bühne das Gefolge hinter der Königin, das Ensemble, mit dem sie reiste.
Dora Martin lachte und winkte allen Mitgliedern des Hamburger Künstlertheaters zu; dabei rief sie mit ihrer heiseren Stimme, auf jene berühmte Art, die von tausend jungen Schauspielerinnen im ganzen Lande kopiert wurde, in jedem Satz einige Worte zerdehnend: »Kinder, wir sind eingeladen, ein *ganz* langweiliges Bankett, *furchtbar* schade, aber wir *müssen* hingehen!« Sie schien ihre eigene Sprechweise

parodieren zu wollen, so eigenwillig verfuhr sie mit der Länge der Silben. Aber allen klang es lieblich in den Ohren, auch denen, welche die Martin nicht leiden konnten, zum Beispiel dem jungen Miklas. Es war nicht zu leugnen: ihr Auftritt hatte großen Effekt gemacht. Ihre weit geöffneten, kindlichen und rätselhaft tiefen Augen unter der hohen und klugen Stirn verwirrten und bezauberten jeden; sogar Vater Hansemann zeigte ein blödes, betörtes Lächeln. Frau von Herzfeld, die früher mit der Martin befreundet gewesen war, rief ihr zu: »Das ist aber ein Jammer, Dorchen. Kannst du dich gar nicht ein bißchen zu uns setzen?« Die allgemeine Achtung vor Hedda stieg, weil sie sich mit der Martin duzte. Diese aber bewegte verneinend ihr lächelndes Gesicht, das fast verschwand zwischen dem hochgeschlagenen Kragen des braunen Pelzmantels; denn sie trug die Schulter sehr hochgezogen. »*Zu* schade!« girrte sie, und wie sie den Kopf schüttelte, flog die rötliche Mähne ihres lockeren Haars, über dem sie keinen Hut trug. »Aber wir sind sowieso *viel* zu spät!«
Da geschah es, daß jemand hinter ihr sich durchs Gefolge drängte. Es war Hendrik Höfgen, der unvermittelt hervorkam. Er hatte den Smoking an, den er in mondänen Rollen auf der Bühne trug und der, aus der Nähe betrachtet, schon recht abgetragen und fleckig wirkte. Über den Schultern lag ihm ein weißes Seidentuch. Sein Atem flog; Wangen und Stirne waren hektisch gerötet. Einen recht beunruhigenden Eindruck machte das nervöse Lachen, das ihn schüttelte, während er sich in gehetzter Eile, umflattert vom Seidentuch, tief über die Hand der Diva bückte, und das nicht ohne eine gewisse irrsinnige Herzlichkeit schien. »Entschuldigen Sie«, brachte er hervor, das Gesicht, in dem das Monokel überraschend fest hielt, immer noch über ihre Hand gebückt und immer noch heftig lachend. »Es ist ja phantastisch: ich bin viel zu spät – was müssen Sie von mir denken –, eine phantastische Sache ...« Das Lachen beutelte ihn, sein Ge-

sicht wurde immer röter. »Aber ich wollte Sie doch nicht gehen lassen«, dabei richtete er sich endlich auf, »ohne Ihnen gesagt zu haben, wie sehr ich diesen Abend genossen habe – wie wunderschön es gewesen ist!« Plötzlich schien die ungeheure komische Angelegenheit, über die er fast zersprungen war vor Lachen, nicht mehr zu existieren; er zeigte nun ein ganz ernstes Gesicht.

Dafür war es jetzt an Dora Martin, ein wenig zu lachen, und das tat sie denn auch, besonders heiser und zauberhaft. »Schwindler!« rief sie, und von dem eigensinnig gedehnten »I« kam sie gar nicht mehr weg. »Sie sind gar nicht im Theater gewesen! Sie haben sich ja versteckt!« Dabei schlug sie ihn leicht mit dem gelben schweinsledernen Handschuh. »Aber das macht nichts«, strahlte sie ihn an. »Sie sollen ja so begabt sein.«

Über diese Feststellung, die überraschend kam, erschrak Höfgen zunächst so stark, daß die helle Röte von seinem Gesicht wich, welches fahl wurde. Dann aber sagte er, mit einer Stimme, die schmelzend klang: »Ich? Begabt? Das ist doch ein ganz unbewiesenes Gerücht ...« Die Vokale konnte auch er zerdehnen, nicht nur Dora Martin brachte es fertig. Seine Sprachkoketterie hatte eigenen Stil, er war keineswegs darauf angewiesen, irgend jemanden zu kopieren. Dora Martin girrte; er aber sang vor Manieriertheit. Dabei zeigte er jenes Lächeln, das er auf den Proben den Damen vorzumachen pflegte, wenn sie verfängliche Szenen zu spielen hatten: es entblößte die Zähne und war ziemlich gemein. Er bezeichnete es als das ›aasige‹ Lächeln. (›Aasiger – verstehst du, meine Liebe? –: aasiger!‹ mahnte er auf den Proben Rahel Mohrenwitz oder Angelika Siebert, und er machte es vor.)

Ihre Zähne zeigte auch Dora Martin; aber während der Mund ›baby-talk‹ sprach und der Kopf kokett zwischen den hochgezogenen Schultern steckte, forschten ihre großen, klugen, unbetrügbaren und traurigen Augen in Höfgens Ge-

sicht. »Sie werden es schon noch beweisen, Ihr Talent!« sagte sie leise, und eine Sekunde lang war nicht nur ihr Blick ernst, sondern auch ihr Gesicht. Ernsten Gesichtes, beinah drohend, nickte sie ihm zu. Höfgen, der sich noch vor einer Viertelstunde hinterm Paravent versteckt hatte, hielt ihren Blick aus. Dann lachte die Martin wieder; girrte: »Wir sind *viel* zu spät!« winkte und entschwand mit Gefolge.
Die Begegnung mit Dora Martin hatte Höfgen auf wunderbare Art aufgeheitert; er schien jetzt in einer geradezu festlichen Laune zu sein. Von seinem Antlitz kam ein gnädiger Glanz. Alle schauten auf ihn, nun beinah ebenso bezwungen, wie sie vorhin auf die Berliner Diva geschaut hatten. – Ehe Höfgen Direktor Kroge und Frau von Herzfeld begrüßte, war er zu Garderobier Böck getreten. »Hör mal, mein Böckchen«, sang er und stand verführerisch da: Hände in die Hosentaschen vergraben, Schultern hochgezogen, und auf den Lippen das aasige Lächeln. »Du mußt mir *mindestens* sieben Mark fünfzig leihen. Ich will anständig zu Abend essen, und ich habe so ein Gefühl: Väterchen Hansemann verlangt heute Barbezahlung.« Aus den schillernden Edelsteinaugen warf er einen mißtrauisch schiefen Blick auf Hansemann, der mit blauroter Nase unbewegt hinter der Theke saß.
Böck war aufgesprungen; aus Schreck über Höfgens einerseits ehrenvolles, anderseits grausiges Ansinnen waren seine Augen noch wäßriger, seine Wangen dunkelrot geworden. Während er stumm erregt in den Taschen wühlte und Hans Miklas mit gehässig gespanntem Blick den ganzen Vorfall beobachtete, war die kleine Angelika eilig hinzugetreten. »Aber Hendrik!« sagte sie schnell und schüchtern. »Wenn du Geld brauchst – ich kann dir doch fünfzig Mark bis zum Ersten leihen!« Sofort bekam Höfgen fischig kalte Augen. Er sagte hochmütig über die Schulter: »Mische dich nicht in unsere Männergeschäfte, meine Kleine. Böck gibt gerne.« Der Garderobier nickte aufgeregt, während sich die Siebert mit nassen Augen zurückzog. Höfgen ließ, ohne sich zu be-

danken, Böcks Silbermünzen nachlässig in seine Tasche gleiten. Miklas, Knurr und die Efeu schauten finster, Böck fassungslos und Angelika weinend hinter ihm drein, während er wiegenden Ganges, immer noch das weiße Seidentuch über den Schultern, das Lokal durchschritt. »Väterchen Schmitz läßt mich nämlich verhungern«, erklärte er, das sieghaft lächelnde Gesicht dem Direktorentisch zugewandt. Dort wurde er mit einigem Hallo empfangen; sogar Kroge zwang sich zu einer etwas lärmenden und nicht ganz echten Herzlichkeit. »Na, alter Sünder, wie geht's? Haben Sie den Abend gut überstanden?« Er bekam scharfe Falten um den Katermund, fast wie die Motz, und falsche Augen hinter den Brillengläsern; plötzlich war ihm anzumerken, daß er nicht nur kulturpolitische Essays und hymnische Lyrik schrieb, sondern seit über dreißig Jahren mit dem Theater zu tun hatte. – Höfgen und Otto Ulrichs schüttelten sich vertraut, stumm und ausführlich die Hände. Direktor Schmitz sagte etwas belanglos Scherzhaftes, mit seiner überraschend weichen, angenehmen Stimme; Frau von Herzfeld aber lächelte grundlos ironisch, wobei ihre goldbraunen Augen, feucht vor Innigkeit und fast flehend, auf Hendrik gerichtet waren. Er ließ sich von ihr bei der Auswahl seines Abendessens beraten, was ihr Anlaß gab, an ihn heranzurücken und ihren schweratmenden Busen in seine Nähe zu bringen. Sein aasiges Lächeln schien sie nicht abzuschrecken: sie war es gewohnt, und es gefiel ihr.

Als Väterchen Hansemann die Bestellung entgegengenommen hatte, fing Höfgen an, von seiner ›Frühlings-Erwachen‹-Inszenierung zu sprechen. »Es wird anständig werden, glaube ich«, sagte er ernst; dabei glitten seine prüfenden Augen durch das Lokal, über die Schauspieler hin, wie die Augen eines Feldherrn über Truppen. »An der Wendla kann die Siebert nichts verderben; Bonetti ist kein idealer Melchior Gabor, aber er schafft es; unsere dämonische Mohrenwitz legt eine erstklassige Ilse hin.« – Es geschah nicht sehr häufig, daß er ohne Mätzchen redete, sondern ernsthaft und um der Sache willen, wie eben jetzt. Kroge lauschte ihm achtungsvoll, nicht ohne Überraschung. Es war die Herzfeld, welche die Stimmung wieder verdarb, indem sie sarkastisch-schmeichlerisch, ihr großes, flaumig-gepudertes Gesicht ziemlich nahe bei Höfgen, bemerkte: »Nun, und was den Moritz Stiefel betrifft – da wurde ja gerade von berufenster Seite, von Dora selber, festgestellt, daß der junge Schaupieler, dem wir diese Rolle anvertraut haben, nicht ganz unbegabt ist . . .« Kroge runzelte mißbilligend die Stirne; Höfgen seinerseits schien die Neckerei zu überhören. »Und wie werden Sie eigentlich als Frau Gabor, meine Teure?« fragte er die Herzfeld ins Gesicht. Dies war offener und derber Hohn. Daß Frau Hedda eine unbegabte Schauspielerin war, gehörte zu den bekannten Tatsachen; auch wußte jeder, daß sie darunter litt. Man spottete gern darüber, daß die kluge Dame es nicht lassen konnte, aufzutreten, und sei es auch nur in bescheidenen Mütterrollen. Auf Hendriks Ungezogenheit hin versuchte sie, gleichgültig die Achseln zu zucken; dabei aber zog eine ins Violette spielende Röte über die große Fläche ihres unjungen Gesichts. Kroge sah es, und sein Herz zog sich zusammen in einem Mitleid, das nicht weit von Zärtlichkeit war. Kroge hatte vor vielen Jahren ein Verhältnis mit Frau von Herzfeld gehabt.

Um das Thema zu wechseln, oder um auf das einzige Thema zu kommen, das ihn wirklich beschäftigte, begann Ulrichs ohne Übergang vom Revolutionären Theater zu sprechen.

Das Revolutionäre Theater war geplant als eine Serie von Sonntag-Vormittag-Veranstaltungen, die unter der Leitung Hendrik Höfgens und dem Protektorat einer kommunistischen Organisation stehen sollten. Ulrichs, für den die Bühne zunächst und vor allem ein politisches Instrument bedeutete, hing mit zäher Leidenschaft an diesem Projekt. Das Stück, das man für die Eröffnungsvorstellung ausgesucht habe, eigne sich glänzend, sagte er nun, er habe es noch ein-

mal genau durchgearbeitet. »Man interessiert sich in der Partei sehr ernsthaft für unsere Sache«, erklärte er und schaute mit einem bedeutungsvollen Verschwörerblick auf Höfgen, an Kroge, Schmitz und der Herzfeld vorbei, aber doch stolz darauf, daß sie es hörten und daß es sie beeindrukken würde. – »Nun, die Partei wird mir keinen Schadenersatz zahlen, wenn die guten Hamburger mir dann mein Haus boykottieren«, brummte Kroge, den der Gedanke an das Revolutionäre Theater immer skeptisch und verdrießlich stimmte. »Ja«, sagte er noch, »1918 – da konnte man sich solche Experimente leisten. Aber heute ...« Höfgen und Ulrichs tauschten einen Blick, der ein hochmütiges und geheimes Einverständnis enthielt und viel Geringschätzung für die kleinbürgerlichen Bedenken ihres Direktors. Der Blick dauerte ziemlich lange, Frau von Herzfeld bemerkte ihn und litt. Schließlich wendete sich Höfgen, etwas väterlich herablassend, an Kroge und Schmitz. »Das Revolutionäre Theater wird uns nicht schaden – sicher nicht –, glauben Sie es nur, Väterchen Schmitz! Was wirklich gut ist, kompromittiert einen niemals. Das Revolutionäre Theater wird gut, es wird glänzend! Eine Leistung, hinter der ein echter Glaube, ein wirklicher Enthusiasmus steht, überzeugt alle – auch die Feinde werden verstummen vor dieser Manifestation unserer glühenden Gesinnung.« Seine Augen schillerten, schielten ein wenig und schienen verzückt in Fernen zu schauen, wo die großen Entscheidungen fallen. Das Kinn hielt er stolz gereckt; auf dem fahlen, nach hinten geneigten, empfindlichen Antlitz lag ein siegesgewisser Glanz. Das ist wirkliche Ergriffenheit, dachte Hedda von Herzfeld. Das kann er nicht spielen – so begabt er auch ist. Triumphierend sah sie Kroge an, der eine gewisse Bewegtheit nicht verbergen konnte. Ulrichs machte eine feierliche Miene.
Während alle noch gebannt saßen von den Effekten seines rührenden Enthusiasmus, änderte Höfgen plötzlich Haltung und Ausdruck. Er begann überraschend zu lachen und deu-

tete auf die Photographie eines ›Heldenvaters‹, die über dem Tisch an der Wand hing: die Arme drohend verschränkt, biederer Blick unter finsterer Braue, breiter Vollbart, sorgfältig ausgebreitet auf einem phantastischen Jägerwams. Hendrik konnte sich gar nicht darüber beruhigen, wie drollig er den alten Burschen fand. Unter vielem Gelächter, nachdem Hedda ihm den Rücken geklopft hatte, weil er am Salat zu ersticken drohte, brachte er hervor, daß er selber ganz ähnlich, ja, fast genau so ausgesehen habe – als er nämlich noch die Väterrollen gespielt hatte, an der Norddeutschen Wanderbühne.

»Als ich noch ein Knabe war«, jubelte Hendrik, »da sah ich doch so phantastisch alt aus. Und auf der Bühne ging ich immer gebückt vor lauter Verlegenheit. In den ›Räubern‹ ließ man mich den alten Moor spielen. Ich war ein hervorragend guter alter Moor. Jeder von meinen Söhnen war zwanzig Jahre älter als ich.«

Da er so laut lachte und von der Norddeutschen Wanderbühne sprach, eilten von allen Tischen die Kollegen herbei: man wußte, daß nun Anekdoten kommen würden, und zwar keine abgestandenen alten, sondern neue, und wahrscheinlich ziemlich gute – es geschah selten, daß Hendrik sich wiederholte. Die Motz rieb sich genußsüchtig die Hände, zeigte Gold im Innern ihres Mundes und konstatierte mit einer grimmigen Aufgeräumtheit: »Jetzt wird es lustig!« Gleich darauf mußte sie einen strengen Blick auf Petersen werfen, weil dieser sich einen doppelten Cognac bestellt hatte. Rahel Mohrenwitz, Angelika Siebert und der schöne Bonetti: alle hingen sie an Hendriks beredten Lippen. Sogar Miklas mußte hinhören, ob er es nun wollte oder nicht: die raffinierten Scherze des Verhaßten nötigten ihm brummige und trotzige kleine Gelächter ab. Da ihr böser Liebling sich amüsierte, wurde auch die dicke Efeu munter. Keuchend trug sie ihren Stuhl in die Nähe von Hendriks Sessel, murmelte: »Die Herrschaften haben doch nichts dagegen!« ließ ihren

Strickstrumpf ruhen und legte sich die rechte Hand trichterförmig ans Ohr, auf daß ihrer Schwerhörigkeit nichts entgehe.
Es wurde ein reizender Abend. Höfgen war blendend in Form. Er bezauberte, er brillierte. Als hätte er ein großes Publikum vor sich, anstatt nur die paar geringen Kollegen, verschwendete er, großmütig–übermütig, Witz, Charme und Anekdotenschatz. Was war nicht alles an dieser Wanderbühne passiert, wo er die Väterrollen hatte spielen müssen! Die Motz bekam schon Atemnöte vor Lachen. »Kinder, ich kann nicht mehr!« schrie sie, und da Bonetti ihr drollig-galant mit dem Tüchlein fächelte, übersah sie, daß Petersen sich schon wieder Schnaps bestellte. Als Höfgen aber dazu überging, mit schriller Stimme, flatternden Gesten und unheimlich schielenden Augen die jugendliche Sentimentale der Wanderbühne nachzuahmen, da verzog sogar Vater Hansemann die starre Miene, und Herr Knurr mußte sein Grinsen hinter dem Taschentuch verbergen. Mehr Triumph war nicht herauszuholen aus der Situation. Höfgen brach ab. Auch die Motz wurde ernst, da sie feststellte, wie besoffen Petersen war. Kroge gab das Zeichen zum Aufbruch. Es war zwei Uhr morgens. Zum Abschied schenkte die Mohrenwitz, die immer originelle Einfälle hatte, Hendrik ihre lange Zigarettenspitze, ein dekoratives, übrigens wertloses Stück.
»Weil du heute abend so enorm amüsant gewesen bist. Hendrik.« Ihr Monokel blitzte sein Monokel an. Man sah, daß Angelika Siebert, die neben Bonetti stand, vor Eifersucht eine weiße Nase bekam, und dazu Augen, die tränenvoll und gleichzeitig ein wenig tückisch waren.
Frau von Herzfeld hatte Hendrik aufgefordert, noch eine Tasse Kaffee mit ihr zu trinken. Im leeren Lokal machte Vater Hansemann schon die Lampen aus. Für Hedda war das Halbdunkel vorteilhaft: ihr großes, weiches Gesicht mit den sanften, klug beseelten Augen erschien nun jünger, oder doch alterslos. Dieses war nicht mehr das betrübte Antlitz

der alternden, intellektuellen Frau. Die Wangen wirkten nicht mehr flaumig, sondern glatt. Das Lächeln um die orientalisch trägen, halbgeöffneten Lippen war nicht mehr ironisch, sondern fast verführerisch. Still und zärtlich schaute Frau von Herzfeld auf Hendrik Höfgen. Sie dachte nicht daran, daß sie selber reizvoller aussah als sonst; nur daß Hendriks Gesicht mit dem angestrengten Leidenszug an den Schläfen und dem edlen Kinn blaß und deutlich in der Dämmerung stand, merkte sie und genoß sie.
Hendrik hatte seine Ellenbogen auf den Tisch gestützt und die Fingerspitzen seiner ausgestreckten Hände gegeneinander gelegt. Diese anspruchsvolle Haltung leistete er sich wie einer, der besonders schöne, gotisch spitze Hände hat. Höfgens Hände waren aber keineswegs gotisch; vielmehr schienen sie den Leidenszug der Schläfen durch ihre unschöne Derbheit widerlegen zu wollen. Die Handrücken waren sehr breit und rötlich behaart; breit waren auch die ziemlich langen Finger, die in eckigen, nicht ganz sauberen Nägeln endigten. Gerade diese Nägel waren es wohl, die den Händen ihren unedlen, beinah unappetitlichen Charakter gaben. Sie schienen aus minderwertiger Substanz zu sein: bröckelig, spröde, ohne Glanz, ohne Form und Wölbung.
Diese Schadhaftigkeit und Mängel aber verbarg die vorteilhafte Dämmerung. Hingegen ließ sie das träumerische Schielen der grünlichen Augen rätselhaft und reizend wirken.
»Woran denken Sie, Hendrik?« fragte die Herzfeld, nach langem Schweigen, mit einer innig gedämpften Stimme.
Ebenso leise antwortete Höfgen: »Ich denke daran – daß Dora Martin unrecht hat . . .« Hedda ließ ihn, über seine aneinander gelegten Hände hinweg, ins Dunkel reden, ohne zu fragen oder zu widersprechen. »Ich werde mich nicht beweisen«, klagte er in die Dämmerung. »Ich habe nichts zu beweisen. Niemals werde ich erstklassig sein. Ich bin provinziell.« Er verstummte, preßte die Lippen aufeinander, als er-

schräke er selber vor den Erkenntnissen und Bekenntnissen, zu denen die sonderbare Stunde ihn brachte.
»Und weiter?« fragte Frau von Herzfeld mit sanftem Vorwurf. »Und weiter denken Sie nichts? Immer nur daran?«
Da er stumm blieb, dachte sie: Ja – dieses ist wohl das einzige, was ihn wirklich beschäftigt. Das mit dem politischen Theater vorhin und sein Enthusiasmus für die Revolution – das war also auch nur Komödie. Diese Entdeckung erfüllte sie mit Enttäuschung; irgendwo fühlte sie sich aber auch auf eine merkwürdige Art von ihr befriedigt.
Er ließ mysteriös die Augen schillern; eine Antwort hatte er nicht.
»Merken Sie denn nicht, wie Sie die kleine Angelika quälen?« fragte die Frau neben ihm. »Spüren Sie denn nicht, daß Sie – andere leiden machen? Irgendwo müssen Sie doch für all das bezahlen.« Sie ließ den klagenden und suchenden Blick nicht von ihm. »Irgenwo müssen Sie doch büßen – und lieben.«
Nun war es ihr doch peinlich, daß sie dies gesagt hatte. Es war entschieden zuviel, sie hatte sich gehen lassen. Schnell entfernte sie ihr Gesicht von seinem. Zu ihrem Erstaunen bestrafte er sie durch kein böses Grinsen, durch kein höhnisches Wort. Vielmehr blieb sein Blick, schielend, schillernd und starr, ins Dunkel gerichtet, als suchte er dort Antwort auf dringliche Fragen, Stillung seiner Zweifel und das Bild einer Zukunft, deren eigentlicher Sinn es war, ihn groß zu machen.

II
DIE TANZSTUNDE

Für den nächsten Tag hatte Hendrik den Beginn der Probe auf halb zehn Uhr angesetzt. Pünktlich versammelte sich das Ensemble, so weit es in ›Frühlings-Erwachen‹ beschäftigt war, teils auf der zugigen Bühne, teils im spärlich beleuchteten Parkett. Nachdem man etwa eine Viertelstunde lang gewartet hatte, entschloß sich Frau von Herzfeld dazu, Höfgen aus dem Bureau zu holen, wo er sich seit neun Uhr mit den Direktoren Schmitz und Kroge besprach.
Gleich bei seinem Eintritt waren sich alle darüber klar, daß er sich heute in der ungnädigsten Stimmung befand – der strahlende Causeur vom vorigen Abend war nicht wiederzuerkennen. Die Schultern auf nervöse Art hochgezogen, die Hände in den Hosentaschen vergraben, ging er eilig durch das Parkett und bat, mit einer vor Gereiztheit fast tonlosen Stimme, um ein Exemplar des Textbuches. »Ich habe meines zu Hause liegen lassen.« Er hatte einen bitter gekränkten Ton, der gleichsam allen Anwesenden einen leisen, aber intensiven Vorwurf aus dem Umstand machte, daß er, Hendrik, beim Weggehen vergeßlich und zerstreut gewesen war. »Nun, darf ich bitten?« Es gelang ihm, zugleich wegwerfend gedämpft und sehr schneidend zu sprechen. »Hat denn niemand so ein Heftchen für mich?«
Die kleine Angelika reichte ihm das ihre. »Ich brauche mein Buch nicht mehr«, sagte sie errötend. »Ich kann meinen Text.« – Hendrik, anstatt sich zu bedanken, bemerkte kurz: »Das will ich auch hoffen!« und wandte sich von ihr ab.
Über dem roten Seidenschal, den er statt eines Hemdes trug – oder der doch das Hemd, falls er ein solches anhatte, ver-

steckte –, wirkte sein Gesicht besonders fahl. Das eine Auge schaute, unter halb gesenktem Lid, verächtlich und böse; vor dem anderen blitzte das Monokel. Als er mit einer plötzlich ganz hellen, durchdringenden und etwas klirrenden Kommandostimme rief: »Anfangen, Herrschaften!« – zuckte alles zusammen.
Er rannte im Zuschauerraum umher, während auf der Bühne gearbeitet wurde. Den Moritz Stiefel – die Rolle, welche er sich selber vorbehalten hatte – ließ er von Miklas, dem seine eigene Partie nur sehr wenig zu tun gab, markieren. Darin konnte man eine besondere Bosheit sehen, da der arme Miklas doch seinerseits den Moritz für sein Leben gerne gespielt hätte. Übrigens schien Höfgen, mit provokantem Hochmut, den Kollegen andeuten zu wollen, daß er seinerseits es keineswegs nötig habe, irgend etwas zu probieren oder vorzubereiten: er war der Regisseur, stand über dem Ganzen; seine Routine war so groß wie sein Genie, die eigene Rolle erledigte er nebenbei; erst auf der Generalprobe würde man es von ihm zu sehen und zu hören bekommen, wie Moritz Stiefel, der düstere Gymnasiast, der verzweifelt Liebende, der Selbstmörder aufzufassen und zu spielen sei.
Hingegen bekam man es jetzt schon von ihm gezeigt, was man aus dem Mädchen Wendla, dem Knaben Melchior, der mütterlichen Frau Gabor machen konnte. Hendrik sprang, mit einer überraschenden Behendigkeit, auf die Bühne, und wirklich: er verwandelte sich in das zarte Mädchen, das in den morgendlichen Garten tritt und die ganze Welt umarmen möchte, da sie an den Geliebten denkt; in den lebenshungrigen und stolzen Knaben; in die kluge, sorgenvolle Mutter. Seine Stimme konnte zärtlich, übermütig oder gedankenvoll klingen. Es gelang ihm, in diesem Augenblick kindlich jung auszusehen, im nächsten aber uralt. Er war ein glänzender Schauspieler.
Wenn er es dem schönen Bonetti, der die Brauen halb verärgert, halb achtungsvoll hochzog, oder der demütigen Ange-

lika, die gegen Tränen kämpfte, eindrucksvoll demonstriert hatte, was man mit ihren Rollen eigentlich anfangen könnte, wenn man nur das Zeug dazu hätte, schnitt er eine müde und verächtliche Grimasse, klemmte sich das Monokel vors Auge und stieg ins Parkett zurück. Von dort aus erklärte, arrangierte und kritisierte er weiter. Keiner blieb verschont von seinen höhnisch herabsetzenden Worten, sogar Frau von Herzfeld wurde abgekanzelt – was sie mit einem verzerrt-ironischen Lächeln hinnahm –; die kleine Angelika hatte sich schon mehrmals tränenüberströmt in die Kulisse zurückgezogen; auf Bonettis Stirne zeigten sich Zornesadern; am tiefsten und leidenschaftlichsten aber ärgerte sich Hans Miklas, dessen Gesicht vor Zorn zu verfallen und schwarze Löcher zu bekommen schien.

Da alle litten, wurde Hendrik zusehends besserer Laune. Während der Mittagspause, in der Kantine, unterhielt er sich recht angeregt mit Frau von Herzfeld. Um halb drei Uhr ließ er die Gesellschaft wieder zur Arbeit antreten. Es war gegen halb vier Uhr, als der schöne Bonetti seinen angewiderten Zug um den Mund bekam, die Hände in die Hosentaschen steckte und gnauzend wie ein verwöhntes Kind sagte: »Ist denn noch nicht bald Schluß mit der Schinderei?« Daraufhin warf Höfgen ihm einen vernichtenden Blick zu aus seinen weichen und eiskalten Augen. Er sagte: »Wann aufgehört wird, das bestimme allein ich!« und hielt das schöne Kinn besonders hoch gereckt. Dem eingeschüchterten Ensemble zeigte er das Antlitz eines edlen und nervösen Tyrannen, welches aber gleichzeitig an das fahle Gesicht einer älteren, gereizten Gouvernante erinnert. Alle fürchteten sich; besonders der kleinen Angelika liefen süße und heftige Schauer über den Rücken. Einige Sekunden lang verblieb man in demütiger Regungslosigkeit; das Aufatmen war hörbar, mit dem die verängstigte Gruppe auf die nächste, befreiende Geste ihres Herrn reagierte. Hendrik geruhte in die Hände zu klatschen und das Haupt mit einer gnädigen Mun-

terkeit in den Nacken zu werfen. »Weitermachen, Herrschaften!« rief er, wobei seine Stimme den hellen Metallton hatte, dem fast niemand widerstehen konnte. »Wo haben wir unterbrochen?«
Man probierte folgsam die nächste Szene, war aber kaum mit ihr zu Ende gekommen, als Hendrik seinerseits einen Blick auf die Armbanduhr warf. Sie zeigte ein Viertel vor vier Uhr: während er es feststellte, erschrak er, und zwar so heftig, daß es weh im Magen tat. Ihm war eingefallen, daß er um vier Uhr eine Verabredung mit Juliette in seiner Wohnung hatte. Sein Lächeln war etwas krampfhaft, als er dem Ensemble mit hastig-freundlichen Worten mitteilte, nun müsse Schluß gemacht werden. Dem jungen Miklas, der sich ihm mürrischen Gesichtes nahte, um irgendeine Frage zu stellen, winkte er eilig ab. Er rannte durch das dunkle Parkett dem Ausgang zu; legte das steile Stück Weges, das zwischen dem Theaterportal und der Kantine lag, laufend zurück; langte atemlos im ›H. K.‹ an; riß dort seinen braunen Ledermantel und den weichen grauen Hut vom Nagel und war schon davon.
In den Überzieher schlüpfte er erst auf der Straße. Gleichzeitig dachte er nach. Wenn ich zu Fuß gehe, werde ich ein paar Minuten zu spät kommen, so sehr ich mich auch beeile. Juliettchen wird mir einen furchtbaren Empfang bereiten. Mit dem Taxi käme ich zurecht, mit der Trambahn auch beinah noch. Aber ich habe nur ein Fünfmarkstück in der Tasche: dies ist das Geringste, was ich Juliette anbieten darf. An ein Taxi ist also überhaupt nicht zu denken; an die Trambahn aber auch eigentlich nicht, denn es blieben nur vier Mark fünfundachtzig – was zu wenig für Juliettchen ist –, und auch diese Summe in kleiner Münze – was sie sich doch ein für allemal verbeten hat.
Während er diese Überlegung anstellte, war er auch schon weitergetrabt; im Grunde hatte er wohl überhaupt nicht ernsthaft daran gedacht, sich einen Wagen oder auch nur die

Trambahn zu leisten; denn über die angebrochenen fünf Mark würde seine Freundin sich wirklich geärgert haben, während ihr scheinbar so heftiger Zorn über seine kleine Verspätung zu den beinah unvermeidlichen Riten ihres Zusammenseins gehörte.

Der Wintertag war klar und sehr kalt; Hendrik fror in seinem leichten Ledermantel, den zu schließen er obendrein noch vergessen hatte. Besonders an den Händen und Füßen spürte er den Frost: Handschuhe besaß er nicht, und die sandalenartigen Spangenschuhe, die seine Fußbekleidung ausmachten, waren entschieden nicht das Passende für die Jahreszeit. Um wärmer zu werden und um Zeit zu sparen, machte er große Schritte, die eine Neigung hatten, in recht kuriose Sprünge und Hüpfer auszuarten. Viele Passanten schauten dem merkwürdigen jungen Mann mit Lächeln oder mit Mißbilligung nach: auf seinem leichten und originellen Schuhwerk bewegte er sich mit einer Behendigkeit, die halb närrischen, halb göttlichen Charakters schien. Übrigens sprang und hüpfte er nicht nur, sondern sang auch dazu, und zwar abwechselnd Mozartmelodien und Operettenschlager. Singen und Hüpfen begleitete der Laufende mit allerlei Gesten, wie man sie auch nicht alle Tage sieht. Jetzt eben spielte er Fangball mit einem Veilchenstrauß. Diesen hatte er im obersten Knopfloch seines Mantels befestigt gefunden, er mußte das Geschenk einer Verehrerin aus dem Ensemble sein, wahrscheinlich kam die zarte Gabe von der kleinen Angelika.

Hendrik dachte an das kurzsichtige und liebenswürdige Geschöpf, während er, springend und singend, auf offener Straße zum Amüsement und Ärgernis der Leute wurde. Merkte er nicht, wie die eine Bürgersdame die andere anstieß, um ihr zuzuraunen: »Das muß doch einer vom Theater sein?« Woraufhin die andere kicherte: »Freilich – das ist doch der, der immer im Künstlertheater mitspielt – dieser Höfgen. Sehen Sie doch nur, Liebste, was er für ulkige Bewe-

gungen macht und wie er immerzu vor sich hin plappert!« Sie lachten beide, und auf der anderen Straßenseite lachten ein paar halbwüchsige Jungen mit. Aber Hendrik – obwohl doch aus Eitelkeit und von Berufes wegen darin geübt, die Reaktion der Menschen auf jede seiner Gesten zu beachten und zu registrieren – bemerkte diesmal weder die Damen noch die Gymnasiasten. Sein beschwingter Lauf durch die Kälte und die Vorfreude auf das Zusammensein mit Juliette hatten ihn in einen Zustand leichter Berauschtheit versetzt. Wie selten wurden so enthusiastische Stimmungen ihm jetzt noch zuteil! Früher – ja, früher war er oft, vielleicht beinahe immer so gewesen: so beflügelt und so selbstvergessen. Als er, zwanzigjährig, bei der Wanderbühne Väter und reife Helden spielte: damals hatte er lustige Tage gekannt. Damals waren sein Übermut, seine Verspieltheit stärker gewesen als sein Ehrgeiz – es war lange her, wenn auch vielleicht so unendlich lange noch nicht, wie es ihm jetzt meistens erscheinen wollte. Hatte er sich wirklich so verändert? War er nicht noch immer übermütig und verspielt? Auch jetzt, in dieser guten Stunde, wußte er nichts mehr vom Ehrgeiz. Wären die Begriffe des Ehrgeizes, der großen Karriere ihm jetzt gegenwärtig geworden, er hätte über sie nur lachen können. Gegenwärtig aber war ihm jetzt nur: daß die Luft frisch und durchsonnt und daß er selber noch jung war; weiterhin: daß er lief; daß sein Schal flatterte; daß er nun gleich bei seiner Liebsten sein würde.
Die schöne Stimmung ließ ihn wohlwollend werden, zum Beispiel gegenüber Angelika, die er so häufig demütigte und kränkte. Nun dachte er an sie beinah zärtlich. Ein liebes Kind, ein sehr liebes Kind, ich will ihr heute abend irgendwas schenken, damit sie sich auch einmal freut. Könnte man nicht mit Angelika zusammenleben? Ja, das wäre ein bequemes Dasein – ein viel bequemeres als das mit meiner Juliette. – Bei allem ergriffenen Wohlwollen des Augenblicks mußte er nun doch höhnisch kichern, weil er Angelika mit Juliette

verglichen hatte – die arme kleine Siebert mit der großen Juliette, die auf eine schreckliche und genaue Art das war, was er brauchte. Für solchen Frevel bat er Juliette innerlich um Verzeihung, während er vor seiner Haustür angelangt war. Die altmodische Villa, in deren Erdgeschoß er ein Zimmer bewohnte, lag in einer jener stillen Straßen, die vor dreißig Jahren zu den vornehmsten der Stadt gehört hatten. Mit der Inflation waren die meisten Bewohner der feinen Gegend arm geworden; ihre Villen mit den vielen Zinnen und Giebeln sahen schon recht heruntergekommen aus – verwahrlost, wie die großen Gärten, die sie umgaben. Auch Frau Konsul Mönkeberg, der Hendrik monatlich vierzig Mark für eine geräumige Stube bezahlte, fand sich in bedrängten Verhältnissen. Trotzdem war sie eine tadellose, stolze alte Dame geblieben, die ihre sonderbaren Kostüme mit Puffärmeln und Spitzenumhang würdevoll trug, auf deren glatten Scheitel niemals ein Haar sich widerspenstig zu zeigen wagte und um deren schmale Lippen ironische, aber nicht bittere Fältchen spielten. Die Witwe Mönkeberg war überlegen genug, an den Exzentrizitäten und diversen Unartigkeiten ihres Mieters keinen Anstoß zu nehmen, sondern ihnen eher die drolligen Seiten abzugewinnen. Im Kreise ihrer Freundinnen – alte Damen von ähnlicher Feinheit, ähnlicher Armut und fast dem gleichen Aussehen wie sie – pflegte sie mit trockenem Humor von den Narreteien ihres Untermieters zu berichten. »Manchmal springt er auf einem Bein die Treppe hinauf«, sagte sie und lächelte beinahe wehmütig. »Und wenn er spazierengeht, setzt er sich oft plötzlich aufs Trottoir – denken Sie sich doch: auf das schmutzige Pflaster –, weil er fürchtet, er müsse sonst stolpern und hinfallen.« Während alle Damen ihre grauen Häupter schüttelten und, halb schockiert, halb amüsiert, mit den Mantillen raschelten, fügte die Konsulin versöhnlich hinzu: »Was wollen Sie, meine Lieben? Ein Künstler . . . Vielleicht ein bedeutender Künstler«, sprach die alte Patrizierin langsam und bewegte die hageren, weißen Finger, an denen sie seit zehn Jahren keine Ringe mehr trug, auf der verblichenen Spitzendecke des Teetisches.

Hendrik fühlte sich unsicher in der Gegenwart der Dame Mönkeberg; ihre vornehme Herkunft und Vergangenheit schüchterten ihn ein. So war es ihm auch jetzt durchaus nicht angenehm, der feinen Alten im Vestibül zu begegnen, nachdem er gerade die Haustür so krachend hinter sich ins Schloß geworfen hatte. Angesichts ihrer imposanten Haltung nahm auch er sich ein wenig zusammen; zupfte sich den roten Seidenschal zurecht und klemmte sich das Monokel vors Auge. »Guten Abend, gnädige Frau, wie geht es Ihnen?« sprach er mit der singenden Stimme, die sich am Ende der Höflichkeitsfloskel nicht hob, wodurch der formelhaft konventionelle und anmutig leere Charakter des Satzes betont ward. Die artige kleine Anrede begleitete er mit einer leichten Verneigung, die bei aller eleganten Nachlässigkeit doch beinah höfischen Stil hatte.

Die Witwe Mönkeberg lächelte nicht; nur die Fältchen einer erfahrenen Ironie spielten ihr ein wenig stärker um Augen und schmale Lippen, als sie erwiderte: »Beeilen Sie sich, lieber Herr Höfgen! Ihre – Lehrerin erwartet Sie schon seit einer Viertelstunde.«

Die boshafte kleine Pause, welche Frau Mönkeberg vor dem Wort ›Lehrerin‹ machte, bewirkte, daß Hendrik sein Gesicht heiß werden fühlte. Sicher bin ich ganz rot geworden, dachte er, ärgerlich und beschämt. Aber sie kann es wohl hier im Halbdunkel nicht bemerken, versuchte er, sich selbst zu beruhigen, während er sich mit der vollendeten Anmut eines spanischen Granden zurückzog.

»Ich danke Ihnen, gnädige Frau.« Er hatte die Türe zu seinem Zimmer geöffnet.

Im Raume herrschte ein rosiges Halbdunkel; es brannte nur die mit buntem Seidentuch verhüllte Lampe auf dem niedrigen, runden Tisch neben dem Schlafsofa. In die farbige

Dämmerung hinein rief Hendrik Höfgen mit einer ganz kleinen, demütigen, etwas zitternden Stimme: »Prinzessin Tebab, wo bist du?«
Aus einer dunklen Ecke antwortete ihm ein tiefes, grollendes Organ: »Hier, du Schwein – wo soll ich denn sonst sein?«
»Oh – danke«, sagte, immer noch sehr leise, Hendrik, der mit gesenktem Haupt bei der Türe stehengeblieben war. »Ja ... jetzt kann ich dich sehen ... Ich bin froh, daß ich dich sehen kann ...«
»Wieviel Uhr ist es?« schrie die Frau aus der Ecke.
Hendrik versetzte bebend: »Ungefähr vier Uhr – denke ich.«
»Ungefähr vier Uhr! Ungefähr vier Uhr!« höhnte die böse Person, die immer noch im Schatten unsichtbar blieb. »Ist ja drollig! Ist ja ausgezeichnet!« – Sie sprach mit einem stark norddeutschen Akzent. Ihre Stimme war ausgeschrien, wie die eines Matrosen, der sehr viel säuft, raucht und schimpft. – »Es ist ein Viertel nach vier Uhr«, stellte sie fest, plötzlich unheimlich leise. Mit derselben schauerlichen Gedämpftheit, die nichts Gutes verhieß, forderte sie ihn auf: »Willst du nicht eben mal ein bißchen näher an mich ran kommen, Heinz – nur ein ganz klein bißchen! Aber erst mach das Licht an!«
Unter der Anrede ›Heinz‹ zuckte Hendrik zusammen, wie unter dem ersten Schlag. Er gestattete es keinem Menschen, auch seiner Mutter nicht, ihn so zu nennen: nur Juliette durfte es wagen. Außer ihr wußte es wohl niemand hier in der Stadt, daß sein eigentlicher Vorname Heinz war – ach, in welcher süßen und schwachen Stunde hatte er es ihr anvertraut? Heinz: das war der Name, mit dem alle ihn angeredet hatten, bis zu seinem achtzehnten Jahr. Erst als er sich darüber klar geworden war, daß er Schauspieler und berühmt werden wollte, hatte er sich den gewählteren ›Hendrik‹ zugelegt. Wie schwer war es bei der Familie durchzusetzen gewesen, daß man sich an ihn gewöhnte und ihn ernst nahm – diesen ausgefallenen, anspruchsvollen ›Hendrik‹! Wie viele

Briefe, die mit ›Mein lieber Heinz‹ begannen, hatte man unbeantwortet gelassen – bis auch die Mutter Bella und die Schwester Josy sich endlich zu der neuen Anrede bequemten. Mit Jugendfreunden, die hartnäckig bei ›Heinz‹ blieben, hatte man den Verkehr rigoros abgebrochen; übrigens legte man ohnedies keinen Wert auf den Umgang mit Kameraden, die peinliche Anekdoten aus einer schalen Vergangenheit mit dem wiehernden Gelächter eines taktlosen Humors hervorzuholen liebten. Heinz war gestorben; Hendrik sollte groß werden. –

Der junge Schauspieler Höfgen kämpfte einen erbitterten Kampf mit den Agenturen, den Theaterdirektoren und Feuilletonredaktionen darum, daß man seinen frei erfundenen, preziösen Vornamen richtig schriebe. Er zitterte vor Zorn und Gekränktheit, wenn er sich auf einem Programm oder in einer Rezension als ›Henrik‹ aufgeführt fand. Das kleine ›d‹ in der Mitte seines selbstgewählten Namens war für ihn ein Buchstabe von ganz besonderer magischer Bedeutung: Wenn er es erst erreicht haben würde, daß ausnahmslos alle Welt ihn als ›Hendrik‹ anerkannte, dann war er am Ziel, ein gemachter Mann.

Eine so dominierende Rolle spielte der Name – der mehr als eine Personalbezeichnung, nämlich eine Aufgabe und Verpflichtung war – in Hendrik Höfgens ehrgeizigen Gedanken. Trotzdem duldete er es nun, daß Juliette aus ihrer finsteren Ecke ihn drohend anredete mit dem abgelegten und verhaßten ›Heinz‹.

Er gehorchte ihren beiden Befehlen; bewegte den Lichtschalter, so daß plötzlich eine grelle Helligkeit ihm die Augen blendete, und machte dann, die Stirne noch immer gesenkt, ein paar Schritte auf Juliette zu. Einen Meter entfernt von ihr blieb er stehen; auch dieses aber war ihm nicht gestattet. Sie murmelte mit einer heiseren und höchst beunruhigenden Freundlichkeit – wobei ihre Zähne zusammengebissen blieben: »Komm doch näher, mein Junge!«

Da er sich nicht von der Stelle bewegte, lockte sie ihn, wie einen Hund, den man mit Schmeicheltönen an sich heranholt, um dann um so grausamer zu strafen: »Nur näher, mein Schöner! Ganz nahe! Nur keine Angst!« Er blieb immer noch bewegungslos, immer noch mit dem geneigten Gesicht; Schultern und Arme hingen ihm schlaff nach vorne, um Schläfen und Augenbrauen trat ein leidender, gespannter Zug hervor; die geblähten Nüstern schnupperten ein penetrant süßes und gemeines Parfüm, das sich mit einem anderen, noch wilderen, aber durchaus nicht süßen Geruch – der Ausdünstung eines Körpers – auf erregende und peinigende Art vermischte.
Da das Mädchen durch seine wehleidige und edle Positur auf die Dauer gelangweilt und irritiert wurde, ließ sie plötzlich eine Zornesstimme hören, die wie heiseres Brüllen aus dem Urwald klang: »Steh doch nicht da, als ob du dir in die Hosen gemacht hättest! Kopf hoch, Mensch!« – Majestätischer fügte sie hinzu: »Blicke mir ins Gesicht!«
Er hob langsam den Kopf, während sich der Leidenszug um seine Schläfen vertiefte. Im fahlen Antlitz waren seine grünblauen Augen erweitert – vor Wonne oder vor Angst. Sprachlos starrte er auf Prinzessin Tebab, seine Schwarze Venus.
Negerin war sie nur von der Mutter her – ihr Vater war ein Hamburger Ingenieur gewesen –; aber die dunkle Rasse hatte sich als stärker erwiesen als die helle: sie sah nicht nach ›Halbblut‹ aus, sondern beinah nach Vollblut. Die Farbe ihrer rauhen, stellenweise etwas rissigen Haut war dunkelbraun, an manchen Partien – zum Beispiel auf der niedrigen, gewölbten Stirne und auf den schmalen, sehnigen Handrükken – fast schwarz. Heller gefärbt hatte die Natur nur das Innere ihrer Hände, während sie selbst, mittels Auflegen von Schminke, die Farbe ihrer oberen Wangenhälften eigenwillig verändert hatte: über den starken, brutal geformten Bakkenknochen lag das künstliche Hellrot wie ein hektischer

Schimmer. Auch die Augenpartie war kosmetisch bearbeitet: die Brauen abrasiert und durch schmale Kohlestriche ersetzt; die Wimpern künstlich verlängert; die Schatten auf dem oberen Lid, und bis hinauf zu den schmalen Brauen, ins Rötlich-Blaue vertieft. Hingegen hatte sie den wulstigen Lippen die natürliche Farbe gelassen. Über den blendenden Zahnreihen, die sie beim Lachen wie beim Schimpfen entblößte, erschienen sie rauh, wie das Fleisch der Hände und des Halses, und von einem dunklen Violett, gegen dessen trüben Ton das gesunde Rot des Zahnfleisches und der Zunge heftig kontrastierte. In ihrem Gesicht, das von den beweglichen grausamen und gescheiten Augen und von den blitzenden Zähnen beherrscht war, bemerkte man zunächst gar nicht die Nase; wie flach und eingedrückt sie war, erkannte man erst bei genauerem Hinschauen. Diese Nase schien in der Tat so gut wie nicht vorhanden; sie wirkte nicht wie eine Erhöhung inmitten der wüsten und auf eine schlimme Art attraktiven Maske; eher wie eine Vertiefung.
Für Juliettes höchst barbarisches Haupt hätte man sich als Hintergrund eine Urwaldlandschaft gewünscht, statt dieser bürgerlichen Stube mit ihren Plüschmöbeln, Nippesfiguren und seidenen Lampenschirmen. Übrigens enttäuschte nicht nur die Dekoration, von der dieses Haupt sich abhob, sondern auch die Krönung des Hauptes selber: das Haar. Es war keineswegs die krause schwarze Mähne, die man zu dieser Stirne, diesen Lippen passend gefunden hätte; vielmehr überraschte es durch Glattheit und eine mattblonde Färbung. Die Frisur war einfach; der Scheitel in der Mitte gezogen. Die dunkle Dame gefiel sich in der Behauptung, so seien ihre Haare immer gewesen, niemals habe sie etwas an ihnen verändert: ihre Farbe und Beschaffenheit habe sie vom Vater, dem Ingenieur Martens aus Hamburg, geerbt.
Daß ein Mann dieses Namens und dieses Berufes ihr Vater gewesen war, schien festzustehen, oder wurde doch von niemandem bestritten. Übrigens war Martens seit Jahren tot.

Der arbeitsreiche Aufenthalt im Inneren Afrikas war ihm nicht bekommen. Geschwächt vom Malariafieber, das Herz ruiniert von Chininspritzen und von alkoholischen Exzessen, war er nach Hamburg zurückgekehrt, um dort, eilig und ohne viel Aufsehen zu erregen, zu sterben. Das Negermädchen, das seine Geliebte gewesen war, ließ er am Kongo, ebenso das dunkelhäutige kleine Geschöpf, dessen Vater er sein mochte. Die Nachricht vom Tode des Ingenieurs drang nicht bis nach Afrika. Nach geraumer Zeit verlor Juliette auch noch die Mutter; nun machte sie sich auf in das sehr ferne, sicherlich sehr wundervolle Deutschland. Sie hoffte, dort von der väterlichen Liebe lanciert zu werden. Indessen konnte man ihr nicht einmal das Grab des Ingenieurs zeigen; die Gebeine ihres armen Vaters waren verlorengegangen, wie sein Andenken.

Ein Glück für die junge Juliette, daß sie leidlich Steptanzen konnte: sie hatte es noch bei den Ihren gelernt. So gelang es ihr, bald eine Anstellung in einem der besten Etablissements von St. Pauli zu finden. Dort hätte sie sich sicherlich halten können, und vielleicht wäre der gescheiten und energischen Person ein ehrenvoller Aufstieg beschieden gewesen – hätten nur ein heftiges Temperament und eine unbeherrschbare Neigung für starke Getränke ihr nicht den allerfatalsten Strich durch die Rechnung gemacht. Sie liebte es und konnte es gar nicht lassen, mit der Reitpeitsche auf diejenigen ihrer Bekannten und Kollegen loszugehen, mit denen sie gerade nicht in allen Stücken der gleichen Meinung oder Stimmung war – eine Angewohnheit, über die man in St. Pauli-Kreisen sich zunächst wie über eine humoristische und niedliche Nuance ergötzte, die aber auf die Dauer gar zu originell und übrigens einfach störend wurde.

Juliette bekam ihre Entlassung, und erlebte nun, in unbesorgt geschwindem Tempo, das, was man gemeinhin ›von Stufe-zu-Stufe-Sinken‹ nennt; das heißt: sie mußte ihre Tanzkünste in immer kleineren, immer übler beleumundeten Lokalen zeigen. Ihre Einnahmen aus solcher Tätigkeit wurden nach und nach so gering, daß sie sich bald gezwungen sah, ihnen durch Nebenverdienste aufzuhelfen. Welche Beschäftigung kam in Frage, wenn nicht die des abendlichen Spaziergangs auf der Reeperbahn und in den benachbarten Gassen? Ihr schöner dunkler Körper, den sie im aufrechten, stolzen, ja fast hochmütigen Gang über das Trottoir bewegte, war wahrhaftig nicht das schlechteste Stück von diesem ungeheuren Ausverkauf der Leiber, der sich hier allnächtlich den durchreisenden Matrosen und den armen wie den ehrenwerten Männern der Stadt Hamburg bot.

Der Schauspieler Höfgen übrigens hatte die Bekanntschaft seiner Schwarzen Venus keineswegs auf dem Strich gemacht; vielmehr in der engen, vom Tabaksqualm und vom Lärm besoffener Schiffer erfüllten Kneipe, wo sie, für eine Abendgage von drei Mark, ihre dunklen, glatten Glieder und ihre kunstvoll klappernden Steps zur Schau stellte. Auf dem Programm des finsteren Kabaretts war die schwarze Tänzerin Juliette Martens als ›Prinzessin Tebab‹ angezeigt – ein Name, den sie nur als Künstlerin führen durfte, auf den sie aber auch im zivilen Leben Anspruch zu haben behauptete. Durfte man ihren Angaben Glauben schenken, so war ihre verstorbene Mutter, die verlassene Geliebte des Hamburger Ingenieurs, von rein fürstlichem Blute gewesen: Tochter eines veritablen, unermeßlich reichen, großmütigen und leider in relativ zartem Alter von seinen Feinden verspeisten Negerkönigs.

Was Hendrik Höfgen betrifft, so war er weniger von ihrem Titel beeindruckt gewesen – obwohl auch dieser ihm ganz außerordentlich gefallen hatte –, als vielmehr von ihren beweglichen, grausamen Augen und von den Muskeln ihrer schokoladefarbenen Beine. Nachdem die Nummer der Prinzessin Tebab beendet gewesen war, hatte er sich in der Garderobe der Künstlerin melden lassen, um ihr seinen – zunächst vielleicht etwas überraschend klingenden – Wunsch

vorzutragen: nämlich den, Tanzstunden bei ihr zu nehmen. ›Heute muß ein Schauspieler trainiert sein, wie ein Akrobat‹, hatte Höfgen erklärend hinzugefügt; aber die Prinzessin schien nicht sehr begierig auf seine Erläuterungen. Ohne sich lang zu verwundern, hatte sie den Preis pro Stunde und das erste Rendezvous verabredet.
So war die Beziehung zwischen Hendrik Höfgen und Juliette Martens entstanden. Das dunkle Mädchen war die ›Lehrerin‹ – also die Herrin –; vor ihr stand der bleiche Mann als der ›Schüler‹ – als der Gehorchende, sich Erniedrigende, der die häufige Strafe mit der gleichen Demut empfängt wie das seltene, karge Lob.
»Blicke mich an!« verlangte Prinzessin Tebab und rollte schrecklich die Augen, während die seinen, zugleich begehrend und furchtsam, an ihrer gebieterischen Miene hingen.
»Wie schön du heute bist!« brachte er schließlich hervor, wobei ihm die Lippen nur mühsam zu gehorchen schienen.
Sie fuhr ihn an: »Laß den Unsinn! Ich bin nicht schöner als sonst.« Dabei strich sie sich aber doch eitel über den Busen und zupfte ihr enges, plissiertes Röckchen zurecht, das kurz oberhalb der Knie endete. Vom schwarzen Seidenstrumpf war nur ein knappes Stück sichtbar; denn die grünen Schaftstiefel aus geschmeidigem Lackleder reichten bis über die Waden. Zu den schönen Stiefeln und dem kurzen Rock trug die Prinzessin ein graues Pelzjäckchen, dessen Kragen im Nacken hochgeschlagen war. An den dunklen, sehnigen Handgelenken klirrten breite Armbänder aus gemeinem Goldblech. Das eleganteste Stück ihrer Ausstattung war die Reitpeitsche – ein Geschenk Hendriks. Sie war leuchtend rot, aus geflochtenem Leder. Juliette klopfte mit ihr, in einem kurzen, harten und drohenden Rhythmus, gegen die grünen Schaftstiefel.
»Du bist wieder eine Viertelstunde zu spät«, sagte sie, nach einer langen Pause, die niedrige und zu zwei kleinen Buckeln gewölbte Stirne in böse Falten gelegt. »Wie oft soll ich dich

noch warnen, mein Süßer?« fragte sie tückisch-leise, um dann in unvermitteltem Zorne loszubrechen: »Es ist genug!! Ich habe es satt! Gib mir deine Pfoten!«
Hendrik hob langsam die beiden Hände, deren Innenflächen er nach oben wandte. Dabei ließ er seine hypnotisierten, aufgerissenen Augen nicht von der ergrimmten, schauerlichen Fratze der Geliebten.
Sie zählte mit einer grellen, plärrenden Stimme: »Eins, zwei, drei!« während sie zuhieb. Das Geflecht der eleganten Peitsche pfiff grausam quer über seine Handflächen, auf denen sofort dicke rote Striemen entstanden. Der Schmerz, den er empfand, war so heftig, daß er ihm das Wasser in die Augen trieb. Er verzog den Mund; beim ersten Schlag schrie er leise; dann beherrschte er sich und stand mit einem starren, weißen Gesicht.
»Für den Anfang hast du genug«, sagte sie und zeigte plötzlich ein müdes Lächeln, welches durchaus gegen die Spielregeln ging: es hatte nichts fratzenhaft Grausames, sondern enthielt gutmütigen Spott und ein wenig Mitleid. Sie ließ die Peitsche sinken, wandte den Kopf und stand – das Gesicht im Profil – in einer schönen, traurigen Haltung. »Zieh dich um!« sagte sie leise. »Wir wollen arbeiten.«
Es gab keinen Paravent, hinter dem er hätte verschwinden können, als er die Kleidung wechselte. Unter halbgesenkten Lidern, mit einem übrigens völlig uninteressierten Blick, beobachtete Juliette jede seiner Bewegungen. Er mußte alles ablegen und ihr seinen hellen, schon etwas zu fetten, rötlich behaarten Körper zeigen, ehe er in den ärmellosen, blau und weiß gestreiften Sweater und in das schwarze Turnhöschen schlüpfte. Schließlich stand er vor ihr in der unwürdigen Tracht, die er seinen ›Trainingsanzug‹ nannte – in der kindischen und ridikülen Aufmachung, bestehend aus schwarzen, ausgeschnittenen Halbschuhen mit weißen Söckchen, die oberhalb der Knöchel kokett umgerollt waren; aus dem kurzen Höschen, von glänzendschwarzem Satin – wie die klei-

nen Buben es in der Turnstunde tragen – und dem gestreiften Hemd, das Hals und Arme entblößt ließ.
Sie musterte ihn, kritisch und kalt.
»Du bist seit voriger Woche noch etwas dicker geworden, mein Süßer«, konstatierte sie, wobei sie mit der Peitsche höhnisch gegen ihre grünen Stiefel klopfte.
»Entschuldige«, bat er leise. Sein weißes Gesicht, mit der strengen Linie des Kinns, den empfindlichen Schläfen und den schön geschnittenen, klagenden Augen, behielt seinen ganzen Ernst und eine fast tragische Würde über dem grotesk hergerichteten Körper.
Die Schwarze machte sich am Grammophon zu schaffen. In die Jazzmusik hinein, deren rhythmischer Lärm plötzlich einsetzte, sagte sie rauh: »Fang schon an!« Dabei fletschte sie die beiden Reihen ihrer gar zu weißen Zähne und bewegte grimmig die Augen: dies genau war das Mienenspiel, das er jetzt von ihr erwartete und verlangte.
Ihr Gesicht stand vor ihm wie die schreckliche Maske eines fremden Gottes: Dieser thront mitten im Urwald, an verborgener Stelle, und was er fordert mit seinem Zähneblecken und Augenrollen, das sind Menschenopfer. Man bringt sie ihm, zu seinen Füßen spritzt Blut, er schnuppert mit der eingedrückten Nase den süß-vertrauten Geruch, und er wiegt ein wenig den majestätischen Oberkörper nach dem Rhythmus des wild bewegten Tamtams. Um ihn vollführen seine Untertanen den verzückten Freudentanz. Sie schleudern die Arme und Beine, sie hüpfen, schaukeln sich, taumeln; aus ihrem Gebrüll wird Wonnegestöhn, aus dem Gestöhn wird ein Keuchen, und schon sinken sie hin, lassen sich fallen vor den Füßen des schwarzen Gottes, den sie lieben, den sie ganz bewundern – wie Menschen nur den lieben und ganz bewundern können, dem sie das Kostbarste geopfert haben: Blut. –
Hendrik hatte langsam zu tanzen begonnen. Aber wohin war die triumphale Leichtigkeit, die von Publikum und Kollegen

an ihm bewundert wurde? Sie war verschwunden; nur unter Qualen schien er jetzt die Füße zu setzen – freilich unter Qualen, die auch Wonnen waren: dies verrieten das selbstvergessene Lächeln der fahlen, aufeinandergepreßten Lippen und der benommene Blick.

Juliette ihrerseits dachte nicht daran, zu tanzen; sie ließ den Schüler sich alleine plagen. Nur durch Händeklatschen, rauhe Schreie und rhythmisches Schaukeln des Leibes feuerte sie ihn an. »Schneller, schneller!« forderte sie wütend. »Was hast du denn in den Knochen? Und du willst ein Mann sein? Du willst ein Schauspieler sein und dich auch noch für Geld sehen lassen? – Da, du komisches Stückchen Elend . . .«

Die Peitsche fuhr ihm über die Waden und über die Arme. Diesmal traten ihm keine Tränen in die Augen, welche trokken und glühend blieben. Nur seine zusammengepreßten Lippen zitterten. Prinzessin Tebab schlug noch einmal zu.

Er arbeitete, ohne jede Unterbrechung, eine halbe Stunde lang, als handelte es sich um ein ernsthaftes Training anstatt um eine etwas schauerliche Lustbarkeit. Schließlich keuchte er heftig. Er taumelte. Sein Gesicht war schweißbedeckt. Mühsam brachte er hervor: »Mir ist schwindlig. Darf ich aufhören . . .?« Sie erwiderte, mit einem Blick auf die Uhr, kurz und sachlich: »Mindestens noch eine Viertelstunde mußt du springen.«

Da die Musik wieder plärrte und Juliette wieder frenetisch in die Hände klatschte, versuchte er noch einmal den komplizierten Step. Aber die gequälten Füße, in ihren koketten Halbschuhen und Söckchen, verweigerten ihm den Dienst. Hendrik schwankte eine Sekunde lang; stand dann still; wischte sich mit der zitternden Hand den Schweiß von der Stirne.

»Was machst du für Scherze?« grollte sie. »Du hörst auf, ohne meine Erlaubnis? Das wäre ja das Allerneueste und noch das Schönere!«

Sie zielte mit der roten Peitsche nach seinem Gesicht; er duckte sich noch rechtzeitig, um diesem fürchterlichen Schlage zu entgehen. Abends ins Theater kommen mit einer blutigen Strieme von der Stirn bis zum Kinn: das wäre denn doch etwas zuviel gewesen. Trotz der benommenen Stimmung, in der er sich befand, blieb ihm klar, daß er sich dergleichen keinesfalls leisten durfte. »Laß das!« sagte er kurz. Während er sich schon von ihr abwendete, fügte er noch hinzu: »Genug für heute.«
Sie verstand, daß dies kein Spaß mehr war. Ohne etwas zu antworten, mit einem erleichterten kleinen Seufzer, schaute sie ihm zu, wie er in seinen üppig gefütterten, rotseidenen, übrigens an mehreren Stellen zerrissenen Schlafrock schlüpfte und sich auf dem Ruhebett niederließ.
Das Sofa, welches man für die Nacht als Bett herrichten konnte, war tagsüber bedeckt mit Tüchern und bunten Kissen. Neben dem Kanapee stand die Lampe auf dem runden, niedrigen Rauchtisch.
»Mache das grelle Licht aus!« bat Hendrik mit der singenden, wehleidig-melodischen Stimme. »Und komme zu mir, Juliette!«
Durch das rosige Halbdunkel schritt sie auf ihn zu. Als sie neben ihm stehenblieb, seufzte er leise: »Wie gut!«
»Hat es dir Spaß gemacht?« fragte sie ziemlich trocken. Sie hatte sich eine Zigarette angezündet und reichte auch ihm Feuer; er benutzte zum Rauchen die lange, ordinäre Zigarettenspitze, das Geschenk der Rahel Mohrenwitz. »Ich bin völlig erledigt«, sagte er. Daraufhin verzog sie ihren gewaltigen Mund zu einem gutmütigen und verständnisvollen Lächeln. »Das ist recht«, sagte sie, wobei sie sich über ihn beugte.
Er hatte seine breiten, bleichen, rötlich behaarten Hände auf ihre edlen, von schwarzer Seide überglänzten Knie gelegt. Träumerisch sprach er: »Wie häßlich meine gemeinen Hände auf deinen herrlichen Beinen aussehen, Geliebte!« –

»An dir ist alles häßlich, mein Schweinchen – Kopf, Füße, Hände und alles!« versicherte sie ihm nun mit einer knurrenden Zärtlichkeit.

Sie ließ sich neben ihn hingleiten. Das graue Pelzjäckchen hatte sie abgelegt; darunter trug sie eine knappe, hemdartige Bluse aus einem stark glänzenden, rot und schwarz karierten Seidenstoff.

»Ich werde dich immer lieben«, sagte er erschöpft. »Du bist stark. Du bist rein.« Dabei schaute er, unter gesenkten Lidern, auf ihre harten und spitzen Brüste, die sich unter dem eng anliegenden, dünnen Gewebe deutlich abhoben.

»Ach, das sagst du nur so«, meinte sie ernst und ein wenig verächtlich. »Das bildest du dir nur ein. Manche Leute haben das – daß sie sich immer so was einbilden müssen. Sonst fühlen sie sich nicht wohl.«

Er tastete mit seinen Fingern nach ihren hohen und geschmeidigen Stiefeln. »Aber ich weiß doch, daß ich dich immer lieben werde«, flüsterte er, nun mit geschlossenen Augen. »Nie wieder finde ich eine Frau wie dich. Du bist die Frau meines Lebens, Prinzessin Tebab.«

Sie wiegte mißtrauisch ihr dunkles, ernstes Gesicht über seinem weißen, ermüdeten. »Und dabei darf ich nicht einmal ins Theater gehen, wenn du spielst«, sagte sie unzufrieden.

Er hauchte: »Trotzdem spiele ich nur für dich – nur für dich, meine Juliette. Ich hole bei dir meine Kraft.«

»Aber ich lasse mir's nicht verbieten«, sagte sie trotzig. »Ich gehe ins Theater, ob du es mir erlaubst oder nicht. Nächstens einmal sitze ich im Parkett, und dann lache ich laut, wenn du auf die Bühne kommst, mein Affe.«

Er sagte hastig: »Mach keine Witze!« Dabei hatte er erschreckt die Augen geöffnet und sich halb aufgerichtet. Der Anblick seiner Schwarzen Venus schien ihn wieder zu beruhigen. Er lächelte, und nun begann er sogar zu rezitieren.

»Viens-tu du ciel profond ou sors-tu de l'abîme – ô Beauté?«

»Was ist denn das für ein Quatsch?« fragte sie ungeduldig.

»Das ist aus diesem herrlichen Buch da«, erklärte er ihr, und deutete auf eine gelbbroschürte, französische Edition, die neben der Lampe auf dem Rauchtisch lag – es waren ›Les Fleurs du Mal‹ von Baudelaire.

»Das verstehe ich nicht«, sagte Juliette verdrossen. Er aber ließ sich nicht stören in seiner Ekstase, sondern fuhr fort: »Tu marches sur des morts, Beauté, dont tu te moques. – De tes bijoux l'Horreur n'est pas le moins charmant. – Et le Meurtre, parmi tes plus chères breloques, – Sur ton ventre orgueilleux, danse amoureusement . . .«

»Wie magst du nur so blöd lügen«, sagte sie und berührte mit ihrem dunklen und schlanken Finger seinen redenden Mund.

Er aber sprach weiter, immer mit demselben, melancholischen singenden Ton: »Du erzählst mir nie davon, wie du früher gelebt hast, Prinzessin Tebab. Ich meine: in deinem Erdteil . . .«

»Ich kann mich an nichts mehr erinnern«, sagte sie kurz. Dann küßte sie ihn – vielleicht nur, um ihn daran zu hindern, noch länger indiskrete und poetische Fragen zu stellen –: ihr weit geöffneter, tierischer Mund mit den dunklen, rissigen Lippen und der blutroten Zunge näherte sich langsam seinem gierigen, fahlen Mund.

Sowie sie ihr Gesicht wieder von dem seinen erhoben hatte, redete er weiter. »Ich weiß nicht, ob du mich vorhin verstanden hast, als ich sagte, daß ich nur für dich und nur durch dich spiele.« Während er so weich und träumerisch sprach, führte sie ihre geübten Finger durch sein schütteres Seidenhaar, auf dessen Fahlheit die Lampe ein wenig Goldglanz zauberte. Sie behandelte sein feines Haar auf eine nicht eigentlich zärtliche, sondern auf eine ernste und sachliche Art, als wollte sie es frisieren. – »Ich habe es ganz wörtlich gemeint«, fuhr er fort. »Wenn ich den Leuten ein bißchen gefalle, wenn ich Erfolg habe – dir verdanke ich ihn. Dich zu sehen, dich zu berühren, Prinzessin Tebab: das ist wie eine

Wunderkur für mich . . . etwas Herrliches, eine Erfrischung ganz ohnegleichen . . .«
»Ach, wenn du nur immer schwätzen und lügen kannst«, sagte sie mütterlich. »Du bist doch der drolligste kleine Dreckhaufen, dem ich jemals begegnet bin.« – Sie hatte, um ihn nur zum Schweigen zu bringen, ihre beiden Hände auf sein Gesicht gelegt; die breiten Armbänder klirrten an seinem Kinn; auf seinen Wangen ruhten die hellen Innenflächen ihrer Hände. Da endlich verstummte er. Er rückte seinen Kopf auf dem Kissen zurecht, als wollte er einschlafen. Gleichzeitig schlang er mit einer hilfesuchenden Gebärde seine beiden Arme um das schwarze Mädchen. Während sie ganz still in seiner Umarmung hielt, ließ sie die Hände auf seinem Gesicht liegen, als müßte sie ihn davor bewahren, das zärtlich-höhnische Lächeln zu sehen, mit dem sie jetzt auf ihn niederblickte.

III
KNORKE

Die Saison ging weiter, es war keine schlechte Saison für das Hamburger Künstlertheater. Oskar H. Kroge war entschieden ungerecht gewesen, als er gesagt hatte, Höfgen werde überzahlt mit tausend Mark Monatsgehalt. Ohne diesen Schauspieler und Regisseur hätte das Institut gar nicht auskommen können; er leistete Enormes, war so unermüdlich wie einfallsreich. Er spielte alles, jugendliche Rollen und alte: nicht nur Miklas hatte Anlaß, auf ihn eifersüchtig zu sein, sondern auch Petersen, und sogar Otto Ulrichs hätte ihn gehabt; aber der war mit ernsteren Dingen beschäftigt und nahm den bürgerlichen Theaterbetrieb nicht ganz ernst. Höfgen gewann sich die Kinderherzen als witziger und schöner Prinz im Weihnachtsmärchen; die Damen fanden ihn unwiderstehlich in französischen Konversationsstücken und in den Komödien von Oscar Wilde; der literarisch interessierte Teil des Hamburger Publikums diskutierte seine Leistungen in ›Frühlingserwachen‹, als Advokat in Strindbergs ›Traumspiel‹, als Léonce in Büchners ›Léonce und Lena‹. Er konnte elegant sein, aber auch tragisch. Er hatte das ›aasige‹ Lächeln, aber auch den Leidenszug an den Schläfen. Er bezauberte mit übermütigem Esprit, er imponierte mit herrisch gerecktem Kinn, abgehacktem Kommandoton und stolz-nervösen Gebärden; er rührte durch Demut, hilflos irrenden Blick, weltfremd zarte Verstörtheit. Er war gütig oder gemein, hochfahrend oder zärtlich, schneidig oder gebrochen – ganz wie das Repertoire es verlangte. In Schillers ›Kabale und Liebe‹ spielte er abwechselnd den Major Ferdinand und den Sekretarius Wurm – den über-

schwänglichen Liebhaber und den ruchlosen Intriganten –: dabei hätte er es kaum nötig gehabt, seine Wandlungsfähigkeit, an der niemand zweifelte, solcherart kokett zu betonen. Vormittags hatte er Proben zum ›Hamlet‹, nachmittags zu einer Posse ›Mieze macht alles‹. Die Posse kam zum Sylvesterabend heraus und wurde ein starker Erfolg, Schmitz konnte zufrieden sein; über den ›Hamlet‹ raste Kroge, der noch auf der Generalprobe die Aufführung untersagen wollte. »Eine solche Schweinerei habe ich noch niemals geduldet in meinem Hause!« empörte sich der alte Vorkämpfer des literarischen Theaters. »Hamlet erledigt man nicht nebenbei wie einen Reißer!« Höfgen erledigte ihn; sah sehr eindrucksvoll aus in seiner hochgeschlossenen schwarzen Tracht, mit rätselhaft schielenden Augen und fahlem Leidensgesicht, und bekam am nächsten Vormittag von der Hamburger Presse versichert, daß es eine interessante Leistung gewesen sei, nicht ganz durchgearbeitet vielleicht, etwas improvisiert, aber doch voll packender Momente. Angelika Siebert hatte die Ophelia spielen dürfen und war auf jeder Probe schier zerflossen vor Tränen; bei der Premiere hatte sie wegen heftigen Weinens kaum auftreten können. Übrigens fanden dann einige Kenner, ihre Leistung sei eigentlich die beste gewesen in dieser bedenklichen Inszenierung.
Höfgen arbeitete sechzehn Stunden am Tag und hatte jede Woche mindestens einen Nervenzusammenbruch. Diese Krisen traten stets sehr heftig und in abwechslungsreichen Formen auf. Einmal fiel Höfgen zur Erde und zuckte stumm; das nächste Mal hingegen blieb er zwar stehen, schrie aber grauenhaft, und dies fünf Minuten lang ohne jegliche Unterbrechung; dann wieder behauptete er auf der Probe zum Entsetzen aller, er bekomme plötzlich seine Kiefer nicht mehr auseinander, ein Krampf habe eingesetzt, es sei scheußlich, nun könne er nur noch murmeln, und das tat er dann auch. Vor der Abendvorstellung, in der Garderobe,

ließ er sich von Böck – der seine sieben Mark fünfzig noch immer nicht wieder hatte – die untere Gesichtshälfte massieren, stöhnte und murmelte mit aufeinandergepreßten Zähnen. Eine Viertelstunde später, auf der Bühne, gehorchte ihm sein Mundwerk wie je.
An dem Tage, als Prinzessin Tebab ihn versetzt hatte, weinte, schrie und zuckte er gleichzeitig: es war ein gräßlicher Anfall, scheu und eingeschüchtert umstand ihn das Ensemble, das doch manches von ihm gewohnt war; schließlich begoß Frau von Herzfeld den Tobenden mit Wasser. Übrigens gab Juliette ihrem Freund nur selten Anlaß zu so viel Verzweiflung; meistens erschien sie zur ausgemachten Stunde pünktlich in seiner Wohnung und leistete genau das, was er von ihr erwartete. Gestärkt und erfrischt, noch einfallsreicher, herrschsüchtiger und zäher, ging er hervor aus diesen anstrengenden Nachmittagsunterhaltungen. Er sagte zu Juliette, daß er sie liebe, daß sie das Zentrum seines Lebens sei. Manchmal glaubte er, was er sagte. Büßte er nicht bei der Schwarzen Venus seinen Ehrgeiz, erniedrigte er nicht vor ihr seine Eitelkeit? Liebte er sie nicht wirklich? – Es konnte geschehen, daß er darüber nachgrübelte, nachts auf dem Nachhauseweg vom ›H. K.‹ Dann sagte er sich: Ja, ich liebe sie, es ist sicher. Eine noch tiefere Stimme ließ sich vernehmen: Warum belügst du dich selber? Aber es gelang ihm, sie verstummen zu lassen. Die tiefste der Stimmen schwieg. Hendrik durfte glauben, daß er fähig wäre zur Liebe.
Die kleine Angelika litt, Höfgen kümmerte sich nicht darum. Frau von Herzfeld litt; er speiste sie ab mit intellektuellen Konversationen. Rolf Bonetti litt, um der kleinen Angelika willen, die spröde blieb, wie eigensinnig und eifrig er sich auch um sie bewarb; so mußte sich der schöne junge Liebhaber mit Rahel Mohrenwitz trösten: dieses tat er widerwillig und ohne daß darum die angeekelten Züge verschwunden wären aus seinem Gesicht. Hans Miklas haßte; hungerte – wenn die Efeu ihm nicht gerade Butterbrote schenkte –,

schimpfte mit seinen politischen Freunden auf Marxisten, Juden und Judenknechte; trainierte zäh, bekam kleine Rollen und unterhalb der Backenknochen immer schwärzere Löcher.
Mit seinen politischen Freunden steckte auch Otto Ulrichs viel zusammen. Gerade vor ihnen war es ihm peinlich, daß die Eröffnung des Revolutionären Theaters immer wieder hinausgeschoben wurde. Jede Woche erfand Höfgen eine andere Ausrede. Es geschah häufig, daß Ulrichs nach der Probe den Freund beiseite nahm, um zu flehen: ›Hendrik! Wann fangen wir an!‹ Dann redete Höfgen, schnell und leidenschaftlich, von der Verwerflichkeit des Kapitalismus, vom Theater als politischem Instrument, von der Notwendigkeit einer kraftvollen, durchgearbeiteten, künstlerisch-politischen Aktion, und versprach schließlich, unmittelbar nach der Premiere von ›Mieze macht alles‹ mit den Proben für das Revolutionäre Theater zu beginnen.
Jedoch ging die stimmungsvolle Sylvesterpremiere vorüber; viele andere Premieren folgten, die Saison nahte sich ihrem Ende, sie war fast vorbei: vom Revolutionären Theater gab es noch immer nicht mehr als das schöne Briefpapier, auf dem Höfgen eine hochgestimmte und verzweigte Korrespondenz mit prominenten Autoren sozialistischer Gesinnung führte. Als Otto Ulrichs wieder einmal bat und drängte, erklärte Hendrik ihm, für diese Saison sei es, tief bedauerlicher Weise und infolge eines Zusammenkommens von fatalsten Umständen, zu spät geworden: man müsse leider bis zum nächsten Herbst warten. Diesmal verfinsterte sich Ulrichs Miene; Hendrik aber legte dem Freund und Gesinnungsgenossen den Arm um die Schulter und redete auf ihn ein mit jener durchaus unwiderstehlichen Stimme, die erst sang und bebte, dann heftig und schneidend wurde; denn nun geißelte Höfgen die moralische Verkommenheit der Bourgeoisie und pries die internationale Solidarität des Proletariats. Ulrichs war zu versöhnen.

Man trennte sich mit langem Händedruck.
Damals wurde eben die letzte Novität für diese Spielzeit vorbereitet: in Theophil Marders Komödie ›Knorke‹ sollte Hendrik Höfgen die Hauptrolle spielen. Das gesellschaftskritisch-dramatische Werk Marders hatte großen Ruhm; alle Kenner priesen seine höchst persönlich geprägte Form, seine unfehlbare Bühnenwirksamkeit und geistvoll unbarmherzige Bosheit. Zu der ›Knorke‹-Uraufführung würden die Kritiker aus Berlin herbeigereist kommen. Übrigens erwartete man auch den Autor – nicht ohne Herzklopfen; denn Marders unerbittliche hohe Meinung von sich selber war ebenso bekannt wie seine grimmige Schnoddrigkeit und seine Neigung zu jäh aus dem Nichts geholten heftigen und dauerhaften Streitigkeiten.
Bei aller Angst aber freute sich Höfgen auch auf die Ankunft des berühmten Dramatikers; er zweifelte kaum daran, daß dem Hellsichtigen und Erfahrenen seine Leistung auffallen werde. Ich muß gut werden in ›Knorke‹! schwor Hendrik sich.
Damit er sich nur ganz der Rolle widmen konnte, überließ er dieses Mal die Regie dem Direktor Kroge, der ein alter Spezialist für die Komödien des Theophil Marder war.
›Knorke‹ gehörte in einen Zyklus von satirischen Stücken, die das deutsche Bürgertum unter Wilhelm II. schilderten und verhöhnten. Held der Komödie war der Emporkömmling, der mit dem zynisch verdienten Geld, mit dem ordinären Elan seines Wesens und einer skrupellosen, niedrigen, selbstbewußten Intelligenz sich Macht und Einfluß in den höchsten Kreisen erobert. Knorke war grotesk, aber auch imposant. Er repräsentierte den parvenühaft emporschießenden, vitalen, ganz dem Geist entfremdeten bourgeoisen Typus. Höfgen versprach großartig zu werden in dieser Rolle. Er hatte ihre grausam schneidenden Akzente und zuweilen ihre beinah rührende Hilflosigkeit. Alles brachte er mit: die unsichere, aber zunächst blendende Grandezza der

Haltung und der Gebärde; die gemeine, grauenhaft geschickte Rhetorik dessen, der alle hineinlegt, um nur selbst nach oben zu kommen; die fahle, starre, fast heroische Miene des vom Ehrgeiz Besessenen, und sogar noch den entsetzensvollen Blick auf den eigenen Aufstieg, der gar zu schwindelnd ist und jäh enden könnte. Keine Frage: Höfgen mußte Sensation machen in diesem Stück.
Seine Partnerin, Knorkes Lebensgefährtin, die nicht weniger skupellos ist als er selber, und schwächer nur dadurch, daß sie liebt: daß sie Knorke liebt – seine Partnerin in der genialen Komödie spielte ein junges Mädchen, das von Theophil Marder in energisch oder beinah zornig abgefaßten Briefen dringend empfohlen worden war. Nicoletta von Niebuhr besaß noch wenig praktische Theatererfahrung – nur ganz selten war sie aufgetreten, und dies in kleineren Städten –, aber ein selbstsicheres, beinah einschüchterndes Wesen. Marder hatte dem armen Oskar H. Kroge in krassen Ausdrücken mit dem gräßlichsten Skandal gedroht, falls die Direktion des Künstlertheaters Fräulein von Niebuhr nicht für ein erstes Fach engagieren würde. Kroge, der vor des Dramatikers fürchterlicher Diktion klein und ängstlich wurde, ließ Nicoletta in »Knorke« probeweise gastieren. Sie kam angereist, mit vielen Handkoffern aus rotem Lackleder, einem breitrandigen schwarzen Herrenhut zu einem brennendroten Gummimantel, einer großen gebogenen Nase und leuchtenden Katzenaugen unter einer hohen, schönen Stirn. Alle bemerkten sogleich, daß sie eine Persönlichkeit war: die Motz konstatierte es mit ehrfuchtsvoll bewegter Stimme im H.K., und niemand mochte ihr widersprechen, selbst Rahel Mohrenwitz nicht, obwohl diese sich über die Ankunft der Neuen ärgerte; denn ganz entschieden war auch Nicoletta eine dämonische junge Dame, sie brauchte weder Monokel noch lange Zigarettenspitze, um es der Welt zu beweisen.
Rolf Bonetti und Petersen diskutierten darüber, ob Nicoletta

schön zu nennen sei. Der enthusiastische Petersen fand sie »einfach blendend«; der vorsichtige Kenner Bonetti wollte sie nur als »interessant« bezeichnet wissen. »Von schön kann doch gar nicht die Rede sein, bei der Nase!« sagte er wegwerfend. – »Aber ihre Augen sind herrlich«, schwärmte Petersen, wobei er um sich blickte, ob die Motz nicht in der Nähe war. »Und wie sie sich hält! Majestätisch, möchte man beinah sprechen!« – Draußen ging Nicoletta vorbei, Arm in Arm mit Höfgen, was viel bemerkt ward. Ihr Kopf mit der kühnen Nase, dem leuchtenden Blick und der großen Stirn glich dem eines Renaissance-Jünglings: dies stellte, mit leidvoller Einsicht, Frau von Herzfeld fest, die das Paar eifersüchtig verfolgte. Nicoletta hielt sich sehr gerade. Ihre grell geschminkten, scharfen Lippen formten die Worte mit einer schneidenden Präzision; jeder Satz klirrte vor Akkuratesse; die Vokale sprach sie ganz weit vorn, so daß sie blank und flach klangen, kein Konsonant ging verloren, noch die beiläufigste Floskel wurde zum Triumph der Sprachtechnik.
Gerade war Nicoletta dabei, mit dämonischer Sorgfalt zu betonen, daß sie ehrgeizig sei, und, wenn es sein müsse, auch intrigant. »Natürlich, mein Liebling!« sagte sie schneidend zu Höfgen, den sie seit ein paar Stunden kannte. »Vorwärtskommen wollen wir alle. Man muß Ellenbogen haben.« Hendrik, der sie sich neugierig von der Seite beschaute, dachte darüber nach, ob sie in diesem Augenblick aufrichtig sei oder posierte. Es war schwer zu entscheiden. Vielleicht war gerade dieser radikal entschlossene Zynismus die Maske, hinter der sie ein ganz anderes Gesicht verbarg. Wer wußte aber, ob dieses andere versteckte Gesicht auch eine so kühne Nase und einen so scharfen Mund hatte wie die Miene, die sie jetzt mit Stolz zur Schau trug?
Hendrik konnte sich nicht verhehlen, daß die Frau an seiner Seite ihm Eindruck machte. Ohne Frage, sie war die erste, seitdem er Juliette kannte, für die er einen beteiligten, interessierten Blick hatte. Er beichtete es der Schwarzen Venus

noch am selben Tage, und bekam furchtbare Schläge – die diesmal nicht aus rituellen Gründen und weil es so zum Spiel gehörte verabreicht wurden, sondern aus Überzeugung und mit echter Leidenschaft; denn Prinzessin Tebab ärgerte sich. Hendrik litt, stöhnte, genoß und versicherte am Ende seiner Prinzessin, daß sie die eigentliche Herrin und Geliebte bleiben würde. Als er aber Nicoletta wiedersah, faszinierten ihn wieder ihre schneidende Sprechweise, ihr blanker, durchdringender Blick und ihre stolz zusammengenommene Haltung.

Ihre Beine waren nicht eigentlich schön, sondern eher etwas zu dick; aber sie präsentierte sie in schwarzen Seidenstrümpfen auf eine triumphale Manier, die jeden Zweifel an ihrer Schönheit kategorisch verbot – so wie Hendrik seine unedlen Hände zu halten wußte, als wären sie spitz, fein und gotisch. Nicoletta schlug die Beine übereinander, blickte leuchtend, lächelte rätselhaft und schob den Rock bis übers Knie zurück. Hendrik durchschaute natürlich die ganze Veranstaltung, war aber gerade deshalb von ihr entzückt. Übrigens konnte er sich an diesen Beinen, auf die nun sogar schon der Kenner Bonetti scharf war, sehr wohl grüne Schaftstiefel vorstellen – ein Umstand, der ihm das Mädchen Nicoletta noch attraktiver machte. Hendrik legte das fahle Gesicht in den Nacken und ließ die Juwelenaugen begehrlich wandern. Nicoletta gefiel ihm.

Es gefiel ihm auch, was sie ihm in präziser Sprache über ihre Herkunft und Vergangenheit anvertraute. Ihm imponierte das Exzentrische, abenteuerlich Fragwürdige, da er selbst aus den bürgerlichen Verhältnissen kam. Nicoletta erzählte, daß sie ihre Eltern nicht gekannt habe. »Mein Papa war ein Hochstapler«, konstatierte sie erhobenen Hauptes, fröhlich und stolz. »Mama ist eine kleine Tänzerin an der Pariser Oper gewesen, sehr dumm, wie ich höre; aber sie soll die himmlischsten Beine gehabt haben.« Sie blickte herausfordernd auf ihre eigenen, mit denen sie nur angab, als wären

sie himmlisch. »Papa war ein Genie. Immer verstand er es, auf größtem Fuß zu leben. Er ist in China gestorben, wo er siebzehn Teehäuser und enorme Schulden hinterließ. Das einzige Andenken, das ich an ihn besitze, ist seine Opiumpfeife.« In ihrem Hotelzimmer wies sie Hendrik die Reliquie vor. Mit einer Korrektheit, hinter der man lauter Teufelei vermuten mußte, fragte sie ihn, ob er Tee haben wollte oder Kaffee. Die Bestellung rief sie durch das Telephon dem Kellner zu wie einen fürchterlichen, mit eisiger Mitleidlosigkeit vorgebrachten Urteilsspruch. Dann erzählte sie ausführlich von ihrer Jugend. »Gelernt habe ich gar nicht viel«, sagte sie. »Aber ich kann auf den Händen gehen, auf einer rollenden Kugel laufen und wie eine Eule schreien.« Ihre Fibel sei die sehr empfehlenswerte Zeitschrift »La Vie Parisienne« gewesen. Aufgewachsen war sie teils in französischen Internaten, aus denen man sie wegen fürchterlicher Ungezogenheit stets bald wieder entfernt hatte; teils im Hause des Geheimrats Bruckner, den sie einen Jugendfreund ihres Vaters nannte.
Vom Geheimrat Bruckner hatte Höfgen schon gehört. Die Werke des Historikers waren berühmt; übrigens kannte Hendrik sie nicht. Hingegen wußte er, daß des Geheimrats gesellschaftliche Stellung eine ebenso bedeutende wie ungewöhnliche war. Der Forscher und Denker war nicht nur eine der exponiertesten und meist besprochenen Figuren der deutschen und europäischen akademisch-literarischen Welt; man sagte ihm auch intime und einflußreiche Verbindungen zu politischen Kreisen nach. Seine Freundschaft mit einem sozialdemokratischen Minister war bekannt; anderseits hatte er Beziehungen zur Reichswehr: seine verstorbene Frau war die Tochter eines Generals gewesen. Viel Anlaß zu Kommentaren hatte eine Vortragstournée des Geheimrats durch Sowjetrußland gegeben. Damals war von der nationalistischen Presse die große Hetze gegen ihn eröffnet worden. Seitdem stellte man gerne mit Erbitterung fest, die Geschichtsbetrachtung Bruckners sei marxistisch beeinflußt.

Es geschah, daß die Studenten lärmten, als er das Katheder betrat. Seine Weltgeltung und seine ruhige, überlegene Haltung schüchterten die Aufgeregten ein. Der Geheimrat ging siegreich hervor aus den Skandalen. Er blieb unantastbar.
»Der Alte ist wundervoll«, sagte Nicoletta von ihm. »Er versteht auch etwas von Menschen; an Papa zum Beispiel hatte er eine große Anhänglichkeit. Deshalb ließ er sich von mir immer alles gefallen – und ich meinerseits hatte Geduld mit seiner feinen Langweiligkeit.«
Nicolettas beste Freundin, ihre eigentliche Schwester, war Barbara, Bruckners Tochter.
»Ein so schönes Geschöpf! Und so gut!« Nicolettas Blick wurde weicher, während sie dies sagte; aber auf die klirrend exakte Aussprache konnte sie nicht verzichten.
Zu der ›Knorke‹-Premiere wurde nicht nur Theophil Marder erwartet, sondern auch das Mädchen Barbara. »Ich bin neugierig, ob du sie mögen wirst«, sagte Nicoletta zu Hendrik. »Vielleicht liegt sie dir nicht besonders. Aber sei bitte nett zu ihr, mir zu Gefallen. – Sie ist etwas scheu«, stellte Nicoletta fest und schmetterte die Vokale. –
Am Tag der großen Premiere traf Barbara Bruckner ein; Marder kam erst gegen Abend, mit dem Berliner Schnellzug. Höfgen machte Barbaras Bekanntschaft, als er, unmittelbar vor Beginn der Vorstellung, einen Cognac in der Kantine trank. Nicoletta sprach mit musterhafter Deutlichkeit und greller Stimme: »Dieses ist meine liebste Freundin, Barbara Bruckner!« – wozu sie eine zeremonielle Geste unter dem schwarzen, steif plissierten Cape vollführte. Hendrik war zu aufgeregt, um sich das junge Mädchen genauer zu betrachten. Er stürzte seinen Cognac hinunter und verschwand. In der Garderobe fand er zwei große Blumensträuße: weißen Flieder von Angelika Siebert, und von der Herzfeld zart teegelb getönte Rosen. Um sich durch ein gutes Werk die Gunst des Himmels zu sichern, überreichte Höfgen dem kleinen Böck – der vor Premieren stets etwas weinerlich aussah – mit

großer Geste fünf Mark, wodurch freilich die Sieben-Mark-fünfzig-Schuld noch immer nicht völlig getilgt war.
Die Uraufführung der Komödie ›Knorke‹ verlief glänzend: Marders beißende Pointen schlugen knallend ein, die steile Führung des Dialogs kitzelte das Publikum zu halb entsetzten, halb beglückten Gelächtern, vor allem aber begeisterte das exakte, schnoddrig-pathetische, in jeder Hinsicht blendende Zusammenspiel zwischen Höfgen und der neuen Kraft, Nicoletta von Niebuhr, die ›auf Engagement gastierte‹. Nach dem zweiten Akt mußten die beiden Hauptdarsteller sich dem animierten Saal häufig zeigen. In der Pause erschien Theophil Marder bei Höfgen, Nicoletta geleitete ihn.
Marders unruhiger, aber durchdringender Blick musterte alle Gegenstände in der Garderobe, zuletzt Hendrik selbst, der erschöpft vorm Spiegel saß. Nicoletta war, respektvoll schweigend, an der Türe stehengeblieben. Nach langer Pause sagte Marder mit einer penetranten Kommandostimme: »Sie sind ja 'ne dolle Type!« Seine grausam fixierenden Augen wichen nicht von Hendriks schön geschminktem Gesicht.
»Sind Sie zufrieden, Herr Marder?« Höfgen suchte den Satiriker durch Juwelenblicke und angegriffenes Lächeln zu bezaubern. Theophil aber sagte: »Na ja . . .« und fügte unverschämt hinzu: »Na ja, Herr – wie war doch der Name?« Nun war Hendrik doch etwas beleidigt; trotzdem nannte er seinen Namen mit der singend-werbenden Stimme. Daraufhin machte Marder: »Hendrik – Hendrik – ulkiger Name, muß ich schon sagen – sehr ulkig!« – so höhnisch, daß es Höfgen eisig über den Rücken lief. Plötzlich aber rief der Dichter mit einer beängstigenden Fröhlichkeit: »Hendrik! Wieso Hendrik? Natürlich heißen Sie eigentlich Heinz! – Heißt eigentlich Heinz, nennt sich Hendrik! Hahaha, das ist aber mal gut!« Er lachte gellend, herzlich und ausführlich. Höfgen, aus Entsetzen über so viel böse Hellsicht, war bleich gewor-

den unter seiner rosigen Maske und zitterte. Nicoletta, ohne einzugreifen, schaute mit blanken Katzenaugen amüsiert vom einen zum andern. Theophil war schon wieder ernst. Er schien nachzudenken; dabei bewegte er ununterbrochen den bläulichen Mund unter dem schwarzen Schnurrbart. Das erregte Spiel seiner Lippen erinnerte auf eine unheimliche Art an das gierige Saugen fleischfressender Pflanzen oder schnappender Fischmäuler. Abschließend sagte Marder: »Sind aber ’ne dolle Type. Starkes Talent – rieche das, habe verdammt feine Nase. Sprechen uns noch. Essen nachher zusammen. Komm, Kind!« Er nahm Nicolettas Arm und verließ die Garderobe. Höfgen blieb im Zustand völliger Konsterniertheit zurück.

Er gewann seine Fassung erst wieder, als er auf der Bühne und im Rampenlicht stand – dort freilich völlig. Im dritten Akt übertraf er alles, was er an bravourösem Elan bis dahin jemals öffentlich gezeigt hatte. Das Auditorium raste, nachdem der Vorhang gefallen war. Nicoletta, die Arme voll Blumen, fiel Höfgen um den Hals und sagte: »Theophil hat wieder mal das rechte Wort gefunden! Du bist wirklich eine tolle Type!« Kroge trat hinzu, um Anerkennendes zu murmeln. Er versicherte Fräulein von Niebuhr, daß es ihm eine Vergnügen sein werde, weiter mit ihr zu arbeiten; sie möchte sich morgen vormittag ins Bureau bemühen, damit man die Bedingungen bespreche. Nicoletta machte sofort ihr hinterhältig korrektes Gesicht, verneigte sich feierlich und gab in scharfen Worten ihrer Befriedigung über diesen Entschluß des Direktors Ausdruck.

Theophil Marder hatte die beiden jungen Damen und den Schauspieler Höfgen in ein sehr teures, mehr bürgerlich solides als mondänes Lokal eingeladen. Hendrik war hier noch niemals gewesen, was Marder Anlaß gab, schneidend festzustellen, dies sei die einzige »Bude« in Hamburg, wo Genießbares auf den Tisch komme – solide Kost, guter alter Stil, wenn man dem Dramatiker glauben durfte –; überall sonst

gebe es ranziges Fett und stinkenden Braten, hier aber verkehrten feine alte Herren, die noch zu leben wüßten; auch sei der Weinkeller gepflegt.
Wirklich saßen in der braungetäfelten Stube, an deren Wänden Jagdbilder und schöne Teppiche hingen, nur bejahrte Väter, die nach Millionenvermögen aussahen. Noch würdevoller freilich als sie alle wirkte der Oberkellner: in dem Respekt, mit dem er Theophils Bestellungen entgegennahm, ließ sich ein klein wenig Ironie vermuten. Marder schlug vor, man möge mit Langusten beginnen. »Was meinen Sie, bester Heinrich?« erkundigte er sich bei Höfgen mit jener hinterhältigen Korrektheit, die Nicoletta bei ihm gelernt haben mochte. Hendrik hatte nichts einzuwenden. Übrigens fühlte er sich etwas unsicher und befangen in dem herrschaftlichen Lokal. Ihm wollte es scheinen, als habe der Oberkellner mit Geringschätzung seinen Smoking gemustert, der fleckig war und an einigen Stellen speckig glänzte. Unter dem taxierenden Blick des feinen Kellners ward Hendrik sich, flüchtig aber mit Heftigkeit, seiner umstürzlerischen Gesinnung bewußt. Ich gehöre nicht in dieses Lokal für kapitalistische Ausbeuter, dachte er zornig, während er sich Weißwein eingießen ließ. Nun bereute er es, die Eröffnung des Revolutionären Theaters immer wieder hinausgeschoben zu haben. Von Marder aber war er enttäuscht. Dieser unbarmherzige, hellsichtige und gefährliche Kritiker der bourgeoisen Gesellschaft zeigte sich, da man ihm nun von Mensch zu Mensch gegenübersaß, als ein Herr mit bedenklich reaktionären Neigungen. Er hatte eine schnarrende Kommandostimme, einen tückischen Blick, trug einen viel zu tadellos gearbeiteten dunklen Anzug mit sorgfältig gewählter Krawatte, und von den Langusten, die nun serviert wurden, suchte er mit einer fatalen Kennerschaft die schönsten aus. Hatte er nicht mit jenen Figuren, die er in seinen Stücken verhöhnte, viele Eigenschaften gemeinsam? Nun lobte er die gute alte Zeit, in der er jung gewesen, und mit der die neue,

oberflächliche, verkommene in keinem Punkte sich messen könne. Dabei hielt er fortwährend die kalten, unruhigen und gierigen Augen auf Nicoletta gerichtet, die ihrerseits nicht nur den Mund schlängelte, sondern auch den Körper in einem metallisch glitzernden Abendkleid. Barbara saß still dabei. Hendrik, degoutiert durch Nicolettas provokant betonten Flirt mit Marder, vielleicht auch nur eifersüchtig, wandte seine Aufmerksamkeit endlich Barbara zu. Da bemerkte er: ihr Blick war forschend auf ihn gerichtet gewesen. Hendrik Höfgen erschrak.

Mitten in seinem Herzen erschrak er darüber, daß er Barbara Bruckner begnadet fand mit einem Reiz, den er noch an keiner anderen Frau je wahrgenommen hatte. Ihm waren schon vielerlei Frauen begegnet, aber noch keine wie diese. Während er diese anschaute, erinnerte er sich, in geschwinder, aber genauer Zusammenfassung – so, als gälte es, einen Schlußstrich zu ziehen unter eine lange und beschmutzte Vergangenheit – aller jener weiblichen Geschöpfe, mit denen er je zu tun gehabt hatte. Er ließ sie Revue passieren, um sie alle zu verwerfen: Die handfest munteren Rheinländerinnen, die ihn, ohne viel Umstände und ohne viel Raffinement, eingeführt hatten in die derbe Wirklichkeit der Liebe – reifere, aber noch stramme Damen, Freundinnen seiner Mutter Bella; junge, aber keineswegs sehr zarte Dinger, Freundinnen seiner Schwester Josy; – die erfahrenen Berliner Straßenmädchen und die kaum weniger tüchtigen der deutschen Provinz, die ihm jene besonderen Dienste zu leisten pflegten, nach denen er verlangte, und ihn solcherart den Geschmack verlieren ließen an weniger scharfen, weniger speziellen Lustbarkeiten; die kunstvoll hergerichteten routinierten und stets gefälligen Kolleginnen, denen er jedoch seine Huld nur in den seltensten Fällen gewährte, die sich vielmehr mit seiner launenhaften, manchmal zur Grausamkeit, manchmal zur verführerischen Koketterie aufgelegten Kameradschaft zufriedengeben mußten; die Schar der Verehrerinnen –

schüchtern-mädchenhafte oder pathetisch-düstere oder ironisch-kluge. Sie präsentierten sich alle noch einmal, zeigten alle noch einmal ihre Mienen und ihre Gestalten, um dann zurückzutreten, sich aufzulösen, zu versinken, angesichts von Barbaras soeben erst entdeckter, außerordentlicher Beschaffenheit. Selbst Nicoletta, interessante Tochter des Abenteurers und faszinierend präzise Sprecherin, fiel ab, wurde beinah komisch mit all ihrer Korrektheit und Verworfenheit. Hendrik opferte sie, er gab sein Interesse für sie auf – aber was opferte er nicht sonst noch alles in diesem mit Schicksal geladenen, entscheidungsvollen, süßen Augenblick? Verübte er, während er auf Barbara schaute, nicht den ersten großen Verrat an Juliette, der finsteren Geliebten, die er das Zentrum seines Lebens genannt hatte und die große Kraft, an der seine Kräfte sich erneuerten und erholten? Mit Nicoletta, an deren Beinen man sich grüne Schaftstiefel vorstellen konnte, hätte er Juliette niemals ernsthaft betrogen; sie wäre, im allergünstigsten Fall, ein Ersatz für die Schwarze Venus gewesen, gewiß nicht ihre Gegenspielerin. Die Gegenspielerin aber saß hier. Sie hatte Hendrik forschend betrachtet, während er sich noch mit Marder und Nicoletta beschäftigte. Da er sie nun seinerseits anstarrte – nicht verführerisch schielend, nicht rätselhaft schillernd, sondern mit der echten Ergriffenheit, die hilflos macht –, senkte sie den Blick und wandte den Kopf halb zur Seite.
Ihr sehr einfaches, schwarzes, Kleid, dem der Kenner seine Herkunft von der kleinen Hausschneiderin angemerkt hätte und zu dem sie einen weißen, schulmädchenhaft steifen Kragen trug, ließ den Hals und die mageren Arme frei. Das empfindliche und genau geschnittene Oval ihres Gesichtes war blaß; Hals und Arme waren bräunlich getönt, golden schimmernd, von der reifen und zarten Farbe sehr edler, in einem langen Sommer duftend gewordener Äpfel. Hendrik mußte angestrengt darüber nachdenken, woran ihn diese kostbare Farbe, von der er noch betroffener war als von Barbaras Ant-

litz, erinnerte. Ihm fielen Frauenbilder Leonardos ein, und er war etwas gerührt darüber, daß er hier, in aller Stille, während Marder mit seiner Kenntnis alter französischer Kochrezepte prahlte, an so vornehme und hohe Gegenstände dachte; ja, auf gewissen Leonardo-Bildern gab es diese satte, sanfte, dabei spröd empfindliche Fleischesfarbe; auch einige seiner Jünglinge, die den gekrümmten lieblichen Arm aus einer schattenvollen Dunkelheit hoben, zeigten sie. Jünglinge und Madonnen auf alten Meisterbildern hatten solche Schönheit.

An Jünglinge und Madonnen ließ der Anblick Barbara Bruckners den begeisterten Hendrik denken. Nach dem Ideal geformte Knaben hatten diese schöne Magerkeit der Glieder; Madonnen aber hatten dieses Gesicht. So schlugen sie die Augen auf, genau so wie Barbara es jetzt tat: Augen unter langen, schwarzen und starren, aber ganz natürlichen Wimpern; Augen von einem satten Dunkelblau, das ins Schwärzliche spielte. Solche Augen hatte Barbara Bruckner, und sie schauten ernst forschend, mit einer freundschaftlichen Neugier, und zuweilen beinah schalkhaft. Überhaupt war das edle Gesicht nicht ohne schalkhafte Züge: kein weinerliches, auch kein gebieterisches Madonnenantlitz, vielmehr ein durchtriebenes. Der ziemlich große und feuchte Mund lächelte versonnen, aber nicht ohne Witz. Dem träumerischen Frauenhaupt gab es eine fast kecke Note, daß der Knoten des reichen aschblonden Haares im Nacken ein wenig schief saß. Der Scheitel hingegen war genau und in der Mitte gezogen.

»Warum schauen Sie mich so an?« fragte Barbara schließlich, da der entzückte Hendrik den Blick nicht von ihr ließ.

»Darf ich nicht?« fragte er leise zurück.

Sie sagte mit einer burschikosen Koketterie, hinter der ihre Befangenheit sich verbarg: »Wenn es Ihnen Vergnügen macht . . .«

Hendrik fand: Ihre Stimme war für das Ohr der nämliche

Genuß, wie die Farbe ihrer Haut für das Auge. Auch ihre Stimme schien gesättigt von reifem und zartem Ton. Auch sie schimmerte, hatte den kostbar nachgedunkelten Glanz. Hendrik lauschte mit derselben Hingegebenheit, die er vorhin gehabt hatte beim Schauen. Damit sie nur weiterspräche, stellte er Fragen. Er wollte wissen, wie lange sie in Hamburg zu bleiben gedächte. Sie sagte, während sie mit einer Ungeschicklichkeit, die den Mangel an Gewohnheit verriet, an ihrer Zigarette sog: »Solange Nicoletta hier spielt. Es hängt also vom Erfolg des ›Knorke‹ ab.«
»Jetzt freut es mich erst, daß das Publikum heute abend so lange geklatscht hat«, sagte Hendrik. »Ich glaube, auch die Presse wird gut sein.«
Er erkundigte sich nach ihren Studien – Nicoletta hatte erwähnt, daß Barbara die Universität besuchte. Sie sprach von soziologischen, historischen Kollegs. »Aber ich betreibe ja all das viel zu unregelmäßig«, sagte sie, versonnen und etwas spöttisch. Dabei stützte sie den Ellenbogen auf den Tisch und das Gesicht in die schmale, bräunliche Hand. Ein nicht so wohlwollender Beobachter, wie Hendrik es in diesem Augenblick war, hätte ihre Bewegungen, die ihm von schöner, rührender Befangenheit schienen, ungeschickt und beinah plump finden können. Die Steifheit ihrer Haltung verriet die junge Dame aus der Provinz, die nicht durchaus gewandte Professorentochter, und kontrastierte zu der klugen und heiteren Offenheit ihres Blickes. Sie hatte die Unsicherheit eines Menschen, der in einem bestimmten, eng begrenzten Milieu viel geliebt und verwöhnt worden ist, außerhalb dieses Milieus aber zu Minderwertigkeitsgefühlen neigt. Besonders in Nicolettas Gegenwart schien Barbara es gewöhnt zu sein, eine zweite Rolle zu spielen. Sie war deshalb erfreut und ein wenig belustigt darüber, daß dieser wunderliche Schauspieler, Hendrik Höfgen, auf eine so demonstrative Art sich ihr widmete, und sie setzte das Gespräch mit ihm nicht ungern fort.

»Ich mache so alles mögliche«, sagte sie nachdenklich. »Eigentlich zeichne ich ... Mit Theaterdekorationen habe ich mich viel beschäftigt.« Dies war ein Stichwort für Hendrik; er ließ die Unterhaltung lebhafter werden. Mit fliegendem Eifer, auf den Wangen eine helle Röte, sprach er von Wandlungen des dekorativen Stils, von all dem, was es auf diesem Gebiete neu zu entdecken oder wieder zu verwenden, zu verbessern gäbe. Barbara lauschte, antwortete, blickte prüfend, hatte Lächeln, rührend ungeschickte Gebärden der Arme, schalkhaft und versonnen tönende Stimme, die verständige, durchdachte Urteile sprach.
Hendrik und Barbara plauderten leise, angeregt, nicht ohne Innigkeit. Nicoletta und Marder inzwischen funkelten sich verführerisch an. Beide ließen alle ihre Künste spielen. Nicolettas schöne Raubtieraugen waren noch blanker als sonst; die Akkuratesse ihrer Aussprache bekam triumphalen Charakter. Zwischen den grell gefärbten Lippen leuchteten, wenn sie lachte und sprach, die kleinen scharfen Zähne. Marder seinerseits ließ intellektuelles Feuerwerk sprühen. Sein beweglicher, zuckender Mund, dessen bläuliche Färbung äußerst ungesund wirkte, redete fast ununterbrochen. Übrigens hatte Marder die Neigung, mit größter Intensität immer wieder dieselben Dinge zu sagen. Vor allem bestand er mit einer passionierten Hartnäckigkeit darauf, daß die heutige Zeit, deren aufmerksamsten und berufensten Richter er sich nannte, die denkbar schlechteste, verkommenste und hoffnungsloseste aller Epochen sei. Es existierte in ihr keine geistige Bewegung, keine allgemeine Tendenz oder besondere Leistung, die sein fürchterlicher Anspruch irgend hätte gelten lassen. Vor allem fehlten in ihr, seiner Meinung nach, die Persönlichkeiten; er, Marder, war die einzige weit und breit, und er wurde verkannt. Das Verwirrende war, daß der Beobachter und Richter europäischen Verfalls dieser trostlosen Gegenwart keineswegs das Bild einer Zukunft entgegensetzte, die zu lieben und um deretwillen das Beste-

hende zu hassen wäre; daß er vielmehr, um das Seiende herabzusetzen, eine Vergangenheit pries, die doch gerade er durchschaut, verhöhnt und kritisch erledigt hatte. Die fiebrig animierte Nicoletta war nicht dazu geneigt, sich über irgend etwas zu wundern; sonst hätte es ihr wohl erstaunlich scheinen können, daß eben der Mann, der sich selbst den klassischen Satiriker der bürgerlichen Epoche zu nennen liebte, nun Offiziere der alten deutschen Armee und rheinische Industrielle zu Idealfiguren verklärte, die tadellose Disziplin und kühne Persönlichkeit sieghaft in sich vereinigten. Der alte Spötter, dessen selbstherrlicher, aber geistig richtungsloser Radikalismus ins Reaktionäre abgeglitten und entartet war, deklamierte schnarrendes Lob für die physischen und moralischen Qualitäten preußischer Generale und höhnte mit der gereizten Stimme eines Unteroffiziers die schlappe Weichlichkeit des heutigen Geschlechts. »Nirgends Zucht! Nirgends Disziplin!« schrie er so laut und zornig, daß die alten Herren, die bei ihren Rotweinflaschen saßen, erstaunt die Köpfe herdrehten. Auch die Frauen hatten jede Disziplin verloren, behauptete der aufgebrachte Marder. Sie verstanden nichts mehr von der Liebe, aus der Hingabe machten sie ein Geschäft, wie die Männer waren sie oberflächlich und vulgär geworden. Hier lachte Nicoletta so herausfordernd, daß Marder galant hinzufügte: »Ausnahmen gibt es natürlich!«

Dann aber begann er wieder zu schimpfen. Seine Ansicht ging dahin, die deutschen Männer hätten allen Sinn für Ordnung und Respekt verloren, seitdem die allgemeine Dienstpflicht abgeschafft war. Heute, in einer verlotterten Demokratie, sei alles Talmi, falsch, durch Reklame groß gemachter Betrug. »Wenn es anders wäre«, fragte Marder erbittert, »müßte *ich* dann nicht der erste Mann im Staate sein? Wäre die ungeheure Kraft und Kompetenz meines Hirns nicht dazu berufen, alle wesentlichen Dinge öffentlichen Lebens zu entscheiden – während heute, da jeder Instinkt und Maß-

stab für echten Rang abhanden kam, meine Stimme nur die beinah überhörte des öffentlichen schlechten Gewissens ist!« Seine Augen glühten, sein hageres Gesicht, dessen Blässe zu der Schwärze des Schnurrbarts kontrastierte, war verzerrt. Um ihn zu beruhigen, erinnerte Nicoletta daran, daß die Stücke keines andern lebenden Autors so häufig aufgeführt würden wie die seinen. Er lächelte mit flüchtig befriedigter Eitelkeit. Aber schon nach wenigen Sekunden verfinsterte er sich wieder. Plötzlich schrie er Hendrik Höfgen an, der innig vertieft in sein Gespräch mit Barbara saß: »Haben Sie vielleicht gedient, Herr?«
Hendrik, überrascht und entsetzt von so drohender Anrede, wandte ihm ein ziemlich fassungsloses Gesicht zu. Marder aber verlangte: »Antworten Sie, Herr!« Hendrik brachte, mühsam lächelnd, hervor: »Nein, natürlich nicht ... Gott sei Dank nicht ...« Darauf lachte Marder triumphierend.
»Da sieht man es wieder! Keine Disziplin! Keine Persönlichkeit! – Haben Sie vielleicht Disziplin, Herr? Sind Sie vielleicht eine Persönlichkeit? – Alles Talmi, alles Ersatz, Plebejertum, wohin ich immer schaue!«
Das war eine Impertinenz; Hendrik wußte nicht, wie er reagieren sollte. Er fühlte Zorn in sich hochsteigen; um der Damen willen, und auch, weil Marders Ruhm ihm imponierte, entschloß er sich, einen Skandal zu vermeiden. Übrigens hielt er den Schriftsteller für nervenkrank. Welch erstaunliche und erschütternde Veränderung aber ging nun vor mit Marder, der eine schauerlich gedämpfte Stimme und prophetische Augen bekam!
»Das alles wird gräßlich enden.« Er raunte es – in welche Fernen oder in was für Abgründe schaute jetzt sein Blick, der mit einemmal eine so fürchterlich durchdringende Kraft bekam? – »Es wird das Schlimmste geschehen, denkt an mich, Kinder, wenn es da ist, ich habe es vorausgesehen und vorausgewußt. Diese Zeit ist die Verwesung, sie stinkt. Denkt an mich: Ich habe es gerochen. Mich täuscht man nicht. Ich

spüre die Katastrophe, die sich vorbereitet. Sie wird beispiellos sein. Sie wird alle verschlingen, und um keinen wird es schade sein, außer um mich. Alles, was steht, wird zerbersten. Es ist morsch. Ich habe es befühlt, geprüft und verworfen. Wenn es stürzt, wird es uns alle begraben. Ihr tut mir leid, Kinder, denn ihr werdet euer Leben nicht leben dürfen. Ich aber habe ein schönes Leben gehabt.«
Theophil Marder war fünfzig Jahre alt. Er war mit drei Frauen verheiratet gewesen. Er war angefeindet und ausgelacht worfen; er hatte den Erfolg, den Ruhm und auch den Reichtum kennengelernt.
Da er schwieg und nur erschüttert keuchte, sprachen auch die andern, die mit ihm am Tisch saßen, kein Wort; Nicoletta, Barbara und Hendrik hatten die Augen niedergeschlagen.
Marder aber änderte jäh die Stimmung. Er schenkte Rotwein ein und wurde charmant. Höfgen, den er eben noch beleidigt hatte, machte er nun Komplimente über sein begabtes Spiel. »Ich weiß es wohl«, sagte er gönnerhaft, »die Rolle ist blendend, mein Dialog unvergleichlich pointiert. Aber die Jammergestalten, die sich heute Schauspieler nennen, bringen es fertig, selbst in meinen Stücken schwunglos langweilig zu sein. Sie, Höfgen, haben immerhin eine Ahnung davon, was Theater ist. Unter den Blinden fallen Sie mir als der Einäugige auf. Prost!« Dabei hob er das Rotweinglas. »Mit unserer Barbara scheinen Sie sich ja nicht übel zu unterhalten«, sagte er launig. Barbara begegnete seinem anzüglichen Lächeln mit ernstem Blick. Hendrik zögerte, ehe er mit Theophil anstieß: die forsche Redeweise des Dramatikers im Zusammenhang mit dem wunderbaren Mädchen Barbara empfand er als unpassend. Es schien, daß Marder, der nicht nur mit seiner Kenntnis von Weinen und Saucen, sondern auch mit seinem untrügbaren Instinkt für den Wert einer Frau dröhnend renommierte, Barbara überhaupt nicht bemerkte. Augen hatte er nur für Nicoletta, die es ihrerseits sorgsam

vermied, den zärtlichen und besorgten Blick zu erwidern, den Barbara zuweilen auf sie richtete.
Marder bestellte Champagner zu den Süßigkeiten, die der feine Ober eben servierte. Es war nach Mitternacht; das gediegene Lokal, in dem es keine Gäste mehr gab, außer diesen vier sonderbaren, hätte längst seine Pforten geschlossen; aber Marder gab den Kellnern zu verstehen, sie würden anständige Trinkgelder bekommen, wenn sie ein wenig länger als gewöhnlich ihren Dienst taten. Der große Satiriker, das wachsame Gewissen einer verderbten Zivilisation, zeigte jetzt sein Talent zur harmlosen Gemütlichkeit. Er erzählte Witze, und zwar sowohl solche aus preußisch-militärischer, als auch andere aus östlich-jüdischer Sphäre. Ab und zu schaute er Nicoletta an, um zu konstatieren: »Prachtvolles Mädel! Disziplinierte Person! Heute sehr seltene Sache!« Oder er betrachtete sich Höfgen und rief munter: »Dieser sogenannte Hendrik – eine dolle Type! Kolossal ulkiges Phänomen! Macht mir Spaß. Muß ich mir notieren!«
Hendrik ließ ihn reden, prahlen und strahlen. Er gönnte ihm jeden Triumph. Nicht die mindeste Lust empfand er, mit ihm in Konkurrenz zu treten. Mochte Marder diese kleine Tafelrunde beherrschen: Hendrik lachte fröhlich zu seinen Scherzen. Der Genuß, den Höfgen aus der Situation bezog, war ein zarter und origineller: angesichts von Theophils krasser Wohlgelauntheit fühlte er sich selber still und fein werden – was ihm selten geschah. Als stiller, feiner Mensch mußte er auch dem Mädchen Barbara erscheinen, die für Marders schmetternde Art wahrscheinlich gar nicht viel übrig hatte. Hendrik fühlte, daß Barbaras prüfender Blick mit sympathievoller Neugier auf ihn gerichtet war. Er glaubte zu wissen, daß er dem Mädchen gefiel. Schönste Hoffnungen erfüllten sein bewegtes Herz.
Man trennte sich spät und in bester Stimmung. Hendrik machte seinen Heimweg zu Fuß. Er mußte über Barbara nachdenken. Das Gefühl einer reinen Verliebtheit war völlig

neu für ihn, und wurde übrigens angenehm gesteigert durch die Wirkung der starken und erlesenen alkoholischen Getränke. Was ist das Geheimnis dieses Mädchens? sann der Entzückte. Ich glaube, es ist das Geheimnis der vollkommenen Anständigkeit. Sie ist der anständigste Mensch, den ich jemals gesehen habe. Sie ist auch der natürlichste Mensch, den ich jemals gesehen habe. Sie könnte mein guter Engel sein.

Er blieb stehen, mitten auf der Straße, die Dunkelheit war mild und duftete. Es war ja schon beinah Sommer. Er hatte gar nicht gemerkt, daß es einen Frühling gegeben hatte. Und nun war schon beinah Sommer.

Sein Herz erschrak vor einem Glück, von dem es niemals gewußt hatte, auf das es sich durch keine zarte Übung vorbereitet fand.

Barbara wird mein guter Engel sein.

Vor der Zusammenkunft mit Prinzessin Tebab am nächsten Tage hatte Hendrik die größte Angst. Er mußte die Tanzmeisterin bitten, ihre Besuche bei ihm bis auf weiteres einzustellen: zu diesem Entschluß zwang ihn sein neues, großes Gefühl für das Mädchen Barbara. Aber er litt jetzt schon bei dem Gedanken, Juliette nicht mehr sehen zu dürfen, und übrigens bebte er vor dem Ausbruch ihres Zornes. Er gab sich Mühe, ihr die veränderte Situation auf ruhige Art zu erklären; aber seine Stimme zitterte, kein aasiges Lächeln wollte ihm gelingen, vielmehr wurde er abwechselnd bleich und rot, große Schweißtropfen standen auf seiner Stirn. Juliette tobte, schrie ihn an, sie lasse sich nicht wegschicken wie die erste beste, und sie werde diesem Fräulein Nicoletta, um derentwillen ihr solches zugemutet ward, beide Augen auskratzen. Hendrik, der darauf gefaßt war, gleich die Peitsche zu sehen, bat sie, sich zu mäßigen, und betonte, daß Fräulein Niebuhr nichts zu tun habe mit der ganzen Angelegenheit.

»Du hast mir gesagt, daß ich das Zentrum deines Lebens bin, und all so'n Quatsch«, keifte Prinzessin Tebab.

Hendrik biß sich die bleichen Lippen und versuchte, Entschuldigungen vorzubringen.
»Gelogen hast du!« schrie die Fürstentochter. »Ich meinte immer, du lügst dich selber an – aber nein, *mich* hast du angelogen –, man weiß immer noch nicht, wie gemein die Menschen sind!« Ihre grollende Stimme und ihre Miene drückten drastisch echte Empörung und die bitterste Enttäuschung aus. »Aber ich laufe dir nicht nach«, schloß sie stolz. »Ich bin keine solche, die hinter jemandem herläuft. Wenn du jetzt eine andere hast, die dich verhaut, wie ich es gekonnt habe – bitte sehr!«
Hendrik war froh darüber, daß sie ihm nicht nachlaufen würde. Er machte ihr ein Geldgeschenk, das sie murrend akzeptierte. Als sie aber schon auf der Schwelle stand, zeigte sie noch einmal ihr triumphierendes Lächeln. »Glaube nur nicht, daß wir schon fertig sind miteinander«, sagte sie und nickte ihm munter zu. »Wenn du mich wieder mal brauchst – du weißt ja, wo du mich findest!« –
Theophil Marder war abgereist, nachdem es zwischen ihm und Oskar H. Kroge zu einer katastrophalen Auseinanandersetzung gekommen war. Der Autor von »Knorke« hatte den Direktor zwingen wollen, ihm auf einem notariell beglaubigten Papier zu versprechen, daß sein Stück mindestens fünfzig Mal aufgeführt werde. Kroge hatte sich natürlich geweigert, worauf Marder zunächst mit dem Staatsanwalt drohte, um schließlich, als dies nicht den gewünschten Eindruck machte, den Leiter des Hamburger Künstlertheaters als eine komplette Null ohne Disziplin und Persönlichkeit, als einen betrügerischen Geschäftemacher, einen ahnungslosen Banausen und einen typischen Repräsentanten dieser stinkenden, todgeweihten Epoche zu beschimpfen. Auf so viel schnarrend vorgebrachte Beleidigungen konnte selbst Kroge, sonst ein verträglicher Mensch, nicht ganz ohne Bitterkeit reagieren. Man zankte sich eine Stunde lang. Dann bestieg Marder in bester Laune den Berliner Expreß.

Hendrik, Nicoletta und Barbara trafen sich jeden Tag. Manchmal geschah es auch, daß Hendrik und Barbara ohne Nicoletta zusammen waren. Man machte Spaziergänge, Bootsfahrten auf der Alster, saß auf Terrassen, besuchte Galerien. Man kam sich näher, man sprach. Barbara erfuhr von Hendrik, was er sie erfahren lassen wollte: pathetisch deklamierte er ihr seine Gesinnung vor, verkündete seine Hoffnung auf die Weltrevolution und die Sendung des Revolutionären Theaters. In dramatisch ausgeschmückter Form ließ er sie die Geschichte seiner Kindheit wissen, schilderte die häuslichen Verhältnisse, seinen Vater Köbes, seine Mutter Bella, seine Schwester Josy.
Von ihrer Kindheit sprach auch Barbara. Hendrik begriff, welche die beiden zentralen Figuren in ihrem Leben bis jetzt gewesen waren: der geliebte Vater und Nicoletta, die Freundin, an der sie mit besorgter Zärtlichkeit hing. Zur Sorge hatte das abenteuerliche und grelle Mädchen ihr schon vielen Anlaß gegeben; die größte Beunruhigung aber kam für Barbara aus Nicolettas neuer Beziehung zu Marder. Barbara verabscheute ihn, Hendrik hatte es gleich geahnt. Ihren flüchtig spöttischen Andeutungen war übrigens zu entnehmen, daß Theophil, ehe er noch Nicoletta kannte, ihr, Barbara, leidenschaftlich den Hof gemacht hatte. Sie aber war in einem verletzenden Grade ablehnend geblieben: daher Theophils Haß auf sie. Um so mehr Glück hatte er nun bei Nicoletta. Sie erklärte jedem, der es hören wollte, mit präzisen Worten, daß Theophil Marder der einzige durchaus vollwertige, wahrhaft ernst zu nehmende und bedeutende Mann sei, den Europa augenblicklich aufzuweisen habe. Beinahe täglich telephonierte sie lange mit ihm, obwohl Barbara zeigte, wie tief und schmerzlich sie es mißbilligte. Nicoletta ihrerseits beobachtete mit blanken wohlwollenden Augen, was zwischen Barbara und Hendrik sich vorbereitete. Es war ihr lieb, daß Barbara, deren pädagogisch-zärtliches Interesse ihr lästig wurde, sich selbst zu verstricken schien in sen-

timentale Abenteuer. Was an Nicoletta lag, tat sie, um diese Beziehung zu fördern. Sie sprach zu Hendrik, als sie abends in seine Garderobe trat:
»Es freut mich, daß du vorwärts kommst mit Barbara. Ihr werdet euch heiraten. Das Mädchen weiß sowieso nicht, wohin mit sich.«
Hendrik verwahrte sich gegen solche Ausdrucksweise; aber er zitterte vor Freude, als er fragte: »Glaubst du denn, daß Barbara daran denkt . . .?«
Nicoletta hatte ihr klirrendes Lachen. »Natürlich denkt sie daran. Merkst du nicht, wie sie ganz verändert ist? Lasse dich nicht dadurch täuschen, mein Schatz, daß sie dir mitleidig zu begegnen scheint. Ich kenne sie doch – sie gehört zu den Frauen, in deren Zuneigung sich immer Mitleid mischt. Heirate sie! – es ist für euch beide ganz entschieden das Praktischste. Übrigens wird es auch für deine Karriere günstig sein; der alte Bruckner hat Einfluß.«
Auch hieran hatte Hendrik schon gedacht. Der Rausch seiner Verliebtheit, der anhielt – oder von dem er doch gern glauben wollte, daß er dauerhaft sei –, vermochte Erwägungen kühlerer Art nicht ganz zu verdrängen. Geheimrat Bruckner war ein großer Mann, auch nicht arm; die Verbindung mit seiner Tochter würde Vorteile bringen, neben allem Glück. – Hatte Nicoletta recht mit ihren zynischen und dezidierten Reden? Erwog Barbara die Möglichkeit einer Verbindung mit Hendrik Höfgen? Wie weit ging ihr Interesse an ihm? War es nicht nur spielerischer und oberflächlicher Natur? Ihr Madonnengesicht mit dem spitzbübischen Zug war undurchschaubar. Nichts verriet ihre von goldenen Tönen gesättigte, tiefe, klingende Stimme. Was aber verrieten ihre forschenden Augen, die so oft mit Neugier, mit Mitleid, Freundschaft, vielleicht mit Zärtlichkeit auf Hendrik gerichtet waren?
Er mußte sich beeilen, wenn er es erfahren wollte; die Saison war beinah zu Ende, die letzten ›Knorke‹-Vorstellungen ka-

men heran: Barbara und Nicoletta würden abreisen. Da entschloß sich Hendrik. Nicoletta hatte demonstrativ angekündigt, daß sie einen großen Spaziergang mit Rolf Bonetti zu machen gedenke. Barbara war also allein. Hendrik ging zu ihr.
Es wurde ein langes Gespräch, und es endigte damit, daß Hendrik auf die Knie stürzte und weinte. Weinend bat er Barbara, sie möge Erbarmen haben.
»Ich brauche dich«, schluchzte er, die Stirne auf ihrem Schoß. »Ohne dich muß ich ganz zugrunde gehen. Es ist so viel Schlechtes in mir. Allein bringe ich die Kraft nicht auf, es zu besiegen, du aber wirst das Bessere in mir stark machen!«
So pathetische und peinvoll offene Worte nötigte die Verzweiflung ihm ab.
Denn längst hatte Barbaras ganz fassungsloser Blick ihn wissen lassen, daß Nicolettas scharf akzentuierter Zuspruch Irrtum oder freche List gewesen war: niemals hatte Barbara Bruckner an eine Verbindung mit dem Schauspieler Höfgen gedacht.
Nun aber hob er sein tränenüberströmtes Gesicht langsam von ihrem Schoße. Sein blasser Mund zuckte, der Edelsteinschimmer seiner Augen war zerstört, seine Augen schauten blind vor Elend.
»Du magst mich nicht«, brachte er schluchzend hervor. »Ich bin nichts, es wird nichts aus mir – du magst mich nicht – ich bin fertig ...« Er konnte nicht weitersprechen. Was er noch hätte sagen wollen, verging in Lallen.
Unter gesenkten Lidern schaute Barbara auf sein Haar. Es war schütter. Auf der Höhe des Kopfes sollten sorgfältig frisierte Strähnen die kleine Glatze verbergen. Nun waren diese Strähnen in die schlimmste Unordnung geraten. Vielleicht war es der Anblick des dünnen und armen Haars, der das Mädchen Barbara rührte.
Ohne mit ihren Händen das nasse Gesicht zu berühren, das er ihr hinhielt, ohne die Lider zu heben, sagte sie langsam:

»Wenn du es so gerne willst, Hendrik ... Wir können es ja versuchen ... Wir können es ja versuchen ...«
Daraufhin stieß Hendrik Höfgen einen leisen, heiseren Schrei aus, der wie ein gedämpftes Triumphgeheul klang.
Dieses war die Verlobung.

IV
BARBARA

In Barbara blieb ein großes Staunen über das Abenteuer, auf das weder ihr Herz noch ihre Gedanken vorbereitet waren und dessen Konsequenzen unabsehbar schienen. In was geriet sie hier? Wie geschah ihr? Was hatte sie auf sich genommen? Spürte sie denn einen tieferen Kontakt zu diesem vieldeutigen und gewandten, höchst begabten, manchmal rührenden, zuweilen beinah abstoßenden Menschen – zu diesem Komödianten Hendrik Höfgen?
Barbara war kaum zu verführen, sie blieb kühl noch vor den routiniertesten Tricks. Um so schneller erwachten in ihr Mitleid und die pädagogische Anteilnahme. Hendriks erfahrene Schlauheit hatte dies gleich erfaßt. Seit dem ersten Abend, da er, im wirkungsvollen Gegensatz zu Marders lärmend-bravouröser Art, den Stillen und Feinen gespielt hatte, verzichtete er, Barbara gegenüber, weise und enthaltsam auf alle schillernden Künste. Nur von ernsten und ergreifenden Dingen war zwischen ihm und ihr die Rede gewesen: von seiner ethisch-politischen Gesinnung, von der Einsamkeit seiner Jugend, von der Härte und vom Zauber seines Berufes; schließlich aber hatte er dem Mädchen, in der entscheidenden Minute, sein tränenüberströmtes, von Seelenqual erblindetes Gesicht gezeigt, und was er ihr noch hätte sagen können, war vergangen in Lallen.
Barbara war es gewohnt, von ihren Freunden in Anspruch genommen zu werden, wenn diese sich in Nöten und Verwirrungen befanden. Nicht nur Nicoletta war mit ihren komplizierten Beichten bei ihr gewesen, sondern auch junge Männer und selbst ältere Freunde ihres Vaters kamen zu ihr,

wenn sie die Trösterin brauchten. Sie war erfahren in den Schmerzen der anderen; seit früher Jugend aber hatte sie es sich versagt, eigene Schmerzen, eigene Ratlosigkeit gar zu ernst zu nehmen oder mitzuteilen. Deshalb glaubte man, es gäbe nichts, was ihr inneres Gleichgewicht störte. Von ihren Freunden wurde Barbara für den ausgeglichenen, energisch klugen, vielfach begabten, reifen, sanften und sicheren Menschen gehalten. Vielleicht gab es unter allen, die ihr nahestanden, nur einen, der um die Labilität ihres inneren Zustandes, um ihre Zweifel an der eigenen Kraft, ihre wehmutsvolle Liebe zur Vergangenheit und ihre Scheu vor der Zukunft wußte: der alte Bruckner kannte sein Kind, das er liebte.
Deshalb enthielt der Brief, den er schrieb, als er die Nachricht von ihrer Verlobung erhalten hatte, nicht nur Traurigkeit darüber, daß sie nun sein Haus verlassen wollte; sondern auch Sorge. Ob sie denn alles wohl bedacht und genau beschlossen habe? – wollte der Vater wissen. Und Barbara erschrak über den warnenden Ernst seiner Frage. Hatte sie's denn wohl bedacht und genau beschlossen? Jeder Ratschlag, den sie Freunden gab, war das sorgfältig erwogene Resultat langer Überlegungen, klugen Denkens. In ihrem eigenen Leben ließ sie die Ereignisse mit einer spielerischen Nachlässigkeit an sich herankommen. Manchmal fürchtete sie sich ein wenig, aber doch niemals genug, um auszuweichen oder abzuwehren: dies verboten ihr sowohl die Neugierde als auch der Stolz. Mit Skepsis und einer lächelnden Kühnheit, ohne sich jemals gar zuviel des Schönen für sich selbst zu versprechen, wartete sie der Dinge, die da kommen sollten. Lächelnd schaute sie ihren sonderbaren Hendrik an, der mit einer so temperamentvollen Rhetorik von ihr verlangte, daß sie seinen guten Engel spiele. Vielleicht lohnte es sich, vielleicht hatte sie hier eine Pflicht, vielleicht gab es in ihm einen edlen, gefährdeten Kern, über den zu wachen ihr – gerade ihr – aufgetragen war. Wenn es denn so sein sollte: Barbara

sträubte sich nicht. – Größere Sorgen als um ihr eigenes überraschendes Schicksal machte sie sich um Nicoletta, die sich an Marder verlor.
Übrigens gingen die Ereignisse schnell. Hendrik drängte: die Hochzeit sollte noch im Sommer stattfinden. Nicoletta war es, die seinen Wunsch unterstützte, »Wenn ihr schon heiraten müßt, meine Lieben«, sprach sie – und tat, als sollte hier etwas geschehen, wovon sie auf das dringendste abgeraten, worein sie sich aber nun, da es unvermeidlich schien, mit Vernunft und Würde schickte –, »wenn es denn einmal sein muß«, sagte sie, sorgfältig akzentuiert, »dann lieber gleich und sofort. Eine lange Verlobungszeit ist lächerlich.«
Als Hochzeitstag wurde ein Datum Mitte Juli festgelegt. Barbara war nach Hause gereist: es gab viel zu erledigen und vorzubereiten. Nicoletta und Hendrik inzwischen gastierten mit einer Komödie, die nur zwei Rollen hatte, in den Badeorten an der Ostsee. Barbara mußte zahlreiche und kostspielige Ferngespräche mit Hendrik führen, bis sie es erreichte, daß er ihr die Papiere schickte, die für das Standesamt unentbehrlich waren. Zwei Tage vor dem Hochzeitstermin traf Nicoletta ein – eine auffallende Erscheinung für die süddeutsche kleine Universitätsstadt, wo die Bruckners wohnten. Einen Tag später kam Hendrik, der noch in Hamburg Station gemacht hatte, um seinen neuen Frack abzuholen. Das erste, was er Barbara auf dem Bahnsteig erzählte, war, daß der Frack blendend schön, aber leider total unbezahlt sei. Er lachte viel und nervös: war braungebrannt und trug einen sehr hellen, etwas zu engen Sommeranzug mit rosa Hemd und einem weichen, silbergrauen Filzhut. Sein Lachen wurde immer krampfhafter, je näher man der Villa Bruckners kam. Barbara glaubte zu merken, daß Hendrik sich davor fürchtete, ihren Vater kennenzulernen.
Der Geheimrat erwartete das junge Paar vor der Tür seines Hauses, im Garten. Er begrüßte Hendrik mit einer Neigung des Oberkörpers, die so tief und feierlich war, daß man ver-

muten mußte, sie sei ironisch gemeint. Jedoch lächelte er nicht; sein Gesicht blieb ernst. Das schmale Haupt war von einer Feinheit und Empfindlichkeit, die fast erschreckend wirkten. Die gefurchte Stirne, die lange, zart gebogene Nase, die Wangen waren wie gearbeitet aus einem kostbaren, gelblich nachgedunkelten Elfenbein. Der Abstand zwischen Nase und Mund war groß, grauer Schnurrbart bedeckte ihn. Vielleicht war es eben diese unverhältnismäßig lange Partie zwischen Oberlippe und Nasenansatz, die das Gesicht verzeichnet, irgendwie verzerrt und jenen Bildern ähnlich erscheinen ließ, die uns gewisse präparierte Spiegel oder die Darstellungen primitiver Maler von Männergesichtern geben. – Auffallend langgezogen war auch das Kinn, und auch auf ihm gab es Bart. Zunächst gewann man den Eindruck, daß der Geheimrat einen Spitzbart trage; in Wahrheit reichte die graue Behaarung kaum über das Kinn hinaus. Die Spitzbart-Wirkung kam von der außerordentlichen Länge des Kinnes.

In diesem Antlitz, dem die zarte Formung, der Geist und das Alter jene Vornehmheit verliehen, die einschüchtert und zugleich zum Mitleid rührt, überraschten die Augen: sie hatten das tiefe, sanfte, ins Schwärzliche spielende Dunkelblau, das Hendrik so gut aus Barbaras Augen kannte. Freilich waren über dem freundlich versonnenen Blick des Vaters die Lider schwer und meistens gesenkt, auch war sein Schauen verschleiert; während die Tochter klar und offen um sich sah.

»Mein lieber Herr Höfgen«, sagte der Geheimrat, »ich bin froh, Sie kennenzulernen. Lassen Sie mich hoffen, daß Sie eine gute Reise gehabt haben.«

Seine Aussprache war bemerkenswert deutlich, ohne dadurch an die dämonische Präzision zu erinnern, in der Nicoletta sich übte. Mit einer liebreichen Sorgfalt bildete der Geheimrat die Worte zu Ende, als wollte seine Gerechtigkeit keine Silbe vernachlässigen oder zu kurz kommen lassen: noch die unbedeutendsten Endsilben, die meist unter den

Tisch zu fallen pflegen, erfuhren hier die genaueste und schonendste Behandlung.
Hendrik war recht verwirrt. Ehe er sich zu einer feierlichen Miene entschloß, lachte er noch ein wenig, sinnlos und auf jene geschüttelte Art, die er etwa bei der Begrüßung der Dora Martin im H. K. gehabt hatte. Während Barbara beunruhigt auf ihn schaute, schien dem Geheimrat so wunderliches Betragen nicht weiter aufzufallen. Er blieb tadellos korrekt, dabei gütig. Mit freundlichem Zeremoniell bat er die beiden jungen Leute ins Haus. Zu Barbara, die ihm den Vortritt lassen wollte, sagte er: »Gehe voraus, mein Kind, und zeige deinem Freund, wo er seinen hübschen Hut ablegen kann.«
Auf der Diele herrschte ein kühles Halbdunkel. Respektvoll atmete Hendrik den Geruch des Raumes: der Duft von Blumen, die auf den Tischen und auf dem Kaminsims verteilt standen, vermischte sich mit jenem würdevollen und ernsthaften Aroma, das von Büchern kommt. Die Bibliothek füllte alle Wände bis hinauf zur Decke.
Hendrik wurde durch mehrere Zimmer geleitet. Er plauderte krampfhaft, um zu bezeigen, daß er von der Stattlichkeit der Räume ganz und gar nicht beeindruckt war. Übrigens sah er wenig; nur zufällige Einzelheiten fielen ihm auf: ein großer Hund, der beängstigend wirkte, sich knurrend erhob, von Barbara gestreichelt wurde und sich würdig-wiegenden Schritts entfernte; ein Porträt der verstorbenen Mutter, freundlich blickend unter einer altertümlich hohen Frisur; eine bejahrte Kammerzofe oder Haushälterin – klein, gutmütig und geschwätzig in einer merkwürdig langen, steif gestärkten Schürze; sie machte einen Knicks vor dem Bräutigam ihrer jungen Herrin, schüttelte ihm dann lange und herzlich die Hand; woraufhin sie sofort ein ausführliches Gespräch mit Barbara über häusliche Dinge begann. Hendrik war erstaunt darüber, mit welchen Details der Wirtschaft Barbara sich beschäftigte, wie bewandert sie in den Dingen der Küche und des Gartens war. Übrigens fand er es

wunderlich, daß sie von der alten Dienerin zwar ›gnädiges Fräulein‹, aber ›du‹ genannt wurde.

In diesen herrschaftlichen Stuben, wo es schöne Teppiche, dunkle Bilder, Bronzen, große tickende Uhren und viel Samtbezüge gab, war Barbara also zu Hause; hier hatte sie ihre Jugend verbracht. In diesen Büchern hatte sie gelesen; in diesem Garten hatte sie ihre Freunde empfangen. Zärtlich und feierlich bewacht von der klugen Liebe eines solchen Vaters war ihre Kindheit, rein und voller Spiele, deren geheime Regeln nur sie selber wußte – waren ihre Mädchenjahre hingegangen. – Neben einer Gerührtheit, die fast Ehrfurcht war, empfand Hendrik, ohne es sich noch eingestehen zu wollen, etwas anderes: Neid. Mit quälender Peinlichkeit kam ihm der Gedanke, daß er in diesen Räumen und bei diesem Vater seine Mutter Bella und seine Schwester Josy morgen würde einführen müssen. Wie leidvoll schämte er sich, jetzt schon, ihrer munteren Kleinbürgerlichkeit. Ein Glück noch, daß wenigstens Vater Köbes am Kommen verhindert war ...

Man speiste auf der Terrasse. Hendrik pries die Schönheit des Gartens, dessen Beete, Baumgruppen und Wege sich als angenehme Aussicht boten. Der Geheimrat wies auf eine Jünglings-Statue – einen Hermes, der seine anmutsvolle Magerkeit, seine nach oben strebende, flugbereite Gebärde zwischen dem lockigen Laub der Birken zeigte. Dieses artige Kunstwerk schien den besonderen Stolz des Hausherrn auszumachen. »Ja, ja, er ist hübsch, mein Hermes«, sagte er, und nun hatte sein Lächeln etwas wohlig Schmunzelndes. »Ich bin jeden Tag aufs neue froh darüber, daß ich ihn besitze und daß er in so reizender Haltung zwischen meinen Birken steht.« – Gewiß war er auch froh darüber, daß es so gute Weine und Getränke gab; er bediente sich, maßvoll aber reichlich, mit allem und lobte die Qualität des Gebotenen. »Himbeeren«, konstatierte er wohlgefällig, als man zum Nachtisch kam. »Das ist recht. Das entspricht der Jahreszeit

und verbreitet einen schönen Geruch.« – Die Stimmung, die er um sich verbreitete, war aus Feierlichkeit und Gemütlichkeit, aus unzugängiger Kühle und Bonhomie sonderbar gemischt. Der Schwiegersohn schien ihm nicht ganz übel zu gefallen. Ihm gegenüber legte er ein Wohlwollen an den Tag, das vielleicht von Ironie nicht ganz frei war. Sein Lächeln schien etwa sagen zu wollen: Solche Typen, wie du einer bist, mein Lieber, muß es auch geben auf dieser Welt. Es ist nicht unamüsant, sie zu beobachten – man langweilt sich wenigstens nicht mit ihnen. Freilich: an der Wiege ist es mir kaum gesungen worden, und ich habe es mir wohl auch nicht gewünscht, daß eine Figur deiner Art einmal als Schwiegersohn an meinem Tisch sitzen würde. Aber ich neige dazu, die Dinge zu akzeptieren, wie sie sind – man muß den Phänomenen ihre beste und drolligste Seite abgewinnen, und übrigens wird meine Barbara ja wohl ihre vernünftigen Gründe haben, wenn sie dich heiratet . . .
Hendrik glaubte zu spüren, daß er Erfolgschancen hatte. Um so gefallsüchtiger wurde er. Nicht länger konnte er es sich versagen, die Augen auf bewährte Art schillern zu lassen. Den Kopf im Nacken, vieldeutig und bezwingend lächelnd, machte er die Juwelenblicke, für deren Zauber der Geheimrat durchaus nicht völlig unempfänglich schien. Der alte Herr blieb auch aufmerksam und behielt den schmunzelnden Gesichtsausdruck, als Schwiegersohn Höfgen dazu überging, in effektvoll studierter Rede seine Gesinnung auseinanderzusetzen, wobei er für den ausbeuterischen Zynismus der Bourgeoisie und den frevelhaften Irrsinn des Nationalismus die vernichtendsten Worte fand. Der Alte ließ ihn schwärmen und deklamieren; nur einmal hob er die hagere, schöne Hand, um einzuwerfen: »Sie sprechen so verächtlich von den Bürgern, mein lieber Herr Höfgen. Aber ich bin auch einer. – Freilich kein nationalistischer und hoffentlich auch kein ausbeuterischer«, fügte er freundlich hinzu. Hendrik – das Gesicht über dem rosa Hemd gerötet vom lebhaf-

ten Gespräch und vom Wein – stammelte etwas davon, daß es auch großbürgerlich-überbürgerliche Typen gebe, für die der kommunistisch gesinnte Mensch durchaus Wertschätzung habe; daß das große Erbe der bürgerlichen Revolutionen und des Liberalismus im bolschewistischen Pathos lebendig bleibe, und dergleichen versöhnliche Beteuerungen mehr.

Diesem Wortschwall winkte der Geheimrat lächelnd ab. Aber dann erzählte er – als wäre ihm doch daran gelegen, Höfgen von seiner politischen Vorurteilslosigkeit zu überzeugen – auf seine bedächtig wägende, zugleich schnörkelhaft umständliche und eindringlich anschauliche Art von den bedeutenden Eindrücken, die seine Reise durch die Sowjet-Union ihm gebracht hatte. »Jeder objektiv Beobachtende muß es feststellen, und wir alle sollten uns an den Gedanken gewöhnen, daß dort drüben eine neue Form des menschlichen Zusammenlebens im Entstehen ist«, sagte er langsam und schaute mit seinem blauen Blick in die Ferne, als sähe er dort die großen und erschütternden Dinge, die in jenem Land Ereignis wurden. Mit Strenge sagte er noch: »Diesen Tatbestand bestreiten nur noch Narren oder Lügner.« Dann plötzlich änderte er den Ton; bat, man möge ihm die Schüssel mit den Himbeeren reichen, und noch während er sich bediente, sagte er, das beinah schelmisch lächelnde Gesicht ein wenig schief gehalten – wie er es zuweilen tat: »Mißverstehen Sie mich nicht, lieber Herr Höfgen: Natürlich ist diese Welt mir fremd – nur gar zu fremd, wie ich fürchte. Aber muß das bedeuten, daß ich ohne Gefühl bin für ihre zukunftsträchtige Größe?« Während er dies aussprach, nickte er Barbara zu, die ihm die Sahne gereicht hatte. Hendrik war froh, sich seinerseits wieder hören lassen zu dürfen. Für die Einzelheiten aus dem Leben in Sowjet-Rußland schien er sich nicht sonderlich zu interessieren; hingegen begann er mit Temperament vom Revolutionären Theater zu reden und von den Verfolgungen, denen er in Hamburg seitens der Reaktion ausgesetzt war. Er wurde sehr heftig; bezeichnete die Faschisten abwechselnd als ›Tiere‹, ›Teufel‹ und ›Idioten‹ und erging sich in den zornigsten Redensarten über jene Intellektuellen, die aus gemeinem Opportunismus mit dem militanten Nationalismus sympathisierten. »Die sollten alle aufgehängt werden!« rief Hendrik, wobei er sogar auf den Tisch schlug. Der Geheimrat sagte, gleichsam beschwichtigend: »Ja, ja – auch ich habe Unannehmlichkeiten gehabt.« Mit dieser Bemerkung spielte er auf die berühmten und skandalösen Ereignisse an: auf die Lärmszenen, die ihm nationalistische Studenten bereitet hatten, und auf die ordinären Angriffe, deren Gegenstand er in der reaktionären Presse gewesen war.

Nach der Mahlzeit bat der alte Herr den Schauspieler Höfgen darum, eine Probe seiner Kunst vorzuführen. Hendrik, der darauf keineswegs gefaßt gewesen war, wehrte sich lange. Der Geheimrat aber ließ sich gar zu gerne ein wenig unterhalten und amüsieren: wenn sein Kind sich schon einen Komödianten, der ein rosa Hemd und ein Monokel trug, zum Gatten nahm, dann wollte er, der Vater, wenigstens eine drollige Darbietung davon profitieren. Hendrik mußte auf der Diele Rilke-Verse deklamieren; selbst die alte Haushälterin und der große Hund kamen herbei, um zu lauschen. Zu dem kleinen Auditorium gesellte sich noch Nicoletta, die an der Mahlzeit nicht teilgenommen hatte und vom Geheimrat mit halb-ironischer Feierlichkeit begrüßt wurde. Hendrik gab sich außerordentliche Mühe, arbeitete mit den raffiniertesten Mitteln, machte seine Sache sehr gut und erntete reichlichen Beifall. Als er mit einem Bruchstück aus dem ›Cornet‹ geendigt hatte, schüttelte der Geheimrat ihm nicht ohne Bewegtheit die Hand und Nicoletta, ihrerseits musterhaft artikulierend, lobte seine »blendende Aussprache«. –

Am nächsten Tage mußten die beiden Damen Höfgen, Mutter und Tochter, in Empfang genommen werden. Hendrik sagte zu Barbara, mit der er auf dem Bahnsteig wartete: »Du wirst sehen: Josy fällt mir um den Hals und erzählt, daß sie sich wieder verlobt hat. Es ist schauerlich – sie verlobt sich mindestens jedes halbe Jahr einmal, und mit was für Burschen! Wir sind jedes Mal froh, wenn die Verbindungen auseinandergehen. Das vorige Mal hätte es meinem armen Vater fast das Leben gekostet. Der Bräutigam war ein Rennfahrer, er nahm Papa in seinem Wagen mit, und der Ausflug endete im Straßengraben. Der Rennfahrer ist Gott sei Dank tot, Papa hat sich nur ein Bein gebrochen, aber natürlich ist er sehr betrübt darüber, daß er heute nicht mit uns allen hier sein kann . . .«

Es geschah, wie Hendrik prophezeit hatte: Schwester Josy, in einem grellgelben Sommerkleid, das mit roten Blumen bestickt war, sprang leichtfüßig aus dem Zuge – während die Mama noch im Coupé mit den Handkoffern beschäftigt war –, fiel ihrem Bruder um den Hals und verlangte stürmisch von ihm, er solle ihr gratulieren; diesmal handle es sich um einen Herrn, der eine gute Stellung am Kölner Rundfunk habe. »Ich werde am Mikrophon singen dürfen!« jubelte Josy. »Er findet mich sehr begabt, im Herbst heiraten wir, bist du glücklich, Heini? – Hendrik!« verbesserte sie sich schnell und schuldbewußt. »Bist du auch so glücklich?« – Höfgen schüttelte sie ab, als wäre sie ein lästiges Hündchen, das ihn ansprang. Er eilte der Mutter zu Hilfe, die aus dem Coupéfenster nach einem Gepäckträger rief. Josy inzwischen küßte Barbara auf beide Wangen. »Fein, dich kennenzulernen«, plapperte sie. »Natürlich müssen wir uns ›du‹ sagen – ›Sie‹, das wäre doch viel zu steif unter Schwägerinnen. Ich bin so froh, daß Hendrik endlich mal heiratet, bis jetzt habe nur ich mich immerzu verlobt, Hendrik hat dir ja bestimmt erzählt, wie schief es das vorige Mal ausgegangen ist, Papas Bein steckt noch immer in Gips, aber Konstantin hat wirklich eine sehr gute Stellung am Rundfunk, wir wollen im Oktober heiraten, großartig siehst du aus, Barbara, wo ist denn dein Kleid her, sicher ein echt Pariser Modell.«

Hendrik hatte die Mutter herbeigeführt, und sein Gesicht strahlte, als sie Barbara die Hände reichte. »Mein liebes, liebes Kind«, sagte Frau Höfgen, wobei ihre Augen ein wenig feucht wurden. Hendrik lächelte, zärtlich und stolz. Er liebte seine Mutter – Barbara begriff es, und sie freute sich. Freilich, manchmal schämte er sich ihrer, sie war ihm nicht fein genug, ihre Kleinbürgerlichkeit schien ihm blamabel. Aber er liebte sie: es ließ sich erkennen an dem freudig belebten Blick und an der Art, wie er ihren Arm an den seinen preßte. Wie ähnlich sie sich sahen, Mutter und Sohn! Von Frau Bella hatte Hendrik die lange, gerade, etwas zu fleischige Nase mit den beweglichen Nüstern; den breiten, weichen und sinnlichen Mund; das starke und edle Kinn mit der markanten Kerbe in der Mitte; die weiten, grau-grünen Augen; die hochgewölbten blonden Brauen, von denen der empfindliche Zug zu den Schläfen ging. Nur zeigte diese Physiognomie bei der stattlichen und biederen Dame einen anspruchsloseren, bescheideneren Charakter als bei ihrem Sohn: es fehlten die tragischen wie die diabolischen Zeichen. Bei ihr gab es kein Schillern der Augen, und die Lippen hatten kein aasig verführerisches, auch kein rätselhaft um Mitleid werbendes Lächeln. Frau Bella war eine energische, gutmütige, famos konservierte Frau von Anfang Fünfzig, mit frischen Farben im sympathisch offenen Gesicht, freundlich gewölbtem Busen, einer blonden Dauerwellenfrisur unter einem blumengarnierten Strohhut und mit einem leichten Sattel von Sommersprossen auf der Nase. Noch hatte sie keinen Anlaß, sich ganz zu den Alten zu rechnen und auf die Freuden des Lebens völlig zu verzichten. »Man will sich doch auch mal ab und zu amüsieren«, erklärte sie resolut; dann kam sie, aus Verlegenheit, ins Schwatzen und erzählte eine umständliche Geschichte von einem Wohltätigkeitsfest, auf dem es sehr lustig zugegangen war; zum Besten der Waisenkinder hatten die Damen der Kölner Gesellschaft in Zelten Erfrischungen, Blumen und Kunstgegenstände feilgeboten, es war nur ehrenvoll gewesen, da mitzumachen, und deshalb waren Frau Höfgen keinerlei Bedenken gekommen, den Champagner-Ausschank zu übernehmen: fünf Mark hatte sie für das Glas Sekt verlangt – das war etwas viel, aber man nahm es ja zum Wohle der armen Kleinen. Nachher aber hatte es den übelsten Klatsch gegeben: gemeine Menschen brachten die Frechheit auf, zu behaupten, Frau Bella habe nicht aus humanitären Gründen Schaumwein dargeboten, vielmehr habe sie es gegen Bezahlung getan, als Angestellte der Sektfirma, und obendrein habe sie sich küssen lassen – man stelle sich doch vor: küssen lassen, und zwar auf den Busen.

Mit ehrlicher Empörung berichtete dies Mutter Höfgen – man fuhr im offenen Wagen durch die sommerliche Stadt –; sie bekam eine rote Miene vor Zorn, mußte sich den Schweiß von der Stirne wischen und rief aus: »So was ist doch eine bodenlose Gemeinheit! Dabei habe ich jeden Pfennig abgeliefert, und meine Einnahmen waren besser als die aller anderen Damen, das Waisenhaus hat sich eigens bei mir bedankt, und als mir ein Herr nur mal die Hand küssen wollte, da habe ich gleich gesagt, Sie dummer Kerl Sie, lassen Sie das! – und ich hätte ihm eine Ohrfeige versetzt, wenn er sich nicht gleich entschuldigt hätte. Die Menschen sind ja so boshaft – man kann sich noch so lady-like benehmen, sie sagen einem doch etwas Schlechtes nach. Aber jetzt werden ihnen die gemeinen Redensarten vergehen, jetzt stopfst du ihnen den Mund, Hendrik – was?« Dabei warf Frau Bella einen stolzen Blick, erst zu ihrem Sohne, dann auf Barbara. Hendrik litt unter den munteren Taktlosigkeiten der Mama. Er errötete, biß sich die Lippen, und begann schließlich, in seiner Not, von der Schönheit der Straße, durch die man eben fuhr, zu sprechen.

Der Geheimrat empfing die Damen an der Gartentüre mit der gleichen heiteren Fröhlichkeit, die er am Tage vorher für Hendrik gehabt hatte. Bella und Josy wurden von Barbara

nach oben geleitet, wo sie sich geschwind die Hände waschen und die Nasen pudern wollten. Eine Stunde später fuhr man in zwei Automobilen zum Standesamt: im Brucknerschen Wagen nahmen, außer dem Brautpaar, Frau Höfgen und der Geheimrat Platz; in einem Taxi folgten Nicoletta, Josy, die alte Haushälterin und ein Jugendfreund Barbaras, der Sebastian hieß und über dessen Anwesenheit Hendrik etwas verwundert war.
Die amtliche Zeremonie war schnell erledigt. Nicoletta und der Geheimrat machten die Trauzeugen; alle waren ziemlich aufgeregt, Frau Bella und die kleine Haushälterin weinten, während Josy ein nervöses Lachen hören ließ. Hendrik beantwortete die Fragen des Standesbeamten mit einer belegten Stimme, wobei seine Augen starr wurden und etwas schielten; Barbara hielt ihren sanft forschenden Blick auf den Mann gerichtet, der da neben ihr stand und der nun, überraschender Weise, ihr Gatte sein sollte. – Es folgten Glückwünsche und Umarmungen. Zur allgemeinen Überraschung bat Nicoletta Frau Höfgen mit scharfer Stimme um die Erlaubnis, sie ›Tante Bella‹ nennen zu dürfen, und da sie es gestattet bekam, küßte sie ihr mit diabolischer Korrektheit die Hand. Das imposante Mädchen war heute vormittag besonders blitzblank und von einer klirrenden Heiterkeit. In ihrem weißen panzerartig harten Leinenkleid, zu dem sie einen breiten, grellroten Lackledergürtel um die Hüften trug, hielt sie sich sehr gerade. Zu Barbara sagte sie: »Ich bin froh, meine Liebe, daß alles so gut geklappt hat« – eine etwas sinnlose, jedoch mit schneidender Exaktheit vorgebrachte Bemerkung. Ihre schönen Katzenaugen funkelten. Sie nahm Fräulein Josy beiseite, um sie auf ein hervorragend gutes Mittel gegen Sommersprossen aufmerksam zu machen, das – wie sie plötzlich log – ihr Vater erfunden und im ganzen Fernen Osten eingeführt hatte. »Sie können es gebrauchen, liebes Fräulein!« sprach mit einem drohenden Gesichtsausdruck Nicoletta – die, höchst launischerweise, sich zwar mit

Frau Bella, nicht aber mit Josy zu duzen wünschte. »Ihre kleine Nase ist ja ganz entstellt.« Dabei blickte sie mit Strenge auf den Sattel von rötlichen Flecken, der sich über Josys kecke Stupsnase breitete und auch noch einen Teil der Wangen und der Stirn bedeckte, wo die Pünktchen jedoch schon weniger massenhaft, in einer dünneren Verteilung lagen – so wie manche kosmische Spiralnebel oder Milchstraßensysteme an ihren Randgebieten dünner, sparsamer besetzt und gleichsam durchsichtiger werden. »Ja, ich weiß es«, sagte Josy beschämt. »Im Sommer ist das immer so arg bei mir. – Aber Konstantin mag es ganz gerne«, fügte sie, schon wieder getröstet, hinzu, um dann von der guten Stellung ihres Bräutigams beim Kölner Rundfunk zu erzählen. – Barbaras Großmutter, die Generalin, erschien erst zum Lunch. Es gehörte zu den Prinzipien der alten Dame, niemals ein Automobil zu benutzen; die zehn Kilometer, die ihr kleines Gut von der Brucknerschen Villa trennten, legte sie in einer altmodischen großen Kalesche zurück, und sie verspätete sich zu allen Familienfesten. Mit einer schönen, volltönenden Stimme, die sehr tief in den Baß hinunter und sehr hoch in den Diskant hinauf ging, beklagte sie es, daß sie das Schauspiel auf dem Standesamt versäumt habe. »Nun, und wie sehen Sie denn aus, mein neuester Enkelsohn?« sagte die aufgeräumte Großmama und fixierte Hendrik ausführlich durch die Lorgnette, die ihr an einer langen, mit bläulichen Juwelen verzierten Silberkette auf der Brust hing. Hendrik wurde rot und wußte nicht, wohin er schauen sollte. Die Musterung dauerte lange; übrigens schien sie nicht unvorteilhaft für ihn auszufallen. Als die Generalin die Lorgnette endlich sinken ließ, hatte sie ein Lachen, welches silbrig perlte.

»Gar nicht übel!« stellte sie fest, wobei sie beide Arme in die Hüften stemmte. Sie nickte ihm munter zu. In ihrem weiß gepuderten Gesicht führten die schönen, dunkelklaren und beweglichen Augen eine noch eindringlichere, klügere und stärkere Sprache als der Mund, wenn er die große Stimme hören ließ.

Einer derartig wunderbaren alten Dame war Hendrik seiner Lebtag noch nicht begegnet. Die Generalin imponierte ihm ungeheuer. Sie hatte das Aussehen eines Aristokraten des XVIII. Jahrhunderts: ihr hochmütiges, kluges, lustiges und strenges Gesicht war gerahmt von einer grauen Frisur, die über den Ohren zu steifen Röllchen gewickelte Locken zeigte. Im Nacken vermutete man einen Zopf: man war erstaunt und ein wenig enttäuscht, daß er fehlte. In ihrem perlengrauen Sommerkostüm, das am Hals und an den Manschetten mit Spitzenrüschen garniert war, hatte die Generalswitwe eine militärisch gerade Haltung. Das breite Halsband, das gleich oberhalb der Spitzenrüsche begann und dicht unterhalb des Kinns endigte – eine schöne antike Arbeit aus mattem Silber und blauen Steinen, die zu den Juwelen an der klappernden Lorgnettenkette paßten –, wirkte an ihr wie ein hoher, steifer, bunt bestickter Uniformkragen.

In jeder Gesellschaft, die sie betrat, regierte die Generalin – sie war es nichts anders gewohnt. Gegen Ende des XIX. Jahrhunderts hatte sie als eine der schönsten Frauen der deutschen Gesellschaft gegolten und noch in den beiden ersten Jahrzehnten des XX. war sie gefeiert worden. Alle großen Maler der Epoche hatten sie porträtiert. In ihrem Salon hatten sich die Prinzen und Generale mit den Dichtern, Komponisten und Malern getroffen. Viele Jahre lang hatte man in München und in Berlin von der Klugheit und Originalität der Generalin beinah ebensoviel gesprochen wie von ihrer Schönheit. Da ihr Gatte – er war seit einigen Jahren tot – die Sympathie der allerhöchsten Stellen genossen hatte und übrigens reich gewesen war, verzieh man ihr Ansichten, Gesinnungen und Manieren, die man bei jeder anderen exzentrisch bis zur Anstößigkeit gefunden haben würde. Selbst dem Kaiser war ihre Schönheit aufgefallen; deshalb durfte sie, schon im Jahre 1900, für das Frauenstimmrecht plädie-

ren. Sie konnte den ›Zarathustra‹ auswendig und rezitierte zuweilen aus ihm, zur peinlichen Verwunderung ihrer aristokratischen Gäste, die dies für etwas Sozialistisches hielten. Sie hatte Franz Liszt und Richard Wagner gekannt; sie hatte Korrespondenzen mit Henrik Ibsen und Björnstjerne Björnson geführt. Wahrscheinlich war sie gegen die Todesstrafe. Ihrer großen Haltung, in der sich eine burschikose Sorglosigkeit mit unangreifbarer Würde verband, mußte man alles nachsehen.
Die Generalin machte auf Hendrik einen viel größeren Eindruck als der Geheimrat. Nun erst begriff er ganz, was für ein glänzendes Milieu es war, in das er eintreten durfte. Seine gute Mutter Bella hatte wohl recht gehabt – nur hätte sie nicht so taktlos darauf anspielen sollen –: angesichts solcher Verwandtschaft würden den Spießern in Köln die frechen Redensarten vergehen über die angeblich heruntergekommene Familie Höfgen. Auch Barbara stieg noch einmal in Hendriks Achtung, da er feststellte, wie vertraut der Gesprächston zwischen ihr und dieser blendenden Großmama war. Barbara hatte ihre Schulferien und außerdem beinahe jeden Sonntag auf dem Gute der Generalin verbracht – Hendrik erinnerte sich nun, es gehört zu haben. Die unvergleichliche alte Dame hatte ihrem Enkelkinde Dickens oder Tolstoi vorgelesen – es war eine Leidenschaft der Generalin, vorzulesen, und sie tat es mit schönem Ausdruck –, oder sie hatten gemeinsame Spazierritte unternommen durch ein Land, das Hendrik sich vornehm wie einen englischen Park und dabei romantisch, waldig, hügelig, von silbrigen Gewässern durchzogen, reich an Schluchten, Tälern, wundervollen Ausblicken vorstellte. Wieder mischte sich Neid in das Entzücken, mit dem Höfgen an die schöne Kindheit Barbaras dachte. Hatte diese sorgenlose Jugend nicht beides gekannt: die vollkommene Kultur und die fast vollkommene Freiheit? Der Alltag in der väterlichen Villa; die festliche Erholung – die, in ihrer regelmäßigen Wiederkehr, auch schon

beinahe Alltag war – auf der Besitzung dieser fürstlichen alten Dame: konnte Hendrik eine Bitterkeit unterdrücken, wenn er solche Kindheit mit der eigenen verglich?
Denn in Köln, bei Vater Köbes – der jetzt mit gebrochenem Bein darniederlag –, hatte es keinen Park gegeben, keinen Raum mit Teppichen, Bibliothek und Gemälden; vielmehr muffige Stuben, in denen Bella und Josy munteres Treiben entfalteten, wenn sich Gäste einfanden, jedoch mißgelaunt und schlampig wurden, wenn die Familie unter sich blieb. Vater Köbes hatte immer Schulden und klagte über die Gemeinheit der Welt, wenn die Gläubiger ihn drängten. Noch peinlicher als seine schlechte Laune war die ›Gemütlichkeit‹, zu der er sich bisweilen, an hohen Feiertagen oder auch ohne besonderen Anlaß, plötzlich entschloß. Dann wurde ein ›Böwlchen‹ gebraut, und Papa Köbes forderte die Seinen auf, einen Kanon mit ihm zu singen. Der junge Hendrik aber weigerte sich; er saß fahl und verbissen in einer Ecke. Sein einziger Gedanke war immer gewesen: Ich muß hinauskommen aus diesem Milieu. Ich muß dies alles weit weit hinter mir lassen . . .
Barbara hat es leicht gehabt, dachte er nun, während er mit der Generalin Konversation machte. Alle Wege waren ihr geebnet; sie ist ein typisches Geschöpf der arrivierten Großbourgeoisie. Über die Härte des Lebens, die ich schon kenne, wird sie sich wundern müssen. Was ich erreichen werde und schon erreicht habe, das verdanke ich alles nur meiner Kraft. – Nicht ohne Pikiertheit sagte er zu seiner jungen Frau, die ihn an den Tisch geführt hatte, auf dem die Glückwunschtelegramme und Geschenke lagen: »Die Depeschen sind natürlich alle für dich. Mir telegraphiert niemand.« Barbara lachte – recht spöttisch und selbstgefällig, wie ihm schien –: »Im Gegenteil, Hendrik. Mehrere Leute haben nur an dich adressiert – zum Beispiel Marder.« – Aus dem hohen Stoß von Briefen, Karten und Depeschen suchte sie die Papiere hervor, die für Hendrik bestimmt waren. Außer Theophil

Marder, dessen Hochzeitsbotschaft in vieldeutig korrekten, wahrscheinlich höhnisch gemeinten Wendungen abgefaßt war, hatten ihm noch die kleine Angelika Siebert, die Direktoren Schmitz und Kroge, Hedda von Herzfeld und – worüber er sich entsetzte – Juliette gratuliert. Woher waren ihr diese Adresse, dieses Datum bekannt? Hendrik, der bleich geworden war, zerknüllte den Papierstreifen. Um abzulenken, bewunderte er auf eine ironisch übertriebene Art die Geschenke, welche Barbara bekommen hatte: das Porzellan und das Silber, das Kristall, die Bücher und die Schmucksachen; die vielen nützlichen und feinen, von Freunden und Verwandten mit liebevoller Sorgfalt ausgewählten Gegenstände. »Was sollen wir nun anfangen mit all dem köstlichen Zeug?« fragte Barbara, und schaute ratlos auf den großen Segen. Hendrik dachte daran, daß die eleganten Geräte sich sehr hübsch in seinem Hamburger Zimmer ausnehmen würden; sprach es aber nicht aus, sondern lachte und zuckte verächtlich die Achseln.
Der junge Mann trat hinzu, über dessen Anwesenheit Hendrik etwas beunruhigt war und der »Sebastian« angeredet wurde. Er unterhielt sich mit Barbara in einem geschwinden, an schwer verständlichen, privaten Anspielungen reichen Jargon, dem Hendrik nur mit Mühe folgen konnte. Höfgen stellte bei sich fest, daß dieser Mensch, den Barbara ihren besten Jugendfreund nannte und von dem sie behauptete, er schriebe schöne Verse und gescheite Aufsätze, ihm ausgesprochen unsympathisch war. Er ist hochmütig und unausstehlich! dachte Hendrik, der sich in Sebastians Nähe besonders unsicher fühlte, obwohl dieser liebenswürdig zu ihm war. Aber gerade diese unverbindliche und ein wenig spöttische Liebenswürdigkeit wirkte verletzend. – Sebastian hatte reiches, aschblondes Haar, das ihm in einer dicken Strähne in die Stirne fiel, und ein fein gezeichnetes, etwas müdes Gesicht mit einer langen, stark vorspringenden Nase und verschleiert blickenden, grauen Augen. Wahrscheinlich ist auch

sein Vater ein Professor oder etwas Ähnliches, beschloß Hendrik erbittert. So ein verwöhnter, geistreicher Bube ist genau der Umgang, von dem Barbara endgültig verdorben werden könnte.
Nach der Mahlzeit saß man in der Diele zusammen; denn auf der Terrasse war es zu heiß geworden. Frau Bella hielt es für ihre Pflicht, über Literatur zu sprechen. Sie erzählte, daß sie im Zuge etwas so besonders Nettes gelesen habe, geradezu spannend sei es gewesen, von wem war es denn nur, »na, von unserem Russen, unserem größten!« rief die Arme gequält. »Wie konnte ich denn nur den Namen vergessen, wo er doch schon immer mein Lieblingsdichter war!« Nicoletta schlug vor, ob es sich nicht um Tolstoi gehandelt haben konnte. »Ganz richtig – Tolstoi!« bestätigte Frau Bella erlöst. »Ich sagte doch: unser Größter – und es war etwas ganz Neues von ihm.« Aber dann stellte sich heraus, daß es eine kleine Dostojewski-Novelle gewesen war, die Mutter Höfgen so viel Freude bereitet hatte. Hendrik war blutrot geworden. Um das Gesprächsthema zu wechseln, und um diesem arroganten Kreise zu beweisen, daß er seine Mutter in peinlichen Situationen nicht im Stiche ließ, plauderte er demonstrativ mit Frau Bella und erinnerte sie, herzlich lachend, an mancherlei Lustiges, was sich in vergangenen Jahren zugetragen hatte. Ja, das war ulkig gewesen, als sie beide – Mutter und Sohn – zur Faschingszeit den großen Budenzauber veranstalteten und Papa Köbes erschreckten! Frau Bella maskierte sich als Pascha; der kleine Hendrik – dessen Name damals Heinz gewesen war; aber dies wurde jetzt nicht erwähnt – als Bajadere. Die ganze Wohnung wurde auf den Kopf gestellt, Papa Köbes traute seinen Augen nicht, als er nach Hause kam. »Mama war die erste, die erkannte, daß ich zum Theater gehen mußte«, sagte Hendrik, und sah die Mutter liebevoll an. »Papa wollte lange nichts davon wissen.« – Dann erzählte er die Geschichte, wie seine schauspielerische Laufbahn begonnen hatte. Es war noch während des Krieges

gewesen – 1917 –, als Hendrik, kaum achtzehn Jahre alt, auf einem Stück Zeitungspapier eine Annonce fand, aus der hervorging, daß ein Fronttheater im belgischen, besetzten Gebiet junge Schauspieler suchte. »Aber an welchem Ort ich diesem schicksalsvollen Zeitungsfetzen begegnet bin«, sagte Hendrik, »das darf ich gar nicht erzählen.« Da alle lachten, tat er, als ob er sich sehr heftig schämen müßte, und brachte nur noch zwischen den Händen, hinter denen er sein Gesicht verbarg, hervor: »Ja, ja – ich fürchte, daß sie es erraten haben . . .« – »Auf dem Klosett!« jubelte schamlos die Generalin, und ihr großes Gelächter sprang in kühner Koloratur vom tiefsten Baß bis hinauf zur silbrigen Höhe.
Während die allgemeine Stimmung immer fröhlicher und animierter wurde, ging Hendrik zu den Anekdoten über das Wandertheater über, wo er die Väterrollen hatte spielen müssen: nun konnte er, ungeniert und heiter, all seine altbewährten Piecen hervorholen und wieder einmal funkeln lassen; denn in diesem Kreise waren sie ja noch unbekannt. Nur Barbara hatte sie teilweise schon gehört, weshalb der Blick, mit dem sie den Erzählenden beobachtete, erstaunt und sogar ein klein wenig angewidert wurde. –
Abends kamen einige Freunde, und Hendrik durfte seinen unbezahlten Frack zeigen, der ihm wundervoll stand. Die Tafel war schön mit Blumen geschmückt; nach dem Braten klopfte der Geheimrat ans Champagnerglas und hielt eine Rede. Er begrüßte die Anwesenden, vor allem Hendriks Mutter und Schwester – wobei er Frau Bella mit scherzhafter Artigkeit, »die andere junge Frau Höfgen« nannte –, und ging dann auf das Problem der Ehe im allgemeinen, auf die Person und die künstlerischen Verdienste seines neuen Schwiegersohnes im besonderen ein. Dem Geheimrat, der seine Worte mit Sorgfalt und mit einer liebevollen Geschicklichkeit wählte, gelang es, den Schauspieler Höfgen als eine Art von Märchenprinzen zu charakterisieren, der, tagsüber unscheinbar, sich des Abends magisch zu verwandeln ver-

mag. »Da sitzt er!« rief Bruckner und deutete mit seinem langen, schmalen Zeigefinger auf Hendrik, der sofort etwas rot wurde. »Da sitzt er, sehen Sie ihn sich nur an! Er scheint ein schlanker junger Mann zu sein – gewiß, sehr stattlich in seinem gut geschnittenen Frack, aber doch relativ unauffällig. Unauffällig nämlich, wenn ich ihn mit der bunten, zauberhaften Figur vergleiche, die abends, im Rampenlicht, auf der Bühne aus ihm wird. Da beginnt er zu strahlen, da wird er unwiderstehlich!« Und der von seinem Thema hingerissene Gelehrte verglich den Schauspieler Höfgen – den er doch niemals auf der Szene gesehen hatte, sondern nur als Rilke-Rezitator kannte – mit einem Glühwürmchen, das sich tags aus schlauer Bescheidenheit übersehen läßt, um in der Dunkelheit erst recht verführerisch zu gaukeln. Hier ließ Nicoletta ein grelles Lachen hören, während die Generalin mit der Kette klapperte, an der ihre Lorgnette hing.

Der Geheimrat ließ zum Schluß das junge Paar hochleben. Hendrik küßte Barbaras Hand. »Wie schön du aussiehst!« sagte er, und lächelte ihr innig zu. – Barbaras Kleid war aus einer schweren, teefarbenen Seide. Nicoletta hatte es getadelt und behauptet, es sei nicht modisch, sondern ein Phantasiekostüm, dem man seine Herkunft von der Hausschneiderin ansehe. Niemand aber konnte leugnen, daß es Barbara vorzüglich stand. Über dem breiten Kragen aus alten Spitzen – er war eines der Hochzeitsgeschenke der Generalin – erhob sich in rührender Schlankheit ihr bräunlicher Hals. – Das Lächeln, mit dem sie Hendrik antwortete, war ein wenig zerstreut. Ging nicht ihr schwärzlich-blauer, sanfter, prüfender Blick vorbei an Höfgen, der ihr gegenüberstand? Wem galt dieser Blick, der bekümmert aber auch etwas spöttisch schien? Hendrik, plötzlich irritiert, wandte sich um. Er sah Sebastian, Barbaras Freund: in der schlechten Haltung, die ihm eigen war, mit hängenden Schultern und den Kopf nach vorne gestreckt, stand er nur einige Schritte entfernt von dem jungen Paar. Sein Gesicht war betrübt und zeigte einen angestrengt lauschenden Ausdruck. Auf eine merkwürdige Art, bewegte er die Finger seiner beiden Hände – so etwa, als wollte er in der Luft Klavier spielen. Was bedeutete dies? Machte er Barbara Zeichen, deren geheimen Sinn nur sie verstehen konnte? Worauf lauschte er denn, der Verhaßte? Und warum diese Traurigkeit in seinem Gesicht? Liebte er Barbara? Sicher liebte er sie. Wahrscheinlich hatte er sie heiraten wollen; vielleicht hatte es schon vor Jahren eine kindliche Verlobung gegeben zwischen ihm und ihr. Nun habe ich ihm alles verdorben! empfand Hendrik, halb triumphierend, halb entsetzt. Wie er mich verabscheut! Er schaute weg von Sebastian und auf die übrigen Gäste – die Freunde dieses berühmten Hauses. Da fand er, daß sie alle betrübte Gesichter hatten. Männer mit durchgearbeiteten, charaktervollen Mienen – Hendrik hatte ihre Namen bei der Begrüßung nicht verstanden; aber es waren wohl Professoren, Schriftsteller, große Ärzte –; ein paar junge Leute, die ihm alle mit Sebastian eine fatale Ähnlichkeit zu haben schienen; Mädchen, die in ihren Abendkleidern wie maskiert wirkten – als gingen sie sonst in grauen Flanellhosen, weißen Laboratoriumskitteln oder grünen Gärtnerschürzen –, Hendrik schien es, als mischte sich in den Blicken, die sie auf ihn richteten, Neid mit Hohn. Hatten sie denn alle Barbara geliebt? Nahm er sie ihnen allen weg? War er also der Eindringling, die verdächtige, unseriöse Figur, mit der man sich ungern und nur aus Rücksicht auf Barbaras rätselhafte – wahrscheinlich flüchtige – Laune an einen Tisch setzt? – In Wahrheit sprachen diese Menschen über hundert neutrale Dinge: über ein neues Buch, eine Theatervorstellung oder die politische Lage, die ihnen Sorgen machte. Hendrik aber meinte, sie beschäftigten sich nur mit ihm; sie sprächen, lächelten, spotteten nur über ihn.

Er hätte sich verkriechen mögen, so heftig schämte er sich plötzlich. Hatte nicht auch der Geheimrat ihn verhöhnen wollen mit seiner Rede? Innerhalb ganz weniger Sekunden hatte sich ihm alles, was heute von ihm erlebt worden war, ins Feindliche, Erniedrigende verwandelt. Das tolerante und heitere, mit Ironie vermischte Wohlwollen des Geheimrats, das ihn noch vor kurzem so stolz gemacht hatte – war es nicht im Grunde viel kränkender und herabsetzender, als irgendeine Strenge, ein deutlich an den Tag gelegter Hochmut es je hätten sein können? Jetzt erst begann Hendrik es sich klar zu machen, wieviel verletzenden Spott auch die burschikose Munterkeit der Generalin enthielt. Freilich, sie war eine imposante Persönlichkeit, grande dame großen Stils, und sie sah hinreißend aus, wie sie jetzt, aufrechten Ganges, herrschaftlich unbekümmert mit der Lorgnette klappernd, dem jungen Paar nahte: ganz in Weiß gekleidet, um den Hals die dreifach geschlungene Kette aus großen, matt schimmernden Perlen. Hatte sie am Mittag, im grauen Kostüm, wie ein Marquis des XVIII. Jahrhunderts gewirkt, so zeigte sie jetzt, im weißen Gewand und im Schmuck ihrer köstlichen Steine, eine fast päpstliche Würde. Zu dieser Grandezza des Auftretens stand die derbe Aufgeräumtheit ihrer Sprechweise in einem großartig unbekümmerten Gegensatz. »Ich muß doch mal mit Glühwürmchen und mit meiner kleinen Barbara anstoßen!« rief sie schallend; dabei schwenkte sie das Champagnerglas.

Von der anderen Seite war Nicoletta herbeigetreten, auch sie mit dem Glas in der Hand. Sie ließ die Augen funkeln und den grellen Mund die Schlängellinie machen. »Prost!« rief die Generalin. – »Prost!« rief Nicoletta. – Hendrik stieß erst mit der königlichen Großmama an; dann mit Nicoletta – dem Mädchen, das von einem Schicksal, so wunderlich wie sein eigenes, in dieses Milieu verschlagen worden war. Hier bewegte sie sich – eine überraschende Figur –, von der neugierig-nachsichtigen Toleranz des Geheimrats, von der selbstsicheren Munterkeit der Generalin geduldet – innig gehütet von der Liebe Barbaras. In diesem Augenblick empfand Hendrik, sehr klar und stark, ein Gefühl der Zusam-

mengehörigkeit – eine brüderliche Sympathie für Nicoletta. Er begriff: Sie war seinesgleichen. Zwar war ihr Vater der Literat und Abenteurer gewesen, dessen Vitalität und zynische Intelligenz die Bohème um die Jahrhundertwende fasziniert hatten; während die kleinbürgerliche Unsolidität des Papa Köbes wohl niemanden faszinieren, sondern nur die Gläubiger verärgern konnte. Hier aber, unter den höchst Gebildeten, viel Besitzenden – die meisten Anwesenden besaßen gar nicht sehr viel, aber Hendrik hielt sie samt und sonders für schwerreich –, unter den Selbstsicheren, Ironischen und Gescheiten, in deren Kreis Barbara mit einer so aufreizenden Sicherheit sich zu bewegen wußte –: hier spielten beide die gleiche Rolle, Nicoletta und Hendrik, die zwei bunten Vögel. Sie waren beide im tiefsten dazu entschlossen, sich von dieser Gesellschaft, der sie sich nicht zugehörig fühlten, nach oben tragen zu lassen, und ihren Triumph über sie zu genießen als ihre Rache.
»Prost!« machte Hendrik. Sein Glas stieß leise klirrend an das Glas Nicolettas. Barbara, die inzwischen plaudernd und lachend um den Tisch ging, war bei ihrem Vater angekommen. Stumm legte sie ihm die Arme um den Hals und küßte ihn.

Das schöne Hotel an einem der oberbayrischen Seen hatte Nicoletta empfohlen, die das junge Paar auf seiner kleinen Hochzeitsreise begleitete. Barbara war hier sehr glücklich: sie liebte diese Landschaft, die, mit ihren hügeligen Wiesen, Wäldern und Gewässern, noch sanft, noch unpathetisch war, aber doch schon das Heroische und Kühne als ein Element und eine Möglichkeit in sich enthielt. Bei föhnigem Wetter schien das Gebirge ganz nah heranzukommen. Im Licht des Sonnenuntergangs verfärbten die zackigen Gipfel, die schneeigen Hänge sich blutig. Noch schöner aber fand Barbara ihren Anblick, wenn sie, während der Stunde vor dem Dunkelwerden, in einer erhabenen Bleichheit, in einem

eisigen Frieden standen und wie geformt aus einer fremden, spröden, unendlich kostbaren, bei aller Härte sehr empfindlichen Substanz, die nicht Glas zu sein schien, nicht Metall und nicht Stein, vielmehr die seltenste und gänzlich unbekannte Materie.
Hendrik war unempfänglich für Reiz und Größe der Landschaft. Die Atmosphäre des elegant geführten Hotels beunruhigte und erregte ihn. Den Kellnern gegenüber verhielt er sich mißtrauisch und reizbar; er behauptete, daß sie ihn schlechter behandelten als die übrigen Gäste, und machte Barbara Vorwürfe, daß sie ihn jetzt schon dazu verleite, über seine Verhältnisse zu leben. Anderseits war er voll Genugtuung über das feine Milieu. »Es sind außer uns beinah nur Engländer hier!« stellte er befriedigt fest.
Trotz Hendriks Nervosität hatte man manchmal vergnügte Stunden. Vormittags lagen die drei auf dem hölzernen Steg, der weit hinaus ins blaue Wasser führte und an dem mittags der kleine, weiße, mit goldenen Verzierungen drollig aufgeputzte Dampfer anlegte. Nicoletta turnte und trainierte; sie sprang übers Seil, wandelte auf den Händen, bog den Rumpf nach hinten, bis ihre Stirne den Erdboden berührte – während Barbara faul in der Sonne lag. Nachher, beim Baden, war jedoch sie es, die sich besser bewährte als die eifrige Nicoletta: Barbara konnte schneller und ausdauernder schwimmen. Hendrik seinerseits kam für die sportliche Konkurrenz nicht in Frage: er schrie schon, wenn er mit den Zehen das kalte Wasser berührte, und nur durch langes Zureden und viel Spott brachte Barbara ihn dazu, einige Schwimmbewegungen zu versuchen. Ängstlich darauf bedacht, im seichten Wasser zu bleiben, das Gesicht in sorgenvolle Falten gelegt, mühte sich Hendrik im gefährlichen Element. Barbara beobachtete ihn belustigt. Plötzlich rief sie ihm zu: »Du siehst deiner Mutter geradezu lächerlich ähnlich – beim Schwimmen noch mehr als sonst. Mein Gott, du hast ja genau ihr Gesicht!« – worüber Hendrik derartig ki-

chern mußte, daß er nicht mehr fähig war, mit den Armen zu rudern, viel Wasser schluckte und fast ertrunken wäre.
Um so glanzvoller bewährte er sich abends, beim Tanzen. Alle Hotelgäste und sogar die Kellner waren entzückt, wenn er Nicoletta oder Barbara im Tangoschritt führte. Mit solcher Anmut und so viel Grandezza wußte keiner von den anderen Herren sich zu bewegen. Es war eine richtige Vorstellung, die Hendrik gab; alle klatschten, da er geendigt hatte. Er verneigte sich lächelnd, als stände er auf der Bühne. – Wenn er Publikum sein sollte, Mensch unter anderen, fühlte er sich befangen und oft verstört; seine Sicherheit kehrte wieder und ward zur Siegesgewißheit, sowie er sich distanzieren, in ein grelleres Licht treten und dort schimmern durfte. Wahrhaft geborgen fand er sich nur auf einem erhöhten Platz, gegenüber einer Menge, die nur existierte, um ihm zu huldigen, ihn zu bewundern, ihm Beifall zu spenden.
Eines Tages stellte sich heraus, daß an eben dem See, dessen Schönheiten Nicoletta so eifrig empfohlen hatte, Theophil Marder ein Sommerhaus besaß; Barbara wurde sehr schweigsam und bekam schwarze Augen vor Nachdenklichkeit, als sie es erfuhr. Zunächst weigerte sie sich, den Satiriker zu besuchen; schließlich aber ließ sie sich von Nicoletta zu der Exkursion überreden. Man fuhr auf dem weißen, goldverzierten Dampfer, den man nun schon so oft vom Landungssteg aus beobachtet hatte, quer über den See. Das Wetter war schön; ein leichter und frischer Wind bewegte das Wasser, das so blau war wie der leuchtende Himmel. Je munterer Nicoletta wurde, desto stiller zeigte sich Barbara, ihre Freundin.
Theophil Marder erwartete seine Gäste am Ufer. Er trug einen großkarierten Sportanzug mit weiten, faltigen Knickerbocker und dazu einen weißen Tropenhelm, was wunderlich wirkte. Beim Sprechen nahm er eine kurze englische Pfeife nicht aus dem Mund. Als Nicoletta ihn fragte, seit wann er Pfeife rauchte, sagte er und lächelte geistesabwe-

send: »Der neue Mensch hat neue Angewohnheiten. Ich verwandle mich. Ich erschrecke jeden Morgen über mich selbst. Denn wenn ich aufwache, bin ich nicht mehr derselbe, als der ich am Abend eingeschlafen bin. Mein Geist hat über Nacht gewaltig zugenommen an Größe und Stärke. Immer kommen mir nun im Schlaf die ungeheuerlichsten Erkenntnisse. Deshalb schlafe ich auch so viel: mindestens vierzehn Stunden jeden Tag.« Diesem Bericht – der kaum geeignet war, die Beunruhigung, welche der Tropenhelm erweckte, zu beseitigen – folgte ein herzlich meckerndes Lachen. Dann benahm Theophil sich wieder gesittet. Gegenüber Hendrik und Nicoletta befleißigte er sich der gewähltesten Liebenswürdigkeit, während er Barbara zu übersehen schien.

Nach dem Essen, das man in einem mit naturfarbenem Holz getäfelten, großen, hellen und eleganten Speisezimmer eingenommen hatte, legte Theophil seinen Arm um Höfgens Schultern und führte ihn abseits. »Na, unter uns Männern«, sagte der Dramatiker, schaute flackernd und bewegte unter dem Schnurrbart schmatzend die bläulichen Lippen. »Sind Sie zufrieden mit Ihrem Experiment?« – »Mit welchem Experiment?« wollte Hendrik wissen. Daraufhin lachte Theophil schallend und bewegte dann noch heftiger den gierigen Mund. »Nun – was denn wohl? Ihre Heirat meine ich natürlich!« flüsterte er rauh. »Sie sind ja 'ne dolle Type, sich auf so was einzulassen! Mit dieser Geheimratstochter wird man nicht leicht fertig. Ich habe es doch versucht!« gestand er und bekam böse Augen. »An der werden Sie nicht viel Spaß erleben, mein Lieber. Eine lahme Ente – glauben Sie mir, dem kompetentesten Fachmann des Jahrhunderts: eine lahme Ente ist sie.«

Hendrik war so bestürzt über diese Redewendung, daß er das Monokel aus dem Auge fallen ließ. Marder inzwischen stieß ihn lustig vor den Bauch. »Nichts für ungut!« rief er, plötzlich glänzend gelaunt. »Vielleicht schaffen Sie es – kann man nie wissen –, sind ja 'ne dolle Type!« –

Während des ganzen Nachmittags beklagte er den totalen Mangel an Disziplin, der die Epoche so traurig charakterisiere. Dabei ward er nicht müde, auf höchst intensive Art die gleichen Feststellungen und Ausrufe unzählige Male zu wiederholen. Immer wieder versicherte er: »Nirgends Persönlichkeiten! Es gibt nur mich! Mit welcher Sorgfalt ich auch Umschau halte – immer wieder finde ich nur mich!« – Hastig verglich er sich mit einigen großen Männern der Vergangenheit, und zwar sowohl mit Hölderlin als auch mit Alexander dem Großen; lobte dann gereizt die ›gute alte Zeit‹, in der er selber jung gewesen, und kam in diesem Zusammenhang auch auf den Geheimrat Bruckner zu sprechen. »Ist ja kolossal langweilig, der alte Herr«, redete Theophil. »Aber doch noch solide, gute alte Schule – kein Scharlatan. Ohne Frage relativ achtenswerter Geselle. Was nachkommt, ist übler. Heutige Zeit bringt nur noch Kretins oder Kriminelle hervor.« – Dann führte er die drei jungen Leute – Nicoletta, Barbara und Hendrik – vor seine Bibliothek, die mehrere tausend Bände zählte, und forderte sie auf, sie sollten »zunächst mal was lernen«. – »Wißt ja alle nichts!« brüllte er sie überraschend an. »Allgemeine Unbildung und Verblödung schreien ja zum Himmel! Total verlotterte Generation. Europäische Katastrophe deshalb unvermeidlich und von höherem Gesichtspunkt aus gerechtfertigt!« Als er aber dazu übergehen wollte, Hendrik in unregelmäßigen griechischen Verben zu prüfen, fand Barbara es an der Zeit, aufzubrechen. Auf der Nachhausefahrt, im Dampfer, erklärte Nicoletta, ganz ähnlich wie Theophil Marder müsse ihr Vater, der Abenteurer, gewesen sein. »Ich besitze ja kein Bild von Papa«, sagte sie, und schaute sinnend über das Wasser, auf dem es kein Sonnenlicht mehr gab, sondern das perlmuttergrau und unbewegt im sinkenden Abend lag. »Kein Bild – nur die Opiumpfeife. Aber er muß mit Theophil viel gemeinsam gehabt haben. Ich spüre es. Daher bin ich Marder so tief verwandt.« – Nach einer kleinen Pause ließ sich Barbara hören: »Sicher war dein Vater viel viel netter als Marder. Marder ist ja überhaupt nicht nett.« Nicoletta schaute tückisch und belustigt aus den grünen Katzenaugen und kicherte leise in sich hinein. –

Nicoletta machte nun fast jeden Tag die Dampferfahrt zum gegenüberliegenden Ufer, wo sich Marders Villa befand. Sie brach gegen Mittag auf, um meistens erst spät in der Nacht zurückzukehren. Barbara wurde immer stiller und nachdenklicher, besonders während der kurzen Stunden, da Nicoletta noch in ihrer Nähe war.

Übrigens war Nicolettas unvernünftig-eigensinniger Flirt mit Theophil nicht der einzige Umstand, der Barbara versonnen stimmte. Wenn sie nachts allein in ihrem Bett lag – und sie lag allein –, lauschte sie in ihr Inneres, um zu erfahren, ob Hendriks wunderliches und ein wenig blamables Verhalten – das man wohl auch ein Versagen nennen konnte – sie erleichterte oder enttäuschte. Ja, es erleichterte sie, und es enttäuschte sie doch auch ...

Die Zimmer Barbaras und Hendriks hatten eine Verbindungstür. Zu später Stunde pflegte Höfgen noch bei seiner Gattin einzutreten, dekorativ gehüllt in seinen schadhaft-prunkvollen Schlafrock. Den Kopf im Nacken, über dem schillernd-schielenden Blick halb die Lider gesenkt, eilte er durchs Zimmer und versicherte Barbara mit singender Stimme, wie froh und dankbar er sei, und daß sie stets das Zentrum seines Lebens bleiben werden. Er umarmte sie auch, aber nur flüchtig, und während er sie in den Armen hielt, ward er bleich. Er litt, er bebte, ihm stand der Schweiß auf der Stirn. Scham und Zorn füllten ihm die Augen mit Tränen.

Auf dieses Fiasko war er nicht vorbereitet gewesen. Er hatte geglaubt, Barbara zu lieben – ja, er liebte sie wirklich. Hatte ihn die Freundschaft mit Prinzessin Tebab so verdorben? – Ach, er konnte sich an Barbaras schönen Beinen keine grünen Schaftstiefel vorstellen ... Die kläglichen und erfolglosen Umarmungen wurden ihm zur Qual. Er meinte, in Barbaras Augen, die doch nur eine stille, etwas verwunderte Frage enthielten, Hohn und Vorwurf zu lesen. Um über die grauenvolle Situation hinwegzukommen, schwatzte er, was ihm gerade einfiel; er wurde munter, von einem nervösen Lachen geschüttelt rannte er auf und ab.

»Hast du auch so *scheußliche* kleine Erinnerungen wie ich?« fragte er Barbara, die regungslos im Bett lag und ihn beobachtete. »Weißt du: Erinnerungen von der Art, daß einem ganz heiß und kalt wird, wenn man an sie denkt – und man muß oft an sie denken . . .« Er blieb, an Barbaras Bett gelehnt, stehen; mit fiebriger Hast – ein ungesund helles Rot auf den Wangen, von Lachen geschüttelt – begann er zu erzählen.

»Ich muß elf oder zwölf Jahre alt gewesen sein, als ich im Knabenchor unseres Gymnasiums mitsingen durfte. Mir machte das eine ungeheure Freude, und ich bildete mir wohl auch ein, hübscher als alle anderen singen zu können. – Nun kommt die teuflische kleine Erinnerung – paß auf, sie wird gar nicht arg klingen, wenn ich sie jetzt berichte. – Unser Knabenchor sollte, anläßlich irgendeiner Hochzeit, bei der kirchlichen Feier mitwirken. Das war eine große Sache, und wir waren alle ziemlich aufgeregt. Mich aber ritt der Teufel, ich wollte mich ganz besonders hervortun. Als unser Chor mit seinem frommen Lied einsetzte, hatte ich den *abscheulichen* Einfall, eine Oktave höher als alle anderen zu singen. Ich tat mir so viel zu gute auf meinen Sopran, und ich dachte wohl, es würde einen reizenden Effekt machen, wenn mein schriller Ton durch das Gewölbe hallte. Ich stand ganz stolzgebläht und sang gellend – da sah mich der Musiklehrer, der den Chor dirigierte, mit einem Blick an, der eigentlich noch mehr angewidert als strafend war, und er sagte: *›Sei doch still!‹* – Verstehst du, Barbara?« rief Hendrik und legte die Hände vor sein heißes Gesicht. »Verstehst du denn, wie infernalisch das ist? So ganz trocken, ganz leise sagte er zu mir:

›Sei doch still!‹ Und ich war mir doch noch gerade vorgekommen wie ein jubilierender Erzengel ...« Hendrik verstummte. Nach einer langen Pause sagte er: »Solche Erinnerungen sind wie kleine Höllen, in die wir zuweilen steigen müssen ...« Mit einem mißtrauischen Gesichtsausdruck fragte er: »Du hast wohl keine Erinnerungen von dieser Art, Barbara?«

Nein, Barbara hatte solche Erinnerungen nicht. Hierüber wurde Hendrik plötzlich gereizt, beinah zornig. »Das ist es eben!« rief er gehässig, und in seinen Augen gab es ein böses Leuchten. »Das ist es eben: du hast dich in deinem Leben nie richtig schämen müssen ... Mir ist das oft widerfahren, damals war es nur ein erstes Mal. Ich muß mich häufig so entsetzlich stark schämen – mich so in die Hölle hinunter schämen ... Verstehst du denn, was ich meine, Barbara?«

V
DER EHEMANN

Ende August reiste das junge Ehepaar Höfgen mit Nicoletta von Niebuhr nach Hamburg. In der Villa der Frau Konsul Mönkeberg hatte Hendrik das ganze Parterre, bestehend aus drei Räumen, einer kleinen Küche und einem Badezimmer gemietet. Die Einrichtung der großen und behaglichen Stuben wurde ergänzt durch einige Neuanschaffungen, für deren ziemlich erhebliche Kosten Geheimrat Bruckner aufkommen mußte.

Nicoletta zog es vor, im Hotel zu wohnen. »Die spießbürgerliche Luft im Hause dieser Dame Mönkeberg kann ich nicht aushalten«, erklärte sie stolz und nervös. Barbara meinte versöhnlich, daß Frau Konsul doch auf ihre Art eine sehr brave und dekorative Person sei. »Jedenfalls vertrage ich mich glänzend mit ihr«, stellte sie fest. Frau Mönkeberg hatte ihr zum Einzug zwei junge Kätzchen geschenkt, eine schwarze und eine weiße, und erwies ihr überhaupt jede nur erdenkliche Artigkeit. »Ich bin froh, mein Kind, Sie in meinem Hause zu haben«, versicherte die alte Dame ihrer neuen Mieterin. »Wir gehören doch zu denselben Kreisen.« – Frau Konsul, deren Vater Universitätsprofessor gewesen war, hatte in ihrer Jugend den Dr. Bruckner als Privatdozenten in Heidelberg gekannt. Sie lud Barbara zum Tee ins obere Stockwerk ein, zeigte ihr Familienphotographien und stellte sie ihren Freundinnen vor.

Nicoletta spottete grimmig darüber, daß Barbara solche Einladungen akzeptierte. Sie ihrerseits empfing in ihrem Hotelzimmer Variétéakrobaten, Eintänzer und Kokotten – Hendrik zitterte bei dem Gedanken, in diesen orginellen

Kreis könnte durch einen unseligen, aber keineswegs unwahrscheinlichen Zufall Juliette, genannt ›Prinzessin Tebab‹, geraten. Mit wieviel Vergnügen würde Fräulein von Niebuhr die Schwarze Venus bei sich empfangen haben! Denn sie tat sich viel zugute auf ihren Snobismus der Exzentrizität und der Verworfenheit.
»Die Leute, die mein Vater für wert hielt, seine Freunde zu heißen, werden auch für mich nicht zu schlecht sein«, pflegte sie erhobenen Hauptes jedem, der es hören wollte, zu versichern.
Übrigens war nicht zu leugnen, daß Nicoletta um diese Zeit blendend in Form war. Alles an ihr schien gespannt; alles blitzte, verführte, knisterte wie geladen mit Elektrizität. Siegesgewisser denn je trug sie das kühne Jünglingshaupt mit der gewölbten Stirne, der großen, gebogenen Nase und den grellen Lippen, zwischen denen die Zähne funkelten. Die meisten männlichen Mitglieder des Künstlertheater-Ensembles waren nun schon ungeheuer verliebt in sie; die Motz hatte schelten und schluchzen müssen, weil Petersen wieder einmal unbeherrscht und draufgängerisch gewesen war: er hatte es sich nicht nehmen lassen, Nicoletta zu einem schrecklich teuren Abendessen ins Hotel ›Atlantic‹ einzuladen. – Anlaß zur bittersten Verstimmung erhielt auch die Mohrenwitz, die sich daran gewöhnt hatte, dem schönen Bonetti als Ersatz für die spröde kleine Angelika zu dienen, und die ihre dämonischen Reize ausgestochen sehen mußte durch den schärferen, echteren und stärkeren Charme dieser Nicoletta. Was nützte es der strebsamen Rahel, daß sie sich die Lippen schwärzlich-violett schminkte, von ihren Augenbrauen überhaupt nichts mehr stehenließ, und lange Virginiazigaretten rauchte, obwohl ihr von ihnen übel wurde? Nicoletta ließ die Katzenaugen strahlen und zwang mittels hypnotischer Kräfte allen die Meinung auf, daß sie herrliche Beine habe – ähnlich jenen suggestiven indischen Märchenerzählerinnen, die ihr verzaubertes Publikum dahin bringen,

dort, wo nur blaue Luft ist, Palmen wachsen und Affen springen zu sehen.
Obwohl Oskar H. Kroge Fräulein von Niebuhr im Grunde nicht leiden konnte, hatte er ihr – auf dringenden Rat seines Freundes Schmitz, der behauptete, daß die Leute ›so etwas‹ sehen wollten – die Hauptrolle in der ersten Herbstnovität anvertraut: Nicoletta spielte in einem französischen Reißer die tragische Demimondaine, die am Schluß des dritten Aktes von einem ihrer Geliebten auf offener Szene ermordet wird. Den jungen Mörder hatte Bonetti darzustellen, dessen vor lauter Blasiertheit und Eitelkeit angewidertes, sehr hochmütiges Mienenspiel vorzüglich zu dieser Rolle paßte; der Zuhälter, der das Aussehen eines großen Herrn hat, im Grunde aber ein gemeiner Geselle ist, war Höfgen; während Frau von Herzfeld, die das Stück übersetzt und bearbeitet hatte, die Regie führte. »Sie werden in diesem Machwerk einen noch größeren Erfolg haben als in ›Knorke‹ «, prophezeite sie Nicoletta, der gegenüber sie ein mütterliches Interesse an den Tag legte, seitdem ihre Eifersucht, Hendrik betreffend, sich auf eine andere Person hatte konzentrieren müssen. – »Dieser Ansicht bin ich in der Tat auch«, versetzte scharf und kühl Nicoletta. »Eine Leistung, wie ich sie morgen abend hinlegen werde, dürfte man in Hamburg kaum je gesehen haben.« –
»Unberufen, toi, toi toi – aber mir scheint, wir werden das Stück mindestens dreißigmal hintereinander geben können«, schmunzelte Schmitz, wobei er mehrfach abergläubisch auf Holz klopfte. Der Vorhang war gefallen, der Beifall tobte durchs Haus. Die Niebuhr wurde immer wieder gerufen: ihre Todesszene hätten die Leute am liebsten gleich wiederholen lassen. Wirklich waren Nicolettas Schreie und Gesten im höchsten Grade erschütternd gewesen, als Rolf Bonetti den Revolver gegen sie hob. Der Schuß kracht, die tragische Kurtisane stürzt, verrenkt die Glieder, heult auf, hält sterbend eine ausführliche Rede, in welcher sie dem eifer-

süchtigen Liebhaber im besonderen und den Männern im allgemeinen die bittersten und wirkungsvollsten Vorwürfe macht; betet, heult noch einmal; stirbt.
Die Kritiken am nächsten Tage waren ein Chorus der Begeisterung. Alle Zeitungen schienen sich darin einig, daß Nicolettas Leistung von ungewöhnlichem Rang sei. ›Nicoletta von Niebuhr am Beginn einer großen Laufbahn‹, stand als Überschrift auf der ersten Seite der Mittagzeitung, die am meisten gelesen wurde. In diesem Sinne wurde auch an die Berliner Blätter depeschiert. Vor der Kasse des Künstlertheaters standen die Menschen schon am Vormittag Schlange, was seit Jahren nicht mehr vorgekommen war. Die nächsten fünf Vorstellungen des effektvollen Dirnendramas waren ausverkauft.
Nicoletta aber hatte am Mittag nach der Premiere von Theophil Marder folgendes Telegramm bekommen:
›Verlange von Dir, daß sofort zu mir kommst stop verbiete daß Dich länger als Schauspielerin prostituierst stop männliches Ehrgefühl in mir protestiert gegen Deine Erniedrigung stop disziplinierte Frau hat bedingungslos total genialem Mann zu gehören, der sie zu sich hinaufziehen will stop erwarte Dich morgen am Bahnhof stop falls in entscheidender Situation versagst und Ankunft unter welchem Vorwand auch immer verzögerst, betrachte Dich als definitiv verworfen von mir, dem Weltgewissen, Theophil.‹
Nicoletta entließ herrisch einige Ballettmädchen und Eintänzer, die sich eingefunden hatten, um ihr zum Erfolg zu gratulieren. Sie rief Höfgen an und erklärte ihm mit dürren Worten, daß sie in einer Stunde nach Süddeutschland abzureisen gedenke. Hendrik erkundigte sich, ob sie witzig sein wolle oder irrsinnig geworden sei. Sie erklärte trocken: Keines von beiden. Vielmehr verzichte sie auf ihr Engagement und auf ihre Karriere als Schauspielerin überhaupt. Die Rolle in dem französischen Dirnenstück könne man ohne viel Schwierigkeit umbesetzen, Rahel Mohrenwitz habe sich

gewiß schon vorbereitet. Ihr, Nicoletta, aber sei auf der Welt nur noch eines wichtig: Theophil Marders Liebe. Die disziplinierte Frau gehöre bedingungslos total an die Seite des genialen Mannes, der sie zu sich hinaufziehen wolle – behauptete Fräulein von Niebuhr, zu Höfgens Überraschung, am Telephon.

Hendrik, dem das Entsetzen fast die Stimme raubte, murmelte: »Du bist krank. Ich nehme mir ein Taxi und komme zu dir.« Zehn Minuten später stand er mit Barbara im Zimmer Nicolettas, die beim Kofferpacken war.

Das edle und empfindliche Oval von Barbaras Gesicht war weiß wie die Wand, an die sie den Rücken lehnte. Barbara schwieg; Nicoletta schwieg; Hendrik redete. Erst spottete er, um dann zu flehen, schließlich zu drohen und zu toben. »Du hast einen Vertrag! Es gibt Konventionalstrafe!« Nicoletta erwiderte leise, aber immer noch mit schärfster Deutlichkeit: »Herr Kroge dürfte kaum Lust haben, mit Theophil Marder um den Besitz meiner Person zu prozessieren.« Hendrik gab zu bedenken: »Deine Karriere ist ruiniert. Kein Theater der Welt engagiert dich mehr.« Darauf Nicoletta: »Ich habe dir gesagt, daß ich mit tausend Freuden auf diese Karriere verzichte. Was ich gegen sie eintausche, ist unvergleichlich kostbarer, wesentlicher und schöner.« Nun war ihre Stimme nicht mehr scharf, sondern sang vor verhaltenem Jubel. Hendrik konnte seine Erschütterung kaum verbergen. Dieses Mädchen begann ihm rätselhaft zu werden. Wie, es gab Leidenschaften, die den Menschen so gewaltig ergriffen, daß man für sie eine Karriere hinwarf, die eben vielversprechend begann? Hendriks Phantasie war nicht dazu imstande, sich Gefühle vorzustellen, denen sein Herz kaum gewachsen gewesen wäre. Die Passionen, auf die er sich einließ, pflegten Konsequenzen zu haben, die seiner Karriere eher zuträglich waren; keinesfalls wurde ihnen gestattet, diese zu gefährden oder gar zu zerstören. – »Und all das um des schnoddrigen Propheten willen«, sagte er schließlich.

Da richtete sich Nicoletta ganz gerade auf, hackte mit der Nase in die Luft und zischte: »Ich verbiete dir, von meinem Bräutigam, dem größten lebenden Menschen, so zu sprechen.« – Hendrik lächelte erschöpft und wischte sich den Schweiß von der Stirne. »Na«, sagte er, »dann muß ich es ja wohl mal dem armen Kroge erzählen.«
Während er mit dem Künstlertheater telephonierte, ließ Barbara zum ersten Mal ihre Stimme vernehmen, vor der es wie ein Schleier von Traurigkeit hing. »Du willst ihn also heiraten?« fragte Barbara.
»Wenn er mich nimmt!« versetzte mit einer schaurigen Fröhlichkeit Nicoletta, wobei sie es vermied, die Freundin anzusehen.
Barbara sagte: »Er ist dreißig Jahre älter als du. Er könnte dein Vater sein.«
»Ganz recht«, sagte Nicoletta, und aus ihren schönen Augen schlug die Flamme des Wahnsinns. »Er ist wie mein Vater. In ihm habe ich den Verlorenen wiedergefunden. Wunderbar erneuert sich die alte Bindung.«
Barbara sagte beschwörend: »Er ist krank.«
Jedoch die Verblendete sprach erhobenen Hauptes: »Er hat die höhere Gesundheit des Genies.«
Da stöhnte Barbara nur noch: »Mein Gott, mein Gott«, und legte das Gesicht in die Hände. –
Als eine Viertelstunde später Oskar H. Kroge, Direktor Schmitz und Frau von Herzfeld eintrafen, hatte Nicoletta ihre zahlreichen Koffer schon gepackt und stand in der Hotelhalle, den Wagen erwartend, der sie zur Bahn bringen sollte.
Schmitz, der plötzlich gar keine weiche Stimme mehr hatte, sondern einfach schrie, drohte mit Polizei und Verhaftung; Oskar H. Kroge fauchte wie ein alter Kater, während Nicoletta wie ein Raubvogel zurückhackte; Frau von Herzfeld versuchte es mit vernünftigem Zureden, aber sie verstummte vor Nicolettas schrillem Hohn und eisigem Pathos. Alle re-

deten durcheinander: Schmitz beklagte das ausverkaufte Haus, Kroge sprach von Mangel an künstlerischem Verantwortungsgefühl und an menschlichem Anstand, und die Herzfeld bezeichnete Nicolettas Betragen als den Akt einer verspäteten und degoutanten Pubertätshysterie. Barbara inzwischen hatte unbemerkt das Hotel verlassen. Nicoletta reiste ab, ohne sich von Barbara verabschiedet zu haben.

Nicolettas jähes Verschwinden bedeutete für Barbara nicht nur Schmerz, sondern auch beinah etwas wie Erleichterung. Die Nachricht von der Hochzeit, die ›in aller Stille‹ von Nicoletta und Theophil Marder gefeiert worden war, empfing sie ohne große Bewegtheit. Arme Nicoletta, war eigentlich alles, was sie noch dachte. Ihr Herz begann schon, auf den problematischen Genuß einer Freundschaft zu verzichten, von der es so viele Jahre lang beschäftigt, beglückt und gequält worden war. An eine Zukunft mit Nicoletta konnte Barbara nicht mehr denken; indessen liebte sie es, sich der gemeinsamen Vergangenheit zu erinnern und sich selber die Geschichte einer Freundschaft zu erzählen, die durch so phantastisch-sinnvolle Umstände zustande gekommen war und sich nach so wunderlichen Gesetzen entwickelt hatte.
Willy von Niebuhr, der Vater, dessen Leben unruhvoll verlaufen war – wenn auch vielleicht nicht ganz so abenteuerlich, wie seine Tochter es darzustellen pflegte –, hatte sich niemals viel um Nicoletta gekümmert. Als er in China starb, war das Mädchen dreizehn Jahre alt. Damals war sie eben aus einem Internat in Lausanne mit erheblichem Skandal entlassen worden. Niebuhr, der wußte, daß er nicht mehr lang zu leben hatte, schrieb aus Shanghai an Bruckner, mit dem er als Student befreundet gewesen war: ›Kümmere dich um das Kind!‹ Der Geheimrat beschloß, das Mädchen für ein paar Wochen als Logierbesuch in sein Haus zu nehmen, bis ein neues geeignetes Internat, oder eine andere Möglichkeit der Unterbringung für sie ausfindig gemacht sein würde.

So erschien Nicoletta im Hause Bruckner: ein gravitätisch-ernsthaftes, kluges und eigensinniges junges Geschöpf mit großer, gebogener Nase, leuchtenden Katzenaugen, einem mageren, biegsamen Körper und der stolzen, siegesgewissen Haltung des Kopfes. Dem Geheimrat war an seinem jungen Gast alles unheimlich: der verlockende und drohende Blick, die übermäßig deutliche, schneidend akzentuierte Sprechweise, die diabolische Korrektheit des Betragens. Er fand es fesselnd, aber auch etwas peinlich, die sonderbare Tochter eines interessanten Freundes so nahe bei sich zu haben und den ganzen Tag beobachten zu müssen.
Es überraschte ihn – aber er verhinderte es nicht –, daß Barbara sich mit einer so heftigen Freundschaft an Nicoletta anschloß. Was zog sein Kind zu diesem fremden, krassen, wunderlichen Mädchen? Liebevoll sann der Vater darüber nach. Ihm schien es, daß Barbara in Nicoletta den Menschen suchte, der ihr selber am entschiedensten unähnlich war ... Immerhin hielt der Vater diese Freundschaft für bedenklich genug, daß er danach trachtete, Nicoletta aus seinem Hause zu entfernen. Sie wurde einer Pension an der französichen Riviera anvertraut; aber auch dort gab es bald wieder Skandal, Nicoletta kehrte in die Brucknersche Villa zurück. – Sie wurde entfernt, und sie kam wieder: dieses Spiel wiederholte sich häufig. Von vielen Abenteuern, die ihr junges, zugleich feierlich und unbedenklich geführtes Leben mit sich brachte, erholte sie sich stets bei Barbara. Barbara erwartete sie immer, öffnete immer ihre Türe, wenn Nicoletta anklopfte; der Geheimrat sah es, wunderte sich, grämte sich vielleicht, aber duldete es. Übrigens durfte er feststellen, daß seine schöne und gescheite Tochter, während sie an ihrer Freundin sonderbarer Existenz so treuen Anteil nahm, ihr eigenes Leben keineswegs vernachlässigte. Sie beschäftigte sich, spielerisch und nachdenklich, mit tausend Dingen; sie hatte Freunde, für deren Launen und Sorgen sie viel geduldige Sympathie aufbrachte; sie war leichtsinnig und versonnen; halb Ama-

zone und halb sanfte Schwester; kühl und gütig, sehr spröde und stets bereit zu Zärtlichkeiten, die eine bestimmte Grenze niemals überschreiten durften. – So lebte Barbara, und vielleicht gab der Umstand, *daß sie auf Nicoletta wartete,* daß sie zu jeder Stunde des Tages auf Nicolettas überraschende Ankunft vorbereitet war, ihrem Leben den geheimen Sinn, das rätselhafte Zentrum, dessen es bedurfte.
Immer war Nicoletta wiedergekommen. Barbara spürte und wußte, daß sie es diesmal nicht tun würde. Dieses Mal war etwas Einschneidendes, Definitives geschehen. Nicoletta glaubte, in Theophil Marder den Mann gefunden zu haben, der ihrem Vater – oder der legendären Figur, die sie aus ihm machte – ähnlich und ihm ebenbürtig war. Nun brauchte sie Barbara nicht mehr. Dem wiedergefundenen Vater, dem neuen Geliebten vertraute sie mit dem dramatischen Eklat, der all ihre Handlungen charakterisierte, ihr Leben an. Seinem maßlosen und überreizten Willen unterwarf sich Nicoletta, die den Kopf sehr hoch trug, aber es doch liebte, sich befehlen zu lassen. Was hatte hier Barbara noch zu suchen? Viel zu stolz, um sich aufzudrängen – zu hochmütig, um auch nur zu klagen, verstummte sie und behielt sogar ihr undurchdringlich heiteres Gesicht. Arme Nicoletta, dachte sie. Nun mußt du selbst mit deinem Leben fertig werden. Es wird kein leichtes Leben sein – arme Nicoletta.
Übrigens hatte Barbara nicht viel Zeit, über ihre Freundin Nicoletta nachzudenken; ihr eigenes Dasein, der neue Alltag in der fremden Stadt und an der Seite eines fremden Mannes nahmen sie in Anspruch. Sie sollte sich an das Zusammenleben mit Hendrik Höfgen gewöhnen. Würde sie es allmählich lernen, diesen Menschen zu lieben, dessen pathetischer Werbung sie – halb aus Neugier, halb aus Mitleid – nachgegeben hatte? Ehe Barbara sich diese Frage auch nur stellte, mußte sie versuchen, eine andere – wie sie fand: entscheidende – sich zu beantworten; nämlich die: Ob Hendrik seinerseits sie noch liebe und überhaupt je geliebt habe. Bar-

bara, skeptisch aus Klugheit und aus Erfahrenheit in vielen menschlichen Dingen, zweifelte nun daran, ob die Leidenschaft, die Hendrik ihr während der ersten Wochen ihrer Bekanntschaft gezeigt – oder vorgespielt – hatte, jemals echt gewesen war. Ich bin betrogen worden, dachte jetzt Barbara oft. Ich habe mich von einem Komödianten betrügen lassen. Es schien nützlich für seine Karriere, mich zu heiraten, und außerdem brauchte er wohl irgendeinen Menschen an seiner Seite. Aber er hat mich niemals geliebt. Wahrscheinlich kann er überhaupt nicht lieben . . .

Stolz, Wohlerzogenheit und Mitleid hinderten sie daran, ihre Gekränktheit auszusprechen, ihre Enttäuschung zu zeigen. Aber Hendrik war empfindlich genug, um zu spüren, was sie ihm mehr aus Hochmut denn aus Güte verbarg. Ihrer Klugheit entging, daß er litt.

Qualvoll litt er unter dem Versagen seines Gefühls vor Barbara, wie unter dem Versagen seiner Physis, das sich auf blamable und groteske Art des öfteren wiederholt hatte. Er stöhnte über seine Niederlage; denn der Aufschwung seines Gefühls, die Entflammtheit seines Herzens waren echt gewesen – oder doch beinah echt, echt bis zu dem äußersten ihm erreichbaren Grade. Stärker und reiner als in jenen Frühsommertagen nach der ›Knorke‹-Premiere werde ich niemals empfinden, dachte Hendrik. Versage ich diesmal, dann bin ich dazu verurteilt, immer zu versagen. Dann würde es feststehen, daß ich, mein Leben lang, zu Mädchen wie Juliette gehöre . . .

Da aber Selbstanklage – und sei sie noch so ehrlich und bitter – fast bei allen Menschen, von einem gewissen Augenblick an, sich in Selbstrechtfertigung verwandelt, ging er bald dazu über, in seinem Inneren die Argumente zu sammeln, die er gegen Barbara verwenden und mit denen er sich selbst entlasten konnte. Wenn er es recht bedachte: War es nicht Barbara, die versagte, und an deren arroganter Kühle der Elan seines Gefühls ermatten mußte? Tat sich Barbara nicht

gar zuviel zugute auf ihre feine Herkunft wie auf ihren feinen Intellekt? Lagen nicht Spott, Hochmut und ein kalter Dünkel in den forschenden Blicken, die sie jetzt so oft auf ihn richtete? – Hendrik begann, diese Augen zu fürchten, die ihm, bis vor kurzem, als die schönsten erschienen waren. Noch in der gleichgültigsten und nebensächlichsten Bemerkung, die Barbara ihm gegenüber fallen ließ, vermuteten seine Gereiztheit, sein gekränkter Stolz einen Unter- und Nebensinn, der herabsetzend für ihn war. Barbaras kleine Gewohnheiten und die stille Gelassenheit, mit der sie ihnen treu blieb, enervierten und beleidigten ihn in einem Grade, dessen Unvernünftigkeit er sich in Momenten eines ruhigeren Nachdenkens selbst zugeben mußte.
Barbara ritt vor dem ersten Frühstück, und wenn sie, gegen neun Uhr, im Speisezimmer erschien, brachte sie von draußen den Duft und Atem eines frischen Morgens mit. Hendrik aber saß, das Gesicht in beide Hände gestützt, müde und mißmutig in seinem Hausgewand, das immer zerschlissener wurde, und sah fahl aus. Um diese Stunde konnte er sich noch zu keinem aasigen Lächeln, zu keinem verführerischen Schillern der Augäpfel zwingen. Hendrik gähnte.
»Du scheinst mir noch halb zu schlafen!« sagte Barbara wohlgelaunt und goß den Inhalt eines weichen Eis ins Weinglas; denn auf diese Manier pflegte sie ihre Eier zum Frühstück zu essen: aus dem Glase und gewürzt mit viel Salz und Pfeffer, scharfer englischer Sauce, Tomatensaft und ein wenig Öl.
Hendrik versetzte pikiert: »Ich bin ziemlich wach und habe sogar schon gearbeitet – zum Beispiel mit dem Kolonialwarenhändler telephoniert, der ungeduldig wegen unserer großen Rechnung wird. Entschuldige, daß ich nicht früh morgens schon den Anblick einer festlichen Frische biete. Wenn ich jeden Tag spazierenreiten würde wie du, sähe ich wahrscheinlich reizvoller aus. Aber ich fürchte, zu so eleganten Gewohnheiten wirst sogar du mich nicht mehr erziehen kön-

nen. Ich bin zu alt, um mich noch zu ändern, und ich komme aus Kreisen, in denen so nobler Sport nicht üblich ist.«
Barbara, die sich die gute Laune nicht verderben lassen wollte, zog es vor, seine Rede wie etwas humoristisch Gemeintes aufzufassen. »Ausgezeichnet triffst du diesen Ton«, lachte sie. »Man könnte beinahe glauben, es wäre dir ernst mit ihm.« Hendrik schwieg zornig; um einen repräsentativeren Eindruck zu machen, klemmte er sich das Monokel vors Auge.

Übrigens kränkte Barbara ihn gleich wieder, sicherlich ohne es beabsichtigt zu haben. Während sie mit gutem Appetit ihr gewürztes Ei aus dem Glase löffelte, sagte sie: »Du solltest es auch mal versuchen, dein Ei auf diese Weise zu essen. Ich finde, einfach so aus der Schale und ohne das scharfe Zeug, schmeckt es langweilig . . .« Nach einer Pause fragte Hendrik, mit einer vor Gereiztheit bebenden Höflichkeit: »Darf ich dich auf etwas aufmerksam machen, meine Liebe?« Sie erwiderte kauend: »Aber gewiß doch.«

Hendrik trommelte mit den Fingern auf der Tischplatte, reckte das Kinn in die Höhe und kniff die Lippen zusammen, was seiner Miene den gouvernantenhaften Zug gab. »Deine naive und anspruchsvolle Art«, sprach er langsam, »dich zu verwundern oder zu mokieren, wenn irgend jemand irgend etwas anders macht, als es im Hause deines Vaters oder deiner Großmama üblich ist, könnte manchen, der dich weniger genau kennt, als ich es tue, erstaunen oder sogar abstoßen.«

Barbaras Augen, die eben noch von einer frohen Helligkeit gewesen waren, wurden nachdenklich und bekamen den forschenden Blick. Nach einem kurzen Schweigen erkundigte sie sich leise: »Wie kommst du darauf, das gerade jetzt zu bemerken?«

Er erwiderte, wobei er immer noch auf strenge Art mit den Fingern trommelte: »Es ist allgemein üblich, ein weiches Ei aus der Schale und mit Salz zu essen. In der Villa Bruckner

speist man es aus dem Glase und mit sechs verschiedenen Gewürzen. Das ist sicher sehr originell. Aber ich sehe keinen Grund, sich über jemanden lustig zu machen, der an solche Originalitäten nicht gewöhnt ist.«
Barbara schwieg, schüttelte verwundert den Kopf und stand auf. Er schaute ihr nach, wie sie sich, mit ihrem schlendernd nachlässigen, etwas schiebenden Gang, langsam durchs Zimmer bewegte. Plötzlich mußte er denken: Es ist sonderbar – nun hat sie die hohen Stiefel an, die mir so gut gefallen, aber an ihren Beinen wirken sie nicht so wie ich es mir wünsche und wie ich es brauche. Bei ihr sind die Stiefel der korrekte Teil eines sportlichen Kostüms. Bei Juliette bedeuten sie etwas anderes ...
In Barbaras Gegenwart den Namen Juliette zu denken, bereitete ihm einen bösartigen Triumph, der ihn für manche Kränkung entschädigte. Reite du nur spazieren, dachte er höhnisch. Mache du dir nur einen Cocktail aus dem weichen Ei! Du weißt doch nicht, wen ich heute nachmittag vor der Probe treffe. Während Barbara, stolz und schweigend, das Zimmer verließ, empfand er die ordinäre Genugtuung des Ehemanns, der seine Frau betrügt und stolz darauf ist, daß sie ihm nicht dahinterkommt. –
Schon in der zweiten Woche nach seiner Rückkehr hatte Hendrik die Schwarze Venus wiedergetroffen. Sie hatte ihm aufgelauert, als er abends ins Theater ging. Mit welchem Schauer der Wollust und des Entsetzens war er zusammengefahren, als aus dem Dunkel eines Torbogens ihre heisere und vertraute Stimme ihn anrief: »Heinz!« Dieser Name, dessen er sich schämte und den er abgelegt hatte: ausgesprochen von der dumpfen Stimme der Negerin, tat er ihm wohl, wie eine grausame Liebkosung. Trotzdem hatte er sich dazu gezwungen, die Schwarze anzufahren: »Was erlaubst du dir! Du lauerst mir auf!« Da hatte sie ihm höhnisch abgewinkt mit ihrer schönen, kraftvollen, sehnigen Hand: »Laß nur, mein Süßer! Wenn du nicht artig bist, gehe ich ins Theater

und mache Krach.« Es nützte ihm nichts, daß er zischte: »Du willst mich also erpressen!« Sie grinste: »Aber gewiß doch!« – wobei sie Zähne und Augäpfel blitzen ließ. Ihr breites Lachen war von einer Gemeinheit, die ihm fürchterlich und dabei unwiderstehlich schien. Er drängte Juliette in den Hausgang, denn er zitterte davor, es könnte jemand vorbeikommen und ihn in so schlimmer Gesellschaft bemerken. Wirklich sah Prinzessin Tebab arg verkommen aus. Der kleine Filzhut, den sie tief in die Stirn gezogen trug, und das abgetragene, enge Jackett hatten dieselbe grell-grüne Farbe wie die hohen, glänzenden Stiefel. Um den Hals trug sie eine kleine Boa aus schmutzigen, zerzausten weißen Federn. Über diesem traurigen Putz stand breit und dunkel das Gesicht mit den aufgeworfenen, rissigen Lippen und der platten Nase. »Wieviel Geld willst du?« fragte er sie hastig. »Ich bin selber im Augenblick ziemlich knapp . . .« Sie antwortete, beinahe schelmisch: »Mit Geld ist es nicht getan, mein Zuckeräffchen. Du mußt mich besuchen.« – »Was fällt dir ein?« murmelte er mit bebenden Lippen. »Ich bin verheiratet . . .« Aber sie unterbrach ihn streng: »Rede kein Blech, mein Schaf. Die Frau Gemahlin kann dir das nicht bieten, was du nun einmal brauchst. Ich habe sie mir doch angeschaut – deine Barbara.« (Woher wußte sie ihren Namen? Der harmlose Umstand, daß sie ihren Namen wußte, erfüllte Hendrik mit besonderem Schrecken.) »Die Person hat ja nichts in den Knochen«, sagte Prinzessin Tebab noch und rollte die wilden Augen. Hendrik, dem der Angstschweiß auf der Stirne stand, wartete darauf, daß die Schwarze seine Barbara, Bruckners Tochter, eine ›lahme Ente‹ nennen würde. Juliette indessen schien nicht geneigt, diese theoretische Konversation fortzusetzen. In einem drohenden Ton, der prompte und exakte Antwort verlangte, fragte sie: »Also – wann kommst du zu mir?«

In einer Dachkammer, deren graue Kahlheit durch die süßlich grelle Reproduktion einer Raffael-Madonna über dem

Bett nicht verschönt, sondern grotesk betont wurde, begannen die makabren Exerzitien wieder, die früher Frau Konsul Mönkebergs bürgerliche Stube als Dekoration gehabt hatten. Hier atmete der junge Ehemann wieder den wildfremdvertrauten Geruch, der gemischt zu sein schien aus billigstem Parfüm und dem Aroma des Urwalds. Hier gehorchte er wieder der rauhen, bellenden Stimme, dem Händeklatschen, dem rhythmischen Stampfen seiner Meisterin. Hier deklamierte er wieder französische Verse, wenn er stöhnend vor Erschöpfung auf die harte Pritsche gesunken war, die der Königstochter als Bett diente. Nun aber führten diese finsteren Festlichkeiten, die Höfgen sich – wie früher – zweimal in der Woche gönnte, zu einem abscheulichen Höhepunkt, der ihnen früher gefehlt hatte. Wenn alles vorüber war und Fräulein Juliette ihren befriedigten und ermatteten Schüler ruhen ließ, dann begann Hendrik, in dieser Kammer und vor dieser Frau, von seiner Gattin Barbara zu sprechen.
Was er der diskret-forschenden, eifersüchtig-gespannten Neugierde seiner Freundin Hedda von Herzfeld, was er dem kameradschaftlichen Interesse des Gesinnungsgenossen Otto Ulrichs verschwieg, das gestand er seiner Schwarzen Venus, die ihn ›Heinz‹ nennen durfte: ihr beichtete er, was er um Barbara litt. Ihr, und nur ihr gegenüber zwang er sich zur Aufrichtigkeit. Er verheimlichte nichts, auch nicht die eigene Schande. Da Fräulein Martens von seiner physiologischen Niederlage, seiner ehelichen Blamage erfuhr, lachte sie rauh, lang und herzlich. Hendrik wand sich unter diesem Gelächter, das ihm schwerer zu ertragen schien als die schärfsten Hiebe. Über ihm grinste die schwarze Königstochter: »Na, wenn das so ist, mein Süßer – wenn sich das so verhält –, dann kannst du wohl nicht erwarten, daß deine Schöne dich noch mit besonderem Respekt behandelt!«
Er berichtete von Barbaras Morgenritten, die er als eine ständige Provokation empfand; er beklagte sich über all ihre stolzen Extravaganzen – »aus den weichen Eiern macht sie

sich einen Cocktail, mit zehn scharfen Saucen, und schaut noch auf mich herab, weil ich mein Ei wie ein gewöhnlicher Sterblicher aus der Schale esse! Alles in meiner Wohnung muß möglichst genau so sein, wie in den Häusern ihres Vaters und ihrer Großmama. Deshalb hat sie auch nicht erlaubt, daß ich mir den kleinen Böck als Diener nehme –; ein sehr braver Junge, mir treu ergeben, mit ihm hätte sie sich nicht gegen mich verschwören können. Aber nein – ein Mensch, der zu mir hält, das duldet sie in unserem Haushalt nicht. Da sucht sie Ausreden und behauptet, der kleine Böck würde die Wohnung nicht in Ordnung halten – dabei kennt sie ihn überhaupt nicht, er ist seit Jahren mein Garderobier, und ich kann es beschwören: er ist die personifizierte Ordnungsliebe. Statt seiner haben wir nun irgendeine unsympathische alte Person, die zwanzig Jahre lang Zimmermädchen auf dem Gut der Generalin war: damit sich nur ja nichts ändert im Leben der gnädigen Frau!«
Dies alles hörte die Schwarze Venus sich geduldig an. Sie mußte auch zur Kenntnis nehmen, daß Barbara in guten Hamburger Häusern verkehre – »bei Geheimräten oder Bankdirektoren!« sagte Hendrik gehässig –, in die er, der Schauspieler Höfgen, nicht eingeladen, oder doch nur auf eine verächtliche Art, die ihn zur Absage zwang, ›miteingeladen‹ wurde. Barbara besuchte lauter Örtlichkeiten, die ihm fremd und feindlich schienen – Hörsäle oder Salons. Auch ihre große und verzweigte Korrespondenz bedeutete ihm ein Ärgernis. Immer schrieb oder empfing sie Briefe, Hendrik wußte nicht einmal, wer die Leute waren, mit denen sie in so reger Verbindung stand: darüber beklagte er sich bitter bei der Schwarzen Venus. Ob Juliette nicht auch der Ansicht sei, daß in den Episteln, die Barbara an ihren Vater, an die Generalin oder an ihren fatalen Jugendfreund, diesen Sebastian sandte, hauptsächlich Dinge standen, die herabsetzend für ihn, für Hendrik waren? Prinzessin Tebab konnte und wollte diese Möglichkeit nicht bestreiten. »Sicher macht sie sich

schriftlich über mich lustig!« rief Hendrik erregt. »Wenn sie kein schlechtes Gewissen hätte, würde sie mir gewiß einmal eine von den vielen Antworten zeigen, die sie bekommt. Aber niemals kriege ich etwas zu sehen.« Diesen Umstand fand Hendrik besonders deshalb sehr schlimm und auffallend, weil er seinerseits Barbara mehrmals die Briefe gezeigt hatte, die er von seiner Mutter, Frau Bella, empfing. »Das tue ich aber nie mehr«, erklärte er nun der dunklen Königstochter mit Entschiedenheit. »Wozu soll ich sie ins Vertrauen ziehen, wenn sie doch ihrerseits nichts treibt als Heimlichkeiten? Und übrigens hat sie auch noch die Frechheit, über die Briefe meiner Mutter zu lachen.« – Wirklich hatte Barbara sich herzlich amüsiert, als Hendrik ihr den Brief zeigte, in dem Frau Höfgen vom Ende der neuesten Verlobung Josys berichtete. »Natürlich sind wir alle sehr froh darüber, daß die Sache noch einmal so gut abgelaufen ist«, schrieb die arme Mama. Hierüber hatte Barbara lange lachen müssen, und übrigens hatte Hendrik sich an ihrer Fröhlichkeit beteiligt: in jenem Augenblick fand er selber die Briefstelle ebenso drollig, wie sie Barbara schien. Nachträglich erst kam der Ärger, den er nun der Schwarzen Venus mit gereizten und klagenden Worten mitteilte: »An *ihrer* Familie ist alles heilig!« rief er aus. »Über die Frau Generalin und ihre Lorgnette darf man nichts sagen. Meine Mutter aber wird verspottet.«
Mit solchen Erzählungen und Lamentationen endeten die Visiten in Juliettens düsterer Dachkammer. Ehe Hendrik die fünf Mark auf dem Nachttisch deponierte und ging, sagte er seiner Prinzessin, daß er sie viel viel mehr liebe als Barbara. »Das ist ja gar nicht wahr«, antwortete Juliette mit ihrer ruhigen und tiefen Stimme. »Du lügst ja schon wieder.« Daraufhin zeigte Hendrik ein vieldeutiges, schmerzliches, höhnisches, versonnenes Lächeln. »Lüge ich?« fragte er leise. Und dann – plötzlich mit einer hellen Stimme und das Kinn hochgereckt: »Na, ich muß ins Theater . . .« –

Die Proben zu der neuen Inszenierung des ›Sommernachtstraum‹, in der Hendrik den Elfenkönig Oberon spielte, und die Vorbereitungen zu einer großen Revue waren wichtiger und erregender als das zugleich komplizierte und müßige Problem, wen er mehr liebe: Barbara oder Juliette. »Unsereiner hat nicht das Recht, sich durch Privatangelegenheiten ablenken zu lassen von der Arbeit«, erklärte er seiner Freundin Hedda. »Schließlich ist man zuerst und vor allem Künstler«, schloß er, und sein Gesicht zeigte einen Ausdruck, der sowohl stolz und siegesgewiß als auch leidend war. –
Barbara, die ihren Tag mit Sport, Lektüre, Zeichnen, Korrespondenz oder in den Hörsälen der Universität verbrachte, erschien manchmal gegen Abend im Theater, um Hendrik von der Probe abzuholen. Zuweilen verbrachte sie auch eine Stunde in den Garderoben oder im H. K. – was übrigens von Hendrik nicht gerne gesehen wurde. Da er argwöhnte, daß seine Frau die Kollegen gegen ihn aufzuhetzen versuche, wollte er keineswegs, daß der Kontakt zwischen ihr und dem Ensemble des Künstlertheaters ein gar zu enger werde. Vergeblich bemühte Barbara sich darum, für eine der vielen Neuinszenierungen, die im Laufe des Winters herauskamen, die Dekorationen entwerfen zu dürfen. Immer wieder versprach Hendrik ihr, er werde sich bei der Direktion dafür einsetzen, daß sie einen Auftrag erhalte; immer wieder kam er mit dem Bescheid zurück, die Direktoren Schmitz und Kroge wären dieser Idee gar nicht abgeneigt, aber alles scheitere am Widerstand der Frau von Herzfeld.
Diese Behauptung war nicht völlig aus der Luft gegriffen. In der Tat wurde Hedda mißgelaunt und ablehnend, wenn von Barbara die Rede war. Leidvolle Eifersucht machte die kluge Frau böse und ungerecht. Sie konnte es dieser Barbara nicht verzeihen, daß Hendrik sie geheiratet hatte. Sicher war Frau von Herzfeld niemals so verwegen gewesen, sich ihrerseits ernste Hoffnungen auf Höfgen zu machen. Sie wußte um den speziellen Geschmack des geliebten Mannes, in das dü-

stere und peinliche Geheimnis seiner Beziehung zur Prinzessin Tebab war sie eingeweiht. Die Rolle, mit der sie sich zufriedengeben mußte – und Jahre zufrieden gegeben hatte –, war die der schwesterlichen Freundin und Vertrauten. Gerade diese Rolle war es, die Barbara ihr nun streitig machte. Für Hedda bedeutete es einen Triumph, daß die Rivalin sie nicht zufriedenstellend auszufüllen schien, ihre höchst beneidenswerte Rolle –: Hendrik sagte dies nicht ausdrücklich, aber der geschärfte Instinkt der Eifersüchtigen erriet es. Frau von Herzfeld wußte, woran es lag: Die Geheimratstochter war zu anspruchsvoll. Man mußte verzichten, sich selber ausschalten können, wollte man auskommen mit Hendrik Höfgen. Denn natürlich dachte ein Mann wie dieser vor allem an sich. Barbara aber verlangte und erwartete etwas von ihm. Sie beanspruchte Glück. Hierüber mußte Frau von Herzfeld höhnisch lachen. Begriff die arrogante Barbara nicht? Das einzige Glück, das Männer wie Hendrik Höfgen gewähren konnten, war das ihrer erregenden Gegenwart, ihrer bezaubernden Nähe . . .
Ähnliches empfand die kleine Siebert. Aber dieses anmutsvolle und zarte Geschöpf hatte, was Hendrik betraf, noch gründlicher resigniert als die alternde Herzfeld. Die kleine Siebert litt, aber sie haßte nicht. Der Gattin Höfgens, Barbara, begegnete sie mit einem scheuen Respekt. Wenn die Beneidete ein Taschentuch fallen ließ, bückte Angelika sich geschwind, um es aufzuheben. Dann bedankte Barbara sich nicht ohne Erstaunen – während die kleine Siebert rot wurde, hilflos lächelte und die kurzsichtigen Augen ängstlich zusammenkniff.
Wenn Barbaras Beziehung zu Frau von Herzfeld und Angelika, den beiden hoffnungslos Liebenden, kompliziert und belastet war, so gestaltete sich um so herzlicher ihr Verhältnis zu den anderen Damen des Ensembles. Mit der Motz pflegte sie ausführlich über Lebensmittelpreise, Schneiderinnen und die Fehler der Männer im allgemeinen und des Charak-

terspielers Petersen im besonderen zu plaudern. Barbara verstand es so vortrefflich, den Ergüssen der biederen und temperamentvollen Frau zu lauschen, daß die Motz zur Überzeugung kam – welcher sie gerne und laut Ausdruck verlieh –, die junge Frau Höfgen sei ›eine famose Person‹. Dieser Ansicht schloß die Mohrenwitz sich an: Barbara, die sich nicht einmal schminkte, erhob keinen Anspruch darauf, dämonisch zu sein und konnte also für sie, die verworfene Rahel, niemals eine Konkurrenz bedeuten.
Sowohl Petersen als auch Rolf Bonetti nannten Hendriks junge Gattin einen ›feinen Kerl‹; Vater Hansemann hatte ein brummiges Wohlwollen für sie, weil sie ihre Konsumationen pünktlich bezahlte; Bühnenportier Knurr begrüßte sie militärisch, da er wußte, daß sie die Tochter eines Geheimrats war; die Direktoren Schmitz und Kroge unterhielten sich gerne mit ihr. Schmitz begnügte sich zunächst mit onkelhaft-koketten Scherzen, bekam aber bald heraus, daß er bei ihr ein sachliches und kluges Interesse für die finanziellen Sorgen des Theaters finden konnte, und zog sie nun in lange Gespräche über dieses immer aktuelle, immer besorgniserregende Thema. Oskar H. Kroge seinerseits entdeckte ihr seinen Kummer über das fragwürdige Repertoire des Künstlertheaters. Der alte Vorkämpfer einer geistigen Bühne mußte es gramvoll mitansehen, daß in seinem Hause Schwänke und Operetten das ernste Stück zu verdrängen begannen. An so bedauerlicher Entwicklung hatte die Schuld nicht nur Schmitz, welcher die Stücke nach der ›Kasse‹ beurteilen mußte, die sie voraussichtlich machen würden; für diese Senkung des literarischen Niveaus verantwortlich war auch Höfgen – so paradox es erschien. Er sprach vom Revolutionären Theater – und inszenierte alberne Konversationsstücke. Das Revolutionäre Theater – welches nicht eröffnet wurde – mußte als Begründung herhalten für die Annahme der Reißer. Kroge, trotz seinen prinzipiellen Bedenken gegen den Kommunismus, war nun schon soweit, sich die

Eröffnung des geplanten Studios, welches nicht nur revolutionären, sondern auch literarischen Geist in sein Theater bringen sollte, dringlich zu wünschen. Hendrik aber behauptete mit schöner Beredsamkeit, es sei absolut notwendig, daß er sich durch die leichteren und gefälligen Darbietungen beim Publikum und bei der Presse zum Liebling mache, ehe er sich mit dem Revolutionären Theater hervorwagen könne. Vielleicht glaubte Otto Ulrichs – ebenso geduldig wie enthusiastisch – diesen Argumenten seines guten Freundes. Skeptischer und nervöser war Barbara.

Sie unterhielt sich gerne mit Ulrichs; die Unbedingtheit und Einfachheit seiner Gesinnung imponierten ihr. Sie selbst blieb zu Zweifeln geneigt; übrigens pflegte sie zu erklären, daß sie von Politik nichts verstehe – was ihr von Hendrik höhnisch bestätigt wurde. »Du hast keine Ahnung von dem wirklichen Ernst dieser Dinge«, sagte er ihr und machte sein tyrannisches Gouvernantengesicht. »An alles gehst du spielerisch und mit kühler Neugier heran. Der revolutionäre Glaube ist für dich ein interessantes psychologisches Phänomen. Für uns aber ist er heiligster Lebensinhalt.« So sprach Hendrik. Otto Ulrichs, der die Hälfte seiner Zeit und seines Einkommens der politischen Arbeit opferte, schien viel weniger streng. Sein Ton Barbara gegenüber war etwas väterlich belehrend, aber voll Sympathie. »Sie werden den Weg zu uns finden, Barbara – das weiß ich«, sagte er, freundlich und zuversichtlich. »Sie wissen ja heute schon, daß bei uns die Wahrheit ist und die Zukunft. Sie haben nur noch ein bißchen Angst, es zuzugeben und alle Konsequenzen zu ziehen.«

»Vielleicht habe ich wirklich nur ein bißchen Angst«, lächelte Barbara.

Indessen konnte sie sich nicht genug wundern über die geduldige Gutmütigkeit, mit der Ulrichs in der Angelegenheit Revolutionäres Theater sich von Höfgen hinhalten ließ. Sie ihrerseits drängte – wozu sie übrigens auch noch ihren priva-

ten, egoistischen kleinen Grund hatte: denn sie wollte die Dekorationen für die erste Inszenierung des revolutionären Zyklus entwerfen. »Meine Angelegenheit ist es ja nicht«, sagte sie beinah täglich zu Hendrik, »und nicht ich bin es, für die der Glaube an die Weltrevolution den Lebensinhalt bedeutet. Aber ich schäme mich für dich, Hendrik. Wenn du nicht bald ernst machst in dieser Sache, wirst du lächerlich.«
Daraufhin bekam Hendrik eine fahle, zugeriegelte Miene. Nun schielten seine Augen nicht vor Koketterie, sondern vor Ärger. Er antwortete mit ungeheurem Hochmut: »Das sind dilettantische Redensarten. Deine Ahnungslosigkeit in den Fragen revolutionärer Taktik ist komplett.«
Seine revolutionäre Taktik bestand darin, daß er täglich neue Ausflüchte ersann, um mit den Proben für das Revolutionäre Theater nicht beginnen zu müssen. Damit aber doch irgendeine Tat im Interesse der Weltrevolution geschähe, entschloß er sich plötzlich dazu, einen Vortrag über ›das Zeittheater und seine moralischen Pflichten‹ zu halten. Kroge, der für dieses Thema eine immer neue Begeisterung aufbrachte, stellte Höfgen für einen Sonntagvormittag das Künstlertheater zur Verfügung. Hendriks Vortrag war teils aus dem Vokabular seines enthusiastischen Direktors, teils aus dem Wortschatz Otto Ulrichs recht wirkungsvoll zusammengestellt: eine pathetische und unverbindliche Ansprache, in der sowohl die liberal gesinnten, als auch die marxistisch-revolutionären jungen Leute im Parkett viele ihrer Lieblingsschlagworte wiederfanden. Am Schluß klatschten alle Beifall, und beinah alle waren überzeugt von Hendriks redlichem künstlerisch-politischem Willen – der ihm am nächsten Morgen von den Zeitungskritikern ausführlich bestätigt wurde.
Auf solche Bestätigung hatte Hendrik Höfgen gewartet. »Nun ist die Situation reif, wir können handeln«, konstatierte er und tauschte Verschwörerblicke mit Ulrichs. Die erste Probe für das Revolutionäre Theater wurde festgesetzt.

Freilich war es nicht jenes radikale Stück, welches man im vorigen Jahr ausgesucht hatte, das nun einstudiert werden sollte. Vielmehr hatte sich Hendrik, im letzten Augenblick und aus taktischen Gründen, für eine Kriegstragödie entschlossen, deren drei düstere Akte das Elend des Winters 1917 in einer deutschen Großstadt schilderten und einen allgemein pazifistischen, aber keineswegs deutlich sozialistischen Charakter hatten. Barbara entwarf die Dekorationen: ein finsteres Hinterzimmer, eine graue Gasse, in der die Frauen um Brot anstanden. Otto Ulrichs und Hedda von Herzfeld sollten die Hauptrollen spielen.
Höfgen, der Regisseur, entwickelte großen Elan auf der ersten Probe. Als er mit verhaltenem, schlichtem Pathos die große Anklagerede deklamierte, die Frau von Herzfeld zum Schluß des dritten Aufzuges in ihrer Rolle als tragische Mutter zu halten hatte, mußte Otto Ulrichs sich verstohlen die Augen wischen, und selbst Barbara war beeindruckt. – Auf der zweiten Probe aber litt Hendrik an einer nervösen Heiserkeit; zur dritten erschien er hinkend – sein rechtes Knie sei plötzlich steif geworden, klagte er, er könne es gar nicht mehr biegen. Auf der vierten schließlich zeigte er ein so fahles und böses Gesicht, daß alle sich vor ihm fürchteten – nicht ganz grundlos, wie sich herausstellen sollte, denn er befand sich in entsetzlicher Laune, nannte Frau von Herzfeld eine ›dumme Gans‹ und drohte der Souffleuse Efeu mit fristloser Entlassung. »Sie sabotieren unsere Arbeit«, schrie er sie an. »Meinen Sie vielleicht, ich wüßte nicht, warum. Vermutlich haben die Parteifreunde des Herrn Miklas Ihnen den Auftrag dazu gegeben! Aber wir werden euch das Handwerk legen – Ihnen, Ihrem Herrn Miklas, dem sauberen Herrn Knurr und der ganzen verfluchten Bande –, das lassen Sie sich gesagt sein!« Es nutzte der Efeu nicht, bitterlich zu weinen und immer wieder ihre Unschuld zu beschwören.
Nach dieser Probe – die allen, welche an ihr teilgenommen hatten, in sehr häßlicher Erinnerung blieb – legte sich Höf-

gen zu Bett und bekam Gelbsucht. Vierzehn Tage lang betrat er nicht das Theater. Ulrichs, Bonetti und Hans Miklas durften sich in seine großen Rollen teilen. Nach seiner Genesung erschien er immer noch recht matt und mitgenommen, und seine Edelsteinaugen waren gelblich getrübt. Die Eröffnung des Revolutionären Theaters wurde auf unbestimmte Zeit verschoben: der Arzt hatte es Herrn Höfgen ausdrücklich verboten, sich noch irgendwelche Arbeiten, außer den unvermeidlichen und laufenden, zuzumuten.
Mindestens einen gab es im Ensemble des Künstlertheaters, für den diese Entwicklung der Dinge eine große Freude war: Hans Miklas strahlte und triumphierte. Er habe es ja gleich gewußt, daß die ganze Geschichte mit dem sogenannten Revolutionären Theater ein ausgemachter Schwindel sei – erklärte er laut im H. K., und die strafenden Blicke der Frau von Herzfeld konnten ihn nicht davon abhalten, es mehrfach zu wiederholen. Sein trotziges Gesicht schien erhellt von dem starken Vergnügen, welches ihm das Fiasko des Revolutionären Theaters bereitete; einen ganzen Tag lang war er wohlgelaunt, pfiff und summte, hatte keine schwarzen Löcher in den Wangen, hustete gar nicht und lud sogar die Efeu zu einem Schnaps ein: solches war noch niemals geschehen, die gute Frau sagte: »Junge, Junge, du bist ja heute ganz aus dem Häuschen!«
Natürlich konnte der schöne Zwischenfall die Laune des jungen Miklas nur vorübergehend, nicht auf die Dauer verbessern. Schon am nächsten Tage erschien sein Gesicht wieder böse verschlossen, die schwarzen Höhlen unterhalb der Wangenknochen waren wieder da, und sein Husten klang besorgniserregend. Wie er uns alle haßt! dachte Barbara, die ihn beobachtete. Sie war nicht unempfänglich für den finsteren Charme des ungezogenen Buben. Sein Gesicht, mit dem dichten, widerspenstigen Haar über der hellen Stirn, den dunklen Rändern um die trotzigen Augen und den abweisend vorgeschobenen, ungesund leuchtenden Lippen,

wirkte auf sie weit anziehender als etwa die vor Eitelkeit ermüdete Miene des schönen Bonetti. An der schmalen und elastischen Figur des jungen Miklas – an diesem trainierten, biegsamen und ehrgeizigen Körper – gab es irgend etwas, was Barbara rührte. Deshalb versuchte sie zuweilen, den jungen Menschen ins Gespräch zu ziehen. Zunächst begegnete er ihr – der Gattin des verhaßten Vorgesetzten – mit verbissenem Mißtrauen. Allmählich gelang es Barbara, ihn freundlicher und vertrauensvoller für sich zu stimmen. Manchmal lud sie ihn zu einem Bier und einem belegten Brot im H. K. ein – Aufmerksamkeiten, die Hans Miklas sehr zu schätzen wußte. Besonders wenn Barbara sich über Hendrik geärgert hatte, machte es ihr Vergnügen, sich mit dem bösen Jungen zu unterhalten. »Wollen wir uns nicht mal wieder einen aufsässigen Abend leisten?« schlug sie ihm dann vor, und er akzeptierte gerne. Für aufsässige Abende war er immer zu haben, und erst recht, wenn ihm auch noch Bier und Fleisch dazu bezahlt wurden.
Mit einem Interesse, in das sich ein wenig Grauen mischte, lauschte Barbara, wenn Hans Miklas von dem, was er liebte, und von dem, was er haßte, sprach. Niemals noch hatte sie mit einem Menschen am gleichen Tisch gesessen, der sich zu Gesinnungen und Ansichten bekannte, die dieser Knabe mit so viel Fanatismus vertrat. Ihr wurde klar, daß er alles mißachtete oder verabscheute, was ihr selber, ihrem Vater oder ihren Freunden teuer und unentbehrlich war. Was meinte er denn, wenn er den ›verdammten Liberalismus‹ heftig anklagte oder ›gewisse jüdische und verjudete Kreise‹ verhöhnte, die – seiner Überzeugung nach – die deutsche Kultur auf den Hund brachten? – Ja, er meint alles, was ich je geliebt und woran ich geglaubt habe, verstand Barbara. Er meint den Geist und die Freiheit, wenn er Judenpack sagt. Und sie erschrak im tiefsten. Trotzdem reizte es ihre Neugierde, ein Gespräch zu fortzusetzen, das, für ihren Begriff, durchaus phantastischen Charakter hatte. Es kam ihr vor, als

wäre sie plötzlich aus der zivilisierten Sphäre, in der sie zu leben gewohnt war, in eine ganz andere, wildfremde und barbarische versetzt worden ...

Wofür begeisterte sich ein so rätselhaftes Geschöpf wie Hans Miklas? Was für Ideen und für Ideale waren es, an denen sein aggresiver Enthusiasmus sich entzündete?

Er schwärmte von einer ›judenreinen deutschen Kultur‹, und Barbara mußte verwundert den Kopf schütteln. Als ihr sonderbarer Gesprächspartner ihr auseinandersetzte, daß der ›Versailler Schandvertrag zerrissen‹ und die deutsche Nation wieder ›wehrhaft‹ werden müsse, leuchteten seine Augen, und auch von seiner Stirn schien Glanz zu kommen.

»Unser Führer wird dem Volk die Ehre wiedergeben!« rief er aus. Nun klang seine Stimme heiser; er schüttelte siegesgewiß das Haar. »Wir ertragen nicht länger die Schande dieser Republik, die vom Ausland verachtet wird. Wir wollen unsere Ehre zurückhaben – jeder anständige Deutsche verlangt das, und anständige Deutsche gibt es überall, selbst hier, an diesem bolschewistischen Theater. Sie sollten einmal hören, wie Herr Knurr spricht, wenn er nicht fürchten muß, belauscht zu werden! Er hat drei Söhne im Krieg verloren, aber er sagt, das wäre ja nicht so schlimm, viel schlimmer ist, daß Deutschland seine Ehre verloren hat – und eben die kann uns der Führer – nur der Führer – wieder verschaffen!«

Barbara aber dachte: Warum erregt er sich so wegen der deutschen Ehre? Was stellt er sich eigentlich vor unter diesem ungenauen Begriff? Ist es für ihn wirklich so enorm wichtig, daß Deutschland wieder Tanks und Unterseeboote bekommt? Er sollte doch erst einmal sehen, seinen schlimmen Husten loszuwerden, in einer netten Rolle Erfolg zu haben und etwas mehr Geld zu verdienen, damit er sich jeden Tag satt essen kann. Sicher ißt er zu wenig und trainiert zuviel – er sieht ja fürchterlich überanstrengt aus. – Sie fragte ihn, ob er noch ein Schinkenbrot wolle; er nickte flüchtig,

aber dann schwärmte er weiter: »Es kommt der Tag! Unsere Bewegung *muß* siegen!«
Ähnliche Worte einer begeisterten Zuversicht hatte Barbara erst kürzlich von einem anderen gehört: von Otto Ulrichs. Diesem zu widersprechen, hatte sie nicht gewagt – ihr Verstand wie ihr Gefühl waren ja beinah ganz überzeugt von seinem vernunftvoll-glühenden Glauben; zu Hans Miklas hingegen sagte sie: »Wenn Deutschland wirklich einmal so werden sollte, wie Sie und Ihre Freunde es sich wünschen – dann will ich lieber nichts mehr mit ihm zu tun haben. Dann reise ich ab«, erklärte Barbara und lächelte Miklas, nachdenklich aber nicht unfreundlich, zu. Der jedoch strahlte: »Das glaube ich wohl! Es werden verschiedene Herrschaften abreisen – das heißt: wenn wir sie noch abreisen lassen und sie nicht vorher einstecken! Dann sind *wir* dran! Dann werden endlich wieder die Deutschen in Deutschland etwas zu sagen haben!«
Wie ein begeisterter Sechzehnjähriger sah er jetzt aus, mit dem verwirrten Haar und den leuchtenden Augen – Barbara konnte nicht leugnen, daß er ihr gefiel, wenngleich jedes Wort, das er sagte, ihr fremd und abstoßend war. Mit einer Beredsamkeit, die sich häufig verwirrte, aber stets eindringlich blieb, erklärte er ihr, daß der Glaube, für den er kämpfte, ein im tiefsten revolutionärer Glaube sei. »Wenn der Tag erst da ist, und unser Führer die ganze Macht übernimmt – dann ist Schluß mit Kapitalismus und Bonzenwirtschaft, die Zinsknechtschaft wird gebrochen, die Großbanken und die Börsen, die unsere Volkswirtschaft aussaugen, können zumachen, und niemand wird ihnen nachweinen!«
Barbara wollte wissen, warum Miklas nicht mit den Kommunisten gehe, wenn er doch, wie sie, gegen den Kapitalismus sei. Miklas erklärte – eifrig wie ein Kind, das eine auswendig gelernte Lektion hersagt –: »Weil die Kommunisten kein Vaterlandsgefühl haben, sondern internationalistisch und von den russischen Juden abhängig sind. Auch von Ide-

alismus wissen sie nichts, alle Marxisten glauben, es kommt nur aufs Geld an im Leben. Wir wollen unsere eigene Revolution – unsere deutsche, unsere idealistische; nicht eine, die dirigiert wird von den Freimaurern und durch die Weisen von Zion!«

Hier machte Barbara den erhitzten Knaben darauf aufmerksam, daß sein ›Führer‹, der den Kapitalismus abschaffen wollte, sehr viel Geld von der Schwerindustrie und den Großgrundbesitzern bekomme – woraufhin Miklas zornig wurde und solche Verdächtigungen als ›typisch jüdische Hetze‹ scharf zurückwies. – Auf diese Art diskutierten die beiden bis tief in die Nacht hinein: Barbara – ironisch, sanft und neugierig – horchte den Trotzigen aus und suchte ihn zu belehren. Er aber blieb, mit eigensinniger Kinderstirn, bei seinem blutrünstigen Glauben an die Heilslehre von der Rasse, der Brechung der Zinsknechtschaft und der idealistischen Revolution. – Souffleuse Efeu, die aus einer Ecke das ins Gespräch vertiefte Paar eifersüchtig beobachtete, flüsterte dem Portier Knurr zu: »Frau Höfgen ist auf meinen Jungen scharf – das hat mir gerade noch gefehlt. Frau Höfgen will mir meinen Buben wegnehmen . . .«

Noch in derselben Nacht bekam Hans Miklas Krach mit seiner Efeu; Barbara indessen hatte mit Hendrik eine schlimme Szene. Höfgen tobte: nicht aus ›kleinbürgerlicher Gatteneifersucht‹ – wie er betonte –; vielmehr aus politischen Gründen. »Man sitzt nicht mit einem Lumpen von Nationalsozialisten den ganzen Abend an einem Tisch!« rief er, bebend vor Zorn. Barbara versetzte, daß, ihrer Ansicht nach, der junge Miklas kein Lump sei – woraufhin Hendrik schneidend versetzte: *»Alle Nazis sind Lumpen.* Man beschmutzt sich, wenn man sich abgibt mit einem von ihnen. Ich bedauere, daß dir hierfür das Verständnis fehlt. Die liberalistischen Traditionen deines Hauses haben dich verdorben. Du hast keine Gesinnung, sondern nur eine verspielte Neugierde.«

Er stand sehr aufrecht mitten im Zimmer; seine streng dozie-

renden Worte begleitete er mit ruckhaften, eckigen Bewegungen der Arme.
Barbara sagte leise: »Ich gebe es zu – der Junge tut mir ein bißchen leid, und er interessiert mich ein bißchen. Er ist krank und ehrgeizig, und er hat nicht genug zu essen. Ihr behandelt ihn schlecht – du, deine Freundin Herzfeld und die anderen. Er sucht etwas, woran er sich klammern und aufrichten kann. So ist er zu diesem Wahnsinn gekommen, den er jetzt so stolz seine Gesinnung nennt . . .«
Hendrik mußte höhnisch durch die Nase lachen. »Wieviel Verständnis du aufbringst für diesen Lausekerl! Wir behandeln ihn schlecht! Das ist köstlich! Wenn ich dergleichen nur höre! – Hast du denn keine Vorstellung davon, wie er und seine Freunde uns behandeln würden, wenn das Pack an die Macht käme?« Hendrik – den Oberkörper vorgeneigt, die Arme in die Hüften gestemmt – fragte es mit wütender Eindringlichkeit.
Barbara sagte langsam, ohne ihn dabei anzusehen: »Gott verhüte es, daß diese Irrsinnigen jemals die Macht bekommen. Ich möchte dann nicht mehr leben in diesem Lande.« Sie schüttelte sich ein wenig, als spürte sie jetzt schon die ekelhafte Berührung der Brutalität und der Lüge, die in Deutschland herrschen würden, wenn die Nazis herrschten. »Die Unterwelt«, sagte sie schaudernd. »Es ist die Unterwelt, die da nach der Macht verlangt . . .«
»Du aber setzt dich an einen Tisch mit ihr und plauderst!« Hendrik machte große Schritte durchs Zimmer und sah triumphierend aus. »Das ist die edle bürgerliche Toleranz! Nur immer ein feines Verständnis haben für den Todfeind – oder für das, was man heute noch den Todfeind nennt! – Ich hoffe für dich, meine Liebe, daß du dich mit ihr, der Unterwelt, erst recht vertragen würdest, wenn sie einmal an die Macht käme –: du wärest dazu imstande, noch dem faschistischen Terror interessante Seiten abzugewinnen. Euer Liberalismus würde es lernen, sich abzufinden mit der nationali-

stischen Diktatur. Nur wir, die kämpferischen Revolutionäre, sind ihre Todfeinde – und nur wir werden verhindern, daß sie heraufkommt!« Er stolzierte wie ein Gockelhahn durch Zimmer, ekstatisch schielend und das Kinn gereckt. Barbara aber stand unbeweglich. Hätte Hendrik sie angesehen in diesem Augenblick, er wäre erschrocken vor dem großen Ernst ihres Gesichtes.

»Du glaubst also, ich würde mich abfinden«, sagte sie beinahe tonlos. »Du meinst, ich würde mich versöhnen – mit dem Todfeind versöhnen.«

Wenige Tage später kam es zwischen Hendrik und Miklas zu einem Zusammenstoß, der damit endigte, daß Höfgen die fristlose Entlassung des jungen Schauspielers bei der Direktion des Hamburger Künstlertheaters durchsetzte. Der Anlaß zu der Katastrophe – die für Höfgen ein Triumph, für Hans Miklas aber verhängnisvoll und vernichtend wurde – schien zunächst harmlos.

Hendrik war an diesem Abend in brillanter Stimmung, der Schalk saß ihm im Nacken, er schäumte über von echt rheinischer Munterkeit und überraschte die ehrfurchtsvoll belustigten Kollegen mit immer neuen Schnurren und Scherzen. Gerade hatte er ein ebenso vergnügliches wie ergiebiges Spiel ersonnen. Da er in den Zeitungen nur die Theaternachrichten gründlich las und sich eigentlich nur für Dinge, die das Theater betrafen, lebhaft interessierte, wußte er in den Ensembles aller deutschen Schauspiel-, Opern- oder Operettenbühnen Bescheid; sein geübtes Gedächtnis behielt den Namen der zweiten Altistin in Königsberg, wie der ›übertragenen Salondame‹ in Halle a. d. Saale. Es gab viel Spaß und Gelächter, da Hendrik sich von den Kollegen in seiner sonderbaren Wissenschaft prüfen ließ. Er antwortete prompt, wenn man ihn fragte: »Wer ist der jugendliche Bonvivant in Halberstadt?« – und er blieb die Auskunft nicht schuldig, wenn man wissen wollte: »Wo ist Frau Türkheim-Gävernitz zurzeit engagiert?«

»Als Komische Alte in Heidelberg«, warf Höfgen hin, als wäre dies etwas Selbstverständliches.
Zu der Unannehmlichkeit mit Miklas kam es, als jemand fragte: »Bitte, wer ist die erste Sentimentale am Stadttheater in Jena?« Hendrik erwiderte: »Eine blöde Kuh. Sie heißt Lotte Lindenthal.« Daraufhin mischte sich Miklas ein, der abseits geblieben und nicht mitgelacht hatte: »Warum ist gerade Lotte Lindenthal eine blöde Kuh?« Höfgen versetzte eisig: »Ich weiß nicht, warum sie eine ist; aber sie ist eine.« – Und Miklas, mit einer rauhen und leisen Stimme: »Ich aber kann Ihnen sagen, Herr Höfgen, warum Sie gerade diese Dame beleidigen wollen: Weil Sie genau wissen, daß sie die Freundin eines unserer nationalsozialistischen Führer ist, nämlich unseres heroischen Kampffliegers ...«
Hier unterbrach ihn Höfgen, der mit den Fingern hart auf die Tischplatte trommelte und dessen Gesicht vor Hochmut versteinert schien. »Es interessiert mich nur mäßig, Namen und Titel von Fräulein Lindenthals Buhlen zu erfahren«, sagte er, ohne Miklas eines Blickes zu würdigen. »Übrigens würde es eine lange Liste werden. Fräulein Lindenthal amüsiert sich nicht nur mit dem Fliegeroffizier.«
Miklas, die Fäuste geballt und den Kopf geduckt, stand in der kampfbereiten Haltung eines Gassenjungen, der sich gleich, zur großen Rauferei, auf den Gegner stürzen wird. Unter einer wütend gesenkten Stirne schienen die hellen Augen erblindet zu sein vor Zorn. »Hüten Sie sich«, keuchte er, und alle im Lokal erschraken über seine frevlerische Kühnheit. »Ich dulde es nicht, daß eine Dame öffentlich beleidigt wird, nur weil sie der Nationalsozialistischen Deutschen Arbeiterpartei angehört und die Freundin eines deutschen Helden ist. Ich dulde es nicht!« knirschte er mit den Zähnen, und er tat ein paar drohende Schritte.
»Sie dulden es nicht!« wiederholte Hendrik und lächelte diabolisch. »Ei, ei«, fügte er noch höhnisch hinzu – woraufhin Miklas sich nun wirklich auf ihn stürzen wollte: er wurde

aber zurückgehalten von Otto Ulrichs, der ihn kräftig an den Schultern packte. »Du bist wohl besoffen!« schrie Ulrichs und schüttelte Miklas, der hervorbrachte: »Ich bin nicht besoffen, im Gegenteil! Aber vielleicht bin ich der einzige hier im Raum, der noch einen Rest von Ehrgefühl im Leibe hat! Niemand in diesem verjudeten Milieu scheint etwas dabei zu finden, wenn man eine Dame beschimpft . . .«
»Genug!« Dieser metallisch klirrende Ruf kam von Höfgen, der hoch aufgerichtet stand. Alle sahen ihn an. Er sprach mit einer fürchterlichen Langsamkeit: »Das glaube ich wohl, mein Lieber, daß Sie jetzt nicht besoffen sind. Sie werden sich nicht auf mildernde Umstände berufen können. Unter dem verjudeten Milieu, in dem Sie sich jetzt noch befinden, werden Sie nicht lange mehr zu leiden haben – verlassen Sie sich auf mich!« Und Höfgen verließ mit steifen, kleinen Schritten das Lokal.
»Es läuft einem eiskalt über den Rücken«, flüsterte die Motz in einer ehrfurchtsvolle Stille. Aus welcher Ecke aber hörte man nun dieses leise Weinen? Die Souffleuse Efeu hatte ihren schweren Oberkörper auf den Tisch sinken lassen, und zwischen ihren dicken Fingern rannen die Tränen.
Kroge, welcher der skandalösen Szene im H. K. nicht beigewohnt hatte, war nicht ohne weiteres geneigt, Höfgens Wunsch nach fristloser Entlassung des jungen Schauspielers zu entsprechen. Frau von Herzfeld und Hendrik vereinigten ihre Beredsamkeit, um seine juristischen, politischen und menschlichen Bedenken zu zerstreuen. Der Direktor schüttelte das besorgte Katergesicht, machte Stirnfalten, ging nervös auf und ab und brummte: »Ihr mögt recht haben – ich gebe es ja zu –, unleidliches Betragen dieses Burschen . . . Aber immerhin: es widerstrebt mir, einen mittellosen und kranken Menschen Knall und Fall auf die Straße zu setzen . . .« Hendrik und Hedda ereiferten sich, diese unentschiedene, Kompromissen zugeneigte Haltung habe verdammte Ähnlichkeit mit der lahmen und feigen Art, die von

den Regierungsparteien der Weimarer Republik dem unverschämten Nazi-Terror gegenüber an den Tag gelegt wurde. »Wir müssen dem Mörderpack zeigen, daß sie sich nicht alles herausnehmen dürfen.« Hendrik schlug mit der Faust auf den Tisch.

Beinah schon war Kroge den Argumenten seiner beiden ersten Mitarbeiter gewonnen, als Miklas, zur Überraschung aller Anwesenden, noch einen Fürsprecher fand: es war Otto Ulrichs, der sich plötzlich anmelden ließ und bat, an der Konferenz teilnehmen zu dürfen. »Ich beschwöre euch, macht das nicht!« rief er dringlich. »Mir scheint, es ist für den Jungen Strafe genug, wenn er für die nächste Saison hier nicht mehr engagiert wird. Der dumme Kerl hat sich doch das alles, was er da gestern abend geschwatzt hat, nicht so genau überlegt! Jeder von uns kann mal die Nerven verlieren . . .«

»Ich bin erstaunt«, sagte Hendrik und warf durch das Monokel einen strafenden Blick auf seinen Freund Otto. »Ich bin sehr erstaunt, dich, gerade dich, so sprechen zu hören.«

Ulrichs winkte ärgerlich ab. »Gut«, machte er, »lassen wir also die menschlichen Erwägungen beiseite. Ich gebe zu, daß der arme Bursche mir leid tut, mit seinem Husten und mit seinen schwarzen Löchern in den Backen. Aber aus so privaten Gründen würde ich mich doch nicht für ihn einsetzen – du solltest mich gut genug kennen, Hendrik, um das zu wissen. Vielmehr sind es, wie immer, politische Erwägungen, die meine Haltung bestimmen. Man soll keine Märtyrer schaffen. Es wäre, gerade bei der augenblicklichen politischen Situation, durchaus falsch . . .«

Hier stand Hendrik auf. »Entschuldige, daß ich dich unterbreche«, sagte er mit vernichtender Höflichkeit. »Aber es scheint mir zwecklos, diese an sich gewiß sehr interessante theoretische Debatte fortzusetzen. Der Fall liegt einfach: Ihr habt zwischen mir und Herrn Hans Miklas zu wählen. Wenn er an diesem Theater bleibt, werde ich es verlassen.« Dieses

sprach er mit einer feierlichen Schlichtheit, die an dem unerbittlichen Ernst seiner Worte nicht zweifeln ließ. Er stand am Tisch, das Gewicht des vorgebeugten Oberkörpers auf die Hände gestützt, die mit gespreizten Fingern vor ihm lagen. Die Augen hielt er gesenkt, als wollte seine Bescheidenheit es vermeiden, den Entschluß der Anwesenden durch die unwiderstehliche Kraft seines Blickes zu beeinflussen.
Bei Hendriks schrecklichen Worten waren alle zusammengefahren. Kroge biß sich die Lippen; Frau von Herzfeld konnte sich nicht enthalten, ihre Hand auf das Herz zu legen, welches krampfhaft pochte; Direktor Schmitz war bleich geworden: ihm bereitete es physische Übelkeit, sich vorzustellen, das Künstlertheater könnte nun auch noch Höfgen, den Unersetzbaren, verlieren, nachdem es schon die effektvolle Nicoletta von Niebuhr eingebüßt hatte.
»Reden Sie keinen Unsinn«, flüsterte der dicke Mensch und wischte sich den Schweiß von der Stirn. Und er fügte mit seiner überraschend weichen und angenehmen Stimme hinzu: »Sie können beruhigt sein: der Junge fliegt.«
Miklas flog – Kroge hatte nur mit Mühe und dank der eifrigen Unterstützung Ulrichs durchsetzen können, daß der verabschiedete junge Schauspieler die Gage für zwei Monate ausbezahlt erhielt. Niemand wußte, wohin Miklas reiste, selbst die arme Efeu sah ihn nicht mehr, er hatte das Künstlertheater seit jenem peinlichen Zwischenfall nicht mehr betreten, grollend hatte er sich zurückgezogen, und nun war er verschwunden.
Miklas, Opfer seines kindischen Trotzes und seiner ebenso glühenden wie nicht durchdachten Überzeugung, war fort. Hendrik Höfgen hatte den Unbotmäßigen erledigt, den Aufsässigen aus dem Wege geschafft: sein Triumph war vollkommen, mehr denn je bewunderten ihn alle Mitglieder des Künstlertheaters, von der Motz bis zum Böck. Die kommunistischen Bühnenarbeiter, in ihrem Stammlokal, lobten seine energische Haltung. Der Bühnenportier Knurr zeigte

eine unheilverkündende finstere Miene, wagte jedoch kein Wort zu sagen und versteckte sein Hakenkreuz sorgfältiger denn je unter dem Rockaufschlag. Wenn aber Höfgen das Theater betrat, trafen ihn aus dem Halbdunkel der Portiersloge fürchterliche Blicke, in denen zu lesen stand: Warte nur, du verfluchter Kulturbolschewist, dir werden wir das Handwerk schon noch legen! Unser Führer und Erlöser ist unterwegs! Der Tag seiner großen Ankunft ist nahe! – Hendrik erschauerte, ließ sein Gesicht zur undurchdringlich hochmütigen Maske erstarren, und ging grußlos vorbei.
Seine überragende Stellung anzuzweifeln, war niemandem möglich: Er regierte im H. K., im Bureau, auf der Bühne. Seine Gage wurde auf 1500 Mark erhöht: Hendrik machte sich keineswegs mehr die Mühe, wie ein nervöser Sturmwind in Direktor Schmitzens Bureau zu fahren und erst lange nekkisch zu tun, um dies zu erreichen; vielmehr verlangte er es mit knappen Worten. Kroge und die Herzfeld wurden von ihm fast wie Untergebene behandelt, die kleine Siebert schien er völlig zu übersehen, und in den kameradschaftlichen Ton, den er Otto Ulrichs gegenüber beibehielt, mischte sich eine gönnerhafte, beinah etwas verächtliche Note.
Nur einen Menschen gab es in seinem Umkreis, den zu überzeugen, zu gewinnen, zu verführen ihm übrigblieb. Das Mißtrauen, mit dem Barbara auf Hendrik schaute, hatte sich seit der Miklas-Affäre noch vertieft und verschärft. Er aber ertrug es nicht, auf die Dauer jemanden in seiner Nähe zu haben, der ihn nicht bewunderte und nicht an ihn glaubte. – Die Entfremdung zwischen ihm und Barbara war fortgeschritten während dieses Winters. Nun nahm Hendrik einen frischen Anlauf, um sie gänzlich zu überwinden. Zwang ihn nur die Eitelkeit zu diesem neuen Energieaufwand des Werbens? Oder nötigte ihn auch ein anderes Gefühl, seine verführerischen Kräfte für Barbara noch einmal spielen zu lassen? Er hatte sie seinen ›guten Engel‹ genannt. Aus seinem guten Engel war sein schlechtes Gewissen geworden. Barba-

ras stille Mißbilligung warf einen Schatten über seine Triumphe. Der Schatten mußte weggewischt werden, damit er ungestört die Triumphe genießen konnte. – Hendrik bemühte sich um Barbara fast ebenso eifrig wie in den ersten Wochen ihrer Beziehung. Er ließ sich nicht mehr gehen in ihrer Gegenwart; vielmehr hatte er nun wieder Scherze und bedeutende Gespräche für sie bereit.

Damit sie ihn in den Augenblicken seiner intensivsten Kraftentfaltung, seiner blendendsten Wirksamkeit sähe, forderte er sie nun häufiger auf, zu großen Proben ins Theater zu kommen. »Du kannst mir gewiß wertvolle Ratschläge geben«, sagte er mit der vor Bescheidenheit klagenden Stimme und senkte die Lider über einem schillernden Blick.

Als Hendrik die erste Kostümprobe zu seiner Neubearbeitung einer Offenbach-Operette leitete, betrat Barbara leise den Zuschauerraum; leise ließ sie sich nieder, in der letzten Reihe des finsteren Parketts. Auf der Bühne standen die Girls, warfen die Beine und schrien den Refrain eines Chansons. Vor ihrer tadellos ausgerichteten Front hüpfte die kleine Siebert, die als Amor zurechtgemacht war: mit lächerlichen Flügelchen an den nackten Schultern, Pfeil und Bogen um den Hals gehängt, und einem rot geschminkten Näschen im bleichen, angstvollen und hübschen kleinen Gesicht. Was für eine unvorteilhafte Maske Hendrik ihr zumutet! dachte Barbara. Ein melancholischer Amor. Und sie empfand, in ihrem dunklen Versteck, etwas wie eine gerührte Sympathie für die arme Angelika, die da vorne zappelte und sprang: vielleicht begriff Barbara in diesem Augenblick, daß um Hendriks willen Angelikas Gesicht den klagenden und angstvollen Ausdruck hatte.

Höfgen stand, tyrannisch gereckt und mit gebreiteten Armen, auf der rechten Seite der Bühne und beherrschte alles. Er stampfte nach dem Rhythmus der Orchestermusik, sein fahles Antlitz faszinierte durch den Ausdruck äußerster Entschlossenheit.

»Schluß! Schluß! Schluß!« tobte er, und während das Orchester plötzlich zu spielen aufhörte, erschrak Barbara fast ebensosehr wie die Chorgirls, die ratlos dastanden, und wie die kleine Angelika –: Amor, mit erfrorenem Näschen, gegen die Tränen kämpfend.
Der Regisseur aber war nach vorne gesprungen, in die Mitte der Bühne. »Ihr habt Blei in den Beinen!« schrie er die Girls an, die traurig die Köpfe senkten, wie Blumen, über die ein eisiger Wind weht. »Keinen Trauermarsch sollt ihr tanzen, sondern Offenbach.« Herrisch winkte er dem Orchester, und da es wieder zu spielen begann, tanzte er selbst. Man vergaß, daß es ein fast schon kahler Herr im grauen, etwas abgetragenen Straßenanzug war, den man da vor sich hatte. Höchst schamlose, höchst erregende Verwandlung am hellen Vormittag! Schien er nicht Dionysos, der Gott der Trunkenheiten zu sein, wie er nun ekstatisch die Glieder warf? – Barbara beobachtete ihn nicht ohne Erschütterung. Eben noch war Hendrik Höfgen der Feldherr gewesen, der – gereizt, hochmütig, unerbittlich – vor seinen Truppen, den Chorgirls, stand. Ohne Übergang war er nun verfallen in bacchantische Raserei. Verzerrungen liefen über sein weißes Gesicht, die Edelsteinaugen verdrehten sich vor Verzücktheit, und von den geöffneten Lippen kamen heisere Laute der Wollust. Übrigens tanzte er glänzend, die Chorgirls schauten respektvoll auf ihren mit großer Technik taumelnden Regisseur, Prinzessin Tebab hätte ihre Freude an ihm gehabt.
Woher kann er das? dachte Barbara. Und was fühlt er denn jetzt? Fühlt er jetzt irgend etwas? Er macht den Girls vor, wie sie die Beine werfen sollen. Das sind seine Ekstasen ...
In diesem Augenblick unterbrach Hendrik die frenetische Übung. Ein junger Mann aus dem Bureau war vorsichtig durch das Parkett gegangen und auf die Bühne gestiegen. Nun berührte er zart die Schultern des verzückten Regisseurs und flüsterte: Herr Höfgen möge die Störung entschuldigen, Direktor Schmitz lasse ihn bitten, diesen Plakatent-

wurf für die Operettenpremiere, der sofort in die Druckerei zurückgeschickt werden müsse, zu begutachten. Hendrik winkte der Musik ab, stand in gelassener Haltung und klemmte sich das Monokel vors Auge: niemand hätte dem Mann, der jetzt mit kritischer Miene ein Papier beschaute, angesehen, daß er noch vor zwei Minuten in dionysischer Trance die Glieder geschüttelt hatte. Nun zerknüllte er das Papier in der Hand und rief mit einer mißzufrieden knarrenden Stimme:

»Das ganze Zeug muß nochmals gesetzt werden! Ist doch unerhört! Mein Name ist schon wieder falsch geschrieben! Kann ich denn nicht einmal hier im Hause durchsetzen, daß man mir meinen richtigen Namen gibt? Ich heiße nicht Henrik!« Dabei warf er zornig das Papier zu Boden. »Ich heiße Hendrik – merkt es euch doch endlich: Hendrik Höfgen!«

Der junge Mann aus dem Bureau duckte den Kopf und murmelte etwas über einen neuen Setzer, dessen Ahnungslosigkeit den unverzeihlichen Fehler verschuldet habe. Von den Girls kam ein leises Kichern, das silbrig klang, als bewegte man vorsichtig mehrere Glöckchen. Hendrik reckte sich und brachte das zarte Läuten mit einem fürchterlichen Blick zum Verstummen.

VI
›ES IST DOCH NICHT ZU SCHILDERN ...‹

Hendrik Höfgen litt, wenn er im ›H. K.‹ die Berliner Zeitungen las; sein Herz zog sich zusammen und schmerzte vor Neid und Eifersucht. Triumphaler Erfolg der Martin! Neuinszenierung des ›Hamlet‹ am Staatstheater, sensationelle literarische Premiere am Schiffbauerdamm ... Und er saß in der Provinz! Die Hauptstadt kam ohne ihn aus! Die Filmgesellschaften, die großen Theater – sie bedurften nicht seiner. Ihn rief man nicht. Seinen Namen kannte man nicht in Berlin. Wurde er einmal erwähnt, von dem Hamburger Korrespondenten eines Berliner Blattes, dann war er gewiß falsch geschrieben: ›In der Rolle des unheimlichen Intriganten fiel ein Herr Henrik Höpfgen auf ...‹ Ein Herr Henrik Höpfgen! Ihm sank die Stirne nach vorn. Die Sucht nach dem Ruhm – dem großen, eigentlichen Ruhm in der Kapitale – nagte an ihm, wie ein physischer Schmerz. Hendrik griff sich an die Wange, als hätte er Zahnweh.
»Erster zu sein in Hamburg – das ist schon was Rechtes!« beklagte er sich bei Frau von Herzfeld, die sich nach dem Grunde seines üblen Aussehens teilnahmsvoll erkundigt hatte und nun versuchte, ihn zu beruhigen mittels kluger Schmeicheleien. »Liebling eines provinziellen Publikums zu sein – ich bedanke mich schön. Lieber fange ich in Berlin von vorne an, als daß ich diesen kleinstädtischen Betrieb länger mitmache.«
Frau von Herzfeld erschrak. »Sie wollen doch nicht wirklich weg von hier, Hendrik?« Dabei öffnete sie klagend die goldbraunen, sanften Augen, und über die große Fläche ihres weichen, flaumig gepuderten Gesichts lief ein Zucken.

»Es ist alles ganz unentschieden.« Hendrik blickte streng an Frau von Herzfeld vorbei und rückte enerviert die Schulter. »Zunächst gastiere ich einmal in Wien.« Er sagte es nachlässig, als erwähnte er eine Tatsache, welche Hedda längst bekannt sein mußte. Indessen hatte sie – so wenig wie irgend jemand sonst im Theater: so wenig wie Kroge, Ulrichs oder selbst Barbara – eine Ahnung davon gehabt, daß Hendrik in Wien gastieren wollte.

»Der Professor hat mich aufgefordert«, sagte er und putzte sein Monokel mit dem Seidentuch. »Eine ganz nette Rolle. Eigentlich wollte ich ablehnen, wegen der schlechten Saison: wer ist schon in Wien, jetzt im Juni? Aber schließlich habe ich mich doch entschlossen, anzunehmen. Man weiß ja nie, was für Folgen so ein Gastspiel beim Professor haben kann ... Übrigens wird die Martin meine Partnerin sein«, bemerkte er noch, während er sich das Monokel wieder vors Auge klemmte.

›Der Professor‹ war jener Regisseur und Theaterleiter von legendärem Ruhm und ungeheurem internationalen Ansehen, der mehrere Theater in Berlin und Wien beherrschte. Wirklich hatte sein Sekretariat dem Schauspieler Höfgen eine mittlere Rolle in der Altwiener Posse angeboten, die der Professor während der Sommermonate mit Dora Martin in einem seiner Wiener Häuser spielen lassen wollte. Jedoch war diese Einladung keineswegs von selbst und ungefähr zustande gekommen; vielmehr hatte Höfgen einen Protektor gefunden, und zwar in der Person des Dramatikers Theophil Marder. Dieser war zwar mit dem Professor, wie mit aller Welt, bitterböse; der berühmte Regisseur aber bewahrte dem Satiriker, dessen Stücke er früher mit erheblichem Erfolg herausgebracht hatte, ein Wohlwollen, in dem Ironie und Respekt sich vermischten. Es geschah zuweilen, daß Marder den Theaterdirektionen in gereiztem und drohendem Ton eine junge Dame anpries, für die er sich interessierte; beinah nie aber kam es vor, daß er sich für einen Mann verwendete.

Deshalb blieben die empfehlenden Worte, die er für Höfgen fand, nicht ohne Eindruck auf den Professor, wenngleich sie auch Beleidigungen gegen ihn selber enthielten. ›Vom Theater verstehen Sie beinah ebenso wenig wie von der Literatur‹, schrieb Theophil dem Allmächtigen. ›Ich prophezeie Ihnen, daß Sie als der Direktor eines Flohzirkus in Argentinien enden werden – denken Sie an mich, Herr Doktor, wenn es so weit ist. Das märchenhafte Glück indessen, welches ich mit meinem mir total hörigen jungen Weibe zu durchleben im Begriff bin, stimmt mich milde, sogar Ihnen gegenüber, der Sie meine genialen Stücke seit Jahren aus Niedertracht und Dummheit boykottieren. Sie wissen, daß in diesen erbärmlichen Läuften nur *mir* der untrügliche Blick für die echte künstlerische Qualität geblieben ist. Meine Großmut ist gesonnen, das kümmerliche Ensemble Ihrer – wie es sich gehört – schlecht gehenden Vergnügungsetablissements um eine Persönlichkeit zu bereichern, der ein originelles Gepräge nicht abzusprechen ist. Der Schauspieler Hendrik Höfgen machte sich in Hamburg verdient um meine klassische Komödie ‚Knorke'. Ohne Frage ist Herr Höfgen mehr wert als all Ihre übrigen Komödianten – wozu freilich wenig gehört.‹

Der Professor lachte; wurde dann, einige Minuten lang, nachdenklich; spielte mit der Zunge in seinen Backen; klingelte schließlich und befahl seiner Sekretärin, sich mit Höfgen in Verbindung zu setzen. »Man kann es ja mal versuchen«, sagte der Professor langsam und knarrend.

Niemandem, auch Barbara nicht, gestand Hendrik, daß er des Professor ehrenvolles Angebot Theophil zu verdanken habe; niemand wußte, daß er mit dem Gatten Nicolettas in Beziehung stand. Hendrik behandelte die Angelegenheit seines Wiener Gastspiels – das er doch mit so viel Energie und List arrangiert und vorbereitet hatte – mit einer blasierten Nachlässigkeit. »Ich muß geschwind mal nach Wien reisen, beim Professor gastieren«, erklärte er nebenbei; lächelte aa-

sig und bestellte sich beim besten Schneider einen Sommeranzug: Da er schon so viele Schulden hatte – bei Frau Konsul Mönkeberg, bei Väterchen Hansemann, beim Kolonialwaren- und beim Weinhändler –, kam es auf vierhundert Mark mehr oder weniger nicht mehr an.
Hendrik hinterließ, bei seiner plötzlichen Abreise, manche bestürzten Gesichter in der guten Stadt Hamburg, wo sein Charme ihm so viel Herzen erobert hatte. Vielleicht bestürzter noch als die Damen Siebert und Herzfeld war der Direktor Schmitz: denn Höfgen hatte sich, unter allerlei koketten Ausflüchten, geweigert, seinen Vertrag mit dem Künstlertheater für die nächste Spielzeit zu verlängern. Schmitzens rosiges Gesicht wurde gelblich und zeigte plötzlich dicke Säcke unter den Augen, da Hendrik, so grausam wie gefallsüchtig, hartnäckig wiederholte: »Ich *kann* mich nicht binden, Väterchen Schmitz ... Es ist mir *ekelhaft,* mich zu binden, meine Nerven vertragen es nicht ... Vielleicht komme ich wieder, vielleicht auch nicht ... Ich weiß es doch selber nicht. Väterchen Schmitz ... Ich muß frei sein, verstehen Sie es doch *bitte.*«
Hendrik reiste nach Wien; Barbara inzwischen fuhr zu ihrem Vater und zur Generalin, aufs Gut. Höfgen hatte es verstanden, aus dem Abschied von seiner jungen Frau eine schöne, wirkungsvolle Szene zu machen. »Wir werden uns im Herbst wiedersehen, mein Liebling«, sprach er, und stand in einer Haltung, die zugleich Stolz und Demut ausdrückte, gesenkten Hauptes vor Barbara. »Wir werden uns wiedersehen, und dann bin ich vielleicht schon ein anderer als heute. Ich muß mich durchsetzen, ich muß ... Und du weißt ja, mein Liebling, für wen ich ehrgeizig bin; du weißt es ja, vor wem ich mich bewähren möchte ...« Seine Stimme, die sowohl sieghafte als auch klagende Töne hatte, verklang. Hendrik neigte sein ergriffenes, fahles Gesicht über Barbaras bräunliche Hand.
War diese Szene nur Komödie gewesen, oder hatte sie auch

Echtes enthalten? Barbara sann darüber nach: auf den Spazierritten am Morgen und nachmittags, im Garten, wenn ihr das schwere Buch auf die Knie sank. Wo begann bei diesem Menschen das Falsche, und wo hörte es auf? – So grübelte Barbara, und sie sprach darüber mit ihrem Vater, mit der Generalin, mit ihrem klugen und ergebenen Freund Sebastian.
»Ich glaube ihn zu kennen«, sagte Sebastian. »Er lügt immer, und er lügt nie. Seine Falschheit ist seine Echtheit – es klingt kompliziert, aber es ist völlig einfach. Er glaubt alles, und er glaubt nichts. Er ist ein Schauspieler. Aber du bist noch nicht fertig mit ihm. Er beschäftigt dich noch. Noch immer bist du neugierig auf ihn. Du mußt noch bei ihm bleiben, Barbara.« –
Das Wiener Publikum war begeistert von Dora Martin, die in der berühmten Posse abwechselnd als zartes Mädchen und als Schusterbub auf die Bühne kam. Sie verführte mit den rätselhaften, weit geöffneten Kinderaugen; mit den girrenden und heiseren Tönen ihrer Stimme. Sie zerdehnte eigensinnig die Vokale, steckte den Kopf zwischen die Schultern und bewegte sich auf eine Art, die zugleich zauberhaft schwerelos und befangen schien: halb einem eckig-mageren dreizehnjährigen Jungen ähnlich, halb einer lieblich scheuen Elfe, sprang und flatterte, schwebte und schlenderte sie über die Szene. Ihr Erfolg war so groß, daß kein anderer neben ihr aufkommen konnte. Die Zeitungskritiken – lange Hymnen auf ihr Genie – erwähnten ihre Partner nur flüchtig. Hendrik aber, der einen geckenhaft grotesken Kavalier zu geben hatte, wurde sogar getadelt. Man warf ihm Übertreibungen und Manieriertheit vor.
»Sie sind reingefallen, mein Lieber!« girrte die Martin und winkte ihm tückisch mit den Zeitungsausschnitten. »Das ist ein richtiger Mißerfolg. Und was das Schlimmste ist: Sie werden überall Henrik genannt – das ärgert Sie doch besonders. Tut mir *so* leid!« Sie versuchte, ein betrübtes Gesicht zu machen; aber ihre schönen Augen lächelten unter der hohen

Stirn, die sie in ernste Falten legte. »Tut mir *so* leid, wirklich. Aber Sie *sind* ja auch miserabel in der Rolle«, sagte sie beinah zärtlich. »Vor lauter Nervosität zappeln Sie auf der Bühne wie ein Harlekin – tut mir ja *so* furchtbar leid. Natürlich merke ich trotzdem, daß Sie enorm viel Talent haben. Ich werde dem Professor sagen, daß er Sie in Berlin spielen lassen muß.«

Schon am nächsten Tage wurde Höfgen zum Professor befohlen. Der große Mann betrachtete ihn aus seinen nahe beieinanderliegenden, versonnenen und dabei scharfen Augen; ließ die Zunge in den Backen spielen; machte, die Arme auf dem Rücken verschränkt, große Schritte durchs Zimmer; brachte ein paar knarrende Laute hervor, die etwa wie: »Na – aha – das ist also dieser Höfgen ...« klangen, und sagte schließlich – wobei er, den Kopf gesenkt, in napoleonischer Haltung vor seinem Schreibtisch stehenblieb –: »Sie haben Freunde, Herr Höfgen. Einige Leute, die etwas vom Theater verstehen, weisen mich auf Sie hin. Dieser Marder, zum Beispiel ...« Dabei hatte er ein kurzes, knarrendes Lachen. »Ja, dieser Marder«, wiederholte er, schon wieder ernst; um dann, mit respektvoll hochgezogenen Brauen, hinzuzufügen: »Auch Ihr Herr Schwiegervater, der Geheimrat, hat mir von Ihnen gesprochen, als ich ihn neulich beim Kultusminister getroffen habe. Und nun auch noch Dora Martin ...«

Der Professor versank wieder in Schweigen, das er, einige Minuten lang, nur ab und zu durch einen knarrenden Laut unterbrach. Höfgen wurde abwechselnd bleich und rot; das Lächeln auf seiner Miene verzerrte sich. Der nachdenkliche und kalte, zugleich verhangene und durchdringende Blick dieses fleischigen, untersetzten Herrn war nicht leicht zu ertragen. Hendrik begriff plötzlich, warum der Professor, der so gewaltig zu schauen verstand, von seinen Verehrern ›der Magier‹ genannt wurde.

Schließlich unterbrach Höfgen das peinlich-stumme Ex-

amen, indem er mit seiner singenden Schmeichelstimme bemerkte: »Im Leben bin ich unscheinbar, Herr Professor. Aber auf der Bühne ...« Hier richtete er sich auf, breitete überraschend die Arme und ließ die Stimme im Metallton leuchten. »Auf der Bühne kann ich ganz drollig wirken.« Diese Worte begleitete er mit dem aasigen Lächeln. Nicht ohne Feierlichkeit fügte er hinzu: »Für diese Wandlungsfähigkeit hat mein Schwiegervater einmal sehr hübsch charakterisierende Worte gefunden.«
Bei der Erwähnung des alten Bruckner zog der Professor respektvoll die Brauen hoch. Aber seine Stimme klang kalt, als er nach mehreren Sekunden bedeutungsvollen Schweigens sagte: »Na – man könnte es ja mal mit Ihnen versuchen ...«
Höfgen war freudig aufgefahren; der Professor winkte ernüchternd ab. »Erwarten Sie sich nicht zuviel«, sagte er ernst und prüfte Hendrik immer noch kalt mit den Augen. »Es ist kein großes Engagement, was ich Ihnen anbieten will. – In der Rolle, die Sie hier spielen, wirken Sie gar nicht drollig, sondern ziemlich miserabel.«
Hendrik zuckte zusammen.
Der Professor lächelte ihm freundlich zu. »Ziemlich miserabel«, wiederholte er grausam. »Aber das schadet ja nichts. Man kann es trotzdem versuchen. Was die Gage betrifft ...« Hier wurde des Professors Lächeln beinahe schelmisch, und seine Zunge spielte besonders eifrig im Munde. »Wahrscheinlich sind Sie, von Hamburg her, ein relativ anständiges Einkommen gewohnt. Sie werden sich bei uns zunächst mit weniger zufrieden geben müssen. – Sind Sie anspruchsvoll?« Der Professor erkundigte sich in einem Ton, als geschähe es nur aus theoretischem Interesse. Hendrik beeilte sich, zu versichern: »Mir liegt gar nichts am Geld. – Wirklich nicht«, sagte er mit der glaubwürdigsten Betonung; denn er sah den Professor eine skeptische Grimasse schneiden. »Ich bin nicht verwöhnt. Was ich brauche, das ist ein frisches Hemd und eine Flasche Eau de Cologne auf dem Nacht-

tisch.« Der Professor lachte noch einmal kurz. Dann sagte er: »Die Details können Sie mit Katz besprechen. Ich werde ihn instruieren.«
Die Audienz war beendet, Höfgen wurde mit einer Handbewegung entlassen. »Grüßen Sie bitte Ihren Herrn Schwiegervater von mir«, sagte der Professor, während er schon wieder, die Hände auf dem Rücken verschränkt, klein und gedrungen, in napoleonischer Haltung über den dicken Teppich seines Zimmers schritt.
Herr Katz war der Generalsekretär des Professors; er leitete alles Geschäftliche in den Theatern des Meisters, sprach schon ebenso knarrend wie dieser und spielte wie dieser mit der Zunge in seinen Backen. Die Unterredung zwischen ihm und dem Schauspieler Höfgen fand noch im Lauf desselben Tages statt. Hendrik akzeptierte anstandslos einen Vertrag, den er dem Direktor Schmitz um die Ohren geschlagen haben würde: denn er war miserabel. 700 Mark Monatsgage – wovon noch die Steuern abgingen –, und bestimmte Rollen waren ihm nicht garantiert. Mußte er sich dergleichen bieten lassen? Er mußte wohl, da er nach Berlin wollte und in Berlin unbekannt war. Noch einmal Anfänger sein! Es war nicht leicht, und mußte ausgehalten werden. Opfer waren zu bringen, wenn man unbedingt nach oben wollte.
Hendrik schickte einen großen Strauß gelber Rosen an Dora Martin; den schönen Blumen – die er vom Hotelportier hatte bezahlen lassen – legte er einen Zettel bei, auf den er in großen, pathetisch eckigen Buchstaben das Wort ›Danke‹ schrieb. Gleichzeitig verfaßte er einen Brief an die Direktoren Schmitz und Kroge: kurz und trocken setzte er den beiden Männern, denen er so vieles schuldig war, auseinander, daß er, zu seinem Bedauern, den Vertrag mit dem Künstlertheater nicht erneuern könne, da der Professor ihm ein glänzendes Angebot gemacht habe. Während er den Brief ins Kuvert steckte, stellte er sich einige Sekunden lang die bestürzten Mienen in dem Hamburger Bureau vor. Beim Ge-

danken an den tränenfeuchten Blick der Frau von Herzfeld mußte er kichern. In sehr animierter Stimmung fuhr er ins Theater.

Er ließ sich in Dora Martins Garderobe melden, aber die Kammerfrau bedeutete ihm, daß ihre Herrin die Visite des Professors habe.

»Ich habe Ihnen also diesen sonderbaren Gefallen getan«, sagte der Professor und schaute sinnend auf Dora Martins Schultern, deren Magerkeit der Frisiermantel bedeckte. »Dieser Bursche ist engagiert – dieser – wie heißt er noch?«

»Höfgen«, lächelt die Martin, »Hendrik Höfgen. Sie werden sich den Namen schon noch merken, mein Lieber.«

Der Professor zuckte hochmütig die Achseln, spielte mit der Zunge in den Backen und brachte knarrende Laute hervor. »Er gefällt mir nicht«, sagte er schließlich. »Ein Komödiant.«

»Seit wann haben Sie etwas gegen Komödianten?« Die Martin zeigte lächelnd ihre Zähne.

»Nur gegen schlechte Komödianten habe ich etwas.« Der Professor schien ärgerlich. »Gegen Provinzkomödianten«, sagte er böse.

Die Martin war plötzlich ernst geworden; ihr Blick verdunkelte sich unter der hohen Stirn.

»Er interessiert mich«, sagte sie leise. »Er ist ganz gewissenlos« – sie lächelte zärtlich –, »ein *ganz* schlechter Mensch.« Sie dehnte sich, beinah wollüstig; dabei ließ sie das kindliche, gescheite Haupt in den Nacken sinken. »Wir könnten Überraschungen mit ihm erleben«, sagte sie, schwärmerisch zur Decke hinauf.

Einige Sekunden später erhob sie sich hastig und scheuchte den Professor mit flatternden kleinen Gebärden zur Tür.

»Es ist höchste Zeit!« machte sie lachend. »Hinaus! Schnell hinaus mit Ihnen! Ich muß mir meine Perücke aufsetzen.«

Der Professor, schon zum Ausgang gedrängt, fragte noch: »Darf man denn das nicht sehen – wie Sie Ihre Perücke auf-

setzen? Nicht einmal das?!« fragte er und bekam gierige Augen.
»Nein nein – ausgeschlossen!« Die Martin schüttelte sich vor Entsetzen. »Das kommt gar nicht infrage! Mein Frisiermantel könnte mir von den Schultern rutschen ...« Dabei hüllte sie sich enger in das bunte Tuch.
Die Stimme des Professors klang sehr gepreßt, als er »schade!« sagte. Während der berühmte Hexenmeister – den fast alle Frauen seiner Umgebung durch ein gar zu eifriges Entgegenkommen langweilten – die Garderobe verließ, hatte er ein Gefühl, als würde sich Dora Martin, kaum allein gelassen, hinter seinem Rücken in eine Nixe verwandeln, in einen Kobold oder in ein anderes Geschöpf, welches so fremdartig war, daß niemand auch nur seinen Namen wußte. Die raffinierte und wunderliche Keuschheit der großen Schauspielerin hatte den Professor so nachdenklich gestimmt, daß er den kostümierten Gesellen zunächst gar nicht erkannte, der lächelnd einen bunten Federhut vor ihm zog. Erst nachträglich fiel ihm ein, daß es ›dieser Höfgen‹ gewesen war, der ihn da mit einer so devoten Koketterie begrüßt hatte.

Die neue, überraschende Situation verjüngt Hendrik Höfgen. Hinter ihm liegt der provinzielle Ruhm, der bequem gemacht hat. Er ist wieder Anfänger, muß sich noch einmal bewähren. Um hinauf zu kommen – diesmal *ganz* hinauf –, muß er alle seine Kräfte spannen. Mit Genugtuung darf er feststellen: sie sind unverbraucht, seine Kräfte; sie sind einsatzbereit. Sein Körper strafft sich, beinah gänzlich ist das Fett verschwunden; die Bewegungen sind tänzerisch und kampfeslustig zugleich. Wer so zu lächeln versteht, wer so die Augen schillern lassen kann, der muß Erfolg haben. Schon enthält seine Stimme Jubel über Triumphe, die in Wirklichkeit noch gar nicht eingetroffen sind, jedoch nicht lange auf sich warten lassen können.

Mit einem sinnenden Interesse, in dem sich eine echte Anteilnahme mit einer kühlen und fremden Neugierde mischt, beobachtet Barbara diesen neuen Elan ihres Gatten. Halb spöttisch, halb bewundernd sieht sie Hendrik zu, der im wehenden Ledermantel und auf beschwingten Sandalen sich immer unterwegs, stets in Aktion und in der Nähe großer Entscheidungen zu befinden scheint. Barbara ist zu Hendrik zurückgekehrt, wie es ihr von ihrem Freund Sebastian prophezeit worden ist. Sie bereut es nicht. Der verwandelte, höchst gespannte Hendrik, mit dem sie nun zwei billige möblierte Zimmer bewohnt, gefällt ihr besser, als der provinzielle Liebling, der schon Fett ansetzte, im H. K. Cercle hielt und in der gemütlichen Wohnung der Frau Konsul Mönkeberg den bürgerlichen Ehemann zu spielen versuchte. Barbara fühlt sich gar nicht so schlecht in den beiden finsteren Stuben, die sie jetzt mit ihrem Hendrik teilt. Sie liebt es, sich abends, nach der Vorstellung, mit ihm in einem trüben kleinen Café zu treffen, wo ein elektrisches Klavier durch das Halbdunkel klagt, wo die Kuchen aussehen wie aus Leim und Pappe und wo es keine Bekannten gibt.
Es fasziniert Barbara, Hendriks bebenden, gehetzten Berichten über den Fortgang seiner Karriere zu lauschen. In solchen Augenblicken weiß sie: er ist echt. Sein fahles Gesicht scheint in der von fragwürdigen Gerüchen satten Dämmerung der schäbigen Konditorei zu phosphoreszieren, wie faules Holz in der Nacht. Der gierige Mund mit den starken, schön geschwungenen Lippen lächelt und spricht. Das kraftvolle Kinn, mit der markanten tiefen Kerbe in der Mitte, ist herrschsüchtig vorgeschoben. Vor dem Auge blitzt das Monokel. Die breiten, rötlich behaarten Hände, die durch eine geheimnisvolle Willensleistung schön erscheinen, spielen erregt mit dem Tischtuch, mit den Streichhölzern, mit allem, was in ihre Nähe kommt.
Voll fieberhaftem Eifer setzt Hendrik seine Hoffnungen, Pläne, Berechnungen auseinander; daß Barbara an ihnen

Anteil nimmt, sich ihnen nicht mehr hochmutsvoll verschließt, steigert sein Lebensgefühl, erhöht seinen Ehrgeiz. Ja, Barbara macht sich auf aktive Weise verdient um seine Laufbahn. Nicht umsonst hat sie ein so durchtriebenes Madonnengesicht. Sie ist schlau, zieht ihr schwarzes Seidenkleid an und besucht den Professor, dem sie Grüße von ihrem Vater, dem Geheimrat, bringt. Der große Herr über alle Theater am Kurfürstendamm empfängt die Gattin seines jungen Schauspielers gnädig, weil sie die Tochter des Geheimrats ist, dessen Namen man so oft in den Zeitungen liest und den er neulich beim Minister getroffen hat. Das Palais des Professors könnte das eines regierenden Fürsten sein. Wohlgefällig schaut der Besitzer all dieser Barockmöbel, Gobelins und alter Meisterbilder auf die bräunlichen Arme und auf das pfiffig-melancholische Gesicht seiner Besucherin. »Na, und Sie sind also verheiratet mit – diesem Höfgen«, sagte er knarrend, als Abschluß der langen Musterung, wobei er besonders ausführlich mit der Zunge in den Backen spielt. »Irgend etwas muß ja wohl an ihm sein . . .«
Dies alles gereicht natürlich Hendrik zu großem Vorteil; mit den übrigen Machthabern an den Kurfürstendamm-Bühnen, mit Herrn Katz und mit Fräulein Bernhard, steht er ohnedies ausgezeichnet. Mit Herrn Katz, dem Leiter der Geschäfte – der längst nicht immer so napoleonisch ist, wie er manchmal wirken möchte –, spielt der Schauspieler Höfgen Karten; zu Fräulein Bernhard, der einflußreichen und energischen Sekretärin – einer stämmigen, brünetten kleinen Person mit negroiden Lippen und mit einem Zwicker – verhält er sich fast ebenso kokett, wie einst zum Direktor Schmitz. Findet man ihn nicht schon auf ihrem Schoße sitzend, wenn man unvermutet die Türe zum Büro öffnet? Jedenfalls kann man hören, daß Hendrik Höfgen, der erst seit vierzehn Tagen im Hause ist, das strenge Fräulein Bernhard ›Rose‹ nennt. Das darf er sich leisten, so weit hat er es schon gebracht! Wie viele Schauspieler hatten bis jetzt den

Vorzug, auch nur zu wissen, daß Fräulein Bernhards Vorname ›Rose‹ ist?
Schöner Anfang für eine Berliner Karriere – flüstern sich die Kollegen zu. Seine hübsche Frau besucht den Professor, mit Katz spielt er Karten, und Fräulein Bernhard kitzelt er am Kinn. Aus dem kann was werden!
Aus dem wird etwas: es ist bald soweit.
Erst ist es nur eine kleine Rolle, in welcher man ihn bemerkt; aber man bemerkt ihn, die Zeitungen erwähnen schon den ›begabten Herrn Hendrik Höfgen‹, und er hat in dem russischen Stück doch nur einen betrunkenen jungen Bauern spielen dürfen, der auf die Bühne taumelt, um zunächst zu lallen, dann jedoch zu tanzen. Und wie er lallt und, vor allem, wie er tanzt! Das Berliner Publikum ist hingerissen von dem gelehrigen Schüler der Prinzessin Tebab: es bricht in Beifall aus, da er geendigt hat. Mit welcher Besessenheit dieser Bursche die Glieder wirft! Alle Welt ist des Lobes voll über den ekstatischen Ausdruck, den man auf seiner Miene bemerkt haben will während des Tanzes. Rose Bernhard, die am Buffet Herren von der Presse und Damen aus der Gesellschaft um sich versammelt, konstatiert: »Es ist etwas Bacchantisches an diesem Menschen.«
Das Publikum, abgelenkt durch tausend Sorgen und Vergnügungen, vergißt den Namen des frenetischen Tänzers. Aber die Eingeweihten – die, auf welche es ankommt – merken sich Hendriks ersten Berliner Erfolg. Und von seinem zweiten spricht die Hauptstadt.
In einem sensationellen Stück, in einer aufsehenerregenden Inszenierung, gelingt es dem Schauspieler Höfgen, vom Interesse des Publikums und der Presse auf sich den größten Teil zu versammeln. Über seine Leistung wird noch mehr geredet als über den Autor des erregenden Dramas ›Die Schuld‹ – jenen geheimnisvollen Unbekannten, dessen rätselhafte Person in den Cafés und Theaterkanzleien, in den Salons und Redaktionsbüros das beliebteste Diskussions-

thema ausmacht. Wer ist der Dichter, der sich hinter dem Pseudonym Richard Loser verbirgt und der in seiner Tragödie eine so erschütternde Menge von sündigem Elend, Not und Verwirrung gestaltet? Wo findet man ihn, diesen Begnadeten, der uns durch ein Labyrinth tragischer und schmutziger Komplikationen führt, der so viel Entartung, verderbte Leidenschaft, so viel Qual und Jammer kennt und zeigt? Keine Frage: der Autor dieses schaurig-spannenden Dramas, der die verschiedenartigsten stilistischen Elemente – symbolistische wie naturalistische – auf wirkungsvolle und kühne Art in sich vereinigt, muß ein Abseitiger sein; ein Einsamer, der sich fernhält vom Betrieb des Marktes. Die Literaten – immer von Mißtrauen erfüllt gegen ihren eigenen Beruf – schwören: Dieser ist kein Literat. Er hat keine Routine, alles an ihm ist geniale Ursprünglichkeit. Niemals hat er eine Zeile geschrieben, bis zu diesem Tage. Ein junger Nervenarzt – wollen einige besonders Eingeweihte wissen, und er lebt in Spanien. Auf Briefe antwortet er nicht, die Verhandlungen mit ihm sind durch mehrere Mittelsleute zu führen: alles dies wird ungeheuer interessant gefunden, man bespricht es fieberhaft in den Kreisen, die auf sich halten.
Ein junger Nervenarzt, und er lebt in Spanien: die Version hat viel Wahrscheinlichkeit, man glaubt sie, sie setzt sich durch. Nur ein Nervenarzt kann so bewandert sein in jenen Entartungen der Menschenseele, die zu grausigen Verbrechen führen. Wie der sich auskennt! In seinem Drama kommen alle Sünden vor. Es ist eine Gesellschaft von Verfluchten, die hier handelt und leidet. Jede Person, die auftritt, scheint ein finsteres Zeichen auf der Stirn zu tragen: darüber sind die Damen aus dem Grunewald und vom Kurfürstendamm ganz entzückt.
Von allen Verkommenen der Verkommenste aber ist Hendrik Höfgen, weshalb er auch den stärksten Beifall hat. Seiner fahlen, teuflischen Miene, seiner belegten und matten Stimme ist es anzumerken, daß er mit allen Lastern vertraut

ist und sogar noch finanziellen Vorteil aus ihnen zieht. Augenscheinlich ist er ein Erpresser großen Stils; aasig lächelnd bringt er junge Menschen skrupellos ins Unglück, einer von ihnen begeht Selbstmord auf offener Bühne, Hendrik, die Hände in den Hosentaschen, die Zigarette im Mund, das Monokel vorm Auge, schlendert an der Leiche vorbei. Unter Schauern empfindet das Publikum: dieser ist die Inkarnation des Bösen. Er ist so durchaus, so vollkommen böse, wie es nur ganz selten vorkommt. Manchmal scheint er selber zu erschrecken über seine absolute Schlechtigkeit; dann bekommt er ein starres, weißes Gesicht, die fischigen Edelsteinaugen haben ein trostloses Schielen, und an den empfindlichen Schläfen vertieft sich der Leidenszug. Höfgen spielt dem wohlhabenden Publikum des Berliner Westens die äußerste Entartung vor, und er macht Sensation. Die Verworfenheit als Delikatesse für reiche Leute: damit schafft es Höfgen. Wie er es schafft! Sein zugleich müdes und gespanntes Mienenspiel wird bewundert, sehr bewundert werden seine nachlässig weichen, anmutig tückischen Gebärden – »er bewegt sich wie eine Katze!« schwärmt Fräulein Bernhard, die sich von ihm ›Rose‹ nennen läßt. »Eine böse Katze! oh, wie himmlisch böse er ist!« Seine Sprechweise – ein heiseres Flüstern, aus dem zuweilen ein bezauberndes Singen wird – kopieren schon die Kollegen von den kleineren Bühnen. – »Habe ich nun nicht recht gehabt? Es ist etwas los mit ihm«, sagt Dora Martin zum Professor, der nicht länger widersprechen kann. »Na ja . . .« bringt er knarrend hervor, bewegt die Zunge im Munde und blickt grüblerisch. Im Grunde nimmt er ›diesen Höfgen‹ noch immer nicht ernst; so wenig ernst, wie Oskar H. Kroge es je getan hat. Ein Komödiant, denkt der Professor, wie Kroge.
Ein faszinierender Komödiant: die Kritiker finden es, die reichen Damen finden es, Fräulein Bernhard findet es, die Kollegen können es nicht mehr leugnen. Das Stück ›Die Schuld‹ verdankt seine außergewöhnliche Zugkraft zu gro-

ßen Teilen der Leistung Höfgens. Es kann hundertmal hintereinander gespielt werden, der Professor verdient schweres Geld; das Unglaubliche geschieht: er erhöht Hendriks Gage noch während der Saison, wozu kein Vertrag ihn verpflichtet – Fräulein Bernhard und Herr Katz haben dies durchgesetzt bei ihrem illustren Chef.
Vielleicht hätte das Stück selbst 150- oder 200mal gegeben werden können; aber allmählich dringen Gerüchte über den Autor durch, die ernüchternd wirken. Er ist gar kein sonderbarer Nervenarzt in Spanien, heißt es plötzlich. Er ist kein Außenseiter, der nur mit den Abgründen der menschlichen Seele vertraut ist, unschuldig, unwissend aber in den banalen Mysterien des ›Betriebs‹. Er ist überhaupt kein edler Unbekannter, sondern einfach Herr Katz, über den jeder sich schon mal geärgert hat. Die Enttäuschung ist allgemein. Herr Katz, der routinierte Geschäftsmann, hat das Drama ›Die Schuld‹ geschrieben! Plötzlich finden alle, das Stück sei nur eine Häufung von vulgären Greueln, so geschmacklos wie unbedeutend. Man fühlt sich hereingelegt und ist der Ansicht, das Ganze sei eine große Frechheit von Herrn Katz. Ist Herr Katz Dostojewskij? Seit wann denn? fragt man sich gereizt in den Kreisen, die den Ton angeben. Herr Katz ist der geschäftliche Berater des Professors – was übrigens als beneidenswerte Stellung gilt. Niemand billigt ihm das Recht zu, sich als spanischer Nervenarzt auszugeben und in Abgründe zu steigen. Das Drama ›Die Schuld‹ muß abgesetzt werden.
Eine launische Öffentlichkeit läßt Katz fallen; Höfgen aber hat sich durchgesetzt und mittels seiner erstaunlichen Bösheit definitiv alle Herzen erobert. Beim Ende seiner ersten Berliner Saison kann er zufrieden und guter Dinge sein: Man erklärt ihn allgemein als die Größe von morgen, als den aufsteigenden Stern, als die bedeutende Hoffnung. Sein Vertrag für die nächste Spielzeit 1929/30 sieht schon ganz anders aus als der abgelaufene: die Gage ist ihm fast verdrei-

facht worden, der Professor mußte es knurrend und knarrend geschehen lassen, denn die Konkurrenz ist hinter Höfgen her.
»Na, nun können Sie sich reichlich frische Hemden und Lavendelwasser leisten«, sagte der Professor zu seinem neuen Star. Dieser erwidert, gewinnend lächelnd: »Eau de Cologne, Herr Professor! Ich benutze nur Eau de Cologne!« – Der Sommer ist da, Hendrik gibt die zwei trüben Stuben auf, mietet sich eine helle Wohnung im Neuen Westen, am Reichskanzlerplatz, kauft sich zahlreiche Hemden, gelbe Schuhe und zartfarbene Anzüge, nimmt Unterricht in der Kunst des Chauffierens und verhandelt mit mehreren Firmen wegen des Ankaufs eines schicken Cabriolets, welches er zum Reklamepreis beansprucht – Barbara fährt zur Generalin aufs Gut. Der erfolgreiche Gatte interessiert sie weniger als der kämpfende, der von unbefriedigtem Ehrgeiz bebende sie interessiert hat. Frau von Herzfeld kommt zu Besuch, um Hendrik bei der Einrichtung seiner neuen Wohnung zu helfen: Sie wählt Stahlmöbel aus und als Schmuck für die Wände Reproduktionen nach Van Gogh und Picasso. Die Räume behalten eine Kahlheit von elegantem, anspruchsvollem Gepräge. – Hendrik genießt Frau von Herzfelds Bewunderung, nimmt ihre Liebe, die noch gewachsen zu sein scheint, entgegen wie einen wohlverdienten Tribut. Hedda hat nun auf jede ironische Maske ihm gegenüber verzichtet. Mit einer wehmütigen Gier, einer resignierten Süchtigkeit hängen ihre sanften, goldbraunen Augen an dem grausamen Angebeteten. »Die arme kleine Siebert sieht ganz blaß aus, vor lauter Sehnsucht nach Ihnen«, berichtet sie, und verschweigt, daß sie ihrerseits sich einmal so weit hat gehen lassen, mit Angelika zusammen zu weinen – bitterlich und lange zu weinen um den Verlorenen, den sie niemals besessen hat.
Frau von Herzfeld darf Höfgen zu den Filmateliers begleiten; denn in diesem Sommer filmt er zum ersten Mal. In dem

Kriminalfilm ›Haltet den Dieb!‹ hat er die führende Rolle des großen Unbekannten und geheimnisvollen Übeltäters, der meist mit einer schwarzen Maske vorm Gesicht erscheint. Schwarz ist alles an ihm, selbst das Hemd: die Farbe der Kleidung läßt auf die Finsternis der Seele schließen. Er wird ›der Schwarze Satan‹ genannt und ist der Chef einer Bande, die Falschgeld fabriziert, Rauschgift schmuggelt, gelegentlich Bankeinbrüche verübt und auch schon mehrere Morde auf dem Gewissen hat. So viele Untaten verübt der Schwarze Satan nicht nur aus Habgier oder Spaß am Abenteuer, sondern auch aus prinzipiellen Gründen. Düstere Erfahrungen, die er einst mit einem jungen Mädchen gemacht, haben ihn zu einem Feind der Menschheit werden lassen. Es ist ihm ein Herzensbedürfnis, Schaden und Unheil zu stiften, er ist Übeltäter aus Überzeugung: dieses gesteht er, kurz vor seiner Verhaftung, dem Kreis der Kumpane, die sich wundern und fürchten; denn sie ihrerseits haben aus weniger komplizierten Gründen gestohlen. Sie murmeln ehrfurchtsvoll und betroffen, da sie erfahren, wie seltsam es um ihren Chef, den Schwarzen Satan, steht, und daß er keineswegs immer Verbrecher, vielmehr Husarenoffizier gewesen ist. Im Verlaufe dieser dramatischen Szene nimmt der Bösewicht seine Maske ab: sein Gesicht, zwischen dem steifen schwarzen Hut und dem hochgeschlossenen dunklen Hemd, ist von schauriger Blässe, übrigens immer noch aristokratisch bei aller Verkommenheit, und nicht ohne tragischen Zug.

Die maßgebenden Herren der großen Filmgesellschaft sind höchst beeindruckt von dieser grausamen und leidvollen Miene. Höfgen bringt Überraschungen, er ist eigenartig und wird gute Kassen machen, sowohl in der Hauptstadt als auch in der Provinz; so sagen sich die maßgebenden Herren, und die Angebote, die Hendrik von ihnen empfängt, übertreffen alle seine Hoffnungen. Er muß sie teilweise ablehnen; sein Vertrag mit dem Professor bindet ihn. Da er sich rar macht, werden die Filmgewaltigen erst recht wild auf ihn. Sie setzen sich mit Herrn Katz und Fräulein Bernhard in Verbindung und bieten erhebliche Abstandssummen, wenn man ihnen den Schauspieler Höfgen für einige Wochen in der Saison überläßt. Es wird viel telephoniert, korrespondiert und verhandelt. Bernhard und Katz sind anspruchsvoll; selbst für schweres Geld wollen sie nicht auf ihren Liebling verzichten. Höfgen ist der Umworbene. Alle wollen ihn haben. Er sitzt in seiner kahlen und feinen Wohnung mit den Stahlmöbeln, lächelt aasig und glossiert mit spöttisch überlegenen Worten den Kampf zwischen Bühne und Film um seine kostbare Person.

Dieses ist die Karriere! Der große Traum verwandelt sich in Wirklichkeit. Man muß nur innig genug träumen können – denkt Hendrik –, und aus dem kühnen Wunschbild wird die Realität. Ach, sie ist herrlicher, als man es jemals zu träumen gewagt! In jeder Zeitung, die er aufmacht, findet er nun seinen Namen – die erfahrene Bernhard sorgt für solche Publizität –, und jetzt wird er immer richtig geschrieben, in schon beinah ebenso fetten Lettern wie die Namen jener altbewährten Stars, deren Ruhm man einst, in der Kantine des Provinztheaters, neidisch verfolgt hat. Auf der Titelseite bringt eine wichtige Illustrierte Hendriks Bild. Was für ein Gesicht wird Kroge machen, wenn er es sieht? Und Frau Konsul Mönkeberg? Und der Geheimrat Bruckner? Alle, die sich Höfgen gegenüber skeptisch und ein wenig hochmütig verhalten haben, werden ehrfurchtsvoll zusammenschauern angesichts seiner Karriere, die nun in schwindelerregend steiler Kurve nach oben führt.

Am Ende der Spielzeit 1929/30 steht Hendrik Höfgen unvergleichlich größer da als an ihrem Beginn. Alles ist ihm geglückt, aus jedem Unternehmen wurde der Triumph. In den Theatern des Professors hat er schon beinahe mehr zu sagen als der Chef selber – der sich übrigens selten in Berlin aufhält, sondern meist in London, Hollywood oder Wien. Höfgen beherrscht Herrn Katz und die Dame Bernhard; längst kann er es sich leisten, mit beiden ebenso ungeniert umzuspringen, wie er mit Schmitz und Frau von Herzfeld umzuspringen pflegte. Höfgen bestimmt, welche Stücke angenommen, welche abgelehnt werden, und mit der Bernhard zusammen teilt er den Schauspielern ihre Rollen zu. Die Dichter, die aufgeführt werden wollen, umschmeicheln ihn; die Schauspieler, die auftreten wollen, umschmeicheln ihn; die Gesellschaft – oder der Klüngel von reichen Snobs, der sich so nennt – umschmeichelt ihn: denn er ist der Mann des Tages.

Alles ist wieder wie es in Hamburg war, nur in größerem Stil, nur in anderen Dimensionen. Sechzehn Stunden Arbeit am Tag, und dazwischen interessante Nervenkrisen. In dem eleganten Nachtlokal ›Zum Wilden Reiter‹, wo Hendrik zuweilen von ein Uhr bis drei Uhr morgens Bewunderer um sich versammelt, sinkt er, das Cocktailglas in der Hand, seufzend vom hohen Barstuhl: es ist eine kleine Ohnmacht, nichts Schlimmes, aber doch schlimm genug, um alle anwesenden Damen kreischen zu lassen; Fräulein Bernhard ist mit stärkenden Wohlgerüchen zur Hand – immer ist eine ergebene Frauensperson in der Nähe, wenn der Schauspieler Höfgen seine Zustände hat. Er gönnt sie sich nun wieder recht häufig, die hysterischen kleinen Zusammenbrüche, die sich vom sanften Schüttelfrost oder der stillen Ohnmacht bis zum Schreikrampf mit konvulsivischen Zuckungen steigern können – und sie bekommen ihm gut, erfrischt wie aus heilsamen Bädern geht er aus ihnen hervor, voll neuer Kraft für seine anspruchsvolle, angreifende und genußreiche Existenz.

Übrigens muß er seltener zu den erholsamen Krisen seine Zuflucht nehmen, seitdem er die Prinzessin Tebab wieder in der Nähe hat. Während des ersten Berliner Winters ließ er die drohenden Briefe der schwarzen Königstochter, die in einem wunderlichen, von orthographischen Fehlern wimmelnden Stil abgefaßt waren, unbeantwortet. Nun aber hat

Barbara sich beinah ganz von ihm zurückgezogen: sie erträgt den Betrieb um ihren smarten Gatten nicht; immer seltener kommt sie nach Berlin, ihr Zimmer in dem feinen Appartement am Reichskanzlerplatz bleibt meistens unbewohnt; sie zieht die stilleren Räume im Hause des Geheimrats oder in der Villa der Generalin vor. Da entschließt sich Hendrik, seiner Juliette das Reisegeld zu schicken – das Leben ohne sie entbehrt der Würze, die grimmig blickenden Damen, die mit ihren hohen Stiefeln über die Tauentzienstraße stolzieren, sind kein Ersatz. Prinzessin Tebab läßt sich nicht lange bitten. Sie trifft ein.

Hendrik mietet ihr ein Zimmer in entlegener Gegend, wo er ihr wöchentlich mindestens einmal Visite macht; wie ein Verbrecher an den Ort seiner Übeltat – den Shawl bis über das Kinn gewickelt und den Hut tief in die Stirne gedrückt – schleicht er sich zu seiner Geliebten. »Wenn mich irgend jemand ertappen würde – in diesem Aufzug!« flüstert er, während er ins Trainingshöschen schlüpft. »Ich wäre verloren! Alles wäre aus!« – Prinzessin Tebab amüsiert sich über seine schlotternde Angst; sie lacht rauh und herzlich. Aus Vergnügen daran, ihn zittern zu sehen – und auch, um noch mehr Geld aus ihm herauszukriegen –, verheißt sie ihm zum hundertsten Male, sie werde ins Theater kommen und wie eine wilde Katze schreien, wenn er die Bühne betritt. »Paß nur auf, Bubi!« neckt sie ihn grausam. »Einmal tu' ich es wirklich – zum Beispiel bei der großen Premiere nächste Woche. Ich ziehe mir mein buntes Seidenkleid an und setze mich in die erste Reihe. *Das* gibt einen Skandal!« Animiert reibt sich das dunkle Fräulein die Hände. Dann verlangt sie hundertfünfzig Mark von ihm, ehe er den neuen Tanzschritt üben darf. Mit seinem Aufstieg ist auch sie anspruchsvoller geworden. Nun benutzt sie kostspielige Parfüms, kauft sich in erheblichen Mengen bunte Seidentücher, klirrende Armbänder und kandierte Früchte, die sie aus großen Tüten mit ihren rauhen und gewandten Fingern zu naschen liebt.

Wenn sie grinsend kaut und sich dazwischen behaglich am Hinterkopf kratzt, sieht sie einem großen Affen zum Verwechseln ähnlich.
Hendrik muß zahlen, und er zahlt gerne.
Es bereitet ihm Lust, auf so plumpe Art ausgenutzt zu werden von der Schwarzen Venus. »Denn ich liebe dich wie am ersten Tag!« sagt er ihr. »Ich liebe dich sogar mehr als am ersten Tage. Wenn du weg bist, begreife ich erst ganz, was du mir bedeutest. Die strengen Damen von der Tauentzienstraße sind unerträglich langweilig.« – »Und deine Frau?« erkundigt sich das Urwaldmädchen mit einem grollenden Kichern. »Und deine Barbara?« – »Ach die ...«, macht Hendrik, sowohl kummervoll als verächtlich, und wendet das fahle Gesicht dem Schatten zu.
Barbara kommt immer seltener nach Berlin; auch der Geheimrat zeigt sich beinah nie mehr in der Hauptstadt, wo er früher, mehrmals im Winter, Vorträge zu halten und an der repräsentativen Geselligkeit teilzunehmen pflegte. Der Geheimrat sagt: »Ich bin nicht mehr gern in Berlin. Ja, ich fange an, mich vor Berlin zu fürchten. Es bereiten sich hier Dinge vor, die mich entsetzen – und das Schaurige ist, daß die Menschen, mit denen ich Umgang habe, die Gefahren nicht zu bemerken scheinen. Man ist geschlagen mit Blindheit. Man amüsiert sich, streitet sich, nimmt sich ernst; inzwischen verfinstert sich der Himmel, aber man hat keinen Blick für das Ungewitter, das näher kommt – das schon beinahe da ist. Nein, ich bin nicht mehr gern in Berlin. Vielleicht meide ich es, um es nicht verachten zu müssen ...«
Er kommt doch noch einmal; aber nicht mehr, um an repräsentativer Geselligkeit teilzunehmen oder in der Universität zu dozieren; vielmehr um eine große kulturpolitische und tagespolitische Rede zu halten. Die Rede trägt den Titel: ›Die drohende Barbarei‹; mit ihr will der Geheimrat den geistigen Teil des Bürgertums noch einmal – zum letzten Mal – warnen vor dem, was heraufkommt und was Verfinsterung

und Rückschlag bedeutet, während es sich selber frech ›Erwachen‹ und ›nationale Revolution‹ zu nennen wagt.
Der alte Herr spricht anderthalb Stunden lang vor einem Publikum, welches tobt – teils vor Beifall, teils zum Widerspruch.
Während seines letzten Aufenthalts in der Kapitale hat der bürgerliche Gelehrte, der durch seinen Besuch in der Sowjetunion der Rechten verhaßt und den Demokraten schon ein wenig verdächtig ist, Besprechungen mit vielen seiner Freunde, mit Politikern, Schriftstellern, Professoren. All diese Unterredungen endigen mit der heftigsten Meinungsverschiedenheit. Die Freunde erkundigen sich, nicht ohne Hohn: »Wo bleibt Ihre geistige Toleranz, Herr Geheimrat? Wohin sind Ihre demokratischen Prinzipien? Wir erkennen Sie gar nicht wieder. Sie sprechen ja wie ein radikaler Tagespolitiker, nicht mehr wie ein kultivierter, überlegener Mensch. Alle kultivierten Menschen sollten sich darin einig sein, daß es diesen Nationalsozialisten gegenüber nur eine Methode gibt: die erzieherische. Wir müssen alles daran setzen, diese Menschen zu zähmen, mittels der Demokratie. Wir müssen sie gewinnen, anstatt sie zu bekämpfen. Wir müssen diese jungen Menschen überreden zur Republik. – Und übrigens«, fügen die sozialdemokratischen oder liberalen Herren mit einer vertraulich gedämpften Stimme und mit einem ernsten Blick hinzu, »und übrigens, lieber Geheimrat: Der Feind steht links.« Manches muß Bruckner sich anhören, über die ›gesunden und aufbauwilligen Kräfte‹, die ›trotz allem‹ im Nationalsozialismus stecken; manches über das edle nationale Pathos einer Jugend, der gegenüber, ›wir Älteren‹ eben nicht länger verständnislos ablehnend bleiben dürfen; über den ›politischen Instinkt des deutschen Volkes‹, seinen ›gesunden Menschenverstand‹, der stets das Schlimmste verhüten werde – (›Deutschland ist nicht Italien‹) – ehe er, erbittert und enttäuscht, abreist, im Herzen entschlossen, nie wiederzukehren.

Der Geheimrat Bruckner entzieht sich einer Gesellschaft – in welcher Hendrik Höfgen Triumphe feiert. –
In Berliner Salons ist jeder willkommen, der Geld hat oder dessen Namen häufig genannt wird von der Boulevardpresse. Auf dem Parkett der Tiergarten- und Grunewald-Villen treffen sich die Schieber mit den Rennfahrern, Boxern und berühmten Schauspielern. Der große Bankier ist stolz darauf, Hendrik Höfgen bei sich zu empfangen; noch lieber freilich hätte er Dora Martin in seinem Hause gesehen, aber Dora Martin kommt nicht, sie sagt ab oder zeigt sich höchstens für zehn Minuten.
Natürlich erscheint auch Höfgen nicht vor Mitternacht. Nach der Abendvorstellung tritt er noch in einer Music-Hall auf, wo er für 300 Mark ein Chanson singt, welches sieben Minuten dauert. Die schicke Gesllschaft, die er mit seiner Gegenwart beehrt, trällert ihm den Refrain des Songs entgegen, den er berühmt gemacht hat:

»Es ist doch nicht zu schildern –
Soll ich denn ganz verwildern?
Mein Gott, was ist denn nur mit mir geschehn!«

Wie schön und fein Hendrik ist – es ist doch nicht zu schildern! Grüßend und lächelnd, hinter sich Herrn Katz und Fräulein Bernhard als seine treuen Trabanten, bewegt er sich durch diese Gesellschaft von versnobten jüdischen Financiers, von politisch radikalen und künstlerisch impotenten Literaten und von Sportsleuten, die noch nie ein Buch gelesen haben und, gerade deshalb, von den Literaten angehimmelt werden. »Sieht er nicht aus wie ein Lord?« flüstern reich geschmückte Damen orientalischen Typs. »Er hat einen so lasterhaften Zug um den Mund – und diese herrlich blasierten Augen! Sein Frack ist von Knige, er hat 1200 Mark gekostet.« – In einer Ecke des Salons wird behauptet, Höfgen habe ein Verhältnis mit Dora Martin. »Aber nein – er

schläft doch mit Fräulein Bernhard!« wollen noch Eingeweihtere wissen. »Und seine Frau?« erkundigte sich ein etwas naiver junger Herr, der noch nicht lange in der Berliner Gesellschaft verkehrt. Er bekommt nur ein verächtliches Lächeln zur Antwort. Die Familie Bruckner ist nicht mehr ernst zu nehmen, seitdem sich der alte Geheimrat politisch auf eine so anstößige und übrigens sinnlose Art exponiert hat. Gelehrte sollten sich nicht in Dinge mischen, von denen sie nichts verstehen – darüber sind alle sich einig –, und außerdem empfindet man es als albernen Eigensinn, gegen den Strom zu schwimmen. Für die zukunftsträchtige Bewegung des Nationalsozialismus, die so viel positive Elemente enthält und ihre störenden kleinen Fehler, zum Beispiel diesen lästigen Antisemitismus, schon noch ablegen wird, bringt man als moderner Mensch Verständnis auf. »Daß der Liberalismus etwas Überwundenes ist und keine Zukunft mehr hat, ist doch wohl eine Tatsache, über die wir nicht mehr zu diskutieren brauchen«, sagen die Literaten, und weder die Boxer noch die Bankiers widersprechen ihnen.
»Wie reizend, daß Sie eine Stunde Zeit für uns gefunden haben, Herr Höfgen!« flötet die Hausfrau ihrem attraktiven Gast entgegen und hält ihm ein Tellerchen mit Kaviar hin. »Man weiß doch, wie beschäftigt Sie sind! Darf ich Sie mit zwei ihrer glühendsten Verehrer bekannt machen? Dieses ist Herr Müller-Andreä, der Ihnen durch seine bezaubernden Plaudereien im ›Interessanten Journal‹ gewiß bekannt ist. Und dieses ist unser Freund, der berühmte französische Schriftsteller Pierre Larue . . .«
Herr Müller-Andreä ist ein eleganter, grauhaariger Mann mit stark hervortretenden wasserblauen Augen in einem roten Gesicht. Jedermann weiß, daß er von den guten Beziehungen seiner schönen Frau lebt, die aus aristokratischer Familie stammt. Durch sie erfährt er den ganzen Klatsch der Berliner Gesellschaft, aus dem er seine kleinen Artikel für das ›Interessante Journal‹ zusammenstellt. In diesem verru-

fenen Skandalblatt plaudert Herr Müller-Andreä wöchentlich unter dem Titel: ›Hatten Sie davon eine Ahnung?‹ Gerade diesen amüsanten Artikeln verdankt das ›Interessante Journal‹ seine Beliebtheit; denn in ihnen wird mitgeteilt, daß die Gattin des Industriellen X mit dem lyrischen Tenor Y eine kleine Reise nach Biarritz unternommen hat und daß die Gräfin Z jeden Nachmittag im Adlon zum Tanztee erscheint, und dieses nicht der guten Kapelle, sondern eines gewissen Gigolos wegen ... Durch solche Eröffnungen versteht es Herr Müller-Andreä, die Leser zu fesseln und zu belehren. Seine ziemlich luxuriöse Lebenshaltung bestreitet er übrigens keineswegs mit seinen Einnahmen aus veröffentlichten Artikeln; vielmehr mit jenen Summen, die er sich für die *Nicht*veröffentlichung von ›Plaudereien‹ bezahlen läßt. So manche Dame hat schon schweres Geld an Herrn Müller-Andreä überwiesen, damit ihr Name nicht in die Rubrik ›Hatten Sie davon eine Ahnung?‹ komme. Herr Müller-Andreä ist ein gemeiner Erpresser, niemand bestreitet es – auch er selber nicht –; niemand macht besonderes Aufheben davon.

Der andere ›glühende Verehrer‹ des Schauspielers Höfgen, Monsieur Pierre Larue, ist ein kleines Männchen. Er reicht Hendrik eine bleiche, spitze Hand und spricht mit einer klagenden Sopranstimme: »Sehr interessant, lieber Herr Höfgen! Darf ich mir Ihre Adresse notieren?« Dabei hat er schon, mit geübtem Griff, ein dickes Notizbuch hervorgeholt. »Ich hoffe, Sie werden nächstens im Esplanade bei mir speisen«, ruft er noch mit seinem jammernden und dabei sirenenhaft lockenden Stimmchen. – Monsieur Larue hat in seinem altjüngferlich spitzen, von unzähligen Fältchen durchzogenen Gesicht merkwürdig scharfe und durchdringende Augen; aus ihnen leuchtet, beinah ekstatisch, eine ungeheure Neugierde; sie funkeln von jener Sucht nach Menschen, Namen und Adressen, die der eigentlich herrschende Impuls und der einzige echte Inhalt seines Lebens ist. Mon-

sieur Larue würde sterben, traurig eingehen, wie ein Fischlein, dem man das Wasser entzieht, an dem Tage, der ihn keine neuen Bekanntschaften machen ließe. Jedoch wird diese Situation, die so beklagenswert wäre, dem kleinen Menschensammler erspart bleiben, mindestens solange er sich in Berlin aufhält. Denn Ausländer haben es leicht in Berliner Salons: ein Gast, der mit schlechtem Akzent deutsch spricht, gereicht einer Gesellschaft fast ebenso zur Ehre wie ein Boxer, eine Gräfin oder ein Filmschauspieler – und nun gar noch ein Ausländer, der Geld hat, interessante Diners im Hotel Esplanade arrangiert, mehreren Königen vorgestellt ist und sogar den Prince of Wales kennt. Keine Tür bleibt verschlossen vor Monsieur Larue, sogar der ehrwürdige alte Herr Reichspräsident hat ihn empfangen. Er genießt den Umgang der reaktionärsten und exklusivsten Familien von Potsdam; andererseits sieht man ihn in Gesellschaft linksradikaler junger Leute, die er als ›mes jeunes camarades communistes‹ in den Häusern der Bankdirektoren einzuführen liebt.
»Gestern habe ich Sie im Wintergarten bewundert«, sagt Pierre Larue, nachdem er sich Höfgens Telephonnummer notiert hat. Und er wiederholt scherzhaft, aber klagenden Tones, den populären Refrain: »Es ist doch nicht zu schildern . . .« Danach hat er ein kleines Lachen, das klingt wie das Rascheln von Herbstwind in trockenem Laub. »Ha ha ha«, lacht Monsieur Larue; reibt sich die bleichen Knochenhändchen über der Brust gegeneinander und steckt sein Gesicht tief in den dicken, schwarzen Wollshawl, den er, trotz der warmen Temperatur in diesen Räumen, über dem Smoking um den Hals geschlungen trägt.
Es ist doch nicht zu schildern – das hat die Welt noch nicht gesehen – das gibt's nur einmal, das kommt nicht wieder! In Deutschland steht alles glänzend, besser könnte es gar nicht stehen, man darf sorglos und guter Dinge sein. Gibt es eine Krise? Gibt es Arbeitslose, gibt es politische Kämpfe? Gibt

es eine Republik, der es nicht nur an Selbstachtung, sondern sogar an Selbsterhaltungstrieb fehlt und die sich vor der ganzen Welt verhöhnen läßt von ihrem frechsten und rohesten Feinde? Dieser wird ausgehalten und begünstigt von den reichen Leuten, die nur eine Angst kennen: Eine Regierung könnte es sich einfallen lassen, ihnen etwas Geld wegzunehmen. Gibt es Saalschlachten in Berlin und nächtliche Straßenkämpfe? Gibt es schon den Bürgerkrieg, der beinah täglich seine Opfer fordert? Wird schon Arbeitern von Burschen in brauner Uniform das Gesicht zertreten und der Kehlkopf durchgeschnitten, der große Volksverführer aber – Chef der ›aufbauwilligen Elemente‹, Liebling der Schwerindustriellen und der Generale – publiziert schamlos sein Glückwunschtelegramm an die viehischen Mörder?
Schwört derselbe Hetzer, der die Nacht der langen Messer fordert und öffentlich gelobt, es würden Köpfe rollen, er wolle ›nur auf legalem Wege‹ zur Macht kommen? Darf er es sich herausnehmen, darf er es wagen, täglich so viel Drohungen und Infamien in die Welt zu schreien mit seiner bellenden Stimme?
Es ist doch nicht zu schildern! Ministerien stürzen, werden neu gebildet und sind nicht klüger als vorher. Soll man denn ganz verwildern? Im Palais des ehrwürdigen Generalfeldmarschalls intrigieren die Großgrundbesitzer gegen eine zitternde Republik. Die Demokraten schwören, der Feind steht links. Polizeipräsidenten, die sich sozialistisch nennen, lassen auf Arbeiter schießen. Die bellende Stimme aber darf täglich ungestört dem ›System‹ Strafgericht und blutigen Untergang verheißen.
Das hat die Welt noch nicht gesehen! Sieht es denn nicht der hochbezahlte Spaßmacher eben jenes Systems, gegen das die infame Kettenhundstimme ihre Verwünschungen schleudert? Fällt es denn dem Schauspieler Höfgen nicht auf, daß die Veranstaltungen, deren fragwürdiger Held er ist, im Grund makabren Charakters sind, und daß der Tanz, zu des-

sen beliebtesten Anführern er gehört, die grausige Tendenz zum Abgrund hat?
Hendrik Höfgen – Spezialist für elegante Schurken, Mörder im Frack, historische Intriganten – sieht nichts, hört nichts, merkt nichts. Er lebt gar nicht in der Stadt Berlin – so wenig wie er jemals in der Stadt Hamburg gelebt hat –; er kennt nichts als Bühnen, Filmateliers, Garderoben, ein paar Nachtlokale, ein paar Festsäle und versnobte Salons. Spürt er, daß die Jahreszeiten wechseln? Wird es ihm bewußt, daß die Jahre vergehen – die letzten Jahre dieser mit so viel Hoffnung begrüßten, nun so jammervoll verscheidenden Weimarer Republik: die Jahre 1930, 1931, 1932? Der Schauspieler Höfgen lebt von einer Premiere zur nächsten, von einem Film zum andern; er zählt ›Aufnahmetage‹, ›Probentage‹, aber er weiß kaum davon, daß der Schnee schmilzt, daß die Bäume und Gebüsche Knospen tragen oder Blätter, daß ein Wind die Düfte mit sich trägt, daß es Blumen gibt und Erde und fließendes Wasser. Eingesperrt in seinen Ehrgeiz wie in ein Gefängnis; unersättlich und unermüdlich; immer im Zustand höchster hysterischer Spannung genießt und erleidet der Schauspieler Höfgen ein Schicksal, das ihm außerordentlich scheint, und das doch nichts ist als die vulgäre, schillernde Arabeske am Rande eines todgeweihten, dem Geist entfremdeten, der Katastrophe entgegentreibenden Betriebes.
Es ist doch nicht zu schildern – es ist doch überhaupt nicht aufzuzählen, was er alles treibt, durch wieviel verschiedenartige Einfälle und Überraschungen er das öffentliche Interesse auf sich lenkt. – Den Vertrag mit den Bühnen des Professors hat er, zum fassungslosen Kummer des Fräulein Bernhard, gelöst, um frei zu sein für all die verlockenden Chancen, die sich ihm bieten. Nun spielt und inszeniert er einmal hier, einmal dort – wenn die einträgliche Filmarbeit ihm Zeit für die Bühne übrig läßt. Auf der Leinwand oder auf der Bühne sieht man ihn in kleidsamer Apachentracht – rotes

Halstuch zum schwarzen Hemd; das Haar einer blonden Perücke, die seine Miene noch verdächtiger wirken läßt, tief in die Stirn frisiert –, im gestickten Kostüm des dandyhaften Rokokofürsten; im üppigen Gewand orientalischer Despoten; in der römischen Toga oder im Biedermeierrock; als preußischen König oder als degenerierten englischen Lord; im Golfanzug, im Pyjama, im Frack oder in der Husarenuniform. In der großen Operette singt er Albernheiten auf so klug pointierte Manier, daß die Dummen sie für geistreich halten; in klassischen Dramen bewegt er sich mit so eleganter Nachlässigkeit, daß die Werke Schillers oder Shakespeares wie amüsante Konversationsstücke wirken; aus mondänen Farcen, die in Budapest oder Paris nach billigen Rezepten hergestellt sind, zaubert er raffinierte kleine Effekte, die des Machwerks Nichtigkeit vergessen lassen. – Dieser Höfgen kann alles! Seine brillante, vor keiner Zumutung versagende Wandlungsfähigkeit scheint genialen Einschlag zu haben. Wollte man jede seiner Leistungen einzeln betrachten, so käme man wohl zu dem Resultat, daß keine von ihnen allerersten Ranges ist: als Regisseur wird Höfgen niemals den ›Professor‹ erreichen; als Schauspieler kann er es mit seiner großen Konkurrentin Dora Martin nicht aufnehmen, die der erste Stern an einem Himmel bleibt, über den er sich als ein schillernder Komet bewegt. Es ist die Vielfalt seiner Leistungen, die seinen Ruhm ausmacht und immer wieder erneuert. Da gibt es nur eine Stimme im Publikum: Fabelhaft, was er alles fertigbringt! Und in gewählteren Ausdrükken wiederholt die Presse die gleiche Meinung.

Er ist der Liebling der links-bürgerlichen und linken Blätter – wie er der Favorit der großen jüdischen Salons ist und bleibt. Gerade der Umstand, daß er kein Jude ist, läßt ihn diesen Kreisen besonders schätzenswert erscheinen; denn die jüdische Berliner Elite ›trägt blond‹. – Die Zeitungen der radikalen Rechten, die täglich die Erneuerung deutscher Kultur durch die Rückkehr zum volkhaft Echten, zu Blut und Boden zornig propagieren, verhalten sich mißtrauisch und ablehnend gegen den Schauspieler Höfgen; er gilt ihnen als ›Kulturbolschewist‹. Daß die jüdischen Feuilletonredakteure ihn schätzen, macht ihn ebenso verdächtig wie seine Vorliebe für französische Stücke und die exzentrisch-volksfremde Mondänität seiner Erscheinung. Außerdem verfolgen ihn die nationalistischen Dramatiker mit ihrem Haß, weil ihre Stücke von ihm abgelehnt werden. Cäsar von Muck, zum Beispiel, repräsentativer Dichter der aufstrebenden nationalsozialistischen Bewegung, in dessen Dramen erwürgte Juden und erschossene Franzosen die Pointen des Dialogs ersetzen – Cäsar von Muck, höchste Kapazität für kulturelle Fragen im Lager der dezidierten Kulturfeindlichkeit, schreibt über die Neuinszenierung einer Wagner-Oper, mit der Höfgen eben Sensation gemacht hat: Dies sei übelste Asphalt-Kunst, zersetzendes Experiment, durchaus jüdisch beeinflußt und freche Schändung deutschen Kulturgutes. ›Der Zynismus des Herrn Höfgen kennt keine Grenzen‹, schreibt Cäsar von Muck. ›Um dem Kurfürstendammpublikum eine neue Unterhaltung zu bieten, wagt er sich an den ehrwürdigsten, größten der deutschen Meister – an Richard Wagner.‹ – Recht herzlich amüsiert Hendrik sich, gemeinsam mit ein paar radikalen Literaten, über diese Redensart des Blut- und Boden-Skribenten.

Höfgen hat seine Beziehungen zu kommunistischen oder halbkommunistischen Kreisen keineswegs aufgegeben; zuweilen bewirtet er in seiner Wohnung am Reichskanzlerplatz junge Schriftsteller oder Parteifunktionäre, denen er in immer neuen und immer effektvollen Redewendungen seinen unversöhnlichen Haß gegen den Kapitalismus und seine glühende Hoffnung auf die Weltrevolution versichert. – Umgang mit den Revolutionären pflegt er nicht nur, weil er meint, diese könnten doch vielleicht einmal an die Macht kommen, und dann würden alle Diners sich reichlich bezahlt machen; sondern auch zur Beruhigung des eigenen Gewissens. Man ist anspruchsvoll und möchte doch mehr sein als nur ein gut verdienender Komödiant; man will nicht ganz aufgehen in einem Betrieb, den man im Grunde zu verachten behauptet, während man doch ganz in seinem Banne steht. Hendrik schmeichelt sich, daß sein Leben Inhalte und Probleme habe, deren sich die Kollegen kaum rühmen können. Dora Martin, zum Beispiel, diese großartige Dora Martin, die immer noch um eine entscheidende Nuance berühmter ist als er selbst: was mag schon vorgehen in ihrem Innern? Sie schläft ein mit dem Gedanken an ihre Gagen und erwacht mit Hoffnungen auf neue Filmverträge: So sagt sich Hendrik, der von Dora Martin nichts weiß. In seinem Innern aber begeben sich die originellsten Dinge.

Die Bindung an Juliette, das grausame Naturkind – sie ist mehr als nur sexuelle Angelegenheit, sondern kompliziert und geheimnisvoll –: Hendrik legt Wert auf diesen interessanten Umstand. Manchmal glaubt er auch, daß seine Beziehung zu Barbara – Barbara, die er seinen guten Engel genannt hat – durchaus nicht abgeschlossen und zu Ende sei, sondern noch Wunder, Rätsel und Überraschungen bringen könne. Wenn er vor sich die bedeutenden Faktoren seines Innenlebens Revue passieren läßt, vergißt er nie, Barbara – zu der er in Wahrheit den Kontakt mehr und mehr verliert – mit zu nennen.

Die wichtigste Nummer auf dieser Liste seiner außerordentlichen inneren Vorgänge bleibt jedoch die revolutionäre Gesinnung. Auf diese Rarität und Kostbarkeit, die ihn so vorteilhaft von den übrigen ›Prominenten‹ des Berliner Theaterlebens unterscheidet, möchte er um keinen Preis verzichten. Deshalb pflegt er, eifrig und geschickt, die Freundschaft mit Otto Ulrichs, der seine Stellung am Hamburger Künstlertheater aufgegeben hat und im Norden Berlins ein politisches Kabarett leitet.

»Jetzt müssen alle unsere Kräfte der politischen Arbeit zur Verfügung gestellt werden«, erklärt Otto Ulrichs. »Wir ha-

ben keine Zeit mehr zu verlieren. Der Tag der Entscheidung ist nahe.«
In seinem Kabarett, welches ›Der Sturmvogel‹ heißt und durch die Schärfe wie durch die Qualität seiner Darbietungen Aufsehen nicht nur in den Proletariervierteln erregt, produzieren sich junge Arbeiter neben berühmten Schriftstellern und Schauspielern.
Hendrik glaubt es sich leisten zu können, in eigener Person auf der engen Bühne des ›Sturmvogels‹ zu erscheinen. Anläßlich einer Feier, die Ulrichs zu Ehren eines Besuches von russischen Autoren veranstaltet, wird dem Publikum als besondere Attraktion der berühmte Höfgen vom Staatstheater angekündigt. Ehe Ulrichs aber ausreden kann, springt Höfgen, der seinen schlichtesten grauen Anzug angelegt hat und übrigens nicht im eigenen Mercedeswagen, sondern im Taxi vorgefahren ist, elastisch hinter der Kulisse hervor. »Nichts von Berühmtheit, nichts von Staatstheater!« ruft er mit der metallisch leuchtenden Stimme und reckt mit schöner Geste die Arme. »Ich bin euer Genosse Höfgen!« Ihm antwortet Jubel. Am nächsten Tag erklärt der streng-marxistische Kritiker Doktor Ihrig im ›Neuen Börsenblatt‹, der Schauspieler Höfgen habe sich die Herzen der Berliner Arbeiterschaft mit einem Schlag erobert.
So bewegende Erlebnisse in den proletarischen Außenbezirken beschwichtigen sein Gewissen, das sonst dagegen rebellieren könnte, daß man im Westen nur mondäne Albernheiten inszeniert und spielt. Man gehört doch zur Avantgarde: nicht nur das eigene Bewußtsein sagt es einem; vielmehr bestätigen es auch die Literaten, die es wissen müssen – zum Beispiel Ihrig – und die Angriffe, mit denen so lächerliche Figuren wie Cäsar von Muck einen bedenken. Man gehört doch zur geistigen Vorhut! Die Neuinszenierungen der Wagner-Opern sind kühne Experimente – sehr verständlich, daß sie die ewig Rückständigen in Harnisch bringen. Auch von einem literarischen ›Studio‹, einer Serie modernster Kam-

merspiel-Aufführungen ist wieder die Rede; zwar realisiert Hendrik den schönen Plan ebensowenig, wie er das Revolutionäre Theater in Hamburg realisiert hat; aber er spricht doch häufig und verlockend von ihm, so daß viele junge Schauspieler und Dichter sich Jahre lang auf das Unternehmen herzlich freuen dürfen. – Man gehört zur revolutionären Elite, und man läßt es sich etwas kosten: Durch Vermittlung des Otto Ulrichs leitet Höfgen Summen, die nicht erheblich sind, aber doch freudig akzeptiert werden, an gewisse Organisationen der Kommunistischen Partei . . .

Wer wagt zu behaupten, er lebe ahnungslos und eitel in den Tag hinein? Seine intensive Anteilnahme an den großen Zielen und Problemen der Zeit ist bewiesen. Sehr mit Recht schaut Hendrik, seiner tadellos radikalen Gesinnung sich froh bewußt, verächtlich auf so unentschiedene Naturen, wie etwa Barbara eine ist – Barbara, die im Hause des Geheimrats oder auf dem Gut der Generalin ein müßiges und egoistisches Leben führt, eingesponnen in ihre abseitigen intellektuellen Spiele und Sorgen.

Was weiß Hendrik von den Sorgen oder Spielen Barbaras? Was weiß Hendrik überhaupt von Menschen? Ist er, was ihre Schicksale angeht, nicht ebenso ahnungslos wie in den Dingen öffentlichen Lebens? Hat er sich mit denen, die er so gern das ›Zentrum seines Lebens‹ nennt, gründlicher und liebevoller beschäftigt, als etwa mit dem kleinen Böck, der nun wirklich sein Diener ist, oder mit Monsieur Pierre Larue, der im Hotel Esplanade feine Abendessen für ›mes jeunes camarades communistes‹ veranstaltet?

Kümmert Hendrik sich etwa um das innere Leben seiner Freundin Juliette? Er erwartet von ihr, daß sie immer grausam und guter Dinge sei. Sie bekommt reichlich Geld und darf die Peitsche schwingen: hat sie nicht allen Anlaß zur Zufriedenheit? Niemals denkt Höfgen darüber nach, was die dunklen Blicke meinen könnten, die das schwarze Mädchen jetzt so oft auf ihn richtet. Hat das fremde Kind vielleicht

Heimweh nach den Küsten, aus deren schönerer Landschaft ein launisches Schicksal sie in eine fragwürdige Zivilisation verschlug? Beginnt sie vielleicht, in ihrem rätselvollen Herzen den fahlen, leidenssüchtigen Freund zu lieben, oder fängt sie an, ihn zu hassen? Hendrik weiß nichts davon. Für ihn ist Prinzessin Tebab die verführerische Barbarin, die schöne Wilde, an deren ungebrochener Kraft er sich erfrischt, indem er sich vor ihr erniedrigt.
Er ahnt von Juliette so wenig, wie er von Barbara weiß, oder von seiner Mutter Bella. Nur flüchtig liest er die Briefe der armen Mama, der ihr Gatte Köbes und ihre Tochter Josy – zwei muntere und bedenklich leichtsinnige Geschöpfe – viel Sorgen bereiten. Vater Köbes ist geschäftlich nun total ruiniert. ›Die Krise!‹ jammert brieflich Frau Bella. ›Dein guter Vater gehört zu den zahlreichen Opfern der Krise.‹ All sein Hab und Gut wäre verpfändet worden, und bittere Schande hätte die Familie heimgesucht, wäre nicht Hendrik gewesen, der in allerletzter Stunde eine größere Summe telegraphisch überwiesen hat. Schwester Josy verlobt sich, mindestens einmal jedes halbe Jahr; Frau Bella atmet erleichtert auf, wenn die Verbindungen, die stets irgendwie unglückseligen Charakters sind, wieder gelöst werden.
Einmal erscheint Nicoletta in Berlin; aber sie reist bald wieder ab, zurückgerufen von einem drohenden und klagenden Telegramm ihres Gatten Marder. »Ich bin sehr sehr glücklich mit ihm«, erklärt Nicoletta und bemüht sich, die schönen Augen funkeln zu lassen wie einst. Aber dann stellt sich heraus, daß Marder seit zwei Jahren in einem Sanatorium lebt: Nicoletta hat ihre Zeit damit verbracht, ihn zu pflegen – sie lächelt sanft und innig, wenn sie von der kindlichen Dankbarkeit spricht, die der geniale Mann für sie hat. »Nun geht es ihm schon viel besser«, sagt sie hoffnungsvoll. »Wir können bald in den Süden ziehen, er braucht Sonne . . .«
Das ›Lebenszentrum‹, mit dem Hendrik prahlt: Nicoletta, die Liebende, besitzt es. Auch andere dürfen es ihr eigen

nennen; so Ulrichs, der kämpferisch und geduldig auf ›den Tag‹ wartet. ›Er wird kommen!‹ verspricht der Gläubige sich und seinen gläubigen Freunden. – ›Er wird kommen, der Tag!‹ verheißt auch dem jungen Miklas die innere Stimme freudiger Gewißheit. Er meint den schönen Tag, da ›der Führer‹ endlich an der Herrschaft sein wird: seine Feinde aber sind dann alle vernichtet. Vernichtet ist dann vor allem der ärgste und abscheulichste Feind – Höfgen. Der Sturz des Verhaßten, dessen Laufbahn Miklas aus der Ferne mit machtlosem Ingrimm verfolgt, soll das beglückendste Ereignis des ›großen Tages‹ sein und ein Teil seines Sinnes.
Hans Miklas ist – wie Otto Ulrichs, sein politischer Feind – Schauspieler nur noch im Dienste der ›großen Sache‹, des umfassenden Ziels. Er arbeitet längst nicht mehr an Theatern, sondern nur noch mit den Jugendorganisationen der nationalsozialistischen Bewegung; seine Tätigkeit ist es, für Freilichtbühnen und Versammlungssäle Fest- und Werbe-Spiele mit dem ›Jungvolk‹ seines ›Führers‹ einzustudieren: solche Beschäftigung befriedigt sein unwissendes und enthusiastisches Herz. Im Sprechchor brüllen die Burschen, daß sie siegreich die Franzosen schlagen und ihrem Führer stets die Treue wahren wollen; dies haben sie eingeübt unter der Regie des jungen Miklas, der jetzt viel gesünder und frischer aussieht als in der Hamburger Zeit – die schwarzen Löcher in seinen Wangen sind fast verschwunden.
Der Tag ist nahe: schwärmerischer Gedanke, der Hans Miklas und Otto Ulrichs beherrscht, ausfüllt, begeistert wie Millionen andere junge Menschen. Auf welchen Tag aber wartet Hendrik Höfgen? Er wartet immer nur auf die neue Rolle.
Seine große Rolle in der Saison 1932/1933 wird der Mephisto sein: Hendrik spielt ihn in der neuen ›Faust‹-Inszenierung, die das Staatstheater zu Goethes 100. Todestag herausbringt.
Mephistopheles, ›des Chaos wunderlicher Sohn‹: große Rolle des Schauspielers Höfgen – für keine andere hat er je-

mals so viel Eifer aufgebracht. Der Mephisto soll sein Meisterstück sein. Schon die Maske ist sensationell: Hendrik macht aus dem Höllenfürsten den ›Schalk‹ – eben jenen Schalk, als den der HERR der Himmel in Seiner unermeßlichen Güte den Bösen begreift und ab und zu Seines Umgangs würdigt, da er Ihm am wenigsten zur Last ist von allen Geistern, die verneinen. Er spielt ihn als den tragischen Clown, als den diabolischen Pierrot. Der kahlgeschorene Schädel ist weiß gepudert wie das Gesicht; die Augenbrauen sind grotesk in die Höhe gezogen, der blutrote Mund zu einem starren Lächeln verlängert. Die breite Partie zwischen den Augen und den künstlich erhöhten Brauen schillert in hundert verschiedenen Farben; hier haben Fachleute die Gelegenheit, eine kosmetische Leistung von außerordentlichem Rang zu bewundern. Alle Töne des Regenbogens vermischen sich auf den Augenlidern Mephistos und auf den Bögen unter seinen Brauen: das Schwarz spielt ins Rot, das Rot ins Orangefarbene, ins Violette und Blaue; silberne Punkte leuchten dazwischen, ein wenig Gold ist klug und sinnig verteilt. Was für eine bewegte Farbenlandschaft über den verlockenden Edelsteinaugen dieses Satans!
Mit der Anmut des Tänzers gleitet Hendrik-Mephisto im eng anliegenden Kostüm aus schwarzer Seide über die Szene; mit einer spielerischen Akkuratesse, die verwirrt und verführt, kommen die verfänglichen Weisheiten, die dialektischen Scherze von seinem blutig gefärbten Munde, der immer lächelt. Wer zweifelt daran, daß der schaurig elegante Spaßmacher sich in einen Pudel zu verwandeln vermag, Wein aus dem Holz des Tisches zaubern kann und auf seinem gespreiteten Mantel durch die Lüfte fährt, wenn er irgend Lust dazu spürt? Diesem Mephisto wäre das Äußerste zuzutrauen. Alle im Saale fühlen: Er ist stark – stärker selbst als Gott der HERR, den er von Zeit zu Zeit gerne sieht und mit einer gewissen verächtlichen Courtoisie behandelt. Hat er nicht Grund genug, ein wenig auf Ihn herabzusehen? Er

ist viel witziger, viel wissender, jedenfalls ist er sehr viel unglücklicher als jener – und vielleicht ist er stärker eben darum: weil er unglücklicher ist. Der riesenhafte Optimismus des erhabenen Alten, der von den Engeln sich selbst und die Schönheit Seiner Schöpfung im deklamatorischen ›Wettgesang‹ lobpreisen läßt – die euphorische Gutmütigkeit des Allvaters wirkt beinahe naiv und ehrwürdig-senil neben der furchtbaren Melancholie, der eisigen Traurigkeit, in welche der satanisch gewordene Lieblingsengel, der Verfluchte und zum Abgrund Gefahrene zuweilen, zwischen all seinen fragwürdigen Munterkeiten, plötzlich verfällt. Welch ein Schauer geht durch das Auditorium des Berliner Staatstheaters, da Höfgen-Mephistopheles mit seinen grellen Lippen die Worte formt:

» . . .Denn alles, was entsteht,
ist wert, daß es zugrunde geht;
drum besser wär's, daß nichts entstünde.«

Nun bewegt er sich nicht mehr, der gar zu gewandte Harlekin. Nun steht er regungslos. Ist er vor Jammer erstarrt? Unter der bunten Landschaft aus Schminke haben seine Augen jetzt den tiefen Blick der Verzweiflung. Mögen die Engel frohlocken um Gottes Thron – sie wissen nichts von den Menschen. Der Teufel weiß von den Menschen, er ist eingeweiht in ihre argen Geheimnisse, ach, und der Schmerz über sie lähmt seine Glieder und läßt seine Miene versteinern zur Maske der Trostlosigkeit. –

Nach der ›Faust‹-Premiere, die mit Ovationen endigt, verschließt sich der Schauspieler Höfgen in seine Garderobe: er will niemanden sehen. Eine Besucherin aber wagt der kleine Böck nicht abzuweisen. Es kommt selten vor, daß Dora Martin sich Vorstellungen ansieht, in denen sie selbst nicht beschäftigt ist.

Ihre Anwesenheit heute abend hat Aufsehen gemacht. Der

kleine Böck verneigt sich tief vor ihr und öffnet die Türe zum Heiligtum: zu Hendrik Höfgens Garderobe.
Beide sehen überanstrengt aus, sowohl Höfgens als auch seine Kollegin und Konkurrentin: Er ist mitgenommen und erschöpft von den Ekstasen des Spiels, die hinter ihm liegen; sie von Sorgen, die ihm unbekannt sind.
»Es war gut«, sagt die Martin, leise und sachlich; sie hat sich sofort auf einen Stuhl gesetzt, ehe er ihn ihr noch anbieten konnte. Auf dem schmalen Sessel kauert sie sich zusammen, ihr Gesicht, mit der hohen Stirn, den weiten, kindlich sinnenden Augen, steckt tief im Kragen des braunen Pelzes. »Es war gut, Hendrik. Ich wußte, daß Sie das können. Der Mephisto ist Ihre große Rolle.«
Höfgen, der am Schminktisch sitzend ihr den Rücken wendet, lächelt ihr durch den Spiegel zu. »Sie sagen das nicht ohne Bosheit, Dora Martin.«
Sie erwidert, immer noch mit dem ruhigen, sachlichen Ton: »Sie irren sich, Hendrik. Ich nehme es niemanden übel, daß er ist, wie er ist.«
Nun wendet Hendrik ihr sein Gesicht zu, von dem er die Teufelsbrauen und die Farbenpracht auf den Lidern entfernt hat. »Danke, daß Sie heute abend gekommen sind«, sagt er weich und läßt die Augen schimmern.
Aber sie winkt ab, fast verächtlich, als wolle sie sagen: Lassen wir doch nun diese Scherze! – Er scheint ihre Geste zu übersehen und erkundigt sich zärtlich: »Was sind Ihre nächsten Pläne, Dora Martin?«
»Ich habe Englisch gelernt«, antwortet sie.
Er macht ein erstauntes Gesicht.
»Englisch? Wieso das? Warum grade Englisch?«
»Weil ich in Amerika Theater spielen werde«, sagt Dora Martin, ohne den ruhigen, prüfenden Blick von ihm zu wenden.
Da er immer noch den Verständnislosen spielt und wissen will: Wieso? und: Warum gerade in Amerika? – spricht sie

mit einer gewissen Ungeduld: »Weil hier Schluß ist, mein Lieber. Ist Ihnen das noch nicht aufgefallen?«
Da ereifert er sich. »Aber was reden Sie, Dora Martin! Für Sie wird sich doch nichts verändern! Ihre Position ist doch unerschütterlich! Sie werden doch geliebt – wirklich geliebt von so vielen Tausenden! Keiner von uns – Sie wissen es doch: Keiner von uns empfängt so viel Liebe wie Sie!«
Hier wird ihr Lächeln traurig und höhnisch, daß er verstummt. »Die Liebe von vielen Tausenden!« macht sie, beinah tonlos vor Verächtlichkeit. Dann zuckt sie die Achseln. Und, nach einem Schweigen, an Hendrik vorbei, ins Leere: »Man wird andere Lieblinge finden.«
Er schwatzt aufgeregt weiter. »Aber die Theater machen doch Geschäfte! Das Theater wird die Leute immer interessieren, was sonst auch in Deutschland geschieht.«
»Was sonst auch in Deutschland geschieht«, wiederholt Dora Martin leise und steht plötzlich auf. »Ja, dann wünsche ich Ihnen also alles Gute, Hendrik«, sagt sie schnell. »Man wird sich lange nicht sehen. Ich reise schon dieser Tage.«
»Schon dieser Tage?« erkundigt er sich verwirrt; und sie erwidert, den dunklen Blick in die Ferne gerichtet: »Es hat keinen Sinn, noch zu warten. Ich habe hier nichts mehr zu suchen.« Nach einer Pause fügt sie hinzu: »Aber Ihnen wird es schon gut gehen, Hendrik Höfgen – was sonst auch in Deutschland geschieht.«
Ihr Gesicht unter der rötlichen Fülle des Haares – ein etwas zu großes Gesicht für den schmalen und kleinen Körper – hat Züge von Stolz und Gram, während sie langsam auf die Türe zugeht und Hendrik Höfgens Garderobe verläßt.

VII
DER PAKT MIT DEM TEUFEL

Wehe, der Himmel über diesem Lande ist finster geworden. Gott hat sein Antlitz weggewendet von diesem Lande, ein Strom von Blut und Tränen ergießt sich durch die Straßen aller seiner Städte.

Wehe, dieses Land ist beschmutzt, und niemand weiß, wann es wieder rein werden darf – durch welche Buße und durch welch gewaltigen Beitrag zum Glück der Menschheit wird es sich entsühnen können von so riesiger Schande? Mit dem Blut und den Tränen spritzt der Dreck von allen Straßen aller seiner Städte. Was schön gewesen ist, wurde besudelt, was wahr gewesen ist, wurde niedergeschrien von der Lüge.

Die dreckige Lüge maßt sich die Macht an in diesem Lande. Sie brüllt in den Versammlungssälen, aus den Mikrophonen, aus den Spalten der Zeitungen, von der Filmleinwand. Sie reißt das Maul auf, und aus ihrem Rachen kommt ein Gestank wie von Eiter und Pestilenz: der vertreibt viele Menschen aus diesem Lande, wenn sie aber gezwungen sind zu bleiben, dann ist das Land ein Gefängnis für sie geworden – ein Kerker, in dem es stinkt.

Wehe, die Apokalyptischen Reiter sind unterwegs, hier haben sie sich niedergelassen und aufgerichtet ein gräßliches Regiment. Von hier aus wollen sie die Welt erobern: denn dahin geht ihre Absicht. Sie wollen herrschen über die Länder und über die Meere auch. Überall soll ihre Mißgestalt verehrt und angebetet werden. Ihre Häßlichkeit soll bewundert sein als die neue Schönheit. Wo man heute noch über sie lacht, soll man morgen vor ihnen auf dem Bauche liegen. Sie sind entschlossen, die Welt anzufallen mit ihrem Kriege, um sie dann demütigen und verderben zu können – so wie sie heute schon das Land, das sie beherrschen, demütigen und verderben: Unser Vaterland, über dem der Himmel finster geworden ist und von dem Gott sein Antlitz zürnend weggewendet hat. Es ist Nacht in unserem Vaterlande. Die schlechten Herren reisen durch seine Gaue – in großen Automobilen, in Flugzeugen oder in Extrazügen. Sie reisen eifrig umher. Auf allen Marktplätzen plappern sie ihren Schwindel. An jedem Orte, wo sie oder ihre Helfer erscheinen, erlöscht das Licht der Vernunft, und es wird finster.

Der Schauspieler Höfgen befand sich in Spanien, als, dank den Intrigen im Palais des ehrwürdigen Reichspräsidenten und Generalfeldmarschalls, jener Mann mit der bellenden Stimme, den Hans Miklas und mit ihm eine große Anzahl unwissender und verzweifelter Menschen ihren ›Führer‹ nannten, Reichskanzler wurde. Der Schauspieler Hendrik Höfgen spielte den eleganten Hochstapler in einem Detektivfilm, zu dem die Außenaufnahmen in der Nähe von Madrid gedreht wurden. Nach einem anstrengenden Tage kam er abends müde ins Hotel zurück, kaufte sich beim Concierge Zeitungen und erschrak. Wie – der großsprecherische Geselle, über den man sich so häufig lustig gemacht hatte im Kreise geistvoller und fortschrittlich gesinnter Genossen – er sollte nun plötzlich der mächtigste Mann im Staate sein? – Das ist ja scheußlich, dachte der Schauspieler Höfgen. Eine scheußliche Überraschung! Und ich war fest davon überzeugt gewesen, diese Nazis brauchte man nicht ernst zu nehmen! So ein Reinfall!
Er stand in seinem schönen, beigefarbenen Frühlingsanzug in der Halle des Hotel Ritz, wo ein internationales Publikum die unheilschwangeren Vorkommnisse und die Reaktion der Börse auf sie besprach. Dem armen Hendrik wurde es heiß und kalt, wenn er bedachte, was ihm nun bevorstehen mochte. Zahlreiche Personen, denen er immer nur Böses an-

getan, würden jetzt vielleicht die Möglichkeit haben, sich an ihm zu rächen. Cäsar von Muck zum Beispiel: ach, hätte er sich doch nur ein wenig besser mit dem Blut- und Boden-Dichter gestellt, anstatt alle seine Stücke abzulehnen! Was für unverzeihliche Fehler hatte man gemacht – nun begriff man es, und es war zu spät. Es war zu spät, man hatte bei den Nazis lauter unversöhnliche Feinde. Sogar an den kleinen Hans Miklas mußte der erschütterte Hendrik denken – was hätte er nun drum gegeben, jenen unseligen Zwischenfall im Hamburger Künstlertheater ungeschehen machen zu können! Welche Bagatelle war denn damals der Anlaß gewesen für einen Zank, der sich nachträglich als so beklagenswert herausstellte? Eine Aktrice namens Lotte Lindenthal: sehr wohl möglich, daß selbst aus dieser plötzlich eine Person geworden war, die im entscheidenden Grade nützen oder schaden konnte ...

Mit wankenden Knien betrat Hendrik den Lift. Eine Verabredung, die er für den Abend mit einigen Kollegen getroffen hatte, sagte er ab. Er ließ sich das Diner auf seinem Zimmer servieren. Nachdem er eine halbe Flasche Champagner getrunken hatte, wurde seine Stimmung etwas zuversichtlicher. Man mußte kühl und gefaßt bleiben, sich vor Panikstimmungen hüten. Dieser sogenannte ›Führer‹ war also Reichskanzler – schlimm genug. Immerhin war er noch nicht Diktator und würde es aller Wahrscheinlichkeit nach niemals werden. Die Leute, die ihn an die Macht geholt haben, diese Deutschnationalen, werden schon dafür sorgen, daß er ihnen nicht gar zu sehr über den Kopf wächst, dachte Hendrik. Dann fielen ihm auch die großen Oppositionsparteien ein, die doch schließlich noch existieren. Die Sozialdemokraten und die Kommunisten würden Widerstand leisten – vielleicht bewaffneten Widerstand –: so beschloß Hendrik Höfgen in seinem Hotelzimmer und bei seiner halben Flasche Sekt, nicht ohne lustvolles Gruseln. Nein, bis zur nationalsozialistischen Diktatur war es noch weit! Vielleicht würde die Situation sogar überraschend schnell umschlagen: der Versuch, das deutsche Volk dem Faschismus auszuliefern, konnte enden mit der sozialistischen Revolution. Dergleichen war sehr wohl möglich, und dann würde sich herausstellen, daß der Schauspieler Höfgen ungemein schlau und weitblickend spekuliert hatte. – Angenommen aber sogar, die Nazis blieben an der Regierung: was hatte er, Höfgen, schließlich von ihnen zu fürchten? Er gehörte keiner Partei an, er war kein Jude. Vor allem dieser Umstand – daß er kein Jude war – erschien Hendrik mit einemmal ungeheuer tröstlich und bedeutungsvoll. Was für ein unverhoffter und bedeutender Vorteil, man hatte es früher gar nicht so recht bedacht! Er war kein Jude, also konnte ihm alles verziehen werden, selbst die Tatsache, daß er sich im Kabarett ›Sturmvogel‹ als ›Genosse‹ hatte feiern lassen. Er war ein blonder Rheinländer. Auch sein Vater Köbes war ein blonder Rheinländer gewesen, ehe die finanziellen Sorgen ihn grau werden ließen. Und seine Mutter Bella wie seine Schwester Josy waren einwandfrei blonde Rheinländerinnen.

»Ich bin ein blonder Rheinländer«, trällerte Hendrik Höfgen, vom Sektgenuß wie vom Resultat seiner Überlegungen erleichtert, und er ging guter Dinge zu Bett.

Am nächsten Morgen freilich war ihm wieder viel beklommener zumute. Wie würden die Kollegen ihn behandeln, die ihrerseits nie im ›Sturmvogel‹ aufgetreten, und die vom Dichter Muck niemals als ›Kulturbolschewisten‹ bezeichnet worden waren? Wirklich schien ihm, daß sie sich etwas frostig gegen ihn zeigten, als man gemeinsam zu den Außenaufnahmen fuhr. Nur der jüdische Komiker begann eine längere Unterhaltung mit ihm, was eher als ein besorgniserregendes Zeichen zu nehmen war. Da Hendrik sich isoliert und schon ein wenig als Märtyrer fühlte, wurde er trotzig und unbeherrscht. Dem Komiker gegenüber gab er der Meinung Ausdruck, daß die Nazis sehr bald abgewirtschaftet und sich lächerlich gemacht haben würden. Der kleine Humorist aber sagte ängstlich: »Ach nein – wenn die erst einmal dran sind, dann bleiben sie lange. Gebe Gott, daß sie ein bißchen Vernunft annehmen und etwas Nachsicht üben gegen unsereinen. Wenn man sich ganz still verhält, kann einem ja wohl nicht viel passieren«, hoffte der Drollige, und Hendrik hoffte es im Grund mit ihm, war jedoch zu stolz, es auszusprechen. –

Schlechtes Wetter hinderte die deutsche Schauspielertruppe mehrere Tage lang, Aufnahmen im Freien zu machen; man war genötigt, bis zum Ende des Februars in Madrid zu bleiben. Die Nachrichten, die aus der Heimat kamen, waren widerspruchsvoll und erregend. Außer jedem Zweifel schien es zu sein, daß Berlin sich in einem wahren Delirium der Begeisterung für den nationalsozialistischen Reichskanzler befand. Ganz anders standen die Dinge – wenn man den Berichten der Zeitungen und den privaten Informationen glauben durfte – in Süddeutschland und besonders in München. Man wollte wissen, daß die Lostrennung Bayerns vom Reich und die Ausrufung der Wittelsbacher-Monarchie zu erwarten sei. Vielleicht waren aber das nur hohle Gerüchte oder doch Übertreibungen tendenziöser Natur. Jedenfalls tat man besser daran, sich auf sie nicht gar zu fest zu verlassen und die Sympathie mit der neuen Macht demonstrativ zu betonen. So hielten es denn auch die deutschen Schauspieler, die in Madrid versammelt waren, um einen Detektivfilm zu drehen. Der jugendliche Liebhaber – ein schöner Mann mit einem langen, slawisch lautenden Namen – prahlte plötzlich damit, daß er schon seit Jahren Mitglied der Nationalsozialistischen Deutschen Arbeiterpartei sei, was er bis dahin konsequent verschwiegen hatte; seine Partnerin, deren weiche, dunkle Augen und sanft gebogene Nase zu Zweifeln an ihrer germanischen Reinrassigkeit berechtigten, gab zu verstehen, daß sie mit einem hohen Funktionär derselben Partei so gut wie verlobt sei; den jüdischen Komiker aber sah man immer bedrückter werden.

Höfgen seinerseits hatte sich zu der einfachsten und wirkungsvollsten Taktik entschlossen: er hüllte sich in ein geheimnisvolles Schweigen. Niemand sollte ahnen, wieviel Sorgen er zu verbergen hatte. Denn die Mitteilungen, die er von Fäulein Bernhard und anderen Ergebenen aus Berlin erhielt, waren niederschmetternd. Rose schrieb, man müsse auf das Schlimmste gefaßt sein. Sie erging sich in finsteren Andeutungen über ›schwarze Listen‹, die von den Nazis schon seit Jahren geführt wurden, und in denen weder Geheimrat Bruckner, noch der Professor, noch Hendrik Höfgen fehlten. Der Professor befand sich in London und gedachte vorläufig nicht nach Berlin zurückzukehren. Fräulein Bernhard legte ihrem Hendrik nahe, sich auch seinerseits zunächst fernzuhalten von der deutschen Hauptstadt – ihm lief es eiskalt über den Rücken, als er es las. Gerade noch war er einer der Feinsten gewesen, und nun sollte er plötzlich ein Verbannter sein! Es fiel ihm nicht leicht, vor den argwöhnischen Kollegen eine kühle Miene zu wahren und bei den Aufnahmen so flott und ›aasig‹ zu sein, wie man es von ihm erwartete.
Als die Truppe sich zur Heimreise anschickte und selbst der jüdische Komiker mit besorgter Miene seine Koffer packte, behauptete Hendrik, wichtige Besprechungen in Filmangelegenheiten riefen ihn nach Paris. Sein Gedanke war: Ich muß Zeit gewinnen. Es dürfte kaum ratsam sein, sich gerade jetzt in Berlin zu zeigen. In einigen Wochen hat man sich wahrscheinlich beruhigt ...
Hingegen standen die fulminanten Überraschungen erst bevor. Als Höfgen in Paris eintraf, war das erste, was er erfuhr, die Nachricht vom Brande des deutschen Reichstags. Hendrik, durch seine langjährige Tätigkeit als Schurkenspieler geübt im Erraten krimineller Zusammenhänge und nicht ohne natürlichen Instinkt für die niedrigen Kombinationen der Unterwelt, begriff sofort, wer diese provokatorische Untat ersonnen und ausgeführt hatte: die ruchlose und dabei in-

fantile Schlauheit der Nazis hatte sich ja eben an jenen Filmen und Theaterstücken geübt und entzündet, in denen Hendrik die Hauptrollen zu spielen pflegte. Höfgen konnte sich nicht verbergen, daß sich in den Schauer, den er über den rohen Trick dieser Brandstiftung empfand, ein anderes Gefühl mischte, welches Behagen und beinahe Wollust war. Die verderbte Phantasie von Abenteurern entschloß sich zu dem frechen, leicht durchschaubaren Betrug, der nur deshalb Erfolg haben konnte, weil in Deutschland selber niemand mehr wagen durfte, die Stimme gegen ihn zu erheben, und weil die übrige Welt, auf ihre eigene Ruhe mehr bedacht als auf die Sittlichkeit europäischen Lebens, nicht geneigt schien, sich in die unheimlichen Affären dieses verdächtigen Reiches zu mischen. Wie stark das Böse ist! dachte der Schauspieler Höfgen unter ehrfürchtigen Schauern. Was es sich alles leisten und ungestraft herausnehmen darf! – Es geht in der Welt wirklich zu wie in den Filmen und Stücken, deren Held ich so häufig gewesen bin. Dies war für den Augenblick das kühnste, was er zu denken wagte. Aber ahnungsweise und ohne es sich noch eingestehen zu wollen, empfand er zum ersten Male einen geheimnisvollen Zusammenhang zwischen dem eigenen Wesen und jener anrüchigen, verderbten Sphäre, in der vulgäre Schurkenstreiche wie diese Brandstiftung ersonnen und ausgeführt wurden.

Zunächst freilich war Hendrik kaum geneigt, über die Psychologie der deutschen Missetäter und über das, was ihn etwa mit diesen Unterwelt-Typen verbinden mochte, lange nachzugrübeln; er hatte Anlaß, sich über die nächste Zukunft ernste Sorgen zu machen. Nach dem Reichstagsbrand waren in Berlin mehrere Personen verhaftet worden, mit denen er auf vertrautem Fuße gestanden hatte, darunter auch Otto Ulrichs. Rose Bernhard hatte ihren Posten an den Kurfürstendamm-Bühnen verlassen und war überstürzt nach Wien abgereist. Von dort aus beschwor sie brieflich ihren Freund Höfgen, er solle unter keinen Umständen deutschen

Boden betreten. ›Dein Leben wäre gefährdet!‹ So alarmierend schrieb Rose aus dem Hotel Bristol in Wien.
Hendrik meinte, dies dürfte er für romantische Übertreibung halten. Trotzdem war er beunruhigt. Von Tag zu Tag verschob er seine Abreise. Unbeschäftigt und nervös schlenderte er durch die Pariser Straßen. Er kannte die Stadt nicht, war aber keineswegs in der Stimmung, sich an ihrem Zauber jetzt zu erfreuen oder ihn auch nur zu bemerken.
Das waren bittere Wochen, die bittersten vielleicht, die er jemals durchgemacht hatte. Er sah keinen Menschen. Zwar wußte er, daß einige seiner Bekannten in Paris eingetroffen waren, aber er wagte es nicht, sich mit ihnen in Verbindung zu setzen. Was gab es zu sprechen zwischen ihm und jenen? Sie würden ihn enervieren mit pathetischen Ausbrüchen des Entsetzens über die deutschen Geschehnisse – die in der Tat immer toller, immer grauenerregender wurden. Gewiß hatten diese Leute schon alle Brücken abgebrochen zu einer Heimat, deren Tyrannen sie so unversöhnlich haßten. Sie waren schon Emigranten. Bin ich auch einer? – mußte Hendrik Höfgen sich angstvoll fragen. Aber alles in ihm wehrte sich dagegen, dies zuzugeben.
Andererseits begann in den vielen einsamen Stunden, die er in seinem Hotelzimmer, auf den Brücken, Straßen, in den Cafés der Stadt Paris verbrachte, ein dunkler Trotz in ihm zu wachsen – ein guter Trotz, das beste Gefühl, das er jemals aufgebracht hatte. – Habe ich es nötig, das Mordgesindel um Verzeihung anzubetteln? – dachte er dann. Bin ich denn auf sie angewiesen? Hat mein Name nicht schon internationalen Klang? Ich könnte mich überall durchbringen – es würde wohl nicht ganz leicht sein, aber es müßte gehen. Welche Erleichterung, ja welche Erlösung würde es bedeuten: stolz und freiwillig mich zurückzuziehen von einem Lande, wo die Luft verpestet ist; mit lauter Stimme die Solidarität zu erklären mit jenen, die kämpfen wollen gegen das blutbefleckte Regime! Wie rein würde ich mich fühlen dürfen,

könnte ich mich durchringen zu solchem Entschluß! Was für einen neuen Sinn, welch neue Würde bekäme mein Leben!
Mit diesen Stimmungen, die sehr heftig und auf eine düstere Art genußreich waren, aber nie lange standhielten, stellte sich regelmäßig ein Bedürfnis ein, Barbara wiederzusehen und lange mit ihr zu sprechen – Barbara, die er seinen guten Engel genannt hatte: wie dringend brauchte er sie gerade jetzt! Aber er war seit Monaten ohne Nachricht von ihr, er wußte gar nicht, wo sie sich befand. Wahrscheinlich sitzt sie auf dem Gut der Generalin und kümmert sich um nichts! dachte er bitter. Ich habe es ihr ja vorausgesagt, sie werde noch dem faschistischen Terror interessante Seiten abgewinnen. So mußte es kommen: Ich bin der Märtyrer, ich irre durch die Straßen dieser fremden Stadt; sie aber plaudert vielleicht gerade mit einem von diesen Mördern und Folterknechten, wie sie mit Hans Miklas zu plaudern pflegte ...
Da seine Einsamkeit anfing, ihm unerträglich zu werden, spielte er mit dem Gedanken, Prinzessin Tebab aus Berlin nach Paris kommen zu lassen. Welche Erfrischung und Kräftigung würde es sein, ihr grollendes Lachen wieder zu hören, ihre starke Hand, deren Haut sich rauh anfühlte wie die Rinde eines Baumes, wieder zu berühren! Deutschland den Rücken kehren und ein neues, wildes Leben mit Prinzessin Tebab beginnen: ach, wie schön und richtig wäre dies! Konnte es denn nicht sein? War es nicht im Bereich des Möglichen? Man brauchte nur nach Berlin zu telegraphieren, und am nächsten Tage würde die Schwarze Venus eintreffen, mit ihren grünen Schaftstiefeln und der roten geflochtenen Peitsche im Koffer. Hendrik hatte süße und rebellische Träume, in deren Mittelpunkt Prinzessin Tebab stand. In krassen und erregenden Farben malte er sich das Leben aus, das er gemeinsam mit ihr führen würde. Man könnte damit beginnen, als Tanzpaar in Paris, London oder New York sein Brot zu verdienen. Hendrik und Juliette, die zwei besten Step-Tänzer der Welt. Beim Tanzen jedoch würde es wahr-

scheinlich nicht bleiben. Hendrik erwog kühnere Möglichkeiten. Aus dem Tanzpaar könnte ein Hochstaplerpaar werden – wie lustig würde es sein, die Rolle des mondänen Kriminellen, die man so oft in Filmen oder Theaterstücken verkörpert hatte, auch einmal in der Wirklichkeit zu spielen, mit allen Gefahren, allen Konsequenzen! Seite an Seite mit dieser herrlichen Wilden, eine verhaßte Gesellschaft, die nun im Faschismus ihr wahres, greuliches Gesicht enthüllte, zu betrügen und zu brüskieren – was für eine bezaubernde Vorstellung! Mehrere Tage lang war Hendrik ganz besessen von ihr. Vielleicht hätte er wirklich den ersten Schritt zu ihrer Realisierung getan und der dunklen Fürstentochter depeschiert – wenn nicht eine Nachricht bei ihm eingetroffen wäre, durch die seine Situation mit einem Schlage verändert wurde!

Der bedeutungsvolle Brief war von der kleinen Angelika Siebert – wer hätte gedacht, daß gerade sie, die von Hendrik stets grausam-hochmütig übersehen worden war, noch einmal eine so entscheidende Funktion in seinem Leben haben sollte! Wie lange hatte Höfgen nicht an die kleine Siebert gedacht, und da er nun versuchte, sich ihr Antlitz vorzustellen – dieses liebenswürdige und ängstliche Gesichtchen eines dreizehnjährigen Buben, mit den kurzsichtigen zusammengekniffenen, hellen Augen – kam ihm vor, als ob es immer tränenüberströmt gewesen wäre. Hatte die kleine Angelika nicht beinah unaufhörlich geweint? Und hatte man ihr nicht recht häufig Anlaß zum Weinen gegeben? Hendrik erinnerte sich sehr wohl, wie gemein er sie meistens behandelt hatte ... Ihr eigensinnig-zärtliches Herz aber war ihm, trotz allem, treu geblieben. Darüber war Hendrik verwundert. Aus guten Gründen – indem er nämlich von sich auf die anderen schloß – rechnete er stets mit der selbstsüchtigen Infamie seiner Mitmenschen. Die gute Handlung, die brave und zärtliche Tat machte ihn fassungslos. In seinem öden Hotelzimmer, dessen Wände und Möbel er schon so gut kannte, daß er sie zu hassen und zu fürchten begann, mußte er weinen, als er den Brief Angelikas gelesen hatte. Nicht nur Nervosität und Überreiztheit ließen ihn schluchzen, sondern auch eine echte Rührung machte ihm die Augen naß. Welche Seligkeit, welche Entschädigung für so viel Erlittenes wäre es für die kleine Angelika gewesen, hätte sie sehen dürfen, daß er, um dessentwillen sie unendliche Tränen vergossen hatte, nun seinerseits weinte, und daß es schließlich doch noch ihre Liebe war, die seine kostbaren, gefährlichen und kalten Augen füllte mit den salzigen Tropfen.

Angelika berichtete in ihrem Brief, daß sie in Berlin sei, ein bißchen filmen dürfe, und daß es ihr leidlich gut gehe. Ein erfolgreicher junger Regisseur habe es sich in den Kopf gesetzt, sie zu heiraten, ›aber natürlich denke ich nicht daran‹, schrieb sie, und Hendrik mußte lächeln, als er es las: Ja, so war sie – spröde und ablehnend gegen Werbungen und Angebote, mochten sie noch so verlockend sein; eigensinnig versessen auf das Unerreichbare, und ihr Gefühl immer dorthin verschwendend, wo es übersehen und mißachtet wurde. – Bei den Aufnahmen zu einem großen Biedermeier-Lustspiel hatte sie die Bekanntschaft der Aktrice Lindenthal gemacht, eben jener Dame, die in Jena erste Sentimentale, gleichzeitig aber die Freundin eines nationalsozialistischen Fliegeroffiziers gewesen war. Hendrik, der die deutschen Ereignisse mit Gier und Haß in den Zeitungen verfolgte, wußte, daß der Fliegeroffizier zu den Mächtigsten des neuen Reiches gehörte. Also war auch Lotte Lindenthal eine einflußreiche Person geworden. Bei ihr hatte sich Angelika Siebert mit Erfolg für Hendrik verwendet.

In schwärmerischen Tönen schilderte der Brief den überlegenen Charme, die Klugheit, Sanftmut und Würde der Lindenthal. Man durfte – nach Angelikas Meinung – sicher sein, daß diese herzensgute und liebliche Dame ihren mächtigen Freund in jeder Hinsicht auf das günstigste beeinflussen werde. Sie tat es jetzt schon, besonders in allen Dingen, die das Theater betrafen. Der große Mann hatte ein huldvolles Interesse für Schauspiel, Operette und Oper. Seine Geliebten – oder die Damen, denen seine besondere Verehrung galt – waren meist Bühnenkünstlerinnen vom üppigen und sentimentalen Typ. Ihnen tat er gerne jeglichen Gefallen, solange es sich um nichts Ernsthaftes handelte, sondern nur um heitere Nebensächlichkeiten, wie etwa um die Karriere eines Schauspielers. – Lotte Lindenthal war von der kleinen Siebert darauf aufmerksam gemacht worden, daß Hendrik Höfgen in Paris sitze und sich nicht nach Deutschland traue. Hierüber hatte die Favoritin des Gewaltigen gutmütig lachen müssen. Was fürchtete dieser Mensch? – wollte sie wissen und machte naive Augen. Höfgen war doch kein Jude, vielmehr ein blonder Rheinländer, und einer Partei hatte er niemals angehört. Übrigens war er ein bedeutender Künstler – Fräulein Lindenthal hatte ihn als Mephisto gesehen. »Leute wie ihn können wir gar nicht entbehren«, sagte die kostbare Frau, und sie versprach, noch am gleichen Tage mit ihrem mächtigen Freund über den Fall zu reden. »Männe ist doch durch und durch liberal«, versicherte die erste Sentimentale aus Jena, die es wissen mußte – und alle Anwesenden spürten einen ehrfürchtigen Schauer, weil sie sich dazu herbeiließ, von dem gefürchteten Riesen auf so traulich-intime Art zu reden. »Er ist auch gar nicht nachträgerisch. Mag dieser Höfgen sich früher allerlei Extravaganzen und kleine Torheiten geleistet haben – für so was bringt Männe Verständnis auf, wenn es sich um einen Künstler von Qualität handelt. Hauptsache ist schließlich der gute Kern«, sprach Lotte ein wenig sinnlos, aber mit herzhafter Betonung. Und sie tat, wie sie verheißen hatte. Als der Mächtige seine Abendvisite machte, bettelte sie: »Männe, sei lieb!« Sie habe sich's nun mal in den Kopf gesetzt: in dem Lustspiel, mit dem sie am Berliner Staatstheater debütieren solle, müsse Hendrik Höfgen ihr Partner sein. »Keiner eignet sich so für die Rolle wie er«, schwatzte die Sentimentale. »Schließlich

liegt doch auch dir daran, daß ich einen netten Partner habe, wenn ich das erste Mal hintrete vor die Berliner Volksgenossen!« Der General erkundigte sich, ob Höfgen ein Jude sei. Da er erfuhr, daß es sich, ganz im Gegenteil, um einen garantiert blonden Rheinländer handelte, versprach er, ›diesem Burschen‹ solle nichts geschehen, was immer er auch früher angestellt haben mochte.
Vom freundlichen Verlauf ihrer Unterredung mit Männe machte die Lindenthal ihrer kleinen Kollegin, der Siebert, sofort Mitteilung, und diese wieder konnte es kaum erwarten, Hendrik von der schönen Wendung der Dinge zu unterrichten.
So war die trübe Leidenszeit in Paris beendet! Keine einsamen Spaziergänge mehr, den Boulevard St. Michel hinunter, am Seine-Ufer oder durch die Champs Elysées, für deren Schönheit man so blind gewesen war. Hatte Hendrik Höfgen jemals kühnen und rebellischen Träumen in einem öden Hotelzimmer nachgehangen? Hatte er irgendwann das heftige und auf eine düstere Art genußvolle Bedürfnis gespürt, sich zu reinigen, sich zu befreien, aufzubrechen zu einem neuen und wilden Leben? Er wußte es schon nicht mehr; während er die Koffer packte, war es vergessen. Trällernd vor Vergnügen und sehr in Versuchung, jähe Luftsprünge zu machen, eilte er zum Reisebureau Thomas Cook & Son bei der Madeleine, um sich die Schlafwagenkarte für den Zug nach Berlin zu bestellen.
Beim Rückweg zu seinem Hotel, das in der Nähe des Boulevard Montparnasse lag, kam Hendrik am Café du Dôme vorüber. Das Wetter war milde, viele Leute saßen im Freien, die Tische und Stühle waren, unter einem leichten Zeltdach, bis weit auf das Trottoir hinaus gerückt. Hendrik, dem vom Gehen warm geworden war, hatte Lust, sich hier für eine Viertelstunde niederzulassen und ein Glas Orangensaft zu trinken. Er blieb stehen; aber während er einen hochmütigen Blick über die schwatzende Menge gleiten ließ, überlegte er

es sich anders. Sein Gedanke war: Wer weiß, was für Leute man hier treffen könnte. Vielleicht sind alte Bekannte darunter, die ich lieber vermeide. Ist dieses Café du Dôme nicht ein Treffpunkt der Emigranten? Nein, nein, es ist wohl besser, weiterzugehen. Er war schon im Begriff, sich abzuwenden, als sein Blick an einer Gruppe von Personen hängenblieb, die schweigend an einem der runden kleinen Tische saß. Hendrik fuhr zusammen. Er erschrak so sehr, daß er einen Stich in der Magengegend empfand und sich einige Sekunden lang nicht bewegen konnte.

Zuerst erkannte er Frau von Herzfeld; dann erst bemerkte er, daß neben ihr Barbara saß. Barbara war in Paris, sie war die ganze Zeit in seiner Nähe gewesen, er hatte Sehnsucht nach ihr gehabt, er hatte sie gebraucht wie noch nie, und sie hatte in derselben Stadt, im selben Viertel wie er, vielleicht nur ein paar Häuser entfernt von ihm gewohnt! Barbara hatte Deutschland verlassen, und da saß sie auf der Terrasse des Café du Dôme, da saß sie neben Hedda von Herzfeld, mit der sie doch in Hamburg keineswegs befreundet gewesen war. Nun aber hatten besondere und harte Umstände diese beiden zueinander geführt ... Sie saßen an einem Tisch. Beide schweigend, beide mit dem gleichen schwermütig sinnenden und tiefen Blick, der an den Gegenständen vorbei ins Ferne zu gehen schien.

Wie blaß Barbara aussieht! dachte Hendrik, dem zumute war, als säßen die Personen ihm gegenüber gar nicht in Wirklichkeit hier, sondern wären das Produkt seines erregten Hirnes, existierten nur in seiner Vorstellung und als eine Vision. Wenn sie lebten, warum bewegten sie sich dann nicht? Warum saßen sie so stumm und regungslos und hatten so traurige Augen?

Barbara hielt ihr schmales und bleiches Gesicht in die Hand gestützt. Zwischen ihren dunklen, zusammengezogenen Brauen trat ein Zug hervor, den Hendrik früher nicht an ihr bemerkt hatte: er mochte vom angestrengten, erbitterten

Nachdenken kommen und gab ihrem Gesicht einen grüblerischen, beinah zornigen Ausdruck. Sie trug einen grauen Regenmantel, zwischen dessen hochgeschlagenem Kragen ein grellroter Shawl sichtbar wurde.
Durch diese Tracht, wie durch die leidvoll gespannte Miene, bekam ihre Erscheinung etwas Wildes und beinahe Fürchterliches.
Bleich war auch Frau von Herzfeld; aber auf der breiten und weichen Fläche ihres Gesichtes fehlte der drohende Zug, es zeigte nur sanfte Betrübtheit. Außer Barbara und Hedda gab es an dem Tisch noch ein Mädchen, daß Hendrik nie gesehen hatte, und zwei junge Männer, von denen der eine Sebastian war: Höfgen erkannte ihn an der vorgestreckten Haltung des Kopfes, an den verschleierten, weich und nachdenklich schauenden Augen und an der Strähne aschblonden Haars, das ihm auf die gesenkte Stirne fiel.
Hendrik wollte etwas rufen, wollte grüßen, sein spontanes Bedürfnis war, Barbara zu umarmen, mit ihr zu sprechen – über alles mit ihr zu sprechen, wie er es sich so oft gewünscht und vorgestellt hatte in all den einsamen Tagen. In seinem Kopf aber jagten sich die Überlegungen. Wie werden sie mich empfangen? Man wird Fragen an mich richten – wie könnte ich sie beantworten? Hier, in meiner Brusttasche, habe ich die Schlafwagenkarte nach Berlin, durch die Vermittlung von zwei blonden, freundlichen Damen bin ich schon so gut wie ausgesöhnt mit dem Regime, das diese Menschen da vertrieben hat und dem ich, Barbara gegenüber, so oft unversöhnliche Feindschaft geschworen habe. Was für ein verächtliches Lächeln würde dieser Sebastian mir zeigen! Und wie könnte ich Barbaras Blick ertragen, ihren dunklen, spöttischen, unbarmherzigen Blick? ... Ich muß fliehen – man scheint mich noch nicht bemerkt zu haben – sie schauen ja alle auf eine so sonderbare Art ins Leere. Ich muß machen, daß ich davonkomme, diese Begegnung ginge über meine Kräfte ...

Die am Tisch rührten sich immer noch nicht, sie schienen durch Hendrik Höfgen hindurch zu schauen wie durch Luft. Sie saßen unbeweglich, als hätte ein großer Schmerz sie versteinert, während Hendrik davoneilte, mit kleinen und steifen Schritten, so wie jemand geht, der sich in großer Angst vor einer Gefahr entfernen, aber doch verbergen möchte, daß er flieht.

Nach der ersten Probe sagte Lotte Lindenthal zu Höfgen: »Es ist ein Jammer, daß der General jetzt gerade so ungeheuer beschäftigt ist. Wenn er es irgend einrichten könnte, würde er sicher einmal auf die Probe kommen und uns ein bißchen bei der Arbeit zuschauen. Sie können sich gar nicht vorstellen, was für glänzende Ratschläge er uns Schauspielern manchmal gibt. Ich glaube, er versteht von Theater ebenso viel wie von seinen Flugzeugen – und das will etwas heißen!«
Hendrik konnte es sich vorstellen, und er nickte respektvoll. Dann fragte er Fräulein Lindenthal, ob er sie in seinem Wagen nach Hause bringen dürfe. Sie gestattete es mit einem huldvollen Lächeln. Während er ihr den Arm bot, sagte er leise: »Es bedeutet eine so große, große Freude für mich, mit Ihnen spielen zu dürfen. In den letzten Jahren habe ich gar zu viel unter den Manieriertheiten meiner Partnerinnen zu leiden gehabt. Dora Martin hat die deutschen Schauspielerinnen durch das schlechte Beispiel ihres krampfhaften Stils verdorben – das war kein Theaterspielen mehr, sondern hysterisches Gemauschel. Und nun höre ich von Ihnen wieder einen klaren, einfachen, seelenvollen und warmen Ton!«
Sie schaute ihn dankbar an aus ihren etwas hervortretenden, veilchenblauen und dummen Augen. »Ich bin so froh, daß Sie mir das sagen«, flüsterte sie und drückte seinen Arm ein wenig fester an ihren. »Denn ich weiß, daß Sie mir nicht schmeicheln. Ein Mensch, der seinen Beruf so heilig ernst nimmt wie Sie, schmeichelt nicht in künstlerischen Dingen.«

Hendrik seinerseits entsetzte sich geradezu bei dem Gedanken, daß er geschmeichelt haben könnte. »Aber ich bitte Sie!« Er legte die Hand aufs Herz. »Ich – und schmeicheln! Meine Freunde pflegen mir vorzuwerfen, daß ich den Menschen gar zu gerne unangenehme Wahrheiten ins Gesicht sage.« Die Lindenthal freute sich, dies zu hören. »Ich mag aufrichtige Menschen gut leiden«, erklärte sie schlicht. – »Schade, daß wir schon da sind«, sagte Hendrik, der seinen Wagen vor einem stillen, eleganten Haus in der Tiergartenstraße halten ließ; denn hier wohnte Lotte Lindenthal. Er beugte sich über ihre Hand, um sie zu küssen, wobei er den graueledernen Handschuh ein wenig zurückstreifte, auf daß er mit seinen Lippen ihre milchig weiße Haut berühren könne. Sie schien diese kleine Keckheit zu übersehen oder doch jedenfalls nicht zu mißbilligen, ihr Lächeln blieb strahlend. »Tausend Dank, daß ich Sie begleiten durfte!« sprach er über ihre Hand geneigt. Während sie auf die Türe ihres Hauses zuging, dachte er: Wenn sie sich noch einmal umdreht, dann wird alles gut. Wenn sie aber gar winkt, dann ist es ein Triumph, und ich kann es weit bringen. – Sie überquerte in aufrechter Haltung die Straße. Als sie vor der Haustür angekommen war, wendete sie den Kopf, zeigte eine verklärte Miene, und – welche Wonne! – sie hob winkend die Hand. Hendrik spürte einen Glücksschauer; denn Lotte Lindenthal rief schalkhaft: »Ta ta!« Das war mehr, als er zu hoffen gewagt hatte. Mit einem großen Seufzer der Erleichterung lehnte er sich zurück in die Lederpolster seines Mercedes-Wagens. –
Hendrik hatte es gewußt, ehe er noch in Berlin angekommen war: Ohne die Protektion der Lindenthal war er verloren. Die kleine Angelika, die ihn an der Bahn abholte, hätte ihn nicht noch eigens darauf hinweisen müssen, ihm war die Situation ohnedies klar. Er hatte furchtbare Feinde, unter ihnen so einflußreiche wie den Dichter Cäsar von Muck, den der Propagandaminister zum Intendanten des Staatsthea-

ters gemacht hatte. Der Dramatiker hatte Höfgen, von dem seine Stücke immer abgelehnt waren, einen eisigen Empfang bereitet. Sein Gesicht mit den Stahlaugen und dem verkniffenen Mund hatte den Ausdruck unnahbarer Strenge und Würde gehabt, während er sagte: »Ich weiß nicht, ob Sie sich wieder bei uns einleben werden, Herr Höfgen. Hier herrscht nun ein anderer Geist als der, den Sie in diesem Hause gewöhnt waren. Mit dem Kulturbolschewismus ist Schluß.« Hierbei reckte der Dichter des ›Tannenberg‹-Dramas sich drohend. »In den Stücken Ihres Freundes Marder oder in den bei Ihnen so beliebten französischen Farcen werden Sie nicht mehr Gelegenheit haben aufzutreten. Jetzt wird hier weder semitische noch gallische, sondern deutsche Kunst gemacht. Sie werden zu beweisen haben, Herr Höfgen, ob Sie dazu imstande sind, uns bei so erhabener Arbeit behilflich zu sein. Mir schien, offengesagt, kein besonderer Anlaß zu bestehen, Sie aus Paris wieder hierher zu rufen.« Bei dem Wort ›Paris‹ ließ Cäsar von Muck die Augen erschreckend blitzen. »Aber Fräulein Lindenthal wünscht Sie als Partner in dem kleinen Lustspiel, mit dem sie hier debutiert.« Dies sagte Muck etwas wegwerfend. »Ich wollte nicht ungefällig gegen die Dame sein«, fuhr er mit einer falschen Biederkeit fort, und schloß hochmütig: »Übrigens bin ich davon überzeugt, daß Ihnen die Rolle des eleganten Hausfreundes und Verführers keinerlei Schwierigkeiten bereiten wird.« Mit einer militärisch knappen Geste schloß der Intendant die Unterredung.

Dies war ein beängstigender Anfang – um so beängstigender für Hendrik, wenn er bedachte, daß hinter dem rachsüchtigen und arrivierten Poeten die Person des Propagandaministers stand. Dieser war in kulturellen Dingen beinah allmächtig, und er wäre es *ganz* gewesen, hätte es sich der zum preußischen Ministerpräsidenten avancierte Fliegeroffizier nicht in den Kopf gesetzt, auch sein Wörtchen mitzureden, was die Staatstheater betraf. An diesen war der Dicke, schon

Lottens wegen, stark interessiert. So kam es zu Kompetenzstreitigkeiten zwischen den zwei Gewaltigen – dem Herrn der Propaganda und dem Herr der Flugzeuge. Hendrik hatte noch keinen von den beiden Halbgöttern mit den Augen gesehen; aber er wußte, daß er die Feindschaft des einen nur dann eine Zeitlang würde aushalten können, wenn er der Protektion des anderen sicher war. Der Weg zum Ministerpräsidenten ging über die Schauspielerin. Hendrik mußte Lotte Lindenthal gewinnen.

In der ersten Woche seines neuen Berliner Aufenthalts hatte er keinen anderen Gedanken im Kopf als nur diesen: Lotte Lindenthal muß mich lieben. Juwelenaugen und aasigem Lächeln hat noch keine widerstehen können, und schließlich ist auch sie nur ein Mensch. Diesmal geht es ums Ganze, ich muß alle meine Künste spielen lassen – Lotte soll erobert werden wie eine Festung. Mag sie hochbusig und kuhäugig sein, mag sie noch so provinziell und hausbacken aussehen mit ihrem Doppelkinn und ihren blonden Dauerwellen: für mich ist sie begehrenswerter als eine Göttin.

Und Hendrik kämpfte. Er war blind und taub für alles, was um ihn herum geschah, sein Wille, seine Intelligenz waren konzentriert auf das eine Ziel: die Kaptivierung der blonden Lotte. Nur für sie hatte er Augen, alle anderen übersah er. Die kleine Angelika war gründlich im Irrtum gewesen, wenn sie geglaubt hatte, Höfgen würde sie nun, aus Dankbarkeit, einer gewissen Aufmerksamkeit würdigen. Nur in den ersten Stunden nach seiner Ankunft war er nett zu ihr. Kaum aber, daß sie ihn der Lindenthal vorgestellt hatte, schien Angelika nicht mehr für ihn zu existieren. Sie mußte sich ausweinen bei ihrem Filmregisseur, Hendrik aber ging auf sein Ziel los, es hieß Lotte.

Bemerkte er, wie die Straßen von Berlin sich verändert hatten? Sah er die braunen und die schwarzen Uniformen, die Hakenkreuzfahnen, die marschierende Jugend? Hörte er die kriegerischen Lieder, die auf den Straßen, aus den Radioap-

paraten, von der Filmleinwand klangen? Achtete er auf die Führerreden mit ihren Drohungen und Prahlereien? Las er die Zeitungen, die beschönigten, verschwiegen, logen und noch genug des Entsetzlichen verrieten? Kümmerte er sich um das Schicksal der Menschen, die er früher seine Freunde genannt hatte? Er wußte nicht einmal, wo sie sich befanden. Vielleicht saßen sie an irgendeinem Caféhaustisch in Prag, Zürich oder Paris, vielleicht wurden sie in einem Konzentrationslager geschunden, vielleicht hielten sie sich in einer Berliner Dachkammer oder in einem Keller versteckt. Hendrik legte keinen Wert darauf, über diese düsteren Einzelheiten unterrichtet zu sein. Ich kann ihnen doch nicht helfen: dies war die Formel, mit der er jeden Gedanken an die Leidenden von sich wies. Ich bin selbst in ständiger Gefahr – wer weiß, ob nicht Cäsar von Muck morgen schon meine Verhaftung durchsetzen wird. Erst wenn ich meinerseits definitiv gerettet bin, werde ich anderen vielleicht nützlich sein können!
Nur widerwillig und mit einem Ohr hörte Hendrik zu, als man ihm von den Gerüchten Mitteilung machte, die über das Schicksal Otto Ulrichs' im Umlauf waren. Der kommunistische Schauspieler und Agitator, der sofort nach dem Reichstagsbrand verhaftet worden war, habe mehrere jener grauenhaften Prozeduren, die man ›Verhöre‹ nannte und die in Wahrheit unbarmherzige Folterungen waren, auszustehen gehabt. »Das hat mir jemand erzählt, der im Columbiahaus in der Zelle neben Ulrichs untergebracht war.« So berichtete mit angstvoll gedämpfter Stimme der Theaterkritiker Ihrig, der bis zum 30. Januar 1933 zur radikalen Linken gehört hatte und aggressiver Vorkämpfer einer streng marxistischen, nur dem Klassenkampf dienenden Literatur gewesen war. Nun stand er im Begriff, seinen Frieden mit dem neuen Regime zu machen. Wie sehr hatten alle Schriftsteller, die einer bürgerlich-liberalen oder gar einer nationalistischen Gesinnung verdächtig waren, einst vor Doktor Ihrig gezittert! Er, der wachsamste und unnachsichtigste Priester einer mar-

xistischen Orthodoxie, hatte sie mit dem großen Bannspruch belegt, hatte sie verdammt und vernichtet, indem er sie als ästhetizistische Söldlinge des Kapitalismus denunzierte. Der rote Literaturpapst war nicht geneigt gewesen, zu nuancieren und feine Unterscheidungen zu treffen, seine Meinung war: Wer nicht für mich ist, ist gegen mich, wer nicht nach den Rezepten schreibt, die ich für die gültigen halte, der ist ein Bluthund, ein Feind des Proletariats, ein Faschist – und wenn er es noch nicht weiß, dann wird er es von mir, dem Feuilletonchef des ›Neuen Börsenblattes‹, erfahren. – Doktor Ihrigs kategorische Urteile wurden von allen, die sich zur linken Avantgarde rechneten, heilig ernst genommen, obwohl sie in den Spalten einer schwer kapitalistischen Zeitung erschienen. Denn zu jener Zeit liebten es die Börsenblätter, sich den Scherz eines marxistischen Feuilletons zu leisten – es gab eine pikante Note und konnte niemanden ernstlich stören. Des Lebens Ernst herrschte erst im Handelsteil. Unter dem Strich – wohin kein seriöser Geschäftsmann jemals schaute – durfte ein roter Papst sich austoben.
Doktor Ihrig hatte sich jahrelang ausgetobt und war zu einer der entscheidenden Instanzen in allen Dingen marxistischer Kunstbetrachtung geworden. Als die Nationalsozialisten die Macht übernahmen, legte der jüdische Chefredakteur des ›Neuen Börsenblattes‹ sein Amt nieder. Doktor Ihrig aber durfte bleiben, da er nachweisen konnte, daß alle seine Ahnen, väterlicher- wie mütterlicherseits, ›arisch‹ waren, und daß er niemals einer der sozialistischen Parteien angehört hatte. Ohne lange zu zaudern, verpflichtete er sich, das Feuilleton des ›Neuen Börsenblattes‹ von nun ab im selben streng nationalen Geiste zu redigieren, der jetzt die Spalten des politischen Teils erfüllte und noch bis in die ›Gemischten Nachrichten aus aller Welt‹ spürbar war. »Gegen die Bürger und Demokraten bin ich ja sowieso immer gewesen«, sprach Doktor Ihrig schlau. Wirklich konnte er, wie bisher, weiter gegen den ›reaktionären Liberalismus‹ wettern – nur das

Vorzeichen seiner antiliberalen Gesinnung hatte sich geändert.
»Scheußlich, diese Geschichte mit Otto«, sagte der wackere Doktor Ihrig und sah kummervoll aus. Er hatte das revolutionäre Kabarett ›Sturmvogel‹ in vielen Artikeln als das einzige theatralische Unternehmen der Hauptstadt, das Zukunft habe und überhaupt der Beachtung wert sei, bezeichnet. Ulrichs hatte zum intimsten Kreise des berühmten Kritikers gehört. »Scheußlich, scheußlich«, murmelte der Doktor und nahm nervös seine Hornbrille ab, um ihre Gläser zu putzen.
Auch Höfgen war der Ansicht, daß es scheußlich sei. Sonst hatten sich die beiden Herren nicht viel zu sagen. Sie fühlten sich nicht recht wohl, der eine in der Gesellschaft des andern. Als Ort ihres Zusammentreffens hatten sie ein abgelegenes, wenig besuchtes Café gewählt. Sie waren beide kompromittiert durch ihre Vergangenheit, beide standen vielleicht immer noch im Verdacht einer oppositionellen Gesinnung, und es könnte fast wie eine Verschwörung wirken, sähe man sie zusammen. Sie schwiegen und schauten sinnend ins Leere, der eine durch seine Hornbrille, der andere durch sein Monokel. »Ich kann natürlich im Augenblick gar nichts für den armen Kerl tun«, ließ Höfgen sich endlich vernehmen. Ihrig, der dasselbe hatte sagen wollen, nickte. Dann schwiegen sie wieder. Höfgen spielte mit seiner Zigarettenspitze. Ihrig räusperte sich. Vielleicht schämten sie sich voreinander. Der eine wußte, was der andere dachte. Höfgen dachte von Ihrig, wie Ihrig von Höfgen: Ja ja, mein Lieber, du bist ein genau so großer Schuft wie ich selber. Diesen Gedanken errieten sie, einer aus den Augen des andern. Deshalb schämten sie sich. Da das Schweigen unerträglich wurde, stand Höfgen auf. »Man muß Geduld haben«, sagte er leise und zeigte dem revolutionären Kritiker sein fahles Gouvernantengesicht. »Es ist nicht leicht, aber man muß Geduld haben. Leben Sie wohl, lieber Freund.«

Hendrik hatte allen Grund zur Zufriedenheit: Lotte Lindenthals Lächeln wurde immer süßer, immer vielversprechender. Wenn sie eine intime Szene miteinander probierten – und die Komödie ›Das Herz‹ bestand fast nur aus intimen Szenen zwischen der Gattin eines großen Geschäftsmannes, die Lottens Rolle war, und dem galanten Hausfreund, den Hendrik darstellte –, dann geschah es wohl, daß sie ihren Busen seufzend an den Partner drückte und feuchte Blicke warf. Höfgen seinerseits blieb von einer Zurückhaltung, die melancholisch-disziplinierten Charakter hatte, und hinter der sich fiebernde Begehrlichkeit zu verbergen schien. Er behandelte Fräulein Lindenthal mit fein akzentuierter Reserviertheit, meistens nannte er sie ›Gnädige Frau‹, in seltenen Augenblicken ›Frau Lotte‹, und nur während der Arbeit, im Eifer des gemeinsamen Probierens ließ er sich einmal zum vertraulich-kollegialen Du hinreißen. Seine Augen aber schienen immer sagen zu wollen: Ach, wenn ich nur könnte, wie ich möchte! Wie würde ich dich umfangen, du Süße! Wie würde ich dich pressen, du Holde! Zu meinem Leidwesen muß ich mich bezwingen, aus Loyalität gegen einen deutschen Helden, der dich die Seine nennt ... Solche zugleich brünstigen und männlich-gefaßten Gedanken verrieten die schönen Augen des Schauspielers Höfgen. In Wirklichkeit dacht er nur: *Warum* – um Gottes willen, warum hat sich der Ministerpräsident, der doch jede haben könnte, gerade die ausgesucht? Sie mag ja eine ganz brave Person und eine vortreffliche Hausfrau sein, aber sie ist doch schrecklich dick, und dabei so lächerlich affektiert. Eine schlechte Schauspielerin ist sie übrigens auch ...

Auf den Proben hatte er zuweilen große Lust, die Lindenthal anzuschreien. Jeder anderen Kollegin hätte er ins Gesicht gesagt: Was Sie da machen, meine Gute, ist schlimmstes Provinztheater. Daß Sie eine feine Dame spielen, ist kein Anlaß, mit einer so hohen, verstellten Stimme zu sprechen und auf so groteske Art ständig den kleinen Finger wegzustrecken, wie Sie das zu tun belieben. Feine Damen haben längst nicht immer diese Gewohnheit. Und wo steht geschrieben, daß die Gattin eines großen Geschäftsmannes, wenn sie mit ihrem Hausfreund flirtet, die Ellenbogen vom Körper entfernt halten muß, als habe sie sich die Bluse mit einer stinkenden Flüssigkeit beschmiert und fürchte sich nun, die Ärmel mit ihr in Berührung zu bringen? Lassen Sie doch bitte diese Albernheiten!

Natürlich hütete sich Hendrik sehr wohl, dergleichen Lotten gegenüber auszusprechen. Auch ohne daß sie die verdienten Grobheiten gesagt bekam, schien sie aber zu spüren, daß sie sich auf den Proben blamierte. »Ich fühle mich so unsicher«, klagte sie und machte ihr naives Kleinmädchengesicht. »Es ist das Berliner Milieu – das bringt mich ganz durcheinander. Ach, gewiß werde ich schrecklich durchfallen und miserable Presse bekommen!« Sie tat, als wäre sie irgendeine kleine Debütantin, die ernsthaft Angst vor den Berliner Kritikern haben müßte. »Oh, bitte bitte, Hendrik, sagen Sie mir« – dabei patschte sie babyhaft in die erhobenen Händchen –, »wird man mich recht grausam behandeln? Wird man mich zerzausen und verreißen?« Hendrik konnte mit dem Brustton echter Überzeugtheit erklären, daß er dies für gänzlich ausgeschlossen halte. –

Während Höfgen und die Lindenthal noch die Komödie ›Das Herz‹ probierten, wurde bekannt, daß der ›Faust‹ wieder ins Repertoire des Staatstheaters aufgenommen werden sollte. Zu seinem Entsetzen mußte Hendrik erfahren, daß Cäsar von Muck – sicherlich im Einverständnis mit dem Propagandaminister – beschlossen hatte, die Rolle des Mephisto mit einem Schauspieler zu besetzen, der schon seit langen Jahren der Nationalsozialistischen Partei angehörte und den man, vor einigen Wochen, aus der Provinz nach Berlin berufen hatte. Dieses war die Rache des ›Tannenberg‹-Dichters an Höfgen, der seine Stücke abgelehnt hatte. Hendrik spürte: Ich bin erledigt, wenn Muck durchkommt mit seinem scheußlichen Plan. Der Mephisto ist meine große Rolle. Darf ich ihn nicht spielen, dann ist es erwiesen, daß ich in Ungnade bin. Dann ist es deutlich, daß die Lindenthal ihren Einfluß beim Ministerpräsidenten nicht für mich geltend macht, oder daß sie den großen Einfluß gar nicht besitzt, den man ihr zuschreibt. Mir bliebe dann nichts mehr übrig, als meine Koffer zu packen und nach Paris zurück zu reisen – wo ich vielleicht überhaupt hätte bleiben sollen; denn hier ist es eigentlich scheußlich. Meine Stellung ist eine traurige, besonders wenn man sie mit der vergleicht, die ich früher hatte. Alle sehen mich mißtrauisch an. Man weiß, daß der Intendant und der Propagandaminister mich hassen, und man hat noch nicht den kleinsten Beweis dafür, daß ich beim Fliegergeneral wirklich in Gunst stehe. Eine feine Situation, in die ich da geraten bin! Der Mephisto könnte alles retten, von ihm hängt jetzt alles ab . . .

Vor Beginn einer Probe trat Höfgen mit festen Schritten auf Lotte Lindenthal zu, und das Beben seiner Stimme war ausnahmsweise keineswegs künstlich, als er sagte: »Frau Lotte – ich habe eine große, große Bitte an Sie.« Sie lächelte etwas angstvoll: »Ich bin meinen Kollegen und Freunden immer gerne behilflich – wenn ich kann.«

Da sprach er, mit tiefem, hypnotisierenden Blick in ihre Augen hinein: »Ich muß den Mephisto spielen. Verstehen Sie mich, Lotte?« Sein großer, dringlicher Ernst erschreckte sie, und übrigens fühlte sie sich erregt durch die andrängende Nähe seines Körpers, der ihr längst nicht mehr gleichgültig war. Sanft errötend, die Augen niedergeschlagen – wie ein junges Mädchen, dem man den Antrag macht, und das verheißt, sie werde sich mit den Eltern beraten – flüsterte sie: »Ich will versuchen, was ich machen kann. Ich spreche noch heute mit *ihm*.«

Hendrik hatte ein tiefes Aufatmen der Erleichterung.

Am nächsten Morgen rief das Sekretariat der Staatstheaterintendanz ihn an, um mitzuteilen, er werde am Nachmittag zur Arrangierprobe der neuen ›Faust‹-Einstudierung erwartet. Das war der Sieg. Der Ministerpräsident hatte sich für ihn verwendet. Ich bin gerettet, dachte Hendrik Höfgen. – Er schickte einen großen Strauß gelber Rosen an Lotte Lindenthal; den schönen Blumen legte er einen Zettel bei, auf den er in großen, pathetisch eckigen Buchstaben das Wort ›DANKE‹ schrieb.

Es erschien ihm beinahe schon selbstverständlich, daß der Intendant Cäsar von Muck ihn, vor Beginn der Probe, in sein Büro bitten ließ. Der nationale Dichter zeigte die einfachste Herzlichkeit – die eine viel beachtenswertere schauspielerische Leistung war, als die feine Zurückhaltung, die Hendrik an den Tag legte.

»Ich freue mich darauf, Sie als Mephisto zu sehen«, sprach der Dramatiker, ließ die stahlblauen Augen warm aufblitzen und ergriff mit männlicher Innigkeit die Hände des Menschen, den er hatte vernichten wollen. »Wie ein Kind freue ich mich darauf, Sie in dieser ewigen, tief deutschen Rolle zu sehen.« – Es war deutlich: der Intendant hatte sich entschlossen, sein Verhalten Höfgen gegenüber mit einem Schlage und total zu ändern, seitdem der Ministerpräsident sich für diesen Schauspieler eingesetzt hatte. Natürlich hatte Cäsar von Muck, nach wie vor, die unerbittliche Absicht, den fatalen Burschen nicht gar zu groß werden zu lassen und ihn, wenn irgend möglich, recht bald vom Staatstheater zu entfernen. Es schien ihm aber geraten, seinen Kampf gegen den alten Feind von jetzt ab auf heimlichere und schlauere Art zu führen. Herr von Muck war durchaus nicht geneigt, sich Höfgens wegen mit dem mächtigen Ministerpräsidenten oder mit der Lindenthal zu überwerfen. Als Intendant der Preußischen Staatstheater hatte man allen Grund, sich mit dem Ministerpräsidenten ebenso gut zu stellen wie mit dem Propagandaminister . . .

»Unter uns gesagt«, fuhr der Intendant mit der Miene kameradschaftlicher Vertraulichkeit fort, »Sie haben es mir zu verdanken, daß Sie den Mephisto wieder spielen werden.« In seiner Aussprache machte sich der sächsische Akzent, mit dem er vielleicht seine markige Biederkeit betonen wollte, heute stark bemerkbar. »Es gab da gewisse Bedenken«, – er dämpfte seine Stimme und schnitt eine Grimasse des Bedauerns –, »gewisse Bedenken in ministeriellen Kreisen – Sie verstehen, mein lieber Höfgen ... Man fürchtete, Sie könnten den Geist der vorigen ›Faust‹-Inszenierung – einen etwas kulturbolschewistischen Geist, wie man sich ausdrückte – in unsere neue Einstudierung tragen. Nun, es ist mir gelungen, diese Befürchtungen zu widerlegen und zu überwinden!« schloß der Intendant fröhlich, und er schlug dem Schauspieler herzhaft auf die Schulter. –

Einen argen Schrecken hatte Höfgen an diesem sonst erfolgreichen Tage noch auszustehen. Als er die Probebühne betrat, stieß er mit einem jungen Menschen zusammen, es war Hans Miklas, Hendrik hatte seit Wochen nicht mehr an ihn gedacht. Natürlich, Miklas lebte, er war sogar am Staatstheater engagiert, und er sollte in der neuen ›Faust‹-Inszenierung den Schüler spielen. Auf dieses Zusammentreffen war Hendrik nicht vorbereitet; um die Besetzung der kleineren Rollen hatte er sich, bei all den Aufregungen, die es auszustehen gab, noch nicht gekümmert. Nun überlegte er sich blitzschnell. Wie verhalte ich mich? Dieser renitente Bursche haßt mich noch – wenn es nicht selbstverständlich wäre: der bleiche und böse Blick, den er mir gerade zugeworfen hat, müßte es mir verraten. Er haßt mich, er hat nichts vergessen, und er kann mir schaden, wenn er Lust dazu hat. Was hindert ihn, Lotte Lindenthal zu erzählen, warum es damals zu dem Auftritt zwischen uns im ›H. K.‹ gekommen ist. Ich wäre verloren, wenn er sich das einfallen ließe. Aber er wagt es nicht, so weit wird er wahrscheinlich nicht gehen. – Hendrik beschloß: Ich werde ihn fast übersehen und ihn mit meinem Hochmut einschüchtern. Dann denkt er, ich sei schon wieder ganz obenauf, habe alle Trümpfe in der Hand und man

könne nichts gegen mich ausrichten. – Er klemmte sich das Monokel vors Auge, machte ein spöttisches Gesicht und sprach durch die Nase: »Herr Miklas – sieh da! Daß es Sie auch noch gibt!« Dabei betrachtete er seine Fingernägel, lächelte aasig, hüstelte und schlenderte weiter.
Hans Miklas hatte die Zähne aufeinandergebissen und geschwiegen. Sein Gesicht war unbewegt geblieben, aber da Hendrik es nicht mehr beobachten konnte, verzerrte es sich vor Haß und vor Schmerz. Niemand kümmerte sich um den Knaben, der trotzig und einsam an einer Kulisse lehnte. Niemand sah, daß er die Fäuste ballte und daß seine hellen Augen sich mit Tränen füllten. Hans Miklas zitterte an seinem schmalen, mageren Körper, der an den Körper eines unterernährten Gassenbuben, zugleich an den eines übertrainierten Akrobaten erinnerte. Warum zitterte denn Hans Miklas? Und warum weinte er denn?
Begann er einzusehen, daß er betrogen worden war – betrogen in einem fürchterlichen, riesenhaften und nie mehr gutzumachenden Ausmaß? Ach, er war noch nicht an dem Punkte, dies zu begreifen. Indessen stellten vielleicht doch die ersten Ahnungen sich ein. Schon diese Ahnungen waren von der Art, daß seine Hände sich zusammenkrampften und seine Augen sich mit Tränen füllten.
Die ersten Wochen nach der Regierungsübernahme durch die Nationalsozialisten und ihren ›Führer‹, hatte dieser junge Mensch sich gefühlt wie im Himmel. Der schöne und große Tag, der Tag der Erfüllung, auf den man so lange und mit so viel Sehnsucht gewartet hatte, nun war er da! Was für ein Jubel! Der junge Miklas hatte vor Seligkeit geschluchzt und getanzt. Damals hatte sein Gesicht gestrahlt im Licht der echten Begeisterung: auf seiner Stirne war Glanz gewesen, und Glanz in seinen Augen. Als man den Reichskanzler, den Führer, den Erlöser mit dem Fackelzug feierte – wie hatte er da auf der Straße gebrüllt und gleich einem Besessenen die Glieder geworfen, mitergriffen von dem Taumel, in den eine

Millionenstadt, in den ein ganzes Volk sich schleuderte. Nun würden alle Versprechungen umgesetzt werden in die Tat. Ohne Frage: ein goldenes Zeitalter war im Begriff anzubrechen. Deutschland hatte seine Ehre wieder, und bald würde auch seine Gesellschaft sich verwandeln und sich zur wahren Volksgemeinschaft wunderbar erneuern: denn so hatte es der Führer hundert Mal versprochen und die Märtyrer der nationalsozialistischen Bewegung hatten sein Versprechen besiegelt mit ihrem Blut.

Die vierzehn Jahre der Schmach waren vorüber. Alles bis dahin war nur Kampf und Vorbereitung gewesen, jetzt fing das Leben erst an. Nun durfte man endlich arbeiten – mitarbeiten am Wiederaufbau eines geeinigten, machtvollen Vaterlands. Hans Miklas bekam ein schlecht bezahltes Engagement am Staatstheater: ein höherer Parteifunktionär hatte es ihm verschafft. Höfgen saß in Paris, Höfgen war Emigrant – und Miklas hatte eine Stellung an der Preußischen Staatsbühne: der Zauber dieser Situation war so mächtig, daß er den jungen Menschen manches übersehen ließ, was er sonst vielleicht als enttäuschend empfunden hätte.

War es wirklich eine neue, eine bessere Welt, in der er sich jetzt bewegte? Hatte sie nicht viele Gebrechen der alten, die man so bitter gehaßt hatte, und noch manch anderen Fehler dazu, der bis dahin unbekannt gewesen war? Dergleichen wagte Hans Miklas noch nicht sich einzugestehen. Aber zuweilen bekam sein junges, angegriffenes, bleiches Antlitz, mit den zu roten Lippen und den dunklen Rändern um den hellen Augen, doch schon wieder jenen verschlossenen, leidvollen Ausdruck des Trotzes, der ihm früher eigentümlich gewesen war.

Hochmütig und böse wandte der widerspenstige Knabe den Kopf, wenn er beobachten mußte, wie man jetzt den Intendanten Cäsar von Muck umschmeichelte, auf eine noch viel schamlosere Manier, als die es gewesen war, auf die man früher den ›Professor‹ umschmeichelt hatte. Und wie Cäsar von

Muck seinerseits zusammenknickte und in demutsvoller Liebedienerei zerfließen zu wollen schien, wenn der Propagandaminister das Theater betrat! Das war äußerst peinlich anzusehen. Der Zustand, den die nationalistischen Agitatoren als ›Bonzenwirtschaft‹ zu bezeichnen liebten, hatte also nicht aufgehört, sondern nur noch schlimmere und ausschweifendere Formen angenommen. Auch unter den Schauspielern gab es noch die ›Prominenten‹, die herabsahen auf die Kleineren, in schweren Limousinen am Bühneneingang vorfuhren und kostbare Pelzmäntel trugen.
Die große Diva hieß nicht mehr Dora Martin, sondern Lotte Lindenthal; sie war keine gute Schauspielerin mehr, sondern eine schlechte, dafür aber die Favoritin eines mächtigen Mannes. Miklas hätte sich, um ihrer Ehre willen, einmal fast geprügelt – wie lange war das her? –, und er hatte seine Stellung für sie verloren. Aber das wußte sie nicht, und er war zu stolz, um darauf anzuspielen. Er schob trotzig die Lippen vor, machte sein abweisendes Gesicht und ließ sich übersehen von der großen Dame.
Deutschland hatte seine Ehre wieder, da die Kommunisten und Pazifisten nun in den Konzentrationslagern saßen, teilweise auch schon getötet waren, und die Welt anfing, sich sehr zu ängstigen vor einem Volk, das einen so besorgniserregenden ›Führer‹ sein eigen nannte. Die Erneuerung des gesellschaftlichen Lebens hingegen ließ auf sich warten: vom Sozialismus war noch nichts zu merken. Alles kann nicht auf einmal geschafft werden, dachte ein junger Mensch wie Hans Miklas, der zu innig geglaubt hatte, als daß er sich jetzt schon zur Enttäuschung hätte entschließen mögen. Nicht einmal mein Führer bringt es fertig. Wir sollen Geduld haben. Erst muß Deutschland sich einmal erholen von den langen Jahren der Schmach.
So vertrauensvoll war dieser Knabe noch immer. Den entscheidenden Schock aber empfing er, als er auf dem Probezettel las, daß Hendrik Höfgen den Mephisto spielen werde.

Der alte Feind, der höchst Geschickte, ganz Gewissenlose – da war er wieder, der Zyniker, der überall durchkommt, sich bei allen beliebt macht: Höfgen, der ewige Widersacher! Die Frau, um derentwillen man sich fast mit ihm geprügelt hätte, sie hatte ihn selber herbeigeholt, weil sie ihn in der mondänen Komödie als Partner brauchte. Und nun hatte sie ihm auch noch die klassische Rolle verschafft, und mit ihr die große Erfolgschance... Konnte er, Miklas, nicht hingehen und dieser Lotte Lindenthal erzählen, was Höfgen damals, in der Kantine, über sie geäußert hatte? Wer hinderte ihn daran? – Aber war es der Mühe wert? Würde man ihm denn glauben? Konnte er sich nicht auch noch lächerlich machen? Und hatte schließlich Höfgen so ganz unrecht gehabt, als er diese Lindenthal eine blöde Kuh nannte? War sie nicht eine? Miklas schwieg, ballte die Fäuste und wandte den Kopf der Dunkelheit zu, damit niemand die Tränen sähe in seinen Augen.

Eine Stunde später mußte er seine Szene mit Höfgen-Mephistopheles probieren. In demütiger Haltung hatte er sich dem Schriftgelehrten, der eigentlich der Teufel war, zu nahen, und vorzubringen:

»Ich bin allhier erst kurze Zeit
und komme voll Ergebenheit,
einen Mann zu sprechen und zu kennen,
den alle mir mit Ehrfurcht nennen.«

Die Stimme des Schülers klang rauh, und sie wurde zu einem Stöhnen, als der Jüngling auf all die verwirrenden Weisheiten, die höhnischen Sophismen des maskierten Satans zu erwidern hatte:

»Mir wird von alledem so dumm,
als ging' mir ein Mühlrad im Kopf herum.«

Der ›Faust‹-Aufführung des Staatstheaters wohnte der Ministerpräsident und Fliegergeneral in Begleitung seiner Freundin Lotte Lindenthal bei. Die Vorstellung begann mit einer Viertelstunde Verspätung, weil der große Herr auf sich warten ließ. Aus seinem Palais wurde telephoniert, er sei festgehalten durch eine Besprechung mit dem Reichswehrminister. Die Schauspieler in ihren Garderoben aber flüsterten sich spöttisch zu, daß er einfach wieder einmal nicht rechtzeitig fertig werde mit seiner Toilette. »Er braucht doch immer eine Stunde, um sich umzuziehen«, kicherte die Darstellerin des Gretchens, die so blond war, daß sie sich kleine Aufsässigkeiten leisten durfte. Übrigens vollzog sich der Eintritt des hohen Paares dann mit betonter Dezenz. Der Ministerpräsident hielt sich im Hintergrund seiner Loge, solange Licht im Saal war. Nur die Leute in den ersten Parkettreihen bemerkten ihn und schauten ehrfurchtsvoll auf seine geschmückte Uniform, die einen purpurnen Kragen und breite silberne Manschetten zeigte, und auf das blitzende Brilliantendiadem seiner hochbusigen, ährenblonden Freundin. Erst als der Vorhang sich hob, setzte sich der Minister, wobei er ein leises Ächzen hören ließ, denn es bereitete Mühe, die Fettmassen seines Leibes auf dem relativ schmalen Fauteuil in Ordnung zu bringen.
Während des Prologs im Himmel machte der illustre Zuschauer ein pflichtgemäß ergriffenes Gesicht. Die folgenden Szenen der Tragödie, ihr Ablauf bis zu jenem Moment, da Mephistopheles als Pudel sich in Faustens Studierzimmer geschlichen hat, schienen ihn etwas zu langweilen; während des ersten großen Faust-Monologs konnte man ihn mehrfach gähnen sehen, und auch der ›Osterspaziergang‹ unterhielt ihn nicht: er flüsterte der Lindenthal etwas zu, was wahrscheinlich unfreundlichen Sinn hatte.
Hingegen wurde der Gewaltige animiert, sowie Höfgen-Mephistopheles die Szene betrat. Als der Doktor Faust ausrief: »Das also war des Pudels Kern! Ein fahrender Scholast? Der

Casus macht mich lachen« – da lachte auch der hohe Würdenträger, und zwar so laut und herzlich, daß niemand es überhören konnte. Lachend neigte sich der schwere Mann nach vorne, indem er seine beiden Arme auf die rotsamtene Brüstung der Loge stützte, und von nun ab verfolgte er mit amüsierter Aufmerksamkeit die Handlung – genauer gesagt: das tänzerisch gewandte, durchtrieben anmutige, ruchlos charmante Spiel Hendrik Höfgens.
Lotte Lindenthal, die ihren Männe kannte, begriff sofort: Dies ist Liebe auf den ersten Blick. Höfgen hat es meinem Dicken angetan – was ich nur zu gut begreife. Denn der Bursche ist ja auch zauberhaft, und in seinem schwarzen Kostüm, mit der diabolischen Pierrotmaske, wirkt er unwiderstehlicher als je. Ja, er ist sowohl drollig als bedeutend, er macht die reizendsten Sprünge wie ein Tänzer, zuweilen aber bekommt er drohende, tiefe und erschreckend flammende Augen, zum Beispiel nun, da er ausspricht:

»So ist denn alles, was ihr Sünde,
Zerstörung, kurz, das Böse nennt,
mein eigentliches Element.«

An dieser Stelle nickte der Ministerpräsident bedeutungsvoll. Später, bei der Schüler-Szene – in der Hans Miklas übrigens eine auffallend steife und befangene Figur machte – schien der große Mann sich zu unterhalten, wie in der drolligsten Posse. Seine gute Laune steigerte sich noch während der burlesken Vorgänge in Auerbachs Keller zu Leipzig, als Höfgen mit bösartigem Übermut das Lied vom König und dem Floh zum besten gab, und schließlich den süßen Tokajerwein, den moussierenden Champagner aus dem Tisch für die besoffenen Rüpel bohrte – und ganz außer sich vor Vergnügen geriet der Dicke, als in der Finsternis der Hexenküche Höfgen die scharfe, klirrende Stimme des Höllenfürsten vernehmen ließ:

»Erkennst du mich? Gerippe! Scheusal du!
Erkennst du deinen Herrn und Meister?
Was hält mich ab, so schlag' ich zu,
zerschmettre dich und deine Katzengeister!
Hast du vorm roten Wams nicht mehr Respekt?
Kannst du die Hahnenfeder nicht erkennen?
Hab' ich dies Angesicht versteckt?
Soll ich mich etwa selber nennen?«

Dies galt der Hexe, dem Schauerweib, die denn auch entsetzt in sich zusammenknickte. Der Fliegergeneral aber schlug sich vor Vergnügen die Schenkel: das blitzende Selbstbewußtsein des Bösen, der Stolz des Satans auf seinen gräßlichen Rang amüsierten ihn gar zu sehr. Sein fettes, grunzendes Gelächter wurde begleitet vom silbrigen Lachen der Lindenthal. – Nach der Hexenküche-Szene war die Pause. Der Ministerpräsident ließ den Schauspieler Höfgen zu sich in die Loge bitten.
Hendrik wurde ganz weiß und mußte mehrere Sekunden lang die Augen schließen, als der kleine Böck ihm die bedeutsame Bestellung ausrichtete. Der große Augenblick war gekommen. Er würde dem Halbgott von Angesicht zu Angesicht gegenüberstehen ... Angelika, die sich bei ihm in der Garderobe befand, brachte ihm ein Glas Wasser. Nachdem er es hastig geleert hatte, war er wieder dazu imstande, halbwegs aasig zu lächeln. Er konnte sogar sagen: »Das geht ja alles wunschgemäß und nach dem Programm!« – als machte er sich lustig über den entscheidenden Vorgang; aber seine Lippen waren blaß, da er dies spöttisch vorbrachte.
Als Hendrik die Loge der hohen Herrschaften betrat, saß der Dicke vorne an der Brüstung, seine fleischigen Finger spielten auf dem roten Samt. Hendrik blieb an der Türe stehen. Wie lächerlich, daß mein Herz so stark klopft! dachte er, und verhielt sich einige Sekunden lang stille. Dann hatte Lotte Lindenthal ihn bemerkt. Sie flötete: »Männe – du erlaubst,

daß ich dir meinen hervorragenden Kollegen Hendrik Höfgen vorstelle« – und der Riese wandte sich um. Hendrik hörte seine ziemlich hohe, fette und dabei scharfe Stimme: »Aha, unser Mephistopheles . . .« Dieser Feststellung folgte ein Lachen.

Noch niemals in seinem Leben war Hendrik derartig verwirrt gewesen, und daß er sich seiner Aufregung schämte, steigerte sie vielleicht noch. Seinem getrübten Blick erschien auch die Kollegin Lindenthal phantastisch verändert. War es nur das blitzende Geschmeide, das ihr ein einschüchternd fürstliches Aussehen verlieh, oder war es der Umstand, daß sie sich in so vertrauter Nähe mit ihrem kolossalen Herrn und Beschützer zeigte? Jedenfalls wirkte sie auf Hendrik plötzlich wie eine Fee, und zwar wie eine üppig-liebliche, aber durchaus nicht ganz ungefährliche. Ihr Lächeln, das ihm sonst immer nur gutmütig und etwas blöde vorgekommen war, schien ihm nun auch rätselhafte Tücke zu enthalten.

Von dem fetten Riesen in der bunten Uniform aber, von dem pompösen Halbgott sah Hendrik in seiner Angst und zitternden Gespanntheit so gut wie nichts. Vor der ausladenden Gestalt des Gewaltigen schien ein Schleier zu hängen – jener mystische Nebel, der seit eh und je das Bild der Mächtigen, der Schicksalsbestimmenden, der Götter dem bangen Blick der Sterblichen verbirgt. Nur ein Ordensstern blitzte durch den Dunst, die beängstigende Kontur eines wulstigen Nakkens ward sichtbar, und dann ließ wieder die zugleich scharfe und fette Kommandostimme sich vernehmen:

»Treten Sie doch ein bißchen näher, Herr Höfgen.«

Die Leute, die plaudernd im Parkett geblieben waren, begannen aufmerksam zu werden auf die Gruppe in der Loge des Ministerpräsidenten. Man tuschelte, man drehte die Hälse. Keine Bewegung, die der Gewaltige machte, entging den Gaffenden, die sich zwischen den Stuhlreihen drängten. Man stellte fest, daß der Gesichtsausdruck des Fliegergene-

rals immer wohlwollender, immer vergnügter wurde. Nun lachte er, mit Rührung und Ehrfurcht konstatierte es das Volk im Parkett – der große Mann lachte laut, herzlich und mit weit geöffnetem Mund. Auch Lotte Lindenthal ließ ein perlendes Koloraturgelächter hören, und der Schauspieler Höfgen – höchst dekorativ in sein schwarzes Cape gewickelt – zeigte ein Lächeln, das auf seiner Mephisto-Maske wie ein triumphales und dabei schmerzliches Grinsen schien.
Die Unterhaltung zwischen dem Mächtigen und dem Komödianten wurde immer angeregter. Ohne Frage: der Ministerpräsident amüsierte sich. Was für wunderbare Anekdoten erzählte Höfgen, der es erreichte, daß der Fliegergeneral geradezu trunken schien vor Wohlgelauntheit? Alle im Parkett suchten von den Worten, die Hendriks blutrot gefärbte und künstlich verlängerte Lippen sprachen, einige zu erhaschen. Aber Mephisto sprach leise, nur der Mächtige vernahm seine erlesenen Scherze.
Mit schöner Gebärde breitete Höfgen die Arme unter dem Cape, so daß es wirkte, als wüchsen ihm schwarze Flügel. Der Mächtige klopfte ihm auf die Schulter: niemandem im Parkett entging es, und das respektvolle Murmeln schwoll an. Jedoch verstummte es, wie die Musik im Zirkus vor der gefährlichsten Nummer – angesichts des Außerordentlichen, was nun geschah.
Der Ministerpräsident hatte sich erhoben: da stand er in all seiner Größe und funkelnden Fülle, und er streckte dem Komödianten die Hand hin. Gratulierte er ihm zu seiner schönen Leistung? Es sah aus, als wollte der Mächtige einen Bund schließen mit dem Komödianten.
Im Parkett riß man Mund und Augen auf. Man verschlang die Gesten der drei Menschen dort oben in der Loge, als das außerordentliche Schauspiel, als die zauberhafte Pantomime, deren Titel lautet: Der Schauspieler verführt die Macht. Noch nie war Hendrik so heftig beneidet worden. Wie glücklich mußte er sein!

Ahnte irgend jemand von den Neugierigen, was wirklich vorging in Hendriks Brust, während er sich tief über die fleischige und behaarte Hand des Mächtigen neigte? Waren es Glück und Stolz allein, die ihn erschauern ließen? Oder spürte er auch noch etwas anderes – zur eigenen Überraschung? Und was war dieses andere? War es Angst? Es war beinah Ekel ... Jetzt habe ich mich beschmutzt, war Hendriks bestürztes Gefühl. Jetzt habe ich einen Flecken auf meiner Hand, den bekomme ich nie mehr weg ... Jetzt habe ich mich verkauft ... Jetzt bin ich gezeichnet!

VIII
ÜBER LEICHEN

Am nächsten Morgen wußte es die ganze Stadt: der Ministerpräsident hatte in seiner Loge den Schauspieler Höfgen empfangen und fünfundzwanzig Minuten lang mit ihm geplaudert. Die Vorstellung hatte nach der Pause mit einer wesentlichen Verspätung wieder begonnen, das Publikum mußte warten, und übrigens wartete es mit Vergnügen. Die Szene, die sich ihm in der Minister-Loge bot, war viel spannender als der ›Faust‹.

Hendrik Höfgen, der im ›Sturmvogel‹ als ›Genosse‹ aufgetreten war, den man schon beinahe aufgegeben und zum Auswurf der Nation, nämlich zu den Emigranten gezählt hatte: da saß er vor aller Augen, Seite an Seite mit dem gewaltigen Dicken, der in äußerst animierter Stimmung schien. Mephistopheles flirtete und scherzte mit dem Mächtigen, der ihm mehrfach auf die Schulter klopfte und beim Abschied seine Hand gar nicht mehr losließ. Das Auditorium des Staatstheaters murmelte ergriffen angesichts solchen Schauspiels. Noch in derselben Nacht wurde das sensationelle Vorkommnis leidenschaftlich besprochen und kommentiert, in den Cafés, Salons und auf den Redaktionen. Den Namen Höfgens, den man während der letzten Monate nie ohne Skepsis – mit einem schadenfrohen Grinsen oder mit einem bedauernden Achselzucken – ausgesprochen hatte, nannte man nun mit einer neuen Ehrfurcht. Auf ihn war ein Schimmer von dem ungeheuren Glanz gefallen, der die Macht umgibt.

Denn der kolossale Fliegeroffizier, den man gerade erst zum General gemacht hatte, gehörte zur allerobersten Spitze des autoritären und totalen Staates. Über ihm gab es nur noch den ›Führer‹ – den man kaum mehr zu den Sterblichen rechnen durfte. Wie der Herr der Himmel von den Erzengeln, so war der Diktator umgeben von seinen Paladinen. Rechts neben ihm stand der bewegliche Kleine mit der Raubvogel-Physiognomie, der verwachsene Prophet, der Lobredner, Einflüsterer und Propagandist, der die gespaltene Zunge der Schlange besaß und in jeder Minute eine Lüge ersann. Zur Linken des Gebieters aber hatte seinen Platz der famose Dicke: er stand breitbeinig da, eine majestätische Erscheinung, gestützt auf sein Richtschwert, glitzernd von Orden, Bändern und Ketten, jeden Tag in einer anderen prächtigen Vermummung. Während der Kleine, zur Rechten des Thrones, die Lügen ersann, dachte der Dicke sich täglich neue Überraschungen aus – zur eigenen Unterhaltung und zur Unterhaltung des Volkes –: Feste, Hinrichtungen oder Prunkkostüme. Er sammelte Ordenssterne, phantastische Kleidungsstücke und phantastische Titel. Natürlich sammelte er auch Geld. Sein Lachen war behaglich grunzend, wenn er von den vielen Witzen erfuhr, die das Volk über seine Prunksucht zu machen wagte. Manchmal, wenn er schlechter Laune war, ließ er jemanden einsperren und peitschen, der sich gar zu keck geäußert hatte. Meistens aber grinste er wohlwollend. Gegenstand des öffentlichen Humors zu sein schien ihm ein Zeichen von Popularität – und gerade die wollte er haben. Da er nicht so faszinierend zu schwatzen verstand wie sein Konkurrent, der Dämon von der Reklame-Abteilung, mußte er sie sich verschaffen mittels massiver und enorm kostspieliger Extravaganzen. Er freute sich seines Ruhmes und seines Lebens. Er schmückte seinen gedunsenen Leib, er ritt auf Jagden, er fraß und soff. Er ließ die Bilder aus den Museen stehlen und aufhängen in seinem Palast. Er verkehrte mit reichen und feinen Leuten, sah Prinzen und große Damen an seinem Tisch. Er war arm und verkommen gewesen, das war noch nicht lange her; um

so intensiver genoß er es, daß er jetzt Geld und schöne Dinge haben konnte, soviel er nur irgend mochte. Ist mein Leben nicht wie ein Märchen? dachte er häufig. Er hatte eine Neigung zum Romantischen. Deshalb liebte er das Theater, mit Wollust schnupperte er die Luft hinter den Kulissen, und mit Vergnügen saß er in seiner samtenen Loge, wo er seinerseits vom Publikum bewundert wurde, ehe er selber etwas Nettes zu sehen bekam.
Sein Leben, wie es war, schien ihm angenehm; ganz nach seinem abenteuerlichen und exzessiven Geschmack aber würde es erst werden, wenn der Krieg wieder losging. Der Krieg – so fand dieser Dicke – war ein Amüsement von noch intensiverer Art als alle Genüsse, die er sich nun gönnte. Auf den Krieg freute er sich wie ein Kind auf Weihnachten, und er sah seine wesentlichste Pflicht darin, ihn mit sorgfältiger Schlauheit vorzubereiten. Mochte der Reklamezwerg das Seine dafür tun, indem er die Zeitungen im Ausland dutzendweise kaufte, Millionen für Bestechungen ausgab, ein Netz von Spionen und Provokateuren über die fünf Erdteile organisierte, den Aether füllte mit frechen Drohungen oder noch frecheren Friedensbeteuerungen –: er, der Dicke, kümmerte sich um die Flugzeuge. Denn Flugzeuge vor allem mußte Deutschland haben. Schließlich war die Vergiftung durch Infamien doch nur vorbereitendes Spiel. Eines Tages – von dem der Dicke sehnlichst hoffte, daß er nicht mehr gar zu ferne wäre – sollte die Luft der europäischen Städte in einem nicht mehr gleichnishaften Sinn vergiftet werden: dafür wollte der Fliegergeneral sorgen, der durchaus nicht seine ganze Zeit damit verbrachte, in Theatern zu sitzen oder sich umzukleiden.
Da steht er auf seinen Beinen, die wie Säulen sind; streckt den enormen Bauch vor und strahlt. Auf ihn und auf den geschäftigen Herrn der Reklame fällt fast ebensoviel Licht wie auf den ›Führer‹, den sie in ihrer Mitte haben. Dieser scheint seinerseits beinah nichts zu sehen, seine Augen sind blicklos

und stumpf, wie die eines Blinden. Schaut er nach innen? Lauscht er in sich hinein? Und was hört er dort? Singen und sagen die Stimmen in seinem Herzen nur immer wieder dasselbe, was der Propagandaminister und alle von ihm dirigierten Zeitungen nicht müde werden, ihm zu bestätigen: Daß er der von Gott Gesandte sei und immer nur seinem Stern zu folgen brauche, damit Deutschland, und mit ihm die Welt, unter seiner Führung glücklich werde? Hört er dies wirklich? Glaubt er dies in der Tat? – Sein Gesicht – das aufgeschwemmte Kleinbürgergesicht mit dem Ausdruck einer selbstgefälligen Ekstase – könnte vermuten lassen, daß er dies wirklich hört, daß er dies wirklich glaubt. – Aber überlassen wir ihn seinen Wonnen oder seinen Zweifeln. Dieses Gesicht birgt kein Geheimnis, das uns lange reizen oder fesseln könnte. Es hat nicht die Würde des Geistes, und es ist nicht geadelt durch Leiden. Wenden wir uns von ihm.

Lassen wir ihn stehen, den großen Mann, inmitten seines höchst verdächtigen Olymps. Was drängt sich da noch alles um ihn? Eine schöne Versammlung von Göttern! Eine reizende Gruppe grotesker und gefährlicher Typen, vor der ein gottverlassenes Volk sich im Delirium der Verehrung windet! Der geliebte Führer hat die Arme verschränkt, unter der tückisch geduckten Stirn geht sein blinder, grausam-sturer Blick über die Menge hin, die zu seinen Füßen Gebete murmelt. Der Propagandachef kräht, und der Flugzeugminister grinst. Was stimmt ihn denn so besonders munter, was läßt ihn denn so aufgeräumt erscheinen? Denkt er an Hinrichtungen, gaukelt seine angeregte Phantasie ihm neue, unerhörte Methoden der Vernichtung vor? Seht, er hebt langsam den massiven Arm! Das Auge des Gewaltigen ist auf einen aus der Menge gefallen. Soll der Unglückliche gleich abgeführt, gefoltert und umgebracht werden? Im Gegenteil: ihm geschieht Gnade, und Erhöhung ist ihm zugedacht. Wer ist es denn? Ein Schauspieler? Man weiß ja, daß die großen Herren Sympathie haben für Komödianten. Er tritt bescheidenen, aber festen Schrittes nach vorne. Gebt es zu: er paßt nicht übel in diese Gesellschaft, er hat ihre falsche Würde, ihren hysterischen Elan, ihren eitlen Zynismus und die billige Dämonie. – Der Schauspieler reckt das Kinn und läßt Juwelenaugen schillern. Nun streckt der Dicke fast liebevoll die beiden Arme nach ihm aus. Der Schauspieler ist ganz nahe herangekommen an die Göttergruppe. Schon darf er sich baden in ihrem Glanze. Und mit der perfekten Anmut des höfischen Kavaliers beugt er Haupt und Knie vor dem fetten Riesen.

In Hendriks Wohnung am Reichskanzlerplatz hörte das Telephon nicht mehr auf zu läuten. Der kleine Böck saß mit einem Notizbuch neben dem Apparat, um die Namen derer aufzuschreiben, die angerufen hatten. Es waren die Direktoren der Theater und Filmgesellschaften, es waren Schauspieler, Kritiker, Schneider, Autofirmen und Autogrammsammlerinnen. Höfgen ließ sich nicht sprechen. Er lag im Bett und war hysterisch vor Glück. Der Ministerpräsident hatte ihn zu einem intimen Abendessen ins Palais gebeten: ›Es werden nur ein paar Freunde da sein‹, hatte er gesagt. Nur ein paar Freunde! Hendrik rechnete also schon zu den Vertrauten! Er zappelte und jauchzte zwischen seinen seidenen Kissen und Decken, er besprengte sich mit Parfüm, zerschmetterte eine kleine Vase, schleuderte einen Pantoffel gegen die Wand. Er jubilierte: »Es ist doch nicht zu schildern! Jetzt werde ich *ganz* groß! Der Dicke läßt mich ganz, ganz groß werden!«

Plötzlich machte er ein besorgtes Gesicht und rief Böck herbei. »Böckchen – hör doch mal, Böckchen!« sagte er gedehnt und warf schiefe Blicke. »Bin ich eigentlich ein *sehr* großer Schurke?«

Böck hatte verständnislose, wasserblaue Augen. »Wieso – ein Schurke?« fragte er. »Warum denn ein Schurke, Herr Höfgen? Sie haben doch nur Erfolg.«

»Ich habe doch nur Erfolg«, wiederholte Hendrik und schaute schillernd zur Decke. Er dehnte sich wollüstig. »Nur

Erfolg ... Ich werde ihn gut verwenden. Ich werde Gutes tun. Böckchen, glaubst du mir das?«
Und Böckchen glaubte es ihm. –

Dieses war Hendrik Höfgens dritter Aufstieg. Der erste war der solideste und der verdienteste gewesen; denn in der Stadt Hamburg hatte Hendrik gute Arbeit getan, das Publikum mußte ihm für manchen schönen Abend dankbar sein. – Die zweite Konjunktur, im Berlin der ›System-Zeit‹, hatte schon ein fiebrig übertriebenes Tempo und viele Zeichen des hektisch Ungesunden gehabt. – Diese dritte Konjunktur aber hatte den Charakter einer Beförderung, sie kam ›schlagartig‹, wie alle Aktionen, die von der nationalsozialistischen Regierung ausgingen. Vor kurzem war Hendrik Höfgen noch ein Emigrant gewesen; gestern noch die halbverdächtige Figur, mit der man sich nicht gern öffentlich zeigte; buchstäblich über Nacht war er zum großen Mann avanciert: ein Wink des dicken Ministers hatte dies zuwege gebracht.
Der Intendant der Staatstheater machte ihm sofort ein großes Angebot. Vielleicht tat er es nicht ganz spontan, vielleicht nicht einmal gern, sondern handelte auf höheren Befehl; jedenfalls zeigte er die biederste Miene beim fatalen Spiel, streckte dem neu engagierten Künstler beide Hände hin und sprach sächsisch vor lauter Herzlichkeit. »Prachtvoll, daß Sie jetzt ganz in unseren Kreis gehören sollen, mein lieber Höfgen. Es liegt mir daran, Ihnen zu sagen, wie sehr ich Ihre Entwicklung bewundere. Sie haben sich aus einem etwas spielerischen Menschen zu einem ganz ernsten, ganz vollwertigen entwickelt.«
Cäsar von Muck wußte sehr wohl, warum er Entwicklungskurven von jener Art, die er gerade so euphemistisch beschrieben hatte, verständnisvoll und günstig beurteilte. Er selber hatte eine ähnliche durchgemacht; freilich lag seine ›spielerische‹ – das heißt: politisch anstößige – Vergangen-

heit weiter hinter ihm, als hinter Höfgen seine Sünden lagen. Ehe Cäsar von Muck zum Freund des Führers und zum literarischen Star des Nationalsozialismus aufstieg, war er schon berühmt gewesen als Autor von Dramen, die voll pazifistisch-revolutionärem Pathos waren.
Vielleicht dachte der Dramatiker, der sich von so tadelnswerter Gesinnung zu einem heroischen Weltbild und zu einem Intendantenposten durchgerungen hatte, an die literarischen Sünden seiner schwärmerischen Jugendzeit, als er jetzt von seinem besonderen Respekt für die Entwicklung des Hendrik Höfgen sprach. Mit warmem Blick fügte er noch hinzu:
»Übrigens werde ich heute abend eine Gelegenheit haben, Sie dem Herrn Propagandaminister vorzustellen. Er hat seinen Besuch im Theater angekündigt.« –
Hendrik lernte die Halbgötter kennen, und es erwies sich, daß mit ihnen ebenso wohl auszukommen war wie mit irgendeinem Oskar H. Kroge, und sogar entschieden besser als mit dem ehrfurchtgebietenden ›Professor‹. Sie sind ja gar nicht so schlimm, dachte Hendrik und fühlte sich ehrlich erleichtert.
Dieser kleine, agile Herr also war der Meister über den enormen Reklameapparat des Dritten Reiches, der Mann, der sich vor den Arbeitern ›euer alter Doktor‹ zu nennen liebte, der mit seiner Energie, seiner Rednergabe und seinen bewaffneten Banden die skeptische und aufgeweckte Stadt Berlin, die sich doch nicht so leicht etwas vormachen ließ, dem Nationalsozialismus erobert hatte. Das also war der schlaue Kopf der Partei, der sich alles ausdachte: wann es einen Fackelzug geben sollte, wann man gegen die Juden zu schimpfen hatte und wann gegen die Katholiken. Während der Intendant sächsisch sprach, redete der Minister mit einem rheinischen Akzent, wodurch Hendrik sich gleich angeheimelt fühlte. Übrigens schien der elastische Kleine, mit dem vom vielen Schwatzen gleichsam ausgefransten Mund,

voll interessanter und moderner Ideen zu stecken: er sprach von ›revolutionärer Dynamik‹, dem ›mystischen Lebensgesetz der Rasse‹, und dann einfach vom Presseball, wo Höfgen etwas vortragen sollte.

Diese repräsentative Veranstaltung war die erste, bei der Hendrik sich öffentlich im Kreise der Halbgötter zeigen durfte. Er hatte die ehrenvolle Pflicht, Fräulein Lindenthal in den Saal zu geleiten, da der Ministerpräsident sich wieder einmal verspätete. Lotte trug ein wundervolles Gewand, aus Purpur- und Silberfäden gewirkt; Hendrik seinerseits sah vor Feinheit und Würde beinah leidend aus. Im Laufe des Abends wurde er nicht nur mit dem Fliegergeneral, sondern auch im Gespräche mit dem Propagandaminister photographiert: dieser hatte selbst den Wink dazu gegeben. Er zeigte sein berühmtes, unwiderstehlich charmantes Grinsen, mit dem er auch die beschenkte, die einige Monate später geopfert wurden. Das boshafte Funkeln der Augen freilich vermochte er nicht völlig zu unterdrücken. Denn er haßte Höfgen – das Geschöpf der Konkurrenz, des Ministerpräsidenten. Doch war der Propagandachef nicht der Mann, seinen Gefühlen nachzugeben und seine Handlungen von ihnen bestimmen zu lassen. Vielmehr blieb er kalt und berechnend genug, um zu denken: Wenn dieser Schauspieler schon einmal zu den kulturellen Größen des Dritten Reiches gehören soll, dann wäre es ein taktischer Fehler, dem Dicken ganz allein den Ruhm seiner Entdeckung zu überlassen. Man beißt die Zähne zusammen und stellt sich grinsend neben ihn vor die Linse.

Wie leicht alles ging! Wie glücklich sich alles fügte: Hendrik empfand, daß er ein Glückskind war. All diese große Gunst, so dachte er, sie ist mir einfach in den Schoß gefallen. Hätte ich so viel Glanz ausschlagen sollen? Niemand würde das an meiner Stelle tun – wer es von sich behauptet, den nenne ich einen Schwindler und einen Heuchler. Zu mir hätte es nicht gepaßt, in Paris als Emigrant zu leben – es hätte eben einfach nicht zu mir gepaßt! beschloß er mit einem trotzigen Übermut. Angesichts all des Trubels, in dem er sich nun wieder befand, dachte er flüchtig, aber mit intensivem Ekel an die Einsamkeit seiner trostlosen Promenaden über die Pariser Plätze und Avenuen. Gott sei gedankt – nun umgaben ihn wieder Menschen!

Wie hieß doch dieser elegante Graukopf mit den vorquellenden blauen Augen, der da so eifrig auf ihn einredete? Richtig: es war Müller-Andreä, der berühmte Plauderer des ›Interessanten Journals‹. Ob er immer noch so viel Geld verdiente mit seiner aufschlußreichen Artikelserie: ›Hatten Sie davon eine Ahnung?‹ Nicht doch, das ›Interessante Journal‹ ist eingegangen. Herr Müller-Andreä jedoch lebt, er ist sogar obenauf, ein flottes Haus, eine fidele Nummer. Schon im Jahre 1931 hatte er ein Buch publiziert, ›Die Getreuen des Führers‹ – damals freilich unter einem Pseudonym. Inzwischen aber hat er sich zu diesem Werk bekannt, und die höchsten Stellen sind auf ihn aufmerksam geworden. Herr Müller-Andreä ist fein heraus, er braucht dem ›Interessanten Journal‹ nicht nachzutrauern, das Propagandaministerium zahlt besser, und am Propagandaministerium ist der lustige alte Herr jetzt beschäftigt. Mit Herzlichkeit schüttelt er dem Schauspieler Höfgen die Hand, so sieht man sich wieder, ja ja, die Zeiten ändern sich, aber wir beide, wir haben Glück – Herr Müller-Andreä war ja immer ein Verehrer des Schauspielers Höfgen gewesen.

Und hier, der Kleine, der mit seinem Notizbüchlein winkte wie mit einer Fahne, das war Pierre Larue – nun gab es keinen ›jeune camarade communiste‹ mehr an seiner Seite, vielmehr nur noch schmucke und stramme Burschen in der zugleich verführerischen und einschüchternden SS-Uniform. Monsieur Larue fand es auf den Festen und Empfängen der hohen Nazi-Funktionäre noch amüsanter, als er es auf den Veranstaltungen der jüdischen Bankiers gefunden hatte. Er blühte auf, so viele interessante Menschen durfte er nun kennenlernen: sehr nette Mörder, die jetzt große Stellungen ausfüllten bei der Geheimen Staatspolizei; einen Oberlehrer, der, erst unlängst aus dem Irrenhaus entlassen, jetzt schon Kultusminister war; Juristen, die das Recht für ein liberales Vorurteil, Mediziner, welche die Heilkunst für einen jüdischen Schwindel, Philosophen, welche die ›Rasse‹ für die einzig objektive Wahrheit hielten: all diese feinen Typen bat Monsieur Larue ins ›Esplanade‹ zum Abendessen. Ja, die Nazis wußten seine Gastlichkeit und sein zartes Wesen zu schätzen. Er durfte sogar auf den Botschaften ein wenig für sie intrigieren, und zum Lohne dafür ließ man ihn im Sportpalast sprechen: die Leute lachten zunächst, als das bleiche Knochenbündelchen aufs Podium trat und etwas von dem tiefen Verständnis des ›echten Frankreich für das Dritte Reich‹ zu piepsen begann; aber dann wurden sie ernster, denn ihr ›alter Doktor‹, der Propagandaminister selber, hatte zornig zur Ruhe gemahnt, und nun deklamierte Pierre Larue eine Art von amouröser Hymne an Horst Wessel, den verunglückten Zuhälter und Märtyrer des neuen Deutschland, den er als den Garanten eines ewigen Friedens zwischen den beiden großen Nationen Deutschland und Frankreich bezeichnete.

Monsieur Larue wäre dem Schauspieler Höfgen fast um den Hals gefallen, so sehr freute er sich, ihn wieder zu sehen. »Oh, oh, mon très cher ami! Enchanté, charmé de vous revoir!« Händeschütteln und das herzlichste Gelächter. Ist es nicht eine Freude zu leben in diesem Deutschland? Sieht mein neuer Liebling, in seiner kleidsamen SS-Uniform, nicht viel hübscher aus, als einer von diesen schmutzigen Kommunistenjungens es je getan hat? Bonsoir, mon cher, je suis tout à fait ravi, es lebe der Führer, noch heute abend berichte ich nach Paris, wie lustig und pazifistisch man in Berlin ist, niemand denkt an irgend etwas Böses, wie reizend Fräulein Lindenthal aussieht, da kommt ja auch Doktor Ihrig, Prost!

Neues Händeschütteln, denn Doktor Ihrig war hinzugetreten. Auch er schien trefflich gelaunt, wozu aller Anlaß bestand: seine Beziehungen zum nationalen Regime, so gespannt sie am Anfang gewesen waren, verbesserten sich jetzt von Tag zu Tag. Servus, Ihrig, wie geht's, alter Kunde! Höfgen und Ihrig lachten sich an, wie zwei Biedermänner. Nun durften sie sich wieder ungeniert in der Öffentlichkeit miteinander zeigen, sie kompromittierten sich nicht mehr gegenseitig, auch schämten sie sich nicht mehr voreinander: der Erfolg, diese sublime, unwiderlegbare Rechtfertigung jeglicher Infamie, hatte die beiden alle Scham vergessen lassen.

Strahlend und lächelnd verneigten sich alle vier – Monsieur Larue und die Herren Ihrig, Müller-Andreä und Höfgen –; denn der Ministerpräsident, sich im Walzerschritt mit Lotte Lindenthal schwingend, war vorübergekommen, und er hatte ihnen zugewinkt.

Die Beziehungen zwischen Hendrik und Lotte Lindenthal gewannen an menschlicher Wärme. Mit der Komödie ›Das Herz‹ hatten sie beide einen großen Erfolg gehabt. Lottens Befürchtungen, die Strenge der Berliner Presse betreffend, hatten sich als unbegründet erwiesen. Im Gegenteil waren alle Kritiken des Lobes voll gewesen über ihre ›frauliche Anmut‹, ihre herbe Schlichtheit und die echt deutsche Innigkeit ihres Spieles. Niemand hatte die heikle Frage an sie gerichtet, warum sie immer auf so komische Art den kleinen Finger von sich strecke. Hingegen hatte Dr. Ihrig in seiner großen Rezension der Ansicht Ausdruck verliehen, Lotte Lindenthal sei die ›wahrhaft repräsentative Menschendarstellerin des neuen Deutschland‹. »Sehen Sie, Hendrik, das habe ich nun hauptsächlich Ihnen zu verdanken«, sprach die gutmütige Ährenblonde. »Wenn Sie nicht so energisch und so kameradschaftlich mit mir gearbeitet hätten, dann wäre mir dieser schöne Erfolg nicht beschieden gewesen.« – Hendrik

dachte sich, daß sie ihren schönen Erfolg viel mehr dem dikken Fliegergeneral als ihm zu verdanken habe, sprach es aber nicht aus.
Er spielte die Komödie ›Das Herz‹ zusammen mit Lotte auch in mehreren großen Provinzstädten, in Hamburg, Köln, Frankfurt und München: im ganzen Lande trat er auf als Partner der ›repräsentativen Menschendarstellerin des neuen Reiches‹. Bei den Gesprächen während der langen Eisenbahnfahrten gewährte ihm die hohe Frau tiefere Einblicke in ihr Innenleben, als sie es im allgemeinen zu tun für nützlich hielt. Sie sprach nicht nur von ihrem Glück, sondern auch von den Sorgen. Ihr Dicker war oft so heftig. »Haben Sie eine Ahnung, was ich manchmal auszustehen habe«, sagte Lotte; aber im Grunde, so versicherte sie, war er ein guter Mensch. »Was auch seine Feinde von ihm reden mögen – im Grunde ist er die Güte selbst! Und so romantisch!« Lotte hatte Tränen in den Augen, da sie berichtete, wie ihr Ministerpräsident zuweilen, um Mitternacht, im Bärenfell und mit dem blanken Schwert an der Seite, eine kleine Andacht vor dem Porträt seiner verschiedenen Gattin verrichtete. »Sie war doch Schwedin«, sagte die Lindenthal, als ob dies alles erklärte. »Eine Nordländerin, und sie hat Männe im Auto durch ganz Italien gefahren, damals, als er bei dem Münchener Putsch verwundet worden war. Natürlich kann ich verstehen, daß er da an ihr hängt – wo er sowieso so kolossal romantisch ist. – Aber schließlich hat er jetzt mich«, fügte sie, nun doch ein wenig pikiert, hinzu. –
Der Schauspieler Höfgen durfte Anteil nehmen am Privatleben der Götter. Wenn er abends, nach der Vorstellung, bei Lotte in ihrem schönen Heim am Tiergarten saß und Schach oder Karten mit ihr spielte, geschah es zuweilen, daß der Ministerpräsident unangemeldet, laut und polternd das Zimmer betrat. Wirkte er da nicht wie der Gutmütigste? War ihm anzusehen, was für greuliche Geschäfte hinter ihm lagen und welche er für den nächsten Tag plante? Er scherzte mit Lotte,

er trank sein Glas Rotwein, streckte die enormen Beine von sich, und mit Höfgen sprach er über ernste Dinge, am liebsten über den Mephistopheles.
»Sie haben mich diesen Kerl erst so richtig verstehen lassen, mein Lieber«, sagte der General. »Das ist ja ein toller Bursche! Und haben wir nicht alle was von ihm? Ich meine: steckt nicht in jedem rechten Deutschen ein Stück Mephistopheles, ein Stück Schalk und Bösewicht? Wenn wir nichts hätten als die faustische Seele – wo kämen wir denn da hin? Das könnte unseren vielen Feinden so passen! Nein nein – der Mephisto, das ist auch ein deutscher Nationalheld. Man darf es nur den Leuten nicht sagen«, schloß der Minister des Flugwesens und grunzte behaglich.
Die trauten Abendstunden im Hause der Lindenthal benutzte Hendrik dazu, um bei seinem Gönner, dem Freund der schönen Künste und der Bombengeschwader, allerlei, was ihm am Herzen lag, durchzusetzen. Er hatte es sich, zum Beispiel, in den Kopf gesetzt, auf der Bühne des Staatstheaters als Friedrich der Große von Preußen zu erscheinen – das war so eine Laune von ihm. »Ich will nicht immer nur Dandys und Verbrecher spielen«, erklärte er schmollend dem Dicken. »Das Publikum fängt ja schon an, mich mit diesen Typen zu identifizieren, wenn ich sie immer wieder darstelle. Nun brauche ich einmal eine große patriotische Rolle. Dieses schlechte Stück über den Alten Fritz, das unser Freund Muck da angenommen hat, kommt mir gerade recht. Das wäre eine Sache für mich!« Der General mochte einwenden, daß Höfgen dem berühmten Hohenzollern doch überhaupt nicht ähnlich sehe – Hendrik bestand auf seiner vaterländischen Caprice, in der er übrigens von Lotte Lindenthal unterstützt wurde. »Aber ich kann doch Maske machen!« rief er aus. »Ich habe in meinem Leben schon ganz andere Dinge fertiggebracht, als mal ein bißchen auszusehen wie der Alte Fritz!« – Der Dicke hatte volles Zutrauen zu den Maskierungskünsten seines Schützlings. Er befahl, daß Höfgen den

Alten Fritz spiele. Cäsar von Muck, der schon eine andere Besetzung angeordnet hatte, biß sich zuerst die Lippen, schüttelte dann Hendrik beide Hände und sprach sächsisch vor Herzlichkeit. Hendrik bekam seinen Preußenkönig, klebte sich eine falsche Nase, ging am Krückstock und sprach mit krächzender Stimme. Doktor Ihrig schrieb, er entwickle sich mehr und mehr zum repräsentativen Schauspieler des neuen Reiches. Pierre Larue berichtete an eine faschistische Revue in Paris, das Berliner Theater habe jetzt eine Vollkommenheit erreicht, die es in den vierzehn Jahren der Schmach und der Versöhnungspolitik niemals besessen.
Bei seinem gewaltigen Protektor setzte Hendrik noch ganz anderes durch als derlei Harmlosigkeiten. An einem besonders gemütlichen Abend – Lotte hatte eine Bowle gebraut und der Dicke hatte Kriegserinnerungen erzählt – entschloß sich Höfgen dazu, völlig offen zu werden und von seiner schlimmen Vergangenheit zu sprechen. Es war eine große Beichte, und der Gewaltige nahm sie gnädig auf. »Ich bin ein Künstler!« rief Hendrik mit glimmenden Augen, und er eilte wie ein nervöser Sturmwind durchs Zimmer. »Und wie jeder Künstler, habe ich manche Torheit begangen.« Er blieb stehen, ließ den Kopf in den Nacken sinken, breitete ein wenig die Arme und erklärte pathetisch:
»Sie können mich vernichten, Herr Ministerpräsident. Nun gestehe ich alles.«
Er gestand, daß er von den zersetzenden bolschewistischen Strömungen nicht unberührt geblieben sei und mit der ›Linken‹ kokettiert habe. »Das war Künsterlaune!« erklärte er mit leidendem Stolz. »Oder Künstlertorheit – wenn Sie es so nennen wollen!«
Natürlich hatte der Dicke all dies, und noch viel mehr, schon seit langem gewußt und sich nie darüber aufgeregt. Im Lande mußte eiserne Zucht herrschen, und möglichst viele sollten hingerichtet werden. Was seine engere Umgebung betraf, war der große Mann liberal. »Na ja«, sagte er nur.

»Jeder kann sich mal in was Blödes verrennen. Es waren eben schlechte, unordentliche Zeiten.«
Hendrik aber war noch keineswegs fertig. Nun ging er dazu über, dem General auseinanderzusetzen, daß andere verdienstvolle Künstler die gleichen Torheiten begangen hätten wie er selber. »Diese aber büßen noch für Sünden, die man mir so großmütig vergeben hat. Sehen Sie, Herr Ministerpräsident, und das quält mich. Ich bitte für einen bestimmten Menschen. Für einen Kameraden. Ich kann versprechen, daß er sich gebessert hat. Herr Ministerpräsident – ich bitte für Otto Ulrichs. Man hat schon gesagt, er sei tot. Aber er lebt. Und er verdient es, in der Freiheit zu leben.« Dabei hatte er, mit unwiderstehlich schöner Gebärde, seine beiden ausgestreckten Hände, die wirkten, als wären sie spitz und gotisch, etwa in die Höhe der Nase gehoben.
Lotte Lindenthal war zusammengezuckt. Der Ministerpräsident knurrte: »Otto Ulrichs . . . wer ist das?« Dann fiel ihm ein, daß es der Leiter des kommunistischen Kabaretts ›Der Sturmvogel‹ war. »Aber das ist doch wohl wirklich ein ziemlich übler Kerl«, sagte er verdrossen.
Ach nein, doch kein übler Kerl! Hendrik beschwor den General, dies bitte ja nicht zu glauben. Ein wenig leichtsinnig – das wollte er zugeben –, ein bißchen unbedacht war sein Freund Otto. Aber doch kein übler Kerl. Und übrigens hatte er sich ja geändert. »Er ist ein ganz neuer Mensch geworden«, behauptete Hendrik, der seit Monaten ohne jeden Kontakt zu Ulrichs war.
Da Lotte Lindenthal selbst in dieser heiklen Sache Hendrik ihren Beistand lieh, gelang es schließlich, das Unglaubliche beim Dicken durchzusetzen: Ulrichs wurde freigelassen, und man offerierte ihm sogar ein kleines Engagement am Staatstheater – selbst dies Äußerste und Unwahrscheinlichste hatten Hendrik und Lotte mit vereinten Kräften erreicht.
Ulrichs aber sagte: »Ich weiß nicht, ob ich mich darauf einlassen kann. Ich ekle mich davor, von diesen Mördern eine

Gnade zu empfangen und den reuigen Sünder zu spielen – und ich ekle mich überhaupt.«
Mußte Hendrik seinem alten Freund einen Vortrag über revolutionäre Taktik halten? »Aber Otto«, rief er aus, »dein Verstand scheint gelitten zu haben! Wie willst du denn heute durchkommen, ohne List und Verstellung? Nimm dir ein Beispiel an mir!«
»Ich weiß es schon«, sagte Ulrichs, gutmütig und bekümmert. »Du bist schlauer. Aber mir fallen diese Dinge so verdammt schwer . . .«
Mit Emphase versetzte Hendrik: »Du wirst dich zwingen müssen. Ich habe mich auch gezwungen.« Und er belehrte den Freund darüber, wieviel Selbstüberwindung es ihn gekostet habe, so mit den Wölfen zu heulen, wie er es nun leider tue. »Aber wir müssen uns einschleichen in die Höhle des Löwen«, erklärte er. »Wenn wir draußen bleiben, können wir nur schimpfen, aber nichts erreichen. Ich bin mitten drin. Ich erreiche was.« Dies war eine Anspielung darauf, daß Hendrik die Freilassung Ulrichs' durchgesetzt hatte. »Wenn du engagiert am Staatstheater bist, kannst du deine alten Verbindungen wieder aufnehmen und politisch ganz anders arbeiten als aus irgendeinem obskuren Versteck.« Dieses Argument leuchtete Ulrichs ein. Er nickte. »Und überhaupt«, gab Hendrik noch zu bedenken, »wovon willst du leben, wenn du kein Engagement hast? Gedenkst du den ›Sturmvogel‹ wieder aufzumachen?« fragte er höhnisch. »Oder willst du verhungern?«
Sie befanden sich in Höfgens Wohnung am Reichskanzlerplatz. Hendrik hatte dem Freunde, der erst seit einigen Tagen wieder in Freiheit war, ein kleines Zimmer in der Nachbarschaft gemietet. »Es wäre unvorsichtig, dich bei mir wohnen zu lassen«, sagte er. »Das könnte uns beiden schaden.« Ulrichs war mit allem einverstanden. »Du wirst es schon so machen, wie es am richtigsten ist.«
Sein Blick war traurig und zerstreut, sein Gesicht war viel

magerer geworden. Übrigens klagte er oft über Schmerzen. »Es sind die Nieren. Man hat mich eben doch arg hergenommen.« Wenn Hendrik aber dann, mit einer etwas lüsternen Neugierde, Genaueres wissen wollte, winkte Otto ab und verstummte. Er sprach nicht gerne von dem, was ihm im Konzentrationslager widerfahren war. Wenn er irgendeine Einzelheit erwähnte, schien er sich gleich zu schämen und zu bereuen, daß er sie ausgesprochen hatte. Als er mit Hendrik im Grunewald spazierenging, deutete er auf einen Baum und sagte: »So sah der Baum aus, auf den ich mal klettern mußte. Es war ziemlich schwer 'raufzukommen. Als ich oben saß, warfen sie mit Steinen nach mir. Einer hat mich an der Stirn getroffen – da ist noch die Narbe. Von oben mußte ich hundertmal rufen: Ich bin ein dreckiges Kommunistenschwein. Als ich endlich wieder 'runterklettern durfte, warteten sie schon auf mich mit den Peitschen . . .«
Otto Ulrichs – sei es aus Müdigkeit und Apathie, sei es, weil Hendriks Argumente ihn überzeugt hatten – ließ sich an das Staatstheater engagieren. Höfgen war sehr zufrieden. Ich habe einen Menschen gerettet, dachte er stolz. Das ist eine gute Tat. Mit solchen Betrachtungen beruhigte er sein Gewissen, das immer noch nicht völlig abgestorben war, trotz allem, was ihm zugemutet wurde. Übrigens war es nicht nur das Gewissen, welches ihm zuweilen zu schaffen machte, sondern auch ein anderes Gefühl: die Angst. Würde dieses ganze Treiben, an dem er sich jetzt so emsig beteiligte, ewig dauern? Konnte nicht ein Tag der großen Veränderung und der großen Rache kommen? Für solchen Fall war es günstig und sogar notwendig, Rückversicherungen zu haben. Die gute Tat an Ulrichs bedeutete eine besonders kostbare Rückversicherung. Hendrik freute sich ihrer.
Alles stand glänzend, Hendrik hatte Anlaß zur Zufriedenheit. Leider gab es eine Sache, die ihm Sorge machte. Er wußte nicht, wie er seine Juliette loswerden sollte.
Im Grunde wollte er sie gar nicht loswerden, und wenn es

nach seinen Wünschen gegangen wäre, hätte er sie ewig behalten; denn er liebte sie noch. Vielleicht hatte er sich noch niemals so heftig nach ihr gesehnt wie eben jetzt. Er begriff, daß keine andere Frau sie ihm je würde ganz ersetzen können. Aber er wagte es nicht mehr, sie zu besuchen. Das Risiko war zu groß. Er hatte damit zu rechnen, daß Herr von Muck und der Propagandaminister ihn durch Spione bewachen ließen – dergleichen war sehr wohl möglich, obwohl der Intendant meistens sächsisch vor lauter Herzlichkeit mit ihm sprach und der Minister sich mit ihm photographieren ließ. Wenn sie herausbekamen, daß er mit der Negerin ein Verhältnis hatte und sich obendrein von ihr hauen ließ, dann war er verloren. Eine Schwarze: das war mindestens ebenso arg wie eine Jüdin. Es war ganz genau das, was man jetzt allgemein ›Rassenschande‹ nannte und äußerst verwerflich fand. Ein deutscher Mann hatte mit einem blonden Weibe Kinder zu machen; denn der Führer brauchte Soldaten. Keinesfalls durfte er bei einer Prinzessin Tebab Tanzstunden nehmen, die eigentlich makabre Lustbarkeiten waren. Kein Volksgenosse, der auf sich hielt, tat so was. Auch Hendrik konnte es sich nicht mehr leisten.
Eine Zeitlang nährte er die törichte Hoffnung, Juliette würde nicht herausbekommen, daß er in Berlin war. Aber natürlich hatte sie es noch am Tag seiner Ankunft erfahren. Geduldig wartete sie auf seinen Besuch. Da er stumm blieb, ging sie ihrerseits zum Angriff über. Sie rief ihn an. Hendrik ließ durch Böck erklären, er sei nicht zu Hause. Juliette tobte, rief wieder an und drohte, sie werde kommen. Was, um des Himmels willen, sollte Hendrik tun? Ihr einen Brief zu schreiben, schien ihm nicht ratsam: sie könnte das Papier zur Erpressung benutzen. Er entschloß sich endlich dazu, sie in jenes stille Café zu bestellen, in dem er sein diskretes Rendezvous mit dem Kritiker Ihrig gehabt hatte.
Juliette trug keine grünen Stiefel und kein kurzes Jäckchen, vielmehr ein sehr einfaches graues Kleid, als sie zur ausge-

machten Stunde im Lokal erschien. Ihre Augen waren rot und verschwollen. Sie hatte geweint. Prinzessin Tebab, die Königstochter vom Kongo, hatte Tränen vergossen um ihren ungetreuen weißen Freund. Auf ihrer niedrigen Stirne, die zu zwei kleinen Buckeln gewölbt war, lag ein drohender Ernst. – Sie hat vor Zorn geweint, dachte Hendrik, denn er glaubte kaum, daß Juliette andere Gefühle kannte als Zorn, Habgier, Naschsucht oder Sinnlichkeit.
»Du schickst mich also weg«, sagte das dunkle Mädchen und hielt die Lider gesenkt über ihren beweglichen und gescheiten Augen.
Hendrik versuchte ihr die Situation auf vorsichtige, aber eindringliche Weise klarzumachen. Er zeigte sich väterlich besorgt um ihre Zukunft und gab ihr mit sanfter Stimme den Rat, möglichst bald nach Paris zu fahren. Dort werde sie Arbeit als Tänzerin finden. Übrigens versprach er, ihr monatlich etwas Geld zukommen zu lassen. Verführerisch lächelnd legte er einen großen Geldschein vor sie hin auf den Tisch.
»Ich will aber nicht nach Paris«, sagte eigensinnig Prinzessin Tebab. »Mein Vater war ein Deutscher. Ich fühle mich ganz als Deutsche. Ich habe auch blonde Haare – wirklich, sie sind nicht gefärbt. Und überhaupt, ich kann kein Wort Französisch. Was soll ich denn in Paris?«
Hendrik mußte über ihren Patriotismus lachen, worüber sie zornig wurde. Nun schlug sie ihre wilden Augen auf und ließ sie rollen. »Dir wird das Lachen schon noch vergehen«, schrie sie ihn an. Sie hob die dunklen und rauhen Hände, sie streckte sie gegen ihn, als wollte sie ihm ihre hellen Innenflächen zeigen. Hendrik blickte sich entsetzt nach der Kellnerin um; denn Juliette ließ mit lauter, jammernder, fast heulender Stimme Vorwürfe und Anklagen hören. »Du hast niemals irgend etwas ernst genommen«, behauptete sie in ihrem schmerzvollen Zorn. »Nichts, nichts, gar nichts auf dieser Welt, außer deiner dreckigen Karriere! Mich hast du nicht ernst genommen, und deine Politik auch nicht, von der du

mir immer vorerzählt hast! Wenn du wirklich zu den Kommunisten gehalten hättest, könntest du dich dann jetzt so gut mit den Leuten vertragen, die alle Kommunisten totschießen lassen?«
Hendrik war bleich wie das Tischtuch geworden. Er stand auf. »Genug!« sagte er leise. Sie aber hatte ein höhnisches Lachen, das durchs Lokal gellte, in dem, zu Hendriks Glück, niemand saß. »Genug!« äffte sie ihn nach, wobei sie die Zähne bleckte. »Genug – ja, das könnte dir so passen: genug! Jahrelang habe ich die wilde Frau spielen müssen, obwohl ich gar keine Lust dazu hatte, und nun willst du plötzlich der starke Mann sein! Genug – genug: ja, jetzt brauchst du mich nicht mehr – vielleicht weil jetzt im ganzen Land so viel geprügelt wird? Da kommst du wohl auch ohne mich auf deine Kosten? . . . Ach, ein Schuft bist du! Ein ganz gemeiner Schuft!« Sie hatte das Gesicht in die Hände geworfen, ihr Körper wurde von Schluchzen geschüttelt. »Ich kann es schon verstehen, daß deine Frau, daß diese Barbara es bei dir nicht ausgehalten hat«, brachte sie noch zwischen den nassen Fingern hervor. »Ich habe sie mir ja angeschaut. Die war viel zu schade für dich . . .«
Hendrik hatte die Tür erreicht. Der Geldschein war auf dem Tisch, vor Juliette, liegengeblieben. –
Ach nein, so leicht ließ sich die Prinzessin Tebab nicht wegschicken, freiwillig wich sie nicht. Wenn sie dieses Mal nachgab – das begriff sie sehr wohl –, dann hatte sie ihn ganz verloren, ihren Hendrik, ihren weißen Sklaven, ihren Herrn, ihren Heinz – und sie besaß ja niemanden außer ihm. Damals, als er diese Barbara geheiratet hatte, das Bürgermädchen, da war Juliette zuversichtlich und furchtlos geblieben: sie hatte gewußt, daß er zu ihr, zu seiner Schwarzen Venus zurückkehren würde. Jetzt stand es anders. Jetzt ging es um seine Karriere. Er schickte sie nach Paris. Sie hieß aber doch Martens, und ihr Vater wäre heute ein sehr angesehener Nationalsozialist, hätte er sich nicht am Kongo die Malaria geholt . . .

Juliette wollte nicht weichen. Aber Hendrik war stärker als sie. Er war mit der Macht im Bunde.
Das arme Mädchen belästigte und beunruhigte ihn noch eine Zeitlang durch Briefe und telephonische Anrufe. Dann lauerte sie ihm vorm Theater auf. Als er nach der Vorstellung das Haus verließ – durch einen guten Zufall war er allein –, stand sie da, mit grünen Stiefeln, kurzem Röckchen, vorgerecktem Busen und gräßlich blitzenden Zähnen. Hendrik machte panische Armbewegungen, als gäbe es ein Gespenst zu verscheuchen. Mit großen Sprüngen erreichte er seinen Mercedes. Juliette lachte gellend hinter ihm drein. »Ich komme wieder!« schrie sie, während er schon im Wagen saß. »Von jetzt ab komme ich jeden Abend«, verhieß sie ihm mit grauenhafter Munterkeit. Vielleicht war sie wahnsinnig geworden aus Schmerz und Enttäuschung über seinen Verrat. Vielleicht war sie auch nur betrunken. Sie hatte die rote Peitsche bei sich, das Wahrzeichen ihres Bundes mit Hendrik Höfgen.
Ein so furchtbarer Auftritt durfte sich keinesfalls wiederholen. Es blieb Hendrik nichts anderes übrig: er mußte sich auch in dieser peinlichen Angelegenheit seinem dicken Gönner, dem Ministerpräsidenten, anvertrauen. Der allein konnte helfen. Freilich, es war ein riskantes Spiel: der Gewaltige konnte die Geduld verlieren und ihm seine ganze Gnade entziehen. Etwas Einschneidendes aber hatte zu geschehen, sonst wurde der öffentliche Skandal unvermeidlich.
Höfgen bat um Audienz und legte, wieder einmal, eine umfassende Beichte ab. Übrigens zeigte der General ein überraschend großes und fast amüsiertes Verständnis für die erotischen Extravaganzen, die seinen Günstling jetzt in so bedrohliche Unannehmlichkeiten brachten.
»Wir sind ja alle keine Unschuldsengel«, sprach der Dicke, von dessen Güte Hendrik dieses Mal aufrichtig ergriffen war. »Ein Negerweib fuchtelt mit der Peitsche vor dem

Staatstheater herum!« Der Ministerpräsident lachte herzlich. »Das ist ja eine schöne Geschichte! – Ja, was machen wir da? Das Mädel muß weg, soviel ist sicher . . .«
Hendrik, der doch nicht geradezu wollte, daß Prinzessin Tebab umgebracht würde, bat leise: »Aber daß ihr nichts zuleid geschieht!« Hieraufhin wurde der Staatsmann nekkisch. »Na na«, machte er fingerdrohend. »Sie scheinen der schönen Dame immer noch etwas hörig zu sein! – Lassen Sie mich nur machen!« fügte er väterlich beruhigend hinzu. –
Noch am selben Tag erschienen bei der unglücklichen Königstochter zwei diskret, aber unerbittlich auftretende Herren, die ihr mitteilten, daß sie verhaftet sei. Prinzessin Tebab kreischte: »Wieso?« Aber die beiden Herren sagten gleichzeitig, mit leisen und harten Stimmen, die keinen Widerspruch duldeten: »Folgen Sie uns!« Da schluchzte sie nur noch: »Ich habe nichts Böses getan . . .«
Vor dem Hause stand ein geschlossener Wagen, mit schauerlicher Höflichkeit forderten die Herren Juliette auf, einzusteigen. Während der Fahrt, die ziemlich lange dauerte, schluchzte und plapperte sie; sie stellte Fragen, sie verlangte zu wissen, wohin sie entführt werde. Da man ihr nicht antwortete, begann sie zu schreien. Aber sie verstummte, als sie den entsetzlich harten Griff eines ihrer Begleiter am Arme spürte. Sie verstand: alles Reden, alles Klagen war sinnlos, und das Schreien konnte vielleicht ihr Leben gefährden. Oder war ihr Leben ohnedies verloren? Hendrik hatte die Macht gegen sie aufgerufen. Hendrik bediente sich der unbarmherzigen Macht, um sie, ein schutzloses Mädchen, aus dem Wege zu räumen . . . Mit Augen, die sich vor Entsetzen weiteten und blind zu werden schienen, starrte sie vor sich hin.
Nun folgten für sie lange Tage des Schweigens – waren es zehn Tage, oder vierzehn, oder nur sechs? Man hatte sie in einer halbdunklen Zelle untergebracht; sie wußte nicht, in welchem Hause sich die Zelle befand. Niemand gab ihr Aus-

kunft darüber, wo sie war, und warum, und wie lange sie würde bleiben müssen. Sie fragte schon gar nicht mehr. Dreimal am Tage stellte ihr eine stumme Frau in einer blauen Schürze etwas zu essen hin. Manchmal weinte Juliette. Meistens aber saß sie regungslos und starrte die Wand an. Sie wartete darauf, daß die Türe sich öffnen und jemand erscheinen würde, der sie zu ihrem letzten Gang – zu einem unbegreiflichen, bitteren, aber doch erlösenden Tode führte.

Als sie eines Nachts aus ihrem schweren, traumlosen Schlafe geweckt wurde, empfand sie sofort und beinah mit Erleichterung: Nun ist es soweit. Vor ihr aber stand nicht der Uniformierte, der beauftragt war, sie zu töten, sondern Hendrik. Sein Gesicht war sehr bleich und hatte den gespannten Leidenszug an den Schläfen. Juliette schaute ihn an, als wäre er ein Gespenst.

»Freust du dich, mich zu sehen?« fragte er leise.

Prinzessin Tebab antwortete nicht. Sie schaute ihn an.

»Du schweigst«, konstatierte er bekümmert. Und mit der wehleidig singenden Stimme fügte er hinzu – wobei er sie mit einem zauberhaften Edelsteinblick beschenkte –: »Ich – meine Liebe – ich habe mich auf diesen Augenblick gefreut. – Du bist frei«, sagte er und machte eine schöne Armbewegung.

Während Prinzessin Tebab regungslos blieb und ihn immer nur anschaute, setzte er ihr auseinander, daß sie sofort nach Paris abreisen dürfe . . . Es sei alles geregelt: in ihrem Paß befinde sich schon das französische Visum, ihr Gepäck erwarte sie auf der Bahn, in Paris könne sie sich an jedem Monatsersten eine bestimmte Summe an einer bestimmten Adresse abholen. »Nur eine Bedingung ist an diese große Gnade geknüpft«, sprach Höfgen, der Freiheitsbringer, und dabei wurden seine süßen Augen plötzlich streng. »Du mußt schweigen! – Wenn du den Mund nicht halten kannst«, sagte er, nun mit einem veränderten, recht groben Ton, »dann ist es aus mit dir. Du würdest deinem Schicksal auch in Paris nicht entgehen. – Versprichst du mir, meine Liebe, daß du schweigen wirst?« Hier wurde seine Stimme beschwörend, und er neigte sich zärtlich zu seinem Opfer. Juliette widersprach nicht. Ihr Trotz war zerbrochen während der langen Tage in halbdunkler Zelle. Sie nickte stumm. – »Du bist vernünftig geworden«, stellte Hendrik fest und lächelte erleichtert. Dabei dachte er: Mein hartes Verfahren hat sie gefügig gemacht. Von ihr habe ich nichts mehr zu fürchten. Aber wie schade, wie unendlich schade, daß ich sie verlieren muß ...

Prinzessin Tebab war abgereist: Hendrik durfte aufatmen, die Verfinsterung war vom Himmel seines Glückes gewichen. Keine schrecklichen Telephonanrufe störten ihn mehr aus dem Schlaf.

War es aber nur Erleichterung, was er spürte?

Juliette war aus seinem Leben verschwunden. Barbara war aus seinem Leben verschwunden. Beiden hatte er geschworen, er werde sie immer lieben. Hatte er Barbara nicht seinen guten Engel genannt? ›Sie ist viel zu schade für dich gewesen‹, dieses waren die Worte der Prinzessin Tebab. – Was weiß das rohe Negermädchen von mir und den komplizierten Vorgängen in meiner Seele? versuchte Hendrik zu denken. Aber nicht immer gestattete sein Herz ihm so billige Ausreden. Manchmal schämte er sich: vielleicht vor sich selber; vielleicht vor Juliette, deren Blick in der halbdunklen Zelle so jammervoll, so vorwurfsvoll, so drohend auf ihn gerichtet gewesen war. Nun, da er sie verloren, weggeschickt und verraten hatte, gab es Augenblicke, da Hendrik wirklich nachdenken mußte über seine Schwarze Venus. Er hatte sie genossen als die ruchlose, unbeseelte Kraft, an der seine Energien sich erfrischten und erneuerten. Er hatte das Götzenbild aus ihr gemacht, vor dem er schwärmte: ›Viens-tu du ciel profond ou sors-tu de l'abîme, o beauté?‹ Und er hatte ihr in seiner egoistischen Ekstase zugerufen: ›Tu marches sur des morts, dont tu te moques ...‹ Aber vielleicht war sie gar kein Dämon. Am Ende lag es gar nicht in ihrer Art, über Leichen zu spazieren. Nun war sie, ganz allein und bitterlich weinend, in eine fremde Stadt abgereist – warum denn? Weil ein anderer dazu imstande gewesen wäre, über Tote zu gehen ...?

»Der geht über Leichen«: auf so despektierliche Art pflegte der junge Hans Miklas sich über seinen berühmten Kollegen, den Staatsschauspieler Hendrik Höfgen zu äußern. Der renitente Knabe nahm keinerlei Rücksicht darauf, daß sein alter Todfeind unter dem besonderen Protektorat des Ministerpräsidenten und der großen Lindenthal stand. Miklas ließ sich auf das unvorsichtigste gehen: er schimpfte nicht nur über den Kollegen Höfgen, sondern auch über Herren, die noch höher gestellt waren als dieser. Wußte er denn nicht, was er riskierte mit seinen frechen, unbedachten Redereien? Oder wußte er es, scherte sich aber nicht darum? War er denn gesonnen, alles aufs Spiel zu setzen? War ihm alles egal?
Seinem Gesicht waren solche Gefühle und innere Entschlüsse dieser Art zuzutrauen. Niemals, auch nicht in der Hamburger Zeit, hatte er so böse und so schrecklich trotzig dreingeschaut wie eben jetzt. Damals waren doch noch Hoffnungen und ein großer Glaube in ihm gewesen. Jetzt hatte er gar nichts mehr. Er ging herum und sagte: »Es ist alles Scheiße.« – »Wir sind betrogen worden«, sagte er. »Der Führer wollte die Macht, sonst gar nichts. Was hat sich denn in Deutschland gebessert, seitdem er sie hat? Die reichen Leute sind nur noch ärger geworden. Jetzt reden sie patriotischen Quatsch, während sie ihre Geschäfte machen – das ist der einzige Unterschied. Die Intriganten sind immer noch obenauf.« Miklas dachte an Höfgen. »Ein anständiger Deutscher kann verrecken, ohne daß sich jemand drum kümmert«, behauptete er in seinem großen und leidvollen Zorn. »Den Bonzen aber – denen geht es besser als je. Schaut

euch doch den Dicken an, wie der herumfährt in seinen goldenen Uniformen und in seiner Luxuslimousine! Und der Führer selber ist auch nicht besser – das haben wir jetzt erfahren! Könnte er denn sonst all das dulden? Die furchtbar vielen Ungerechtigkeiten? – Unsereiner hat für die Bewegung gekämpft, als sie noch gar nichts war, und jetzt will man uns links liegen lassen. Ein alter Kulturbolschewist aber, wie der Höfgen, der ist wieder die große Nummer . . .«

So zügellose und verwerfliche Reden führte der junge Miklas, jeder konnte sie hören. Kein Wunder, daß die Mitglieder des Staatstheaters anfingen ihn zu meiden. Der Intendant ließ ihn einmal zu sich kommen und verwarnte ihn. »Ich weiß es, Sie sind seit Jahren in der Partei«, sprach Cäsar von Muck. »Gerade deshalb sollten Sie Disziplin gelernt haben, und wir müssen besonders hohe Anforderungen an Ihre politische Vernunft stellen.« Miklas machte sein bockiges Gesicht. Er senkte die trotzige Stirn, schob die Lippen vor, die ein ungesundes, viel zu rotes Leuchten hatten, und sagte mit leiser, heiserer Stimme: »Ich werde aus der Partei austreten.« – Wollte er es bis aufs Äußerste treiben?

Während Muck dem jungen Schauspieler empört den Rükken drehte, bekam Miklas einen Hustenanfall. Der Husten schüttelte seinen mageren Körper, dem er seit Jahren zuviel zugemutet hatte. Hustend verließ er das Bureau des Intendanten. Sein Gesicht war grau, mit schwarzen Löchern unterhalb der Backenknochen. Zwischen grau-schwarzen Schatten hatten die Augen ein helles und böses Licht. – Zornig, aber nicht ohne Erstaunen, auch nicht ganz ohne Mitleid, schaute der Intendant dem jungen Menschen nach. Der ist verloren! dachte Cäsar von Muck.

Du bist verloren, armer junger Hans Miklas! Nach so viel Anstrengungen, so viel verschwendetem Glauben: Was bleibt dir nun? Nur noch Haß, nur noch Traurigkeit, und die wilde Lust, den eigenen Untergang zu beschleunigen. Ach, er kommt von allein schnell genug, er wenigstens ist dir sicher,

du wirst nicht mehr lange hassen, nicht mehr lange trauern müssen. Du wagst es, dich gegen Mächte und Personen aufzulehnen, von denen du immer sehnlich gewünscht hast, sie möchten herrschen. Aber du bist schwach, junger Miklas, und du hast keinen Beschützer.
Die Macht, die du geliebt hast, ist grausam. Sie duldet keine Kritik, und wer sich auflehnt, der wird zerschmettert. – Du wirst zerschmettert, Knabe, von den Göttern, zu denen du so innig gebetet hast. Du stürzest hin, aus einer kleinen Wunde sickert ein wenig Blut in das Gras, und nun sind deine Lippen ebenso weiß wie deine leuchtende Stirn.
Weint denn niemand über deinen Sturz, über dies Ende einer so großen, so glühenden und so bitter betrogenen Hoffnung? Wer sollte denn weinen? Du warst beinah immer allein. An deine Mutter hast du schon seit Jahren nicht mehr geschrieben, sie hat einen fremden Mann geheiratet, dein Vater ist ja tot, er ist im Weltkrieg gefallen. Wer sollte denn weinen? Wer sollte denn das Antlitz verhüllen über deine jammervoll vergeudete Jugend, über deinen jammervollen, jammervollen Tod? – So drücken wir dir denn die Augen zu, auf daß sie nicht länger offenstehen und mit dieser stummen Klage, diesem unsäglichen Vorwurf zum Himmel starren. Bist du nachsichtiger, armes Kind, jetzt im Tode, als dich ein hartes Leben es sein ließ? Dann wirst du es uns vielleicht verzeihen können, daß wir es sind – deine Feinde –, die sich als die einzigen über deine Leiche neigen.
Denn dein Schicksal hat sich erfüllt, es ging schnell. Du hast das Ende provoziert, du hast es herbeigerufen. Hättest du sonst andere Knaben – noch unwissendere, noch jüngere, als du selbst einer gewesen bist – um dich versammelt und Verschwörung mit ihnen gespielt? Wem wolltet ihr denn ans Leben? Eurem ›Führer‹ selbst, oder nur einem seiner Satrapen? Ihr meintet, alles müsse ›ganz anders‹ werden – dies war ja von jeher euer großer Wunsch. Die nationale Revolution – so meintet ihr –, die wirkliche, echte, kompromißlose

Revolution, um die man euch so schmählich betrogen hatte: nun sei sie fällig und überfällig. Ging nicht sogar ein Brief von euch ab an einen Mann in der Emigration, der ehemals ein Freund eures Führers gewesen war und sich von ihm enttäuscht gefunden hatte, wie ihr?

Alles wurde verraten, natürlich wurde alles verraten, und eines Morgens erschienen uniformierte Burschen in deinem Zimmer, du hattest früher schon mit ihnen zu tun gehabt, es waren alte Bekannte – und sie forderten dich auf, in einen Wagen zu steigen, der unten wartete. Du sträubtest dich auch nicht lange. Man fuhr dich ein paar Kilometer vor die Stadt, in ein Wäldchen. Der Morgen war frisch, du frorst, aber keiner von den alten Kameraden gab dir eine Decke oder einen Mantel. Der Wagen hielt, und man befahl dir, ein paar Schritte spazierenzugehen. Du gingst die paar Schritte. Du spürtest noch einmal den Geruch des Grases, und ein morgendlicher Wind berührte deine Stirn. Du hieltest dich aufrecht. Vielleicht wären die im Wagen erschrocken über den unsagbar hochmütigen Ausdruck deines Gesichtes; aber sie sahen dein Gesicht nicht, sie sahen nur deinen Rükken. Dann krachte der Schuß.

Dem Staatstheater, dessen Bühne du schon seit Wochen nicht mehr hattest betreten dürfen, wurde mitgeteilt, du hättest ein Autounglück gehabt. Man nahm die Nachricht mit Fassung auf und war keineswegs geneigt, ihre Richtigkeit nachzuprüfen. Fräulein Lindenthal meinte: »Schrecklich, ein so junger Bursch. Übrigens hatte ich nie besondere Sympathie für ihn. Er sah irgendwie beunruhigend aus – finden Sie nicht auch, Hendrik? Er hatte so böse Augen ...«

Dieses Mal gab Hendrik seiner einflußreichen Freundin keine Antwort. Ihm graute davor, sich das Gesicht des jungen Hans Miklas vorzustellen. Es erschien ihm aber, ob er es wollte oder nicht. Da stand es vor ihm, ganz deutlich in der Dämmerung des Korridors. Die Augen waren geschlossen, auf der Stirne lag Glanz. Die trotzig vorgeschobenen Lippen bewegten sich. Was sprachen sie denn? Hendrik wendete sich ab und floh – rettete sich in den Betrieb des Tages –, um die Botschaft nicht vernehmen zu müssen, die für ihn dieses strenge, vom Tode zauberhaft verschönte Antlitz hatte.

IX
IN VIELEN STÄDTEN

Die Monate vergehen, das Jahr 1933 ist vorüber –: ein großes Jahr, wenn man den Journalisten glauben darf, die ihre Meinung und Gesinnung von einem Ministerium für Propaganda in Berlin diktiert bekommen; das Jahr der Erfüllung, des Triumphes, des Sieges; das Jahr, in dem die deutsche Nation erwachte, glorreich zu sich selbst und zu ihrem Führer fand.

Ein erfreuliches, glänzendes Jahr für den Schauspieler Höfgen, so viel ist sicher. Es begann mit Sorgen, aber es endete in lauter Wohlgefallen. Zuversichtlich und in bester Laune darf Hendrik, der Vielgewandte, das Jahr 1934 beginnen. Er ist der Huld der Mächtigen sicher. Auf die Gnade des Ministerpräsidenten kann er sich verlassen. Der große Mann hält über ihn seine breite, schützende Hand. Er betrachtet Höfgen-Mephistopheles als eine Art von Hofnarren und brillanten Schalk, als ein drolliges Spielzeug. Längst ist dem Schauspieler seine verdächtige Vergangenheit als Künstlertorheit verziehen. Die Negerin mit der Peitsche ist ihm vom Halse geschafft. Höfgen darf viele und schöne Rollen spielen. Er darf filmen und verdient schweres Geld. Der Ministerpräsident empfängt ihn häufig. Fast so unbefangen wie früher in das Büro des Direktors Schmitz oder des Fräulein Bernhard tritt der Komödiant nun in die Amtsräume oder in die Privatgemächer des Generals. »Denn dir die Grillen zu verjagen/ bin ich als edler Junker hier« –: begrüßt Hendrik mit keckem Faust-Zitat den Gewaltigen. Nach all seinen blutigen und glanzvollen Geschäften weiß der Mächtige sich keine nettere Erholung, als mit dem Schalksnarren zu tändeln. Fräulein Lindenthal hätte beinah Anlaß zur Eifersucht. Aber sie ist ja gutmütig, und übrigens hat sie ihrerseits eine Schwäche für Hendrik Höfgen. Was für ein Ansehen, welchen Nimbus verschafft diesem in weiten Kreisen seine allgemein bekannte, überall besprochene Freundschaft mit dem gefürchteten Dicken!

»Bewundrung von Kindern und Affen,
wenn Euch danach der Gaumen steht . . .«

Hieran muß Hendrik zuweilen denken angesichts der Schmeicheleien, der devoten Liebenswürdigkeiten, mit denen die Kollegen und die Dichter, die Damen der neuen ›Gesellschaft‹ und sogar Politiker ihn nun traktieren. Steht ihm der Gaumen wirklich nach dem zuckersüßen Gelispel des deutschen Nationalisten Monsieur Pierre Larue? Ergötzt er sich wahrhaftig an den literarisch pointierten Komplimenten des Doktor Ihrig, an den weltmännischen Artigkeiten des Herrn Müller-Andreä? Otto Ulrichs, dem alten Freund, gegenüber äußert er sich verächtlich über die ›ganze verfluchte Bande‹. Aber schmecken sie ihm nicht doch süß, all die Ergebenheitsbeteuerungen, die gehäuften Aufmerksamkeiten? Mundet nicht doch der Champagner am Tische Pierre Larues im Hotel Esplanade, geschlürft im schönen Kreis dekorativer SS-Jünglinge? –

Hendrik hatte zahlreiche Freunde, es gab possierliche Figuren unter ihnen. Der Dichter Pelz zum Beispiel, für dessen höchst anspruchsvolle, schwer begreifbare, auf dunkle Art hinreißende Lyrik junge Menschen, die nun größtenteils in der Verbannung saßen, sich bis zur Verzückung begeistert hatten – Benjamin Pelz, ein kleiner gedrungener Mann mit sanften, blauen und kalten Augen, hängenden Wangen und einem dicken, grausam lüsternen Mund, erklärte in intimer Unterhaltung, daß er den Nationalsozialismus liebe, weil dieser eine Zivilisation, deren mechanische Ordnung unerträglich geworden sei, ganz und gar vernichten werde, weil er zum Abgrund führe, den Geruch des Todes habe und unermeßliche Schmerzen ausschütten werde über den Erdteil, der im Begriff gewesen sei, halb zur tadellos organisierten Fabrik, halb zum Sanatorium für Schwächlinge zu entarten. »Das Leben in den Demokratien war ungefährlich geworden«, sprach tadelnd der Dichter Pelz. »Unserem Dasein kam das heroische Pathos mehr und mehr abhanden. Das Schauspiel, dem wir heute beiwohnen dürfen, ist das der Geburt eines neuen Menschentyps – oder vielmehr: das der Wiedergeburt eines sehr alten, archaisch-magisch-kriegerischen. Welch atemberaubend schönes Schauspiel! Was für ein erregender Prozeß! Seien Sie stolz darauf, lieber Höfgen, daß Sie aktiv an ihm teilhaben dürfen!« Dabei betrachtete er Hendrik liebevoll aus seinen sanften, eisigen Augen. »Das Leben bekommt wieder Rhythmus und Reiz, es erwacht aus seiner Erstarrung, bald wird es wieder, wie in schönen, versunkenen Epochen, die heftige Bewegtheit des Tanzes haben. Für Menschen, die nicht zu sehen und nicht zu hören verstehen, könnte der neue Rhythmus wie das einexerzierte Tempo des Marschierens wirken. Dummköpfe lassen sich täuschen durch die äußere Straffheit des militant-archaischen Lebensstils. Welch grober Irrtum! In Wahrheit wird jetzt nicht marschiert, sondern getaumelt. Unser geliebter Führer reißt uns in die Dunkelheit und ins Nichts. Wie sollten wir Dichter, die wir unsere besonderen Beziehungen zur Dunkelheit und zum Abgrund haben, ihn dafür nicht bewundern? Es ist wahrhaftig nicht übertrieben, unseren Führer göttlich zu nennen. Er ist die unterweltliche Gottheit, die allen magisch-eingeweihten Völkern die heiligste war. Ich bewundere ihn grenzenlos, weil ich die öde Tyrannei der Vernunft und den spießbürgerlichen Fetisch-Begriff des Fortschritts grenzenlos hasse. Alle Dichter, die solchen Namen verdienen, sind die geborenen und verschworenen Feinde des Fortschritts. Das Dichten selbst ist ja Rückfall in heiligfrühe, vor-zivilisierte Zustände der Menschheit. Dichten und Töten, Blut und Lied, Mord und Hymne: das paßt zueinander. Alles paßt zueinander, was über die Zivilisation hinaus und tief hinunterreicht in die geheime, gefahrenreiche Schicht. – Ja, ich liebe die Katastrophe«, sagt Pelz, wobei er sein Antlitz mit den melancholisch hängenden Wangen nach vorne neigte und lächelte, als schmeckten seine dicken Lippen Süßigkeit oder Küsse. »Ich bin begierig auf die tödlichen Abenteuer, auf den Abgrund, auf das Erlebnis der extremen Situation, die den Menschen außerhalb der zivilisatorischen Bindungen stellt, in jene Gegend, wo keine Versicherungsgesellschaft, keine Polizei, kein komfortables Lazarett ihn mehr schützen vor dem unbarmherzigen Zugriff der Elemente und eines raubtierhaften Feindes. Wir werden dies alles erleben, verlassen Sie sich darauf, wir werden Schauerliches genießen, mir kann es gar nicht schaurig genug sein. Man ist noch immer zu zahm – unser großer Führer darf wohl noch nicht ganz so, wie er möchte. Wo bleiben die öffentlichen Folterungen? Die Verbrennungen der humanitären Schwätzer und der rationalistischen Flachköpfe?« Hierbei klopfte Pelz ungeduldig mit einem kleinen Löffel gegen die Kaffeetasse, als riefe er den Kellner, der ihn auf ein Autodafé gar zu lange warten ließe. »Warum immer noch diese nicht mehr angebrachte Diskretion, diese falsche Scham, die das schöne Fest der Marterungen hinter den Mauern der Konzentrationslager versteckt?« fragte er streng. »Und verbrannt hat man, meines Wissens, bis jetzt nur Bücher, das ist doch nichts. – Aber unser Führer wird uns schon noch anderes liefern, ich verlasse mich fest auf ihn. Feuerscheine am Horizont, Blutbäche auf allen Wegen, und ein besessenes Tanzen der Überlebenden, der noch Verschonten um die Leichen!« Der Poet wurde von einer fröhlichen Zuversichtlichkeit ergriffen, was die Schrecknisse der nächsten Zukunft betraf. Mit gewählter Höflichkeit, die Hände in frommer Haltung auf der Brust gefaltet, versicherte er Hendrik:

»Und Sie, mein lieber Herr Höfgen, Sie werden zu denen gehören, die am zierlichsten über Kadaver hüpfen. Sie haben das Gesicht dazu, ich sehe es Ihnen an. Sie sind ein sehr anmutiger Sohn der Unterwelt, es ist kein Zufall, daß der Herr Ministerpräsident Sie auszeichnet. Sie besitzen den echten, produktiven Zynismus des radikalen Genies. Ich schätze Sie außerordentlich, mein sehr lieber Herr Höfgen.«
Dergleichen wunderliche und fragwürdige Komplimente hörte Hendrik sich an, aasig lächelnd und mit rätselhaft schillernden Augen. – Nicht jedermann hatte so tiefe und raffinierte Gründe wie der Dichter Pelz für seine neuentdeckte Liebe zum Nationalsozialismus. Andere erklärten schlicht: »Ich bin und bleibe ein deutscher Künstler und ein deutscher Patriot, wer immer auch in meinem Vaterland regieren möge. Mir gefällt es in Berlin besser als irgendwo sonst auf der Welt, und ich habe nicht die geringste Lust dazu, abzureisen. Übrigens würde ich nirgends annähernd so viel Geld verdienen wie hier.«
Es war der dicke Charakterspieler Joachim, der sich abends am Biertisch also vernehmen ließ. Bei dem wußte man wenigstens, woran man war. Er wäre emigriert und ein temperamentvoller Antifaschist geworden, hätte man ihm nur ein fettes Angebot aus Hollywood gemacht. Dieses Angebot indessen blieb leider aus: Joachim, der zu den berühmtesten deutschen Schauspielern gehört hatte, war nicht mehr ganz auf der Höhe. Deshalb erklärte er nun mit der Miene des Biedermanns im Kreis der Kollegen: »Wo gibt es denn noch ein so gutes Bier wie hier, in unserem altdeutschen Keller. Kann mir das vielleicht jemand sagen?« Er schaute herausfordernd und etwas tückisch um sich. Sein großes, ausdrucksvolles Gesicht mit den schwammigen Backen und den kleinen mißtrauischen Augen hatte die trügerische Gutmütigkeit des Bären, der so drollig und ungeschlacht scheint, jedoch von allen Raubtieren das grausamste ist. Schmeichler versicherten dem Charakterspieler Joachim, er habe eine ent-

schiedene Ähnlichkeit mit dem Herrn Ministerpräsidenten. Dann schmunzelte der Mime. Hingegen wurde er furchtbar zornig, wenn ihm zu Ohren kam, jemand habe von ihm behauptet, er sei Halbjude. »Der Schuft soll herkommen!« schrie Joachim, dessen Gesicht purpurn anlief. »Ich möchte doch wissen, ob er es wagt, mir ins Gesicht hinein den frechen Schwindel zu wiederholen! So eine Gemeinheit! Einem deutschen Mann die Ehre abzuschneiden!«
Das schreckliche Gerücht um den Charakterspieler wollte nicht verstummen. Immer wieder wurde gemunkelt: mit einer seiner Großmütter habe was nicht gestimmt. Der deutsche Mann ließ durch Detektive feststellen, wer die infamen Verleumder waren. Mehrere Personen kamen ins Konzentrationslager, weil sie die Großmutter des Tragöden verdächtigt hatten. »Die Gemeinheit darf sich hier nicht mehr ungestraft austoben«, stellte Joachim mit Befriedigung fest. Er besuchte seine einflußreichsten Freunde und Kollegen, um ihnen noch einmal, von Mann zu Mann, ausdrücklich zu versichern, daß er für die tadellose Rasse seiner Ahnen garantieren könne. »Hand aufs Herz«, sagte Joachim zu Höfgen, dem er an einen Sonntagvormittag nicht ohne Feierlichkeit Visite machte. »Bei mir ist alles in Ordnung. Alles wie es sein soll, ich habe mir nicht das mindeste vorzuwerfen.« Er blickte mit treuen Hundeaugen von unten, wie er es zu tun pflegte, wenn er rauhe, aber herzensgute Väter spielte, die sich mit ihren Söhnen erst zanken, dann unter Tränenausbrüchen versöhnen. «Jeden, der das Gegenteil behauptet, muß ich leider einsperren lassen«, sprach mit einem schmalzigen Ton in der Stimme abschließend der deutsche Mann. »Denn wir leben in einem Rechtsstaat.« Dieser Ansicht konnte Hendrik Höfgen sich nur anschließen. Er bot dem Kollegen, der mit so lobenswertem Eifer um seine Ehre kämpfte, Zigarren und köstlichen alten Cognac an. Die Vormittagsstunde zwischen den beiden Künstlern wurde heiter und traulich. Zum Abschied umarmte Joachim den Kolle-

gen Höfgen mit der täppischen Bewegung des Bären, der seinen Gegner in der Umschlingung erdrückt, und er bat darum, Fräulein Lindenthal herzlichst von ihm zu grüßen. – Solche Freunde hatte Höfgen nun – teils interessante Menschen wie Pelz, teils herzensgute wie Joachim. Wo aber lebten die, welche er früher seine Freunde genannt hatte? Was war aus ihnen geworden?

Barbara hatte ihm aus Paris geschrieben, daß sie wünsche, sich scheiden zu lassen. Die gerichtlichen Formalitäten wurden in Abwesenheit der beiden Ehegatten schnell und leicht durchgeführt. Es bedurfte keines besonderen Scheidungsgrundes: die Richter hatten Verständnis dafür, daß ein Mann in der Stellung und von der Gesinnung Höfgens – prominentes Mitglied des Preußischen Staatstheaters und persönlicher Freund des Herrn Ministerpräsidenten – keinesfalls mit einer Dame verheiratet bleiben konnte, die als Emigrantin im Ausland lebte, aus ihrer staatsfeindlichen Gesinnung kein Hehl machte und übrigens, wie sich neuerdings herausstellte, von unreiner Rasse war. Ihrem politisch schwer kompromittierten Vater, dem Geheimrat, jüdisches Blut nachzusagen wagten selbst die professionellen Lügner der nationalsozialistischen Presse nicht. Was man ihm aber vorzuwerfen hatte, war womöglich noch ärger und unverzeihlicher: er hatte ›Rassenschande‹ getrieben, seine Gattin, die Tochter des Generals, war keine einwandfreie ›Arierin‹ gewesen. Nicht umsonst hatte Barbaras Großvater, der hohe Offizier, von dessen militärischen Verdiensten plötzlich niemand mehr etwas wissen wollte, immer verdächtig liberale Neigungen gehabt. Auch die geistige Angeregtheit der Generalin, die weit über das in Offizierskreisen übliche und statthafte Maß hinausging, erklärte sich nun auf die einfachste, aber peinlichste Weise. Der General war kein deutscher Volksgenosse gewesen, sondern ein Untermensch und Semit: Wilhelm II. hatte es wohlwollend übersehen; aber ein Nürnberger Antisemitenblatt brachte es an den Tag. Eine

halbe Semitin war auch die Generalin: das Pogromblatt konnte es beweisen. Was nützten ihr nun eine große, glanzvolle Vergangenheit, ihre fürstliche Schönheit und ihre Würde? Ein schmieriger Skribent und ungewaschener Geselle, der in seinem Leben keinen korrekten deutschen Satz zustande gebracht hatte, durfte feststellen, daß sie nicht zur nationalen Gemeinschaft gehöre.
Barbara ihrerseits also hatte über dreißig Prozent schlechten Blutes: schon dieser Umstand würde dem deutschen Gericht als Scheidungsgrund genügt haben. Blonde Rheinländer haben Anspruch auf ein tadellos reinrassiges Eheweib. Eine Frau wie Barbara aber hätte Hendrik sich selbst dann nicht gefallen lassen müssen, wenn sie garantierte ›Arierin‹ gewesen wäre. Es war ja eine Schande und ein offener Skandal, wie sie es trieb! –
Sie hatte Paris nicht verlassen, seit sie im Februar 1933 dort eingetroffen war. Jeder, der sie von früher her kannte, mußte bemerken, daß sie verändert war. Alles Träumerische war von ihr abgefallen, und sie schien kaum noch geneigt zu wehmütigen oder heiteren Spielen. Ihr Gesicht hatte einen Zug von Entschlossenheit bekommen: er saß zwischen den Augenbrauen, er beherrschte die Stirn. Sogar ihr Gang, der ehemals schlendernd gewesen war, verriet nun eine neue Energie. So bewegt sich jemand, der ein Ziel hat, und nicht ruhen will, ehe es erreicht und erobert ist.
Barbara, die sich mit kleinen Zeichnungen und schweren Büchern, mit sorgendem Interesse für ihre Freunde, mit leichten Spielen und grüblerischen Gedanken die Zeit vertrieben hatte, war aktiv geworden. Sie arbeitete in einem Komitee für politische Flüchtlinge aus Deutschland. Außerdem besorgte sie, gemeinsam mit ihrem Freund Sebastian und Frau von Herzfeld, die Herausgabe einer Zeitschrift, die sich mit den Kriegsvorbereitungen, den kulturellen und juristischen Greueln, mit dem Schmutz und der Gefährlichkeit des deutschen Faschismus beschäftigte. Sebastian und die Herz-

feld waren verantwortlich für die Redaktion; Barbara hatte das Geschäftliche zu erledigen. Zu ihrer eigenen Verwunderung stellte sich heraus, daß sie nicht unbegabt und nicht ohne Geschicklichkeit für finanzielle Dinge war. Die kleine Revue mußte sich selber erhalten, sie wurde von keiner Seite gestützt. Sie erschien wöchentlich, jede Nummer in deutscher und französischer Sprache. Zunächst wurde sie nur einem engen Kreis von Abonnenten zugesandt und war nicht gedruckt, sondern hektographiert. Nach einem halben Jahr war aus den dünnen Blättern eine Zeitschrift geworden, die in allen europäischen Städten außerhalb Deutschlands ihre Freunde hatte. »In Stockholm lesen uns fünfzig Leute, und in Madrid fünfunddreißig, und in Tel-Aviv hundertundzehn«, durfte Barbara feststellen. »Mit Holland und der Tschechoslowakei bin ich ganz zufrieden. In der Schweiz muß es besser werden. Wenn wir nur einen geschickten Vertreter in Amerika hätten! Es ist alles noch viel zu wenig. Hunderttausende sollten erfahren, was wir zu sagen haben. – Wir sind so arm«, sagte sie – man hielt eine ›Redaktionskonferenz‹ in ihrem kleinen Hotelzimmer. »Unsere Feinde geben Millionen aus, damit ihre Lügen unter die Leute kommen – und wir wissen kaum, wovon wir die Briefmarken bezahlen sollen.« Sie ballte ihre schmalen, bräunlichen Hände zu Fäusten. Ihre Augen bekamen den drohenden Blick – wie immer, wenn sie an die Verhaßten, an die ›Feinde‹ dachte. – Verändert hatte sich auch Sebastian, der sich früher nur um die feinsten und schwierigsten Dinge bekümmert hatte. Nun bemühte er sich, einfach zu denken und einfach zu schreiben. »Der Kampf hat andere Gesetze als das hohe Spiel der Kunst«, sagte er. »Das Gesetz des Kampfes fordert von uns, daß wir auf tausend Nuancen verzichten und uns ganz auf eine Sache konzentrieren. Meine Aufgabe ist es jetzt nicht, zu erkennen oder Schönes zu formen, sondern zu wirken – soweit das in meinen Kräften steht. Es ist ein Opfer, welches ich bringe – das schwerste.« – Manchmal wurde er müde.

Dann sagte er: »Es ekelt mich. Es hat auch gar keinen Sinn. Die anderen sind ja doch viel stärker als wir, bei ihnen sind alle Chancen. Es ist so bitter und auf die Dauer so lächerlich, den Don Quijote zu spielen. Ich habe Sehnsucht nach einer Insel, die so weit entlegen ist, daß auf ihr all dies, womit wir uns quälen, sich auflöst und keine Realität mehr hat . . .«
»Die gibt es nicht!« rief ihn Barbara an. »Die gibt es nicht und soll es gar nicht geben, Sebastian! – Übrigens sind unsere Feinde gar nicht so entsetzlich stark. Sie fürchten sich sogar etwas vor uns. Jedes Wort – jede Wahrheit, die wir gegen sie sagen, tut ihnen ein klein bißchen weh und beschleunigt um eine Winzigkeit – um eine Winzigkeit, Sebastian! – ihren Untergang, der doch einmal kommt.« So zuversichtlich war sie, oder konnte sie doch scheinen, in den Augenblicken, da ihr Freund Sebastian müde wurde. »Denk dir«, erzählte sie ihm, »wir haben zwei neue Abonnenten in Argentinien, das ist doch fein, die haben sogar das Geld schon geschickt.« – Barbara verbrachte ihren halben Tag damit, Mahnbriefe an die Buchhandlungen und Vertriebszentralen in Sofia oder Kopenhagen, Tokio oder Budapest zu schreiben, wegen der kleinen Summen, die man ihr schuldig blieb. Zwischen Barbara und Hedda von Herzfeld hatte sich ein Verhältnis herausgebildet, das nicht ganz Freundschaft war, aber doch etwas mehr als nur die sachliche Beziehung zwischen zwei Menschen, die miteinander arbeiten. Barbara empfand Achtung vor Frau von Herzfeld; denn diese zeigte Energie und Tapferkeit. Sie war sehr allein, sie hatte nur ihre Arbeit. An der kleinen Revue, die sie mit Sebastian redigierte, hing sie wie die Mutter am Kind. Als das Heft zum ersten Mal gedruckt und in der besseren Ausstattung vorlag, weinte Hedda beinahe vor Freude. Sie umarmte Barbara und sagte ihr – ganz leise ins Ohr, obwohl kein Dritter im Zimmer war –, wie dankbar sie ihr für alles sei. Barbara schaute lange in Frau von Herzfelds großes, weiches, flaumig gepudertes Gesicht und stellte fest: es hatte schärfere

und tiefere Züge bekommen. Sie ließen auf innere Kämpfe schließen, auf seelische Vorgänge von heftiger und bitterer Art, denen Hedda ausgesetzt gewesen war in diesem Jahr, das man gemeinsam überstanden hatte. In den ersten Wochen der Emigration hatte sie einmal den Mann getroffen, mit dem sie vor vielen Jahren verheiratet gewesen war. Vielleicht hatte sie auf diese Begegnung Hoffnungen gesetzt. Es stellte sich heraus, daß der Mann in Moskau mit einem Mädchen zusammenlebte. Nichts konnte selbstverständlicher sein als dies. Hedda war vernünftig genug, es einzusehen. Trotzdem wurde sie von der Mitteilung wie von etwas Unerwartetem getroffen und in Hoffnungen, die sie sich kaum noch eingestanden hatte, enttäuscht.

Dachte sie noch zuweilen an Hendrik? Einmal, nur ein einziges Mal, erwähnte sie Barbara gegenüber seinen Namen. »Ob es ihm gut geht?« fragte sie leise – es war spät in der Nacht, man hatte lange zusammen gearbeitet. »Ob der Betrieb ihm Spaß macht? Ob er zufrieden ist mit seinem neuen Ruhm?« – »Von wem sprichst du?« fragte Barbara zurück, ohne aufzuschauen. Frau von Herzfeld wurde ein wenig rot, während sie ironisch zu lächeln versuchte: »Nun, von wem denn wohl? Von deinem geschiedenen Herrn Gemahl . . .« Barbara sagte trocken: »Lebt der noch? Ich wußte gar nicht, daß es ihn noch gibt. Für mich ist er lange tot. Ich liebe nicht die Gespenster der Vergangenheit, am wenigsten so dubiose Gespenster wie dieses.« – Seitdem sprachen sie nie mehr von ihm. –

Manchmal besuchte Barbara ihren Vater, der ganz allein in einer südfranzösischen Stadt am Mittelmeer wohnte. Er hatte Deutschland sofort nach dem Reichstagsbrand verlassen – zur Wut und zur Enttäuschung einer Horde von nationalsozialistischen Studenten, die sein Haus leer fanden, als sie anrückten, um dem ›roten Geheimrat‹ mal zu zeigen, was ›die wahre deutsche Jugend‹ von ihm dachte. Die wahre deutsche Jugend war dazu entschlossen, den weltberühmten

alten Herrn durchzuprügeln, ihn dann in ein Auto zu packen und im nächsten Konzentrationslager abzuliefern. Die Bande tobte, weil sie in der Villa nur eine zitternde Haushälterin fanden. Um doch etwas für die nationale Sache zu leisten und der nächtlichen Spazierfahrt einen gewissen Sinn zu geben, beutelte man die arme alte Frau ein wenig und sperrte sie in den Keller, während man sich oben in der Bibliothek vergnügte. Die wahre deutsche Jugend trampelte auf den Werken Goethes und Kants, Voltaires und Schopenhauers, Shakespeares und Nietzsches herum. Das ist alles Marxismus, stellten die Uniformierten angewidert fest. Als die Schriften Lenins und Freuds ins Kaminfeuer fielen, führten sie einen Freudentanz auf. Auf der Rückfahrt konnten die jungen Menschen konstatieren, daß sie schließlich doch ein paar ganz nette Abendstunden im Hause des Geheimrats zugebracht hatten. »Und wenn das alte Schwein gar noch selber dagewesen wäre«, riefen die fröhlichen Burschen, »das hätte erst eine Hetz gegeben!«
Der Geheimrat hatte in seinen Koffern die wichtigsten Papiere und einen geringen, aber ihm besonders lieben Teil seiner Bücherei mit sich nehmen können. Nachdem er einige Wochen auf Reisen, in der Schweiz und in der Tschechoslowakei zugebracht hatte, ließ er sich in Südfrankreich nieder. Er mietete sich ein kleines Haus, im Garten gab es ein paar Palmen und schöne Blütenbüsche, und man hatte den Blick aufs Meer.
Der alte Herr ging sehr selten aus, und er war meistens allein. Stundenlang wandelte er in seinem Gärtchen auf und ab, oder er saß vor dem Haus und konnte sich nicht satt sehen an den unendlich wechselnden Farben des Meeres. »Es ist ein so großer Trost für mich«, sagte er zu Barbara, seiner Tochter, »es tut mir so gut, dieses schöne Wasser vor mir zu haben. In all der Zeit, die ich nicht hier gewesen bin, hatte ich ganz vergessen, wie blau es sein kann: das Mittelmeer ... Alle Deutschen, die den Namen verdienen, hatten Sehnsucht

nach ihm, und sie haben es alle verehrt als die heilige Wiege unserer Gesittung. Nun plötzlich soll es gehaßt werden in unserem Lande. Die Deutschen wollen sich gewaltsam lösen von seiner sanften Macht und von seiner starken Gnade; sie glauben, seine schöne Klarheit entbehren zu können; sie schreien, daß sie ihrer überdrüssig sind. Aber das ist ja ihre eigene Gesittung, derer sie da überdrüssig zu sein behaupten. Wollen sie all das Große verleugnen, was sie selber der Welt geschenkt haben? Es scheint beinahe so ... Ach, diese Deutschen! Wie viel werden sie noch leiden müssen, und wie schrecklich viel werden sie die anderen leiden machen!« – Das nationalsozialistische Regime hatte das Haus und das Vermögen des Geheimrats beschlagnahmt; es erklärte ihn seiner Staatsbürgerschaft für verlustig. Bruckner erfuhr es durch eine Notiz in der französischen Presse, daß er ›ausgebürgert‹ und kein Deutscher mehr sei. Einige Tage, nachdem er diese Mitteilung gelesen hatte, begann er wieder zu arbeiten. ›Es soll ein großes Buch werden‹, schrieb er an Barbara, ›und es wird ‚Die Deutschen' heißen. In ihm werde ich alles zusammenfassen, was ich über sie weiß, was ich für sie befürchte, was ich für sie hoffe. Und ich weiß viel über sie, ich befürchte viel für sie, und ich hoffe, immer noch, viel für sie.‹ Leidend und sinnend verbrachte er seine Tage an einer fremden und geliebten Küste. Manchmal vergingen Wochen, ohne daß er ein Wort sprach, außer einigen französischen Phrasen mit dem Mädchen, das sein Haus besorgte. Er empfing viele Briefe. Menschen, die früher seine Schüler gewesen waren und nun in der Emigration oder verzweifelt in Deutschland saßen, wandten sich an ihn um Zuspruch und geistigen Rat. ›Ihr Name bleibt für uns der Inbegriff eines anderen, besseren Deutschlands‹, wagte jemand aus einer bayrischen Provinzstadt ihm zu schreiben – freilich mit verstellter Schrift und ohne daß er seine Adresse verraten hätte. Solche Geständnisse und Treueschwüre las der Geheimrat halb mit Rührung, halb mit Bitterkeit. Und alle diese, die so empfinden und schreiben, haben mitgeduldet, mitverschuldet, daß unser Land zu dem werden konnte, was es heute ist, mußte er denken. Er legte die Briefe beiseite, und er öffnete wieder sein Manuskript, das langsam wuchs und reich ward an Liebe und an Erkenntnis, an Gram und Trotz, an tiefem Zweifel und einer noch hinter tausend Vorbehalten starken Zuversicht. –

Bruckner wußte, daß in einer anderen südfranzösischen kleinen Stadt, die von dem Orte seines Aufenthalts noch keine fünfzig Kilometer entfernt war, Theophil Marder mit Nicoletta wohnte. Die beiden Männer hatten sich einmal auf einem Spaziergang getroffen und begrüßt, es war aber zu keiner Verabredung und zu keinem Wiedersehen zwischen ihnen gekommen. Marder war ebenso wenig wie Bruckner gestimmt zum Gespräch und zur Geselligkeit. Dem Satiriker war die aufgeräumte, aggressive Schnoddrigkeit vergangen. Ihn hatte das Entsetzen über die deutsche Katastrophe verstummen lassen. Wie Bruckner saß er stundenlang in einem Gärtchen, wo es Palmen und blühende Gebüsche gab, und starrte aufs Meer. Aber Marders Augen hatten nicht den stillen, sinnenden Blick; sie waren unruhig, sie flackerten, sie irrten ratlos und trostlos über die schimmernd ausgebreitete Fläche. Seine bläulich gefärbten Lippen hatten ihre saugende und schmatzende Beweglichkeit behalten; nur bildeten sie jetzt keine Worte mehr, sondern lautlose Klagen.

Theophil, der den Kopf so aufrecht getragen hatte, saß nun in sich zusammengesunken. Die bleifarbenen Hände lagen ihm auf den mageren Knien und sahen so müde aus, als ob er sie niemals mehr würde rühren können. Er kauerte regungslos, nur seine Augen irrten, und seine Lippen führten ihre jammervolle stumme Sprache. Manchmal zuckte er zusammen, als hätte ein gar zu grauenhaftes Gesicht ihn erschreckt. Dann richtete er sich mühsam auf und schrie mit einer Stimme, die nicht mehr schnarrte, sondern greisenhaft krächzte. »Nicoletta! Komm! Ich bitte dich, komm sofort!«

verlangte Theophil, zugleich jammernd und drohend. Und Nicoletta trat aus dem Hause.
In ihrem Gesichte gab es jetzt einen Zug von Müdigkeit und melancholischer Geduld, der zu der kühn gebogenen Nase, dem scharfen Mund und der gewölbten Stirne nicht passen wollte. Ihre Wangen waren breiter und weicher geworden, ihre schönen und weiten Augen hatten nicht mehr jene herausfordernde Blankheit, durch die sie früher fasziniert und beunruhigt hatten. Nicoletta schien nicht mehr das eigensinnige und hochmütige Mädchen zu sein, sondern eine Frau, die viel geliebt und gelitten hat. Sie hatte ihre Jugend geopfert –: besessen von einem Gefühl, in dem sich krampfhafte Hysterie mit einer echten Glut, einer kostbaren Ergriffenheit des Herzens verband, hatte sie ihre Jugend verschenkt an den Mann, der dort als ein Gebrochener im Sessel vor ihr lag.
»Was fehlt dir, Theophil?« fragte sie. Die musterhafte Aussprache hatte sie sich bewahrt, was sonst ihr auch verlorengegangen sein mochte in all den Jahren. »Womit kann ich dir helfen, mein Lieber?«
Er aber stöhnte, wie aus schlimmen Träumen. »Nicoletta – Nicoletta, mein Kind ... Es ist so grauenhaft ... Es ist viel zu grauenhaft ... Ich höre die Schreie derer, die man in Deutschland foltert ... Ich höre sie ganz deutlich, der Wind trägt sie über das Meer ... Die Folterknechte spielen Grammophon während der infernalischen Prozeduren, das ist ein gemeiner Trick, sie stopfen ihren Opfern Kissen vor den Mund, damit die Schreie erstickt werden ... Aber ich höre sie doch ... Ich muß alles hören. Gott hat mich gestraft, indem er mir das empfindlichste Ohr unter den Sterblichen gab ... Ich bin das Weltgewissen, und ich höre alles. Nicoletta, mein Kind!« Er klammerte sich an sie. Seine gepeinigten Augen irrten über die südliche Landschaft, deren Frieden sich ihm mit schauerlichen Figuren belebte. Nicoletta legte ihm die Hand auf die heiße und nasse Stirn. »Ich weiß es, mein Theophil«, sprach sie mit der sanftesten Exaktheit.

»Du hörst alles, und du durchschaust alles. Du muß der Welt Rechenschaft geben von deinem Wissen: das würde für dich und für die Welt sehr von Vorteil sein. Du solltest schreiben, Theophil! Du mußt schreiben!«
Seit einem Jahr flehte sie ihn an, er solle arbeiten. Sie litt unter seiner Erstarrung, sie ertrug nicht seine verzweifelt grübelnde Tatenlosigkeit. Sie bewunderte ihn, sie hielt ihn für den Größten unter den Lebenden, sie wollte ihn nicht am Rande der Geschehnisse sehen, sondern in ihrem Zentrum: wirkend, eingreifend, die Welt zur Besinnung rufend, alarmierend. Aber er antwortete ihr:
»Was soll ich noch schreiben? Ich habe alles gesagt. Ich habe alles vorausgewußt. Ich habe den Schwindel entlarvt. Ich habe die Fäulnis gerochen. Wenn du ahntest, mein Kind, wie schwer erträglich es ist, so furchtbar recht zu behalten. Meine Bücher sind so vergessen, als seien sie nie geschrieben worden. Meine gesammelten Werke hat man verbrannt. Meine ungeheuren Prophetien scheinen im Wind verhallt – und doch ist alles, was heute geschieht, der ganze unsägliche Jammer, nichts als ein geringes Nachspiel, ein Satyrspiel zu meinem prophetischen Werk. In meinem Werk steht schon alles, in ihm ist alles vorweggenommen, auch das, was sich erst noch zutragen wird – das Schlimmste, die finale Katastrophe – ich habe es schon durchgelitten, ich habe es schon geformt. Was soll ich denn jetzt noch schreiben? Ich trage das Leid der Welt. In meinem Herzen spielen alle Zusammenbrüche sich ab, die gegenwärtigen wie die zukünftigen. Ich – ich – ich ...« Über diesen drei Buchstaben, über diesem ›Ich‹, in dem sein halb verwirrter Geist sich verfing wie in einer Falle, verstummte er. Sein Haupt, das die furchtbaren Leiden verschönt hatten – es schien jetzt feiner, zarter und strenger gebildet; genauer durchgearbeitet als ehemals – sank ihm nach vorne. Theophil war plötzlich eingeschlafen. Nicoletta trat ins Haus zurück. Sie blieb in dem dunklen und kühlen Vorplatz stehen. Langsam hob sie die Arme und legte

sich die beiden Hände vors Gesicht. Sie wollte schluchzen, aber es kamen keine Tränen; sie hatte zuviel geweint. In ihre Hände hinein flüsterte Nicoletta: »Ich kann nicht mehr. Ich kann nicht mehr. Ich muß weg von hier. Ich halte es nicht mehr aus.« –

Über die Länder verstreut, in vielen Städten lebten die Menschen, die Hendrik seine Freunde genannt hatte. Einigen von ihnen ging es gut, der ›Professor‹ zum Beispiel hatte nicht zu klagen, ein Weltruhm wie der seine verbraucht sich nicht, er konnte wohl damit rechnen, daß er bis zu seinem Lebensende in Schlössern mit Barockmöbeln und Gobelins oder in den fürstlichen Appartements der ersten internationalen Hotels wohnen würde. Man wollte ihn in Berlin nicht mehr inszenieren lassen, weil er Jude war? Gut – oder vielleicht: um so schlimmer für die Berliner. Der Professor bewegte die Zunge majestätisch in seinen Backen, knarrte und knurrte ein paar Tage lang verärgert, und fand schließlich, er habe ohnedies in letzter Zeit etwas reichlich zu tun gehabt, mochten die Berliner sich also ihr Theater allein machen, sollte doch ›dieser Höfgen‹ seinem ›Führer‹ Komödie vorspielen – er, der Professor, hatte während dieser Saison noch eine große Operette in Paris, zwei Shakespearische Lustspiele in Rom und Venedig und eine Art von religiöser Revue in London zu inszenieren. Außerdem gab es eine Tournee mit ›Kabale und Liebe‹ und der ›Fledermaus‹ durch Holland und Skandinavien zu erledigen, und im Frühling mußte er in Hollywood sein, denn er hatte einen großen Filmvertrag unterschrieben.
Seine beiden Theater in Wien verwalteten Fräulein Bernhard und Herr Katz: um diese beiden brauchte man sich keine Sorgen zu machen. Manchmal dachte Herr Katz mit Wehmut an die lustigen Zeiten, als er die Berliner mit seinem abgründigen Drama ›Die Schuld‹ hereingelegt und sich als den spanischen Nervenarzt ausgegeben hatte. »Das sind

doch noch Scherze von Format gewesen!« sagte er und spielte mit der Zunge im Mund, fast genau so majestätisch wie sein Herr und Meister. Jetzt war nichts mehr mit der Dostojewskij-Seele anzufangen, und Herr Katz war endgültig verbannt in die niedrige geschäftliche Sphäre. – Wehmütig wurde auch Fräulein Bernhard, wenn sie an den Kurfürstendamm, besonders aber, wenn sie an Höfgen dachte. »Was für herrlich böse Augen er hat!« erinnerte sie sich träumerisch. »Meinen Hendrik – den gönne ich den Nazis am allerwenigsten, so was Schönes verdienen die wirklich nicht.« Übrigens ließ sie sich jetzt von einem jungen Wiener Bonvivant, der zwar nicht so dämonisch war wie Höfgen, dafür aber galanter und anspruchsloser als dieser, ›Rose‹ nennen und am Kinn kraulen. –

Einen zweiten Aufstieg, einen neuen Triumph, der alle ihre Berliner Erfolge übertraf und in den Schatten stellte, erlebte Dora Martin in London und New York. Sie hatte Englisch gelernt mit dem Eifer eines ehrgeizigen Schulkindes oder eines Abenteurers, welcher sich ein fremdes Land erobern will. Nun konnte sie sich, in der neuen Sprache, alle jene eigenwilligen Extravaganzen leisten, mit denen sie früher Berlin bezaubert und überrascht hatte. Sie zerdehnte die Vokale, sie girrte, klagte, kicherte, jubelte, sang. Sie war scheu und ungelenk wie ein dreizehnjähriger Junge, schwerelos und federleicht wie eine Elfe. Sie schien nachlässig und kapriziös zu improvisieren; in Wahrheit berechnete ihre große Intelligenz jede der Nuancen der kleinen, aber sorgfältig verteilten Effekte, mit denen sie ihr gebanntes Publikum zum Lächeln oder zum Schluchzen brachte. Sie war schlau, sie wußte, was die Angelsachsen lieben. Mit genauer Absicht war sie um eine Note sentimentaler, um eine Spur weiblicher und sanfter geworden, als sie es in Deutschland gewesen war. Sie erlaubte sich nun seltener die rauhen und heiseren Töne; dafür rührte sie häufiger mit dem unschuldig kindlichen, hilflosen, weit geöffneten Blick. »Ich habe meinen Typ ein ganz klein

bißchen verändert«, stellte sie fest, wobei sie den Kopf kokett zwischen die Schultern steckte. »Nur gerade so viel, wie es nötig war, damit ich den Engländern und Amerikanern gefalle.« Sie reiste zwischen London und New York hin und her, in jeder der beiden Städte spielte sie dasselbe Stück Hunderte von Malen hintereinander. Tags filmte sie. Es war erstaunlich, was sie physisch leistete und aushielt. Ihr schmaler, kindlicher Körper schien unermüdlich, als wäre er besessen von einer dämonischen Kraft. Die amerikanischen und englischen Zeitungen priesen sie als die größte Bühnenkünstlerin der Erde. Wenn sie nach der Vorstellung für eine Viertelstunde im Hotel Savoy erschien, schmetterte die Kapelle einen Tusch, und alle Anwesenden erhoben sich ihr zu Ehren. Der jüdischen Schauspielerin, die man aus Berlin vertrieben hatte, huldigte die Gesellschaft der beiden angelsächsischen Kapitalen. Sie wurde von der englischen Königin empfangen, der Prince of Wales schickte ihr Rosen in die Garderobe, junge amerikanische Dichter schrieben Stücke für sie. Manchmal fragten Journalisten sie, die aus Wien oder aus Budapest herbeigereist kamen, um sie zu interviewen, ob sie nicht Lust hätte, einmal wieder in deutscher Sprache zu spielen. Sie erwiderte: »Nein. Ich habe keine Lust mehr dazu. Ich bin keine deutsche Schauspielerin mehr.« Aber zuweilen dachte sie doch: Was man wohl in Berlin zu meinen neuen Erfolgen sagt? Ob man von ihnen erfährt? Natürlich erfährt man von ihnen. Ich darf hoffen, daß man sich ein wenig ärgert. Denn freuen wird sich dort niemand über meine Siege. Diese hunderttausend Menschen, die mit mir angegeben haben, als ob sie mich glühend liebten: ärgern sollen sie sich doch jetzt wenigstens über mich, damit sie mich nicht ganz und gar vergessen.
Ein großer englischer Film, in dem sie die Hauptrolle spielte, wurde in Berlin vorgeführt. Aber nur ein paar Tage lang, dann gab es Krach. Der Propagandaminister befahl ›spontane Empörung‹. SA-Leute wurden in Zivil gesteckt und ins

Kino geschickt. Als das Gesicht der Dora Martin in Großaufnahme auf der Leinwand erschien, begannen die Burschen, die man im ganzen Saale verteilt hatte, zu pfeifen, zu johlen und mit Stinkbomben zu werfen. »Wir wollen keine verdammten Jüdinnen mehr in einem deutschen Kino«, brüllten die als Publikum verkleideten Rowdys. Das Licht mußte angedreht und die Vorstellung abgebrochen werden. In panischem Schrecken verließen die Neugierigen und Verwegenen, die sich zu der suspekten Darbietung eingefunden hatten, das Haus. Wer von den Fliehenden jüdisch wirkte – und es waren ziemlich viele Juden gekommen, um Dora Martin zu sehen –, wurde festgehalten und verprügelt. Das Propagandaministerium ließ in London die Nachricht verbreiten, die liberal gesinnte deutsche Regierung hätte den Film passieren lassen, das Berliner Publikum aber dulde dergleichen nicht mehr. Die öffentliche Entrüstung sei unmittelbar, heftig und übrigens sehr begreiflich gewesen. Von nun ab müsse jeder Film, in dem die Schauspielerin Martin auftrete, verboten werden. – Da sie erfuhr, daß man um ihretwillen – oder doch anläßlich ihres bewegten Schattenbildes – Juden mißhandelt hatte, krümmte sich Dora Martin vor Ekel, als wäre ihr übel von einer vergifteten Speise. »Diese Schufte«, murmelte sie, und aus ihren Augen schlugen die schwarzen Flammen eines großen Zornes. »Diese gemeinen, niederträchtigen Schufte!« Und wie sie die Fäuste schüttelte, glich sie – das Gesicht von der rötlichen Mähne umweht – einer jener heroischen Frauengestalten ihres Volkes, die zur Rache rufen. –
In vielen Städten lebten sie, in vielen Ländern suchten sie Zuflucht: Oskar H. Kroge, zum Beispiel, hatte sich vorläufig in Prag niedergelassen. Er war kein Jude und kein Kommunist, aber ein alter Vorkämpfer der Literatur: er glaubte an das Theater als moralische Anstalt und an die ewigen Ideale der Gerechtigkeit und der Freiheit, so vielen Enttäuschungen zum Trotz wollte er nicht lassen von seinem naiven und

zuversichtlichen Pathos – für ihn war kein Platz gewesen im neuen Deutschland. Entschlossen, an die edlen Traditionen seiner guten Frankfurter Zeit wieder anzuknüpfen, machte er sich in Prag sofort auf die Suche nach Menschen, die für seinen Enthusiasmus Verständnis hatten und ihm ein paar tausend Tschechenkronen zur Verfügung stellten; denn er wollte in einem Vorstadtkeller eine literarische Bühne eröffnen. Er fand die Geldgeber – sie gaben wenig genug –; er fand den Keller und ein paar junge Schauspieler und ein Stück, in dem sehr viel von der ›Menschheit‹ und von der ›Morgenröte einer besseren Zeit‹ die Rede war, und er arbeitete mit den jungen Schauspielern, und das Stück kam heraus. Schmitz, der seinem Freunde treu geblieben war, hatte sich um das Finanzielle zu kümmern, während Kroge – hartnäckiger Idealist, eigensinniger Schwärmer für das Höchste und Schönste – unbehelligt in der reinen Sphäre der Kunst bleiben wollte. Ach, nicht immer durfte Schmitz ihn dort oben lassen. Es fehlte am Nötigsten, niemals hätte Kroge – bürgerlicher alter Bohemien, der wohl Geldschwierigkeiten, aber nie die wirkliche Armut gekannt hatte – es für möglich gehalten, daß man mit so lächerlich geringen Summen auch nur das bescheidenste Theater halten könnte. Es ging – vorläufig ging es noch, obwohl zu den ökonomischen Schwierigkeiten auch noch politische kamen; denn die deutsche Gesandtschaft in Prag intrigierte bei den Behörden gegen den emigrierten Hamburger Theaterdirektor, dessen pazifistische Verstiegenheiten ihr lästig waren. Kroge und Schmitz wehrten sich, waren standhaft, gaben nicht nach. Dabei fielen beide vom Fleische und alterten. Schmitz sah gar nicht mehr rosig aus, und Kroge bekam immer stärkere Falten auf der sorgenvollen Stirn und um den Katermund. –

In vielen Städten und in vielen Ländern ...

Juliette Martens, genannt Prinzessin Tebab, die Königstochter vom Kongo, hatte in einem kleinen Kabarett am Montmartre Stellung gefunden: zwischen Mitternacht und drei

Uhr morgens durfte sie den Amerikanern – die in Paris immer seltener wurden, seitdem der Dollar gesunken war –, ein paar angeheiterten Herrn aus der französischen Provinz und einigen Zuhältern ihren schönen Körper und ihre kunstvollen Steps zeigen. Sie trat beinahe nackt auf, angetan nur mit einem kleinen Büstenhalter aus grünen Glasperlen, einem knappen dreieckigen Badehöschen aus grünem Atlas und mit sehr viel grünen Straußenfedern am Hinterteil. Auf diese Federnpracht anspielend behauptete sie, daß sie ein Vögelchen sei. Sie wiederholte es mehrfach: Ich bin ein Vögelchen und über den Ozean herbeigeflogen, um mir hier, am Montmartre, ein Nest zu bauen. In Wahrheit hatte sie kaum Ähnlichkeit mit einem Vögelchen. Ihr trauriges Zimmer in der Rue des Martyres erinnerte auch keineswegs an ein Nest. Es war finster und hatte den Blick auf einen engen, schmutzigen Hof. Der einzige Schmuck an den kahlen, fleckigen Wänden war eine Photographie des Schauspielers Hendrik Höfgen: Juliette hatte sie einst, während eines Zornes- und Schmerzensanfalls, zerrissen, aber dann hatte sie die Fetzen sorgfältig wieder aneinander geklebt – Hendriks Mund saß nun ein wenig schief und gab seinem Gesicht einen hämischen Ausdruck; quer über seine Stirn lief ein Streifen von Leim wie eine Narbe; aber sonst war seine Schönheit ziemlich tadellos wiederhergestellt.
An jedem Monatsersten holte sich Juliette beim Portier eines Hauses, dessen Inhaber sie nicht kannte, die kleine Geldsumme ab, welche Hendrik ihr zukommen ließ. Die Gage vom Montmartre-Kabarett und die Unterstützung aus Berlin machten zusammen gerade soviel aus, daß Juliette leben konnte, ohne auf den Strich gehen zu müssen. Sie sah wenig Menschen, einen Geliebten hatte sie nicht. Über ihre Berliner Abenteuer sprach sie mit niemandem: teils aus Angst, ihr Leben oder doch mindestens die kleine Monatsrente zu verlieren; teils um Hendrik keine Unannehmlichkeiten zu bereiten. Denn ihr Herz hing an ihm.

Sie hatte nichts vergessen und nichts verziehen. Täglich mindestens einmal erinnerte sie sich mit Haß und Grauen der halbdunklen Zelle, in der sie so viel gelitten hatte. Sie dachte an Rache, aber es sollte eine Rache von großer und süßer Art sein, keine schäbige und mesquine. Lange Stunden des langen Tages ruhte Prinzessin Tebab auf ihrem schmutzigen Bett und träumte. Sie würde nach Afrika zurückkehren, alle Schwarzen um sich sammeln, die Königin und kriegerische Fürstin aller Schwarzen werden – um ihr Volk zum großen Aufstand, zum großen Krieg gegen Europa zu führen. Der weiße Erdteil war reif zum Untergang: seitdem Juliette die Beamten der Berliner Geheimen Staatspolizei bei sich empfangen hatte, wußte sie es ganz sicher und ganz genau. Der weiße Erdteil mußte zugrunde gehen, mit ihren dunklen Brüdern wollte Prinzessin Tebab den Siegeszug antreten durch die Hauptstädte Europas. Ein Blutbad ohnegleichen sollte die Schande wegwaschen, mit welcher der weiße Erdteil sich bedeckt hatte. Die frechen Herren mußten Sklaven werden. Als ihren Lieblingssklaven sah die träumende Königstochter Hendrik zu ihren Füßen. Ach, wie würde sie ihn quälen! Ach, wie würde sie ihn verhöhnen! Die kahle Stirne wollte sie ihm mit Blumen bekränzen, aber den Kranz hatte er kniend zu tragen. Gedemütigt und geschmückt, als das kostbarste Beutestück, sollte der Niederträchtige, der Geliebte, in ihrem Gefolge schreiten.
So träumte die Schwarze Venus, und ihre kraftvollen, rauhen Finger spielten mit der roten Peitsche aus geflochtenem Leder.
Einmal, als sie ihre abendliche Promenade machte, sah Juliette in dem Strom von Menschen, der sich von der Madeleine zur Place de la Concorde bewegte, Barbara an sich vorübergehen. Hendriks Gattin, die so lange der Gegenstand von Juliettes eifersüchtigen oder mitleidigen Betrachtungen gewesen war, schritt eilig und in Gedanken vertieft. Juliette berührte ganz leicht mit den Fingerspitzen ihren Ärmel und

sagte mit ihrer tiefen, rauhen Stimme: »Bonsoir, Madame.« Dabei neigte sie ein wenig das Haupt. Als die Angeredete verwundert aufblickte, war die Negerin schon vorüber. Barbara sah nur noch ihren breiten Rücken, und auch der wurde schnell durch andere Rücken, andere Leiber zugedeckt. – –
In vielen Städten und in vielen Ländern ... Manche lebten in Dänemark, manche in Holland, manche in London oder in Barcelona oder in Florenz. Andere waren nach Argentinien oder nach China verschlagen worden.
Nicoletta von Niebuhr aber, Nicoletta Marder, fand sich eines Tages wieder in Berlin ein. Mit ihren roten Hutkoffern, die recht rissig und brüchig geworden waren, erschien sie in Hendrik Höfgens Wohnung am Reichskanzlerplatz. »Hier bin ich«, sagte sie, und versuchte ihre Augen so blank zu machen, wie es nur irgend ging. »Ich konnte es nicht mehr aushalten, dort unten. Theophil ist wunderbar, ein Genie, ich liebe ihn mehr denn je. Aber er hat sich außerhalb der Zeit und ihrer realen Gegebenheiten gestellt. Er ist ein Träumer geworden, ein Parsifal – ich ertrage das nicht. Verstehst du es, Hendrik, daß ich das nicht ertrage?«
Hendrik verstand es. Er war ganz und gar gegen Träumer und besaß seinerseits durchaus den notwendigen Kontakt zu der Zeit und ihren Gegebenheiten. »Diese ganze Emigration ist eine Angelegenheit für Schwächlinge«, erklärte er streng. »Diese Leute in ihren südfranzösischen Badeorten kommen sich wie Märtyrer vor, sind aber nur Deserteure. Wir hier stehen an der Front, die dort draußen drücken sich in die Etappe.«
»Ich will unbedingt wieder Theater spielen«, sprach Nicoletta, die ihren Gatten verlassen hatte.
Hendrik meinte, das werde ohne gar zu viele Schwierigkeiten einzurichten sein. »Am Staatstheater kann ich ziemlich alles durchsetzen, wozu ich Lust habe. Cäsar von Muck – nun ja, er ist noch der Intendant. Aber der Ministerpräsident mag ihn nicht, und der Propagandaminister deckt ihn nur

noch aus Prestigegründen. Es hat sich herumgesprochen, daß unser Cäsar ein miserabler Theaterleiter ist. Er macht ein langweiliges Repertoire, am liebsten möchte er immer nur seine eigenen Stücke aufführen lassen. Von Schauspielern versteht er auch nichts. Das einzige, was er kann, ist ein enormes Defizit machen.«

Die wiedergekehrte Nicoletta durfte damit rechnen, am Staatstheater ein Engagement zu bekommen. Zunächst aber wollte Hendrik in Hamburg mit ihr gastieren, und zwar in dem Stück, das nur zwei Personen hatte und mit dem die beiden auf Tournee in den Ostsee-Badeorten gewesen waren, unmittelbar vor der Hochzeit Höfgens mit Barbara Bruckner. Das Hamburger Künstlertheater war stolz, sein ehemaliges Mitglied, das inzwischen so berühmt und ein Freund der Macht geworden war, nun als Gast bei sich zu empfangen. Der neue Leiter des Institutes, Kroges Nachfolger, ein Herr namens Baldur von Totenbach, erwartete Höfgen und seine Begleiterin auf dem Bahnhof. Herr von Totenbach war aktiver Offizier gewesen, hatte viele Schmisse im Gesicht und stahlblaue Augen wie Herr von Muck, sprach auch sächsisch wie dieser. Er rief: »Willkommen, Kamerad Höfgen!« – als ob auch Hendrik die ehrenwerte Vergangenheit eines Offiziers hätte, anstatt die verdächtige eines Kulturbolschewisten. »Willkommen!« riefen auch verschiedene andere Menschen, die mit Herrn von Totenbach zur Bahn geeilt waren, um den Kollegen Höfgen zu begrüßen. Unter ihnen war die Motz, sie umarmte Hendrik und hatte Tränen echter Ergriffenheit in den Augen. »Wieviel Zeit vergangen ist!« rief die wackere Frau und ließ Gold im Inneren des Mundes funkeln. »Und was wir alles erlebt haben!« Sie ihrerseits hatte ein Kind bekommen, Nicoletta und Hendrik erfuhren es bald: ein kleines Mädchen – späte, eigentlich schon etwas überraschende Frucht ihrer langjährigen Beziehung zum Väterspieler Petersen. »Ein deutsches Mädchen«, sagte sie, »wir haben es Walpurga genannt.«

Petersen hatte sich gar nicht verändert. Sein Gesicht wirkte immer noch etwas nackt, da ihm der Schifferbart fehlte. Seinem unternehmungslustigen Wesen war anzumerken, daß er es sich keineswegs abgewöhnt hatte, das sauer verdiente Geld zu verschwenden und den jungen Mädchen nachzusteigen. Wahrscheinlich liebte ihn die Motz immer noch mehr als er sie. – Der schöne Bonetti erschien in schwarzer SS-Uniform und sah blendend aus: es ließ sich verstehen, daß er nun noch zahlreichere Liebesbriefe aus dem Publikum erhielt als früher. – Die Mohrenwitz war nicht mehr beim Theater. »Sie hat ja jüdisches Blut«, zischelte die Motz hinter der vorgehaltenen Hand und wurde dann von einem lasterhaften kleinen Lachen geschüttelt, als hätte sie etwas Obszönes geäußert. Rolf Bonetti machte ein sehr angewidertes Gesicht – vielleicht weil er an all die Rassenschande dachte, die er einst mit Rahel getrieben hatte. Das dämonische junge Mädchen – so viel wurde Hendrik noch mitgeteilt – hatte einen Selbstmordversuch gemacht, als die Unreinheit ihres Blutes bekannt geworden war, und schließlich einen tschechoslowakischen Schuhfabrikanten geheiratet. »Was das Materielle betrifft, wird es ihr wohl ganz gut gehen, da drüben – im Ausland ...« vermutete die Motz mit dem Akzent der Verachtung, und ihr Daumen deutete nach hinten, über die Schulter, als läge dort, in irgendeiner häßlichen Ferne, ›das Ausland‹.

Die neuen Mitglieder des Ensembles – blonde, etwas ungeschlachte Burschen und Mädel, die eine derbe Lustigkeit mit straffer militärischer Disziplin wacker vereinigten – ließen sich dem großen Höfgen vorstellen und bezeigten ihm jede nur denkbare Devotion. Er war der Märchenprinz, der schöne Verzauberte, der Neid und Bewunderung einsteckt als den Tribut, der ihm zukommt. Ja, er war herniedergestiegen, für eine kleine Weile zurückgekehrt zu der niedrigen Stätte, von welcher er ausgegangen. Übrigens zeigte er sich leutselig und ließ sich dazu herbei, der Motz den Arm um die

Schulter zu legen. »Ach, du bist doch ganz der alte geblieben«, schwärmte sie und preßte seine Hand. Petersen ließ sich vernehmen: »Hendrik war immer ein famoser Kamerad« – während Herr von Totenbach abschließend, nicht ohne eine gewisse Strenge erklärte: »Im neuen Deutschland gibt es nur Kameraden, auf welchem Platz sie auch immer stehen mögen.«
Hendrik äußerte den Wunsch, Herrn Knurr zu begrüßen – eben jenen Bühnenportier, der immer schon das Hakenkreuz unter dem Rockaufschlag versteckt getragen hatte, und an dessen Loge Höfgen, der ›Kulturbolschewist‹, so ungern und mit so schlechtem Gewissen vorübergegangen war. Würde das alte Parteimitglied nicht vor Freude beben, wenn es nun dem Freund und Favoriten des Ministerpräsidenten die Hand schütteln durfte? – Zu seiner Überraschung wurde Höfgen von Herrn Knurr ziemlich kühl empfangen. In der Portiersloge war kein Führer-Bild zu entdecken, obwohl es doch nun statthaft und sogar erwünscht gewesen wäre. Als Hendrik sich bei Herrn Knurr nach seinem Befinden erkundigte, murmelte dieser etwas zwischen den Zähnen, was unfreundlichen Klang hatte, und der Blick, den er auf Höfgen richtete, schien voll Gift. Es war deutlich: Herr Knurr war im tiefsten enttäuscht von seinem Führer-Erlöser und der ganzen herrlichen nationalen Bewegung – in all seinen Hoffnungen bitterlich betrogen, wie so viele. Für Höfgen, Freund des Fliegergenerals, bedeutete es also eine Peinlichkeit, wie eh und je, an der Portiersloge vorbeizugehen: sein Verhältnis zu Herrn Knurr hatte sich nicht gebessert.
Eine Erleichterung empfand Hendrik, als er feststellen durfte, daß von den kommunistischen Bühnenarbeitern, denen er früher gern mit geballter Faust und dem Rot-Front-Gruß begegnet war, sich keiner mehr im Theater befand. Er wagte es nicht, sich nach ihrem Verbleib zu erkundigen. Vielleicht waren sie erschlagen, vielleicht eingesperrt, vielleicht in der Emigration ...

Abends war das Haus ausverkauft, die Hamburger jubelten ihrem alten Liebling zu, der in Berlin so gewaltig Karriere gemacht hatte: erst unter dem Professor, dann unter dem dicken Ministerpräsidenten. Von Nicoletta war man allgemein enttäuscht. Man fand sie starr, unnatürlich und sogar etwas unheimlich. Wirklich hatte sie das Theaterspielen ziemlich verlernt. Ihre Haltung war steif geworden, und ihre Stimme hatte einen merkwürdig hohlen, klagenden Klang bekommen. Es war, als ob etwas in ihr zugleich erfroren und zerbrochen wäre. Übrigens nahm das Publikum jetzt auch an ihrer großen Nase Anstoß. Ob sie nicht doch etwas jüdisches Blut hat? flüsterte man im Parkett. Aber nein, sagten andere – dann würde doch Höfgen sich nicht öffentlich mit ihr zeigen! –

Am nächsten Morgen hatte Hendrik die kuriose Idee, Frau Konsul Mönkeberg einen Besuch abzustatten. Auch sie sollte ihn in seinem Glanz sehen – gerade sie, die ihn jahrelang gedemütigt hatte durch ihr vornehm patrizisches Wesen. Barbara, die Geheimratstochter, war gleich von ihr zum Tee in den ersten Stock geladen worden. Ihn aber hatte man nur fein und spöttisch angelächelt. Jetzt wollte er im Mercedeswagen bei der alten Dame vorfahren. Zu seiner Enttäuschung mußte er in der Villa von einem fremden Hausmeister erfahren, daß Frau Konsul Mönkeberg gestorben war. Das sah ihr ähnlich! Einer Begegnung, die peinlich für sie gewesen wäre, entzog sie sich durch die Flucht. Diese Bürger vornehmen alten Stils – diese Patrizier ohne Geld, aber mit nobler Vergangenheit und mit zarten, vergeistigten Gesichtern –: blieben sie denn unerreichbar, waren sie nie zu treffen? Sollte es dem mephistophelisch gewordenen Kleinbürger, der mit der blutigen Macht paktierte, niemals vergönnt sein, seine Triumphe über sie zu genießen?

Hendrik ärgerte sich. Ein Coup war ihm mißglückt, von dem er sich viel Spaß versprochen hatte. Im übrigen war er recht zufrieden mit seiner Hamburger Visite. Herr von Totenbach hatte zum Abschied gesagt: »Ich und meine ganze Spielgemeinschaft – wir sind stolz darauf, daß Sie bei uns gewesen sind, Kamerad Höfgen!« – und die Motz hatte ihm ihre kleine Walpurga gereicht, mit der dringlichen Bitte, er müsse das schreiende Geschöpf segnen. »Segne sie, Hendrik!« forderte die Motz. »Dann wird etwas Rechtes aus ihr werden! Segne meine Walpurga!« Und auch Petersen war dafür. –

Als Hendrik von seinem Ausflug zurückkam, berichtete ihm Lotte Lindenthal, daß um seine Person in den höchsten Kreisen heftige Debatten im Gang seien. Der Ministerpräsident – ›mein Bräutigam‹, sagte Lotte jetzt schon von ihm – war unzufrieden mit Cäsar von Muck: das wußte jeder. Noch nicht so allgemein bekannt war, wen der Fliegergeneral als Nachfolger für den Intendanten der Preußischen Staatstheater ausersehen hatte: es war Hendrik Höfgen. Hiergegen sträubte sich der Propagandaminister und mit ihm alle jene hohen Würdenträger der Partei, die von ›radikaler Gesinnung‹, ›hundertprozentige Nationalsozialisten‹ und jedem Kompromiß, besonders in kulturellen Dingen, unerbittlich abgeneigt waren.

»Es geht nicht an, auf einen derart prominenten, repäsentativen Posten einen Mann zu setzen, der nicht zur Partei gehört und die ärgste kulturbolschewistische Vergangenheit hat«, erklärte der Propagandaminister.

»Es ist mir gleichgültig, ob ein Künstler Parteimitglied ist oder nicht. Die Hauptsache ist, daß er etwas kann«, erwiderte der Ministerpräsident, der sich, in seiner großen Macht und Herrlichkeit, oft erschreckend liberale Launen gönnte. »Unter Höfgen werden die Preußischen Staatstheater Kasse machen. Die Intendanz des Herrn von Muck ist ein zu großer Luxus für die Steuerzahler.«

Wenn es um die Karriere seines Protégés und Lieblings ging, dachte der General sogar an die Steuerzahler, was sonst selten geschah.

Der Propagandaminister wandte ein, Cäsar von Muck sei ein Freund des Führers, ein altbewährter Mitkämpfer: es sei unmöglich, ihn einfach vor die Türe zu setzen. Der Fliegergeneral schlug munter vor, man solle den Autor des ›Tannenberg‹-Dramas zum Präsidenten der Dichterakademie machen – ›dort stört er niemanden‹ – und ihn zunächst auf eine schöne Reise schicken.
Der Propagandaminister verlangte telephonisch vom Führer, der zur Erholung in den bayrischen Bergen weilte, er müsse ein Machtwort sprechen und es verhindern, daß man einen zwar talentierten und routinierten, moralisch aber denkbar schlecht qualifizierten Komödianten wie Höfgen zum ersten Theatermann des Reiches erhebe. – Der Ministerpräsident hatte schon zwei Tage vorher einen Boten in die bayrischen Alpen geschickt. Der Führer, der Entscheidungen gerne auswich, ließ antworten: Ihn interessiere der Fall nicht, er habe größere und bedeutungsvollere Dinge im Kopf, die Herren Kameraden möchten das gefälligst unter sich ausmachen.
Die Götter zankten sich. Aus der ganzen Angelegenheit war eine Macht- und Prestigefrage zwischen dem Propagandaminister und dem Ministerpräsidenten, zwischen dem Hinkenden und dem Dicken geworden. Hendrik wartete ab – und wußte kaum, welchen Ausgang er dem Götterstreit wünschen sollte. Einerseits reizte die Aussicht auf die Intendanz gewaltig seine Eitelkeit und Wirkungssucht; auf der anderen Seite gab es Bedenken. Wenn er einen hohen öffentlichen Posten in diesem Staate bekleidete, identifizierte er sich ganz und für immer mit dem Regime: auf Gedeih und Verderb verband er das eigene Schicksal mit dem der blutbefleckten Abenteurer. Wollte er das? War dies seine Absicht gewesen? Gab es nicht Stimmen in seinem Herzen, die ihn vor solchem Schritt warnten? Die Stimmen des schlechten Gewissens, und mit ihnen die Stimmen der Angst? . . .
Die Götter kämpften, die Entscheidung fiel: der Dicke hatte

gesiegt. Er befahl Höfgen zu sich und trug ihm in aller Form die Intendanz der Staatstheater an. Da der Schauspieler mehr verwirrt als entzückt schien und fast Bestürzung anstatt Enthusiasmus zeigte, wurde der Ministerpräsident zornig.
»Ich habe meinen ganzen Einfluß für Sie eingesetzt! Machen Sie jetzt keine Geschichten! Übrigens ist auch der Führer sehr dafür, daß Sie Intendant werden«, log der General.
Hendrik zögerte, teils wegen der inneren Stimmen, die nicht schweigen wollten, teils weil er es genoß, sich bitten zu lassen von der blutbefleckten Macht. Sie brauchen mich, jubelte es in ihm. Beinah war ich schon Emigrant, und jetzt bettelt der Gewaltige, ich solle ihm seine Theater vor der Pleite retten!
Er bat sich vierundzwanzig Stunden Bedenkzeit aus. Der Dicke entließ ihn murrend.
Nachts besprach Hendrik sich mit Nicoletta.
»Ich weiß nicht«, klagte er und schickte unter halbgesenkten Lidern kokette Juwelenblicke ins Leere. »Soll ich – soll ich nicht . . .? Es ist alles so gräßlich schwierig . . .« Er ließ den Kopf in den Nacken sinken und hielt das edle, überanstrengte Gesicht der Decke zugewandt.
»Aber natürlich sollst du!« redete Nicoletta mit einer hohen, scharfen und süßen Stimme. »Du weißt doch selbst ganz genau, daß du sollst – daß du mußt. Dies ist der Sieg, mein Liebling«, girrte sie, wobei sie nicht nur den Mund, sondern den ganzen Körper schlängelte. »Es ist der Triumph! Ich habe immer gewußt, daß er für dich kommen würde.«
Er fragte sie – weiter den kalten, schimmernden Blick der Decke zugewandt –: »Wirst du mir helfen, Nicoletta?«
Sie kauerte vor ihm, zwischen den Kissen des Lagers. Während sie ihn aus ihren schönen, weiten Katzenaugen anstrahlte, antwortete sie, und formte jede Silbe wie eine Kostbarkeit: »Ich werde stolz auf dich sein.«

Am nächsten Tag war leuchtendschönes Wetter; Hendrik beschloß, zu Fuß von seiner Wohnung zum Palais des Ministerpräsidenten zu gehen. Das ungewöhnliche Ereignis dieser ausführlichen Promenade sollte den festlichen Charakter des Tages unterstreichen. Denn war der Tag, an dem Hendrik Höfgen sein Talent, seinen Namen ganz und gar der blutbefleckten Macht zur Verfügung stellte, kein festlicher?
Nicoletta begleitete ihren Freund. Es war ein netter Spaziergang. Die Stimmung der beiden Lustwandelnden war gehoben und munter; leider wurde sie ein wenig getrübt durch eine Begegnung, die sie unterwegs hatten.
In der Nähe des Tiergartens erging sich eine alte Dame, die durch aufrechte Haltung und ein schönes, weißes, hochmütiges Gesicht imponierte. Zu einem perlengrauen Kostüm von etwas altmodischem, aber elegantem Schnitt trug sie einen dreieckigen Hut aus glänzendem, schwarzem Material. Unter dem Hut kamen an den Schläfen steif gedrehte, runde weiße Locken zum Vorschein. Das Haupt der alten Dame glich dem eines Adligen aus dem XVIII. Jahrhundert. Sie ging sehr langsam, mit kleinen aber sicheren Schritten. Um ihre gebrechliche, zarte, jedoch durch Energie gestraffte Figur war die melancholische Würde versunkener Epochen, in denen die Menschen von sich wie von den anderen eine schönere und strengere Haltung verlangt hatten, als sie in unseren betriebsam aufgeregten, aber ziemlich hohlen und fahrlässigen, der totalen Entwürdigung bedenklich zugeneigten Tagen üblich ist.
»Es ist die Generalin«, sagte Nicoletta ehrfurchtsvoll leise; dabei blieb sie stehen. Sie war etwas rot geworden. Auch Hendrik errötete, während er seinen leichten grauen Hut zog und sich tief verneigte.
Die Generalin hob die Lorgnette, die ihr an einer langen Kette aus blauen Halbedelsteinen auf der Brust hing. Durch das Glas musterte sie, ausführlich und gelassen, das junge Paar, welches nur noch einige Schritte von ihr entfernt stand.

Das Gesicht der schönen Greisin blieb unbewegt. Sie erwiderte den Gruß des Schauspielers Höfgen und seiner Begleiterin nicht. War ihr bekannt, wohin diese beiden gingen – welchen Vertrag Hendrik, der mit Barbara verheiratet gewesen war, in einer Stunde unterschreiben würde? Vielleicht ahnte sie es, oder sie ahnte doch etwas von dieser Art. Sie wußte, was sie von Hendrik und Nicoletta zu halten hatte. Sie verfolgte ihre Entwicklung, und sie war entschlossen, nichts mehr zu tun zu haben mit diesen beiden.
Die Lorgnette der Generalin sank leise klappernd herab. Die alte Dame wandte Hendrik und Nicoletta den Rücken. Sie entfernte sich von ihnen, mit kleinen, etwas mühsamen Schritten, denen Energie und eine stolze innere Haltung Festigkeit und selbst einen gewissen Elan verliehen.

X
DIE DROHUNG

Der Intendant war kahlköpfig. Die letzten seidenweichen Strähnen, welche die Natur ihm gelassen hatte, rasierte er sich ab. Seines edel gebildeten Schädels brauchte er sich nicht zu schämen. Mit Würde und Selbstbewußtsein trug er das mephistophelische Haupt, in das der Herr Ministerpräsident sich vergafft hatte. Im fahlen, etwas aufgeschwemmten Gesicht schimmerten die kalten Juwelenaugen so unwiderstehlich wie je. Der empfindliche Leidenszug an den Schläfen rührte zu einem respektvollen Mitleid. Die Wangen begannen ein wenig schlaff zu werden, hingegen hatte das Kinn, mit der markanten Kerbe in der Mitte, seine herrische Schönheit behalten. Vor allem wenn der Intendant es hochreckte, wie dies seine Art war, wirkte es sowohl imponierend als reizend; neigte er indessen das Gesicht, so entstanden Falten am Hals, und es stellte sich heraus, daß er eigentlich ein Doppelkinn besaß.

Der Intendant war schön. Nur Personen, die so scharf blickten wie die alte Frau Generalin durch ihre Lorgnette, glaubten feststellen zu dürfen, daß seine Schönheit nicht ganz echt, nicht ganz legitim und mehr eine Leistung des Willens war als eine Gabe der Natur. »Es verhält sich mit seinem Gesicht so ähnlich wie mit seinen Händen«, behaupteten solche Boshaften und Überkritischen. »Die Hände sind breit und häßlich, aber er weiß sie zu präsentieren, als wären sie spitz und gotisch.«

Der Intendant war sehr würdig. Das Monokel hatte er gegen eine Hornbrille mit breitem Rand vertauscht. Seine Haltung war aufrecht, zusammengenommen, beinah steif. Der Zau-

ber seiner Persönlichkeit ließ das Fett übersehen, das er doch in Wahrheit reichlich ansetzte. Meistens sprach er mit einer leisen, belegten, dabei singenden Stimme, die gebieterische, kokett wehleidige und sinnlich werbende Töne auf diskrete Art miteinander abwechseln ließ und zuweilen, bei festlichen Anlässen, den überraschend aufleuchtenden Metallton hergab.
Jedoch konnte der Intendant auch munter sein. Im Repertoire der Mittel, mit denen er verführte, hatte die typisch rheinische, bei ihm aber übermütig persönlich geprägte Lustigkeit ihren wichtigen Platz. Wie der Intendant zu scherzen verstand, wenn es galt, verdrossene Bühnenarbeiter, widerspenstige Schauspieler oder die schwer zu behandelnden Repräsentanten der Macht für sich zu gewinnen! Er brachte Sonnenschein in ernste Versammlungssäle, er erhellte mit der ihm angeborenen und durch eine lange Routine perfektionierten Schalkhaftigkeit trübe Probenvormittage.
Der Intendant war beliebt. Beinah alle Menschen mochten ihn, rühmten seine Leutseligkeit und waren der Ansicht, er sei ein feiner Kerl. Ihm gegenüber schien sogar die politische Opposition, die nur bei geheimen Zusammenkünften, in sorgfältig verschlossenen Räumen ihre Ansicht äußern konnte, milde gestimmt. Es sei doch ein rechtes Glück – so meinten die, welche mit dem Regime nicht einverstanden waren –, daß auf einem so wichtigen Posten, wie der es war, den Höfgen innehatte, ein deklarierter Nicht-Nationalsozialist sitze. In diesen verschwörerischen Zirkeln wollte man wissen, daß der Chef des Staatstheaters sich dem Minister gegenüber manches leistete und herausnahm. Er hatte Otto Ulrichs an die preußische Bühne gebracht – eine ebenso riskante wie lobenswerte Tat. Seit neuestem hielt er sich sogar einen Privatsekretär, der Jude oder mindestens Halbjude war –: Johannes Lehmann hieß der junge Mensch, er hatte sanfte, goldbraune, etwas ölige Augen und war dem Intendanten ergeben wie ein treuer Hund. Lehmann war zum Pro-

testantismus übergetreten und sehr fromm. Neben germanistischen und theatergeschichtlichen Kollegs hatte er theologische gehört. Für Politik interessierte er sich nicht. »Hendrik Höfgen ist ein großer Mensch«, pflegte er zu sagen und verlieh dieser Meinung in den jüdischen Kreisen, zu denen er durch seine Familie, und in den oppositionell-religiösen, zu denen er durch seine Frömmigkeit Beziehung hatte, eifrig Ausdruck.
Hendrik honorierte den ergebenen Johannes aus eigener Kasse: er ließ es sich etwas kosten, einen Menschen von der Paria-Rasse in seinem Dienste zu haben und, auf solche Weise, den Gegnern des Regimes zu imponieren. Für das Gehalt eines ›arischen‹ Privatsekretärs wäre das Staatstheater aufgekommen; jedoch konnte der Intendant nicht gut die öffentliche Kasse für den Sold eines ›Nicht-Ariers‹ in Anspruch nehmen. Vielleicht hätte ihm der Ministerpräsident sogar diese Laune verziehen. Aber Hendrik legte Wert darauf, das finanzielle Opfer zu bringen. Die zweihundert Mark, die er monatlich zu zahlen hatte und die übrigens in seinem Etat eine minimale, kaum spürbare Rolle spielten, lohnten sich ihm. Denn gerade sie gaben seiner schönen Tat ein besonderes Gewicht und vergrößerten ihre Wirkung. Der Jüngling Johannes Lehmann war ein bedeutender Aktivposten in der Bilanz jener ›Rückversicherungen‹, die Höfgen sich ohne gar zu große Risiken leisten durfte. Er brauchte sie, ohne sie hätte er seine Situation kaum ertragen, sein Glück wäre zerstört worden durch ein schlechtes Gewissen, das wunderlicherweise nie ganz schweigen wollte, und durch eine Angst vor der Zukunft, die den großen Mann zuweilen bis in seine Träume verfolgte.
Im Theater selbst – dort also, wo er als hohe Amtsperson handelte – erschien es ihm keineswegs ratsam, sich gar zuviel herauszunehmen: der Propagandaminister und seine Presse schauten ihm auf die Finger. Der Intendant mußte froh sein, wenn er das Äußerste an künstlerischer Blamage, wenn er

die Aufführung völlig dilettantischer Stücke, das Engagement total unbegabter, nichts-als-blonder Schauspieler verhindern konnte.

Selbstverständlich war das Theater garantiert ›judenrein‹, von den Bühnenarbeitern, Inspizienten und Portiers bis hinauf zu den Stars. Selbstverständlich durfte die Annahme eines Stückes nicht erwogen werden, wenn die Ahnentafel des Verfassers nicht bis ins vierte und fünfte Glied nachweisbar tadellos war. Stücke, in denen sich eine Gesinnung vermuten ließ, die das Regime als anstößig empfinden konnte, kamen ohnedies nicht in Frage. Es war nicht ganz leicht, unter solchen Umständen ein Repertoire zusammenzustellen; denn auch auf die Klassiker konnte man sich nicht verlassen. In Hamburg hatte es bei einer Aufführung des ›Don Carlos‹ demonstrativen und fast aufrührerischen Beifall gegeben, als Marquis Posa vom König Philipp die ›Gedankenfreiheit‹ forderte; in München war eine Neuinszenierung der ›Räuber‹ so lange ausverkauft gewesen, bis die Regierung sie verbot: Schillers Jugendwerk hatte als aktuell-revolutionäres Drama gewirkt und begeistert. Intendant Höfgen wagte sich also weder an den ›Carlos‹ noch an die ›Räuber‹, obwohl er selber gerne sowohl den Marquis Posa als auch den Franz Moor gespielt haben würde. Fast alle modernen Stücke, die bis zum Januar 1933 in den Spielplan einer anspruchsvollen deutschen Bühne gehört hatten – die frühen, noch kraftvollen Werke Gerhart Hauptmanns, die Dramen Wedekinds, Strindbergs, Georg Kaisers, Sternheims –, wurden wegen zersetzend kulturbolschewistischen Geistes scharf und mit Empörung abgelehnt: Intendant Höfgen konnte sich nicht erlauben, eines von ihnen zur Aufführung vorzuschlagen. Die jüngeren Dramatiker von Talent waren beinah ausnahmslos emigriert oder lebten in Deutschland nicht anders denn in der Verbannung. Was sollte Intendant Höfgen spielen lassen in seinen schönen Theatern? Die nationalsozialistischen Dichter – forsche Knaben in schwarzen oder brau-

nen Uniformen – schrieben Dinge, von denen jeder, der etwas vom Theater verstand, sich mit Grausen abwandte. Intendant Höfgen erteilte Aufträge an jene von den militanten Buben, denen er am ehesten einen Funken von Begabung zutraute: an fünf von ihnen ließ er ein paar tausend Mark auszahlen, ehe sie noch mit der Arbeit begonnen hatten, damit er nur endlich ein Stück bekäme. Die Resultate aber fielen jämmerlich aus. Was abgeliefert wurde, waren patriotische Tragödien, die das Machwerk hysterischer Gymnasiasten zu sein schienen. »Es ist wahrhaftig keine Kleinigkeit, in diesem Deutschland auch nur halbwegs vernünftiges Theater zu machen«, äußerte Hendrik im Kreise der Intimen, und stützte sein fahles, überanstrengtes, ein wenig angewidertes Gesicht in die Hände.
Die Situation war sehr schwierig, aber Intendant Höfgen war sehr geschickt. Da es keine modernen Lustspiele gab, entdeckte er alte Possen und hatte starke Erfolge mit ihnen; monatelang machte er volle Häuser mit einer verstaubten französischen Komödie, über die unsere Großväter sich amüsiert hatten. Er selber spielte die Hauptrolle, zeigte sich dem Publikum in einem wunderbar bestickten Rokokokostüm, sein köstlich geschminktes Gesicht wirkte mit einem schwarzen Schönheitspflästerchen am Kinn derartig pikant, daß alle Weiber im Parkett vor Wonne kicherten, als hätte man sie gekitzelt, seine Gebärden hatten eine Beschwingtheit, seine Konversation eine Verve, die den wacker fabrizierten Großvater-Scherz wirken ließen wie den glanzvollsten modernen Reißer. – Da Schiller, mit seiner ewigen Beschwörung der Freiheit, anrüchig war, bevorzugte der Intendant Shakespeare, den die maßgebende Presse als den großen Germanen, als das völkische Genie par excellence proklamiert hatte. – Lotte Lindenthal, Favoritin eines Halbgottes und repräsentative Menschendarstellerin des neuen Deutschland, konnte es wagen, als Minna von Barnhelm aufzutreten – also in einer Komödie, deren Verfasser für

seine Judenfreundlichkeit ebenso unliebsam bekannt war wie für seine gänzlich unzeitgemäße Liebe zur Vernunft. Weil die Lindenthal mit dem Fliegergeneral buhlte, verzieh man Gotthold Ephraim Lessing seinen ›Nathan der Weise‹. Auch die ›Minna von Barnhelm‹ machte gute Kasse. Die Einnahmen der Staatlichen Bühnen, die unter der Direktion des Dichters Cäsar von Muck so miserabel gewesen waren, verbesserten sich zusehends, dank der Gewandtheit des neuen Intendanten.
Cäsar von Muck, der im besonderen Auftrag des Führers eine Vortrags- und Propaganda-Tournee durch Europa unternahm, hätte Anlaß gehabt, sich über die Triumphe seines Nachfolgers zu ärgern. Er ärgerte sich in der Tat, zeigte es aber nicht, sondern schrieb Ansichtskarten an seinen ›Freund Hendrik‹ aus Palermo oder aus Kopenhagen. Auf ihnen ward er nicht müde zu betonen, wie schön und herrlich es sei, so in Freiheit durch die Lande zu streifen. ›Wir Dichter sind doch alle Vagabunden‹, schrieb er aus dem Grand Hotel in Stockholm. Er hatte reichlich Devisen mitbekommen. In seinen teils lyrisch, teils militant gestimmten Feuilletons, die alle Zeitungen in großer Aufmachung publizieren mußten, war viel von Luxusrestaurants, reservierten Theaterlogen und Empfängen auf Botschaften die Rede. Der Schöpfer der ›Tannenberg‹-Tragödie entdeckte seine Neigung für die große Welt. Anderseits faßte er seine Lustpartie als erhabene sittliche Sendung auf. Der mondän-poetische Agent der deutschen Diktatur im Ausland liebte es, seine suspekte Tätigkeit als ›Seelsorgerberuf‹ zu bezeichnen und zu betonen, daß er nicht mit Bestechungsgeldern für das Dritte Reich werben wolle, wie etwa sein Chef – der Hinkende – dies tat; vielmehr mit kleinen zarten Liebesliedern. Überall hatte er Abenteuer, die so reizend wie bedeutsam waren. In Oslo zum Beispiel erreichte ihn ein Anruf aus der nördlichsten Telephonzelle Europas. Eine besorgte Stimme fragte ihn aus der Polargegend: ›Wie ist es in Deutschland?‹ Da versuchte

der seelsorgerische Globetrotter mit aller Andacht ein paar Sätze zu formen, die wie eine Hand voll Märzenbecher, Schneeglöckchen und erste Veilchen in der Dunkelheit drüben erblühen sollen. – Überall war es nett, nur in Paris fühlte der Sänger der Schlacht von den Masurischen Sümpfen sich unbehaglich. Denn dort irritierte ihn ein militaristisch-kriegerischer Geist, der ihm fremd war und den er nicht mochte. ›Paris ist gefährlich‹, berichtete der Dichter nach Hause, und er dachte mit ernster Rührung an den feierlichen Frieden, der in Potsdam herrscht. – Nur ganz nebenbei, zwischen all den starken Erlebnissen, die seine Reise für ihn mit sich brachte, intrigierte Herr von Muck, brieflich und telephonisch, ein wenig gegen seinen Freund Hendrik Höfgen. Der deutsche Dichter hatte in Paris, durch irgendwelche Spione – Agenten der Geheimen Staatspolizei oder Mitglieder der Deutschen Botschaft – herausbekommen, daß es dort eine Negerin gab, die in unstatthaften und häßlichen Beziehungen zu Höfgen gestanden hatte und auch heute noch von ihm erhalten wurde. Cäsar überwand die ihm angeborene Aversion gegen welsche Unmoral und begab sich in das zweifelhafte Etablissement am Montmartre, wo Prinzessin Tebab als Vögelchen wirkte. Er bestellte Champagner für sich und die schwarze Dame; als diese aber erfuhr, daß er aus Berlin komme und etwas über Hendrik Höfgens erotische Vergangenheit zu wissen wünsche, sprach sie einige verächtliche und derbe Worte, stand auf, streckte ihm das schöne Hinterteil hin, von dem grüner Federnschmuck wallte, und begleitete diese Gebärde auch noch mit einem Geräusch, welches ihre gespitzten Lippen produzierten, und das die fatalsten Assoziationen hervorrufen mußte. Das ganze Lokal amüsierte sich. Der deutsche Barde war auf lächerliche und blamable Art abgefahren. Er machte drohende Stahlaugen, schlug mit der Faust auf den Tisch, äußerte mehrere sächsisch akzentuierte Sätze der Entrüstung und verließ das Lokal. Noch in derselben Nacht unterrichtete er telephonisch den Propagandaminister davon, daß mit dem Liebesleben des neuen Intendanten irgendwie nicht alles in Ordnung sein könne. Ohne Frage: hier waltete ein trübes Geheimnis, und der Liebling des Ministerpräsidenten bot Angriffsflächen. Der Propagandaminister dankte seinem Freunde, dem Dichter, aufs lebhafteste für die interessanten Mitteilungen. Aber wie schwer war es nun schon geworden, dem ersten Theatermann des Reiches, dem großen Liebling der Mächtigen und des Publikums etwas anzuhaben! Hendrik wurde allgemein geschätzt, er saß fest im Sattel. Auch sein Privatleben machte den günstigsten Eindruck. Auf eine gewisse nervöse und eigenwillig originelle Art hatte der junge Herr Intendant, im Rahmen seiner Häuslichkeit, geradezu etwas Patriarchalisches bekommen.

Hendrik hatte sich seine Eltern und Schwester Josy aus Köln nach Berlin kommen lassen. Mit ihnen bewohnte er eine große, schloßartige Villa im Grunewald. In der Etage am Reichskanzlerplatz, über die der Mietvertrag noch für einige Monate lief, logierte vorläufig Nicoletta. Die Villa mit Park, Tennisplatz, schönen Terrassen und geräumigen Garagen gab dem jungen Intendanten das Relief, den hochherrschaftlichen Hintergrund, den er nun brauchte und wollte. Wie lange war es her, daß er auf leichten Spangenschuhen, mit flatterndem Ledermantel, das Monokel vorm Auge – eine auffallende und beinah komische Erscheinung – durch die Straßen geeilt war? Noch am Reichskanzlerplatz war er Bohemien gewesen, wenn auch Bohemien mit luxuriösem Lebensstil. Im Grunewald aber wurde er Grandseigneur. Geld spielte keine Rolle: wenn es sich um ihre Favoriten handelte, war die Hölle nicht geizig, die Unterwelt zahlte, der Schauspieler Höfgen, der vom Leben nichts beansprucht hatte als ein reines Hemd und eine Flasche Eau de Cologne auf dem Nachttisch, konnte sich Rennpferde, große Dienerschaft und einen ganzen Park von Automobilen leisten. Niemand, oder fast niemand, nahm Anstoß an dem Pomp, den

er entfaltete. In allen Illustrierten war das schöne Milieu zu sehen, in dem der junge Herr Intendant sich von anstrengender Arbeit erholte – ›Hendrik Höfgen, im Garten seiner Besitzung den berühmten Rassehund Hoppi fütternd‹, ›Hendrik Höfgen, im Renaissance-Speisezimmer seiner Villa mit seiner Mutter beim Frühstück‹ –, und die meisten Leute fanden es recht und billig, daß ein Mann, der sich um das Vaterland derartige Verdienste erwarb, auch seinerseits stark verdiente. Übrigens war ja all die Pracht, mit welcher der Intendant sich umgab, klein und bescheiden, verglichen mit dem märchenhaften Aufwand, den sein gewaltiger Herr und Freund, der Fliegergeneral, sich vor den Augen der Volksgemeinschaft provokant und prahlerisch gönnte ...
Die Grunewald-Villa war das Eigentum des jungen Intendanten; er nannte sie ›Hendrik-Hall‹ und hatte sie einem jüdischen Bankdirektor, der nach London übersiedelt war, für eine relativ niedrige Summe abgekauft. In ›Hendrik-Hall‹ war alles höchst fein und gewiß ebenso großartig, wie es im Palais des ›Professors‹ gewesen war. Die Diener trugen schwarze Livreen mit silbernen Borten, nur der kleine Böck durfte ein wenig schlampig umhergehen. Meistens zeigte er sich in einer schmutzigen, blau und weiß gestreiften Jacke; zuweilen in der braunen SA-Uniform. Der törichte Bursche mit den wäßrigen Augen und dem harten Haar, das ihm immer noch wie eine Bürste vom Schädel stand, genoß eine besondere und bevorzugte Stellung in Hendrik-Hall. Ihn bewahrte der Schloßherr wie ein drolliges kleines Andenken an vergangene Zeiten. Der kleine Böck war im Grunde eigens dafür engagiert, um sich beständig über die wundersame Verwandlung seines Meisters zu erstaunen und entzücken. Das tat er denn auch und sagte täglich mindestens einmal: »Nein, wie schön und reich wir geworden sind! Es ist doch nicht zu schildern! Wenn ich daran denke, daß wir uns einmal sieben Mark fünfzig haben pumpen müssen, um abendessen zu können!« Der kleine Böck kicherte ehrfurchtsvoll

und gerührt bei der Erinnerung. – »Ein braves Tier«, sagte Höfgen von ihm. »Er ist mir auch in schlechten Zeiten treu gewesen.« – Die betonte Freundlichkeit, mit der er vom kleinen Böck sprach, schien einen geheimen Trotz zu enthalten. Wem galt er, gegen wen richtete er sich? War es nicht Barbara gewesen, die ihm seinen Böck, den ergebenen Knecht, nicht hatte gönnen wollen? In der Hamburger Wohnung war nur ein Fräulein geduldet worden, das ihren zehnjährigen Dienst auf dem Gute der Generalin hinter sich hatte – damit sich nur ja nichts änderte im Leben der gnädigen Frau, der Geheimratstochter. Hendrik, in all seinem Glanz, konnte die kleinsten Niederlagen der Vergangenheit nie vergessen.
»Jetzt bin *ich* Herr im Hause!« sagte er.
Jetzt war er Herr im Hause, über dessen Schwelle beinah nur noch Menschen kamen, die mit Bewunderung und Ehrfurcht auf ihn blickten. Die Familie, die er an seines Daseins festlicher Schönheit teilhaben ließ, bekam auch seine Launen zu spüren. Hendrik veranstaltete zuweilen gemütliche Abende am Kaminfeuer oder reizende Sonntagvormittage im Garten. Häufiger aber geschah es, daß er sein fahles, beleidigtes Gouvernantengesicht zeigte, sich in seine Gemächer verschloß und vorwurfsvoll behauptete, er leide an schwerer Migräne – ›weil ich so sehr viel arbeiten muß, um für euch das Geld herbeizuschaffen, ihr Nichtstuer‹: dies sagte er nicht, deutete es jedoch drastisch an durch leidendes und gereiztes Wesen. »Kümmert euch nicht um mich!« riet er den Seinen, und nahm es dann nachhaltig übel, wenn man wirklich ein paar Stunden lang nicht nach ihm sah.
Am besten verstand es seine Mutter Bella, mit ihm auszukommen. Sie behandelte ihren ›großen Jungen‹ sehr sanft, aber nicht ohne zärtliche Bestimmtheit. Ihr gegenüber wagte er es selten, sich gar zuviel herauszunehmen. Übrigens hing er wirklich an ihr und war auch stolz auf seine distinguierte Mama. Sie hatte sich sehr zu ihrem Vorteil verändert und zeigte sich ihrer neuen, anspruchsvollen Situation durchaus

gewachsen. Den großen Haushalt ihres berühmten Sohnes verstand sie mit würdevollem Takt und erfahrener Umsicht zu führen. Hätte der eleganten Matrone noch irgend jemand ansehen können, daß sie der Gegenstand übler Klatschereien gewesen war, als sie aus wohltätigen Gründen im Sektzelt ihres Amtes gewaltet hatte? Das lag weit zurück, niemand wußte mehr von den dummen alten Geschichten. Aus Frau Bella war eine dezent zurückhaltende, aber doch nicht zu übersehende Figur der Berliner Gesellschaft geworden. Sie war dem Herrn Ministerpräsidenten vorgestellt und verkehrte in den wichtigsten Häusern. Unter der adretten grauen Dauerwellen-Frisur hatte ihr intelligentes, fröhliches Gesicht, dem das Antlitz ihres berühmten Sohnes so sehr glich, immer noch frische Farben. Frau Bella kleidete sich einfach, aber mit Sorgfalt. Sie bevorzugte dunkelgraue Seide im Winter, perlgraue während der warmen Zeit. Perlgrau war das Kostüm gewesen, das Frau Bella vor Jahren an der schönen Großmutter ihrer Schwiegertochter bewundert hatte. Mutter Höfgen bedauerte es von Herzen, daß die Generalin nicht in der Grunewald-Villa verkehrte. »Ich würde die alte Dame gerne bei uns empfangen«, äußerte sie, »obwohl sie ja etwas jüdisches Blut haben soll. Darüber könnten wir uns hinwegsetzen – findest du nicht auch, Hendrik? Aber sie hat es noch nicht einmal der Mühe wert gefunden, Karten bei uns abzugeben. Sind wir ihr etwa immer noch nicht fein genug? – Viel Geld scheint sie doch auch nicht mehr zu haben«, schloß Frau Bella und schüttelte, halb mitleidig, halb pikiert, den Kopf. »Sie sollte froh sein, wenn eine anständige Familie sich noch ihrer annehmen will.« –

Leider war mit Vater Köbes nicht derselbe Staat wie mit Frau Bella zu machen. Er hatte sich zum Sonderling entwickelt, lief tagaus, tagein in einer alten Hausjacke aus Flanell herum, interessierte sich hauptsächlich für Kursbücher, in denen er stundenlang blätterte, und für eine kleine Sammlung von Kakteen, die er auf dem Fensterbrett hegte; er rasierte sich zu selten und versteckte sich, wenn Gäste kamen. Sein rheinischer Witz war ihm total abhanden gekommen. Meistens schwieg er und starrte etwas blöde vor sich hin. Er hatte Heimweh nach Köln, obwohl ihm doch dort der Gerichtsvollzieher nicht mehr aus der Wohnung gewichen war und all seine geschäftlichen Unternehmungen ein so übles Ende gefunden hatten. Aber der Kampf, den er mit Leichtsinn und Zähigkeit um seine Existenz hatte führen müssen, war ihm besser bekommen als das Nichtstun am Herde seines arrivierten Sohnes. Hendriks Ruhm und Glanz waren ein Gegenstand der beständigen Verwunderung, fast des Grames für den alten Mann. »Nein, wie konnte das nur passieren!« murmelte er, als hätte ein Unglücksfall sich ereignet. Jeden Morgen betrachtete er sich bestürzt den Stoß von Briefen, der für seinen mächtigen und vielgeliebten Sprößling eingetroffen war. Wenn Johannes Lehmann sich mit Arbeit gar zu überlastet fand, bat er zuweilen Vater Köbes darum, ihm diese oder jene Kleinigkeit abzunehmen. So verbrachte der Alte manchen Vormittag damit, Photographien seines Sohnes zu signieren; denn er konnte Hendriks Handschrift besser nachahmen, als der Sekretär es fertigbrachte. Wenn der Intendant besonders sanfter Stimmung war, geschah es wohl, daß er seinen Vater einmal fragte: »Wie geht es dir denn, Papa? Du wirkst oft so niedergeschlagen. Es fehlt dir doch nichts? Du langweilst dich doch nicht in meinem Hause?« – »Nein nein«, brummte Vater Köbes, der etwas rot wurde unter all seinen Stoppeln. »Ich habe doch so viel Freude an meinen Kakteen und an den Hunden.« – Den Hunden durfte nur er zu fressen geben, er ließ keinen Diener an sie heran. Täglich machte er mit den schönen Windspielen einen großen Spaziergang, während Hendrik sich nur mit ihnen photographieren ließ. Die Tiere liebten Vater Köbes, gegen Hendrik aber waren sie scheu, weil dieser im Grunde seinerseits Angst vor ihnen hatte. »Sie sind bissig«, behauptete er; so sehr auch Vater Köbes widersprechen mochte, Hendrik blieb dabei: »Besonders Hoppi ist bissig. Er wird mir sicher plötzlich einmal etwas Scheußliches antun.« –

Schwester Josy hatte ein kokett eingerichtetes Appartement im oberen Stockwerk der Villa. Aber sie war viel auf Reisen und ließ es häufig unbewohnt. Seit ihr Bruder zur Macht gehörte, ließ man Fräulein Höfgen überall am Rundfunk singen. Sie brachte flotte Piecen in rheinischer Mundart, man sah ihr niedliches Gesicht in allen Radiozeitschriften, und sie hatte häufig Gelegenheit, sich zu verloben. Das tat sie denn auch, aber nun durfte natürlich nicht mehr der erste beste um ihre Hand bitten, nur noch standesgemäße Verbindungen kamen in Frage, junge Herren in SS-Uniform wurden bevorzugt, ihre dekorativen Figuren belebten Hendrik-Hall. »Den Grafen Donnersberg werde ich wirklich heiraten«, verhieß Josy. Ihr Bruder äußerte Skepsis, Josy mußte weinen, »du bist immer so spöttisch zu mir«, brachte sie hervor. Frau Bella tröstete sie, auch Hendrik mochte es nicht, wenn sie Tränen vergoß, alle versicherten ihr, sie sei so hübsch geworden. Wirklich sah sie jetzt viel attraktiver aus als damals, da Barbara ihre Bekanntschaft auf dem Bahnsteig der süddeutschen Universitätsstadt gemacht hatte. Es lag vielleicht auch daran, daß sie sich jetzt teure Kleider leisten konnte. Den Sattel von Sommersprossen auf dem kekken Näschen hatte sie, durch eine umständliche kosmetische Behandlung, beinahe ganz entfernt. »Dagobert hat damit gedroht, die Verlobung aufzulösen, wenn die Sommersprossen nicht verschwinden«, sagte sie.

Auch der junge Dagobert von Donnersberg hatte seine Launen, nicht nur Hendrik durfte sich welche leisten. Höfgen hatte den Grafen im Hause der Lindenthal kennengelernt, die sich gerne mit Aristokraten umgab. Dagobert – der ebenso hübsch wie unbemittelt, ebenso dumm wie verwöhnt war – wurde sofort nach Hendrik-Hall eingeladen. Fräulein Josy machte ihm den Vorschlag, mit ihr auszureiten. Hendrik bewegte seine schönen Pferde zu wenig: seine Zeit war kostbar, und übrigens machte ihm das Reiten kein Vergnügen. Er hatte es für Filmaufnahmen mit Mühe erlernt, und er wußte, daß er schlecht im Sattel saß. Die Tiere hielt er sich eigentlich nur, weil sie sich gut auf den Photos der Illustrierten ausnahmen; ganz heimlicherweise und ohne daß er sich dies selber jemals zugegeben hätte, waren vielleicht auch die Pferde, wie der kleine Böck, eine späte und verzweifelt sinnlose Rache an Barbara, die ihn mit ihren Morgenritten so oft geärgert hatte. Barbara aber war fern, sie wußte nichts von den Pferden, sie kümmerte sich in Paris um die politischen Flüchtlinge und um eine kleine aggressive Revue, für die sie Abonnenten im Balkan und in Südamerika, in Skandinavien und im Fernen Osten warb ... Fräulein Josy und ihr Dagobert ritten ins Freie. Der junge Graf verliebte sich ein wenig in das muntere Mädchen. Da sie Wert darauf zu legen schien, verlobte er sich sogar mit ihr, hörte aber natürlich trotzdem nicht auf, nach Damen, die mehr Geld für seinen Titel würden zahlen können, Umschau zu halten. Zunächst jedoch hatte er es nicht eilig damit, die kleine Höfgen wieder zu verlassen, und hielt es auch nicht für ratsam, eine Familie zu brüskieren, die den persönlichen Umgang des Ministerpräsidenten genoß. Übrigens fand Dagobert es ganz amüsant in Hendrik-Hall.

Der Intendant versuchte, sein Haus im englischen Stil zu halten. Den Whisky und die Marmeladen bezog Frau Bella direkt aus London. Man aß sehr viel Toast, saß mit Vorliebe am offenen Kaminfeuer, spielte Tennis oder Krokett im Garten, und am Sonntag, falls der Hausherr spielfrei war, trafen die Gäste schon zum Lunch ein, um bis in die Nacht hinein zu bleiben. Nach dem Dinner wurde auf der Diele getanzt. Hendrik zog sich den Smoking an und behauptete, sich abends in diesem Kleidungsstück am wohlsten zu fühlen. Auch Josy und Nicoletta machten sich niedlich. Bisweilen hatte die kleine Gesellschaft plötzlich tolle Launen: man fuhr, noch am späten Nachmittag, in drei Automobilen nach Hamburg, um in St. Pauli bummeln zu gehen. »Autos gibt es ja hier genug«, sagte Graf Donnersberg mit einer kleinen Nuance von Bitterkeit: manchmal ärgerte er sich darüber, daß der Komödiant im Gelde schwamm, während er, der Aristokrat, keines hatte. – Der Intendant besaß drei große Wagen und mehrere kleine. Die schönste Maschine – ein riesiger Mercedes mit glitzernd silberner Karrosserie – war ein Geschenk des Herrn Ministerpräsidenten: der dicke Gönner war aufmerksam genug gewesen, das prachtvolle Fahrzeug in den Grunewald bringen zu lassen, als Hendrik sein neues Heim bezog.

Der Intendant gab nicht gerne und nur selten große Gesellschaften; aber er liebte es, zwanglos Gäste in Hendrik-Hall zu versammeln. – Nicoletta gehörte ganz zur Familie. Sie erschien unangemeldet zu den Mahlzeiten, beriet Hendrik in beruflichen Angelegenheiten, und übers Weekend kam sie mit einem Handkoffer an. Es war ein ziemlich umfangreiches Gepäckstück – zu umfangreich eigentlich, um nur ein Abendkleid, ein Pyjama und eine Puderquaste zu enthalten. Josy, von Neugier geplagt, schaute heimlich nach, was sonst noch in ihm verborgen sein mochte. Zu ihrem Erstaunen entdeckte sie ein Paar hoher Stiefel, angefertigt aus grellrotem, geschmeidigem Lackleder.

Nicoletta war im Begriff, sich von Theophil Marder scheiden zu lassen. »Ich bin wieder Schauspielerin«, schrieb sie ihm. »Dich liebe ich immer, dich werde ich mein Leben lang verehren. Aber es macht mich selig, wieder arbeiten zu dürfen. In unserem neuen Deutschland herrscht ein allgemeiner Auftrieb, ein enthusiastischer Wille zur Arbeit, von dem dir, in deiner Einsamkeit, jede Vorstellung fehlt.« – Eine der ersten Amtshandlungen des Intendanten Höfgen war es gewesen, Nicoletta ans Staatstheater zu engagieren. Sie hatte noch nicht wieder einen Erfolg gehabt, der sich mit ihrem Hamburger Triumph vergleichen ließ. Jedoch wich allmählich die Erstarrung von ihr; Stimme und Bewegungen begannen sich zu lockern und zu beleben. »Paß auf, du lernst das Theaterspielen wieder!« verhieß ihr Hendrik. »Eigentlich hätte man dich ja auf keine Bühne mehr lassen sollen, du Närrin! Was du damals in Hamburg angestellt hast, war gar zu frevelhaft – ich meine jetzt: nicht in bezug auf den armen Kroge, sondern dir selbst gegenüber.« – Übrigens hätte Nicoletta sich als Aktrice noch so ungeschickt anstellen können, sie wäre in jedem Fall von den Kollegen und von der Presse mit dem gewähltesten Respekt behandelt worden; denn sie galt als die Freundin des Intendanten. Man wußte, daß sie auf den großen Mann Einfluß hatte. Bei repräsentativen Gelegenheiten zeigte sie sich an seiner Seite. Klirrend im Panzer ihrer metallenen Abendtoilette begleitete sie ihn zum Presseball. Was für ein Paar: Hendrik und Nicoletta – beide von einem etwas gräßlichen Liebreiz, zwei gefährliche und schauerlich charmante Gottheiten der Unterwelt. Der Dichter Benjamin Pelz war es, der den Einfall hatte, sie als ›Oberon und Titania‹ zu bezeichnen. »Ihr führt den Tanz, ihr unterirdischen Majestäten!« schwärmte der Lyriker, für den die Diktatur des rassistischen Faschismus eine Art von blutig-phantastischem Sommernachtstraum bedeutete. »Ihr verzaubert uns mit eurem Lächeln und mit euren wundersamen Blicken. Ach, wie gerne vertrauen wir uns euch an! Ihr geleitet uns unter die Erde, in die tiefste Schicht, in die magische Höhle, wo das Blut von den Wänden rauscht, wo die Kämpfenden sich begatten, die Liebenden sich töten, wo Liebe, Tod und Blut in orgiastischer Kommunion sich vermischen ...« Dieses war das neudeutsche Ballgeflüster in seiner feinsten, anspruchsvollsten Form. Der Dichter Benjamin Pelz beherrschte den Stil. Einst war er ein wenig weltfremd gewesen, nun aber wurde er immer gesellschaftsfähiger und gewandter. Er gewöhnte sich rasch an die große Welt, in deren exklusive Zirkel seine hochmoderne Vorliebe für die tiefsten Schichten, die magische Höhle und das süße

Parfüm der Verwesung ihm Eintritt verschaffte. Er leitete als Vizepräsident die Geschäfte der Dichterakademie, deren Erster Präsident, Cäsar von Muck, seinem Seelsorgerberuf augenblicklich im Ausland nachging. In Hendrik-Hall war Benjamin ein gern gesehener Gast. Zusammen mit den Herren Müller-Andreä, Doktor Ihrig und Pierre Larue gehörte er zu den regelmäßigen Besuchern der Grunewald-Villa.
Alle Kavaliere machten sich eine Ehre und ein Vergnügen daraus, der distinguierten Frau Bella die Hand zu küssen und dem Fräulein Josy zu versichern, wie reizend sie aussehe. Pierre Larue flirtete ein bißchen mit dem kleinen Böck, was wohlwollend geduldet wurde. Besonders lustige Stunden hatte man, wenn Charakterspieler Joachim mit seiner amüsanten Gattin vorfuhr, sehr viel Bier kommen ließ, sein fleischiges Gesicht in die ausdrucksvollsten Falten legte, und nicht müde ward, zu betonen, daß es ›Kinder, sagt was ihr wollt!‹ – eben doch nirgends auf der Welt so schön sei wie im Grunewald. Manchmal zog Joachim jemanden in eine Ecke, um ihm zu versichern, daß bei ihm – ›Hand aufs Herz!‹ – alles in Ordnung sei. ›Vor ein paar Tagen habe ich erst wieder einen einsperren lassen müssen, der das Gegenteil behauptet hatte‹, erklärte der Charakterspieler und bekam kleine tückische Augen.
Manchmal erschien Angelika Siebert, die jetzt einen anderen Namen führte; denn sie hatte ihren Filmregisseur geheiratet. Der junge Gatte war ein schöner Mensch; zu üppigem, kastanienbraunem Haar hatte er tiefblaue, ernste und große Augen. Er, als der einzige in dieser etwas degenerierten Gesellschaft, sah so aus, wie ein einfaches Herz sich den deutschen Helden, den Jünglings-Ritter ohne Furcht und Tadel vorstellen mag. Gerade er aber zeigte, überraschenderweise, oppositionelle Neigungen. Sein kindlich-grüblerischer Sinn war längst nicht mit allem einverstanden, was in Deutschland geschah. Ursprünglich war er begeistert für die Nazis gewesen; um so größer war nun seine Enttäuschung. Mit

ernsten, dringlichen Fragen wandte er sich an Höfgen, für dessen Talent und künstlerisches Können er eine echte Bewunderung empfand. »Sie haben doch einen gewissen Einfluß auf die höchsten Stellen«, sagte der junge Mann. »Ist es Ihnen denn nicht möglich, manche gar zu krassen Furchtbarkeiten zu verhindern? Es ist Ihre Pflicht, den Herrn Ministerpräsidenten auf die Zustände in den Konzentrationslagern hinzuweisen . . .« Das helle und brave Gesicht des jungen Ritters ohne Furcht und Tadel rötete sich vor Eifer, während er sprach.

Hendrik aber bewegte enerviert den Kopf. »Was wollen Sie, junger Freund?« machte er ungeduldig. »Was verlangen Sie denn von mir? Soll ich den Niagarafall mit einem Regenschirm aufhalten? Halten Sie das für ein aussichtsreiches Unternehmen? – Na also!« schloß er keck und in einem Ton, als hätte er nun den anderen definitiv widerlegt und für sich gewonnen. »Na also!« Dabei lächelte er aasig.

Zuweilen beliebte es dem Intendanten, seine Taktik völlig zu ändern. Mit einem zynischen Übermut verzichtete er plötzlich auf alle Beschönigungen und Entschuldigungen; eilte, das Antlitz von einer hellen, nervösen Röte übergossen – die jedoch keine Schamröte war – und geschüttelt von Lachen durchs Zimmer, um immer wieder, halb klagend und halb triumphierend, auszurufen: »*Bin* ich nicht ein Schurke? Bin ich nicht ein ganz *unwahrscheinlicher* Schurke?« Der Freundeskreis amüsierte sich, Josy klatschte sogar in die Hände vor Vergnügen. Nur der junge Ritter ohne Furcht und Tadel bekam ein strenges, abweisendes Gesicht, während Johannes Lehmann, dessen Augen das fette Schimmern von Öl hatten, wehmütig lächelte und Angelika traurig und bestürzt auf ihren Freund schaute, um dessentwillen sie so viel Tränen vergossen hatte.

Natürlich sprach Hendrik weder von der Wucht der Niagarafälle noch von der eigenen unwahrscheinlichen Schurkenhaftigkeit, wenn Gäste da waren, die in gar zu intimen Bezie-

hungen zur Macht standen, oder gar selber einen Teil von ihr bedeuteten. Schon in der Gegenwart des Grafen Donnersberg hütete der Intendant sich vor unvorsichtigen Reden. Die äußerste Vorsicht aber wußte er mit der strahlendsten Heiterkeit zu verbinden, wenn Lotte Lindenthal ihm die Ehre ihres Besuches gab.
Es geschah nicht ganz selten, daß die ährenblonde mütterliche Frau in Hendrik-Hall für eine Partie Tischtennis oder ein Tänzchen mit dem Hausherrn erschien. Was für ein Fest war dies stets! Mutter Bella ließ auffahren, was die Vorratskammern an Feinstem boten, Nicoletta erging sich in scharf akzentuierten Komplimenten über die veilchenblauen Augen der hohen Frau, Pierre Larue kümmerte sich nicht mehr um den kleinen Böck, und sogar Vater Köbes warf durch die Türritze einen Blick auf die hochbusige Dame, die mit dem silbrigen Gelächter jungmädchenhaften Übermutes die Räume erfüllte.
Wer aber entstieg der riesenhaften Limousine, die nun, mit dem bedrohlichen Geräusch eines Flugzeuges, unter dem Portal von Hendrik-Hall hielt? Vor wem flog die Haustüre auf? Wer lärmte säbelrasselnd im Vorraum? Wer schob seinen enormen Bauch, der über den Säulenbeinen schwankte, seine majestätisch vorgewölbte, vor Orden blitzende Brust in die ehrfurchtsvoll erstarrte Versammlung? Er war es, der Dicke, der mit dem Schwerte am göttlichen Throne die Wacht hält. Er kam, um seine Lotte abzuholen und um seinem Mephisto eben mal guten Abend zu wünschen.
Die Lindenthal flog ihm an den Hals. Frau Bella aber, der beinah übel wurde vor Stolz und Aufregung, brachte hervor – und es klang wie ein Stöhnen –:
»Exzellenz – Herr Ministerpräsident –, darf ich Ihnen irgend etwas kommen lassen? Eine kleine Erfrischung? Vielleicht ein Glas Sekt . . .?«
Viele Leute trafen sich in Hendrik-Hall, angezogen durch den Ruhm und die Liebenswürdigkeit des Hausherrn, die

soignierte Küche, den Weinkeller, die Tennisplätze, die ausgewählt guten Grammophonplatten, den ganzen imposanten Luxus des Milieus. Mancherlei Personen verbrachten hier die angenehmsten Mittags-, Nachmittags- und Abendstunden: Schauspieler und Generäle, Lyriker und hohe Beamte, Journalisten und exotische Diplomaten, Mätressen und Komödiantinnen. Ein paar Menschen indessen, die in vergangenen Zeiten recht intime Beziehungen zu Hendrik Höfgen gehabt hatten, nahmen nicht teil an diesem heiterüppigen Treiben. Die Generalin ließ sich nicht sehen in Hendrik-Hall, vergeblich wartete Frau Bella auf ihre Visitenkarte. Die alte Dame hatte ihr Gut verkaufen müssen und lebte in einer kleinen Wohnung nicht weit vom Tiergarten. Mehr und mehr verlor sie den Kontakt zu der Berliner Gesellschaft, in der sie einst eine so brillante Rolle gespielt hatte. »Mir liegt nichts daran, in Häusern zu verkehren, wo ich Begegnungen mit Mördern, Sittlichkeitsverbrechern oder Irrsinnigen ausgesetzt bin«, erklärte sie stolz und ließ klappernd die Lorgnette sinken, durch die sie ihren Gesprächspartner fixiert hatte. Vielleicht vermutete sie, daß man auch in Hendrik-Hall Gefahr laufe, kriminelle oder pathologische Figuren anzutreffen – ein nicht nur unbegründeter, sondern sogar frevelhafter Verdacht, da er sich auf ein Haus bezog, in dem die Regierungsmitglieder ein und aus gingen.

Noch jemand, der sich von der Besitzung des Intendanten fernhielt, war Otto Ulrichs. Er wurde nicht eingeladen, und er hätte die Einladung, wenn eine solche an ihn ergangen wäre, wohl kaum akzeptiert. Er war stark beschäftigt, und zwar beschäftigt auf eine Art, welche die Kräfte des Körpers wie die der Seele mit großer Heftigkeit in Anspruch nimmt. Übrigens begann Ulrichs das Bild, das er sich vor vielen Jahren von seinem Kameraden Hendrik gemacht und seitdem mit so viel Treue und Geduld im Herzen bewahrt hatte, allmählich zu revidieren. Ulrichs war ein sehr gutmütiger und sogar weicher Mensch gewesen, bei allem revolutionären Elan. Zu Höfgen hatte er ein großes, unerschütterliches Vertrauen gehabt. ›Hendrik gehört zu uns!‹ hatte er mit seiner warmen, überzeugenden Stimme jedem geantwortet, der Zweifel an der moralischen und politischen Zuverlässigkeit seines Freundes laut werden ließ. Hendrik gehört zu uns! Mit vielen Illusionen hatte er Schluß gemacht, unter anderem auch mit denen, die Hendrik Höfgen betrafen. Er war nicht mehr gutmütig und nicht mehr weich. Sein Blick hatte einen drohenden, fast lauernden Ernst bekommen, der ihm früher fremd gewesen war. Seine Augen hatten ihre sympathische Offenheit eingebüßt; was sie dafür nun besaßen, war eine genau abwägende, durchdringende, ruhige und gesammelte Kraft.

Otto Ulrichs hatte jetzt den gespannten, lauschenden Gesichtsausdruck, die zugleich vorsichtigen und kühnen, sprung- und fluchtbereiten Gesten eines Menschen, für den es geraten ist, beständig auf der Hut zu sein. Und auf der Hut mußte er sich wirklich befinden, zu jeder Stunde seines schwierigen und gefährlichen Tages. Denn Otto Ulrichs spielte ein gewagtes Spiel.

Er blieb Mitglied des Staatstheaters: aber nur, um jenen Rat zu befolgen, den Hendrik selber ihm gegeben hatte – wahrscheinlich ohne ihn seinerseits sehr ernst zu meinen –; er benutzte seine Stellung an dem offiziellen Institut als eine Art von Rückendeckung, die ihn vor einer gar zu genauen Überwachung und Kontrolle durch die Beamten der Gestapo schützte. Wenigstens war dieses seine Hoffnung und Berechnung. Vielleicht täuschte er sich. Vielleicht wurde er von Anfang an beobachtet, und man ließ ihn nur eine Zeitlang gewähren, um ihn später um so sicherer zu packen und ein möglichst umfangreiches belastendes Material bei ihm zu finden. Ulrichs glaubte nicht, daß man ihm schon auf den Spuren sei. Die Mitglieder des Ensembles, die zunächst einen mißtrauischen Bogen um ihn gemacht hatten, begegne-

ten ihm jetzt mit kollegialer Herzlichkeit. Es war ihm gelungen, sie durch sein männlich einfaches, unbefangen heiteres Wesen zu gewinnen. Denn er hatte die Kunst der Verstellung gelernt. Sein fanatisch auf ein Ziel gerichteter, zu jedem Opfer glühend bereiter Wille hatte ihn schlau werden lassen.
Er war sogar dazu imstande, mit der Lindenthal zu scherzen. Er versicherte dem Charakterspieler Joachim, daß er nicht die geringsten Zweifel an seiner Reinrassigkeit hege. Er begrüßte die Bühnenarbeiter demonstrativ mit der vorgeschriebenen Formel: dem ›Heil!‹, dem der gehaßte Name des Diktators folgte. Wenn der Ministerpräsident in seiner Loge saß, behauptete Ulrichs, daß er Herzklopfen habe aus Erregung darüber, daß er vor dem großen Mann spielen dürfe. Herzklopfen hatte er wirklich, aber von einem Schauder, in dem Triumph und Angst sich vermischten. Denn der Vorhangzieher, mit dem er im Bunde stand, hatte ihm, als er nach seiner Szene die Bühne verließ, etwas zugeraunt, was auf eine illegale Versammlung Bezug hatte. Beinah unter den Augen des furchtbaren Dicken, des allerhöchsten ordengeschmückten Henkers, erkühnte sich dieser kleine Schauspieler, der die Schrecken der Folterkammern und der Lager kannte, seine unterminierende, zersetzende, aufrührerische Arbeit gegen die Macht weiter zu tun.
Die Begegnung mit den Schrecken hatte seine Kräfte nur eine kurze Zeit lang gelähmt. In den ersten Wochen nach seiner Entlassung aus dem Inferno war er in einem Zustand der Erstarrung gewesen. Seine Augen hatten geschaut, was kein Menschenauge sieht, ohne zu erblinden vor übergroßem Jammer: die ganz nackte, ganz entfesselte, mit einer schauerlichen Pedanterie organisierte Niedertracht; die absolute und totale Gemeinheit, die, indem sie Wehrlose martert, sich noch selber feiert, ernst nimmt, glorifiziert als die patriotische Tat, als die moralische Erziehungsleistung an ›destruktiven, volksfremden Elementen‹, als sittlicher, notwendiger und gerechter Dienst am erwachten Vaterland.

»Man möchte am liebsten gar nichts mehr von den Menschen hören und wissen, wenn man sie erst einmal in diesem Zustand gekannt hat«, sagte Ulrichs. Aber er liebte die Menschen, und seine Gesinnung bestand in dem unerschütterlichen Glauben, daß aus ihnen, irgendwann einmal, doch noch etwas Vernünftiges werden könnte. Er überwand seine gramvolle Apathie. »Wenn man Zeuge dieses Schlimmsten gewesen ist«, sagte er, »dann hat man nur noch die Wahl: sich umzubringen oder leidenschaftlicher als je vorher weiterzuarbeiten.« Er war ein einfacher und tapferer Mensch. Seine Nerven waren stark und erholten sich von dem Schock. Er arbeitete weiter.

Es bereitete ihm keine Schwierigkeit, die Beziehung zu den illegal-oppositionellen Kreisen herzustellen. Unter den Arbeitern und Intellektuellen, deren Haß auf den Faschismus so genau durchdacht und so leidenschaftlich war, daß er sich auch unter den höchst gefährlichen und – wie es schien – fast hoffnungslosen Bedingungen der Stunde bewährte, hatte er viel Freunde. Das Mitglied der Preußischen Staatstheater beteiligte sich an unterirdischen Aktionen gegen das Regime. Ob es um heimliche Zusammenkünfte, ob es um die Herstellung und Verbreitung verbotener Flugblätter, Zeitungen und Broschüren ging, oder um Sabotageakte in den Fabriken, bei den öffentlichen Festlichkeiten der Diktatur, bei Rundfunkübertragungen, Filmvorstellungen: der Schauspieler Otto Ulrichs gehörte zu denen, welche die Vorbereitungen entscheidend beeinflußten und bei den Handlungen ihr Leben riskierten.

Er nahm all diese Demonstrationen des antifaschistischen Widerstandes sehr ernst, und er schätzte die psychologische Wirkung, die sie auf eine eingeschüchterte, von Angst gelähmte Öffentlichkeit ausüben mußten, hoch ein. »Wir machen die Regierenden unruhig, und wir zeigen den Millionen, die Feinde der Diktatur geblieben sind, aber sich ihre Gesinnung heute kaum noch einzugestehen wagen, daß der

Wille zur Befreiung nicht ausgelöscht ist und sich trotz der Überwachung durch eine Armee von Spitzeln betätigen kann.« So dachte, sprach und schrieb der Schauspieler Ulrichs. Indessen vergaß er nie, daß die kleinen Aktionen nicht das Wichtigste waren und eigentlich nur ein Mittel zum Zweck. Der Zweck, das Ziel, die große Hoffnung blieb: die verstreuten Kräfte des Widerstandes zu vereinigen, die einander widersprechenden Interessen einer sozial und gesinnungsmäßig so vielfach zusammengesetzten Opposition zu sammeln, die Front herzustellen, auszubauen, zu aktivieren –: die Volksfront gegen die Diktatur. »Darauf kommt es an, und nur darauf«, erkannte der Schauspieler Ulrichs.

Deshalb konspirierte er nicht nur mit seinen engeren Partei- und Gesinnungsfreunden. Noch mehr war ihm daran gelegen, die Verbindung mit oppositionellen Katholiken, früheren Sozialdemokraten oder parteilosen Republikanern herzustellen. Der Kommunist begegnete zunächst dem Mißtrauen der bürgerlich-liberalen Kreise. Seiner eifervollen und aufrichtigen Beredsamkeit gelang es meistens, die Bedenken zu überwinden. »Aber ihr seid so wenig wie die Nazis für die Freiheit!« hielten die Demokraten ihm vor. Er antwortete: »Doch! Wir sind für die Befreiung. Über die Ordnung, die nachher aufzurichten wäre, wird man sich einigen.« – »Ihr habt keine Vaterlandsliebe«, sagten ihm patriotische Republikaner. »Ihr kennt nur die Klasse, und die ist international.« – »Wenn wir unser Vaterland nicht liebten«, antwortete Otto Ulrichs, »könnten wir dann die so sehr hassen, die es erniedrigen und verderben? Und würden wir dann täglich unser Leben aufs Spiel setzen, um es zu befreien, unser Vaterland?« –

In den ersten Wochen seines illegalen Dienstes hatte Ulrichs einmal den Versuch gemacht, Hendrik Höfgen ins Vertrauen zu ziehen. Aber der Intendant wurde ängstlich, nervös und gereizt. »Ich will von diesen Dingen nichts wissen«, sagte er hastig. »Ich *darf* von ihnen nichts wissen – verstehst du

mich? Ich mache beide Augen zu, ich sehe nicht, was du treibst. Keinesfalls aber darf ich eingeweiht sein.«
Nachdem er sich davon überzeugt hatte, daß er unbelauscht war, versicherte er dem Freund noch mit gepreßter Stimme, wie schwierig und peinvoll es für ihn sei, sich so andauernd und konsequent verstellen zu müssen. »Aber ich habe mich nun einmal zu dieser Taktik entschlossen, weil ich sie für die richtigste und wirkungsvollste halte«, raunte Hendrik und versuchte es noch einmal mit den Verschwörerblicken, die jedoch von Ulrichs nicht mehr erwidert wurden. »Es ist keine bequeme Taktik, aber ich muß sie durchhalten. Ich befinde mich mitten im Lager des Feindes. Von innen heraus unterhöhle ich seine Macht ...« Otto Ulrichs hörte kaum noch hin. Vielleicht geschah es in diesem Augenblick, daß die Illusion von ihm wich und daß er Hendrik Höfgen erkannte.

Wie meisterhaft der Intendant sich verstellte! Diese Leistung war in der Tat eines großen Schauspielers würdig. Man hätte ja wahrhaftig glauben können, es wäre Hendrik Höfgen nur um Geld, Macht und Ruhm zu tun, anstatt um die Unterhöhlung des nationalsozialistischen Regimes.
Im breiten Schatten des Ministerpräsidenten fühlte er sich so sicher und geborgen, daß er es sich leisten zu dürfen glaubte, mit der Gefahr zu kokettieren, die Schrecken der Katastrophe schalkhaft zu beschwören. Da er mit einem Theaterdirektor in Wien telephonierte, von dem er sich einen Schauspieler ausleihen wollte, sagte er mit der klagenden, singenden Stimme, die wehleidig die Vokale zerdehnte: »Tja mein Lieber – in ein paar Wochen werde ich vielleicht schon bei Ihnen in Wien auftauchen ... Ich weiß nicht, ob ich mich hier noch vierzehn Tage halte. Meine Gesundheit – sie verstehen mich recht? – meine Gesundheit ist so *schrecklich* angegriffen ...«
In Wahrheit gab es nur zwei Möglichkeiten, die ihn hätten zu

Fall bringen können: Wenn der Fliegergeneral ihm die Gnade entzog, oder wenn der Fliegergeneral selber Einbuße erlitt an seiner Macht. Jedoch schien der Dicke, seinem Mephistopheles gegenüber, von einer Treue, die in nationalsozialistischen Kreisen kaum üblich war und deshalb Erstaunen erregte. Auch war der Stern des fetten Riesen noch im Aufstieg begriffen: der Freund der Hinrichtungen und der blonden Sentimentalen gewann immer mehr Titel, immer mehr Schätze, immer mehr Einfluß auf die Führung des Staates.

Solange die Sonne des Dicken über ihm leuchtete, brauchte Höfgen die heimtückischen Attacken des Hinkenden nicht ernst zu nehmen. Der Propagandaminister wagte es nicht, offen vorzugehen gegen den Intendanten. Im Gegenteil legte er Wert darauf, sich bei passenden Anlässen öffentlich mit ihm zu zeigen. Übrigens war er nicht ohne einen gewissen intellektuellen Kontakt mit dem Schauspieler Höfgen. Wenn dieser es verstanden hatte, den Fliegergeneral durch seine diabolische Mondänität, seinen zynisch amüsanten Witz zu faszinieren und für sich zu gewinnen, so konnte er sich doch auch mit dem Propagandachef, dem ›alten Doktor‹ recht gut unterhalten, da sie beide nicht nur dieselbe rheinische Mundart sprachen – wodurch ihre Konversationen den herzlich-intimen Charakter bekamen –, sondern auch die gleiche radikale Terminologie benutzten – und mißbrauchten. Von ›revolutionärer Dynamik‹, dem ›heroischen Lebensgefühl‹ und einem ›blutvollen Irrationalismus‹ konnte auch der Schauspieler Höfgen schwatzen, wenn es sein mußte. So hatte er manch angeregtes Plauderstündchen mit seinem Todfeind – was natürlich nicht hinderte, daß dieser weiter unerbittlich gegen ihn intrigierte.

Cäsar von Muck, der von seiner genußvollen Auslandtournee heimgekehrt war, tat alles Erdenkbare für die Verbreitung jener Gerüchte über eine gewisse Negerin, an die Hendrik – angeblich – auf eine durchaus krankhafte Art sexuell gebunden war und die in Paris, auf seine Kosten, ein anstoßerregend glanzvolles Leben führte. Mit dieser Dame – so wurde verbreitet – pflegte Höfgen sich heimliche Rendezvous zu geben: nicht nur, um weiter Rassenschande mit ihr zu treiben, sondern auch weil er sie als Verbindungsperson zu den finsteren und gefährlichsten Zirkeln der Emigration benutzte – zu eben jenen Zirkeln, hieß es weiter, in denen die Frau, von der Hendrik sich nur pro forma hatte scheiden lassen – Barbara Bruckner – eine führende Rolle spielte.

Im Staatstheater sprach man von nichts anderem, als von der schwarzen Buhle des Intendanten; auch auf den wichtigsten Redaktionen und in jenen Kreisen, die den Ton angaben, wußte man sehr wohl Bescheid über die dunkle Dame, die in Paris allen Glanz der großen Babel entfaltete – ›sie hält sich drei Affen, einen jungen Löwen, zwei ausgewachsene Panther und ein Dutzend chinesischer Kulis‹, wollte man wissen – und die mit dem französischen Generalstab, dem Kreml, den Freimaurern und der jüdischen Hochfinanz gegen den nationalsozialistischen Staat Ränke spann. Die Situation begann für Höfgen peinlich zu werden. Er beschloß, Nicoletta zu heiraten, um den unangenehmen Gerüchten die Spitze abzubrechen. Der Ministerpräsident war sehr zufrieden mit dieser Entscheidung seines schlauen Protégés. Er ließ alle, die den Intendanten weiter zu verdächtigen wagen sollten, streng verwarnen. »Wer gegen meine Freunde ist, der ist gegen mich«, betonte drohend der Dicke. Wer die Existenz einer gewissen Negerin noch einmal erwähnte, hatte damit zu rechnen, es mit der schrecklichen Person des Fliegergenerals und mit seiner Geheimen Polizei zu tun zu kriegen. Im Theater wurde auf dem schwarzen Brett, gleich beim Bühneneingang, ein Anschlag befestigt, auf dem zu lesen stand, daß jeder, der über das Privatleben oder die Vergangenheit des Herrn Intendanten irgendwelche Gerüchte weitertrage oder sich auch nur anhöre, eine staatsfeindliche Handlung begehe. Übrigens zitterten alle vor dem privaten Spionage-Apparat Höfgens. Unmöglich, vor diesem gefährlich schlauen Menschen irgend etwas geheim zu halten, was ihn anging: er erfuhr alles, dank einer kleinen Armee von Spitzeln, die er aushielt. Die Gestapo konnte darauf eifersüchtig sein, auf dieses perfekt organisierte System.

Selbst Cäsar von Muck wurde unruhig. Der Schöpfer der ›Tannenberg‹-Tragödie hielt es sogar für ratsam, eine Visite in Hendrik-Hall zu machen und im herzlichsten Sächsisch eine Stunde mit dem Hausherrn zu verplaudern. Nicoletta gesellte sich zu den beiden Herren, denen Frau Bella selbst einen leckeren und leichten Imbiß serviert hatte, und begann plötzlich, mit einer hohen, tückischen Stimme, von Negern zu sprechen. Herr von Muck verzog keine Miene, als die geschiedene Frau Marder versicherte, daß sowohl Hendrik als auch sie selber geradezu einen Abscheu vor schwarzen Leuten empfänden. »Es wird Hendrik übel, wenn er jemanden von dieser garstigen Rasse nur aus der Ferne sieht«, erklärte sie und fixierte Cäsar unbarmherzig aus blanken, lustigen Augen. »Schon der Geruch dieser Menschen ist ganz unerträglich«, sprach sie herausfordernd. – »Ja ja«, bestätigte Herr von Muck. »Das ist wahr: Neger stinken.« Und plötzlich lachten sie alle drei – lang und herzlich –: der Intendant, der Dichter und das grelle Mädchen.

Nein, diesem Höfgen war nichts anzuhaben: Herr von Muck begriff es, der Propagandaminister begriff es, und beide beschlossen, sich aufs freundschaftlichste mit ihm zu stellen, bis endlich, irgendwann einmal, die Gelegenheit käme, ihn zu stürzen und zu erledigen. Für den Augenblick war er unangreifbar.

Der Dicke hatte ihm eine Audienz beim Diktator verschafft; denn selbst bis zu dieser erlauchtesten Person waren die Gerüchte um Prinzessin Tebab gedrungen. Der Gottgesandte hatte sich recht angewidert über den Fall geäußert; von den Schwarzen hielt er in der Tat fast ebensowenig wie von den

Juden. »Kann ein Mensch, der mit rassisch minderwertigen Personen Umgang hat, die sittliche Reife besitzen, die ein Intendantenposten verlangt?« erkundigte sich der Führer mißtrauisch bei seiner Umgebung. Nun sollte Hendrik, mittels der Juwelenblicke, der singenden Stimme und des edel-leidenden Anstandes, den weitaus größten Deutschen, der je gelebt hat, für sich gewinnen und von seiner sittlichen Qualifiziertheit überzeugen.

Die halbe Stunde, die der Intendant in Privataudienz bei dem Messias aller Germanen verbringen durfte, schien ihm anstrengend und sogar qualvoll. Die Konversation blieb ein wenig zäh: der Führer interessierte sich nicht sehr fürs Schauspiel, er bevorzugte Wagner-Opern und Ufa-Filme. Von seinen Opern-Inszenierungen, die in der verruchten ›System‹-Zeit so viel Aufsehen gemacht hatten, wagte Höfgen jedoch nicht zu sprechen, aus Angst, der Führer könnte sich der vernichtenden Urteile entsinnen, die Cäsar von Muck damals über diese zersetzenden und semitisch beeinflußten Experimente gefällt hatte. Hendrik wußte überhaupt nicht recht, wovon er sprechen sollte. Die leibhaftige Gegenwart der Macht verwirrte und ängstigte ihn. Der ungeheure Ruhm des Mannes, der ihm gegenübersaß, schüchterte den Ruhmsüchtigen ein.

Die Macht hatte unter einer unbedeutenden, fliehenden Stirne, in welche die legendäre speckige Haarsträhne fiel, den toten, starren, wie erblindeten Blick. Das Antlitz der Macht war grau-weiß, aufgeschwemmt, von einer lockeren, porösen Substanz. Die Macht hatte eine sehr ordinäre Nase – eine gemeine Nase, wagte Hendrik, in dessen Bewunderung sich Auflehnung und sogar Hohn mischten, zu denken. Der Schauspieler bemerkte, daß die Macht gar keinen Hinterkopf hatte. Unter dem braunen Hemd trat ein weicher Bauch hervor. Sie sprach leise, um ihre ausgeschriene, heisere Stimme zu schonen. Sie gebrauchte schwierige Worte, um dem Schauspieler ihre ›Bildung‹ zu beweisen. »Die Be-

lange unserer nordischen Kultur erfordern den unbedingten Einsatz eines energievollen, rassisch selbstbewußten und zielklaren Individuums«, dozierte die Macht, indem sie ihre süddeutsche Mundart nach Möglichkeit zu unterdrücken und ein feines Hochdeutsch zu sprechen versuchte, das aus ihrem Munde klang wie aus dem eines eifrigen Volksschülers, der auswendig Gelerntes herleiert.
Hendrik war in Schweiß gebadet, als er nach fünfundzwanzig Minuten das Palais verlassen durfte. Er hatte das Gefühl, in miserabler Form gewesen zu sein und sich alles verdorben zu haben. Noch am selben Abend aber erfuhr er durch den Fliegergeneral, daß der Eindruck, den er bei der Macht hinterlassen hatte, gar kein so schlechter war. Vielmehr hatte den Diktator gerade die Schüchternheit des Intendanten angenehm überrascht. Der Führer liebte es nicht und empfand es als unstatthafte Keckheit, wenn jemand versuchte, in seiner Gegenwart unbefangen oder gar brillant zu sein. Angesichts der Macht hatte man ehrfurchtsvoll zu verstummen. Ein strahlender Hendrik hätte beim Messias aller Germanen wahrscheinlich Ärgernis erregt. Über den Verwirrten und Verängstigten gab der Allgewaltige ein mildes Urteil ab. »Ein ganz ein braver Mensch, dieser Herr Höfgen«, sprach die Macht.
Der Ministerpräsident, der für seine Person Titel sammelte, wie andere Menschen Briefmarken oder Schmetterlinge, glaubte, daß auch seine Freunde durch solche Auszeichnungen am meisten zu erfreuen seien. Er machte Höfgen zum ›Staatsrat‹, er beförderte ihn zum ›Senator‹. In allen kulturellen Institutionen des Dritten Reiches hatte der Intendant seinen wichtigen Sitz. Mit Cäsar von Muck und einigen uniformierten Herren gehörte er zum Vorstand des ›Kultur-Senates‹. Der erste ›Kameradschaftsabend‹ dieser Vereinigung fand in Hendrik-Hall statt. Der Propagandaminister war anwesend und grinste über das ganze Gesicht, als Fräulein Josy einen ihrer volkstümlichen Schlager zum besten

gab. Kein Geringerer als Cäsar von Muck begleitete die junge Sängerin am Flügel. Die Bewirtung war von betonter Einfachheit. Hendrik hatte seine Mutter Bella gebeten, nur Bier und schlichte Wurstbrote servieren zu lassen. Die uniformierten Herren waren enttäuscht; denn sie hatten viel von dem fabelhaften Luxus gehört, der in der Villa des Intendanten herrschte. Was nutzten ihnen aber die eleganten Lakaien, wenn sie nur Stullen herumreichten, wie es sie auch zu Hause gab? Der ganze Kultursenat wäre in eine gewisse Verdrossenheit verfallen, hätte nicht der Propagandaminister durch seine muntere Art der Stimmung einen erfreulichen Auftrieb gegeben. Nur wußte man leider nicht recht, wovon man reden sollte. Die Kultur war ein Thema, das den meisten der Senatoren gar zu ferne lag. Die Uniformierten waren stolz darauf, daß sie seit ihrer Knabenzeit kein Buch gelesen hatten, und durften sich wohl erlauben, mit diesem Umstand zu renommieren, da ja auch der allgemein hochgeachtete, inzwischen verstorbene und im Beisein des Führers bestattete Herr Generalfeldmarschall und Reichspräsident es getan hatte ... Als ein bejahrter Romancier, dessen Bücher wegen ihrer grimmigen Langweiligkeit von niemandem in die Hand genommen, aber offiziell sehr hoch geschätzt wurden, den Vorschlag machte, er wolle ein Kapitel aus seiner Trilogie ›Ein Volk bricht auf‹ vorlesen, kam es zu einer kleinen Panik. Mehrere Uniformierte sprangen auf und legten die Fäuste mit einem mechanischen, aber bedrohlichen Griff um ihre Pistolentaschen, das Grinsen des Propagandaministers verzerrte sich, Benjamin Pelz stöhnte auf, als hätte er einen furchtbaren Stoß vor die Brust bekommen, Frau Bella flüchtete in die Küche, Nicoletta ließ ein schrilles und nervöses Lachen hören – und die Situation wäre katastrophal geworden, hätte Höfgen sie nicht mit seiner singenden Schmeichelstimme gerettet. Es würde ganz herrlich und beglückend sein, ein recht langes und breites Kapitel aus der Trilogie ›Ein Volk bricht auf‹ anhören zu dürfen – versi-

cherte Hendrik, das Gesicht vom aasigen Lächeln verklärt –; aber die Stunde sei doch schon ein wenig vorgeschritten, auch gebe es so viel Dringliches, Aktuelles zu besprechen, die Geister seien für den Genuß großer Dichtung nicht konzentriert genug; er, Höfgen, möchte sich erlauben, vorzuschlagen, daß man für diese Vorlesung einen eigenen Abend arrangiere, zu dem dann alle mit der wünschenswerten inneren Sammlung erscheinen könnten. Alle Senatoren atmeten erleichtert auf. Der alte Epiker weinte fast vor Enttäuschung. Herr Müller-Andreä ging dazu über, schmutzige Anekdoten aus jener Zeit zu erzählen, die er mit dem Brustton echter Entrüstung ›die Jahre der Korruption‹ nannte. Es waren einige Perlen aus der einstmals so berühmten Rubrik ›Hatten Sie davon eine Ahnung?‹. Im weiteren Verlauf des Abends stellte sich heraus, daß der Charakterspieler Joachim sowohl das Bellen der Hunde als auch das Gackern der Hühner sehr drollig nachahmen konnte. Lotte Lindenthal fiel fast vom Stuhl vor Lachen; denn nun kopierte Joachim einen Papagei. Ehe man auseinanderging, machte Baldur von Totenbach, der auch Senator war und zu dieser kulturellen Veranstaltung eigens die Reise von Hamburg nach Berlin unternommen hatte, den Vorschlag, man solle stehend das Horst-Wessel-Lied singen und dem Führer zum hundertsten Mal die Treue geloben. Es wurde allgemein als ein wenig peinlich empfunden, mußte aber natürlich geschehen.
Die Presse berichtete ausführlich über diesen zugleich traulichen und geistig ergebnisreichen Kameradschaftsabend der Kultur-Senatoren im Hause des Intendanten. Überhaupt ließen die Zeitungen sich keine Gelegenheit entgehen, das Publikum über die künstlerischen oder patriotischen Taten Hendrik Höfgens zu unterrichten. Man rechnete ihn zu den vornehmsten und aktivsten ›Trägern des deutschen Kulturwillens‹, und er wurde fast ebenso viel photographiert wie ein Minister. Als die Prominenten der Hauptstadt für die ›Winterhilfe‹ auf den Straßen und in den Lokalen sammel-

ten, gehörte der Intendant zu denen, die fast ebenso viel Zulauf hatten wie die Herren von der Regierung. Aber während diese von schwer bewaffneten Detektiven und Gestapo-Beamten so umringt waren, daß das Volk mit seinen Spenden kaum bis zu ihnen vordringen konnte, durfte Hendrik es wagen, sich ohne jeden Schutz zu bewegen. Freilich hatte er sich eine Zone ausgesucht, wo er kaum fürchten mußte, mit dem gefährlichen Proletariat in Berührung zu kommen: der Intendant sammelte in der Halle des Hotels Adlon. Er ließ es sich auch nicht nehmen, in die Wirtschaftsräume hinabzusteigen, jeder Küchenjunge mußte seinen Groschen in die Büchse werfen, in die Lotte Lindenthal gerade mit zarten Fingern einen Hundertmarkschein gesteckt hatte. Arm in Arm mit dem feisten Küchenchef ließ der Intendant sich photographieren. Die Aufnahme kam auf das Titelblatt der ›Berliner Illustrierten‹.

Geradezu überschwemmt mit Höfgen-Bildern wurde die Presse, als der Intendant Hochzeit machte. Er führte Nicoletta heim, Müller-Andreä und Benjamin Pelz waren die Trauzeugen, der Ministerpräsident sandte als Hochzeitsgabe ein paar schwarze Schwäne für einen kleinen Teich, den es im Park von Hendrik-Hall gab. Ein paar schwarze Schwäne! Die Journalisten gerieten außer sich über so viel Originalität; nur einige sehr alte Menschen – wie zum Beispiel die Generalin – erinnerten sich, daß schon früher einmal ein hochgestellter Freund der schönen Künste seinem Protégé das gleiche Angebinde gemacht hatte: nämlich der bayrische König Ludwig II. dem Komponisten Richard Wagner.

Der Diktator selber beglückwünschte telegraphisch das junge Paar; der Propagandaminister schickte einen Korb voll Orchideen, die so giftig aussahen, als sollten die Empfänger mit ihrem Dufte den Tod einatmen; Pierre Larue verfaßte ein langes französisches Gedicht; Theophil Marder depeschierte seinen Fluch; die kleine Angelika, die übrigens gerade ein Kind bekommen hatte, weinte noch einmal, zum letzten Mal um ihre verlorene Liebe; in allen Redaktionen versteckte man das Material, das man über Höfgen und Prinzessin Tebab hatte, in die untersten und geheimsten Schubladen, und Doktor Ihrig diktierte seiner Sekretärin einen Aufsatz, in dem er Nicoletta und Hendrik als ein ›im schönsten und tiefsten Sinne des Wortes *deutsches* Paar‹, als ›zwei jugendfrische und dabei doch reife, der neuen Gesellschaft mit allen ihren Kräften dienende Menschen von reiner Rasse und aus edelstem Stoff‹ feierte. Nur eine einzige Zeitung – der man übrigens besonders intime Beziehungen zum Propagandaministerium nachsagte – wagte es, auf die suspekte Vergangenheit Nicolettas anzuspielen: Man beglückwünschte die junge Frau dazu, daß sie den ›Emigranten, Judensprößling und Kulturbolschewisten Theophil Marder‹ verlassen habe, um nun wieder aktiv am kulturellen Leben der Nation teilzunehmen. Dies war eine bittere Pille, wenngleich fein verzuckert. Theophils Name wirkte wie eine störende Dissonanz in dem schönen Konzert der Gratulationsartikel.

Nicoletta übersiedelte mit Schrankkoffern und Hutschachteln vom Reichskanzlerplatz in den Grunewald. Die Kammerzofe, die ihr beim Auspacken behilflich war, erschrak ein wenig, als die hohen roten Stiefel zum Vorschein kamen; aber die junge gnädige Frau erklärte ihr mit schneidender Deutlichkeit, daß sie solches Schuhwerk für ein Amazonen-Kostüm benötige. »Ich werde sie als Penthesilea tragen!« rief Nicoletta mit einer merkwürdig triumphierenden Stimme. Die Zofe war von diesem exotisch klingenden Namen und von den strahlenden Katzenaugen ihrer Herrin so eingeschüchtert, daß sie sich hütete, noch irgendwelche Fragen zu stellen.

Abends gab es in Hendrik-Hall großen Empfang – wie bescheiden war die kleine Veranstaltung im Hause des Geheimrats bei Hendriks erster Hochzeit gewesen, verglichen mit dieser höchst solennen Festlichkeit! Strahlend von gefährlichem Liebreiz bewegten sich Oberon und Titania durch die Schar ihrer Gäste. Sie hielten sich sehr gerade: er hatte das Kinn hochgereckt, sie raffte mit einer hochmütigen Gebärde die glitzernde, klirrende Schleppe ihrer metallischen Abendtoilette, zu der sie auf den Schultern und im Haar große, phantastische Glasblumen trug. – Nicolettas Antlitz leuchtete von harten, künstlichen Farben; Hendriks Gesicht schien zu phosphoreszieren in seiner grünlichen Blässe. Es war deutlich, daß ihnen beiden das Lächeln große Mühe und sogar Qual bereitete. Ihre Mienen wirkten maskenhaft. Der starre Blick schien durch die Personen, die sie auf ihrer stolzen Wanderung begrüßten, hindurchzugehen, wie durch Luft. Was aber sahen sie denn hinter all diesen Fräcken, dekorierten Uniformen und kostbaren Roben? Was schauten denn ihre Augen, daß sie so glasig wurden unter halbgesenkten Lidern? Was für Schatten stiegen denn auf und besaßen so traurige Macht, daß um die Lippen Hendriks und Nicolettas das Lächeln erfror und sich zur leidvollen Grimasse verzerrte?

Vielleicht begegneten ihre Augen dem prüfenden Blick Barbaras, die ihre Freundin gewesen war, und die nun, in der Ferne und Fremde – ach, von diesen beiden getrennt durch Abgründe, über die es keine Brücke mehr gab – ihre ernste und harte Pflicht tat. Vielleicht zeigte sich ihnen das groteske Märtyrer-Antlitz Theophil Marders, der – halb verblendet, halb wissend, gezeichnet von tausend Qualen, mit denen er alle Sünden der Hybris und eines närrisch ich-besessenen Dünkels büßte – jammervoll und zornig herschaute zu Nicoletta, die ihn und damit ihr trotzig-selbstgewähltes Schicksal verlassen hatte. – Vielleicht aber sahen sie gar nicht das Gesicht irgendeines bestimmten Menschen, sondern, in einer vagen und überwältigenden Zusammenfassung, das Bild ihrer eigenen Jugend, die Summe alles dessen, was aus ihnen hätte werden können und was sie, in frevelhaftem Ehrgeiz, versäumt hatten aus sich zu machen; die lange, schmach-

volle Geschichte ihres Verrates – eines Verrates nicht nur an anderen, sondern an sich selbst: an dem edleren, besseren und reineren Teil ihres eigenen Wesens –; die bitterlich blamable und trübe Chronik ihres Verfalls, ihres Abstieges, der sich einer blöden Welt als Aufstieg präsentierte. Ihr Aufstieg – so meinte die blöde Welt – hatte sie gemeinsam bis zu dieser sieghaft-hochzeitlichen Stunde geführt; während es doch diese Stunde gerade war, die ihre gemeinsame Niederlage besiegelte. Nun gehörten sie für immer zueinander, diese beiden Glitzernden, Schimmernden, Lächelnden – so wie zwei Verräter, so wie zwei Verbrecher für immer zueinander gehören. Das Band, das den einen Schuldigen an den anderen bindet, wird nicht Liebe sein, sondern Haß.
Während der »Kultur-Senat« trauliche Kameradschaftsabende veranstaltete; während die Großen des Landes in den Hotelhallen für ihre notleidenden Volksgenossen milde Gaben einkassierten, mit denen man die Propaganda des Dritten Reiches im Ausland finanzierte; während Hochzeiten gefeiert, Lieder gesungen und unendlich viele Reden gehalten wurden – ging das Regime der totalen, militant-hochkapitalistischen Diktatur seinen schauerlichen Weg weiter, und am Rande des Weges häuften sich die Leichen.
Die Ausländer, die sich eine Woche in Berlin und einige Tage in der Provinz aufhielten – englische Lords, ungarische Journalisten oder italienische Minister –, rühmten die tadellose Sauberkeit und Ordnung, die ihnen auffiel im erniedrigten Lande. Sie fanden, alle Leute zeigten lustige Gesichter, und stellten fest: Der Führer wird geliebt, er ist der Geliebte des ganzen Volkes, eine Opposition gibt es nicht. Inzwischen war die Opposition, sogar im Herzen der Partei selber, so stark und so bedrohlich geworden, daß das fürchterliche Triumvirat – der Führer, der Dicke und der Hinkende – ›schlagartig‹ eingreifen mußte. Der Mann, dem der Diktator seine Privatarmee verdankte, den der Propagandachef noch vorgestern bezaubernd angegrinst und den der Staatschef

noch gestern seinen ›treuesten Kameraden‹ genannt hatte – er wurde eines Nachts vom Führer höchstpersönlich aus dem Bett gerissen und ein paar Stunden später erschossen. Ehe der Schuß knallte, gab es zwischen dem Messias aller Germanen und seinem treuesten Kameraden eine Szene, wie sie zwischen hochgestellten Herren kaum je üblich war. Der treuste Kamerad schrie den Messias an: »Du bist der Schuft – der Verräter: du bist es!« Zu solcher Aufrichtigkeit hatte er nun den Mut, da er merkte, daß sein letztes Stündlein geschlagen hatte. Mit ihm mußten Hunderte von alten Parteimitgliedern sterben, die zu renitent geworden waren. Gleichzeitig brachte man ein paar hundert Kommunisten um und, weil man doch schon beim Töten großen Stils war, ließen der Dicke, der Hinkende und der Führer auch noch alle die beiseite schaffen, gegen die sie persönlich irgend etwas hatten, oder von denen sie für die Zukunft irgend etwas befürchteten: Generale, Schriftsteller, alte Ministerpräsidenten außer Dienst – es wurden keine Unterschiede gemacht, manchmal erschoß man auch die Frauen gleich mit, Köpfe müssen rollen, der Führer hatte es immer gesagt, und nun war man so weit. Eine kleine »Säuberungsaktion« – wurde nachher proklamiert; die Lords und die Journalisten fanden, die Energie des Führers sei etwas Wundervolles –: er war ein so sanfter Mensch, liebte die Tiere, rührte kein Fleisch an, aber die treuesten Kameraden konnte er verrecken sehen, ohne mit der Wimper zu zucken. Das Volk schien den Gottgesandten nach der Blut-Orgie noch heftiger zu lieben als vorher, einsam und verstreut saßen die im Lande, die sich ekelten und entsetzten, ›ich muß erleben‹, hatte der Doktor Faust einst geklagt, ›ich muß erleben – daß man die frechen Mörder lobt‹.

Es rollten die Köpfe adliger junger Mädchen, von denen man behauptete, sie hätten etwas ausgeplaudert, was der totale Staat geheimhalten wollte – Köpfe ab, diesmal waren es zwei zarte Damenköpfe. Es rollten die Köpfe von Männern,

die kein anderes Verschulden kannten, als daß sie ihre sozialistische Gesinnung nicht hatten abschwören wollen – auch der Messias aber, der sie hinrichten ließ, nannte sich Sozialist. Der Messias behauptete, daß er den Frieden liebe, und ließ die Pazifisten in den Konzentrationslagern martern. Sie wurden getötet, den Angehörigen ging ihre Asche in versiegelter Urne zu, samt der Mitteilung, das Pazifistenschwein habe sich erhängt oder sei auf der Flucht erschossen worden. Die deutsche Jugend lernte das Wort ›Pazifist‹ als einen Schimpfnamen; die deutsche Jugend brauchte nicht mehr Goethe oder Plato zu lesen, sie lernte schießen, Bomben werfen, sie ergötzte sich bei nächtlichen Geländeübungen; wenn der Führer vom Frieden schwatzte, begriff sie, daß er es nur scherzhaft meinte. Diese militärisch organisierte, disziplinierte, gedrillte Jugend kannte nur ein Ziel, hatte nur eine Perspektive: den Revanche-Krieg, den Eroberungskrieg: Elsaß-Lothringen ist deutsch, die Schweiz ist deutsch, Holland ist deutsch, Dänemark ist deutsch, die Tschechoslowakei ist deutsch, die Ukraine ist deutsch, Österreich ist so besonders deutsch, daß eigentlich kaum ein Wort darüber zu verlieren ist, Deutschland muß seine Kolonien wiederhaben. Das ganze Land verwandelt sich in ein Heerlager, die Rüstungsindustrie floriert, es ist die totale Mobilmachung in Permanenz, und das Ausland schaut gebannt auf dies imposante, grauenerregende Schauspiel, wie das Kaninchen auf die Schlange, von der es gleich gefressen sein wird.
Man amüsiert sich auch unter der Diktatur. ›Kraft durch Freude‹ ist die Parole, Volksfeste werden arrangiert, die Saar ist deutsch –: ein Volksfest. Der Dicke heiratet endlich seine Lindenthal und läßt sich Hochzeitsgeschenke im Wert von Millionen machen –: ein Volksfest. Deutschland tritt aus dem Völkerbund aus, Deutschland hat seine ›Wehrhoheit‹ wieder: lauter Volksfeste. Zum Volksfest wird jeder Vertragsbruch, ob es sich um den Vertrag von Versailles oder um den von Locarno handelt und das obligate ›Plebiszit‹, das sich

anschließt. Lang ausgedehnte Volksfeste sind die Verfolgung der Juden und die öffentliche Anprangerung jener Mädchen, die mit ihnen ›Rassenschande‹ trieben; die Verfolgung der Katholiken, von denen man jetzt erst erfährt, daß sie niemals viel besser als die Juden waren, und gegen die schalkhafterweise ›Devisenprozesse‹ wegen Bagatellen arrangiert werden, während die nationalen Führer Riesenvermögen ins Ausland verschieben; die Verfolgung der ›Reaktion‹, unter der man sich nichts Genaues vorstellen kann. Der Marxismus ist ausgerottet, aber immer noch eine Gefahr und Anlaß zu Massenprozessen; die deutsche Kultur ist ›judenrein‹, dafür aber so öde geworden, daß niemand mehr etwas von ihr wissen will; die Butter wird knapp, aber Kanonen sind wichtiger; zum 1. Mai, der früher der Feiertag des Proletariats gewesen, erzählt heute ein versoffener Doktor – aufgeschwemmte Champagnerleiche – etwas über die Lebensfreude. Wird dies Volk denn nicht müde so zahlreicher und so fragwürdiger festlicher Veranstaltungen? Vielleicht ist es schon müde. Vielleicht stöhnt es schon. Aber der Lärm aus den Megaphonen und Mikrophonen übertönt seinen Jammerlaut.
Das Regime geht weiter seinen schauerlichen Weg. Am Rand des Weges häufen sich die Leichen.

Wer sich auflehnte, wußte, was er riskierte. Wer die Wahrheit sagte, mußte mit der Rache der Lügner rechnen. Wer die Wahrheit zu verbreiten suchte und in ihrem Dienste kämpfte, war bedroht mit dem Tode und mit all jenen Schrecken, die dem Tod in den Kerkern des Dritten Reiches voranzugehen pflegten.
Otto Ulrichs hatte sich sehr weit vorgewagt. Seine politischen Freunde wiesen ihm die schwierigsten und gefährlichsten Aufgaben zu. Man war der Ansicht – oder man hoffte doch, daß seine Stellung am Staatstheater ihn bis zu einem gewissen Grade schützte. Jedenfalls war seine Situation gün-

stiger als die von manchen seiner Kameraden, die unter falschen Namen in Verstecken lebten – immer auf der Flucht vor den Agenten der Gestapo, verfolgt von der Polizei wie Verbrecher: wie Diebsgesindel oder Mörder gehetzt durch dieses Land, das verfallen an die Mörder und an das diebische Gesindel war. – Otto Ulrichs konnte manches wagen, was für seine Freunde den gar zu sicheren Untergang bedeutet hätte. Er wagte zuviel. Eines Morgens wurde er verhaftet. Damals studierte man im Staatstheater den »Hamlet« ein, der Intendant selber hatte die Titelrolle. Ulrichs sollte den Hofmann Güldenstern spielen. Als er, ohne daß er sich entschuldigt hätte, nicht zur Probe kam, erschrak Höfgen, der sofort wußte oder doch ahnte, was geschehen war. Er zog sich vorzeitig von der Probe zurück, das Ensemble arbeitete ohne ihn weiter. Als der Intendant durch Ottos Wirtin erfahren hatte, daß Ulrichs am frühen Morgen von drei Herren in Zivil abgeholt worden war, ließ er sich mit dem Palais des Ministerpräsidenten verbinden. Wirklich bemühte der Dicke sich selbst an den Apparat, wurde aber recht kurz angebunden und zerstreut, als Hendrik ihn fragte, ob er etwas über die Verhaftung Otto Ulrichs' wisse. Der Fliegergeneral erklärte, daß er nicht unterrichtet sei. »Ich bin auch gar nicht zuständig«, sagte er etwas nervös. »Wenn unsere Leute den Kerl einstecken, wird er schon irgend etwas auf dem Kerbholz haben. Ich war ja von Anfang an mißtrauisch gegen den Burschen. Und dieser ›Sturmvogel‹ damals, das war doch wohl eine verdammt üble Kiste.« Als Hendrik dann noch zu fragen wagte, ob man denn gar nichts zur Milderung von Ulrichs' Situation unternehmen könne, wurde der Dicke ungnädig. »Nein nein, mein Lieber – lassen Sie nur besser Ihre Finger von dieser Sache!« ließ sich seine fette und scharfe Stimme vernehmen. »Sie tun klüger daran, sich um Ihre eigenen Angelegenheiten zu kümmern.« Das klang bedrohlich. Auch die Anspielung auf den ›Sturmvogel‹, wo Höfgen doch selber als ›Genosse‹ aufgetreten war, hatte keinen angenehmen Ton gehabt. Hendrik begriff, daß er den Verlust der allerhöchsten Gnade riskierte, wenn er sich für den Augenblick weiter um das Los seines alten Freundes bekümmerte. Ich will ein paar Tage vergehen lassen, beschloß er. Wenn ich den Dicken einmal in besserer Laune treffe, werde ich mit aller Vorsicht versuchen, auf die Sache zurückzukommen. Einmal werde ich den Otto schon noch herausbekommen, aus dem Columbiahaus oder aus dem Lager. Aber jetzt ist Schluß! Der Bursche muß mir ins Ausland. Durch seine sinnlose Unvorsichtigkeit, durch seinen antiquierten und kindischen Begriff vom Heroischen wird er mich noch in die schlimmsten Unannehmlichkeiten bringen . . .

Als es Hendrik nach zwei Tagen noch immer nicht geglückt war, sich irgendwelche Nachrichten über Ulrichs zu verschaffen, wurde er unruhig. Den Ministerpräsidenten schon wieder telephonisch zu behelligen wagte er nicht. Nach langem Überlegen entschloß er sich dazu, Lotte anzurufen. Die herzensgute Frau des großen Mannes erklärte zunächst, sie sei froh, einmal wieder Hendriks liebe Stimme zu hören. Er versicherte ihr, etwas hastig, daß es ihm, was ihre Stimme betreffe, genau so ergehe; übrigens habe er diesmal für seinen Anruf auch noch einen besonderen Grund. »Ich mache mir Sorgen um Otto Ulrichs«, sagte Höfgen. – »Wieso denn Sorgen?« rief die Ährenblonde aus ihrem Rokoko-Boudoir zurück. »Er ist doch tot.« Sie war erstaunt darüber und schien es beinahe drollig zu finden, daß Hendrik es noch nicht wußte. – »Er ist tot . . .«, wiederholte Hendrik leise. Zum Erstaunen der Frau Generalin hängte er ein, ohne sich von ihr verabschiedet zu haben.

Hendrik ließ sich sofort zum Ministerpräsidenten fahren. Der Gewaltige empfing ihn in seinem Arbeitszimmer. Er trug ein phantastisches Hausgewand, das an den Manschetten und am Kragen mit Hermelinpelz besetzt war. Zu seinen Füßen ruhte eine ungeheure Dogge. Über dem Schreibtisch blitzte, vor einer schwarzen Draperie, ein breites, schartiges

Schwert. Auf einem Marmorsockel stand eine Büste des Führers, die mit blinden Augen zwei Photographien anstarrte: die eine stellte Lotte Lindenthal als Minna von Barnhelm dar, die andere jene skandinavische Dame, die einstmals den verwundeten Abenteurer durch Italien gefahren hatte und über deren Urne sich nun ein enormes Grabmal wölbte – schimmernde Kuppel aus Marmor und vergoldetem Stein, mit welcher der Witwer seine Dankbarkeit auszudrücken meinte, während er doch nur seinem eigenen Dünkel das Denkmal gesetzt hatte.

»Otto Ulrichs ist tot«, sagte Hendrik, der an der Türe stehengeblieben war.

»Gewiß doch«, antwortete der Dicke vom Schreibtisch her. Da er sah, daß eine Blässe wie der Widerschein einer weißen Flamme über Hendriks Gesicht lief, fügte er hinzu: »Es scheint sich um einen Selbstmord zu handeln.« Dies sprach der Ministerpräsident, ohne zu erröten.

Hendrik taumelte eine Sekunde lang. Mit einer unbeherrschten Gebärde, die gar zu deutlich sein Grauen ausdrückte, griff er sich an die Stirn. Es war vielleicht die erste völlig aufrichtige, durchaus nicht stilisierte Geste, die der Ministerpräsident zu sehen bekam vom Schauspieler Höfgen. Der große Mann war enttäuscht von solchem Mangel an Haltung bei seinem gewandten Liebling. Er erhob sich, richtete sich auf zu seiner ganzen erschreckenden Größe. Mit ihm erhob sich die fürchterliche Dogge und knurrte.

»Ich habe Ihnen schon einmal den guten Rat gegeben«, sagte der Fliegergeneral drohend, »und ich wiederhole ihn jetzt – obwohl ich es nicht gewöhnt bin, irgend etwas zweimal auszusprechen –: Lassen Sie Ihre Finger von dieser Sache!« Das war deutlich. Erschauernd empfand Hendrik die Nähe des Abgrundes, an dessen Rand er sich immer bewegte und in dessen Tiefe dieser fette Riese ihn stoßen konnte, wenn ihm die Lust dazu kam. – Der Ministerpräsident stand mit geducktem Kopf; an seinem Stiernacken traten drei wulstige breite Falten hervor. Seine kleinen Augen blitzten, ihre Lider waren entzündet, und auch das Weiße der Augäpfel färbte sich rötlich, als wäre dem ärgerlichen Tyrannen eine Welle von Blut ins Haupt gestiegen, die ihm nun den Blick trübte. »Die Sache ist nicht sauber«, sagte er noch. »Dieser Ulrichs war in dreckige Affären verwickelt, er hatte allen Grund, sich umzubringen. Der Intendant meiner Staatstheater sollte sich nicht gar zu sehr für einen notorischen Hochverräter interessieren.«

Das Wort ›Hochverräter‹ hatte der General gebrüllt. Hendrik wurde schwindlig, so dicht vor sich sah er den Abgrund nun. Um nicht zu stürzen, klammerte er sich an die Lehne eines der schweren Renaissance-Sessel. Als er um die Erlaubnis bat, sich zurückziehen zu dürfen, entließ ihn der Ministerpräsident mit einem ungnädigen Kopfnicken. –

Niemand im Theater wagte, über den ›Selbstmord‹ des Kollegen Ulrichs zu sprechen. Auf irgendeine geheimnisvolle und unkontrollierbare Weise erfuhren trotzdem alle, wie er gestorben war. Er war nicht hingerichtet, sondern zu Tode gequält worden. Durch unbarmherzige Foltern hatte man versucht, die Namen seiner Mitarbeiter und Freunde von ihm zu erpressen. Er aber war standhaft geblieben. Wut und Enttäuschung bei der Gestapo waren gewaltig; denn auch in Ulrichs' Wohnung hatte man kein Material gefunden, es gab nichts Geschriebenes, keine Notiz, keinen Zettel mit einer Adresse. Kaum noch in der Hoffnung, etwas aus ihm herauszubekommen, sondern eigentlich nur noch, um ihn für seinen Eigensinn zu züchtigen, hatte man die Martern gesteigert. Vielleicht war den Folterknechten nicht einmal der ausdrückliche Befehl zugegangen, ihn zu töten; das Opfer starb ihnen beim dritten ›Verhör‹ unter den Händen. Da war sein Körper nur noch eine blutige, entstellte Masse, und seine Mutter, die irgendwo in der Provinz lebte und vor Jammer wunderlich wurde, als sie von seinem Selbstmord erfuhr – seine arme Mutter hätte das verschwollene, aufgeplatzte,

zerrissene, von Eiter, Blut und Kot verschmierte Gesicht nicht wieder erkannt, welches das Menschenantlitz ihres Sohnes gewesen war.
»Geht es dir nahe, Hendrik?« erkundigte sich Nicoletta mit einer merkwürdig kalten und, wie es schien, beinahe höhnischen Neugierde bei ihrem Gatten. »Beschäftigt es dich?«
Hendrik wagte nicht, ihren Blick zu erwidern.
»Ich habe Otto so lange gekannt . . .«, sagte er leise, als hätte er für etwas um Entschuldigung zu bitten.
»Er hat gewußt, was er riskierte«, erklärte Nicoletta. »Wenn man spielt, muß man darauf gefaßt sein, den Einsatz zu verlieren.«
Hendrik, dem das Gespräch peinlich war, murmelte noch: »Armer Otto!« – um doch irgend etwas zu erwidern.
Sie versetzte schneidend: »Wieso – arm?« Und fügte hinzu: »Er ist für die Sache gestorben, die ihm die richtige schien. Er ist vielleicht zu beneiden.« Nach einer Pause sprach sie träumerisch: »Ich will Marder schreiben und ihm von Ottos Tod erzählen. Marder bewundert Menschen, die ihr Leben für eine idée fixe aufs Spiel setzen. Er liebt die Eigensinnigen. Er wäre selber dazu fähig, aus Eigensinn sein Leben zu opfern. Vielleicht wird er finden, daß dieser Ulrichs eine Persönlichkeit gewesen ist und Disziplin besessen hat.« Hendrik machte eine ungeduldige Handbewegung. »Otto war gar keine besondere Persönlichkeit«, sagte er. »Er war ein einfacher Mensch – ein einfacher Soldat der großen Sache . . .« Hier verstummte er und über sein fahles Gesicht ging eine flüchtige Röte. Er schämte sich seiner Worte. Er empfand Scham, weil er Worte gebraucht hatte, deren Ernst ihm durch Ottos Tod tiefer bewußt geworden war, als jemals zuvor. Da er das Gewicht und die Würde solcher Worte verstand – jetzt, in diesem einen kurzen Augenblick verstand –, spürte er, daß er sie entweihte, wenn er sie über seine Lippen kommen ließ. Er fühlte, daß die ernsten Worte aus seinem Munde klangen wie Hohn. –

An der Beerdigung des Schauspielers Otto Ulrichs, der seinem Leben ›freiwillig und aus Furcht vor der gerechten Strafe des Volksgerichts‹ ein Ende gemacht hatte, durfte niemand teilnehmen. Der Staat hätte den entstellten Leichnam verscharren lassen, wie einen verreckten Hund. Aber die Mutter des Verstorbenen, eine fromme Katholikin, schickte Geld für den Sarg und für einen kleinen Grabstein. In einem Brief, der durch Fett- und Tränenflecke fast unleserlich war, bat sie, man möge ihrem Kinde ein christliches Begräbnis gönnen. Die Kirche mußte sich weigern: dem Sarg des Selbstmörders darf kein Priester folgen. Die alte Frau, in ihrer armseligen Kammer, betete für den verlorenen Sohn. »Er hat nicht an Dich geglaubt, lieber Gott, und er hat viel gesündigt. Aber er war nicht schlecht. Er ist den falschen Weg gegangen, nicht aus Verstocktheit, sondern weil er ihn für den richtigen hielt. Alle Wege, die man in der guten Absicht geht, müssen bei Dir enden, lieber Gott. Du wirst ihm verzeihen und ihm die ewige Verdammnis erlassen. Denn Du siehst in die Herzen, ewiger Vater, und das Herz meines verirrten Sohnes war rein.«

Übrigens wäre es der alten Frau nicht möglich gewesen, das Geld für Sarg und Grabstein aufzubringen; denn sie besaß nichts, keinen Pfennig und keinen Gegenstand mehr, der noch in Geld umzusetzen war. Sie lebte davon, daß sie zerrissene Wäschestücke ausbesserte, sie mußte oft hungern; nun, da Otto sie nicht mehr unterstützen konnte, würde es noch ärger und schlimmer für sie werden. – Ein Freund des Verstorbenen, der seinen Namen nicht nannte, hatte ihr die Summe für die Begräbniskosten aus Berlin geschickt, mit genauen Anweisungen, an welche Stellen sie das Geld weiterzuleiten habe. ›Verzeihen Sie mir, daß ich meinen Namen nicht nenne‹, schrieb der Unbekannte. ›Sie werden sicherlich die Gründe begreifen und billigen, die mich zur Vorsicht zwingen.‹

Die alte Frau begriff gar nichts. Sie weinte ein wenig, wunderte sich, schüttelte den Kopf, betete und schickte das Geld, das sie gerade aus Berlin bekommen hatte, wieder dorthin zurück. In den Städten scheinen sie alle närrisch geworden zu sein, dachte sie. Warum muß das Geld erst durch halb Deutschland reisen, wenn es doch aus Berlin ist und in Berlin ausgegeben werden soll? Aber sicher ist es ein guter Mensch, der das für meinen Otto getan hat – sicher ein guter und frommer Mensch. Und sie schloß den unbekannten Spender in ihre Gebete ein.

So wurden Grabstein und Sarg des ermordeten Revolutionärs von der hohen Gage bezahlt, die der Herr Intendant vom nationalsozialistischen Staate bezog. Dies war das letzte und einzige, was Hendrik Höfgen noch für seinen Freund Otto Ulrichs leisten konnte –: es war die letzte Beleidigung, die er ihm antat. Hendrik aber fühlte sich erleichtert, nachdem das Geld an Mutter Ulrichs abgegangen war. Nun war sein Gewissen doch ein wenig beruhigt, und auf der Seite, wo er in seinem Herzen die ›Rückversicherungen‹ buchte, gab es wieder einen positiven Posten. Die Spannung, in der er sich während der letzten schlimmen Tage befunden hatte, ließ nach. Der Druck wich von ihm. Es gelang ihm, seine ganze Energie auf den Hamlet zu konzentrieren.

Diese Rolle bereitete ihm Schwierigkeiten, auf die er nicht gefaßt gewesen war. Mit welchem Leichtsinn hatte er damals, in Hamburg, den Dänenprinzen improvisiert! Der gute Kroge hatte geschäumt und noch auf der Generalprobe die Vorstellung absagen wollen. ›Denn solche Schweinereien dulde ich nicht in meinem Hause!‹ hatte der alte Vorkämpfer eines geistigen Theaters gebrüllt. Hendrik erinnerte sich lächelnd daran.

Nun gab es niemanden mehr, der in seiner Gegenwart und ihn betreffend von ›Schweinereien‹ zu reden wagte. Aber wenn er alleine war und keiner ihn hören konnte, stöhnte Hendrik: »Ich schaffe es nicht!«

Beim Mephisto war er, vom ersten Augenblick an, jedes Tones und jeder Geste sicher gewesen. Der Dänenprinz aber war spröde, er verweigerte sich. Hendrik kämpfte um ihn. »Ich lasse dich nicht!« rief der Schauspieler. Hamlet jedoch antwortete ihm – abgewendet, traurig, spöttisch, unendlich hochmütig –: »Du gleichst dem Geist, den du begreifst – nicht mir!«

Der Komödiant schrie den Prinzen an: »Ich *muß* dich spielen können! Wenn ich vor dir versage, dann habe ich ganz versagt. Du bist die Feuerprobe, die ich bestehen will. Mein ganzes Leben und alles, was ich gesündigt habe – mein großer Verrat und all meine Schande sind allein zu rechtfertigen durch mein Künstlertum. Ein Künstler aber bin ich nur, wenn ich Hamlet bin.« – »Du bist nicht Hamlet«, antwortete ihm der Prinz. »Du besitzest nicht die Vornehmheit, die man sich allein durch das Leiden und durch die Erkenntnis erwirbt. Du hast nicht genug gelitten, und was du erkannt hast, war dir nicht mehr wert als ein hübscher Titel und eine stattliche Gage. Du bist nicht vornehm; denn du bist ein Affe der Macht und ein Clown zur Zerstreuung der Mörder. Übrigens siehst du auch gar nicht aus wie Hamlet. Schau dir doch einmal deine Hände an – sind das die Hände dessen, den Leid und Erkenntnis adeln? Deine Hände sind plump, du magst sie noch so fein und gotisch halten. Außerdem bist du zu dick. Es tut mir leid, dich darauf hinweisen zu müssen – aber ein Hamlet mit solchen Hüften: o weh!« Hier lachte der Prinz, hohl und höhnisch, aus der mythischen Ferne seines ewigen Ruhmes.

»Du weißt, daß ich auf der Bühne immer noch sehr schlank aussehen kann!« rief gereizt und beleidigt der Komödiant. »Ich habe mir ein Kostüm entwerfen lassen, in dem mein Todfeind nichts an mir von dicken Hüften bemerken dürfte. Es ist eine Gemeinheit von dir, mich jetzt an sie zu erinnern, wo ich ohnedies so nervös bin! Warum liegt dir denn daran, mich zu kränken? Haßt du mich denn so sehr?«

»Ich hasse dich überhaupt nicht.« Der Prinz hatte ein verächtliches Achselzucken. »Ich habe gar keine Beziehung zu dir. Du bist nicht meinesgleichen. Du hattest die Wahl, mein Lieber: zwischen der Vornehmheit und der Karriere. Nun, du hast dich entschieden. Sei glücklich, aber laß mir meine Ruhe!« Da begann die schmale Figur schon, sich aufzulösen.

»Ich lasse dich nicht!« keuchte noch einmal der Komödiant und streckte seine beiden Hände, über die der Schatten sich so herabsetzend geäußert hatte, nach dem Prinzen aus; aber sie griffen ins Leere.

»Du bist nicht Hamlet!« versicherte ihm, nun aus weiter Ferne, die fremde, hochmütige Stimme. –

Er war nicht Hamlet, aber er spielte ihn, seine Routine ließ ihn nicht im Stich. »Es wird großartig!« sagten ihm der Regisseur und die Kollegen – sei es aus Instinktlosigkeit, sei es, um dem Intendanten zu schmeicheln. »Seit den Tagen des großen Kainz hat man eine solche Leistung auf keiner deutschen Bühne gesehen!« – Er selbst indessen wußte, daß er den Versen ihren eigentlichen Inhalt, ihr Geheimnis schuldig blieb. Seine Darstellung blieb im Rhetorischen stecken. Da er sich unsicher fühlte und keine wirkliche Vision des Hamlet besaß, experimentierte er. Mit einer nervösen Heftigkeit setzte er Nuancen, kleine Überraschungseffekte nebeneinander, denen der innere Zusammenhang fehlte. Er hatte beschlossen, die männliche, energievolle Komponente des Dänenprinzen zu betonen. »Hamlet ist kein Schwächling«, erklärte er den Kollegen und dem Regisseur; auch den Journalisten gegenüber sprach er sich in diesem Sinn aus. »Er ist nichts weniger als feminin – ganze Schauspielergenerationen haben den Irrtum begangen, ihn als femininen Typus aufzufassen. Seine Melancholie ist kein leerer Spleen, sondern hat greifbare Gründe. Der Prinz tritt vor allem als der Rächer seines Vaters auf. Er ist Renaissance-Mensch – durchaus aristokratisch und nicht ohne Zynismus. Mir liegt vor allem daran, ihm die wehleidigen, larmoyanten Züge zu

nehmen, mit denen eine konventionelle Deutung ihn belastet hat.«
Regisseur, Kollegen und Journalisten fanden dies sehr neuartig, kühn und interessant. Benjamin Pelz, mit dem Höfgen lange Unterhaltungen über den Hamlet hatte, war begeistert über Hendriks Konzeption. »Nur so, wie Ihr Genie ihn fühlt und begreift, ist der Dänenprinz für uns Menschen von heute – die wir zynische Tatmenschen sind – überhaupt noch erträglich«, sagte Pelz.
Die Figur, welche Hendrik Höfgen aus dem Hamlet machte, war ein preußischer Leutnant mit neurasthenischen Zügen. Alle Akzente, mit denen er über die Hohlheit seines Spieles hinwegtäuschen wollte, waren maßlos und schrill. Im einen Augenblick stand er stramm, um im nächsten mit großem Lärm in Ohnmacht zu fallen. Statt zu klagen, schrie und tobte er. Sein Lachen gellte, seine Bewegungen zuckten. Die tiefe und geheimnisvolle Melancholie, die er als Mephisto gehabt hatte – ohne sie zu beabsichtigen, ohne sie zu spielen; sondern nach rätselhaftem, ihm selber unbewußtem Gesetz –, fehlte seinem Hamlet. Die großen Monologe brachte er in vorbildlich geschicktem Aufbau, aber er ›brachte‹ sie nur. Da er die Klage anstimmte:

»Oh, schmölze doch dies allzu feste Fleisch,
zerging' und löst' in einen Tau sich auf!«

– da fehlten ihr die Musik wie die Härte, die Schönheit wie die Verzweiflung; man spürte nicht, was durchdacht und was durchlitten worden war, ehe diese Worte über diese Lippen kamen; weder Gefühl noch Erkenntnis adelten die Rede: sie blieb kokette Lamentation, schmollend-gefallsüchtige kleine Klage.
Trotzdem hatte die Hamlet-Premiere rauschenden Erfolg. Das neue Berliner Publikum beurteilte die Schauspieler weniger nach der Reinheit und Intensität ihrer künstlerischen

Leistung als nach ihren Beziehungen zur Macht. Übrigens war die ganze Inszenierung danach angetan, diesem Parkett von hohen Militärchargen und blutrünstigen Professoren mit ihren nicht minder heroisch gesinnten Damen zu imponieren. Der Regisseur hatte den nordischen Charakter der Shakespeare-Tragödie grob und demonstrativ betont. Die Handlung spielte sich vor klotzigen Dekorationen ab, die wohl als Hintergrund für die Recken des Nibelungenliedes getaugt hätten. Auf der Bühne, die in einer düsteren Dämmerung lag, gab es immer rasselnde Schwerter und viel rauhes Geschrei. Inmitten der rauhen Gesellen bewegte Hendrik sich mit tragischer Geziertheit. Einmal leistete er sich den Scherz, minutenlang regungslos an einem Tisch zu sitzen und dem erschütterten Publikum nur seine Hände zu zeigen. Das Gesicht blieb im Dunkel; die Hände lagen, kalkig weiß geschminkt und vom Scheinwerfer grell angeleuchtet, auf der schwarzen Tischplatte. Der Intendant stellte seine unschönen Hände aus wie Kostbarkeiten: Dies tat er halb aus Übermut – um zu sehen, wie weit er es treiben konnte –, teils um sich selbst zu quälen: denn er litt heftig unter dieser Exhibition seiner breiten, ordinären Finger.
»Hamlet ist das repräsentative *germanische* Drama«, hatte Doktor Ihrig in seiner vom Propagandaministerium inspirierten Vorbesprechung verkündigt. »Der Dänenprinz gehört zu den großen Symbolen des deutschen Menschen. In ihm finden wir einen Teil unseres tiefsten Wesens ausgedrückt. Hölderlin rief über uns aus:

›Denn, ihr Deutschen, auch ihr seid
tatenarm und gedankenvoll.‹

Hamlet ist also auch eine *Gefahr* des deutschen Menschen. Wir haben ihn alle in uns, und wir müssen ihn überwinden. Denn die Stunde verlangt von uns Aktionen, nicht nur Gedanken und die zersetzende Reflexion. Eine Vorsehung, die

uns den Führer geschickt hat, verpflichtet uns zur Tat im Interesse der nationalen Gemeinschaft, von der Hamlet, dieser typische Intellektuelle, sich grüblerisch absondert und entfernt.« Allgemein war man der Ansicht, daß Höfgen den tragischen Konflikt zwischen Tatbereitschaft und Gedankentiefe, der den deutschen Menschen auf so interessante Weise von allen übrigen Lebewesen unterscheidet, in seiner Hamlet-Darstellung selber spürbar werden ließ. Denn er stellte den Prinzen als Draufgänger mit nervösen Störungen vor ein Publikum hin, das sowohl für Draufgängertum als auch für neurasthenische Anfechtungen volles Verständnis hatte.
Der Intendant, dessen Kostüm in der Tat so geschickt gearbeitet war, daß er in ihm jünglingshaft schmalhüftig wirkte, mußte sich immer wieder zeigen. Neben ihm verneigte sich seine junge Gattin, Nicoletta Höfgen, die eine etwas wunderliche und starre, aber vor allem in den Wahnsinns-Szenen eindrucksvolle Ophelia gewesen war.
Der Ministerpräsident, schimmernd in Purpur, Gold und Silber, und seine Lotte, sanft strahlend in Himmelblau, standen nebeneinander in ihrer Loge und spendeten demonstrativen Applaus. Das war die Versöhnung des Gewaltigen mit seinem Hofnarren: Mephistopheles-Hendrik empfand es dankbar. Schön und bleich in seinem Hamlet-Kostüm verbeugte er sich tief vor dem hohen Paar. Lotte ist wieder verliebt in mich, dachte er, während er die rechte Hand mit einer Geste, die von Erschöpftheit zeugte, aber doch schöne Rundung hatte, zum Herzen führte. Sein großer, mit sublimer Sorgfalt dunkelrot nachgeschminkter Mund zeigte ergriffenes Lächeln; unter den runden, schwarzen Bögen der Brauen sandten die Augen verführerische, süße und kalte Lichter; der überanstrengte, leidvoll gespannte Zug an den Schläfen veredelte sein Antlitz und ließ seine ruchlosen Reize rührend wirken. Nun winkte die Frau Fliegergeneralin ihm mit dem Seidentüchlein, das die himmelblaue Farbe ihrer Robe hatte. Der General grinste.

Ich bin wieder in Gnaden aufgenommen, dachte Hamlet erleichtert.
Er lehnte alle Einladungen ab, entschuldigte sich mit großer Müdigkeit und ließ sich nach Hause fahren. Als er sich in seinem Arbeitszimmer allein befand, merkte er, daß an Schlafen kaum zu denken war. Er war deprimiert und erregt. Der laute Beifall ließ ihn nicht vergessen, daß er versagt hatte. Es war gut und wichtig, daß die Huld des Dicken, um die er schon hatte zittern müssen, wiedererobert war. Aber sogar dieser wesentliche und bedeutsame Erfolg des Abends konnte ihn nicht hinwegtrösten über das Fiasko, das sein höherer Anspruch, sein besserer Ehrgeiz heute erlitten hatte. Ich war nicht Hamlet, dachte er gramvoll. Die Zeitungen werden mir versichern, daß ich in jedem Zoll der Dänenprinz gewesen bin. Aber sie werden lügen. Ich war falsch, ich war schlecht – so viel Selbstkritik bringe ich doch noch auf, um das zu wissen. Wenn ich mich des hohlen Tons erinnere, mit dem ich ›Sein oder Nichtsein‹ deklamiert habe, dann zieht sich alles in mir zusammen . . .
Er ließ sich in einem Lehnstuhl nieder, der am geöffneten Fenster stand. Das Buch, nach dem er gegriffen hatte, legte er enerviert wieder zur Seite: es waren ›Les Fleurs du Mal‹, sie erinnerten ihn an Juliette.
Durch das Fenster hatte man den Blick in den dunklen Garten, aus dem Düfte und Feuchtigkeit stiegen. Hendrik fröstelte, er zog sich den seidenen Schlafrock über der Brust zusammen. Was für einen Monat hatte man denn? April – oder schon Anfang Mai? Er empfand es plötzlich als bitter traurig, daß er, seit so langer Zeit, das Nahen des Frühlings und seine schöne Verwandlung in den Sommer übersah. Dieses verfluchte Theater, dachte er schmerzlich und zornig – es frißt mich auf. Über ihm versäume ich das Leben.
Er saß mit geschlossenen Augen, als eine rauhe Stimme ihn anrief: »Holla! Herr Intendant!«
Hendrik fuhr in die Höhe.

Aus dem Garten war ein Kerl zu seinem Fenster hinaufgeklettert –: eine akrobatische Leistung; denn es gab kein Spalier. Seine Gestalt erschien bis zur Brust im Fensterrahmen. Hendrik war furchtbar erschrocken. Er überlegte sich einige Sekunden lang, ob es sich um eine Vision handle, um ein Erzeugnis seiner überreizten Nerven. Aber nein, der Bursche sah nicht aus wie eine Halluzination. Ganz entschieden: der lebte. Er trug eine graue Schirmmütze und eine schmutzige blaue Bluse. Die obere Hälfte seines Gesichtes lag in tiefem Schatten. Die untere Gesichtspartie war bedeckt von einem stoppeligen Bart rötlicher Färbung.
»Was wollen Sie?!« schrie Höfgen; dabei tastete er hinter sich, nach der Klingel, die auf dem Schreibtisch stand.
»Schrei doch nicht so!« sagte der Mann, dessen Stimme nicht ohne eine gewisse rohe Gutmütigkeit war. »Ich tu dir ja nichts.«
»Was wollen Sie von mir?« wiederholte Hendrik, nun etwas leiser.
»Ich komme nur, um dir Grüße auszurichten«, sagte der Mann im Fenster. »Grüße von Otto.«
Hendriks Gesicht war weiß geworden wie das seidene Tuch, das er um den Hals geschlungen trug. »Ich weiß gar nicht, von welchem Otto Sie sprechen.« Seine Stimme war beinahe tonlos.
Das kurze Gelächter, das ihm vom Fenster her antwortete, hatte einen recht schaurigen Klang. »Na, was wollen wir wetten, daß du noch darauf kommst?« fragte der Besucher mit einer drohenden Neckerei. Aber er wurde ganz ernst, als er fortfuhr: »Auf dem letzten Zettel, den ich von Otto bekommen habe, stand ausdrücklich, daß wir dich grüßen sollen. Glaube nur nicht, daß ich zum Vergnügen hergekommen bin. Aber Ottos Wünsche werden von uns respektiert.«
Hendrik konnte nur flüstern: »Ich muß die Polizei anrufen, wenn Sie nicht auf der Stelle verschwinden!«
Daraufhin wurde das Gelächter des Menschen beinahe

herzlich. »Du wärest dazu imstande, Genosse!« rief er aufgeräumt. Hendrik öffnete, so unauffällig es sich irgend machen ließ, eine Schublade des Schreibtisches und ließ einen Revolver in seine Tasche gleiten. Er hoffte, der Gast im Fenster würde es nicht bemerken; aber der rief schon – wobei er sich mit einer höchst verächtlichen Gebärde die Mütze aus der Stirn schob: »Das Ding hättest du auch in der Schublade lassen können, Herr Intendant. Hat doch gar keinen Zweck zu knallen – das macht dir nur Unannehmlichkeiten. Wovor hast du denn Angst? Ich hab' dir doch eben gesagt, daß ich dir diesmal nichts tun werde.«
Der Mann war viel jünger, als Hendrik zunächst geglaubt hatte: nun, da der Schatten der Mütze nicht mehr auf seiner Stirne lag, stellte es sich heraus. Er hatte ein schönes, wildes Gesicht mit breiten, slawischen Wangenknochen und merkwürdig hellen, stark grünen Augen. Brauen und Wimpern hatten die rötliche Farbe, welche auch die dicken und harten Bartstoppeln zeigten. Übrigens war auch die Haut seines Gesichtes von einem leuchtenden Ziegelrot, wie man es bei Leuten findet, die den ganzen Tag im Freien arbeiten oder herumliegen und sich von der Sonne anscheinen lassen.
Er ist vielleicht wahnsinnig, dachte Hendrik, und diese Erwägung, obwohl sie doch die schlimmsten Perspektiven eröffnete, hatte etwas Beruhigendes, beinahe Tröstliches für ihn. Ich halte für sehr wohl möglich, daß er wahnsinnig ist. Bei gesundem Verstand würde er mir doch nicht diese tolle Visite machen, die ihn das Leben kosten könnte und die niemandem nützt. Kein Vernünftiger setzt so viel aufs Spiel, nur um mich ein bißchen zu erschrecken. Es ist kaum denkbar, daß wirklich Otto es war, der ihm dazu den Auftrag gegeben hat. Otto neigte keineswegs zu Exzentrizitäten. Er wußte, daß wir unsere Kräfte für ernstere Dinge nötig haben . . .
Hendrik war näher an das Fenster herangetreten. Nun sprach er auf den Menschen ein wie auf einen Kranken – wobei er es aber immerhin für geraten hielt, die Hand am Griff

des Revolvers zu lassen, der sich in der Tasche seines Hausgewandes befand. »Machen Sie, daß Sie wegkommen, Mann! Ich rate es Ihnen im Guten! Ein Diener könnte Sie von unten sehen. Es ist jeden Augenblick möglich, daß meine Frau hier ins Zimmer tritt oder meine Mutter. Sie bringen sich in die ärgste Gefahr, für nichts und wieder nichts! – So verschwinden Sie doch!« rief Hendrik gereizt, da die Figur im Fensterrahmen unbeweglich blieb.

Der Mann, statt auf Höfgens wohlmeinende Vorschläge irgend einzugehen, erwiderte mit einer Stimme, die plötzlich viel tiefer und übrigens völlig ruhig klang:

»Erzähle deinen Freunden von der Regierung, daß Otto mir eine Stunde vor seinem Tod hat sagen lassen: ›Ich bin fester überzeugt von unserem Sieg als jemals in meinem Leben.‹ – Da war er schon am ganzen Körper zerschlagen und konnte kaum noch reden, denn er hatte den Mund voll Blut.«

»Woher wissen Sie das?« fragte Hendrik, dessen Atem jetzt sehr hastig und etwas keuchend ging.

»Woher ich das weiß?« Der Besucher hatte wieder das schaurig-aufgeräumte kurze Gelächter. »Von einem SA-Mann, der bis zuletzt in seiner Nähe war und der eigentlich zu uns gehört. Er hat sich alles gemerkt, was Otto in seiner letzten Stunde gesagt hat. ›Wir werden siegen!‹ hat er immer wieder gesagt. ›Wenn man so weit ist wie ich jetzt, irrt man sich nicht mehr‹, hat er gesagt. ›Wir werden siegen!‹ « Der Besucher, beide Arme auf das Fenstersims gestützt, beugte den Oberkörper vor und betrachtete drohend den Hausherrn mit seinen leuchtenden grünen Augen, die vielleicht die Augen eines Wahnsinnigen waren. Hendrik fuhr zurück, von diesem Blick wie von einer Flamme getroffen, und keuchte: »Warum erzählen Sie mir das alles?!«

»Damit deine hohen Freunde es erfahren!« rief der Mann mit einem bösen, rauhen Jubel in der Stimme. »Damit die großen Schufte es erfahren! Damit der Herr Ministerpräsident es erfährt!«

Hendrik begann die Nerven zu verlieren. Er bekam sonderbar zuckende Gesten: seine Hände flogen zum Gesicht hinauf und sanken wieder hinab, auch seine Lippen zuckten, und seine kostbaren Augen verdrehten sich. »Was soll das alles?!« brachte er hervor und hatte ein wenig Schaum vor dem Munde. »Was beabsichtigen Sie denn eigentlich mit diesem theatralischen Scherz?! Wollen Sie mich erpressen? Wollen Sie Geld von mir? Bitte, hier ist welches!« Er griff sinnlos in die seidene Tasche seiner robe de chambre, in der sich nur der Revolver befand, keineswegs Geld. »Oder beabsichtigen Sie nur, mich einzuschüchtern? Das wird Ihnen nicht gelingen! Sie meinen wohl, ich zittere vor dem Moment, da ihr an die Herrschaft kommt – denn natürlich werdet ihr einmal herrschen!« Der Intendant redete mit weißen, zuckenden Lippen, während er flatternde Schritte, die beinahe schon Sprünge waren, durchs Zimmer tat. »Aber im Gegenteil!« rief er schrill und blieb mitten im Raum stehen. »Dann werde ich erst recht groß! Meinen Sie vielleicht, ich habe mich für diesen Fall nicht gesichert?! Oho!« triumphierte hysterisch der Intendant. »Ich habe die besten Beziehungen zu euren Kreisen! Die Kommunistische Partei schätzt mich, man ist mir zu Dank verpflichtet!«
Hier war ein Hohngelächter die Antwort. »Das könnte dir wohl so passen«, rief der Schreckliche aus dem Fenster. »Beste Beziehungen zu unseren Kreisen! So bequem, Freundchen – so bequem machen wir es euch doch nicht! Wir haben Unversöhnlichkeit gelernt, Herr Intendant – ich bin eigens hier raufgeklettert, um dich davon zu unterrichten: daß wir die Unversöhnlichkeit gelernt haben. Unser Gedächtnis ist gut – ganz brillant ist unser Gedächtnis, Freundchen! Wir vergessen keinen! Wir wissen, welche wir als erste aufzuhängen haben!« Da konnte Hendrik nur noch kreischen: »Scheren Sie sich zum Teufel!! Wenn Sie nicht in fünf Sekunden verschwunden sind, rufe ich doch noch die Polizei – dann werden wir ja sehen, wer von uns beiden als erster hängt!«

In seiner zitternden Wut wollte er irgend etwas nach dem Unhold schleudern; fand nichts, was ihm für diesen Zweck geeignet schien, und riß sich die Hornbrille von der Nase. Mit einem krächzenden Aufschrei warf er die Hornbrille in die Richtung des Fensters. Aber das armselige Geschoß traf den Gegner nicht und zerbrach mit einem leisen Klirren an der Wand.
Der fürchterliche Gast war verschwunden. Hendrik eilte ans Fenster, um ihm noch etwas nachzurufen. »Ich bin überhaupt unentbehrlich!« schrie der Intendant in den dunklen Garten. »Das Theater braucht mich, und jedes Regime braucht das Theater! Kein Regime kann ohne mich auskommen!«
Er bekam keine Antwort; von dem rotbärtigen Fassadenkletterer war keine Spur mehr zu sehen. Ihn schien der nächtliche Garten verschluckt zu haben. Der nächtliche Garten rauschte mit seinen schwarzen Bäumen, seinen dunklen Büschen, auf denen die weißen Blüten ein mattes Schimmern hatten. Der Garten schickte seine Düfte und seinen kühlenden Atem. Hendrik wischte sich die feuchte Stirne. Er bückte sich, hob die Brille auf und stellte mit Betrübtheit fest, daß sie zerbrochen war. Langsam und mit etwas schwankenden Schritten ging er durchs Zimmer, wobei er sich tastend wie ein Blinder an den Möbeln hielt; denn seine Augen waren noch getrübt vom Entsetzen, und übrigens fehlte ihnen die gewohnte Brille.
Während er sich in einen der niedrigen, breiten Fauteuils sinken ließ, spürte er, wie unendlich müde er war. Was für ein Abend! dachte er, und empfand tiefes Mitleid mit sich, wenn er bedachte, was er alles ausgestanden hatte. Dergleichen wirft ja den Stärksten um. Dabei legte er sein feuchtes Gesicht in die Hände. Und ich bin nicht der Stärkste. – Es wäre angenehm gewesen, jetzt ein wenig zu weinen. Aber er wollte nicht Tränen vergießen, die niemand sah. Nach all den Schrecken, die hinter ihm lagen, glaubte er nun An-

spruch zu haben auf die tröstliche Nähe eines lieben Menschen.
Ich habe sie alle verloren, klagte er. Barbara, meinen guten Engel; und Prinzessin Tebab, die dunkle Quelle meiner Kraft; und Frau von Herzfeld, die treue Freundin, und sogar die kleine Angelika –: alle habe ich sie eingebüßt. – In seiner großen Wehmut fand er, daß der tote Otto Ulrichs zu beneiden sei. Der brauchte keine Schmerzen mehr zu ertragen; der war erlöst von der Einsamkeit dieses bitteren Lebens. Seine letzten Gedanken aber waren die des Glaubens und einer stolzen Zuversicht gewesen. – War nicht sogar Miklas beneidenswert – Hans Miklas, dieser trotzige kleine Feind? Beneidenswert waren alle, die glauben konnten, und doppelt beneidenswert jene, die im Rausch des Glaubens ihr Leben gegeben hatten ...
Wie war dieser Abend zu überstehen? Wie war hinwegzukommen über diese Stunde voll tiefer Ratlosigkeit, voll Angst und voll einer Sehnsucht, die ins Leere irrte und der Verzweiflung verwandt schien? – Hendrik meinte, daß er die Einsamkeit kaum noch ein paar Minuten länger würde ertragen können.
Er wußte: oben, in ihrem Boudoir, erwartete ihn seine Frau – Nicoletta. Wahrscheinlich trug sie unter dem leichten Seidengewand die hohen, geschmeidigen Stiefel aus glänzendem rotem Leder. Die Peitsche, die auf dem Toilettentisch neben Dosen, Pasten und Flacons lag, war von grüner Farbe. Bei Juliette war die Peitsche rot, die Stiefel aber waren grün gewesen ...
Hendrik konnte hinauf zu Nicoletta gehen. Sie würde den scharfen Mund schlängeln zu seiner Begrüßung; sie würde möglichst blanke Katzenaugen machen und irgend etwas Scherzhaftes, vorbildlich Akzentuiertes äußern. – Nein, es war nicht das, was Hendrik jetzt wollte – nicht dies, was er eben nun so dringend brauchte.
Er ließ die Hände vom Gesicht gleiten. Sein getrübter Blick

suchte sich in der Dämmerung des Zimmers zurechtzufinden. Mit Mühe gelang es ihm, die Bibliothek, die großen gerahmten Photographien, die Teppiche, Bronzen, Vasen und Gemälde zu erkennen. Ja, es sah fein und elegant hier aus. Er hatte es weit gebracht, das konnte niemand bestreiten. Der Intendant, Staatsrat und Senator, eben noch als Hamlet gefeiert, erholt sich im komfortablen Arbeitszimmer seines herrschaftlichen Heimes . . .

Hendrik stöhnte wieder. Da öffnete sich die Tür. Es war Frau Bella, die eintrat. Es war seine Mutter.

»Mir kam es vor, als hätte ich hier Stimmen gehört«, sagte sie. »Hattest du noch Besuch, mein Lieber?«

Er wandte ihr langsam das fahle Gesicht zu. »Nein«, sagte er leise. »Es war niemand hier.«

Sie lächelte: »Wie man sich irren kann!« Dann trat sie näher an ihn heran. Er bemerkte jetzt erst, daß sie sich im Gehen mit einer Handarbeit beschäftigte: es war ein großes wollenes Stück, wahrscheinlich sollte es ein Schal werden oder ein Sweater. »Es tut mir so schrecklich leid, daß ich heute abend nicht im Theater sein konnte«, sagte sie, den Blick auf ihrer Strickerei. »Aber du weißt ja: meine Migräne, ich fühlte mich gar nicht gut. Wie war es denn? Sicher ein großer Erfolg? Erzähl doch ein bißchen!«

Er antwortete mechanisch und starrte sie an aus Augen, die an ihr vorbei zu sehen und sie doch, mit einer sonderbaren zerstreuten Gier, zu verschlingen schienen: »Ja, es war ein Erfolg.«

»Das dachte ich mir«, nickte sie befriedigt. »Aber du siehst angegriffen aus. Fehlt dir irgend etwas? Soll ich dir einen Tee machen?«

Er schüttelte stumm den Kopf.

Sie ließ sich neben ihm auf der breiten Lehne des Sessels nieder.

»Deine Augen sind so merkwürdig.« Sie betrachtete ihn besorgt. »Wo ist deine Brille?«

»Zerbrochen.« Er versuchte zu lächeln; der Versuch mißlang. Frau Bella berührte mit den Fingerspitzen seinen kahlen Kopf. »Wie dumm!« sagte sie, zu ihm geneigt.
Da begann er zu weinen. Er warf den Oberkörper nach vorne, seine Stirne sank in den Schoß der Mutter, seine Schultern wurden vom Weinkrampf geschüttelt.
Frau Bella war an die nervösen Zustände ihres Sohnes gewöhnt. Trotzdem erschrak sie. Ihr Instinkt begriff, daß dieses Schluchzen andere, tiefere und schlimmere Gründe hatte als die kleinen Zusammenbrüche, die er sich häufig gönnte.
»Aber was ist denn – was ist denn . . .«, redete sie. Ihr Gesicht, das dem des Sohnes so glich – aber unschuldiger und zugleich erfahrener schien als das seine – war nahe bei ihm. Sie spürte an ihren Händen die Feuchtigkeit seiner Tränen. Er griff mit einer heftigen Gebärde nach ihrem Hals, als wollte er sich an ihm festklammern. Ihre Dauerwellenfrisur geriet in Unordnung. Sie hörte, wie Hendrik keuchte und stöhnte. Ihr Herz füllte sich bis zum Rande mit Mitleid. Mitleidend verstand sie alles. Sie begriff seine ganze Schuld, sein großes Versagen und die verzweifelt ungenügende Reue, und warum er hier liegen mußte und schluchzen.
»Aber Heinz!« flüsterte sie. »Aber Heinz – so beruhige dich doch! So arg ist es doch nicht! Aber Heinz . . .«
Unter dieser Anrede – unter diesem Namen der jungen Jahre, den sein Ehrgeiz und sein Hochmut weggeworfen hatten, wurde sein Weinen erst noch heftiger; dann aber ließ es nach. Seine Schultern ruhten. Sein Gesicht blieb stille auf Frau Bellas Knien.
Es waren Minuten vergangen, als er sich langsam aufrichtete. In seinen Augenwimpern hingen noch Tränen, und Tränen waren es noch, die seine Wangen befeuchteten, seine sieghaft geschwungenen Lippen, von denen so viele verführt worden waren, und das edle Kinn, das er stolz zu recken wußte in den Stunden des Triumphes und das jetzt jämmerlich bebte. Während sein erschöpftes, tränennasses Antlitz

ein wenig nach hinten sank, rief er, die Arme mit schöner, klagender, hilflos-hilfesuchender Geste gebreitet: »Was wollen die Menschen von mir? Warum verfolgen sie mich? Weshalb sind sie so hart? Ich bin doch nur ein ganz gewöhnlicher Schauspieler!«

Alle Personen dieses Buches stellen Typen dar, nicht Porträts. *K. M.*

Zweite Auflage

Für die Mitglieder der Büchergilde Gutenberg
Frankfurt am Main und Wien
genehmigte Ausgabe
Ausstattung Juergen Seuss, Niddatal bei Frankfurt am Main
Schrift Borgis Times (Lichtsatz System Digiset 200 T 2)
Satz Dörlemann-Satz, Lemförde
Druck Union-Druckerei, Frankfurt am Main
Bindearbeiten Osswald & Co., Neustadt an der Weinstraße
Papier 80 g maschinenglatt Werkdruckpapier der Papierfabrik
Scheufelen, Oberlenningen
Printed in Germany 1982. ISBN 3 7632 2548 X